MW01608928

COLLECTION

«SUSPENSE & CIE»

Ed Mc Bain
Mary Mary
La Maison de Jacques

Alexandra Frye
Une épouse et une mère parfaite

Tabitha King
Traquée

Evan Hunter
Conversations criminelles

Alfio Caruso
Les Pénitents

Judith Kelman
Le Rôdeur
Phobies

Philippe Luber
Pardonnez-nous nos pêchés

Andrew Klavan
Jugé coupable

Enzo Russo
Tous sans exception

William Diehl
La Stratégie de l'hydre

Sandra Brown
Faux semblant

Ryne Douglas Pearson
Simon, pas si simple

Terri Holbrook
Meurtre dans un village anglais

CONFESSION EXCLUSIVE

Sandra **BROWN**

CONFESSION EXCLUSIVE

*Traduit de l'américain par
Sabine* BOULONGNE

Roman

JC Lattès

Collection « Suspense & Cie »
dirigée par Sibylle Zavriew

Titre original :
EXCLUSIVE
publié par Warner Books, New York.

1

— Vous avez l'air en forme, madame Merritt.

— J'ai une mine épouvantable.

De fait, Vanessa Merritt paraissait plutôt mal en point, et Barrie se sentit gênée d'avoir été prise à lui faire ce compliment de mauvaise foi. Elle essaya de se rattraper gracieusement :

— Après ce que vous venez de vivre, il est normal que vous soyez un peu fatiguée. N'importe quelle autre femme, y compris moi-même, moi-même *en particulier*, se satisferait d'avoir votre look, même lorsque vous n'êtes pas dans votre assiette.

— Merci.

Elle remua distraitement son cappuccino. Si les nerfs pouvaient produire un son, ceux de Vanessa Merritt auraient cliqueté comme sa cuillère quand elle la reposa sur la soucoupe d'une main tremblante.

— Mon Dieu ! Pour une cigarette, je serais prête à vous laisser m'arracher tous les ongles à la pince à épiler.

On ne l'avait jamais vue fumer en public. Aussi Barrie fut-elle étonnée de sa remarque. Quoiqu'une accoutumance au tabac expliquerait sa nervosité.

Ses mains s'agitaient continuellement. Elle tripotait son collier de perles, jouait avec les diamants qui ornaient discrètement les lobes de ses oreilles et rajustait à tout moment les RayBan qui ne réussissaient pas à dissimuler complètement les cernes profonds qui entouraient ses yeux bouffis.

Des yeux au demeurant spectaculaires qui rendaient essentiellement compte de sa beauté. Sauf aujourd'hui.

Aujourd'hui, ces remarquables prunelles bleu tendre n'exprimaient que souffrance et désillusion. On aurait dit le regard horrifié d'un ange qui venait d'entrevoir l'enfer pour la première fois de sa vie.

— Je n'ai pas de pince à épiler, dit Barrie. Mais j'ai ça.

De son gros fourre-tout en cuir, elle sortit un paquet de cigarettes intact qu'elle fit glisser sur la table.

Mme Merritt était manifestement très tentée. Elle promena un œil anxieux sur la terrasse du restaurant. Une seule autre table était occupée, par plusieurs hommes ; un serveur obséquieux rôdait à proximité. Mais, elle déclina la proposition de Barrie.

— Mieux vaut que je m'abstienne. Mais ne vous gênez pas pour moi.

— Je ne fume pas, mais j'ai toujours un paquet sur moi au cas où la personne que j'interviewe en aurait besoin pour se détendre.

— Avant que vous ne l'acheviez.

Barrie éclata de rire.

— J'aimerais bien être dangereuse à ce point !

— Il est vrai que les sujets humanitaires sont plus dans vos cordes.

Barrie fut agréablement surprise d'apprendre que Mme Merritt connaissait son travail.

— Merci.

— Vous avez fait quelques reportages tout à fait exceptionnels. Notamment ceux sur ce patient atteint du sida et sur cette jeune célibataire sans abri, mère de quatre enfants.

— Celui-ci a été sélectionné pour un prix journalistique.

Barrie ne voyait aucune raison de préciser qu'elle avait elle-même proposé le reportage en question.

— J'en ai pleuré, avoua Mme Merritt.

— Moi aussi.

— À vrai dire, vous avez tellement de talent que je me suis souvent demandé pourquoi vous n'étiez pas affiliée à un réseau.

— J'ai commis quelques impairs.

Un lacis de ridules plissa le front de Vanessa Merritt.

— À propos de ce Green, juge à la cour suprême... ?

— Entre autres, oui, l'interrompit Barrie.

Elle ne tenait pas à passer tout le temps de l'entretien à répertorier ses multiples bévues.

— Pourquoi m'avez-vous contactée, madame Merritt ? J'en suis enchantée, mais cela m'a tout de même un peu intriguée.

Le sourire de Vanessa Merritt s'effaça peu à peu.

— J'ai été claire, n'est-ce pas ? répondit-elle à voix basse, d'un ton sérieux. Il ne s'agit pas d'une interview.

— Je comprends.

Barrie ne comprenait pas du tout. Elle n'avait pas la moindre idée du motif qui avait incité Mme Merritt à lui téléphoner à l'improviste pour l'inviter à prendre un café. Elles se croisaient depuis quelques années, mais n'étaient certainement pas amies.

Le choix du lieu de rendez-vous lui-même l'avait étonnée. Le restaurant faisait partie de l'enfilade d'établissements qui longeaient le canal reliant le Potomac au Tidal Basin. Le soir, les clubs et cafés-restaurants qui bordaient Water Street regorgeaient de monde, des touristes surtout. Certains faisaient parfois le plein à l'heure du déjeuner, mais au milieu de l'après-midi, en semaine, il n'y avait pas un chat.

Peut-être ce site avait-il été choisi précisément pour sa quiétude.

Barrie laissa tomber un carré de sucre dans son cappuccino qu'elle remua négligemment tout en fixant son regard au-dessus de la balustrade en fer forgé de la terrasse.

Il faisait un temps maussade. Les péniches et les voiliers ancrés dans la marina dansaient sur les eaux grises du canal. Le parasol en toile qui abritait leur table claquait sous la poussée du vent qui charriait une odeur de pluie et de poisson. Que faisaient-elles dehors par un temps pareil ?

Mme Merritt noya la mousse blanche qui coiffait sa tasse dans le café et finit par boire une gorgée.

— Il est froid maintenant.

— En voudriez-vous un autre ? demanda Barrie. Je vais faire signe au serveur.

— Non merci. Je n'avais même pas envie de celui-ci. Prendre un café était juste..., vous savez, fit-elle en haussant ses épaules, jadis d'une délicate gracilité, désormais franchement osseuses.

— C'était juste un prétexte, suggéra Barrie.

Vanessa Merritt releva la tête. À travers ses verres fumés, Barrie lut une honnêteté flagrante dans son regard.

— J'avais besoin de parler à quelqu'un.

— Et vous avez pensé à moi ?

— Eh bien, oui.

— Parce que certains de mes reportages vous ont fait pleurer ?

— À cause de cela, et du petit mot de condoléances que vous m'avez envoyé. Cela m'a touchée. Profondément.

— Je suis heureuse d'avoir pu vous apporter un peu de réconfort.

— Je... je n'ai pas beaucoup d'amis proches. Nous avons à peu près le même âge. Je me suis dit que vous sauriez m'écouter.

Elle baissa la tête. Une cascade de cheveux châtains s'abattit sur son visage, dissimulant en partie ses pommettes classiques et son menton aristocratique.

— Ma lettre ne pouvait pas vraiment communiquer à quel point je suis désolée de ce qui s'est passé, souffla Barrie.

— À vrai dire, si. Et je vous en remercie.

Elle extirpa un mouchoir en papier de son sac à main et le glissa sous ses lunettes de soleil pour se tamponner les yeux.

— Je me demande d'où elles sortent, reprit-elle à propos des larmes qui imprégnaient son mouchoir. Je devrais être complètement déshydratée depuis le temps.

— Est-ce de cela que vous voulez me parler ? demanda Barrie d'une voix douce. Du bébé ?

— Robert Rushton Merritt, lâcha-t-elle avec force. Pourquoi est-ce que tout le monde évite de dire son nom ? Il avait un nom, pour l'amour du ciel ! Pendant trois mois, il a été une personne et il a eu un nom.

— Je suppose que...

Elle ne laissa pas à Barrie le temps de réagir.

— Rushton était le nom de jeune fille de ma mère,

expliqua-t-elle. Elle aurait été contente que son premier petit-fils porte le nom de sa famille.

Les yeux rivés sur les eaux agitées du canal, elle continua à parler d'un ton détaché.

— J'ai toujours aimé Robert comme prénom. C'est un nom direct. Pas comme toutes ces conneries...

Cette vulgarité surprit Barrie. Elle tranchait avec le personnage guindé de Vanessa Merritt, dame du Sud jusqu'au bout des ongles. De sa vie, Barrie ne s'était jamais sentie aussi à court de réponse. Que fallait-il dire en de telles circonstances ? Que pouvait-on dire à une femme qui venait de perdre son nouveau-né ? *L'enterrement s'est bien passé ?*

— Que savez-vous de tout ça ? demanda brusquement Mme Merritt.

Barrie fut prise au dépourvu. Était-ce un défi ? Que savez-vous des sentiments que l'on éprouve quand on perd un enfant ? Que savez-vous de quoi que ce soit ?

— Faites-vous référence à... au décès du bébé ?... De Robert, je veux dire ?

— Oui. Dans quelle mesure êtes-vous au courant ?

— On ne sait pas vraiment grand-chose sur la mort subite du nourrisson, non ? demanda Barrie en s'efforçant désespérément de comprendre le sens de cette question.

Ayant manifestement changé d'avis, Mme Merritt déchira l'enveloppe en cellophane du paquet de cigarettes avec les gestes saccadés et désarticulés d'une marionnette. Ses doigts tremblaient lorsqu'elle porta la cigarette à ses lèvres. Barrie fouilla fébrilement dans son sac à la recherche d'un briquet. Vanessa Merritt inhala profondément plusieurs bouffées avant de reprendre la parole. Le tabac ne parut pas la calmer. Tout au contraire, sa nervosité ne fit qu'augmenter.

— Robert dormait, couché sur le côté, le torse incliné grâce à un petit oreiller, comme on m'avait recommandé de le faire. C'est arrivé si vite ! Comment est-ce... — Sa voix se brisa.

— Vous estimez-vous responsable ? Écoutez-moi.

Barrie tendit le bras pour prendre la cigarette et l'écraser dans le cendrier. Puis elle serra les deux mains glacées de Mme Merritt entre les siennes. Les hommes attablés non loin de là remarquèrent son geste impulsif.

— Robert a succombé à un mal baptisé mort subite du nourrisson. Cette tragédie affecte des milliers de mères et de pères chaque année et tous, sans exception, en viennent à mettre en doute leurs capacités de parents. Il est humain de chercher qui blâmer en de telles circonstances. Ces gens-là culpabilisent. Ne tombez pas dans ce piège. Si vous vous en prenez à vous-même pour la mort de votre enfant, vous risquez de ne jamais vous en remettre.

— Vous ne comprenez pas, riposta Mme Merritt en secouant vigoureusement la tête. C'était entièrement de ma faute.

Derrière ses lunettes, son regard fusait en tous sens. Ses mains échappèrent à Barrie et entamèrent une danse endiablée, passant de ses joues à la table, à ses genoux, à sa cuillère, à son cou, en une incessante quête de paix.

— Les derniers mois de ma grossesse ont été intolérables.

Elle plaqua la main sur sa bouche durant quelques secondes, comme pour s'empêcher d'évoquer cette période affreusement douloureuse.

— Et puis Robert est né. Mais au lieu de s'arranger, comme je l'avais espéré, les choses n'ont fait qu'empirer. Je n'arrivais pas...

— À quoi ? À faire face ? Toutes les jeunes mères connaissent une crise post-partum et se sentent dépassées par les événements à un moment ou à un autre, lui assura Barrie.

— Vous ne comprenez pas, répéta Vanessa Merritt en un chuchotement agacé tout en se massant le front. Personne ne comprend. Je ne peux le dire à personne. Pas même à mon père. Oh, mon Dieu ! Je ne sais plus quoi faire.

Son désarroi était si manifeste que les occupants de l'autre table s'étaient retournés pour la fixer. Le serveur s'approcha d'elles, visiblement anxieux.

Barrie s'empressa de parler tout bas.

— Vanessa, je vous en prie. Ressaisissez-vous. Tout le monde vous regarde.

Était-ce parce qu'elle l'avait appelée par son prénom

ou pour une autre raison ? Quoi qu'il en fût, elle se reprit instantanément. Ses mains s'immobilisèrent tout net et ses larmes se tarirent. Elle engloutit le cappuccino froid qu'elle prétendait ne pas vouloir quelques instants plus tôt, avant d'essuyer délicatement ses lèvres décolorées avec sa serviette. Barrie assista, médusée, à cette métamorphose.

Tout à fait remise, elle reprit le cours de la conversation d'un ton posé et froid.

— Cet entretien était strictement privé, on est bien d'accord ?

— Absolument, répondit Barrie. Vous me l'avez fait clairement savoir lorsque vous m'avez téléphonée.

— Étant donné votre position, et la mienne, je me rends compte à présent que j'ai commis une erreur en vous donnant rendez-vous. Je ne suis plus moi-même depuis la mort de Robert. J'ai cru que j'avais besoin de me confier à quelqu'un, mais je m'étais trompée. Le fait d'en parler me bouleverse encore plus.

— Vous avez perdu votre enfant. Il est normal que vous soyez ébranlée, souligna Barrie en posant la main sur celle de la jeune femme. Soyez plus indulgente avec vous-même. La mort subite du nourrisson est un drame auquel vous ne pouvez rien.

Elle retira ses verres fumés et plongea son regard dans celui de Barrie.

— Vraiment ? dit-elle.

Puis Vanessa Armbruster Merritt, première dame des États-Unis d'Amérique, remit ses RayBan, glissa la bandoulière de son sac sur son épaule et se leva. Les agents des services secrets assis à la table voisine l'imitèrent à la hâte. Trois de leurs collègues qui montaient discrètement la garde près de la balustrade les rejoignirent sans attendre.

Comme un seul homme, ils se regroupèrent autour de l'épouse du Président et l'escortèrent jusqu'à la limousine qui attendait devant l'entrée du restaurant.

2

Barrie plongea la main dans son fourre-tout à la recherche de pièces pour le distributeur automatique de boissons.

— Quelqu'un aurait-il un peu de monnaie à me prêter ?

— Pas question, mon petit chou, répondit un monteur qui passait par là. Tu me dois déjà soixante-quinze cents.

— Je te rembourserai demain. Juré !

— Inutile d'insister, ma poupée.

— Jamais entendu parler de harcèlement sexuel au bureau ? lui cria-t-elle.

— Bien sûr. Je vote pour ! rétorqua-t-il par-dessus son épaule.

Barrie renonça à chercher des sous égarés au fond de son sac, estimant qu'un soda ne valait pas tant d'efforts.

Elle se fraya un chemin à travers la salle de rédaction de la chaîne de TV, le long du labyrinthe de boxes jusqu'à ce qu'elle atteigne le sien. Un maniaque de l'ordre se serait tranché les veines rien qu'à regarder sa table. En flanquant son sac sur ce capharnaüm, elle fit tomber trois magazines.

— Est-ce qu'il t'arrive de les lire ?

Le son de cette voix familière lui arracha une plainte. Howie Fripp était le chef de rédaction du bulletin d'informations, son supérieur immédiat. Un casse-pieds de première.

— Évidemment que je les lis, mentit-elle. De la première à la dernière page.

Elle recevait régulièrement divers périodiques qui formaient des gratte-ciel sur son bureau jusqu'au jour où elle était bien obligée de les jeter à la poubelle, le plus souvent sans les avoir ouverts. Elle consultait fidèlement son horoscope dans *Cosmopolitan*. Elle ne consacrait guère plus de temps à la lecture de toutes ces revues, mais refusait, ne serait-ce que par principe, de résilier ses abonnements. Tous les bons journalistes de télé dévoraient la presse et ne négligeaient aucune des sources d'informations qui leur tombaient sous la main.

Elle faisait partie du lot.

— Ça ne met pas ta conscience à la torture de penser que des milliers d'arbres perdent la vie rien que pour te fournir une lecture dont tu te fiches éperdument ?

— C'est toi qui me tortures, Howie. De plus, tu es mal placé pour prôner un comportement écologique alors que tu pollues l'atmosphère à raison de quatre paquets de cigarettes par jour.

— Sans parler de mes pets !

Son méchant rictus lui inspirait presque autant de mépris que les petits esprits qui géraient WVUE, une chaîne de télévision indépendante et médiocre, dotée d'un budget minable, qui se débattait pour survivre parmi les mastodontes de l'information à Washington. Il lui avait fallu se mettre à genoux pour obtenir les crédits nécessaires à la production du reportage de fond qui lui avait valu les louanges de l'épouse du Président. Elle avait une foule d'autres idées. Mais le point de vue de la direction, y compris celui d'Howie, différait radicalement du sien. Ses projets étaient contrecarrés par des hommes qui manquaient autant d'envergure que de talent et d'énergie. Elle n'était pas à sa place ici.

N'était-ce pas le sentiment qu'éprouvaient les prisonniers enfermés entre leurs quatre murs ?

— Merci de ta délicatesse, Howie.

Elle se laissa tomber dans son fauteuil et plongea les doigts dans sa chevelure pour dégager son visage.

Sa coiffure n'avait rien de génial mais le vent humide qui soufflait sur la terrasse du restaurant n'avait pas arrangé les choses.

Drôle d'endroit pour fixer un rendez-vous.

La conversation avait été encore plus bizarre.

À quoi cela avait-il servi qu'elles se voient ?

Dans la voiture, sur le chemin du retour, Barrie avait passé en revue les moindres propos que la première dame des États-Unis et elle avaient échangés durant leur brève entrevue. Elle avait analysé les inflexions de voix de Vanessa Merritt, évalué ses gestes, son langage corporel, réfléchi au dernier mot qu'elle avait prononcé en guise d'adieu, mais elle n'arrivait toujours pas à définir avec précision ce qui s'était passé. Ou plutôt ce qui ne s'était pas passé.

— T'as jeté un coup d'œil à ton courrier électronique ? demanda Howie, interrompant brusquement le cours de ses pensées.

— Pas encore.

— Tu sais, le tigre qui s'est échappé du cirque ? Ils l'ont retrouvé. En fait, il n'avait pas du tout pris la fuite. Donc, plus de reportage.

— Oh non ! s'exclama-t-elle d'un ton faussement catastrophé. J'étais tellement impatiente de couvrir cette histoire.

— Eh, ça aurait pu faire la une. Si l'animal avait bouffé un gosse ou quelque chose comme ça.

Cette occasion ratée semblait sérieusement l'affecter.

— C'était un reportage de merde, Howie. Tu me refiles toujours les reportages de merde. Est-ce parce que tu ne me portes pas dans ton cœur ou bien parce que je suis une femme ?

— Pitié ! Tu ne vas pas me ressortir ta tirade féministe ! Tu vas avoir tes règles ou quoi ?

— Tu es un cas désespéré, soupira-t-elle.

Désespérée. C'était exactement ça. Vanessa Merritt donnait l'impression d'être totalement désespérée.

Anxieuse de pousser sa réflexion plus avant, elle ajouta :

— Écoute, Howie, à moins que tu sois passé ici pour un motif particulier, j'ai des tas de trucs à faire, comme tu peux le voir.

Howie s'adossa à la cloison qui séparait son *écurie*, comme elle aimait à qualifier son box encombré, de celle de son voisin. Hiver comme été, il portait des chemises blanches à manches courtes. Invariablement. Avec un pantalon noir lustré. Invariablement lustré. Il ne portait des cravates qu'avec fixe-cravate. La sélection du jour était particulièrement immonde ; une grosse tache trônait sur la pointe effilochée qui atteignait le milieu de sa bedaine, hors de proportion par rapport à son derrière inexistant et ses jambes arquées et maigrelettes.

— Ce serait bien de trouver un sujet de reportage, Barrie, déclara-t-il en croisant simultanément les bras et les chevilles. Tu vois ce que c'est un reportage ? Ce que tu es payée pour produire plus ou moins au quotidien. Tu n'en aurais pas un qui traîne pour les infos de ce soir, par hasard ?

— J'étais sur un coup qui a foiré, marmonna-t-elle en allumant son ordinateur.

— De quoi s'agissait-il ?

— Je ne vois pas l'intérêt d'en parler puisque ça a foiré.

Vanessa Merritt avait dit que les mois précédant son accouchement avaient été intolérables. Même sans ce qualificatif puissamment évocateur, son apparence à elle seule prouvait qu'elle venait de vivre une période très pénible. Après la naissance de son fils, cela s'était encore aggravé. Mais qu'est-ce qui avait bien pu être aussi intolérable ? Et pourquoi me le confier à moi ?

Howie continuait à déblatérer sans se rendre compte qu'elle ne l'écoutait que d'une oreille.

— Je ne te demande pas de couvrir une décapitation en direct, ou les premiers pas de l'homme sur Mars, ni la prise en otage du pape au Vatican par quelque extrémiste islamiste. Une petite histoire toute simple, bien ficelée, ferait amplement l'affaire. Quelque chose. N'importe quoi. De quoi remplir soixante malheureuses petites secondes entre la deuxième et la troisième pages publicitaires. C'est tout ce que je te demande.

— Ce que tu peux avoir l'esprit étriqué, remarqua-t-elle. Si c'est tout ce que tu trouves pour me motiver, pas étonnant que tu obtiennes des résultats aussi minables de tes sous-fifres.

Il décroisa les bras et les jambes et déploya son mètre soixante-cinq — talonnettes de ses mocassins comprises.

— Tu sais ce que c'est, ton problème ? Tu ne penses

qu'à la célébrité. Tu voudrais être Diane Sawyer. Eh bien, voici un flash info : Tu n'es pas Diane Sawyer. Et tu nc le seras jamais. Tu ne seras jamais la femme d'un metteur en scène de renom, ni la rédactrice de ton propre magazine d'informations. Tu ne réussiras même pas à te faire respecter des gens de la profession qui doutent sérieusement de ta crédibilité pour la bonne raison que tu ne fais que des conneries et tout le monde à la télévision le sait. Alors, cesse d'attendre que l'on te serve le grand reportage de ta vie sur un plateau et contente-toi de ce que tu *peux* faire avec les capacités limitées qui sont à ta disposition. Quelque chose que je puisse faire passer sur l'antenne de préférence. Pigé ?

Barrie avait arrêté de l'écouter après son commentaire sur son obsession de célébrité. La première fois qu'elle avait entendu ce speech, c'était le jour où il l'avait embauchée. Par bonté d'âme, comme il n'avait pas manqué de le lui préciser. De plus, avait-il ajouté, la direction le tannait depuis un moment pour qu'il engage une autre « gonzesse » et Barrie était « plutôt pas mal de sa personne ». Il lui avait rabâché la même chose pratiquement tous les jours depuis lors. Depuis trois longues années.

Il y avait quelques messages dans son E-mail, mais aucun ne présentait un caractère d'urgence. Elle éteignit son ordinateur et se leva.

— Il est trop tard pour que je puisse faire quoi que ce soit ce soir, Howie. Mais j'aurai un reportage pour toi demain. C'est promis.

— Hé ! Où vas-tu comme ça ? s'écria-t-il quand elle se faufila devant lui.

— À la bibliothèque.

— Pour quoi faire ?

— Des recherches.

Elle asséna un coup de poing au distributeur de boissons en passant devant dans le couloir. Une canette de Coca light descendit toute seule. Elle prit cela pour un bon présage.

En jonglant avec son sac, une brassée de livres empruntés à la bibliothèque et son trousseau de clés, elle parvint finalement à ouvrir la porte de sa maison donnant sur le jardin et s'engouffra à l'intérieur. À peine le seuil franchi, elle eut droit à un baiser goulu et humide sur les lèvres.

— Merci, Cronkite, fit-elle en essuyant la salive sur son visage. Moi aussi je t'aime.

Cronkite et le reste de la portée étaient destinés à l'euthanasie le jour où Barrie s'était rendue à la fourrière, ayant décidé qu'il lui fallait un compagnon à quatre pattes après qu'un autre — à deux pattes celui-là — lui avait annoncé de but en blanc qu'il avait besoin d'espace avant de sortir de sa vie pour toujours.

Elle avait eu de la peine à choisir le chiot à épargner, mais n'avait jamais regretté sa décision. Cronkite était un gros chien à longs poils et comptait indubitablement des traces de golden retriever dans son patrimoine héréditaire. Pour l'heure, il braquait sur elle ses grands yeux bruns débordants d'amour tandis que sa queue lui battait joyeusement le mollet comme une baguette de tambour.

— Va faire ce que tu as à faire, dit-elle en pointant le menton vers le jardinet. Passe par la trappe que j'ai fait aménager exprès pour toi. — Cronkite gémit. Barrie soupira. — Bon d'accord, je t'attends. Mais dépêche-toi. Ces bouquins pèsent une tonne.

Il arrosa gaiement plusieurs buissons avant de rentrer précipitamment à l'intérieur, précédant sa maîtresse.

— Voyons si nous avons du courrier intéressant, dit-elle en se dirigeant vers l'entrée où sa correspondance formait un petit monticule sous l'ouverture de la boîte aux lettres, devant la porte. Des factures. Encore des factures. Un rappel. Une invitation à dîner à la Maison Blanche.

Elle considéra son chien qui pencha la tête de côté d'un air perplexe.

— C'était juste pour m'assurer que tu écoutais ce que je disais.

Cronkite la suivit à l'étage, dans sa chambre où elle troqua sa robe et ses talons contre un sweat-shirt des Redskins qui lui arrivait presque aux genoux et une paire de chaussettes de sport. Après s'être brossé les cheveux à la hâte, elle se fit une queue de cheval. Éblouissante, songea-t-elle en se regardant dans la glace, puis elle cessa de se préoccuper de son apparence et se mit au travail.

Au fil des années, elle avait cultivé quantité de relations susceptibles d'être des sources précieuses — employés, secrétaires, amants illicites, femmes de chambre, flics, outre une poignée de gens à des postes clés — qui lui fournissaient à l'occasion des informations inédites et des pistes sûres. C'était notamment le cas d'Anna Chen qui travaillait au service administratif du DC General Hospital. Les ragots savoureux qu'Anna glanait dans l'établissement grâce au téléphone arabe débouchaient fréquemment sur de bons reportages. C'était l'une de ses meilleures informatrices.

En espérant qu'il ne serait pas trop tard pour l'atteindre au bureau, Barrie chercha le numéro dans son Rolodex et appela. La standardiste la lui passa sans attendre.

— Bonjour, Anna. C'est Barrie Travis. Je suis contente de vous avoir au bout du fil.

— J'allais partir. De quoi s'agit-il ?

— Ai-je une chance quelconque de mettre la main sur une photocopie du rapport d'autopsie de l'enfant des Merritt ?

— Vous plaisantez ?

— C'est si difficile que ça ?

— C'est pour ainsi dire impossible. Désolée, Barrie.

— Je m'en doutais.

— Pourquoi tenez-vous à l'avoir ?

Elle se lança dans une série d'acrobaties verbales afin d'expliquer sa requête, ce qui parut rassurer son interlocutrice.

— Merci quand même, Anna.

Elle raccrocha, dépitée. Ce rapport aurait été un bon point de départ, même si elle n'avait pas une idée très claire de ce qu'elle cherchait.

— Qu'est-ce que tu veux pour dîner, Cronkite ? demanda-t-elle en dévalant l'escalier pour se rendre dans la cuisine.

Elle ouvrit la porte de la réserve et énuméra les choix de menus.

— Voici les spécialités du chef pour ce soir : Lapin

Royal, Boulettes de poulet et foie Canigou et Croquettes de poulet Fido...

Il gémit de déception. Prise de pitié, elle ajouta :

— Luigi's ?

Une langue rose, interminable, fit son apparition et il se mit à panteler comme un pervers dans la cabine obscure d'un sex-shop.

Sa conscience lui disait de se contenter d'un repas surgelé allégé. Et puis flûte ! Quand on passe ses soirées chez soi en sweat-shirt et chaussettes à faire la conversation à un bâtard sans aucun espoir de distraction en dehors de longues heures de recherche, qu'est-ce que quelques grammes de plus pouvaient bien changer ?

Pendant qu'elle attendait de passer sa commande de pizzas au téléphone, Cronkite se mit à geindre parce qu'il avait de nouveau envie de sortir.

— Si c'est si urgent que ça, dit-elle en couvrant le micro du combiné, tu n'as qu'à utiliser ta propre porte.

Le chien jeta un coup d'œil dédaigneux à l'ouverture pratiquée au bas de la porte de la cuisine. Elle était suffisamment grande pour qu'il puisse s'y glisser sans qu'elle eût à s'inquiéter d'une intrusion éventuelle. Tout en réitérant sa commande, elle pointa un index impératif en direction de la trappe. Manifestement humilié, Cronkite finit par s'y faufiler en courbant l'échine. Elle avait raccroché lorsqu'il lui fit connaître son intention de rentrer. Elle alla lui ouvrir la porte en grand.

— Nos pizzas seront là dans vingt-cinq minutes. Garanti, sinon on les a gratuites.

En attendant le livreur, elle se servit un verre de vin blanc qu'elle emporta au grenier, converti en bureau. Elle avait vidé son compte-épargne pour acheter cette maison située dans le quartier branché de Dupont Circle. Le quartier était pittoresque, la bâtisse avait du caractère et elle pouvait accéder facilement partout en ville.

Au départ, elle avait loué le dernier étage qui constituait un appartement à lui tout seul. Mais lorsque son locataire était parti vivre en Europe en lui laissant six mois de loyer payés d'avance, Barrie avait profité de cette aubaine pour transformer les trois pièces étriquées en un grand studio/bureau.

Tout un mur était désormais consacré au stockage

de cassettes-vidéo. Des étagères entières de cassettes. Elle conservait tous ses reportages ainsi que les bulletins d'informations à portée historique, outre les enregistrements de tous les magazines télévisés. Les bandes étaient rangées par sujets, en ordre alphabétique. Elle trouva aussitôt la cassette qu'elle cherchait, la glissa dans le magnétoscope et la regarda tout en buvant son vin à petites gorgées.

Le décès de Robert Rushton Merritt et ses funérailles avaient été amplement couverts par les médias. Cette tragédie semblait injuste dans la mesure où elle frappait les Merritt dont le mariage passait pour exemplaire.

Le Président David Malcomb Merritt aurait pu être le modèle de tout jeune Américain aspirant à devenir Président. Il était d'une beauté classique, sportif, séduisant et aussi charismatique aux yeux des hommes que des femmes.

Il n'aurait pas pu trouver meilleure compagne que Vanessa. Elle était ravissante. Sa beauté et son charme méridional compensaient aisément ses failles. En l'occurrence, son manque d'esprit. Et de sagesse. On pouvait difficilement la considérer comme un monument d'intelligence, mais personne n'avait l'air de s'en soucier. Le public voulait une première dame dont il pouvait tomber amoureux, et Vanessa Armbruster Merritt remplissait admirablement cet office.

Les parents de David étaient morts depuis longtemps. Il n'avait plus de famille, mais son beau-père comblait largement ce vide. Cletus Armbruster était sénateur du Mississippi depuis aussi loin que remontaient les souvenirs de ses compatriotes. Il avait survécu à un plus grand nombre de présidents que la plupart des Américains se rappelaient avoir élus.

À eux trois, ils constituaient un triumvirat remarquablement photogénique, aussi célèbre que n'importe quelle famille royale. Depuis les Kennedy, aucune famille de Président américain n'avait autant attiré l'attention du public et suscité son adoration, tant à l'échelle nationale qu'internationale. Le moindre de leurs faits et gestes, qu'ils soient ensemble ou séparés, faisait sensation.

C'est pourquoi la nation américaine était devenue

complètement gaga en apprenant que l'épouse du Président était enceinte. L'enfant parachèverait la perfection incarnée par ses parents.

Sa venue au monde avait eu plus de retentissement que l'opération « Tempête du Désert » durant la guerre du Golfe ou les épurations ethniques en Bosnie. Barrie se souvenait d'avoir suivi le énième reportage relatif à l'arrivée du nouveau-né à la Maison Blanche sur un des moniteurs de la salle de rédaction. Est-ce qu'on ne devrait pas guetter l'apparition d'une étoile à l'est ? avait remarqué Howie d'un ton goguenard.

Le seul événement qui avait causé un pareil remue-ménage au sein de la presse avait été le décès de ce même enfant trois mois plus tard.

En état de choc, le monde avait sombré dans le chagrin. Personne ne voulait le croire. Personne n'arrivait à le croire. Toute l'Amérique était en deuil.

Barrie finit son verre, rembobina la bande pour la troisième fois et regarda les images de l'enterrement qui défilaient de nouveau sous ses yeux.

D'une pâleur pathétique qui réhaussait sa beauté, Vanessa Merritt, tout de noir vêtue, ne tenait pas debout sans assistance. Il était évident aux yeux de tous qu'elle avait le cœur brisé. Elle avait dû attendre des années avant de concevoir un enfant, et cette facette de sa vie intime avait d'ailleurs été explorée, et exploitée à fond par les médias. Perdre cet enfant qu'elle avait eu tant de mal à porter faisait d'elle une héroïne de tragédie.

Quant au Président, il avait fait montre d'un remarquable stoïcisme en dépit des larmes qui coulaient le long de ses joues et s'insinuaient dans ses séduisantes fossettes. Nombreux furent les commentaires sur l'attention qu'il prodiguait à son épouse. Ce jour-là, David Merritt était apparu avant tout comme un mari et un père même s'il se trouvait être aussi chef d'État.

Le sénateur Armbruster avait sangloté sans retenue dans son mouchoir blanc. Sa contribution au cercueil de son petit-fils était un drapeau miniature de l'État du Mississippi fiché au milieu des roses blanches.

Si Barrie avait été à la place de la première dame d'Amérique, elle aurait souhaité pleurer son enfant à l'abri des regards. Elle aurait eu horreur des caméras et des journalistes. Elle savait que ses collègues ne faisaient que leur travail — d'ailleurs, elle avait elle-même participé à la curée —, mais il n'empêche que cet enterrement avait été un véritable spectacle retransmis dans le monde entier par le biais d'un satellite. Comment Vanessa Merritt avait-elle fait pour tenir aussi bien le coup ?

La sonnette retentit.

Barrie jeta un coup d'œil à la pendule.

— Sapristi ! Vingt-quatre minutes et trente-neuf secondes. Tu sais, Cronkite, enchaîna-t-elle tandis qu'ils descendaient l'escalier, je crois qu'ils font ça exprès pour nous donner de l'espoir.

Luigi en personne s'était chargé de la livraison. C'était un petit Italien rondouillard au visage rose, luisant de sueur, aux lèvres charnues de chérubin, arborant une impressionnante toison noire — sur la poitrine. Quant à son crâne, il était totalement déplumé.

— Mademoiselle Travis, s'exclama-t-il en faisant claquer sa langue après avoir passé en revue la tenue de sa cliente. J'espérais que la deuxième pizza de ce soir serait pour votre amant.

— Raté. Celle aux boulettes de viande est destinée à Cronkite. J'espère que vous n'avez pas eu la main trop lourde avec l'ail. Ça lui donne des gaz. Combien je vous dois ?

— J'ai mis ça sur vot' note.

— Merci.

Elle tendit les bras pour prendre les deux boîtes dont l'arôme incitait Cronkite à faire une valse extatique autour de ses pieds. Entre les pirouettes du chien, le vin blanc et la faim, elle avait le tournis.

Mais Luigi n'allait pas lâcher ses pizzas sans la gratifier du laïus qui venait toujours en accompagnement.

— Vous êtes une star...

— Je suis journaliste à la télé.

— C'est pareil, décréta-t-il. Comme je dis toujours à ma femme, mam'zelle Travis est une bonne cliente. Elle nous appelle deux à trois fois par semaine. Tant mieux pour nous, mais pour elle, c'est pas bien. Elle passe trop de temps toute seule. Et ma femme, elle me dit...

— Que Mlle Travis préfère peut-être être seule.

— Non. Elle dit que vous ne rencontrez personne parce que vous ne faites que travailler.

— Je rencontre plein d'hommes, Luigi. Mais tous les bons partis sont déjà pris. Ceux que je croise sont soit mariés, soit pédés, monstrueux, ou inéligibles. Quoi qu'il en soit, votre sollicitude me touche.

Elle essaya une nouvelle fois d'attraper ses pizzas. Il l'en empêcha.

— Vous êtes jolie, mademoiselle Travis.

— Je ne provoque pas d'embouteillage.

— Vous avez de beaux cheveux. Un teint de pêche. Et des yeux verts étonnants.

— Noisette. Tout ce qu'il y a de plus ordinaire.

Rien de spectaculaire. Pas comme les prunelles saphir incroyablement limpides de Vanessa Merritt, par exemple.

— Un peu maigrichonne de là-haut, ajouta Luigi en dardant son regard sur sa poitrine.

Barrie savait par expérience que si elle le laissait faire, il allait se lancer dans une interminable appréciation de sa silhouette.

— Mais pas trop, s'empressa-t-il d'ajouter d'un ton rassurant. Vous êtes mince partout.

— Et ça ne risque pas de s'arranger, dit-elle en lui arrachant les deux boîtes des mains. Merci, Luigi. Ajoutez un bon pourboire pour vous sur ma note et mes salutations à votre femme.

Elle referma la porte à la hâte avant qu'il puisse entamer une nouvelle litanie sur sa pitoyable vie amoureuse.

Cronkite n'en pouvait plus d'attendre. Elle lui servit sa pizza, à même la boîte. Après quoi, elle s'installa à la table de la cuisine avec son dîner, un autre verre de vin et les livres qu'elle avait empruntés à la bibliothèque. La pizza était succulente, comme d'habitude. Le deuxième verre de vin descendit encore plus facilement que le premier. Ses recherches sur la mort subite du nourrisson la fascinaient.

Des trois, celles-ci furent les seules qu'elle acheva, avide d'en savoir plus.

3

En fronçant les sourcils d'un air sceptique, Howie Fripp enfonça l'extrémité de sa clé de voiture dans le creux de son oreille.

— Suis pas convaincu.

Barrie éprouva une envie primale de sauter par-dessus son bureau et de lui déchiqueter la gorge à belles dents. Il était le seul être sur terre à déchaîner cet aspect féroce de sa personnalité. Howie. Personne d'autre. Ce n'étaient pas seulement ses ignobles manies et sa misogynie flagrante qui éveillaient chez elle des instincts aussi bestiaux. Sa lâcheté, ses perpétuelles jérémiades et son petit esprit y contribuaient aussi largement.

— Je ne vois pas ce que tu trouves à redire là-dedans.

— Je trouve ça déprimant, répondit-il en frissonnant avec ostentation. Des bébés mourant dans leur berceau. Qui peut s'intéresser à un sujet pareil ?

— Les nouveaux parents. Les futurs parents. Ceux auxquels c'est arrivé. Tous ceux qui souhaitent être informés et éclairés, ce qui inclut, je l'espère, une partie de notre audience.

— Tu vis dans un monde de rêves, Barrie. Notre public regarde les nouvelles sur notre chaîne parce que leur feuilleton passe juste après.

Barrie s'efforça de lui cacher son agacement. S'il s'apercevait qu'elle commençait à perdre patience, il se buterait encore plus.

— Étant donné le thème, ça ne peut évidemment pas être une série gaie. Mais on n'est pas obligé de tomber dans le mélo non plus. J'ai contacté un couple qui a perdu un enfant il y a deux ans à cause de la mort subite du nourrisson. Depuis lors, ils ont eu un autre bébé et sont disposés à nous accorder une interview en direct sur la manière dont ils ont réussi à s'en sortir.

Elle se leva, décidée à avoir gain de cause.

— L'idée maîtresse sera cette lumière au bout du tunnel. La victoire sur l'adversité. On peut faire quelque chose de tout à fait inspirant.

— Tu as déjà prévu une interview ?

— Sujette à ton approbation, bien entendu, répliqua-t-elle, histoire de lui passer un peu de pommade. Je voulais mettre toutes les chances de mon côté avant de venir te trouver, Howie. Il y a une semaine que je fais des recherches, que je consulte pédiatres et psychologues. C'est un sujet d'actualités, surtout depuis le décès du petit Merritt.

— Les gens en ont par-dessus la tête de cette histoire.

— Mais j'aborde la question sous plusieurs angles inédits.

Cela ne faisait pas simplement partie de son argumentaire de vente. Plus elle approfondissait la mort subite du nourrisson, plus elle était fascinée par les sujets périphériques, aussi passionnants et dignes d'être explorés que le thème central lui-même. Au fil de son enquête, elle en était arrivée à la conclusion qu'en quatre-vingts secondes, elle ne ferait qu'effleurer le problème.

Seulement Howie faisait barrage.

— Suis pas convaincu, répéta-t-il.

La clé de contact effectuait un défrichage systématique de son autre oreille tandis qu'il parcourait une nouvelle fois le canevas qu'elle lui avait remis. Il était bref, mais précis. Il devait être capable de le comprendre en dépit de sa cervelle d'oiseau.

Elle avait demandé trois volets qui devaient être diffusés trois jours de suite pendant les deux bulletins d'information du soir, chacun portant sur une facette distincte de la mort subite du nourrisson. Elle avait suggéré que l'on fasse un sérieux tapage publicitaire en s'y prenant longtemps à l'avance.

En définitive — même si cela ne figurait évidemment pas dans sa proposition —, un producteur parmi le public apprécierait son travail et offrirait de la débaucher, la délivrant ainsi de la colonie de lépreux du journalisme télévisé, plus connue sous le nom de service d'informations de WVUE.

Howie éructa. La clé avait extirpé une boulette de cérumen brunâtre qu'il essuya sur la première page de son projet.

— J'ai vraiment des doutes...

— J'ai décroché une interview avec Mme Merritt.

Il laissa tomber la clé gluante.

C'était un mensonge, bien sûr. Mais en désespoir de cause...

— Nous avons pris un café ensemble il y a quelques jours.

— La femme du Président et toi ?

— Absolument. Sur son invitation. Au cours de la conversation, j'ai évoqué l'éventualité d'une série. Elle a trouvé l'idée excellente et a consenti à me confier ses sentiments sur la question.

— Devant la caméra ?

Barrie eut soudain la vision de Vanessa Merritt se dissimulant tant bien que mal derrière ses RayBan, une cigarette interdite entre ses doigts tremblants. L'image d'une femme réduite à l'état d'épave.

— Évidemment, riposta-t-elle en levant les yeux au ciel.

— Tu ne fais aucune mention de la première dame d'Amérique dans ta proposition.

— Je voulais te faire la surprise.

— Eh bien, je suis surpris, répondit-il sèchement.

Elle n'avait jamais su mentir, mais Howie ne brillait pas par la finesse psychologique. Aussi pensait-elle pouvoir s'en tirer à bon compte.

Il se pencha sur son bureau.

— Si Mme Merritt accepte de nous accorder une interview...

— Elle acceptera.

— Cela ne te dispense pas de fournir quotidiennement un bon reportage.

Sur ce, il se radossa à son fauteuil et entreprit de se gratter l'entrejambe.

Elle réfléchit un instant avant de secouer énergiquement la tête.

— Ce sujet mérite toute mon attention, Howie. Je voudrais m'y consacrer entièrement.

— Et moi je crève d'envie de sauter Sharon Stone. Mais on n'a pas toujours ce qu'on veut, hein ?

Barrie se ravisa.

— Bon. Condition acceptée.

— Barrie Travis.

— Qui ça ?

L'épouse du Président se racla la gorge avant de répéter ce nom.

— Barrie Travis. Elle est journaliste à WVUE.

— Ah, oui ! Elle a une voix un peu cassée, commenta David Merritt, Président des États-Unis, tout en fermant son bouton de manchette portant le sceau présidentiel. Je l'ai invitée à prendre la parole lors d'une récente conférence de presse. Ses reportages sur la Maison Blanche sont généralement favorables, non ?

— Tout à fait.

— Pourquoi me parles-tu d'elle ?

Assise au bord d'une méridienne, Vanessa, déjà habillée, avala une gorgée de vin blanc avant de répondre.

— Elle a l'intention de faire une série sur la mort subite du nourrisson et souhaiterait y inclure une interview de moi.

Merritt enfila sa veste de smoking avant de jeter un coup d'œil à son reflet dans la glace. À l'époque où il était entré en fonction, il avait décidé de ne pas embaucher de valet. Aucun tailleur, aussi expérimenté fût-il, ne savait tirer meilleur parti de son physique que lui-même. La coupe de sa veste soulignait ses épaules carrées et sa taille mince. Il avait toujours les cheveux impeccablement coupés mais évitait de les lisser. Secrètement, il se préférait un peu ébouriffé. Il portait le costume avec élégance et grâce. En blue-jeans, on lui aurait donné le bon Dieu sans confession.

Satisfait de ce qu'il voyait dans le miroir, il se tourna vers sa femme :

— Et alors ?

— Elle sera à la réception ce soir. Dalton a promis de lui donner une réponse.

Dalton Neely était le porte-parole de la Maison Blanche. Il avait été sélectionné et formé avec soin par Merritt et son conseiller le plus proche, Spencer Martin.

— En fait, la requête officielle a transité par le bureau de Dalton, reprit Vanessa en extirpant un comprimé de Valium du flacon qu'elle venait de pêcher dans sa pochette en perles. Barrie Travis n'arrête pas de téléphoner à mon bureau depuis plusieurs jours. J'ai refusé de prendre ses appels, mais elle a de la suite dans les idées.

— C'est comme ça que les journalistes s'en sortent.

— En attendant, son entêtement m'a mise dans de beaux draps ! Dalton est venu me voir cet après-midi pour me faire part de sa demande. Ils veulent tous les deux une réponse ce soir.

Le Président s'approcha d'elle en deux enjambées, lui saisit le poignet et s'empara du petit cachet jaune qu'elle serrait dans le creux de sa main. Il sortit le tube de son sac et y remit le comprimé avant de l'empocher.

— J'en ai besoin, David.

— Absolument pas. Ça aussi, c'est fini. — Il lui prit son verre des mains et alla le poser un peu plus loin. — L'alcool neutralise l'effet de tes remèdes.

— Je n'en suis qu'à mon deuxième verre.

— C'est ton troisième. Tu mens, Vanessa.

— D'accord, j'ai mal compté. Et alors ! Je...

— Je ne te parle pas du vin, mais de cette journaliste. Elle ne t'a pas mise dans le pétrin. C'est toi qui es allée la chercher. Elle n'avait jamais appelé ton bureau jusqu'au jour où tu es sortie avec elle il y a environ deux semaines de cela. N'est-ce pas ainsi que les choses se sont passées ?

On l'avait mis au courant de leur rencontre quelques heures après qu'elle eut eu lieu de sorte que la demande de Barrie Travis pour une interview ne le surprenait pas le moins du monde. Ce qui le hérissait, c'était que, sans son consentement, Vanessa eût proposé un entretien à un membre de la presse. Sa femme et une journaliste dont la réputation professionnelle était de surcroît

sujette à caution, constituaient une dangereuse combinaison.

— Tu m'as fait surveiller ? lança-t-elle d'un ton
accusateur.

— Vanessa, pourquoi lui as-tu donné rendez-vous ?

— J'avais besoin de parler à quelqu'un. Ce n'est pas
un crime.

— Et tu choisis de faire tes confidences à une journaliste ? railla-t-il.

— Elle m'a écrit un petit mot très touchant. J'ai
pensé que ça me ferait du bien de bavarder un peu avec
elle.

— La prochaine fois, adresse-toi plutôt à un prêtre.

— Tu fais toute une histoire pour rien, David.

— Si vraiment ce n'était rien, pourquoi ne pas m'en
avoir fait part ?

— C'était sans importance, jusqu'à ce qu'elle me
réclame une interview en direct. Avant cela, notre entrevue ne valait même pas la peine d'être mentionnée. Elle
m'a promis de garder pour elle tout ce que je lui ai dit
cet après-midi-là. J'avais vraiment besoin de parler à
quelqu'un — à une femme.

— À propos de quoi ?

— À ton avis ? hurla-t-elle.

Elle se leva d'un bond et se jeta sur son verre de vin
qu'elle éclusa d'un air provocant.

David dut se faire violence pour ne pas laisser exploser sa colère.

— Tu n'es plus toi-même, Vanessa.

— Je ne te le fais pas dire. Tu ferais mieux de sortir
sans moi, ce soir.

La réception destinée à honorer une visite d'amitié
de délégués en provenance des pays scandinaves devait
être sa première apparition en public depuis la mort tragique de Robert Rushton. Cette petite réunion officielle
avait semblé parfaitement convenir pour la circonstance.
Vanessa s'était retirée de la vie sociale depuis le décès du
bébé, mais on avait estimé que trois mois suffisaient. Les
électeurs avaient besoin de voir qu'elle s'était remise en
selle.

— Tu ne peux pas faire autrement que de venir,

riposta le Président. Et tu seras la reine du bal, comme d'habitude.

— Mais...

— Il n'y a pas de mais. J'en ai assez de te trouver des prétextes. Il faut que nous venions à bout de cette histoire, Vanessa. Ça fait douze semaines.

— Y a-t-il un délai prévu pour le chagrin ?

Il ignora son ton mordant.

— Tu joueras ton rôle à la perfection ce soir, comme toute jeune femme bien élevée qui se respecte. Sois charmante, souriante comme tu sais l'être, et tout se passera bien.

— Je déteste tous ces gens qui me dévisagent d'un air plein de pitié et de remords sans savoir quoi dire. Quand quelqu'un parvient à articuler deux mots, c'est d'une banalité telle que ça me donne envie de hurler.

— Contente-toi de les remercier de leur sollicitude et ne t'occupe pas du reste.

— Seigneur ! s'écria-t-elle d'une voix brisée. Comment peux-tu oublier...

— Parce que je n'ai pas d'autre solution, bon sang ! Et toi non plus...

Il la fusilla du regard avec une intensité telle qu'elle retomba sur la méridienne. Frappée de stupeur, elle se contenta de le fixer d'un air interdit.

Il se détourna et lorsqu'il reprit la parole, il avait retrouvé la maîtrise de lui-même.

— Très jolie, ta robe. Est-elle neuve ?

Elle fit le dos rond et baissa la tête. David qui l'observait dans la glace reconnut là les gestes réflexes d'une capitulation.

— J'ai beaucoup maigri, marmonna-t-elle. Plus rien de ce que j'ai ne me va.

On frappa à la porte. David alla ouvrir.

— Spence. Sont-ils prêts ?

Spencer Martin jeta un rapide coup d'œil dans la pièce par-dessus l'épaule du Président. En voyant Vanessa et le verre vide posé sur la table basse devant elle, il lui retourna la question :

— Êtes-vous prêts ?

David passa délibérément outre à la remarque pleine de sollicitude de son conseiller.

— Vanessa a un peu le trac, mais elle s'en sortira à merveille comme toujours.

— On la bouscule peut-être un peu. Si elle ne se sent pas d'attaque...

— Ridicule. Tout ira très bien. — Il se tourna vers son épouse et lui offrit son bras. — Tu viens, ma chérie ?

Elle se leva et s'approcha d'eux à pas lents en évitant leurs regards.

L'un des traits de caractère de David Merritt consistait à ignorer souverainement ce qu'il n'avait pas envie d'admettre, par exemple l'évidente antipathie qui régnait entre sa femme et son bras droit.

— N'est-elle pas ravissante ce soir, Spence ? dit-il pour combler le long silence.

— Certainement, monsieur le Président.

— Merci, répondit Vanessa avec froideur.

Au moment où ils s'engageaient dans le couloir, elle prit le bras de son mari et demanda :

— Quelle réponse Dalton doit-il donner à Barrie Travis ?

— Barrie Travis. La journaliste ? intervint Spence. Une réponse à propos de quoi ? continua-t-il, perplexe.

— Elle a demandé à Dalton la permission d'intervie-wer Vanessa.

— Au sujet de quelque chose en particulier ?

— La mort subite du nourrisson, répondit le Président.

Barrie avait carrément la tête qui tournait. Les mots jaillissaient de sa bouche comme l'eau d'une pompe à incendie cassée.

— J'étais dans la file d'attente pour saluer le Président avec mon escorte. Oh, ne t'excite pas trop. C'est un homosexuel qui n'ose pas s'avouer. On s'est fait une faveur mutuelle, si je puis dire. Il était invité à la réception et avait besoin d'une femme pour l'accompagner. Moi, ça m'a donné l'occasion de parler directement au Président et à son épouse.

« Bref, j'avance tranquillement dans la queue en prenant un air parfaitement blasé et détendu et quand je me retrouve en face du Président, il prend ma main entre les siennes, je te jure, et me dit : "Je vous remercie infiniment d'être venue, mademoiselle Travis. C'est toujours un plaisir de vous voir à la Maison Blanche. Vous êtes ravissante, ce soir."

« En fait, je ne me souviens pas précisément de ces paroles, mais en tout cas ce que je peux te dire c'est qu'on ne m'a pas reçue comme une étrangère ou une vague connaissance, ni même comme une vulgaire journaliste. Barbara Walters n'aurait pas été accueillie plus chaleureusement.

Cronkite bâilla et s'installa plus confortablement au milieu du lit.

— Je te rase ? demanda Barrie avant de reprendre son souffle. Tu n'as pas l'air de te rendre compte de ce que cela représente de décrocher la première interview exclusive avec la femme du Président depuis la mort de son enfant.

« À vrai dire, le Président m'en a parlé avant même que j'aborde la question. Il m'a dit que Mme Merritt l'avait informé de la série que je projetais de faire sur la mort subite du nourrisson. Il trouve que c'est une excellente idée et m'a affirmé qu'il avait exhorté son épouse à y prendre part. Il m'a félicitée de vouloir éveiller l'attention du public sur ce phénomène tragique. Après quoi, il m'a assurée de la coopération absolue de Mme Merritt et de la sienne. J'étais... Voyons, je vais t'expliquer les choses autrement. C'était comme un orgasme à répétition.

Elle se glissa auprès de Cronkite qui occupait les deux tiers du lit et refusait de céder un centimètre de son territoire. En équilibre instable au bord du matelas, elle ajouta :

— Je regrette seulement que Howie n'ait pas été là pour voir ça.

4

Il savait que le téléviseur était allumé, mais ce n'était qu'un bruit de fond jusqu'à ce qu'il entende la voix familière. Il sortit la tête du lavabo de la salle de bains où il était en train de s'asperger le visage d'eau froide et regagna la chambre en attrapant une serviette au passage.

— ... que le Président Merritt et vous-même partagez, malheureusement, avec des milliers d'autres couples.

Il ne reconnaissait pas la journaliste. Elle devait avoir une trentaine d'années. Peut-être un peu plus. Des cheveux auburn, mi-longs. De grands yeux et des lèvres charnues qui recelaient la promesse d'un bon moment, bien que ni son regard, ni sa bouche ne souriaient à cet instant. Une voix rauque, particulière, inhabituelle pour une journaliste — la plupart d'entre eux donnaient l'impression de sortir de la même école de diction. Son nom apparaissait en surimpression au bas de l'écran. Barrie Travis. Ça ne lui disait strictement rien.

— Le Président et moi-même avons été surpris d'apprendre le nombre de familles qui ont connu cette tragédie, disait Vanessa Merritt. Cinq mille par an rien que dans notre pays.

Ce visage et cette voix, Gray Bondurant les aurait identifiés entre mille, même s'il était évident au premier coup d'œil que la jeune femme avait reçu des consignes très strictes sur la manière de se comporter durant cette interview. Elle avait les mains sagement croisées sur les genoux. On avait dû lui recommander de ne pas faire le moindre geste. Ses expressions aussi avaient été soigneusement disciplinées.

La journaliste passa la parole au Dr George Allan, le médecin de famille des Merritt qui avait eu la triste mission de constater le décès de Robert Rushton Merritt dans la nurserie de la Maison Blanche. Il expliqua que la science médicale s'efforçait toujours de déterminer précisément les causes de la mort subite du nourrisson et les moyens de la prévenir.

Après quoi l'interview prit une tournure plus personnelle.

— Madame Merritt, nous avons tous été témoins de votre chagrin et de celui du Président Merritt durant les funérailles de votre enfant. — Des images de l'enterrement commencèrent à défiler sur l'écran. — Trois mois ont passé. Vous êtes encore extrêmement vulnérable, bien évidemment, mais je sais que nos téléspectateurs seraient intéressés d'entendre toutes les réflexions que vous souhaiteriez faire à ce propos.

Vanessa prit son temps avant de répondre.

— Mon père dit toujours : « L'adversité est une aubaine déguisée. » Et comme toujours, ajouta-t-elle en esquissant un sourire, il a raison. David et moi avons le sentiment d'être plus forts, aussi bien dans notre couple qu'individuellement, parce que nous avons été mis à l'épreuve à la limite de notre endurance et que nous avons réussi à survivre.

— Foutaises !

Il roula en boule la serviette qu'il tenait et l'expédia à l'autre bout de la pièce, après quoi il s'empara de la commande à distance, bien résolu à ne pas en entendre davantage.

Mais il s'arrêta en cours de route.

— Nous espérons, le Président et moi-même, que ceux qui connaissent la même tragédie puissent trouver du réconfort en nous écoutant. La vie continue, qu'on le veuille ou non.

Bondurant éteignit le téléviseur en jurant entre ses dents.

Toutes ces réponses avaient été rédigées noir sur blanc, sanctionnées, signées et remises à Vanessa pour qu'elle les apprenne par cœur et les récite comme un perroquet. Des répliques composées par Dalton Neely.

Ou bien par le père de Vanessa, Clete Armbruster. Voire par le Président, avec l'approbation de Spencer Martin.

Quoi qu'il en soit, elle avait répété son rôle avec application avant l'interview. Ces mots n'étaient pas d'elle. Elle les avait prononcés, mais cela n'avait rien de spontané et ne lui venait certainement pas du cœur. Il doutait que la journaliste à la voix sexy fût consciente d'avoir été dupée. Vanessa avait été programmée comme une poupée parlante dotée d'une puce électronique dans le crâne. Il n'aurait pas été convenable qu'elle dévoile ses vrais sentiments. Et encore moins judicieux sur le plan politique.

Pris d'une brusque sensation de claustrophobie, Bondurant alla à la cuisine chercher une bière, puis se rendit dans la véranda. Trois mètres de large, abritée par un auvent, elle courait sur toute la façade de la maison. Il se laissa tomber dans son vieux rocking-chair et porta la canette à ses lèvres. Les muscles de son cou hâlé s'activèrent tandis qu'il en engloutissait la moitié d'une seule gorgée.

On aurait dit une publicité pour une bière. Des clichés de lui, torse nu, buvant dans ce cadre rustique auraient pu vendre des millions de canettes de n'importe quelle brasserie, mais il ne s'en rendait pas compte et n'en avait rien à cirer. Il savait qu'il faisait une forte impression sur les gens, mais ne s'était jamais préoccupé de comprendre pourquoi. Il n'était pas orgueilleux pour un sou, encore moins au cours de l'année qui venait de s'écouler, où des semaines entières avaient passé sans qu'il vît âme qui vive. S'il décidait de prendre sa voiture pour se rendre à Jackson Hole, il lui arrivait de se raser. Mais pas toujours.

Il était tel quel. À prendre ou à laisser. Il avait toujours fonctionné comme ça et communiquait tacitement le message à tous ceux qu'il rencontrait. C'était une des raisons pour lesquelles il ne s'était jamais vraiment bien intégré à la société washingtonienne. Il se félicitait d'y avoir renoncé. Une certaine dose de conformité était requise de la part des confidents présidentiels. Or Gray Bondurant était un non-conformiste né.

Il darda son regard bleu aussi dur et froid qu'un glacier sur les sommets déchiquetés des monts Tetons encapuchonnés de neige. Il avait l'impression de pouvoir les toucher alors qu'ils se situaient à des kilomètres de là. La majesté des montagnes violettes ! Dans son jardin. Pas mal tout de même.

Il froissa la canette de bière vide comme s'il s'agissait d'un papier d'emballage de chewing-gum. Il aurait donné cher pour effacer les dix dernières minutes de son esprit. Pourquoi n'était-il pas resté dehors un peu plus longtemps au lieu de rentrer se débarbouiller ? Quel coup du sort l'avait incité à mettre la télévision sur cette chaîne particulière à ce moment précis ?

Il aurait bien voulu ne jamais voir cette interview. *Merci beaucoup, Barrie Travis, qui que vous soyez !* Il allait désormais être hanté pendant des jours par les images de David, de Vanessa et du bébé mort dans la nurserie de la Maison Blanche.

Ce qui l'exaspérait le plus, c'était que cette fichue émission risquait de susciter un regain d'intérêt pour lui. Les gens allaient se mettre à réfléchir, à faire des suppositions, à combler les vides. Et ce serait de nouveau le bordel.

David Merritt faisait les cent pas devant sa table dans le Bureau ovale. Il avait roulé les manches de sa chemise jusqu'aux coudes et enfoncé les mains dans ses poches. Sous une mèche de cheveux rebelle, son front était plissé.

— C'est la première fois de ma vie que j'entends parler de ça. De quoi s'agit-il à la fin ?

— Cela s'appelle le syndrome Munchausen par procuration, d'après le nom d'un comte allemand qui prenait plaisir à se faire souffrir.

— Je croyais que c'était la définition du masochisme, souligna Spencer Martin.

Le Dr Allan haussa les épaules et se servit un autre scotch en puisant dans la réserve personnelle du Président.

— Cela dépasse un peu le cadre de mon domaine, et je n'ai pas vraiment approfondi la question.

— Barrie Travis, elle, s'est donné cette peine.

David Merritt lança cette remarque sur un ton de reproche et le médecin la prit comme telle.

D'un air mortifié, il ajouta :

— La formule « par procuration » s'applique lorsque la douleur est infligée à quelqu'un d'autre, le plus souvent à un enfant.

— Quel est le rapport avec la mort subite du nourrisson ? demanda le Président. Pourquoi cette journaliste s'est-elle plongée là-dedans ?

Le Dr Allan but rapidement une gorgée de scotch.

— Parce que les adultes atteints de ce mal ont tendance à pousser les choses à l'extrême. Ils blessent leurs enfants, les tuent même parfois dans l'espoir d'attirer l'attention et la sympathie d'autrui. Certains mystérieux décès d'enfants initialement attribués à la mort subite du nourrisson font actuellement l'objet d'une enquête comme des meurtres potentiels.

Merritt s'affala dans son fauteuil en réprimant un juron.

— Cette Travis n'aurait-elle pas pu s'en tenir à son sujet sans évoquer toutes ces histoires d'horreur ? Servez-moi un verre, voulez-vous ?

Le médecin s'exécuta.

— Merci...

Merritt sirota son scotch d'un air pensif pendant quelques minutes avant de porter son regard sur Spence. Ce qu'il vit lui déplut fortement : Spence avait son air soucieux. Le problème qui se posait pour l'heure était, il est vrai, préoccupant.

— Je n'aurais probablement pas dû encourager Vanessa à lui accorder cette interview, suggéra Merritt.

— Je ne suis pas d'accord. Quel tort cela vous a-t-il causé ? demanda Allan.

— Pour l'amour du ciel, George, vous êtes mieux placé que quiconque pour le savoir, riposta le Président avec agacement. Cette fichue série lui a fait perdre les pédales une fois de plus.

— Les gens s'en rendent compte, renchérit Spence sans hausser le ton.

Merritt lui décocha un coup d'œil qui obligea son conseiller à faire preuve d'un peu plus de précision.

— Le personnel, monsieur. Les états d'âme de votre

épouse ne passent pas inaperçus et son entourage est inquiet pour elle.

Merritt tourna vers le médecin un nouveau regard lourd de reproches.

— Je ne peux pas contrôler ses sautes d'humeur médicalement tant qu'elle continuera à boire comme ça, se défendit-il.

Merritt serra les poings et les enfonça dans ses orbites.

— Clete n'arrête pas de m'emmerder à ce sujet. Je ne cesse de lui rappeler qu'elle a perdu son enfant. Entre ça, et son état psychique, il devrait comprendre qu'elle est un peu déboussolée.

— Chacun réagit différemment à la tragédie, intervint le médecin, désireux de se rendre utile. Certains s'absorbent dans leur travail avec l'espoir d'être suffisamment épuisés pour ne pas avoir l'énergie de s'appesantir sur leur malheur. D'autres trouvent Dieu, allument des cierges, prient. D'autres encore...

— Ça va, j'ai compris, coupa Merritt. En revanche, mon beau-père, lui, ne comprend rien du tout.

— Je peux essayer de lui parler si vous le souhaitez, proposa Spence.

Le Président éclata d'un rire lugubre.

— Clete ne peut pas vous sentir, Spence. Vous êtes la dernière personne dont il désire connaître le point de vue à propos de l'état mental de Vanessa. Elle ne vous porte pas dans son cœur non plus, du reste. Mais, vous, George, ajouta-t-il en se retournant vers le médecin, peut-être que si vous lui en touchiez deux mots, si vous lui expliquiez...

— Je l'appellerai demain pour lui dire que vous m'avez fait part de ses inquiétudes. Je lui assurerai qu'elle est suivie de très près.

— Merci.

Merritt sourit, comme pour signifier que le débat était clos.

— Clete est loin d'être notre seul sujet de préoccupation, reprit Spence. Les élections ont lieu l'année prochaine. Ce gouvernement a besoin de sa première dame. Il nous faut Vanessa. Il nous la faut bientôt, et il est essentiel qu'elle soit en forme et prête à attaquer la campagne de pied ferme. Serez-vous capable d'assurer, Allan ? acheva-t-il en se tournant à son tour vers le médecin.

— Évidemment. Il n'y a pas d'autre solution.

— Il y a toujours une autre solution.

La réplique de Spence s'abattit comme une rafale de vent glaciale dans la pièce.

— Seigneur, Spence, vous êtes aussi réjouissant qu'un glas. Oublions monsieur Sinistre, George, dit-il en se levant pour prendre congé du médecin. Vanessa est entre de bonnes mains. Je ne me fais aucun souci pour ça. Je vous remercie de vos précieuses explications sur ce Munchausen bien que je ne voie toujours pas le rapport avec la mort de Robert... Robert a cessé de respirer brusquement dans son berceau, ajouta-t-il en plongeant son regard dans celui du docteur. Motif inconnu. C'était votre diagnostic officiel et vous vous y tenez. N'est-ce pas ?

— Absolument. Mort subite du nourrisson.

Le Dr Allan vida son verre avant de s'en aller.

— Il a intérêt à assurer, remarqua Spence dès qu'il se retrouva seul avec le Président.

— N'ayez crainte.

— Et Vanessa ?

— Elle n'a jamais renâclé, que je sache ?

— Jusqu'à maintenant, non. Mais je ne suis pas certain qu'elle arrivera à se ressaisir ce coup-ci.

Spencer Martin était le seul à pouvoir parler aussi franchement de la première dame des États-Unis au Président. Si Merritt lui savait gré de sa sollicitude, il pensait qu'il exagérait la gravité de la situation.

— Je ne regrette pas ma décision. Le public avait besoin que Vanessa fasse cette interview, Spence. Elle avait l'air très en forme et s'est parfaitement bien exprimée.

Spence continuait à froncer les sourcils.

— Dans ce cas, pourquoi ai-je l'impression qu'on aurait mieux fait de ne pas y consentir ? J'ai un sale pressentiment. Cela m'ennuie que ce soit elle qui ait contacté cette journaliste, et non pas l'inverse.

— Moi aussi j'ai mal pris la chose au départ, avoua Merritt, mais ça s'est bien passé en définitive. C'était propice à son image de marque, et à la nôtre. Comme l'a dit George, cela ne nous a pas causé le moindre tort.

Comme Spence ne répondait pas, le Président le fixa d'un œil glacial.

— On verra, conclut Spence d'un ton lugubre.

— Alors, dis-moi vite, de qui s'agit-il ?

— De qui parles-tu ?

Barrie ne prit même pas la peine de lever les yeux. Une pile de messages téléphoniques, de cartes et de lettres de téléspectateurs, ayant tous trait à sa série sur la mort subite du nourrisson, s'amoncelait sur ses genoux. Même dans ses rêves les plus fous, elle n'aurait jamais imaginé une telle réaction.

— Je ne sais pas comment tu as fait pour nous le cacher, celui-là. Tu es drôlement rusée, Barrie.

Elle releva finalement la tête.

— Oh, mon Dieu !

La réceptionniste de la salle de rédaction disparaissait entièrement derrière l'immense gerbe de fleurs qu'elle venait d'apporter dans le box de Barrie.

— Où veux-tu que je la mette ?

— Euh... — Comme d'habitude, son bureau était une zone périlleuse. — Par terre, je crois...

— Je ne sais pas qui c'est, fit la réceptionniste en se redressant après avoir déposé son fardeau sur le sol, mais même s'il est laid comme un crapaud, je te suggère de te le garder au chaud. Y'en a pas beaucoup qui dépensent autant de sous pour des fleurs.

Barrie avait décacheté l'enveloppe qui accompagnait le bouquet et souriait.

— Je suis bien d'accord avec toi. Malheureusement il est marié.

— Les bons numéros le sont tous.

Barrie passa la carte de visite à la jeune femme dont les yeux faillirent sortir de leurs orbites quand elle identifia la signature familière qui suivait le message rédigé à la main. Son cri strident incita plusieurs journalistes à s'attrouper dans le box.

Barrie récupéra la carte et s'en servit pour s'éventer.

— Un simple gage d'appréciation de la part du Président, vantant mes talents et ma perspicacité, me félicitant pour la qualité de ma série et me remerciant du service que j'ai rendu à la nation.

— Une parole de plus et je dégobille !

Howie s'était joint au groupe.

Barrie éclata de rire et glissa le petit mot dans son enveloppe. Elle le garderait précieusement pour la montrer à ses petits-enfants.

— Tu es jaloux parce que tu n'es pas un ami personnel des Merritt, c'est tout.

Howie et ses collègues finirent par regagner leurs bureaux d'un pas tranquille, certains pestant contre la veine dont jouissaient *certaines* personnes.

Dès qu'elle fut seule, Barrie prit son téléphone.

— Tu es libre ce soir ? demanda-t-elle à voix basse quand on décrocha.

— Tu plaisantes ou quoi ?

— Que te reste-t-il dans ton congélateur ?

— Deux biftecks.

— J'apporte le vin. Et des fleurs, ajouta-t-elle en jetant un coup d'œil au bouquet. Je serai là dans une demi-heure.

5

— Tu appelles ça une demi-heure ?

— Donne-moi donc un coup de main au lieu de rouspéter.

Barrie franchit tant bien que mal le seuil de la maison de Daily Welsh avec le bouquet du Président, deux bouteilles de vin et un sac de provisions dans les bras.

— Tu as été faire une razzia sur une tombe fraîche, ma parole !

— Lis la carte, crétin.

Il cueillit l'enveloppe parmi le monceau de fleurs et émit un long sifflement.

— Impressionnant !

— Tout cela en une journée de travail, commenta-t-elle avec un sourire radieux.

— Que vas-tu faire pour que ça recommence ?

— À n'importe quel autre moment, je me serais lancée dans une harangue cinglante sur le don infaillible que tu as de me gâcher le plaisir, mais il se trouve que je suis crevée, alors je laisse passer. Je vais plutôt m'occuper de déboucher le vin.

— Excellente idée.

Ils se rendirent ensemble dans la cuisine qui se trouvait être la pièce la plus accueillante de la maison, au demeurant singulièrement laide. Daily se bagarra avec un tiroir coincé avant d'en extirper un tire-bouchon.

— Comment vas-tu ? demanda-t-elle, visiblement soucieuse.

— Je ne suis pas encore mort.

Ted Welsh — Daily, pour les intimes — donnait pourtant l'impression, à chaque inspiration, qu'il en était à son dernier souffle. Il souffrait d'un emphysème à force d'avoir fumé un nombre incalculable de cigarettes au fil d'innombrables journées passées à trimer pour alimenter le public en informations.

À peine sorti du lycée, il avait commencé à travailler comme coursier dans un quotidien. D'où son surnom. Il s'était hissé peu à peu dans les échelons de la presse, en touchant à tous les médias, avant de devenir rédacteur en chef du journal d'une chaîne de télévision affiliée au réseau à Richmond, en Virginie, pour prendre finalement une retraite anticipée à cause de la progression rapide de sa maladie.

N'étant pas suffisamment âgé pour bénéficier de la retraite — et il ne le serait probablement jamais —, il vivait d'une modeste pension. Les « biftecks » qui décongelaient sur le comptoir de la cuisine étaient en réalité des steaks hachés reconstitués. Redoutant cette éventualité, Barrie avait acheté deux entrecôtes lorsqu'elle s'était arrêtée pour prendre du vin. Daily buvait un verre de vin à petites gorgées pendant qu'elle préparait le repas.

— Cronkite va se mettre à bander comme un dément quand il reniflera ces os, dit-il en rapprochant le chariot de son respirateur mobile de sa chaise pour dégager le passage.

— Ça m'étonnerait. Il est coupé.

— Ah oui, c'est vrai. J'avais oublié que lui aussi tu l'avais castré.

Elle flanqua un pot de marinade sur le comptoir avant de se tourner vers lui.

— Ne commence pas, hein !

— Mais c'est la vérité. Tu émascules tous les hommes que tu rencontres. C'est ta manière à toi de les rejeter avant qu'ils puissent te rejeter eux-mêmes.

— Je ne t'ai pas rejeté, toi.

— Je ne compte pas, dit-il en émettant un rire sifflant. Je suis trop vieux et trop malade pour bander. Je ne représente aucune menace. Ce qui m'amène à un autre sujet. Tu ne devrais pas gaspiller tes soirées à venir me voir. Si c'est ce que tu peux trouver de mieux comme compagnie masculine, ta vie me paraît du genre pathétique.

— Mais je t'aime, Daily.

Elle s'approcha de lui et l'embrassa sur la joue.

— Arrête, protesta-t-il d'un ton bourru en la repoussant. Et fais attention de ne pas trop cuire les steaks. Je veux le mien saignant.

Barrie n'était pas dupe de sa brusquerie. Il lui rendait amplement la tendresse qu'elle éprouvait pour lui. En dépit de débuts orageux, leur amitié était inébranlable. Ils avaient atteint un seuil confortable où les réprimandes équivalaient pour ainsi dire à des marques d'affection.

— Je donnerais volontiers vingt ans de ma vie pour une cigarette, soupira-t-il tandis qu'ils buvaient un bon café après le dîner dans le salon.

— C'est déjà fait.

— Ah, oui ! C'est vrai.

Il était allongé sur sa chaise longue toute râpée, son respirateur près de lui. Des tubes en plastique émergeant de l'appareil portable l'alimentaient directement en oxygène par les narines.

Barrie se détendait sur le canapé en face de lui. Elle

replia les jambes sous elle et serra un coussin contre sa poitrine.

— Récemment, quelqu'un d'autre m'a fait une crise pour avoir une cigarette. Si je te dis qui c'est, tu ne me croiras jamais.

— De qui s'agit-il ?

— C'est confidentiel.

— À qui veux-tu que j'en parle ? Personne ne vient me voir, à part toi.

— Tu pourrais avoir d'autres visites, mais tu n'invites aucun de tes amis.

— Leur pitié m'insupporte.

— Tu devrais adhérer à un groupe de soutien dans ce cas.

— Si tu crois que j'ai envie de passer mon temps en compagnie d'une bande de souffreteux qui me pompent l'air. Littéralement.

— Nous en avons déjà parlé maintes fois, dit-elle d'une voix chantante. On ne va pas remettre ça ce soir.

— Je suis bien d'accord avec toi, grommela-t-il. Qui est ton mystérieux fumeur ?

Elle hésita.

— La première dame des États-Unis.

Il arqua les sourcils, preuve qu'elle avait éveillé son intérêt.

— Sans blague. À cause du trac avant l'interview ?

— Non. C'était le jour où on a pris un café ensemble.

— Maintenant que tu l'as interrogée en tête-à-tête, penses-tu toujours qu'elle n'a rien dans la cervelle ?

— Ça n'a jamais été mon point de vue.

Il la dévisagea d'un air entendu.

— Tu as parlé d'elle en ces termes des dizaines de fois, assise ici même sur ce canapé. La Belle du Mississippi. N'est-ce pas le surnom que tu lui as donné ? Tu disais qu'elle faisait partie de ces femmes qui sont incapables d'avoir une idée à elles, ou feignent d'en être incapables. Toutes ses opinions sont formées par des hommes, des hommes qu'elle idolâtre, en l'occurrence son père et son mari. Elle est débile et n'a pas pour deux sous de jugeote. Ai-je oublié quelque chose ?

— Non, cela résume à peu près tout. — Barrie fit

distraitement glisser le bout de son doigt sur le bord de sa tasse en soupirant. — Je n'ai pas changé d'avis sur elle, mais en même temps, elle me fait de la peine. Seigneur ! Perdre un enfant. Ça doit être terrible.

— Et alors ?

Barrie ne s'était pas rendu compte que, toute à ses pensées, elle avait sombré dans le silence, jusqu'au moment où la question de Daily l'arracha brusquement à ses réflexions.

— Et alors, quoi ?

— Tu es en train de te ronger l'intérieur de la joue, ce qui signifie que quelque chose te préoccupe. J'ai attendu toute la soirée pour que tu craches le morceau.

Elle pouvait cacher ses sentiments à tout le monde, y compris à elle-même, mais pas à Daily. Lorsqu'elle était perplexe, inquiète ou stressée pour une raison ou pour une autre, il captait infailliblement son humeur grâce à son radar intérieur qui avait fait de lui un journaliste hors pair.

— Je ne sais pas ce que c'est, reconnut-elle en toute sincérité. C'est juste...

— ... un pressentiment ?

— Quelque chose comme ça.

— Cela veut probablement dire que tu as mis le doigt sur une affaire, sans parvenir à la définir.

Daily se pencha en avant, le regard aussi brillant que celui d'un chien de caserne de pompiers au premier coup de cloche. Le rouge qui lui montait aux joues lui donnait un air presque sain qu'il n'avait pas eu depuis des semaines. Flairant une piste, il avait rajeuni d'un seul coup.

En le voyant tout excité, Barrie se sentit coupable d'avoir abordé le sujet. Elle s'apprêtait à lui causer une grande déception. Il n'y avait probablement pas matière à reportage. D'un autre côté, que risquait-elle à partager ses pensées avec lui ? Peut-être saurait-il débrouiller l'écheveau ? Ou alors il lui dirait que ses idées fumeuses ne la mèneraient nulle part.

— Mes émissions sur la mort subite du nourrisson ont suscité beaucoup d'intérêt, commença-t-elle. T'ai-je dit que j'avais décroché le gros lot ?

Sa série avait été retransmise par satellite sur l'ensemble du territoire national.

— Ça va donner un coup de pouce à ta carrière, remarqua Daily. C'était ce que tu voulais, non ? Alors où est le problème ?

Elle regarda fixement sa tasse en faisant tourbillonner son café refroidi qui ne lui faisait plus envie.

— La première fois que je l'ai rencontrée, elle était aux prises avec des sentiments de culpabilité, ce qui se comprend. Je me suis empressée de lui rappeler que personne ne pouvait être tenu responsable en cas de mort subite d'un nourrisson. Cela arrivait, voilà tout. Curieusement, elle m'a répondu : Vraiment ?

« C'est cette étrange question et le ton sur lequel elle l'a formulée qui m'ont incitée à faire des recherches sur ce mal. En cours de route, je suis tombée sur l'histoire bizarre d'une femme dont les quatre enfants avaient succombé à cette affection. Par la suite, il s'est révélé que ce n'était pas le cas.

— Elle souffrait de ce... ce...

— ... syndrome de Munchausen par procuration, compléta Barrie. Certains cas de mort subite du nourrisson sont désormais considérés comme suspects. On a accusé des mères d'avoir tué leur nouveau-né, délibérément, afin d'attirer l'attention.

— Eh bien...

Elle prit une profonde inspiration et retint son souffle, releva la tête et le gratifia d'un regard éloquent qu'il soutint un long moment.

— Je ferais sans doute bien d'ajuster ma dose d'oxygène, dit-il finalement. J'en inhale trop, ou pas assez. Je ne sais pas au juste. L'espace d'un instant, j'ai eu l'impression que tu voulais me faire croire que l'épouse du Président avait tué son enfant de ses propres mains.

Elle posa sa tasse sur la table basse et se leva d'un bond.

— Je n'ai jamais dit ça.

— J'aurais pourtant juré...

— Ce n'est pas du tout ce que j'avance, Daily. Je t'assure.

— Alors pourquoi est-ce que tu t'obstines à te bouffer la joue ?

— Je n'en sais rien. Mais il y a quelque chose qui ne tourne pas rond. — Elle se rassit sur l'accoudoir du canapé et se prit la tête entre les mains. — J'ai rencontré Vanessa Merritt à deux reprises en quinze jours. La première fois, elle était aussi à cran qu'un junkie le deuxième jour de sa cure de désintoxication. Sur le point de craquer, de toute évidence. Le jour de l'interview, je me suis retrouvée en présence d'une autre personne. Elle était hautaine. Glaciale. Posée. Parfaitement maîtresse d'elle-même. Et à peu près aussi... aussi humaine que cette table.

— C'était une bonne interview.

— Sans un gramme d'émotion, Daily. Tu le sais aussi bien que moi, riposta-t-elle. — Sa grimace lui prouva qu'il partageait son point de vue. — L'interview de Mme Merritt aurait dû être le moment fort de la série. Tu parles ! Elle était complètement artificielle. Si elle s'était montrée sous ce jour-là la première fois que je l'ai vue, je ne m'en serais probablement pas aperçue. Mais le contraste entre la première Vanessa Merritt et la seconde était saisissant.

— Et alors ! Elle s'est enfilé quelques comprimés de Valium avant d'entrer en scène, commenta Daily en haussant les épaules.

— Tu as probablement raison. Je suis sûre qu'elle avait pris des médicaments le soir où je l'ai vue à cette réception. Soit ça, soit elle avait bu. Elle était plus ravissante que jamais, mais... vague. Presque... je ne sais pas comment dire... effarouchée. Le Président faisait bonne contenance, mais...

« Ça aussi, c'est bizarre, décréta-t-elle, s'interrompant elle-même pour faire une digression. Il m'a accueillie comme si on se connaissait depuis toujours. Son attention m'a flattée, naturellement, mais j'ai trouvé ça curieux tout de même. Il était enthousiaste à propos de ma série, avant même qu'elle soit produite ainsi qu'après. T'as qu'à voir ces fleurs. Il a dû faire une sacrée adjonction à l'endettement national pour acheter un bouquet pareil.

— Dans ce cas, ta théorie ne tient pas debout. Il n'aurait pas réagi ainsi à ton égard et vis-à-vis de ta série si cela avait jeté une lumière néfaste sur sa femme.

— Je m'étonne de tant de prévenance, voilà tout. Il y a longtemps que je couvre la Maison Blanche. Pourquoi le Président et moi serions-nous devenus copains tout d'un coup ?

— Barrie, tu es journaliste. C'est le Président sortant et les élections doivent avoir lieu l'année prochaine. Il a tout intérêt à soigner les médias. S'il a la presse pour lui, il a toutes les chances de l'emporter.

Force lui était de reconnaître la validité de cet argument. Depuis son premier mandat au Congrès, David Merritt avait toujours eu l'art de séduire les journalistes. Cette idylle s'était prolongée tout le long de sa campagne présidentielle. Ses rapports avec les médias n'étaient plus au beau fixe, mais la plupart des articles à son sujet restaient favorables. Quoi qu'il en soit, Barrie Travis n'était qu'une journaliste insignifiante qui n'exerçait strictement aucune influence. Pourquoi chercherait-il à l'amadouer ?

Depuis sa première entrevue avec Vanessa Merritt, elle se posait sans cesse des questions, sur lesquelles elle s'efforçait pourtant de ne pas trop s'appesantir parce qu'elle en redoutait les réponses.

— Je pourrais probablement ignorer toutes ces contradictions et dormir sur mes deux oreilles, reprit-elle, s'il ne s'était pas produit autre chose d'extrêmement révélateur. Figure-toi qu'à la fin de l'interview, elle m'a serrée dans ses bras. Moi. Tu te rends compte !

— C'était un geste diplomatique, riposta Daily qui s'obstinait à jouer les avocats du diable.

— Faux ! C'était un prétexte.

— Pour quoi faire ?

— Pour se rapprocher de moi et me chuchoter quelque chose à l'oreille : « Barrie, aidez-moi, je vous en prie, a-t-elle murmuré. Ne comprenez-vous donc pas ce que j'essaie de vous dire ? »

— Ben ça alors !

— C'est exactement ce que j'ai pensé, Daily. C'était la première, et la seule fois, où elle a manifesté une émotion sincère. Elle paraissait désespérée. Comment faut-il interpréter cela à ton avis ?

— Je n'en ai pas la moindre idée. Ça peut vouloir dire : Aidez-moi à faire réélire mon mari. Ou bien, aidez-moi à éveiller l'attention du public sur la mort subite du nourrisson. Ou encore, aidez-moi à me sortir de mon chagrin. On peut tout imaginer. Absolument tout.

— Je m'en fais peut-être une montagne à tort, admit Barrie. Mais s'il y a vraiment quelque chose, c'est de la dynamite !

Daily secoua la tête.

— Je ne mors toujours pas à l'hameçon. Pourquoi est-ce qu'elle tuerait son enfant alors qu'elle a eu tant de mal à en avoir un ?

— Je croyais que c'était clair. Parce qu'elle souffre du syndrome de Munchausen.

— Elle ne correspond pas au profil, affirma-t-il. Les femmes atteintes de ce trouble cherchent généralement à attirer l'attention et la sympathie des autres. Pour ce qui est de monopoliser les médias, Vanessa Merritt n'a rien à envier à Lady Di. Aucune femme dans le monde ne suscite autant de presse.

— Reste à savoir si elle en obtient autant de celui qui compte vraiment dans sa vie ?

— Le Président ? Tu penses qu'il la néglige et qu'elle aurait fait une chose pareille pour le rappeler à l'ordre ?

— C'est une possibilité.

— Mince.

— Mais réelle, souligna Barrie. Songe aux innombrables marques de sympathie dont Jackie Kennedy a bénéficié quand le petit Patrick est mort.

— La perte de son enfant n'était pas le seul facteur en cause.

— Mais cette tragédie a tout de même contribué à en faire un mythe. Peut-être Vanessa Merritt cherche-t-elle à se ménager une place parmi les grands de ce monde ?

— Théorie suivante, fit Daily en écartant celle-ci d'un geste.

— Le sida. Et si l'un d'eux était porteur du virus ? L'enfant pouvait être séropositif lui aussi. Mme Merritt serait mortifiée si le public venait à découvrir le secret de sa vie sexuelle antérieure, ou de celle de son mari.

— Là encore, les chances sont minces. Si l'un d'eux avait le sida, on le saurait déjà. On l'aurait appris lorsqu'elle est devenue enceinte, par exemple. Quant au Président, il se fait faire régulièrement des bilans de santé. Un secret pareil aurait vite fait de s'ébruiter.

— Tu dois avoir raison.

Elle réfléchit encore un moment à la question.

— Nous avons peut-être omis l'évidence. Et si c'était tout bonnement le dépit qui l'avait poussée à agir ? Elle me fait l'effet d'une femme qui ne se laisse pas marcher sur les pieds et ne tolérerait pas d'être rejetée.

— Où veux-tu en venir ?

— Elle a tué leur enfant pour punir le Président d'avoir des liaisons.

— Ce ne sont que des rumeurs.

— Allons, Daily, protesta-t-elle. Tout le monde sait que c'est un fieffé coureur de jupons. C'est juste qu'on ne l'a pas encore surpris au lit avec une maîtresse dans les bras.

— Mais en attendant que l'équipe de *60 minutes* soit là pour filmer la scène ou qu'on recueille ses aveux sur vidéo, ses frasques ne sont que des bruits qui courent.

— Mme Merritt doit bien le savoir, elle.

— Évidemment qu'elle le sait. Mais elle continuera à sourire et à faire comme si de rien n'était, à l'instar des épouses de tous les politiciens au sang chaud depuis qu'on vote pour les élire.

— Je persiste à croire que la thèse de la femme rejetée se tient.

Daily tiraillait pensivement sur sa lèvre inférieure.

— Écoute, Barrie, cette série t'a valu l'attention de toute la profession. Une attention favorable cette fois-ci.

— Mon moment de gloire n'a rien à voir là-dedans.

— En es-tu sûre ? Tu as fait suffisamment fort pour éclipser temporairement ta débâcle avec le juge Green. Tes détracteurs ont dû ravaler leurs paroles. Tu mérites ces louanges, mais ne sois pas trop gourmande. Méfie-toi ! Es-tu certaine de ne pas être en train d'exploiter ce succès passager en inventant une autre histoire de toutes pièces ? Chercherais-tu à sortir de ton anonymat professionnel sous prétexte que tu as le vent en poupe ?

À deux doigts de protester avec véhémence, elle marqua néanmoins une pause, le temps d'analyser une fois de plus ses motivations. Était-elle capable de déformer les faits dans l'unique but de servir ses intérêts ? Se pouvait-il que son ambition l'emporte sur son objectivité ? Pis, était-elle en train de retomber dans le pli familier qui consistait à tirer des conclusions trop hâtives, et erronées, dans l'espoir de faire un scoop ?

— Franchement non, répondit-elle enfin. J'ai étudié la question objectivement et sous tous les angles possibles. Elle a perdu son enfant. À cet égard, elle a toute ma sympathie. Mais ne peut-on imaginer qu'au lieu d'être la proie d'un sort cruel, elle soit la victime d'une terrible malveillance qui l'aurait poussée à commettre le pire crime qui soit ? C'est la question qui me hante jour et nuit.

« Dès le départ, j'ai senti qu'il y avait quelque chose de louche. Pourquoi m'a-t-elle téléphoné pour m'inviter à la rencontrer ? Elle n'a jamais fait ça auparavant. Avec aucun journaliste de ma connaissance en tout cas. Durant toute notre conversation, j'ai eu l'impression qu'elle essayait de me communiquer quelque chose sans le dire expressément. Et si c'était un aveu ? S'il ne s'était pas agi de la première dame d'Amérique, je n'aurais pas attendu aussi longtemps avant de faire ma petite enquête. J'estime que je dois creuser un peu plus la question. Au risque de paraître cucu, je dirais que je le dois aussi à la nation.

— Entendu, dit Daily. Mais laisse-moi te poser une dernière question.

— Vas-y.

— Qu'est-ce que tu fais à traîner ici dans ce cas ?

6

Après une semaine de travail acharné passée à suivre des pistes qui ne conduisaient nulle part, l'ardeur de Barrie commença à fléchir. Tout ce temps passé à enquêter sur la mort de Robert Rushton Merritt n'avait servi qu'à amplifier sa frustration.

Elle avait exploré tous les angles que Daily et elle avaient évoqués, mais cela n'avait strictement rien donné. C'était un véritable cercle vicieux. Le sujet exigeait des investigations complètes qui ne pouvaient être menées à bien sans révéler leur objectif à tout le monde.

Pour couronner le tout, la prostate d'Howie recommençait à faire des siennes. Bien entendu, il ne lui avait épargné aucun détail et était d'une humeur encore plus massacrante que d'habitude. Jaloux du succès de sa série, il lui confiait systématiquement les reportages dont ses confrères refusaient de se charger, à savoir ceux qui figuraient tout en bas de la liste des priorités de la chaîne. Elle s'exécutait sans rechigner et aussi vite que possible afin de consacrer un maximum de temps à la question qui l'obnubilait.

Songer que la première dame des États-Unis ait pu étouffer son enfant tenait de la traîtrise. Quel était le châtiment infligé aux traîtres de nos jours ? Une pendaison publique ? Le peloton d'exécution ?

Barrie en venait à se demander avec effroi si ce n'était pas elle, plutôt que Vanessa Merritt, qui sombrait dans la dépression nerveuse. Elle imaginait des inflexions de voix, ou supposait des sens cachés à des remarques faites à la légère. Elle serait sans doute bien inspirée de renoncer à ce projet ridicule et de concentrer ses efforts sur les reportages qu'Howie lui confiait au compte-gouttes plutôt que de miser tout son avenir sur une étoile qui finirait probablement par exploser en creusant un grand trou noir autour d'elle et de sa carrière.

Mais elle n'arrivait pas à lâcher prise. Est-ce qu'après quelques revers, Bernstein et Woodward auraient abandonné leur enquête sur l'affaire de Watergate ?

Elle était dans son box, absorbée par ses notes, à la recherche d'un nouveau point de vue sur la question, quand le rédacteur en chef du journal du soir coupa brutalement court à son effort de concentration.

— Hé, Barrie. L'intro du sujet que tu as fait pour ce soir ?

— Oui. Quel est le problème ?

— Le micro bourdonnait. Howie suggère que tu en refasses une en direct sur le plateau.

Elle jeta un rapide coup d'œil à la pendule. Il restait huit minutes avant le créneau des infos.

— Au cas où tu n'aurais pas remarqué, je me suis fait saucer cet après-midi, au moment où l'on finissait le tournage. J'ai encore les cheveux mouillés.

— Quant à ton maquillage... — Les gestes qui accompagnèrent la remarque étaient pour le moins décourageants. — Mais c'est ça, ou ton sujet passe à la trappe. Howie affirme que tu tiens là la chance de ta vie pour devenir célèbre.

— Je n'en espère pas autant, soupira-t-elle, mais je veux bien obtempérer, pour avoir la paix. — Elle attrapa son sac à la hâte. — Si l'on me cherche, je suis dans les toilettes.

— En attendant, je vais prier pour qu'un miracle s'accomplisse, cria-t-il par-dessus son épaule mais elle avait déjà filé.

Après le bulletin d'informations, Barrie regagna son bureau et vérifia ses messages. L'un d'eux provenait d'un cinglé qui l'appelait depuis des années en prétendant que les fabricants d'un laxatif connu lui avaient jeté un sort de sorte qu'il souffrait de constipation chronique. Un autre émanait d'une femme tout aussi farfelue qui s'était récemment ajoutée à la liste de ses fidèles enquiquineurs. Elle se prénommait Charlene et lui reprochait d'être bouchée à l'émeri et bête comme ses pieds. Quant au troisième, c'était Anna Chen, son informatrice à l'hôpital.

— Anna ?

— Bonjour.

La jeune femme chuchotait, manifestement sur ses gardes. Barrie remarqua qu'elle s'était abstenue de prononcer son nom, bien qu'elle eût reconnu sa voix. Elle tendit machinalement le bras pour prendre un crayon à papier et un bloc-notes.

— L'affaire dont nous avons parlé l'autre jour ? commença son interlocutrice.

— Oui.

— Il n'y a pas de copie disponible.

— Je vois.

Barrie attendit, sentant qu'elle avait autre chose à lui dire.

— L'examen n'a pas eu lieu.

Barrie déglutit avec peine.

— Pas eu lieu ? Est-ce... normal ? Étant donné les circonstances euh... inhabituelles, n'était-ce pas obligatoire ?

— En temps normal, oui. Mais dans le cas qui nous occupe, le médecin responsable a estimé que ce n'était pas nécessaire. Il a exigé que l'on passe outre et c'est ce qui s'est produit.

Le Dr George Allan, médecin personnel du Président, avait ordonné au coroner de ne pas faire d'autopsie. Barrie appuya tellement fort sur son crayon que la mine se brisa.

— En êtes-vous sûre ?

— Il faut que j'y aille.

— Encore une question ?

— Désolée.

Elle avait raccroché. Barrie enfouit ses notes dans son sac, attrapa son imperméable et son parapluie au vol et quitta la salle de rédaction au pas de course.

Elle n'espérait pas vraiment trouver Anna Chen dans son bureau à l'hôpital. Malgré tout, elle fut déçue de découvrir l'endroit plongé dans l'obscurité et fermé à clé. Elle regagna sa voiture et prit son portable.

— Aurais-tu un Bottin sous la main ? demanda-t-elle dès que Daily décrocha.

— Bonsoir à toi.

— Pas le temps de faire des politesses.

Réagissant au quart de tour à l'insistance de sa voix, il enchaîna :

— Washington, zone métropolitaine ?

— Commençons par là. Je cherche l'adresse personnelle d'une certaine Anna Chen. C-H-E-N.

— Qui est-ce ?

— Je ne peux pas te le dire.

— Oh, certainement une source. Que se passe-t-il ?

— Trop long pour t'expliquer ça au téléphone.

— Je t'ai vue aux nouvelles ce soir, dit-il.

Barrie l'entendait tourner des pages.

— J'étais comment ?

— J'ai vu pire.

— Si mauvaise que ça ?... Tu as trouvé les Chen.

— Pas de Anna, mais il y a un A. Chen.

— Donne-moi le numéro. Ainsi que l'adresse. S'il te plaît.

L'employée de l'hôpital vivait dans un immeuble récemment rénové d'Adams Morgan, un quartier bohème où cohabitaient des gens de toutes les couleurs. Les travaux de restauration n'ayant pas inclus l'installation d'un ascenseur, Barrie était essoufflée lorsqu'elle atteignit son appartement situé au troisième étage. Bien déterminée à ne pas donner à Anna Chen l'occasion de l'éviter, elle s'était abstenue de l'appeler avant de venir. Elle fut soulagée d'entendre le son d'un téléviseur à travers la porte.

Elle appuya sur la sonnette. La télévision se tut instantanément et Barrie sentit qu'on l'observait à travers le judas.

— Je vous en prie, Anna. Il faut à tout prix que je vous parle.

Au bout d'un certain laps de temps qui lui parut interminable, plusieurs loquets furent tirés et la porte s'entrebâilla jusqu'à ce que la chaîne de sûreté fût tendue. À travers l'ouverture, Barrie ne voyait que la moitié du joli visage d'Anna Chen.

— Qu'est-ce que vous faites ici ? Vous n'auriez pas dû venir.

— Maintenant que je suis là, auriez-vous la gentillesse me laisser entrer ?

— Que me voulez-vous ?

— Ce que je veux ? N'est-ce pas évident ? Je veux savoir pourquoi on n'a pas pratiqué d'autopsie...

— Je vais fermer la porte ! Ne me dérangez plus, s'il vous plaît.

— Anna ! — Barrie cala son pied dans l'embrasure. — Je ne comprends pas. Vous ne pouvez pas m'appeler et me balancer une nouvelle pareille et puis ne...

— Je ne vois pas à quoi vous faites allusion.

Barrie n'en croyait pas ses oreilles. Les magnifiques yeux en amande de la jeune femme étaient remplis de terreur.

— Vous a-t-on donné l'ordre de ne pas me parler ? demanda-t-elle à voix basse.

— Je vous en prie, allez-vous-en.

— Vous aurait-on mise en garde contre moi ? Vous a-t-on menacée ? Qui, Anna ? Vos supérieurs à l'hôpital ? Quelqu'un du bureau du coroner ? Le Dr Allan ? — Sans hausser la voix, elle ajouta d'un ton pressant : — Je ne mentionnerai pas votre nom, je vous le jure. Contentez-vous de hocher la tête, si j'ai raison. Le Dr George Allan a ordonné au coroner de ne pas pratiquer d'autopsie. Cette consigne émanait-elle du Président en personne ?

Épouvantée, la jeune femme tenta une nouvelle fois de fermer la porte qui faisait l'effet d'un étau contre le pied de Barrie.

— Anna, je vous en supplie, dites-moi ce que vous savez.

— Je ne sais rien. Allez-vous-en ! Laissez-moi tranquille.

La jeune Asiatique projeta ses quarante-cinq kilos contre la porte. Barrie eut la sagesse de retirer son pied juste à temps. Elle se retrouva dans le couloir, les yeux

rivés sur les chiffres en cuivre désignant l'appartement
3C, à se demander ce qui avait bien pu museler Anna
Chen. Et pourquoi.

Vanessa Merritt éteignit le téléviseur dans ses appartements particuliers. Elle était en train de zapper lorsqu'elle était tombée sur Barrie Travis aux informations
de WVUE. Comment cette fille pouvait-elle être si stupide ? Pourquoi n'avait-elle pas saisi l'allusion ? En fin de
compte, Vanessa était plutôt soulagée que cela lui ait
échappé.

Elle ne tenait pas vraiment à ce qu'on dévoile son
secret. En même temps, elle se demandait combien de
temps encore elle supporterait de le garder pour elle.
Dans un cas comme dans l'autre, elle avait peur d'y laisser sa vie.

Elle se servit un autre verre de vin. Elle n'avait que
faire des réprimandes de son médecin, de son père et de
son mari. Comment pouvaient-ils savoir ce dont elle
avait besoin ? Ils ne se rendaient pas compte à quel point
elle avait souffert. Ils étaient ligués contre elle. Ils...

Elle perdit le fil avant d'aller jusqu'au bout de sa
pensée. Cela lui arrivait souvent ces temps-ci. Elle n'arrivait pas à se concentrer sur une idée plus de quelques
secondes.

À quoi pensait-elle ?

Au bébé, bien sûr. Toujours. Mais il y avait autre
chose...

Quand elle reporta son regard sur l'écran du téléviseur, la mémoire lui revint. Barrie Travis. Quelle couche
elle tenait celle-là ! Fallait-elle qu'un poids lourd lui
passe dessus pour qu'elle saisisse ? Elle n'avait toujours
pas pigé ? Ou alors elle avait compris, mais avait trop la
pétoche pour agir. Était-elle totalement bornée, ou bien
lâche ? De toute façon, le résultat était le même. Il ne
fallait pas espérer la moindre assistance de sa part.

Vanessa avait trouvé ingénieux de se servir d'une
journaliste comme intermédiaire. L'idée lui était venue
en repérant Barrie lors d'une récente conférence de
presse qui s'était tenue sur la pelouse de la Maison Blanche. N'était-ce pas elle qui avait annoncé la nouvelle du

soi-disant décès du juge Green, de la cour suprême ? Elle aussi qui avait posé une question incroyablement stupide qui avait occasionné un éclat de rire général lors d'une autre conférence de presse ?

C'était la piètre crédibilité de Barrie Travis qui avait fait que Vanessa l'avait choisie. Elle allait lui lâcher quelques bribes d'information qui mettraient alors en branle l'affaire grâce aux questions apparemment absurdes que Barrie poserait au départ, mais auxquelles on finirait inéluctablement par chercher des réponses. En semant les graines de son histoire dans l'esprit d'un des grands noms de la télévision, elle se serait exposée à un grave péril. En s'y prenant ainsi, toutefois, elle pouvait être assurée que l'information circulerait sans qu'elle soit impliquée personnellement.

C'était tout au moins ce qu'elle avait espéré. Il semblait malheureusement qu'en jetant son dévolu sur Barrie Travis, elle avait fait un mauvais choix. En plus d'être casse-cou, cette fille n'avait pas un gramme de cervelle.

Quel recours lui restait-il ?

Par habitude, elle tendit la main vers le téléphone.

— Bonjour, papa.

— Bonjour, ma chérie, répondit le sénateur. Je comptais t'appeler plus tard. Comment vas-tu ?

— Très bien, merci.

— Une petite soirée tranquille à la maison ?

— David doit faire un discours lors d'une réunion syndicale. Je ne sais plus où.

— Veux-tu que je vienne te tenir compagnie ?

— C'est gentil, mais non merci. — Elle ne pouvait pas boire tout son soûl quand son père était là.

— Tu ne devrais pas rester toute seule, mon ange.

— David revient ce soir. Tard, probablement, mais il a promis de me réveiller.

Après une pause, durant laquelle Vanessa n'eut aucun mal à s'imaginer le froncement de sourcils de son père, ce dernier ajouta :

— Tu ferais peut-être bien de consulter ton gynécologue pour voir s'il ne pourrait pas te donner des hormones ou je ne sais quoi.

Il attribuait tous les maux féminins à un déséquilibre hormonal.

— George serait froissé.

— Qu'est-ce qu'on en a à foutre de ce que pense George ? s'exclama le sénateur d'une voix tonitruante. Ta santé est en jeu. George est bien gentil et je suppose qu'il fait correctement son boulot pour ce qui est des douleurs d'estomac et des vaccins contre la grippe. Mais tu as besoin d'un spécialiste. Il te faut un psychiatre.

— Mais non, papa. Tu te trompes. Tout va bien, je t'assure.

— La perte du petit Robert t'a complètement détraquée.

Vanessa but une gorgée de vin pour apaiser les remords douloureux que ces mots éveillaient en elle.

— David ne serait pas d'accord. Il n'est pas question que l'épouse du Président consulte un psy.

— Cela peut se faire confidentiellement. De plus, qui oserait te reprocher de te faire aider quand tu en as le plus besoin ? Je vais en toucher deux mots à David.

— Pas question !

— Ma chérie...

— S'il te plaît, papa, ne l'embête pas avec ça. Je vais m'en sortir. C'est juste que ça va me prendre un peu plus de temps que je ne pensais.

Elle avait appris à bonne école, celle du sénateur Cletus Armbruster, l'art de la diplomatie. Lorsqu'ils se souhaitèrent bonne nuit, elle lui avait arraché la promesse de ne pas importuner David au sujet de sa santé.

Pour se calmer, elle avala un autre cachet de Valium avec son verre de vin avant de se rendre à la salle de bains d'une démarche chaloupée pour enfiler une chemise de nuit et une robe de chambre. Confortablement adossée à une pile d'oreillers, elle essaya ensuite de faire un peu de correspondance, mais elle contrôlait mal son stylo. Elle tenta de lire le nouveau best-seller dont tout le monde parlait, mais elle avait toutes les peines du monde à se concentrer et à déchiffrer les mots. Elle était sur le point d'y renoncer et d'éteindre la lampe quand on frappa à la porte. Elle se leva précipitamment pour aller ouvrir.

— Vanessa ?

— Bonsoir, Spence.

— Vous dormiez ?

— Je lisais.

Spence la déroutait toujours. Elle se passa la main dans les cheveux.

— Que me voulez-vous ? demanda-t-elle.

— Le Président m'a prié de m'assurer que tout allait bien.

— Vraiment ? riposta-t-elle d'un ton sarcastique.

— Il regrettait de devoir vous laisser seule ce soir.

— Pourquoi ce soir serait-il différent des autres ?

Spencer Martin ne sourcilla pas. Il fallait autre chose que de l'impertinence pour le provoquer, et même lorsqu'il était touché au vif, personne ne s'en apercevait. L'entraînement qu'il avait suivi lui avait appris à rester de marbre en toute circonstance.

Le gouvernement Nixon avait eu son Gordon Liddy qui arborait une cicatrice au creux de la main qu'il avait maintenue au-dessus de la flamme d'une bougie jusqu'à ce que sa chair commence à fondre. Spencer Martin n'avait rien à lui envier. Il faisait aussi peur que lui et représentait un atout inestimable pour le Président.

— Puis-je vous apporter quelque chose ? demanda-t-il avec une courtoisie sans chaleur.

— Quoi, par exemple ?

— Tout ce que vous voulez.

— Ne vous dérangez pas pour moi.

— Cela ne me dérange pas, je vous assure. Comment vous sentez-vous ?

— Super génial. Et vous ?

— Vous êtes très tendue, Vanessa. Laissez-moi passer un coup de fil au Dr Allan pour qu'il fasse un saut ici.

— Je n'ai pas besoin de lui, cria-t-elle. Ce qu'il me faut... — Elle marqua une pause pour rassembler ses forces. — Ce qu'il me faut, c'est quelqu'un auprès de moi qui reconnaisse que j'ai eu un fils et qu'il est mort.

— Tout le monde le reconnaît, Vanessa. Pourquoi vous appesantir là-dessus ? À quoi cela sert-il de ressasser le fait que votre fils...

— Appelez-le par son prénom, espèce de salopard.

Elle se jeta sur lui et agrippa les revers de sa veste impeccablement coupée.

— Vous avez du mal à prononcer son nom, David

et vous, hein ? Votre conscience vous travaille. Allez ! Dites son nom, hurla-t-elle. Dites-le. Tout de suite.

Un agent des services secrets entra précipitamment dans la chambre.

— Monsieur Martin, quelque chose ne va pas ?

— Mme Merritt ne se sent pas très bien, répondit-il. Téléphonez au Dr Allan, et dites-lui de venir sur-le-champ.

Spence fit reculer Vanessa dans la pièce et ferma la porte derrière lui.

— Vous avez l'intention de m'enfermer dans ma chambre, Spence ?

— Absolument pas. Si vous voulez vous donner en spectacle devant le personnel, ne vous gênez pas pour moi, dit-il d'un ton suave en désignant la porte.

Vanessa sombra dans un silence boudeur, mais se servit un autre verre de vin d'un air plein de défi. Lorsque le médecin arriva, elle l'avait vidé et en buvait un autre.

— Elle est ivre, George, lui annonça Spence.

Elle repoussa sans ménagement le Dr Allan quand il s'approcha d'elle pour l'examiner.

— Vous ne pouvez pas boire comme ça en prenant des médicaments, Vanessa.

Spence lui ordonna de lui donner quelque chose pour la faire taire.

— Ce n'est pas raisonnable. Il faut que j'augmente considérablement la dose si l'on veut que cela fasse son effet.

— Faites ce que vous avez à faire. Ça m'est égal, riposta l'homme d'acier.

Vanessa remonta sa manche.

— Filez-moi cette foutue drogue ! Le seul moyen pour moi d'avoir la paix, c'est de dormir. Et, comme Spence vous l'a spécifié, je n'ai pas sommeil. Je suis soûle.

Tandis que le remède s'acheminait dans ses veines, David entra dans la pièce à grandes enjambées, manifestement furieux qu'elle ait provoqué une scène pendant son absence.

Ça vous fait les pieds, monsieur le Président, pensa-t-elle, bien qu'elle fût trop ramollie pour l'exprimer à haute voix.

Les trois hommes discutaient âprement, à mots couverts, au pied de son lit. À la fin, elle entendit la conclusion de Spence.

— Ça ne peut plus durer.

À quoi faisait-il allusion précisément ? Elle aspirait à s'abîmer dans la douceur de l'oubli mais, tout à coup, elle se démena pour reprendre conscience.

En vain. Elle dormait profondément quand on vint la chercher, juste avant l'aube.

7

Dès qu'il eut achevé son entretien téléphonique avec Barrie Travis, le Président Merritt se tourna vers son conseiller.

— Qu'en pensez-vous ?

Spencer Martin avait tout entendu grâce au haut-parleur de l'appareil.

— Elle essayait de vous tirer les vers du nez, mais vous vous en êtes bien sorti, répondit-il. Vous avez repoussé sa requête, mais vous l'avez fait élégamment. Est-ce Dalton qui vous l'a passée ?

— Oui. Elle a suivi la procédure habituelle.

— Dans ce cas, c'était d'autant plus aimable de votre part de décliner personnellement sa demande. Elle a dû penser que cela ne lui coûterait rien d'essayer d'obtenir de vous une interview exclusive sur votre stratégie de campagne. Il semble que Vanessa et elle en soient déjà à s'appeler par leur prénom. Et puis vous lui avez envoyé des fleurs. Il est normal qu'elle s'imagine avoir ses entrées dans le Bureau ovale.

Planté devant la fenêtre, David Merritt regardait fixement les pelouses impeccables de la Maison Blanche. Des touristes faisaient la queue le long de la grille en attendant l'heure de la visite pour se pâmer devant la vaisselle de ses prédécesseurs.

En son for intérieur, il méprisait le public américain, mais adorait son rôle de Président et supporterait très mal de devoir renoncer à ces fonctions, même après un second mandat. Il n'imaginait pas une seconde qu'il n'y en aurait pas un deuxième. Sa réélection était assurée d'avance. Cela faisait partie du programme qu'il s'était fixé jadis dans ce camping de caravanes, à Biloxi. À quelques points près, tout s'était déroulé conformément à son projet grandiose. Rien ne viendrait contrecarrer l'avenir que David Malcomb Merritt se promettait d'avoir. Absolument rien.

— Je me demande pourquoi elle vous a posé cette dernière question à propos de Vanessa, remarqua Spence, comme s'il avait lu dans ses pensées.

— Tout le monde s'inquiète de l'état de santé de ma femme en ce moment. J'aurais trouvé louche qu'elle ne la mentionne pas.

— Vous devez avoir raison.

Son manque de conviction incita Merritt à se retourner et à le considérer d'un air perplexe.

Spence haussa les épaules.

— C'est juste qu'il y a quelques semaines Barrie Travis a surgi de nulle part. Maintenant, elle pointe son nez à chaque détour du chemin. — Il jura entre ses dents. — À quoi pensait Vanessa quand elle a monté cette combine ? Et pourquoi cette journaliste est-elle toujours aussi affamée ? Je comprends qu'elle soit allée fureter autour du General Hospital avant sa série sur la mort subite du nourrisson, mais pourquoi y est-elle retournée après ?

— Ça me tracasse aussi, avoua Merritt. Mais cette Anna Chen a payé cher son indiscrétion et je pense que Mlle Travis aura du mal à dénicher un autre informateur dans l'établissement.

Barrie Travis s'imaginait peut-être que ses sources étaient secrètes, mais celles de Spence l'étaient encore plus. Le Président n'avait même pas pris la peine de lui demander qui avait questionné la jeune Asiatique à propos des renseignements confidentiels qu'elle avait dévoilés à la presse, ni comment on l'avait muselée une fois pour toutes. Spence lui avait assuré que l'affaire était close et quand Spence disait cela, il n'avait plus aucun souci à se faire.

Son conseiller était on ne peut plus efficace dans ce genre de circonstances. Quand un problème surgissait, il le réglait en deux temps trois mouvements. Sans exiger d'explications. Sans discuter. Il ne faisait jamais d'histoires. À la différence de leur ami Gray Bondurant, qui insistait toujours pour connaître les raisons de la moindre requête émanant du Président.

Lorsqu'il fallait agir, David Merritt tenait à ce que les choses aillent bon train sans avoir besoin de se justifier. Il se fichait comme d'une guigne de l'intégrité de l'entreprise. Ce qui n'était pas le cas de Gray. Il attachait beaucoup trop d'importance à l'intégrité, celui-là.

— Je pense que Barrie Travis est une journaliste un peu trop zélée, voilà tout. Elle a eu droit à son petit quart d'heure de gloire — j'en rajoute un peu — et s'efforce d'en tirer parti au maximum. Malheureusement, elle nous casse les pieds. — Le Président gloussa. — C'est une paumée et tout le monde le sait. Alors, détendez-vous. Elle n'est pas assez rusée pour nous causer du tort.

— Je n'en suis pas si sûr, David, répondit Spence d'un ton inquiet. À mon avis, elle est plus futée qu'on ne le croit. Si elle n'avait pas commis cette bévue dont on a fait tout un plat, elle pourrait faire partie des grandes pointures de la presse. Sa fichue ténacité en dit long sur sa force de caractère.

— Ou sur son imprudence et son ambition aveugle.

— Quoi qu'il en soit, si elle ne lâche pas prise, nous pourrions le regretter.

Merritt dévisagea son conseiller un long moment. Ils pouvaient se passer de paroles le plus souvent. Tels des guérilleros se frayant un chemin dans une jungle infestée d'ennemis, ils communiquaient sans parler, leurs yeux à eux seuls avertissant l'autre des dangers qu'ils encouraient. Il en fut ainsi à cet instant.

— Si cela peut vous mettre à l'aise, Spence, je vous donne carte blanche.

— Je me sentirais effectivement plus à l'aise.

Barrie fixait d'un air songeur la transcription en sténo de sa conversation téléphonique avec le Président Merritt. Elle ne voyait aucune faille dans ce qu'il avait dit ou la manière dont il s'était exprimé. Ils avaient eu un petit entretien amical. Il s'était montré ferme, mais courtois, quand il avait refusé de lui accorder une interview exclusive, mais cela ne l'avait pas déçue, ni surprise. Sa requête n'était qu'un prétexte pour avoir des nouvelles de la première dame des États-Unis.

Depuis ce jour maussade et venteux où elle avait pris un cappuccino en compagnie de Vanessa Merritt, Barrie avait retourné toutes les pierres de Washington en quête d'un drame. Elle n'avait strictement rien découvert. Ses sources étaient devenues muettes. Le bip, qu'elle gardait à portée de main vingt-quatre heures sur vingt-quatre et dont ses informateurs et Daily étaient les seuls à connaître le numéro, n'avait pas sonné une seule fois. Pour finir, elle avait fait une entorse au règlement en les appelant elle-même. Personne ne savait quoi que ce soit. Elle avait été à deux doigts d'admettre que toute cette histoire était le fruit de son imagination. Ça n'aurait certainement pas été la première fois.

Jusqu'au moment où le mystérieux incident avec Anna Chen avait brusquement ravivé sa conviction défaillante. Le lendemain matin, Dalton Neely avait organisé une conférence de presse afin d'annoncer que Mme Merritt se retirait de la scène publique pour une période indéterminée. Après cette fracassante entrée en matière, il avait lu un bref communiqué, au nom du Président :

« Le sénateur Armbruster et moi-même pensons que les obligations de Vanessa en sa qualité de première dame des États-Unis ne lui ont pas permis de se remettre complètement du tragique décès de notre fils. Nous lui avons fait comprendre à quel point elle nous est précieuse, à nous tous, aussi bien sur le plan individuel qu'en tant que patriote. Elle doit à sa famille et à son pays de recouvrer ses moyens, physiquement et émotionnellement parlant, avant de reprendre l'emploi du temps très chargé qu'elle s'impose. Dans ce but, elle va s'accorder un répit prolongé. »

Après quoi, il avait répondu aux questions des journalistes. Cette cure de repos aurait lieu sous la supervision du Dr George Allan, avait-il expliqué à l'un d'entre eux. Il avait catégoriquement nié que l'alcool ou une substance toxique quelconque fût impliqué. Barrie s'était époumonée pour se faire entendre au-delà des voix de ses collègues et demander quand on espérait le retour de l'épouse du Président. On lui avait affirmé qu'il était trop tôt pour avancer une date.

Depuis lors, Neely avait fourni périodiquement aux médias, avides d'en savoir plus, des mises à jour concernant la santé de Mme Merritt. Selon le Dr Allan, elle réagissait favorablement au repos et à la détente. Le matin même, lorsque Barrie s'était entretenue au téléphone avec le Président, il l'avait remerciée de s'être enquise de l'état de son épouse et lui avait promis de lui transmettre ses salutations. Elle allait déjà nettement mieux et sa santé faisait des progrès rapides. Il en était enchanté.

Tout cela était trop beau pour être vrai.

— Foutaises, marmonna-t-elle.

Son pressentiment continuait à la harceler. Quelque chose ne tournait pas rond. Elle prit son téléphone.

— General Hospital de Washington. Je vous écoute.

— Anna Chen, je vous prie.

— Mlle Chen ne travaille plus ici.

— Pardon ?

— Mlle Chen ne travaille plus ici. Puis-je vous passer quelqu'un d'autre ?

— Euh. Non, merci.

Elle s'empressa de raccrocher et composa le numéro personnel d'Anna. Une voix agréable, électronique, l'informa que la ligne n'était plus en service. Cinq minutes plus tard, elle était au volant de sa voiture et roulait à tombeau ouvert en direction de l'appartement d'Anna. Elle monta les trois étages au pas de course et appuya sur la sonnette de l'appartement 3C. Après plusieurs tentatives, elle fut bien forcée d'admettre qu'il n'y avait personne.

Frustrée, elle sonna chez le voisin d'en face. En plaquant l'oreille contre la porte, elle entendit du bruit à l'intérieur et une conversation à mi-voix.

— Bonjour, cria-t-elle en frappant. Excusez-moi de vous déranger. Je cherche Mlle Chen.

Le voisin était un jeune cadre dynamique qui arborait une queue de cheval et une chemise ouverte jusqu'à la ceinture de son pantalon dont il venait manifestement de remonter la fermeture éclair à la hâte, car un pan de chemise était resté coincé dans sa braguette. En jetant un coup d'œil par-dessus son épaule, Barrie s'aperçut qu'il était en agréable compagnie. Ils pique-niquaient sur le tapis du salon.

— Je suis vraiment navrée de...

— Si c'est Anna que vous cherchez, elle a déménagé, dit-il, apparemment pressé de retourner déjeuner.

— Quand cela ?

— La semaine dernière. Vendredi, je crois. À moins que ça ne soit jeudi. Avant le week-end en tout cas parce que le gérant a fait nettoyer l'appart samedi. De fond en comble. Il y a eu du va-et-vient toute la journée.

— Avez-vous une idée...

— ... de l'endroit où elle est allée ? Pas la moindre. Mais je sais qu'elle travaille au General Hospital.

— Plus maintenant.

— Ah bon ! Dans ce cas, je ne peux pas faire grand-chose pour vous.

— C'est gentil d'être venu, Daily.

Barrie venait de pénétrer chez elle par la porte de la cuisine. Des vapeurs aromatiques emplissaient la pièce.

— Comment aurais-je pu résister à une invitation aussi charmante ? « Sois-là à sept heures. Commence à préparer le dîner. »

Daily était au fourneau en train de remuer une sauce de spaghetti, un tablier orné d'un Père Noël autour de la taille. Elle se souvenait vaguement de l'avoir reçu en cadeau plusieurs années auparavant, mais elle en avait perdu la trace depuis. Elle se demandait où Daily avait bien pu le dénicher.

— Ça sent délicieusement bon, dit-elle en tâchant

d'apaiser Cronkite que son arrivée avait mis dans tous ses états. Tu lui as donné à manger ?

— Une boulette de viande crue qu'il a avalée tout rond. — Daily posa sa cuillère et lui fit face. — Pourquoi as-tu insisté pour que je laisse ma voiture au coin de la rue, que je remonte l'allée à pied et que j'entre par la porte de derrière ? On joue aux espions ou quoi ?

— Je t'expliquerai ça après le dîner.

Il l'obligea à tenir sa promesse. À peine la table desservie, ils s'installèrent confortablement dans le salon. Daily, en tout cas, était à son aise dans un fauteuil super-rembourré, la grosse tête de Cronkite posée sur ses genoux. Barrie, elle, arpentait nerveusement la pièce. À deux reprises, elle alla vérifier que la porte d'entrée était verrouillée et les loquets tirés. Elle baissa les stores de manière à ce qu'on ne puisse pas les voir de l'extérieur.

— Que se passe-t-il à la fin ? demanda Daily.

Elle posa un doigt sur ses lèvres et alluma la télévision en mettant le son pratiquement au maximum, après quoi elle s'approcha de Daily en tirant un pouf derrière elle.

— Tu vas probablement penser que je dramatise, dit-elle, mais j'ai l'impression qu'on m'observe. J'ai fait couper la ligne de mon portable cet après-midi. À partir de maintenant, je ne veux plus recevoir de messages téléphoniques. Si on s'appelle, il faut qu'on fasse très attention à ce qu'on dit, surtout à propos de Vanessa Merritt.

— Tu crois que ta maison a été mise sur écoute ? demanda-t-il en pointant le menton en direction du téléviseur qui lui cassait les oreilles.

— Cela ne me surprendrait pas.

Elle l'informa de la disparition d'Anna Chen.

— J'ai parlé avec le gérant de l'immeuble, ajouta-t-elle. Elle ne lui a pas donné le moindre préavis. Elle a payé son loyer, fait ses bagages et filé.

— Elle pouvait avoir des dizaines de raisons pour partir. Elle a peut-être trouvé une autre place, ou un appartement plus grand.

— Elle n'a laissé aucune adresse, ni chez elle, ni à l'hôpital. C'est bizarre pour quelqu'un qui n'aurait fait que changer de domicile.

— Elle essaie peut-être de se débarrasser d'un petit ami irascible.

— Elle avait peur, mais pas d'un ex au tempérament violent. Elle était terrorisée à l'idée qu'on puisse la voir me parler. Quelqu'un savait qu'elle m'avait divulgué des informations et on l'a fait taire en la menaçant.

Daily tiraillait sur sa lèvre inférieure, sans rien dire.

— Pourquoi n'a-t-on pas pratiqué d'autopsie sur l'enfant ? poursuivit-elle. Le Dr Allan n'était pas présent au moment de sa mort. Dans le cas d'un décès accidentel, la loi exige une autopsie afin d'en déterminer les causes.

— Il s'agit du Président des États-Unis et de son épouse, Barrie. Rien ne les empêche de détourner la loi.

— Si ton enfant était mort brutalement sans raison apparente, ne crois-tu pas que tu aurais envie de savoir ce qui s'est passé ? Pourquoi les Merritt s'opposeraient-ils à une autopsie s'ils n'avaient rien à cacher ?

— Des tas de gens sont contre cette pratique.

— Je n'arrête pas de repenser aux étranges insinuations de Vanessa. Peut-on imaginer qu'il s'agissait d'aveux déguisés ?

— Si elle a assassiné son enfant, pourquoi éprouverait-elle le besoin de se confesser ?

— Parce qu'au fond d'elle-même elle souhaite que son crime soit révélé au grand jour. Elle veut être punie.

— Tu sais, plus tu me parles d'elle, plus elle me donne l'impression d'être dérangée.

— Et puis d'abord, où est-elle ? poursuivit impatiemment Barrie en prenant soin de ne pas hausser le ton. À Highpoint ?

La résidence privée des Merritt au bord de la Shenandoah se situait à deux heures de voiture de Washington, en direction du sud-ouest.

— Cela semble logique, même si le communiqué officiel stipulait qu'elle se reposait dans un endroit « tenu secret ».

— Si elle ne fait que se reposer, et que tout va bien, pourquoi tant de mystères ?

— Si sa fille était gravement malade, le sénateur Armbruster s'en serait mêlé depuis longtemps. Il l'aurait fait admettre dans le meilleur hôpital du pays où on l'aurait soumise à tous les examens possibles. As-tu réussi à joindre quelqu'un dans son bureau ?

— J'ai essayé. Toute son équipe rabâche les déclarations de Neely comme un mantra.

— Si sa vie était en danger, le sénateur ne se contenterait pas d'une cure de repos. Il remuerait ciel et terre pour lui garantir le meilleur traitement.

— De la même façon, s'il savait qu'elle avait commis un meurtre, il se battrait avec toute son énergie pour couvrir son crime et la protéger.

— Merde ! s'exclama Daily. Tu m'as eu !

— Tu n'arrêtes pas de me mettre des bâtons dans les roues. Tu tiens absolument à prouver que j'ai tort.

— Je ne veux pas que tu te trompes, que tu scies la branche sur laquelle tu ne tiens même pas en équilibre, comme tu l'as fait dans le cas de ton reportage sur le juge Green. Et d'autres fois.

— La situation est différente. Complètement différente.

— Je l'espère bien. Après tous ces fiascos, tu commençais juste à retrouver un semblant de crédibilité. Tu te rends compte du bordel que tes spéculations risquent d'engendrer si jamais il y a des fuites ?

— Tu te rends compte du gigantesque coup de pouce que cela donnerait à ma carrière, si elles se révélaient exactes ?

— Avant de te mettre à fantasmer sur ton futur magazine d'informations, tu ferais mieux de regarder la réalité en face. Il s'agit d'une intuition, Barrie. Rien de plus. Une intuition, dans le domaine du journalisme, ça ne vaut pas un clou.

— C'est faux, protesta-t-elle avec véhémence. À moins que tu te trouves précisément là quand quelqu'un saute dans le vide lorsqu'un avion s'écrase ou qu'on prend un assassin, sur le fait, un revolver fumant à la main à côté de sa victime, tous les bons reportages naissent d'une intuition, un instinct puissant qui te dit qu'il y a anguille sous roche.

« Tu ne vas probablement pas me croire, Daily, mais mes motivations ne sont pas purement égoïstes. Je suis inquiète pour Vanessa. Je crois bien que je n'avais jamais vu quelqu'un aussi à cran. Imaginons que je fasse fausse route et que son enfant ait effectivement succombé à la mort subite du nourrisson, comme on l'a dit. Le chagrin lui a peut-être fait perdre la tête. Si elle représente désormais une gêne pour la Maison Blanche, ne peut-on concevoir qu'on l'ait enfermée quelque part pour la dissimuler au regard du public ?

— Tu te figures que le Président la détient contre sa volonté ?

Exprimée de cette façon, son hypothèse paraissait ridicule.

— Ce n'est pas vraiment plausible, n'est-ce pas ?

— Pas moins que tous les autres arguments que nous avons évoqués. — Daily réfléchit un moment. — Mais il est vrai que la psychologie fonctionne différemment dans les sphères du pouvoir. L'histoire a montré que, pour certains Présidents, la fin justifiait tous les moyens. J'imagine que cela peut aller jusqu'à la séquestration d'une épouse déséquilibrée, susceptible de faire obstacle à une réélection.

Barrie frissonna.

— Mon Dieu ! Nos théories empirent de minute en minute.

— Elles n'en restent pas moins des théories.

— Cesse de me le rappeler, bougonna-t-elle.

— C'est mon boulot.

— Je ne travaille plus pour toi.

— C'est vrai. Je ne suis que ton ami. Écoute, Barrie. — Il marqua une pause le temps de prendre quelques inspirations sibilantes. — Tu as enfin l'estime de tout le monde. Alors si tu évitais de te mettre dans le pétrin pour une fois.

Son ton l'agaça.

— L'heure de la psychologie a sonné, Daily ? Le moment est venu de fouiller dans la cervelle de Barrie pour voir ce qui la turlupine.

— Je le sais déjà. Et, plus important, tu le sais toi-même.

— À quoi bon en parler dans ce cas ? riposta-t-elle, furibonde.

— Peux-tu me regarder dans le blanc des yeux et me jurer que ce qui te pousse à approfondir ce sujet épineux n'a strictement rien à voir avec ton désir de gagner l'approbation de deux personnes qui...

— Oui, je peux te le jurer. De plus, mes motivations personnelles mises à part, c'est une histoire qui demande à être racontée. Tu n'es pas d'accord ?

— S'il y a vraiment une histoire, oui, reconnut-il à contrecœur.

— Alors cesse de remettre mon enfance douloureuse sur le tapis et donne-moi un coup de main.

— Comment ?

— Qui acceptera de me parler ? Le sénateur Armbruster ?

Daily secoua la tête.

— Quelles que soient ses convictions profondes, il adhérera à la version officielle et la défendra jusqu'à son dernier souffle. C'est un politicien jusqu'au bout des ongles. Jamais il ne causerait le moindre tort à l'homme que son parti a installé à la Maison Blanche, même s'il s'appelait Jack l'Éventreur. Encore moins lorsqu'il s'agit de son gendre. Il a placé Merritt aux commandes de la nation pour ainsi dire sans l'aide de quiconque.

— Entendu. Qui d'autre connaît intimement les Merritt ? S'il pouvait y avoir quelqu'un de proche avec lequel ils seraient en froid. Ou quelqu'un... — Elle se redressa subitement sous l'impulsion de l'idée qui venait de lui traverser l'esprit. — Ce... ce soldat qui a sauvé les otages en...

— Bondurant.

— Bondurant. C'est ça ! Gary Bondurant.

— Gray.

— Exact. Gray. Ils étaient copains comme cochons avec les Merritt. Peut-être acceptera-t-il de me parler ?

Cela lui fit mal d'entendre le rire rauque et haletant de Daily.

— Tu as plus de chances d'obtenir une interview d'une des faces du mont Everest. Elles sont beaucoup plus avenantes et loquaces que Bondurant. Il est à peu près aussi facile à approcher qu'un cobra.

— Quelle est son histoire ? D'où sort-il ?

Daily haussa les épaules.

— Je n'en sais pas plus que quiconque.

— Il n'a pas fait son apparition le jour où Merritt l'a nommé conseiller tout de même, dit-elle, agacée.

— C'est pourtant l'impression que ça donnait, remarqua Daily. Spencer Martin est tout aussi cachottier. Les données dont on dispose, sur leur passé avant leur intégration au gouvernement Merritt, ne rempliraient pas un dé à coudre. Si tu veux mon avis, ils s'ingénient à cultiver cette aura de mystère.

— Dans quel but ?

— Pour l'effet, j'imagine.

— Quel était le rôle de Bondurant avant cette mission de sauvetage ?

— La planifier, je suppose. Martin, Bondurant et Merritt faisaient partie de la même patrouille de reconnaissance dans la Marine. Le Président est le plus policé des trois, le politicien-né. Spencer Martin est un vrai reptile. Sournois. Ses attributions à la Maison Blanche lui vont comme un gant. Quant à Bondurant... C'est le plus complexe du trio. Je vais t'avouer une chose. J'ai toujours eu une peur bleue de lui. À vrai dire, je crois bien qu'il fout les chocottes au Président autant qu'à moi.

— Je croyais que Merritt l'avait limogé parce qu'il s'était un peu trop attaché à Vanessa.

— Comment se fait-il que tu sois aussi mal renseignée ? grommela Daily. Où étais-tu quand tout cela est arrivé ? Ça ne fait pourtant pas si longtemps.

— Howie était en colère contre moi pour je ne sais plus quelle raison, alors il m'a obligée à couvrir une prétendue affaire de mauvaise gestion chez les boxeurs professionnels. Je n'ai pas du tout suivi le retour de Bondurant, ni son départ précipité de Washington.

— À vrai dire, tu n'as pas raté grand-chose. Bondurant a réussi à frustrer tous les journalistes de la capitale. Il évitait les caméras et n'a pas accordé une seule interview. La presse à sensations publia ses habituelles inepties sans rien révéler du fond de l'histoire, bien entendu.

— À savoir ?

— Je n'en sais pas plus que toi. Mais si Merritt pensait vraiment que son conseiller se tapait sa femme, pourquoi l'aurait-il choisi pour mener cette mission de sauvetage qui a fait de Bondurant un héros national ? Cela ne correspond pas vraiment au comportement d'un mari jaloux, si ? — Daily agita son index sous le nez de Barrie. — Tu fais une autre erreur. Le Président ne l'a pas renvoyé. Au lendemain de la fameuse mission, il lui a demandé au contraire de reprendre son poste à la Maison Blanche. Bondurant a décliné son offre.

— Comment le sais-tu ?

— Tu n'es pas la seule à avoir tes sources, ma jolie. J'ai peut-être déjà un pied dans la tombe, mais l'autre est encore bien implanté dans plusieurs camps à Washington.

— Puisque tu es si bien informé, où se trouve Bondurant à l'heure actuelle ?

— Il est parti vivre quelque part dans l'Ouest. Dans l'un de ces États tout carrés.

8

Elle alla jusqu'à l'inviter à déjeuner. Ils se rendirent chez son traiteur favori. Elle le laissa même manger avant de plaider sa cause.

— Je t'en prie, Howie. Donne-moi le feu vert. Un jour ou deux suffiront.

Il essuya le jus du sandwich aux boulettes de viande qui maculait son assiette avec un dernier bout de pain avant de l'enfourner.

— Les déplacements coûtent cher, répondit-il en mâchonnant. C'est pas prévu dans le budget.

— Je payerai de ma poche. Je garderai les reçus. La chaîne me remboursera plus tard. Mais seulement si je fournis un bon reportage.

Elle espérait que ce sacrifice le convaincrait. Quant à elle, cela lui donnait un mobile supplémentaire pour produire un reportage exclusif qui galvaniserait la nation tout entière, ce qu'elle pensait être sur le point de faire. Seul un sujet d'une telle envergure pouvait l'inciter à déjeuner en face d'Howie Fripp.

Il ruminait — un oignon cru et sa requête, simultanément.

— Où est-ce que tu vas ?

— Je ne peux pas te le dire.

— Tu voudrais que je te donne ma bénédiction alors que je ne sais même pas où tu vas, ni de quoi il en retourne ?

— C'est un scoop. Si j'en parle à qui que ce soit, c'est fichu.

Elle baissa la voix et se pencha vers lui, même si les relents d'ail et d'oignon émanant de sa bouche lui mettaient la larme à l'œil.

— Si le bruit court que je travaille là-dessus, continua-t-elle, tous ceux qui sont au courant risquent leur peau.

— Lâche-moi la grappe, gémit-il. Pourquoi n'essaies-tu pas de vendre ta camelote à NBC ? Je parie que tu dénicheras un couillon prêt à te l'acheter là-bas.

— Merci, Howie. J'espérais que tu allais me dire ça, fit-elle en s'emparant de son sac.

Déconcerté, Howie plissa les yeux d'un air pénétré.

— Comment ça se fait que t'es pas fâchée ?

— Parce que maintenant je peux aller trouver Jenkins la conscience tranquille. Je ne voulais pas sauter les échelons. C'est pour ça que je t'ai demandé en premier. Puisque tu as repoussé ma proposition, plus rien ne m'empêche de m'adresser au dirlo.

L'évocation du directeur de la chaîne fit battre le cœur de Howie à cent à l'heure.

— Jenkins appuiera ma décision, affirma-t-il d'un ton faussement assuré. Il sera mort de rire en apprenant que tu as le toupet de demander un défraiement pour partir en vadrouille.

— Ça m'étonnerait, répliqua gaiement Barrie. Aurais-je omis de te parler du mémo qu'il m'a adressé ?

Howie plissa les yeux de plus belle.

— C'était un véritable panégyrique de ma série sur la mort subite du nourrisson. Il veut que je fasse d'autres reportages spéciaux dans la même veine. Il dit que je gâche mon talent à couvrir des affaires sans intérêt et il souhaiterait que je m'occupe davantage de la programmation des émissions de service public et de l'image de marque de la chaîne. Quelques apparitions en chair et en os seraient bienvenues, des conférences, ce genre de choses. — Elle fronça les sourcils. — Je pensais qu'il t'en avait parlé depuis le temps. Non ? Il est tellement occupé. Il n'a probablement pas eu le temps.

Elle inventait au fur et à mesure, mais Howie gobait tout.

— Je vais réfléchir, grommela-t-il.

— Inutile. Vraiment. Laisse tomber. Je préfère m'adresser directement à Jenkins.

— Attends une seconde ! Laisse-moi le temps de cogiter un peu, bon sang ! Tu m'annonces ça de but en blanc. — Tout en méditant, il grignota un gros cornichon russe. — Tu me jures que ton sujet vaut le déplacement ?

— Ça provoquera un vrai raz de marée.

Il reluqua une joggeuse qui passait devant la vitrine, engloutit un autre morceau de condiment, puis se gratta l'aisselle.

— Bon, finit-il par dire. Je te donne deux jours. Mais t'as intérêt à ne pas me baiser.

Elle frémit rien que d'y penser.

— Bienvenue à Ponderosa, se dit-elle en franchissant le portail grand ouvert avant de remonter l'allée de gravier conduisant à la demeure de Gray Bondurant.

Après avoir voyagé sous un nom d'emprunt grâce à une pièce d'identité fabriquée exprès pour elle par un escroc reconverti — l'une des sources les plus suspectes de Daily —, et pris soin de régler toutes ses notes en liquide afin de ne laisser aucune trace, elle venait finalement d'arriver à destination en fin d'après-midi. Elle espérait que toutes ses précautions seraient inutiles, mais mieux valait ne prendre aucun risque.

Même dans le nord-ouest du Wyoming, région qui ne brillait pas par la densité de sa population, la propriété de Bondurant était pour le moins isolée. Le ranch, de plain-pied, se détachait sur un bosquet de trembles qui commençaient juste à s'orner de spectaculaires couleurs automnales. Pour atteindre la maison, elle avait traversé un ruisseau où l'eau claire gargouillait sur un lit rocailleux.

La maison était en pierre et en bois. Une terrasse couverte courait tout le long de la façade. Trois chevaux paissaient non loin de là dans un enclos. Derrière la bâtisse, elle apercevait une étable qui paraissait de construction plus ancienne ainsi qu'un garage préfabriqué ouvert et vide, mise à part la présence d'un chasse-neige. Plusieurs tas de bois s'amoncelaient le long du mur du garage. En dehors des chevaux, il n'y avait pas le moindre signe de vie dans les parages.

Maintenant qu'elle était arrivée à bon port, elle avait sérieusement le trac. Le terrain environnant, très accidenté, avait quelque chose d'intimidant. Elle se sentait toute petite et insignifiante face à la chaîne de montagnes qui se dressait devant elle et ne doutait pas un instant que ce serait exactement l'effet qu'elle ferait à Gray Bondurant. En descendant de sa voiture de location, elle se demanda ce qu'elle lui dirait en guise d'entrée en matière. D'après ce qu'elle savait de lui, par la presse ou par ouï-dire, elle ne devait pas s'attendre à ce qu'il l'accueille à bras ouverts.

Elle s'était inquiétée pour rien. Il n'était pas chez lui, comme elle s'en rendit compte après avoir sonné plusieurs fois et frappé à la porte. En vain. Flûte. Elle était prête mentalement à rencontrer l'ancien Marine. Elle s'était donné trop de mal pour baisser les bras si vite. Sans compter qu'elle en serait de sa poche. De plus, elle n'avait pas la moindre envie de rebrousser chemin sur-le-champ pour regagner Jackson Hole.

Elle résolut donc d'attendre le retour de Bondurant et s'installa dans le vieux rocking-chair canné qui trônait sur la véranda. La vue sur les monts Tetons était à vous couper le souffle. Elle était contente de rester là à se balancer tout en contemplant cette merveille de la nature. Toutefois, elle ne tarda pas à prendre conscience d'un autre phénomène naturel, biologique celui-là. Il fallait qu'elle trouve les toilettes.

Un quart d'heure plus tard, elle se leva en abandonnant son sac sur le fauteuil à bascule et se dirigea vers la porte d'entrée. Le garage étant resté ouvert, il y avait des chances pour que la maison le soit aussi. C'était le cas.

La porte donnait directement sur la salle de séjour au plafond haut, étayé par de grosses poutres apparentes. Une énorme cheminée dominait le mur en pierre à l'autre bout de la pièce. La décoration avait quelque chose de profondément masculin. Du daim vert sombre recouvrait les gros fauteuils et le canapé. Pas de rideaux aux fenêtres. Les tapis en laine tissés éparpillés sur le parquet faisaient songer à de grandes couvertures d'équitation. Il régnait un silence absolu. Il n'y avait même pas de pendule. Une vague odeur de feu de bois et... d'homme flottait dans la pièce.

Cette essence virile était si forte, si pénétrante que Barrie tourna brusquement la tête, s'attendant à voir Bondurant surgir de nulle part.

En se reprochant ce comportement ridicule, elle traversa la pièce à grandes enjambées et se retrouva dans une vaste chambre. Là encore, toutes les surfaces étaient dures, à l'exception du lit défait où elle évita de poser son regard. Elle mit le cap sur la salle de bains voisine.

Une brosse à dents solitaire trônait dans le râtelier au-dessus du lavabo. Des serviettes pliées s'empilaient sur une étagère. Une chemise pendait à un crochet en cuivre derrière la porte. Elle ne put résister à l'envie de la toucher. Du coton. Non amidonné. Douillet.

La salle de bains était relativement propre, même si le capuchon du flacon d'eau de cologne, sans doute négligé depuis longtemps, était couvert de poussière. Elle fut tentée de jeter un coup d'œil dans l'armoire à pharmacie, mais décida que ce serait vraiment trop indiscret.

Après avoir utilisé les toilettes, Barrie se lava les mains et se les sécha avec la serviette légèrement humide accrochée à un anneau chromé au mur. Il s'y était essuyé le visage ou les mains il n'y avait pas bien longtemps. Elle trouva cela légèrement déconcertant et ressentit une sensation bizarre au creux du ventre. Elle eut de nouveau l'impression de sentir la présence du maître des lieux, comme s'il était là, quelque part, bien qu'invisible.

Le silence et l'isolement lui donnaient de drôles d'idées, décida-t-elle.

Elle retraversa la chambre en sens inverse en promettant à son hôte absent de sortir de la maison dès qu'elle aurait bu un verre d'eau.

Elle trouva la cuisine sans difficulté. Il y avait un pack de bières dans le frigidaire. Ni eau minérale, ni jus de fruits. Elle se rabattit sur l'eau du robinet qu'elle agrémenta de quelques glaçons chipés dans le congélateur plein à craquer de steaks et de pas grand-chose d'autre.

Déterminée à tenir sa promesse, elle regagna la véranda pour continuer à attendre. Il allait sûrement rentrer avant la nuit. Il n'aurait pas laissé la porte ouverte s'il prévoyait d'être parti plus longtemps.

Les lueurs orangées du coucher de soleil cédèrent la place au crépuscule mauve. Les premières étoiles apparurent, puis d'autres. Elle qui avait vécu toute sa vie en ville n'en avait jamais vu autant. La voie lactée jetait sa grande écharpe floue juste au-dessus d'elle.

À la tombée de la nuit, la température chuta brusquement. Barrie serra ses bras autour d'elle pour essayer de se réchauffer. Malgré le froid, elle somnolait, son menton heurtant sa poitrine chaque fois qu'elle s'assoupissait. Son organisme avait deux heures d'avance sur l'horaire des montagnes et son réveil avait sonné à cinq heures du matin.

— C'est de la folie, marmonna-t-elle en claquant des dents.

Avant d'avoir eu le temps de s'en dissuader, elle retourna à l'intérieur de la maison et s'allongea sur le long canapé gainé de daim. À peine la tête sur le coussin, elle sombra dans le sommeil.

9

Les boules de billard claquèrent l'une contre l'autre et Howie Fripp émit un grognement ignoble quand son coup expédia l'une d'elles dans le trou.

— Encore pour moi. Ça fait combien ?

— Trois.

— La vache ! Quinze dollars. À moins que vous ne préfériez qu'on aille jusqu'à sept.

— Non merci. Vous me laisseriez sur la paille.

Howie tendit la main pour prendre les trois billets de cinq dollars que son adversaire lui tendait. Il fourra l'argent dans sa poche et s'apprêtait à faire un autre commentaire suffisant à propos de son extraordinaire victoire quand une lueur dans le regard de l'autre homme l'incita à penser qu'il ferait peut-être mieux de ne pas la ramener.

— Vous pourriez au moins m'offrir un verre.

Son infortuné rival souriait, mais à peine.

— Un verre ? Bien sûr, bien sûr, fit Howie. Que voulez-vous boire ?

Il demanda une vodka avec des glaçons. Howie s'approcha du comptoir et passa la commande. Il rapporta le cocktail et la bière qui lui était destinée à la table où l'homme avait choisi de s'asseoir.

— Je ne peux pas rester très longtemps, annonça-t-il en le rejoignant.

À dire vrai, il était prêt à partir. Le type avait requis une certaine marque de vodka. Deux ou trois tournées et ses gains seraient liquidés.

— Je commence de bonne heure demain matin, poursuivit-il.

L'homme but une gorgée.

— Vous travaillez dans quel domaine ?

— Au journal télévisé, pérora-t-il en saupoudrant sa bière de sel. WVUE.

— Vous passez à la télé ?

— Non, je ne fais pas toutes ces conneries en direct. Les présentateurs sont tous des imbéciles. Mon travail consiste à assigner les reportages aux journalistes.

— Dans ce cas, vous êtes plus ou moins responsable de ce qui passe aux nouvelles ?

— Totalement responsable, vous voulez dire. — Enchanté de l'intérêt que lui portait son interlocuteur, Howie poursuivit ses explications sans omettre aucun détail. — C'est à moi de déterminer qui couvre tel ou tel sujet, lesquels on doit bazarder, qui a droit au direct et pour combien de temps. J'ai des millions de décisions à prendre chaque jour.

— C'est un poste important.

— J'adore vivre sous pression, déclara-t-il avec emphase.

L'homme assis en face de lui était l'image même de ce qu'Howie aurait voulu voir dans la glace quand il se rasait le matin. Quelquefois il se laissait aller à penser qu'il produisait sur les autres le genre d'impact que cet individu avait sur lui. Il avait la parole facile et devait être maître de lui en toute circonstance. Trois échecs cuisants au billard ne l'avaient pas ébranlé le moins du monde. C'était le genre de type qui faisait perdre la tête aux femmes tout en inspirant aux hommes un respect craintif.

— Vous devez être au courant de tout ce qui se passe avant tout le monde.

— Exactement.

— Alors quelles sont les dernières nouvelles ?

Howie se creusa la cervelle pour tâcher de dénicher quelque chose qui impressionnerait son nouveau copain autant qu'il l'impressionnait lui-même.

— Euh... voyons. L'autre soir, j'ai envoyé un journaliste sur les lieux d'une fusillade qui a fait trois morts quelques minutes seulement après qu'elle éclate. On a réussi à faire des plans des cadavres avant que la police les recouvre.

L'homme esquissa un vague sourire, puis jeta un coup d'œil à sa montre-bracelet.

— Euh, voyons...

— J'étais très content de faire cette partie avec vous, mais faut que j'y aille.

— Ce qu'on a fait de plus fort récemment, c'est une série d'émissions sur la mort subite du nourrisson, lança-t-il dans l'espoir de récupérer son attention.

— Vous dites ?

En plein dans le mille !

— C'est moi qui ai eu l'idée. Histoire de tirer parti du décès du fils du Président, si vous voyez ce que je veux dire.

— Quelle histoire tragique !

— On a réussi à décrocher une interview de son épouse.

— Sacré scoop ! Elle accorde rarement des interviews, n'est-ce pas ?

— On a eu l'exclusivité.

— Comment est-ce que vous avez fait ?

— Vous savez comment c'est. J'ai passé quelques coups de fil. Un ou deux petits renvois d'ascenseur et le tour était joué. — Il haussa les épaules d'un air de dire que ce n'était pas si compliqué que ça d'avoir ses entrées à la Maison Blanche. — Voudriez-vous un autre verre ?

— Non merci. Si je bois trop, je risque de me laisser convaincre de refaire une petite partie, fit l'autre en grimaçant un sourire.

Qu'Howie s'empressa de lui rendre. Il n'avait pas vraiment de copains. Peut-être une amitié était-elle en train de naître. Rien que d'y penser, ça lui donnait presque le tournis.

— J'ai vu cette interview avec Mme Merritt, reprit l'homme. Très incisif. Comment s'appelait la journaliste déjà ?

— Barrie Travis. — Howie entreprit de lui raconter comment il l'avait embauchée. — À l'époque, même en payant, elle n'aurait pas dégoté un boulot. Je me suis dit, qu'est-ce que ça peut foutre ? Donne-lui une chance et profites-en pour te mettre bien avec la haute autorité de l'audiovisuel. En plus, elle est plutôt agréable à regarder.

L'autre gloussa.

— Dès lors qu'on est obligé de bosser avec des gonzesses, autant choisir les moins moches, pas vrai ?

Le regard d'Howie s'illumina. Au moins, son nouvel ami parlait la même langue que lui.

— Tu l'as dit, mon pote. — Il lui fit un clin d'œil. — Barrie et moi, on a eu une petite aventure tous les deux, mais ça devenait compliqué du fait qu'on travaillait ensemble et tout. Il a fallu que je la largue. Elle a été très compréhensive. Pas comme certaines nanas qui vous collent au cul. En définitive, c'est plutôt une bonne petite journaliste. Elle se remue en tout cas. Probablement un peu trop ambitieuse pour son bien.

— Vraiment. Pourquoi dites-vous ça ?

— Oh ! Vous savez, depuis le succès de sa série que j'ai produite personnellement, elle a la tête dans les nuages et se prend pour une star. Elle me rend dingue avec le reportage soi-disant sensationnel sur lequel elle travaille en ce moment.

— Ah bon !

Son compagnon avait arrêté de regarder sa montre. Il s'était adossé confortablement à sa chaise et faisait tournoyer les glaçons dans son verre.

— De quoi s'agit-il ?

— Je n'en ai pas la moindre idée. Elle n'a rien voulu me dire.

— Allons. À qui voulez-vous que je le répète ?

— Je vous jure que je ne sais rien. Mais elle m'a affirmé que si les choses évoluaient comme elle le pensait, l'affaire du Watergate aurait l'air d'un dessin animé de Walt Disney, à côté.

Le rictus de l'homme se rétrécit d'un cran.

— Ça doit être vraiment sensationnel.

— Suffisamment pour qu'elle prenne deux jours de congé afin d'aller faire des recherches sur place.

— Où ça ?

La voix de l'homme avait pris une intonation qui arrêta la poigne d'Howie à mi-chemin entre le bol de cacahuètes et sa bouche. Il eut tout à coup le sentiment qu'il faisait peut-être preuve d'indiscrétion, qu'il devrait sans doute s'abstenir d'en dire tant sur le reportage de Barrie.

— Elle a refusé de me le dire.

L'homme retrouva son sourire.

— Vous n'avez pas une toute petite idée derrière la tête ?

— Pas la moindre.

— Elle est pleine de secrets, cette môme.

— C'est une gonzesse. Qu'est-ce que vous voulez que je vous dise ? On n'arrive jamais à savoir ce qu'elles ont dans la caboche.

Howie but une gorgée de bière pour faire descendre les cacahuètes.

— Bon, il est tard et je dois être au bureau de bonne heure. Merci pour le verre.

Howie se leva précipitamment en voyant son nouveau pote prêt à partir.

— Je suis ravi d'avoir fait votre connaissance.

— J'espère bien, mon petit gars. Vous allez rentrer chez vous avec quinze dollars de plus en poche.

— On pourrait peut-être remettre ça un de ces quatre, fit Howie en espérant ne pas paraître trop empressé. — Il ne voulait pas que le type le prenne pour une tapette. — Je viens ici deux ou trois fois par semaine. Quand j'ai rien d'autre de particulier à faire. Histoire de bavarder un peu entre hommes, si vous voyez ce que je veux dire.

— Dans ce cas, on se reverra probablement.

Ils échangèrent une poignée de main.

Howie le regarda partir d'un œil admiratif, envieux de l'assurance qui émanait de cet homme, et pour ainsi dire convaincu qu'il ne le reverrait jamais.

Pour des raisons qui lui échappaient, Howie avait du mal à se faire des amis.

Spence Martin avait parcouru quelques centaines de mètres à peine quand il entrevit par hasard son reflet dans le rétroviseur. En riant, il leva le bras pour enlever la casquette de base-ball frangée de longs cheveux bouclés. Il en profita pour arracher sa fausse moustache. Cela lui prendrait un peu plus de temps pour se débarrasser de l'odeur de tabac froid et de bière qui imprégnait ses vêtements depuis son passage dans le bar de quartier où il avait suivi Howie Fripp.

Quelle vermine, pensa-t-il tandis qu'il roulait en direction de la Maison Blanche.

En tout cas, il avait appris de sa bouche ce que David et lui avaient besoin de savoir : Barrie Travis était toujours sur une piste qu'elle estimait brûlante. Cela avait-il un rapport avec le Président, Mme Merritt ou la mort de Robert Rushton Merritt ?

Il était persuadé que Fripp n'en savait rien. Sinon il s'en serait vanté. À ce stade, Spence n'en savait rien non plus, mais il n'aurait de cesse qu'il le découvre.

— Eh bien, je suis ravi que vous soyez enchantée, madame Gaston... Non, je suis certain que Mme Merritt appréciera mon choix... Bon. Maintenant, en ce qui concerne le programme pour demain, une voiture passera vous chercher à six heures et demie du matin. Je sais, c'est un peu tôt, mais... Très bien. Parfait. Je vous attends avec impatience. Bonsoir, madame.

La main du Dr Allan était encore sur le combiné qu'il regardait fixement d'un air songeur quand sa femme entra avec deux tasses de café fumant. Elle en posa une sur la table avant d'aller s'asseoir dans le fauteuil en cuir face à lui en gardant l'autre tasse.

— Qui était-ce ?

Son bureau se trouvait au premier étage de leur élégante et confortable demeure située à la lisière de la portion de Massachusetts Avenue connue sous le nom de Embassy Row.

— Les garçons sont couchés ? demanda-t-il après avoir goûté son café.

— Ils sont au lit, mais je leur ai accordé dix minutes supplémentaires avant d'éteindre les lumières. Qui était-ce ? répéta-t-elle en désignant le téléphone.

— Une infirmière privée que j'ai engagée pour Vanessa. Quand je lui ai précisé l'identité de sa nouvelle patiente, elle n'en revenait pas. Elle est excitée comme une puce, c'est le moins que l'on puisse dire.

— Vanessa a-t-elle besoin d'une surveillance vingt-quatre heures sur vingt-quatre ?

Les Allan connaissaient les Merritt depuis l'époque où ils étaient tout jeunes mariés.

— C'est juste une mesure de précaution, répondit-il. David pense que c'est préférable.

— Je croyais qu'il s'agissait simplement d'une cure de repos.

— C'est le cas.

— Si elle a besoin d'une assistance médicale permanente, ne serait-elle pas mieux à l'hôpital ?

— Cesse de me questionner, Amanda.

Il se leva si brusquement que son fauteuil roula en arrière et alla cogner contre le mur. Il s'approcha du cabinet à alcool et prit un carafon de whisky dont il versa une bonne rasade dans sa tasse.

— Je ne te questionne pas, dit-elle d'une voix douce.

— Évidemment que si. Toutes les conversations que nous avons en ce moment tournent à l'interrogatoire.

— C'est parce que tu es continuellement sur la défensive, riposta-t-elle. Les questions les plus innocentes te portent sur les nerfs.

— Tes questions ne sont jamais innocentes, Amanda. Elles sont insidieuses et pleines de sous-entendus.

— Et toi tu deviens paranoïaque, cria-t-elle. Comment se fait-il que David te tienne au point que tu as peur de tout, y compris de moi ?

— Tu ne sais pas de quoi tu parles.

— Ce que je sais, c'est que depuis que tu as accepté ce travail, tu n'es plus le même.

— Tu te trompes, Amanda.

— Papa ?

En faisant volte-face, George découvrit ses deux fils devant la porte de son bureau. Ils étaient adorables et semblaient si vulnérables dans leurs petits pyjamas, le visage frictionné, brillant. Dès qu'il les vit, sa colère s'évanouit.

— Salut les garçons. Entrez donc.

Ils hésitèrent sur le seuil jusqu'au moment où l'aîné fit audacieusement un premier pas dans l'arène hostile. Son cadet l'imita. George retourna s'asseoir dans son fauteuil, les installa tous les deux sur ses genoux et les serra contre lui.

Ils sentaient le savon, la pâte dentifrice et le shampoing. Le propre. Il avait presque oublié combien cette odeur était agréable. Il y avait longtemps que cela ne lui était pas arrivé de la sentir sur lui.

— J'ai eu 18 en maths, annonça fièrement le plus âgé.

— Le prof m'a fait lire à haute voix aujourd'hui. Je connaissais tous les mots, enchaîna son frère.

— Bravo les enfants ! Vous méritez une récompense. Que diriez-vous de ce week-end ? On va aller au cinéma ou dans une salle de jeux.

— Maman viendra aussi ?

— Bien sûr qu'elle viendra, répondit-il en jetant un coup d'œil à Amanda. Si elle en a envie.

— Ça te dit, maman ?

Elle sourit à ses fils.

— Pour l'instant, je voudrais que vous alliez vous coucher tous les deux.

Après une nouvelle tournée de baisers et diverses ruses destinées à retarder le moment, elle les chassa du bureau et les expédia dans leur chambre au bout du couloir.

Elle était dans sa propre chambre quand son mari la rejoignit une demi-heure plus tard. Elle se brossait les cheveux qu'elle portait au carré, à la hauteur du menton, comme à l'époque où ils s'étaient rencontrés. Ils étaient d'une teinte chaude, brun chocolat, de même que ses yeux.

Sur le point de se coucher, elle ne portait qu'une petite culotte et un haut soyeux. George resta un moment debout dans l'embrasure de la porte à la regarder. Il était tombé éperdument amoureux d'elle à l'instant où on les avait présentés l'un à l'autre lors d'une soirée le jour de la fête nationale. Très vite, ils avaient commencé à sortir ensemble, mais il lui avait fallu six mois pour trouver le courage de lui demander de coucher avec lui. Elle avait répondu oui en s'étonnant qu'il ne l'eût pas fait plus tôt. Ils s'étaient mariés l'année suivante, le jour de la fête nationale.

Elle ne s'était jamais plainte des contraintes que sa profession imposait à son mari. Elle avait une vie bien remplie et s'intéressait à une multitude de choses. Elle s'était elle-même chargée de la décoration de leur maison, donnait des cours d'histoire de l'art à l'université de

Georgetown et travaillait bénévolement dans un centre d'accueil pour femmes battues. Elle jouait très bien au tennis avec un vif esprit de compétition, donnait de magnifiques réceptions et parlait plusieurs langues. Enfin, elle savait s'habiller et se comporter avec grâce en toute circonstance.

Il l'aimait. Mon Dieu, comme il l'aimait !

Il suivit les gestes gracieux de ses jolis bras tandis qu'elle continuait à se brosser les cheveux. Cent coups de brosse chaque soir, comme sa mère, originaire de Virginie, le lui avait appris. C'était une habitude touchante. Les trépidations de sa poitrine le mettaient en émoi. Ses mamelons pointaient imperceptiblement sous l'étoffe satinée de sa chemisette.

— Je suis désolé de m'être mis en colère, commença-t-il d'un ton contrit.

Le regard sombre d'Amanda croisa le sien dans la glace.

— Je ne veux pas d'excuses, George, coupa-t-elle en se tournant vers lui. Je veux mon *mari*.

Il s'approcha d'elle, l'enlaça et l'attira contre lui.

— Je suis tout à toi.

Elle se cramponnait à lui, mais secouait la tête en signe de dénégation.

— C'est à David que tu appartiens. Il t'a enlevé à moi et aux enfants.

Il s'écarta légèrement d'elle en glissant les doigts dans sa chevelure brillante.

— Ce n'est pas vrai, Amanda.

— Mais si c'est vrai. Et j'ai peur de ne jamais te récupérer.

— Je n'ai pas la moindre intention de m'en aller, chuchota-t-il, ses lèvres contre les siennes. Les garçons et toi comptez plus que tout à mes yeux. Je ne supporterais pas de vous perdre.

Elle plongea son regard dans le sien.

— C'est pourtant ce qui est en train de t'arriver, George. Chaque jour, tu t'échappes un peu plus. J'ai beau me donner du mal, il semble que je ne parvienne plus à t'atteindre. Tu fais des mystères et te fermes comme une huître. J'ai l'impression de vivre avec un étranger.

Sa voix se brisa et ses yeux s'emplirent de larmes.

— Je t'en prie, ne pleure pas. S'il te plaît, souffla-t-il en embrassant ses pommettes saillantes et ses lèvres qui tremblaient. Tout va bien, je t'assure.

Il mentait. Et savait très bien qu'elle en était consciente. C'était évident à la manière dont elle s'agrippait à lui. Son baiser n'était pas seulement ardent, il avait quelque chose de désespéré.

Elle emporta son désespoir avec elle au lit, répondant à sa fougue avec ferveur comme si elle pouvait reconquérir l'influence que David Merritt avait sur lui en faisant l'amour passionnément. Sans la moindre inhibition, elle le prit dans sa bouche et écarta les cuisses pour laisser libre cours à ses baisers. Lorsqu'il la pénétra, ils étaient tous les deux éperdus de désir.

Plus tard, nus, repus, inondés de sueur, ils s'étreignirent longtemps en se chuchotant des promesses d'amour et de dévouement éternels.

Tout en sachant l'un et l'autre que le dévouement de George pour le Président était tout aussi absolu... et nettement plus exigeant.

10

Barrie se réveilla en sursaut pour trouver le canon d'un fusil pressé sous son sein gauche.

Réprimant son envie de se lever d'un bond et de partir en courant, elle resta immobile. Son regard remonta de l'arme à une paire d'yeux plus bleus, plus durs et plus froids que le canon en acier.

— Elle a intérêt à être bonne.

Elle essaya d'avaler, mais la peur lui desséchait le gosier.

— Quoi donc ?

— La raison pour laquelle vous vous êtes introduite chez moi.

La pointe du fusil lui taquina le sein gauche en le soulevant légèrement.

— Alors ?

— Je suis arrivée hier soir. Vous n'étiez pas là. J'ai attendu des heures dans la véranda. La nuit est tombée et il a commencé à faire froid. J'avais sommeil. La porte était ouverte. J'ai pensé que cela ne vous dérangerait pas.

— Eh bien, vous vous trompiez.

— Je m'appelle Barrie Travis.

Il plissa imperceptiblement les yeux. Elle aurait juré qu'il avait reconnu son nom bien qu'il n'en laissât rien paraître.

— Je suis venue de Washington pour vous voir.

— Dans ce cas, vous avez perdu votre temps. — Il se décida enfin à mettre son fusil en bandoulière. — Vous connaissez le chemin, ajouta-t-il. Il est inutile que je vous raccompagne.

Il s'écarta pour la laisser passer.

Elle s'étira lentement et se leva d'un air humble. Puis elle prit du recul et le gifla de toutes ses forces.

— Comment osez-vous braquer une arme sur moi ! Vous êtes fou ? Vous auriez pu me tuer.

Sa mâchoire se crispa.

— Si j'avais voulu vous tuer, ma jolie, vous seriez morte. Et je n'aurais même pas sali mon canapé.

Il se pencha avec souplesse, ramassa le sac de Barrie et le lui jeta dans les bras.

— Sortez d'ici et emportez votre sale lecture avec vous.

Avant de quitter Washington, elle avait accumulé une documentation complète sur sa prétendue liaison avec la première dame d'Amérique. C'était de la foutaise, mais elle lui en voulait à mort d'avoir passé en revue le contenu de son sac.

— Vous avez fouillé dans mon sac ?

— C'est vous l'indiscrète. Pas moi.

— J'ai des goûts littéraires un peu plus élevés que ça, monsieur Bondurant. Ce sont des recherches. Je suis journaliste.

— Raison de plus pour que vous foutiez le camp d'ici.

Convaincu qu'elle allait obtempérer, il pivota sur ses talons et se dirigea vers sa chambre.

Barrie accueillit avec bonheur cet instant de répit pour se remettre de ses émotions. Elle avait eu quelques expériences terrifiantes dans sa vie, mais c'était la première fois qu'on l'avait menacée avec une arme. À bout portant, qui plus est. Gray Bondurant était aussi effrayant qu'on le lui avait laissé entendre, même si elle ne pensait pas qu'il lui aurait tiré dessus.

Ce n'était qu'une tactique pour l'intimider. Rien d'autre. Il avait espéré que cela la persuaderait de décamper. Eh bien, elle n'était pas encore prête à brandir le drapeau blanc.

Elle se lissa les cheveux, rectifia sa tenue, puis s'éclaircit la voix.

— Monsieur Bondurant ?

L'absence de réponse ne la découragea pas. Elle entra dans la chambre dont la porte était restée ouverte.

— Je... Oh !

Il avait enlevé sa chemise. Pas un gramme de graisse. Zéro. Pour le reste, elle lui donnait vingt sur vingt. Sans l'ombre d'une hésitation. Une toison formant un V sur sa poitrine continuait son chemin au milieu de son abdomen musclé. Une grosse cicatrice en travers d'une côte l'intrigua.

Tous les journaux avaient publié le même cliché de lui. Apparemment le seul à leur disposition. Ses traits disparaissaient presque entièrement derrière de grosses lunettes noires. Un menton et une mâchoire taillés à la serpe, des lèvres minces, des cheveux ébouriffés surplombant un front haut. Et les lunettes. C'était bien ça.

Le visage de la photo n'avait pas grand-chose à voir avec la réalité. Barrie s'efforçait en vain de détourner le regard.

— Monsieur Bondurant, j'ai attendu des heures pour vous voir.

— C'est votre problème.

— Vous pourriez au moins...

— Je ne vous dois strictement rien...

— Quelle heure est-il ? demanda-t-elle pour essayer de gagner du temps.

— Quatre heures environ.

Il enleva une botte et une chaussette et les laissa choir.

— Du matin ?

— Vous avez fait tout ce chemin pour me demander l'heure, mademoiselle Travis ?

La deuxième botte suivit la même trajectoire que la première, ainsi que la chaussette.

— Non, je suis venue ici pour vous parler de Vanessa Merritt.

Il se figea et fixa sur elle un regard aussi dur qu'un diamant.

— Vous avez fait le voyage pour rien, insista-t-il.

— Il faut absolument que nous parlions.

Il déboucla sa ceinture, déboutonna son jean. Quand il en émergea, il était nu.

Il s'attendait évidemment à ce qu'elle hurle et batte en retraite. Elle s'abstint de manifester la moindre réaction — ce qui relevait du prodige.

— Vous ne pouvez pas me choquer, monsieur Bondurant.

— Je parie que si, répondit-il entre ses dents.

Il glissa derrière elle en direction de la salle de bains, puis se retourna brusquement et la prit dans ses bras.

Était-ce le brusque contact avec son torse ou l'effet de surprise ? Quoi qu'il en soit, elle en eut le souffle coupé et se retrouva dans l'incapacité de bouger ou de proférer un mot. Elle soutint son regard, comme ensorcelée, tandis que ses mains s'affairaient sous son pull-over dont les manches étaient suffisamment larges pour lui permettre de faire glisser les bretelles de sa combinaison. Elle ne broncha pas. Jusqu'à ce que ses paumes rugueuses s'abattent sur ses seins. Alors elle recula en titubant jusqu'au mur en l'entraînant avec elle.

Quand sa bouche descendit vers sa poitrine, elle se cambra pour l'intercepter impudiquement au passage, avide de sentir ses lèvres sur les siennes, sa langue sur sa peau. Elle avait l'impression que toutes les cellules de son corps se réveillaient brutalement. Une onde de passion, de *vie*, monta en elle sans qu'elle puisse la réprimer, ni même la maîtriser un tant soit peu. Elle n'avait jamais connu une chose pareille, un tel assaut charnel, un désir irrésistible, primaire, déraisonnable de faire l'amour. Tout de suite. À l'instant même.

Ils s'acheminèrent à l'aveuglette vers le lit en trébuchant. Elle retira son pull-over à la hâte, déchirant l'une des bretelles de sa combinaison au passage, de sorte que sa poitrine se retrouva à découvert. Ils échouèrent en travers du lit défait où leur étreinte se transforma en une lutte acharnée. Il glissa la main sous sa jupe et lui enleva sa culotte.

Puis il la caressa.

En profondeur. À l'intérieur.

Ses attouchements lui firent l'effet d'un coup de foudre. Brûlant. Fracassant. Gémissant de plaisir, elle bougea les hanches pour lui faciliter les choses. Ses lèvres errèrent sur son ventre en y déposant un chapelet de petits baisers. En frôlant sa peau du bout de la langue, il remonta jusqu'à ses seins tout en la grignotant en cours de route. Elle posa la main sur sa joue, ravie de sentir sa texture râpeuse contre sa paume.

Ses caresses étaient si érotiques, si suggestives, si habiles qu'elle atteignit l'orgasme avant même de s'apercevoir qu'il venait. Trop excitée pour éprouver la moindre honte, elle plaqua sa main sur la sienne pour forcer ses doigts à l'explorer plus avant tout en se serrant contre lui, les cuisses nouées autour de sa taille.

Lorsque les vagues cessèrent de déferler en elle, elle resta là comme une naufragée — trempée, épuisée, les yeux clos, hors d'haleine. Quand elle ouvrit finalement les yeux, elle rencontra aussitôt son regard. Il lui prit la main et la guida vers son sexe.

— Dites-moi tout de suite, souffla-t-il d'une voix rauque, y a-t-il certaines choses que vous refusez de faire ?

Elle émit une faible plainte et avala péniblement sa salive.

— À quoi pensiez-vous ? bredouilla-t-elle.

Il posa les mains sur ses genoux qu'il écarta lentement. Lorsqu'il enfouit son visage entre ses cuisses, son cri de surprise se fondit en un gémissement de plaisir purement animal. Il n'y allait pas par quatre chemins.

Sans hésiter une seconde, il glissa les mains sous ses hanches pour faire pivoter son bassin vers lui.

Elle explora timidement son sexe du bout des doigts, effleurant le bout soyeux avec le pouce. Puis elle tourna la tête et s'enhardit à y poser les lèvres. Il poussa un juron quand elle le prit dans sa bouche.

Cependant, ces quelques instants de sensations absolues, aveugles, ne pouvaient la préparer à la première poussée de son sexe en elle, à la sauvagerie contrôlée des suivantes. Son deuxième orgasme ne monta pas sourdement, telle une onde de chaleur à répétition tout au fond de son être. Oh non ! Ce fut une explosion d'énergie météorique, comme une boule de feu qui s'abattit brusquement sur elle, oblitérant tout le reste et laissant dans son sillage un vide sans air, sans bruit, sans vision.

Quand elle retrouva finalement ses esprits et ouvrit les yeux, il était debout à côté du lit. Sa peau luisait de transpiration et des petites touffes de poil formaient des boucles sur sa poitrine. Il avait les traits crispés et serrait et desserrait inconsciemment les poings.

— Ne vous imaginez pas que vous m'avez fait changer d'avis. Vous avez intérêt à être partie quand je sortirai de ma douche.

Sur ce, il fit volte-face et disparut dans la salle de bains en claquant la porte derrière lui.

Barrie referma les yeux et se tint parfaitement immobile. C'était un de ces moments où elle tâchait de se convaincre qu'elle rêvait. Ce petit jeu remontait à son enfance. Quand la situation devenait intolérable à la maison, quand les disputes de ses parents n'étaient plus supportables, elle se couchait, les paupières hermétiquement closes, et se persuadait que la réalité n'était qu'un cauchemar et qu'elle n'allait pas tarder à se réveiller dans un monde d'enchantement, d'amour, de paix, un monde où tout était agréable et où les gens se rendaient heureux les uns les autres.

Ce stratagème n'avait jamais vraiment fonctionné lorsqu'elle était enfant et il en fut de même cette fois-ci. Elle finit par rouvrir les yeux pour s'apercevoir qu'elle était toujours dans la chambre de Gray Bondurant, sur son lit, et que ses habits — tout au moins le peu qui lui restait sur le dos — étaient sens dessus dessous.

Ainsi que tout le reste.

Elle parvint à se ressaisir suffisamment pour se lever et se rhabiller. L'eau coulait toujours dans la douche quand elle quitta la pièce. Son sac était sur le canapé, là où elle l'avait laissé. Elle le prit, y fourra sa combinaison déchirée et prit le chemin de la porte.

Mais en arrivant sur le seuil, elle s'immobilisa. Si elle partait maintenant, elle n'aurait rien obtenu en dehors d'un sentiment de gêne si colossal qu'elle n'aurait jamais pensé qu'on pouvait éprouver cela. Il n'y avait aucun moyen d'expliquer son comportement. Aussi s'abstint-elle de faire insulte à sa conscience en essayant de se justifier ou de rationaliser la situation.

C'était arrivé. Elle n'avait rien fait pour l'en empêcher. Correction : Elle avait activement, pour ne pas dire avidement, participé. C'était un fait accompli. Elle ne pouvait rien y changer.

L'expérience lui avait coûté cher. Il ne lui restait plus qu'à supporter les conséquences de ses actes en tâchant de tirer le meilleur parti possible d'une situation désastreuse avec le vague espoir de recouvrer ne serait-ce qu'un semblant de dignité. En attendant, elle pourrait peut-être profiter de sa visite pour apprendre quelque chose.

Lorsqu'il pénétra dans la cuisine, dix minutes plus tard, elle l'attendait de pied ferme, adossée au comptoir.

— Pour votre information, sachez tout de même que je ne comprends pas du tout ce qui s'est passé, monsieur Bondurant.

— Pour votre information à vous, mademoiselle Travis, sachez que, moi, je le comprends parfaitement.

Avec désinvolture, il prit une tasse dans le placard et s'empara du pot de café qu'elle s'était donné la peine de préparer pour s'en servir une tasse.

— Sortez votre calepin ! Vous aurez peut-être envie de prendre des notes. — Puis il se tourna vers elle. — Ça s'appelle « baiser ».

Elle frémit intérieurement, mais n'en laissa rien paraître.

— Vous espérez me faire fuir en vous comportant comme un sagouin. Ça ne marchera pas.

— Que faut-il que je fasse alors ?

— Me parler.

— C'est hors de question, lâcha-t-il d'un ton furieux. Si j'ai quitté Washington, c'est en partie pour ne plus avoir affaire aux journalistes. La plupart d'entre vous seraient prêts à vendre leur âme pour un bon reportage. Quand il n'y a rien à dire, vous inventez des histoires. — Il la dévisagea d'un air railleur. — Quoique vous, mademoiselle Travis, vous avez une longueur d'avance sur les autres. Vous ne vous êtes pas vendue. Vous vous êtes donnée.

Elle pointa le menton vers la chambre derrière lui.

— C'était... un accident.

— Je ne pense pas. Ma bite savait parfaitement où elle allait.

Barrie serra les lèvres pour s'empêcher de riposter. Elle faisait aussi un effort désespéré pour retenir ses larmes parce qu'elle s'était juré qu'elle ne pleurerait pas.

— Je vous en prie, monsieur Bondurant, je suis en train d'essayer de sauvegarder le peu d'intégrité professionnelle qu'il me reste.

— Je ne savais pas que vous en aviez.

Écartant les bras, elle demanda :

— Ai-je vraiment l'allure de quelqu'un qui serait venu chez vous dans l'idée de vous séduire ?

Il considéra sa mise désordonnée.

— Pas vraiment. Mais quand la situation s'est présentée, je n'ai entendu aucune protestation.

Elle se sentit rougir au souvenir des bruits qu'il avait pu entendre à la place.

— Je ne suis venue ici que pour vous poser quelques questions sur les Merritt.

— Combien de fois faut-il que je vous le répète ? Je ne vous dirai rien.

— Pas même que les articles de presse sont des mensonges ?

— Ce sont des mensonges.

— Vous n'avez pas eu une liaison avec Vanessa Merritt ?

— Ça ne vous regarde pas, bordel !

— Est-ce vous qui l'avez rendue si malheureuse ?

— Si elle est malheureuse, c'est peut-être parce que son fils vient de mourir accidentellement.

— En êtes-vous sûr ?

— Sûr de quoi ?

— Qu'il est mort accidentellement ? Ou bien est-ce que Robert Rushton Merritt a été assassiné ?

11

Il lui tourna le dos et jura entre ses dents. Ce coup-là avait porté. Elle interviewait avec autant de férocité qu'elle baisait.

Avant de la réveiller, il avait reconnu la journaliste qui avait questionné Vanessa quelques semaines auparavant. Cette interview l'avait apparemment laissée sur sa faim. Il s'attendait vaguement à recevoir sa visite, ou celle d'un de ses collègues désireux de remuer à nouveau toute cette merde. Depuis des jours il ruminait sa hargne contre cette intrusion imminente.

Aussi n'éprouvait-il pas le moindre sentiment de culpabilité à l'égard de ce qui s'était passé. Il était d'humeur morose et avait eu envie de sauter quelqu'un. Elle ne s'était pas fait prier — c'était le moins que l'on puisse dire. Dans ces circonstances, naturellement, cela ne pouvait qu'arriver.

À dire vrai, il ne pensait pas du tout qu'elle avait eu dans l'idée de le séduire. Sa longue jupe, son pull et ses bottes n'étaient pas exactement propices à inspirer des fantasmes sexuels. Elle avait les yeux bouffis de sommeil et son mascara lui avait un peu coulé sur les joues. Il y avait longtemps que son rouge à lèvres n'existait plus et elle avait les cheveux hirsutes.

En revanche, elle avait une voix incroyable qui suffisait à vous faire bander. Elle promettait des ébats époustouflants et cette promesse avait été tenue.

Mais si cette fille s'imaginait qu'une bonne partie de jambes en l'air allait lui faire baisser sa garde, elle se mettait le doigt dans l'œil jusqu'au coude. Son irruption dans sa maison, et son intimité, n'avait fait qu'exacerber sa colère. Il n'éprouvait pour elle que du mépris et c'était justifié.

Après avoir avalé son café, il sortit une poêle et une casserole qu'il posa sur le fourneau. Puis il alla chercher une boîte de chili dans la réserve, l'ouvrit et en déversa le contenu dans la casserole avant de se mettre à casser des œufs dans un bol. Après les avoir battus avec application, il se servit une deuxième tasse de café qu'il savoura tranquillement en attendant que le chili frémisse.

— Puis-je ? demanda-t-elle en tendant sa tasse vide.

— Je vous en prie. C'est vous qui l'avez fait. Je ne tiens pas à être responsable si vous vous endormez au volant en partant d'ici.

Il remarqua qu'elle serrait la grande tasse entre deux toutes petites mains. Sentant son regard, elle leva les yeux vers lui.

— Je m'excuse de vous avoir frappé, dit-elle. C'est la première fois de ma vie que ça m'arrive. Vous êtes très provocateur, monsieur Bondurant.

— C'est ce qu'on m'a dit, commenta-t-il en remuant le chili. Comment avez-vous fait pour me dénicher ?

— Grâce à mes sources à Washington. Ne vous inquiétez pas. J'ai été discrète.

— Je ne m'inquiète jamais, mademoiselle Travis. Est-ce bien mademoiselle ? Ou bien est-ce que vous venez de commettre un adultère ?

Cette remarque la hérissa plus encore que l'acte en lui-même ou les insultes qu'il lui avait assénées jusqu'à présent. Une lueur de colère passa dans ses yeux.

— Non, je n'ai pas commis d'adultère. Je m'incline devant votre expérience nettement plus conséquente en la matière. Et Barrie s'en remettra, merci beaucoup.

Gray reporta son attention sur le fourneau. Il mit un petit morceau de beurre dans la poêle et alluma le gaz. Tout en regardant fondre le beurre, il se demanda comment il allait bien pouvoir se débarrasser d'elle sans la mettre dehors à coups de pied aux fesses. En faisant un effort cérébral minimal, il était capable d'énumérer une bonne douzaine de moyens de tuer un homme instantanément, sans bruit et sans douleur. Mais l'idée de faire mal à une femme lui donnait la nausée.

— C'est joli chez vous, remarqua-t-elle, le tirant de ses pensées.

— Merci.

— Vous avez combien d'hectares ?

— À peu près vingt-cinq.

— Et vous vivez ici tout seul ?

— Jusqu'à ce matin.

— Je suis sûre que vous savez qu'il y a une petite ville appelée Bondurant pas très loin d'ici. Est-ce...

— ... C'est une coïncidence.

— Vous avez des bêtes ? En dehors des chevaux dans l'enclos.

— J'ai un petit troupeau de bovins.

— C'est donc de là que vient toute cette viande entassée dans le congélateur.

Gray fit volte-face et la dévisagea longuement.

— J'ai bu un verre d'eau et vous ai emprunté quelques glaçons, expliqua-t-elle en relevant le menton d'un air plein de défi.

— Qu'avez-vous trouvé d'autre en farfouillant dans mes affaires ?

— Je n'ai pas fouillé dans vos affaires.

Il se tourna vers le fourneau et étala le beurre fondu dans le fond de la poêle avant d'y verser les œufs battus. Puis il introduisit deux tranches de pain dans le toaster, sortit une assiette du placard et brouilla les œufs avec une spatule jusqu'à ce qu'ils soient à sa convenance. Il les transféra dans l'assiette et déversa le chili bouillant par-dessus sans omettre d'y ajouter une généreuse dose de Tabasco. Les toasts émergèrent exactement au bon moment. Il les adjoignit à sa platée, ainsi qu'une fourchette, porta le tout sur la table et s'assit en enjambant le dossier de sa chaise.

Il la regarda approcher du coin de l'œil. Elle prit place en face de lui. Il l'ignora et enfourna plusieurs bouchées successives. Il prit le temps de boire une gorgée de café avant de demander :

— Vous avez faim ?

— Un peu, oui.

— Vous en voulez ?

Elle considéra son assiette d'un air dubitatif.

— Je ne suis pas sûre.

Il haussa les épaules.

— Il en reste dans la casserole.

Elle se leva et revint quelques instants plus tard avec une petite portion. Il la regarda goûter avec méfiance puis se mettre à manger avec appétit.

— Vous êtes loin de tout ici, nota-t-elle entre deux bouchées. Vous devez vous sentir seul quelquefois ?

— Non.

— Vous ne vous ennuyez pas ?

— Jamais.

— Avant votre... euh, retraite, vous meniez une vie plutôt aventureuse. L'effervescence de Washington ne vous manque pas.

— Si ça me manquait, j'y retournerais.

— Que faites-vous de votre temps ?

— Exactement ce que j'ai envie d'en faire.

— Comment gagnez-vous votre vie ?

— C'est mal élevé de parler d'argent.

— Dans ce cas, on ne risque rien puisque vous m'avez déjà laissé entendre que les journalistes étaient des gens grossiers.

Elle leva un sourcil interrogateur.

— Je m'occupe du bétail.

Cette réponse simple parut la surprendre.

— Du bétail ? — Il hocha la tête. — Vraiment ? Hum. Vous savez faire ça ?

— J'ai appris quand j'étais enfant.

— Où ça ?

— Chez mon père.

— Ce n'est pas très précis.

— Je n'ai pas envie d'être précis, mademoiselle Travis.

Elle soupira, frustrée.

— Vous avez prouvé que vous étiez capable d'assumer des opérations militaires clandestines très délicates et exercé les fonctions de conseiller présidentiel. Je ne vois pas en quoi l'élevage peut vous intéresser. J'ai de la peine à croire que vous trouviez cette nouvelle carrière stimulante.

— J'en ai rien à faire de ce que vous croyez.

— Vous passez votre journée à sillonner les environs à cheval ?

Il ne se donna même pas la peine de lui répondre.

— Vous vous occupez de vos bêtes comme un brave petit cow-boy ?

— Quand elles ont besoin qu'on s'occupe d'elles, oui.

— C'est ce qui vous a retenu si longtemps hier ? Vos bêtes ?

— Non. Hier je suis allé à Jackson Hole.

— J'y suis passée. On a dû se croiser sur la route. — Elle repoussa son assiette vide. — Délicieux, ce petit déjeuner. Merci.

Il ricana.

— Si je vous avais servi une bouse de vache, vous l'auriez mangée en disant la même chose.

— Et pourquoi ça ?

— Parce que vous voulez quelque chose de moi. Comme vous n'avez rien obtenu en couchant avec moi, vous avez décidé d'essayer de faire copain-copain. Tout ce babillage n'est-il pas destiné à me désarmer ? Franchement, mademoiselle Travis, je préférais l'autre tactique.

— Ce n'était pas une tactique. Je vous ai déjà dit que c'était...

— ... Un accident. Dites-moi, est-ce que vous sautez dans le lit de tous les hommes que vous rencontrez ?

— Écoutez-moi...

— Votre papa ne vous aimait donc pas ?

Elle baissa le regard, mais le replongea presque immédiatement dans le sien.

— Évidemment je ne peux pas vous en vouloir d'avoir une aussi mauvaise impression de moi.

— Ah, voilà qu'on passe du copinage au repentir !

— Allez vous faire foutre, hurla-t-elle en abattant son poing sur la table tout en se mettant debout. Je suis honnête avec vous.

Il se leva à son tour.

— Non, mademoiselle Travis ! Vous êtes téméraire ou carrément stupide. Je n'arrive pas à savoir. Quoi qu'il en soit, n'espérez pas que je vous parle de moi ou des Merritt. Et ce que vous avez à me raconter à leur sujet ne m'intéresse pas le moins du monde.

— Vous n'avez donc pas entendu ce que je vous ai dit tout à l'heure à propos du décès de leur enfant ?

— J'ai parfaitement entendu. J'ai sciemment ignoré votre remarque et je continue à l'ignorer.

Il posa l'assiette de Barrie sur la sienne, les porta toutes les deux dans l'évier et les passa sous l'eau.

— Et pourquoi ça ?

— Parce que c'est le genre de commentaires que vous autres, journalistes, lâchez à tout bout de champ dans l'espoir qu'un imbécile mordra à l'hameçon.

— Vous croyez vraiment que je ferais une affirmation aussi grave à la légère ?

Il ferma le robinet et lui fit face.

— Oui. Dans le court laps de temps qui s'est écoulé depuis que nous nous sommes rencontrés, j'ai des raisons de penser que vous seriez prête à peu près à tout pour avoir votre émission au *20/20*. Pourquoi ne couchez-vous pas avec un producteur de la chaîne au lieu de perdre votre temps avec moi ?

— Parce qu'aucun des producteurs que je connais n'a été l'amant de Vanessa Merritt.

L'onde de fureur qui l'envahit lui fit peur. Parce qu'il se méfiait de lui-même, il contourna la jeune femme et se dirigea vers l'autre bout de la maison. Elle le suivit, se planta devant lui et lui plaqua ses deux mains sur la poitrine.

Elle respirait bruyamment.

— Si vous pensez que je suis venue ici pour troquer mes faveurs contre un reportage juteux, vous vous trompez lourdement. À vrai dire, je suis mortifiée de m'être compromise ainsi. Vous ne me connaissez pas, alors il faut que vous me croyiez sur parole quand je vous dis que je meurs d'envie de filer au plus vite et que cela m'est extrêmement pénible de vous regarder en face.

Quelque chose dans sa voix l'incita à l'écouter.

Elle le lâcha et se mit à lisser sa jupe.

— Le fait que je sois encore ici devrait suffire à vous prouver l'importance de cette histoire, monsieur Bondurant. Pas seulement pour moi ou ma carrière. Pour tout le monde. Je vous en prie, écoutez-moi. Ensuite, si vous m'ordonnez de partir, je m'en irai. Sans rechigner. Accordez-moi cinq minutes, d'accord ?

Elle jouait bien la comédie, pensa-t-il, mais pas tout à fait assez bien. Sa formation lui avait appris à ne jamais juger sur les apparences. Il savait par expérience que les journalistes n'étaient que de sales charognards. Ils vous rognaient les os sans une once de remords en vous laissant exposé, vulnérable, avant de passer à leur prochaine victime.

Cependant, malgré ce qu'il s'obstinait à lui répéter, il était de plus en plus intrigué par ce qu'elle savait, au sujet de la mort de l'enfant de Vanessa. Il consentit à lui donner cinq minutes bien qu'il sût que ce n'était pas une bonne idée et qu'il le regretterait sans doute plus tard.

— Mais dehors.

Il prit le rocking-chair. Elle s'assit sur la première marche du perron en nouant les bras autour de ses jambes. Elle avait probablement froid, mais il ne lui proposa rien pour se protéger de la fraîcheur matinale.

Maintenant qu'il avait accepté de l'écouter, elle semblait hésiter à se lancer, bien qu'elle eût son calepin prêt.

— C'est magnifique ici.

Une douce brume enveloppait la vallée, cachant les montagnes, mais le lever de soleil imminent jetait des reflets roses sur la nappe de brouillard pareille à de la barbe à papa. L'air était cristallin.

— La grange semble plus ancienne que la maison et le garage.

Quel esprit d'observation !

— Elle était là quand j'ai acheté le terrain. On l'a bâtie à l'emplacement de la maison d'origine. Je me suis contenté de faire quelques réparations.

Les chevaux se pourchassaient allègrement dans le corral.

— Comment s'appellent-ils ? demanda-t-elle.

— Ils n'ont pas de nom.

Elle parut surprise.

— Vous ne leur avez pas donné de nom ? Comme c'est triste. Pourquoi ?

— C'est ça votre interview, mademoiselle Travis ?

Elle secoua la tête d'un air perplexe.

— C'est la première fois que je rencontre quelqu'un qui n'a pas baptisé ses animaux.

Elle se mit à lui parler de son chien avec animation et son expression s'adoucit.

— Le nom de Cronkite fait partie de sa personnalité. C'est un gros toutou frisé, très affectueux. Trop gâté. Vous devriez avoir un chien, ajouta-t-elle. Cela vous ferait de la compagnie.

— J'aime la solitude.

— Vous me l'avez dit clairement.

— L'heure tourne.

Alors elle lui lâcha la bombe. Sans prendre de gants.

— Je crois que Vanessa Merritt a tué son enfant.

Gray serra les dents pour s'empêcher de riposter.

Elle parla sans s'interrompre un bon moment. Il ne savait plus combien de minutes s'étaient écoulées, mais certainement plus de cinq. Elle lui indiqua plusieurs motifs qui auraient pu inciter la première dame des États-Unis à supprimer son enfant, après quoi elle lui décrivit en détail les démarches qu'elle avait entreprises pour mener son enquête et les obstacles qu'elle avait rencontrés en chemin.

— À présent, Mme Merritt vit soi-disant retirée du monde, acheva-t-elle. Vous ne trouvez pas cela bizarre ?

— Non, mentit-il.

— On peut comprendre qu'elle ait disparu de la scène publique après le décès du petit. Jackie Kennedy avait fait de même à la suite de la perte de son bébé. Mais pour une période de temps spécifique que nous avons dépassée à présent. Si vraiment elle se repose, comme on l'affirme en haut lieu, pourquoi n'est-elle pas chez son père ? Ou dans leur résidence du Mississippi ?

— Comment savez-vous qu'elle n'y est pas ?

— Je n'en sais rien, reconnut-elle en fronçant les sourcils. Mais on a annoncé qu'elle était soignée par le Dr Allan. Or il est toujours à Washington. Je ne vois pas pourquoi on fait tant de mystères.

— Il n'y a pas de mystères.

— Comment expliquez-vous l'étrange comportement d'Anna Chen ? Elle a toujours été une source sûre, prête à coopérer.

— Vous l'avez foutue en rogne ?

— Je ne la connais pas suffisamment pour la mettre en colère.

— Je ne vous connais pas du tout, mais vous avez tout de même réussi à me faire sortir de mes gongs.

— Elle avait peur, insista-t-elle d'un ton obstiné. Je suis capable de reconnaître la peur quand je l'ai en face de moi.

— Bon, elle avait peur, enchaîna-t-il, agacé. Et alors ? Elle venait peut-être de voir une souris. Quant à l'attitude de Vanessa, elle est sans doute un peu inhabituelle mais vous ne pensez pas qu'elle mérite que vous lui fichiez la paix après ce qu'elle a enduré ?

Cette Barrie Travis, cette journaliste à la voix sexy, était en train d'énumérer toutes les ambiguïtés qui l'avaient tourmenté lui aussi. L'estomac noué, il se leva et s'approcha de la balustrade.

— Seigneur, ce qu'elle doit souffrir. Il enfonça les doigts dans sa tignasse en fermant les yeux pour s'efforcer de tenir ses démons en échec.

Un bon moment s'écoula avant qu'il se souvienne de sa présence. Il s'aperçut qu'elle l'observait d'un air bizarre.

— Ce n'était pas simplement une liaison. Vous l'aimiez, n'est-ce pas ? dit-elle d'une voix sourde. Et vous l'aimez toujours.

En se maudissant de lui avoir accordé ne serait-ce que cinq minutes, il s'empara de son gros sac en cuir et le lui fourra dans les bras pour la deuxième fois de la matinée.

— Les cinq minutes sont passées.

Il la saisit par le bras avec vigueur pour l'aider à se relever. Elle s'agrippa à l'un des piliers soutenant le toit de la véranda afin de ne pas perdre l'équilibre.

— Après tout ce que je viens de vous révéler, vous n'avez rien d'autre à me dire ?

— Votre prétendue piste ne mène nulle part, mademoiselle Travis. Toutes ces absurdités sont autant de déformations de la réalité, rafistolées ensemble par votre imagination tordue et votre petit esprit ambitieux dans l'unique but de concocter une petite nouvelle sensation- nelle.

« Je suppose que vous n'en avez rien à faire de mes conseils, mais je vous suggère tout de même de laisser tomber avant qu'un membre du gouvernement ne s'avise de s'en prendre à vous. Ça risque de faire très mal. Oubliez cet enfant et la manière dont il est mort.

— Je ne peux pas oublier. Il y a quelque chose de louche dans ce décès.

— Faites comme vous voulez. Mais quoi que vous entrepreniez, oubliez-moi.

Sur ce, il regagna la maison en fermant la porte d'entrée à clé derrière lui.

12

En apprenant qu'il était convoqué par le directeur, Howie sentit ses entrailles se liquéfier. Dès qu'il sortit des toilettes, il fonça dans le bureau moquetté au pre- mier. Une secrétaire glaciale lui annonça qu'« ils » l'at- tendaient. Il n'avait qu'à y aller directement.

Jenkins était assis dans son fauteuil. Un homme occupait un des sièges face à lui ; un autre se tenait devant la fenêtre.

— Entrez, Howie, lui dit Jenkins.

Il approcha en flageolant sur ses jambes. Les réu- nions impromptues de ce genre étaient généralement synonymes de mauvaises nouvelles, une brusque chute de l'audimat, une forte restriction de budget ou une engueulade de première.

— Bonjour, monsieur Jenkins, dit-il en tâchant d'avoir l'air calme. — Il maintint délibérément son regard sur son patron plutôt que de le porter sur les deux individus austères qui le toisaient des pieds à la tête comme un troufion. — Que puis-je pour vous ?

— Ces messieurs sont du FBI.

Howie serra instantanément les fesses. Le fichu fisc. Il y avait trois ans qu'il n'avait pas rempli sa déclaration d'impôts.

— Ils souhaiteraient vous poser quelques questions au sujet de Barrie Travis.

Howie faillit éclater de rire tant il était soulagé. Une sueur glacée lui dégoulinait des aisselles et s'accumulait autour de sa taille.

— À quel propos ?

— L'avez-vous envoyée en mission ? demanda Jenkins.

— Euh...

C'était une question épineuse. Il lui fallait quelques secondes pour préparer sa réponse. S'il répondait par l'affirmative, et si Barrie était dans la merde jusqu'au cou, il sauterait dedans avec elle à pieds joints. S'il niait, et si son intuition à propos de cette histoire top-secret se révélait exacte, il sacrifiait sa chance d'en partager les honneurs.

Il jeta un coup d'œil à l'agent du FBI dont la silhouette se détachait devant la croisée. Il n'avait pas l'air d'humeur à plaisanter et son collègue non plus.

— Non, répondit-il. Elle m'a demandé la permission de prendre quelques jours pour faire une enquête, mais je ne l'ai pas envoyée en mission.

— Une enquête sur quoi ? demanda l'homme près de la fenêtre.

— Je ne sais pas. Un truc qu'elle a concocté toute seule.

— Elle ne vous en a pas parlé ? insista l'autre agent.

— Pas de façon précise. Je ne connais pas le sujet. Elle m'a juste dit que ça risquait de faire du bruit.

— Vous n'avez pas la moindre petite idée ?

Le copain qu'il s'était fait l'autre soir dans le bar lui avait posé les mêmes questions.

— Non monsieur.

— J'ai de la peine à le croire.

— C'est la vérité, affirma Howie. J'ai bien essayé de

lui tirer les vers du nez, mais elle m'a dit qu'elle ne voulait pas en dire plus tant qu'elle n'aurait rien de concret pour étayer son intuition.

— Vous êtes son supérieur immédiat, n'est-ce pas ?

— Oui, monsieur.

— Et vous ignorez tout du sujet de reportage sur lequel elle travaille actuellement ?

Howie se sentit faiblir. Il passa aussitôt sur le mode défensif.

— Il faut que vous compreniez ma philosophie en matière de gestion du personnel, qui consiste à lâcher du lest à mes subordonnés. Quand un journaliste pense qu'il est sur une bonne piste, je lui laisse la bride sur le cou. Mais il est entendu qu'en contrepartie de ma générosité, j'attends un scoop.

Jenkins n'était pas très impressionné. Il lui coupa pratiquement la parole avant qu'il ait fini.

— Le fait est que Mlle Travis est en voyage cette semaine.

— Effectivement. Elle est partie, voyons... avant-hier. Elle a dit qu'elle ne serait sans doute pas de retour avant le week-end.

— Où est-elle allée ? intervint un des deux hommes.

— Elle n'a pas voulu me le dire.

Les agents échangèrent un regard plein de sous-entendus. Howie aurait donné cher pour savoir de quels sous-entendus il s'agissait.

— La chaîne couvre-t-elle ses frais de déplacement ?

La question émanait de Jenkins dont la mine perpétuellement renfrognée s'était encore contractée au cours des dernières minutes.

— Seulement si elle rapporte un bon sujet.

Il expliqua l'accord qu'il avait passé avec Barrie.

— Je ne voulais pas qu'elle gaspille les fonds de WVUE si son reportage doit finir en eau de boudin.

Voilà qui ferait remonter un peu sa cote.

— Où se situe-t-elle politiquement ?

Howie se tourna vers son interrogateur.

— Politiquement ?

— Quelles sont ses opinions ? De gauche ou de droite ?

Howie cogita un moment.

— Je dirais qu'elle est plutôt libérale. Elle prend toujours le parti du plus faible, si vous voyez ce que je veux dire. Les femmes, les pédés, les étrangers, tous ces gens-là. Elle a voté pour Merritt, annonça-t-il en gratifiant d'un sourire le trio qui s'abstint de le lui rendre. Le Président lui a envoyé un bouquet de fleurs récemment. Elle en était fière.

Aucun commentaire de la part des deux agents.

— Mlle Travis fait-elle partie d'une organisation quelconque ? demanda celui qui était assis. Un groupe d'activistes, une secte religieuse, une Église ?

— Ouais, répondit-il en hochant la tête avec enthousiasme. Elle est méthodiste.

L'homme leva les yeux au ciel.

— Vous n'iriez pas jusqu'à la qualifier de fanatique ? s'enquit son acolyte.

— Non. Elle n'a rien contre les gros mots ou quoi que ce soit du genre.

— A-t-elle des sympathies pour un groupe dissident particulier ou une organisation radicale ?

— Pas que je sache. Mais il lui est arrivé de prendre part à des manifestations.

— Contre quoi ?

— La censure de certains livres. La destruction de la forêt tropicale. Le fait de manger du marsouin plutôt que du thon. Des trucs comme ça.

— Rien de subversif ?

— Non non.

— Qu'en est-il de sa vie privée ?

— Elle n'en parle pas beaucoup.

— Des petits amis ?

— De temps en temps.

— Partage-t-elle son logement avec quelqu'un ?

— Non. Elle vit seule.

— A-t-elle des amis proches ?

Il secoua la tête.

— Elle n'en a jamais mentionné un seul. Elle fait partie de ces femmes qui sont mariées à leur carrière, comme on dit.

— Et ses parents ?

— Décédés.

— Connaissez-vous leur nom ? Leur adresse ?

— Désolé. Ils étaient déjà morts quand elle a commencé à travailler ici.

Dans son empressement à se faire valoir et à fournir des informations, il avait presque oublié qu'il était question de Barrie et non pas d'un criminel endurci. Il éprouva un petit remords. Barrie était peut-être casse-pieds, mais il avait un peu honte de parler d'elle aussi librement avec des fédéraux.

— Elle a des ennuis ? Aurait-elle fait quelque chose de mal ?

— Juste une petite vérification de routine.

Sur ces entrefaites, l'agent assis se leva.

— Elle a appelé la Maison Blanche à plusieurs reprises afin de s'enquérir de la santé de Mme Merritt en manifestant un intérêt suspect pour l'épouse du Président et son adresse actuelle.

Howie se détendit.

— Oh, mais elle appelle par amitié. Elles sont devenues très proches depuis que Barrie l'a interviewée.

— À la Maison Blanche, on se méfie des gens qui posent des questions indiscrètes sur le Président ou les membres de sa famille, commenta l'autre agent.

Après quoi ils remercièrent Jenkins et Howie de les avoir reçus et s'en allèrent.

Howie n'eut pas cette chance. Le regard de Jenkins lui faisait à peu près le même effet que des fers aux chevilles.

— Me cacheriez-vous quelque chose, Fripp ?

— Non, monsieur.

— Qu'est-ce que c'est que cette histoire de reportage brûlant ?

— C'est comme je viens de le dire, monsieur Jenkins. Je vous jure que je n'en sais pas plus. Mais Barrie m'a assuré qu'en comparaison, le Watergate serait de la gnognote.

— C'est donc politique ?

— Elle n'a pas précisé. Elle a juste dit que ça ferait un scoop.

Jenkins pointa sur lui un index impératif.

— Je ne veux pas d'une cinglée radicale dans cette chaîne.

— Barrie n'a rien d'une cinglée, monsieur. C'est une

bonne journaliste. Vous le lui avez dit vous-même dans votre mémo.

— Je ne lui ai jamais envoyé un mémo. De quoi parlez-vous, bordel ?

— George ?

Vanessa n'était pas certaine de s'être fait entendre, mais le médecin se pencha vers elle et sourit.

— Je suis content que vous soyez réveillée. Comment vous sentez-vous ?

— Pas très bien.

Elle avait un peu la nausée et c'était difficile de concentrer son attention sur les images multiples du docteur qui ondulaient sous ses yeux. Elle se souvenait vaguement d'une scène violente. George lui avait fait une piqûre pour la calmer. Elle avait l'impression que cela faisait très longtemps.

— Qu'est-ce qui m'arrive ? Où est David ?

— Le Président et moi avons décidé d'un commun accord que vous aviez besoin d'un repos absolu. C'est la raison pour laquelle nous vous avons transportée ici.

Il lui tapota le bras, mais elle n'aurait probablement pas senti son geste si elle n'avait pas eu le regard rivé sur l'aiguille qui lui distillait une solution transparente dans les veines de la main.

Un mouvement de l'autre côté du lit attira son attention. En tournant la tête, elle découvrit la présence d'une infirmière souriante.

— Je m'appelle Jayne Gaston, lui dit-elle.

Elle devait avoir dans les cinquante-cinq ans. Un visage large, agréable. Des cheveux courts. Poivre et sel.

— Mme Gaston ne vous a pas quittée d'une semelle, précisa George. Elle prend bien soin de vous et jusqu'à maintenant, vous avez été une patiente idéale.

Vanessa était confuse et désorientée. La chambre lui rappelait vaguement quelque chose, mais elle ne se souvenait plus où elle l'avait vue.

— Pourquoi suis-je sous perfusion ?

— Pour être sûr que vous ne vous déshydratez pas, lui expliqua le médecin. Vous n'arriviez pas à absorber quoi que ce soit.

L'infirmière était en train de lui prendre sa tension.

— Suis-je malade ? demanda-t-elle, prise de panique tout à coup.

Pourquoi est-ce qu'on ne lui disait rien ? Avait-elle eu un accident ? Perdu un membre ? Avait-elle un cancer généralisé ? Reçu une balle ?

Ces possibilités terrifiantes se dissipèrent brusquement face à la terrible réalité : c'était David qui l'avait expédiée ici.

— Où est mon mari ? Je veux lui parler.

— Le Président est sur la côte Ouest aujourd'hui, lui répondit George avec un petit sourire affecté. Je pense qu'il sera de retour ce soir. Vous pourrez sans doute lui parler un peu plus tard au téléphone.

— Pourquoi me faut-il une infirmière ? Suis-je mourante ?

— Bien sûr que non, madame Merritt. Allongez-vous, ajouta-t-il en lui pressant doucement l'épaule, voyant qu'elle essayait de se redresser. — Il leva les yeux vers Jayne Gaston. — On ferait mieux d'augmenter un peu la dose.

— Mais, docteur...

— S'il vous plaît, madame Gaston.

— Certainement, docteur.

Sur ce, elle quitta la pièce.

— Où est mon père ? demanda Vanessa d'une voix qui lui parut distante et faible. Je veux voir mon père. Appelez-le. Dites-lui de venir me chercher.

— Je crains que ce soit impossible, Vanessa, sans l'approbation de David.

L'infirmière revint armée d'une seringue et lui fit une piqûre dans la cuisse.

— Vous vous rétablirez plus vite si vous vous détendez et si vous nous laissez prendre soin de vous, lui assura George avec douceur.

— Mais qu'est-ce que j'ai à la fin ? L'enfant est-il né ?

Jayne Gaston croisa le regard du médecin.

— La pauvre ! Elle se croit encore enceinte.

George hocha la tête d'un air sombre.

— Mon bébé, sanglota Vanessa. C'est vous qui m'avez pris mon bébé ?

— Allons-nous-en pour qu'elle puisse se reposer.

— Non, s'il vous plaît, protesta Vanessa d'une voix enrouée. Ne me laissez pas toute seule. Vous me détestez tous. Je le sais. Pourquoi me cachez-vous la vérité ? Mon bébé est mort, n'est-ce pas ?

Le Dr Allan sortit de la pièce à pas de loup en faisant signe à l'infirmière de le suivre. Mme Gaston referma discrètement la porte derrière elle.

Vanessa luttait désespérément pour essayer de se souvenir de quelque chose. C'était important, mais elle n'arrivait pas à mettre le doigt dessus. Il fallait qu'elle réfléchisse. Elle devait à tout prix se le rappeler. De quoi s'agissait-il ?

Puis une longue plainte monta des profondeurs de son être. Elle revit le petit corps inanimé qu'elle avait pris dans son berceau et perçut l'écho de ses propres cris qui avaient résonné, cette nuit-là, dans les couloirs de la Maison Blanche.

— Mon bébé, sanglota-t-elle. Mon enfant. Oh, mon Dieu ! Pardonne-moi.

Au lieu de l'affaiblir, son angoisse lui donna un coup de fouet. Elle n'était pas très sûre de son objectif, mais elle savait qu'elle ne pouvait pas rester couchée là, à leur merci. Indifférente à la douleur, elle arracha le sparadrap qui maintenait l'intraveineuse sur le dos de sa main et extirpa le petit cathéter de la veine en réprimant un haut-le-cœur.

Quand elle essaya de se mettre sur son séant, on aurait dit qu'une enclume posée sur sa poitrine la rivait sur le lit. En rassemblant le peu d'énergie qui lui restait, elle parvint finalement à s'asseoir à force de volonté. La pièce chavira. Les arbres qu'elle apercevait par la fenêtre avaient l'air de surgir du sol à quarante-cinq degrés. Elle eut un autre haut-le-cœur, mais elle n'avait rien dans l'estomac.

Son cerveau semblait dans l'incapacité de transmettre des messages à ses jambes. Il lui fallut cinq bonnes minutes, et un effort colossal, pour s'asseoir au bord du lit. Ses pieds pendaient au-dessus du sol tandis qu'elle luttait contre la nausée et des ondes de vertige successives. Finalement, elle trouva le courage et la force nécessaires pour se glisser jusqu'à la lisière du matelas et poser les deux pieds par terre.

Mais ses jambes ne la soutenaient pas. Elle s'effondra comme une masse à côté du lit et resta là à sangloter, respirant avec peine, trop faible pour se lever, et même pour appeler à l'aide. Elle avait envie de mourir.

Non. Elle n'allait pas leur faciliter la tâche à ce point !

Avec détermination, elle se traîna par terre, centimètre par centimètre, comme une créature primitive, prenant appui tour à tour sur une main, un pied, une épaule, ou un talon.

Lorsqu'elle atteignit enfin la porte, elle était en nage. Ses cheveux et sa chemise de nuit lui collaient à la peau. Elle se mit en position de fœtus pour se reposer, frissonnante maintenant que sa sueur refroidissait.

Pour finir, elle leva la tête et regarda la poignée qui lui parut aussi inaccessible que la lune. Elle essaya de frapper à la porte, mais ses mains ne firent que tapoter faiblement. Alors elle pressa ses deux paumes contre le bois froid et se hissa péniblement le long du chambranle en tendant les muscles de ses bras et de son torse jusqu'à ce qu'elle puisse glisser une jambe sous elle, puis l'autre, et qu'elle se retrouve à genoux.

Elle saisit la poignée des deux mains et parvint à la tourner au moment où elle s'affaissait contre la porte. Celle-ci s'ouvrit brusquement et elle tomba de tout son long dans le couloir en se cognant l'épaule violemment, ce qui lui causa des élancements violents dans le bras.

— Madame Merritt ! Oh mon Dieu ! Docteur Allan !

Des cris stridents. Des bruits de pas précipités. Des mains la saisissant sous les aisselles, la soulevant.

À bout de force, elle tituba entre les deux agents des services secrets qui la ramenaient dans son lit.

George Allan les écarta à coups de coude.

— Merci, messieurs.

— Faut-il que j'appelle une ambulance, docteur ? demanda l'un d'entre eux.

— Ça ne sera pas nécessaire.

Il passa son stéthoscope pour ausculter sa patiente.

— Madame Gaston, pourriez-vous préparer une autre intraveineuse, s'il vous plaît ?

L'autre agent voulut savoir s'il devait appeler le Président ou M. Martin. Le médecin l'informa qu'il s'en chargerait dès que l'état de Mme Merritt serait stabilisé. Les deux hommes se retirèrent alors sans demander leur reste.

— Mettons-lui des courroies, dit-il à l'infirmière. Aux jambes et aux bras.

— C'est peut-être un peu exagéré ?

— Nous ne pouvons pas risquer qu'elle se relève et tombe à nouveau, madame Gaston.

— Je serais heureuse de l'aider si elle souhaite marcher un peu, docteur. D'ailleurs, ça lui ferait du bien de faire quelques pas. Je trouve que vous lui donnez trop de tranquillisants.

— Je vous sais gré de vos conseils, répondit-il sur un ton qui contredisait ses paroles, mais je sais ce qui convient le mieux à mes patients. Ayez l'obligeance de vous conformer à mes consignes, qui émanent au premier chef du Président des États-Unis. C'est compris ?

— Oui, docteur.

Vanessa avait les yeux fermés, mais elle avait suivi l'essentiel de cette conversation, même si elle avait du mal à donner un sens à certains mots. Pourquoi l'empêchait-on de se lever si elle avait envie ?

Où était David ?

Où était son père ?

Où était-elle ?

Peut-être en enfer.

Non. Sûrement en enfer.

— Où ça ?

— Dans le Wyoming.

— Merde !

Après avoir annoncé cette mauvaise nouvelle au Président, Spence sombra dans le silence tout en continuant à courir à petits pas à côté de lui. Le déchaînement verbal qui s'ensuivit était pour le moins évocateur. Merritt puisait dans le répertoire qu'il tenait de son père, débardeur aux chantiers navals de Biloxi.

L'origine de Merritt avait été connue lors de sa première campagne pour l'obtention d'un siège au Congrès. À l'époque où il s'était présenté aux présidentielles, l'ensemble de l'électorat savait pertinemment qu'il était loin d'avoir grandi dans un monde d'opulence et de privilèges. Sa mère travaillait comme cuisinière dans une école municipale, mais en dépit de deux salaires, la famille Merritt était rarement solvable. Ils avaient été locataires toute leur vie. David avait passé toute son enfance dans une caravane.

Plutôt que de cacher ses origines modestes, le comité responsable de la campagne avait cherché à faire de lui l'incarnation du rêve américain. C'était l'Abraham Lincoln du vingt et unième siècle. Il avait surmonté d'incroyables obstacles pour s'élever au rang le plus élevé du monde. L'appui d'Armbruster lui avait incontestablement donné un sacré coup de pouce, mais c'était l'intelligence de Merritt, et sa détermination, qui avait attiré l'attention du sénateur au départ.

Ce qu'on ignorait c'était la misérable pauvreté dans laquelle le jeune Merritt avait vécu pendant toute sa jeunesse. Peu de gens savaient que ses deux parents étaient alcooliques. Il lui avait fallu se débrouiller tout seul bien avant qu'ils ne meurent de leur ivrognerie. La seule et unique fois où il s'était autorisé à s'enivrer avait été le jour de l'enterrement de son père. Il s'était soûlé pour fêter sa liberté nouvellement acquise grâce à la disparition de ces deux êtres qu'il avait méprisés aussi longtemps que remontaient ses souvenirs.

Spence jeta un coup d'œil dans la direction du Président.

Comme d'habitude, sa crise avait été de courte durée. Il ne proférait plus un son, en dehors de ses respirations saccadées. Spence avait choisi ce moment pour lui révéler cette importante information d'ordre privé qui exigeait une intimité absolue. Sur le sentier des joggeurs, il y avait peu de chances que quiconque puisse entendre ce qu'ils se disaient, pas même les agents des services secrets qui leur emboîtaient le pas à quelques mètres de distance. Ils savaient pertinemment qu'ils ne devaient pas trop s'approcher quand le Président s'entretenait avec Spence. Les échanges entre les deux hommes étaient top-secret.

— Comment savez-vous que Barrie Travis est allée dans le Wyoming ? haleta le président.

— Ça fait deux jours qu'elle n'est pas rentrée chez elle. Elle a mis son chien dans un chenil.

— Je ne vous ai pas demandé si elle avait quitté la ville, riposta Merritt d'un ton brusque, mais comment vous savez qu'elle est allée dans le Wyoming.

Spence ne se laissa pas troubler par cette rebuffade. Il considérait l'irascibilité comme une faiblesse, même chez un président. Surtout chez un président.

— Pendant que vous étiez en Californie, j'ai eu une petite conversation avec le gaillard avec lequel elle travaille. — Il lui relata son entretien avec Howie Fripp dans le bar. — Il est bête comme ses pieds. Cela dit, je ne pense pas qu'il savait où Travis se trouvait parce qu'il a raconté les mêmes salades aux deux agents du FBI qui sont passés à la chaîne hier matin. D'après eux, il était mort de trouille. S'il savait quoi que ce soit, il aurait craché le morceau.

— A-t-on fouillé la maison de cette fille ?

— Officiellement, non, répondit Spence. On n'avait pas de mandat de perquisition et aucune raison valable d'en obtenir un.

— Officieusement ?

— Officieusement, notre meilleur expert en la matière s'en est chargé, rapporta Spence avec un sourire glacial. Selon lui, elle s'est arrangée pour brouiller les pistes. Il n'a pas trouvé une seule note, pas le moindre petit bout de papier ou reçu, aucun indice quant à son voyage ou sa destination. En revanche, il est tombé sur plusieurs livres de bibliothèque qu'elle avait omis de rendre à temps ayant trait aux troubles de la psychologie féminine et à la mort subite du nourrisson.

Merritt essuya son front trempé de sueur.

— Elle n'a toujours pas abandonné la partie.

— Faut croire que non. On a repéré sa voiture dans un parking du National Airport. On a passé en revue la liste de tous les passagers des vols en partance au cours des derniers jours. Elle a dû voyager sous un faux nom et payer en liquide. Ses relevés de carte bleue n'ont rien donné non plus. On a vérifié.

Le Président s'arrêta de courir. Spence l'imita. Les agents du service secret s'immobilisèrent eux aussi, à une distance respectueuse.

— Elle fait preuve d'une prudence quasi paranoïaque, nota Merritt.

— Je ne vous le fais pas dire ! Voyant que son nom n'apparaissait pas sur les listings, poursuivit Spence, on a interrogé les employés des compagnies d'aviation jusqu'à ce qu'on trouve celle qui lui avait vendu son billet. Travis voyageait effectivement sous une fausse identité et a réglé son billet pour Jackson Hole en liquide. L'employée l'a formellement identifiée d'après photo.

— Elle est allée voir Gray.

— Elle est allée voir Gray. — L'expression de Spence était aussi sombre que celle du Président. — Cela paraît logique en tout cas.

Merritt réfléchissait intensément en fixant un point dans le vide.

— Il a horreur des journalistes, nota-t-il. Je doute qu'il lui ait révélé quoi que ce soit.

— Êtes-vous prêt à prendre ce risque ?

— Bon sang ! — D'une chiquenaude, Merritt se débarrassa de la goutte de transpiration qui pendait au bout de son nez. — Et si on arrivait trop tard ? Si elle a déjà parlé à Gray, s'il lui a dit...

— Dans ce cas, nous allons au-devant de gros problèmes.

— À l'approche des élections, on ne peut pas se permettre ce genre d'embûches...

— Je suis bien d'accord avec vous. — Spence plongea son regard dans celui du Président. — À mon avis, on devrait s'assurer du silence de cette jeune journaliste.

Le Président hocha la tête, puis se remit à trottiner.

— Prenez les mesures que vous estimez nécessaires.

Spence lui emboîta le pas.

— Je vais m'en occuper sans délai.

13

— Tu te fous de moi ? Le FBI ?

— C'est ce qu'Howie m'a dit.

Barrie se regardait dans la glace tout en parlant au téléphone avec Daily depuis la chambre de son motel à Jackson Hole. Était-ce la piètre qualité de l'éclairage ou son angoisse grandissante qui lui donnait si mauvaise mine ?

— Deux agents du FBI sont venus le trouver à WVUE pour le questionner à mon sujet. — Elle raconta à Daily tout ce dont elle se souvenait de sa conversation avec Howie. — Ils lui ont fait une peur bleue. Il m'a donné toutes sortes de détails que je t'épargnerai sur l'état de ses entrailles.

— Il n'y a pas de quoi rire, Barrie.

Ce sens de l'humour sardonique était l'un des systèmes de défense qu'elle avait mis au point dans son enfance. Mais cette fois-ci, son esprit ne fit rien pour atténuer la gravité de la situation. Elle avait espéré que Daily dissiperait son inquiétude. Bien au contraire, il l'avait intensifiée.

— Qu'est-ce que ça veut dire à ton avis ?

— Je pense que tu as rendu un certain nombre de gens nerveux.

— Qui ça ?

— Peut-être juste Dalton Neely. Tes appels répétés ont dû agacer le porte-parole de la Maison Blanche. Ils ont donné l'impression que tu ne crois pas à ce qu'il raconte sur la santé de l'épouse du Président. Envoyer les fédéraux à tes trousses est sa manière à lui de te suggérer de le laisser tranquille...

— Ou alors ?

— Ou alors, l'affaire est remontée jusqu'au Bureau ovale, soupira Daily. Howie a-t-il une théorie là-dessus ?

— On lui a affirmé, à lui et à Jenkins, qu'il s'agissait d'une enquête de routine, rien de plus, après quoi Howie leur a dit que mon intérêt pour Vanessa découlait de l'amitié née entre nous lors de la récente interview qu'elle m'a accordée.

— Et ils ont gobé ça ?

— Apparemment. Ça a dû leur clore le bec.

— Sans doute.

— Daily, dit-elle au bout d'un moment, nous venons de nous mettre d'accord sur un point auquel nous ne croyons ni l'un ni l'autre.

Ils restèrent silencieux quelques instants, le seul bruit qui se faisait entendre sur la ligne étant la respiration asthmatique de Daily.

— J'ai failli oublier, dit-il finalement. Comment as-tu trouvé Bondurant ?

Son cœur exécuta un impeccable saut de l'ange. Comment avait-elle trouvé Bondurant ? Au lit ou autrement ? Au lit, il était fabuleux. Autrement...

— À peu près comme je m'y attendais. Hostile et taciturne.

— Il ne t'a donc pas reçue à bras ouverts, hein ?
D'une certaine manière, si.
— Pas vraiment.

— A-t-il fait la lumière sur cette affaire ?

— Pas le moins du monde. Mais je suis convaincue que Vanessa et lui étaient très attachés l'un à l'autre. De son côté à lui, c'est indéniable.

— Tu crois qu'ils ont fait des bêtises ?

— Qu'ils aient consommé ou pas, il tient encore énormément à elle. Dans un moment d'inattention, il s'est apitoyé sur l'enfer qu'elle devait être en train de vivre. Je présume qu'il faisait référence au chagrin provoqué par la mort de son enfant.

— Il ne faut jamais présumer de quoi que ce soit, Barrie. Tu n'écoutes donc jamais ? Apprendras-tu un jour ? Tiens-t'en aux *faits*.

— Eh bien, je n'ai pas la moindre intention de retourner disputer un deuxième round avec lui si c'est ce que tu me suggères. Il m'a dit de laisser tomber mon reportage, ou en tout cas, de l'oublier, lui. Je me propose d'obéir à cette deuxième injonction. J'aurai mon scoop, mais je l'aurai sans Bondurant.

— Mais qu'est-ce qui t'arrive ?

— Rien.

Seigneur, elle mourrait si Daily apprenait un jour qu'elle avait sacrifié son objectivité professionnelle pour quelques instants de béatitude.

— Bon, fit-il sans conviction. Mais je te trouve terriblement à cran.

— Je me fais du souci pour mon reportage.

— Tu as l'intention de t'y accrocher alors ?

— Absolument. Depuis quand est-ce que l'employeur d'une journaliste mineure mérite une visite du FBI ? Plus les portes se ferment devant mon nez, plus je suis convaincue que quelqu'un a quelque chose à cacher.

— Quand reviens-tu ?

— Demain. Je reprendrai la piste à Washington. Des nouvelles de Vanessa ?

— Toujours les mêmes.

— Je te rappelle demain soir dès que je serai à la maison. Comment vas-tu ?

— Ça va, dit-il — mais le son de sa voix démentait sa réponse. — Barrie ? Si tu es tombée sur quelque chose de vraiment moche..., fais attention à toi, hein ?

Sa sollicitude la toucha et lui fit regretter de ne pas être à ses côtés. Après avoir raccroché, elle garda la main sur le combiné, répugnant à briser ce contact chaleureux. Daily était plus un membre de sa famille qu'un ami, plus un parent que les siens ne l'avaient été pour elle.

Elle se dirigea vers la salle de bains et commença à se déshabiller avec des gestes las. La glace au-dessus du lavabo n'était pas plus clémente que celle de la coiffeuse dans la chambre. Elle n'était pas belle à voir. Le peu de maquillage qui lui restait datait de trente-six heures. Il s'était incrusté dans les ridules au coin de ses yeux qui paraissaient s'enfoncer dans leurs orbites chaque jour un peu plus. Elle avait trente-trois ans. Quelle tête aurait-elle à quarante-trois ? Cinquante-trois ? Elle n'avait pas de moyen de comparaison. Sa mère n'avait pas vécu si longtemps.

Elle écarta le rideau de la douche et tourna le robinet. Elle poussa un cri strident quand le jet lui picota la poitrine et examina la cause de cette douleur cuisante. Ses seins étaient parsemés de minuscules écorchures. Le menton râpeux de Bondurant !

Mon Dieu ! Qu'avait-elle fait ?

Elle mit la tête sous le pommeau de la douche en espérant que le jet puissant dissiperait ses souvenirs de Gray Bondurant. Il avait un corps mince, musclé et souple, même s'il n'avait plus la perfection lisse de la jeunesse. Il portait les marques des épreuves qu'il avait vécues, mais cela le rendait d'autant plus séduisant, de même que ses tempes grisonnantes et les plis aux coins de ses yeux qui accentuaient l'attrait de son visage.

Elle avait besoin de repos, se dit-elle en se shampouinant les cheveux. La fatigue et le stress la fragilisaient et elle devenait dangereusement sentimentale. À propos de Daily d'abord. Puis de ses parents. Et maintenant d'un grand escogriffe aux yeux bleus laser et à la bouche cruelle.

Votre papa ne vous aimait donc pas ?

Non, monsieur Bondurant, il ne m'aimait pas. Il n'aimait pas ma mère non plus.

Sinon pourquoi l'aurait-il trompée ? Pourquoi avait-il fait de l'adultère une habitude ? Pourquoi avait-il menti et nié les accusations de sa mère en l'entraînant dans ces joutes oratoires qui remplissaient les nuits de Barrie de terreur et de chagrin ? Pourquoi avait-il continué à torturer sa famille avec ses vagabondages jusqu'au jour où il avait succombé à une crise cardiaque dans une chambre d'hôtel de Las Vegas alors que sa bécasse du moment lui enduisait les fesses de gel parfumé à la noix de coco ? Il n'avait même pas eu le tact de mourir décemment.

Et qu'avait fait son imbécile de mère ? Lui avait-elle jamais reproché d'avoir bafoué ses vœux conjugaux ? D'ignorer sa fille, trop occupé qu'il était à coucher à droite à gauche pour remarquer qu'elle avait cessé d'être une gamine ? Lui avait-elle jamais reproché d'être le père le moins attentif et le moins affectueux de la terre ? Une fois mort, avait-elle reconnu qu'il avait été un beau salaud ?

Non. Elle lui avait offert des funérailles grandioses, après quoi, incapable d'imaginer la vie sans lui, était rentrée chez elle et avait avalé un flacon de somnifères.

Deux enterrements en une semaine.

Oui, monsieur Bondurant. Vous avez touché un point sensible.

Barrie sortit de la douche et tendit le bras pour prendre une serviette. Elle avait lu tous les ouvrages sur le sujet, écouté toutes les émissions de télévision. Elle connaissait le processus psychologique par cœur. Les filles rejetées par leur père choisissaient en général entre deux options : elles devenaient nymphomanes, cherchant l'amour et l'attention, sous quelque forme que ce soit, chez tous les hommes qu'elles croisaient, ou bien elles écartaient totalement la gente masculine de leur vie, le plus souvent en faveur d'autres femmes.

Elle n'avait fait ni l'un ni l'autre.

Elle n'était pas devenue une traînée, avide de séduire l'autre sexe et fondant tout son amour-propre là-dessus. Elle n'avait pas choisi l'autre voie non plus. Seuls les hommes aiguisaient ses appétits sexuels. Quand elle en rencontrait un qu'elle trouvait attirant, charmant et suffisamment intelligent, elle prenait beaucoup de plaisir à faire l'amour avec lui. Cependant, elle appliquait systématiquement une règle, à savoir qu'elle déterminait personnellement l'heure, le lieu et les paramètres de la relation. Elle imposait ses conditions.

Jusqu'à l'épisode de ce matin.

C'était la première fois qu'elle perdait le contrôle d'elle-même. Ce genre de plongeon téméraire, insensé, étourdissant, dans la passion mettait son équilibre mental en péril. Sa mère l'avait amplement prouvé. Barrie s'était promis de ne pas réitérer l'erreur fatale que celle-ci avait commise en aimant aveuglément un homme au point de le laisser piétiner son amour.

Elle se donnait quand le désir et les circonstances le permettaient, mais elle s'était juré de ne jamais se laisser torturer la tête. Et encore moins le cœur.

Gray se réveilla juste à temps pour voir l'oreiller s'abattre sur sa figure.

Instinctivement, il tendit la main vers le pistolet dissimulé sous le traversin, mais deux genoux lui immobilisèrent les bras de part et d'autre du corps tandis que son agresseur s'accroupissait sur sa poitrine. Il se défendit avec acharnement, s'arc-boutant tout en essayant en vain d'inspirer.

Et le salopard ricanait.

Gray reconnut son rire un quart de seconde avant qu'il n'écarte l'oreiller. Le visage hilare de Spencer Martin était à quelques centimètres du sien.

— Tu te ramollis ici dans le Far West, mon vieux.

Gray l'envoya valser et se leva en roulant sur lui-même.

— Imbécile ! J'aurais pu te tuer.

— C'est plutôt l'inverse, non ? fit Spence en s'esclaffant toujours.

— De quel droit est-ce que tu t'introduis chez moi en catimini pour jouer ce petit jeu ridicule ? Seigneur, quelle heure est-il ? Faut que j'aille pisser.

— Moi aussi je suis ravi de te revoir, Gray. — Il le suivit jusqu'à la porte de la salle de bains. — Tu as perdu un peu de poids.

Gray s'empara d'un jean qui pendait à un crochet derrière la porte. Tout en l'enfilant, il évalua son ancien collègue d'un regard.

— Toi tu aurais plutôt grossi. Le chef-cuisinier de la Maison Blanche est toujours aussi doué à ce que je vois.

Spence continuait à sourire. Ce qui était plutôt rare chez lui.

— Tu sais ce qui me manque le plus depuis que tu es parti ?

— Mon charme ?

— Ton absence totale de charme. La plupart des gens me lèchent les bottes. Je suis le fidèle conseiller du Président et son meilleur ami. Je peux me montrer parfaitement grossier, on me fait des ronds de jambe. Mais pas toi, Gray. Tu traites tout le monde pareil. Comme de la merde, précisa-t-il.

— C'est pour cela que tu es venu ? Parce que je te manquais ?

Il emmena son visiteur dans la cuisine. Il n'y avait qu'une seule pendule dans la maison ; elle se trouvait au-dessus du fourneau. Il vérifia l'heure. L'aube n'allait pas tarder à poindre. Vingt-quatre heures s'étaient écoulées depuis qu'il avait bavardé avec Barrie Travis dans cette même pièce. Cette troublante concordance ne lui échappa pas.

— Tu n'as jamais été très rigolard, Gray. Mais on était content de t'avoir dans les parages. Tu savais te rendre utile.

Gray lui décocha un coup d'œil lourd de sens.

— C'est le moins que l'on puisse dire. J'étais là quand vous avez eu vraiment besoin de moi.

Il soutint le regard de Spence pendant plusieurs secondes avant de détourner les yeux.

— Tu veux du café ?

— S'il te plaît. Tu n'aurais pas quelque chose à manger ?

Il prépara un solide petit déjeuner comparable à celui de la veille. Seuls les cliquetis de leurs fourchettes contre la porcelaine des assiettes ponctuaient le silence pendant qu'ils mangeaient.

— C'est toujours comme ça ? demanda Spence au bout d'un moment.

— Comment, comme ça ?

— Si tranquille.

— Non, fit Gray en buvant une gorgée de café. D'ordinaire, c'est encore plus calme. Personne ne parle.

— Gray le solitaire. Le héros sans sourire, puissant, vaillant et taciturne qui dédaigna les honneurs pour se retirer du monde. Bon sang ! Tout un personnage ! Qui sait ? Peut-être que dans cent ans, les écoliers chanteront des airs populaires à ta gloire.

Gray s'abstint de tout commentaire.

Après la mission de sauvetage des otages, divers éditeurs et producteurs de cinéma l'avaient contacté. Ils lui avaient offert des ponts d'or, mais cela ne l'avait jamais tenté. Il avait mis suffisamment d'argent de côté pour s'acheter cette maison et vivre confortablement jusqu'à la fin de ses jours. Il voulait être loin de tout cela, et pour être loin, il était loin.

Il porta les assiettes dans l'évier, revint avec la cafetière et remplit la tasse de Spence avant de se resservir. Finalement, il remit sur le tapis le motif de cette visite inopinée.

— Je suis venu pour le plaisir de te voir, c'est aussi simple que ça. David m'a chargé de m'occuper d'une petite affaire à Seattle. Comme j'étais dans la région, j'ai eu l'idée de passer.

David l'avait peut-être envoyé régler une affaire, mais rien de ce que Spence entreprenait n'était aussi simple que ça. Il y avait toujours plusieurs mobiles à l'origine de ses initiatives. Cela lui permettait de couvrir ses arrières en toute circonstance.

Spence avait été de loin le meilleur élément de leur division d'infanterie et de reconnaissance. Il surpassait tout le monde — tant dans le maniement des armes que par son intelligence et son potentiel de survie. Il n'avait peur de rien. C'était une véritable machine. Gray n'aurait pas été surpris de découvrir un ordinateur dans son crâne, à la place du cerveau. Ou encore un moteur dans sa poitrine, à l'emplacement du cœur.

Il était absolument certain que l'homme assis en face de lui à sa table n'avait pas d'âme.

— Tu mens, Spence.

Spence Martin ne sourcilla même pas.

— Bien sûr que je mens. Et je ne peux pas te dire à quel point je suis content que tu t'en sois rendu compte, Gray. Tu es toujours aussi vif. T'as pas perdu la main. — Il se pencha et ajouta : — Il veut que tu reviennes.

Bien que surpris, Gray resta d'un calme olympien.

— David a besoin de toi à Washington, insista Spence.

— Tu parles !

— Écoute-moi au moins, poursuivit Spence en tendant les deux mains, paumes ouvertes. Il est fier comme Artaban. Tu le sais aussi bien que moi, bon sang. Il est têtu et rien n'est plus difficile pour lui que de faire marche arrière et de reconnaître ses torts.

— Alors il t'a envoyé le faire à sa place.

— Je ne vais pas me mettre à plat ventre, mais je

te demande, au nom de David, de ramener tes fesses à Washington où elles devraient être.

— Mes fesses sont très bien où elles sont.

Spence embrassa du regard le paysage de toute beauté qui s'étendait au-delà des fenêtres.

— T'es pas Grizzly Adams, Gray.

— J'aime la montagne.

— Moi aussi. C'est génial pour faire de l'escalade, du ski, pour yodler. Garde cette maison pour les vacances, mais rentre avec moi à Washington. Tu gaspilles tes talents. Le Président a besoin de toi. Moi aussi. Le pays aussi.

— Bouleversant, ce discours. Qui l'a écrit ? Neely ?

— Je ne plaisante pas.

— Le pays a besoin de moi ? rétorqua Gray d'un ton méprisant. Arrête tes conneries. Le pays n'en a rien à faire que je sois mort ou vivant. J'ai fait le boulot qu'on m'avait appris à faire. Mon *pays* n'en demande pas plus de moi, et je te prie de croire que je ne lui en demande pas davantage non plus. Les choses sont très bien ainsi.

— Okay, oublions le devoir patriotique. Mais David ?

— Il se passe très bien de mes services, bordel. Sa cote est au plus haut. Le parti adverse s'apprête à sacrifier un pauvre bougre pour rivaliser avec lui l'année prochaine, mais ce sera une entreprise futile qui leur coûtera cher parce qu'il est évident que David aura son second mandat. Il a autant besoin de moi que d'un furoncle sur le derrière.

— Tu te trompes.

Spence se leva, s'étira et s'approcha de la fenêtre. Le soleil s'était levé. La vue était spectaculaire. La neige qui coiffait les pics environnants semblait poudrée d'or.

— Cette histoire de Vanessa est une véritable grenade prête à exploser, dit-il.

— Quelle histoire ?

Spence fit volte-face.

— La mort du bébé. Ça l'a rendue maboule.

— N'importe quelle mère le serait.

Spence secoua la tête.

— C'est plus grave que ça. Le chagrin a aggravé son autre problème. Bref, on ne peut pas la laisser seule.

Il expliqua à Gray qu'elle était à Highpoint sous la surveillance de George Allan et d'une infirmière à temps plein.

— David a peur qu'elle fasse une bêtise.

— Contre elle-même, tu veux dire ?

— Va savoir ! Bref, il pense que si tu reviens, ta présence pourrait avoir un effet apaisant sur elle.

— Mes talents de guérisseur ne méritent pas une telle confiance. De plus, s'il ne parvient pas à avoir une emprise sur sa femme, qu'est-ce qu'il veut que je fasse ?

— Que tu dissipes les nouvelles rumeurs relatives à leur mésentente, répondit Spence de but en blanc. On ne voit pas beaucoup Vanessa ces temps-ci. Tu sais comme les gens peuvent être bavards. Les bruits courent vite.

« Un mariage harmonieux pourrait largement contribuer à la réélection de David. En revanche, la zizanie dans le couple présidentiel aurait des conséquences désastreuses. Si tu revenais, les commérages se tairaient une fois pour toutes. David sait peut-être pardonner, mais il ne réembaucherait jamais un homme qui a été l'amant de sa femme.

Gray grinça des dents si fort qu'il eut mal à la mâchoire. Il serra les poings, sous la table.

— Et puis il y a cette journaliste qui complique encore la situation, poursuivit Spence en reprenant possession de sa chaise. Barrie Travis. Elle pose des questions un peu trop personnelles à notre goût. On ne peut pas dire qu'elle ait fait une carrière brillante.

En s'accoudant sur l'ordinateur portable dont il ne se séparait jamais, il résuma en quelques mots le parcours professionnel de Barrie.

— Depuis que Vanessa lui a accordé cette interview, elle essaie de faire croire à tout le monde qu'elle est la meilleure amie de la première dame d'Amérique et sa confidente. Elle est complètement loufoque, mais parfois une balle perdue peut causer des dégâts.

— C'est incontestablement une menace. Elle est venue ici.

— Ici ? Quand ça ?

— Hier.

Spence se frotta la figure des deux mains.

— On pensait qu'elle se bornait à fouiner dans

Washington, mais si elle a pris la peine de venir te voir, elle est sérieuse.

— Pour être sérieuse, elle est sérieuse. Elle avait tout un paquet de coupures de journaux sur Vanessa et moi. Elle a fait son boulot et elle est déterminée à gagner le jackpot. Je lui ai dit que je n'avais rien à lui révéler sur les Merritt et que ce qu'elle prétendait savoir à leur sujet ne m'intéressait pas.

— Et elle, que t'a-t-elle dit ?

Gray pouffa de rire.

— Tiens-toi bien, mon pote. Elle pense que Vanessa a tué son bébé et cette histoire de mort subite du nourrisson n'est qu'un prétexte.

— Tu plaisantes, j'espère.

— Tu m'as déjà entendu plaisanter ?

— Bonté divine ! marmonna Spence. On savait qu'elle était à côté de la plaque, mais alors là... Elle croit vraiment que Vanessa pourrait faire une chose pareille ? C'est absurde.

— Évidemment que c'est absurde.

— Mais si Travis s'avise de faire courir ce genre de rumeur, je n'ai pas besoin de te préciser les dommages que cela risque de causer, pas seulement à David et à sa campagne, mais aussi à Vanessa. Elle est extrêmement fragile. George a dû augmenter les doses de ses remèdes pour éviter qu'elle bascule. Elle s'est découvert un goût immodéré pour la bouteille, ce qui aggrave encore le problème. Si la théorie de Travis transpirait, Vanessa s'effondrerait pour de bon.

Gray voyait Spence lancé sur sa piste habituelle : protéger et préserver la présidence de David et partant, sauver sa propre peau.

— Où est-elle passée, cette Travis ?

Gray haussa les épaules.

— Elle doit être sur le chemin du retour. Je lui ai dit de filer d'ici.

Spence se redressa d'un bond.

— Je ferais bien d'appeler Washington. Il faut que je mette David au courant de tout ça immédiatement.

— Le téléphone est dans la chambre. Sur la table de chevet.

— Merci. Au fait, super petit déjeuner, lança Spence par-dessus son épaule au moment où il quittait la pièce.

Gray alluma la radio pour écouter la météo et les nouvelles tout en rangeant la cuisine. Il remit soigneusement les denrées périssables dans le réfrigérateur et porta le reste dans la réserve.

En remettant les choses en place, il ouvrit le tiroir où se trouvaient les ustensiles et troqua une spatule à long manche contre un Beretta.

Puis il tourna le robinet et commença à remplir l'évier d'eau chaude savonneuse dans laquelle il plongea les assiettes sales. Tout le temps de la vaisselle, il garda les yeux rivés sur le grille-pain. Dès que la surface chromée refléta un mouvement derrière lui, il extirpa son pistolet de sa ceinture, tourna sur lui-même et tira.

Des bulles de savon dégoulinèrent du canon de son arme sur le carrelage de la cuisine.

14

Le voyage de retour fut long et loin d'être de tout repos pour Barrie. Au National Airport de Washington, on se serait cru dans le bazar d'Istanbul. En arrivant au bureau, après avoir récupéré sa voiture dans le parking de l'aéroport, elle était claquée. Elle espérait se faufiler dans l'immeuble, vérifier ses messages et repartir sans être vue de quiconque.

Aucun message dans son courrier électronique. En revanche, il y en avait quatre sur son répondeur, deux provenant de vagues connaissances, un troisième de la blanchisserie pour lui annoncer qu'on n'arrivait pas à faire partir cette tache sur son chemisier et le dernier de

Charlene la folle qui exigeait de savoir pourquoi elle ne répondait à aucun de ses appels.

Barrie se demanda quelle nouvelle sensationnelle elle pouvait bien avoir à lui annoncer : une infiltration terroriste chez les Scouts, des activités de la mafia chez les Esquimaux, du cyanure dans les Corn Flakes ?

— La pauvre, marmonna-t-elle tout en effaçant ses messages. Elle se sent probablement affreusement seule et a besoin de parler à quelqu'un.

— Qui ça ?

— Bon sang, Howie ! s'exclama-t-elle en faisant pivoter sa chaise. Ça te fait un tel plaisir de me flanquer la trouille ?

— Tu ne bondirais pas comme ça si tu avais la conscience tranquille.

— Ne commence pas ! Je suis d'une humeur massacrante.

— Toi ? Alors moi, qu'est-ce que je devrais dire ? riposta-t-il d'une voix stridente. Moi qui ai couvert tes fesses quand les fédéraux se sont pointés. Moi qui ai menti et me suis ridiculisé devant Jenkins. Tu parles d'un mémo !

— Je suis désolée, Howie. Sincèrement. Je ne t'aurais pas menti si cela n'avait pas été nécessaire.

Elle se leva, prête à partir, mais il lui bloqua le chemin.

— Sur quoi enquêtes-tu, Barrie ? Je t'ordonne de me le dire.

— Pas tant que je n'aurai pas davantage d'informations.

— Pourquoi n'as-tu pas emmené un cameraman avec toi ?

Elle s'était demandé à quel moment M. Einstein ici présent se rendrait compte qu'elle n'avait pas requis la compagnie d'un cameraman alors qu'elle prétendait être sur un gros coup. À quoi rimait un reportage-télé sans images ?

— C'était trop tôt. Dès que quelqu'un sera prêt à faire une déclaration devant la caméra, tu seras le premier à le savoir, je te le promets.

Il prit un air mauvais :

— Je n'ai plus que quelques années à tirer avant de

prendre ma retraite, Barrie. Si tu crois que je vais perdre ma pension à cause de toi, tu te gourres. Je savais que je prenais un risque en t'engageant, mais je l'ai fait quand même.

— Ce pour quoi je te serai à jamais reconnaissante. Bon, écoute, je viens de franchir les Rocheuses et deux fuseaux horaires. Je suis fatiguée, de mauvais poil et pas très fraîche. Je vais aller chercher mon chien et puis j'ai la ferme intention d'aller me coucher. Bonne nuit, acheva-t-elle en passant derrière lui.

— Okay, okay, enlise-toi un peu plus. Mais ne compte pas sur moi pour te tenir compagnie ! C'est la dernière fois que j'essuie un savon à ta place.

Elle était presque hors de portée de voix quand il lâcha en guise de conclusion :

— Et t'es franchement pas belle à voir aujourd'hui.

L'idée de laisser Cronkite au chenil jusqu'au lendemain matin l'effleura puis elle décida qu'elle avait besoin de compagnie. De plus, elle détestait le garder enfermé plus longtemps que nécessaire.

Elle arriva quelques minutes avant la fermeture de l'établissement dont le personnel fut aussi ravi de la voir que Cronkite.

— Il est plutôt bien élevé, mais terriblement gâté, lui dit la jeune femme qui lui remit l'animal.

— Je sais, je sais. Mais c'est le roi des chiens.

Elle s'agenouilla pour ébouriffer sa toison tandis qu'il lui léchait la figure avec enthousiasme.

Sa frénésie ne baissa pas d'un cran durant tout le chemin de la maison.

— Je te promets une petite gâterie dès qu'on sera à l'intérieur, lui dit-elle au moment où ils sortaient de la voiture. Mais s'il te plaît, calme-toi.

Quelqu'un ayant pris la place de parking devant chez elle, elle alla se garer un peu plus haut dans la rue.

— Cronkite, arrête !

Le chien tirait comme un beau diable sur sa laisse, fort de ses quarante-cinq kilos. Une friandise l'attendait à la maison. Il le savait.

— D'accord, d'accord, fit-elle en détachant la laisse de son collier.

Elle n'avait pas le choix si elle ne voulait pas qu'il la traîne à plat ventre dans son sillage. Dès qu'il fut libéré, il s'élança sur le trottoir, ses ongles cliquetant sur l'asphalte.

— Passe par ta trappe, lui cria-t-elle.

Elle se pencha sur la banquette arrière pour récupérer son sac de voyage.

Le souffle de l'explosion s'abattit sur elle comme une main gigantesque et l'expédia par terre sur le dos.

Une énorme boule de feu éclata dans le ciel, jetant sur tout le voisinage une lueur rouge d'enfer.

— Oh mon Dieu ! Mon Dieu, mon Dieu.

Elle parvint à se mettre à quatre pattes. Durant plusieurs secondes, elle ne put que regarder bouche bée le brasier qui se trouvait à une centaine de mètres d'elle, là où sa maison s'était dressée. Un énorme nuage de fumée noire se déroulait en volutes et cachait le croissant de lune.

Elle resta immobile, trop abasourdie pour réagir. Puis l'adrénaline fit son effet. Elle se releva en chancelant comme un ivrogne et se mit à courir. Ou essaya tout au moins, car elle vacillait à chaque pas.

— Cronkite ! — Son cri n'était qu'un vague coassement. — Cronkite, viens ici.

Elle sentit une chaleur insoutenable tandis qu'elle remontait en titubant l'allée qui conduisait à sa porte d'entrée.

— Vous êtes folle, madame !

Des mains la saisirent et la retinrent avec force.

— Venez m'aider, cria un homme. Elle veut aller à l'intérieur.

D'autres mains l'empêchèrent d'avancer. Elle se débattit. En vain. On l'entraîna de l'autre côté de la rue, dans le jardin d'un voisin. Loin du feu.

Elle s'efforçait de parler, mais ne parvenait qu'à sangloter.

— Cronkite. Cronkite.

— Je crois que c'est son chien.

— Elle n'a plus de chien. S'il était dans cette maison, il...

— Quelqu'un sait-il ce qui s'est passé ?

— À qui appartient cette maison ?

Barrie n'était que vaguement consciente de toutes ces voix autour d'elle. Les gens du voisinage accouraient de partout, encombrant les trottoirs et la chaussée. Un hurlement de sirène se fit entendre au loin.

Dès qu'ils furent sûrs qu'elle n'allait pas se jeter dans les flammes, ses voisins pleins de sollicitude la libérèrent et s'éloignèrent pour aller regarder l'incendie. Elle s'affaissa contre une haie entre deux pelouses et regarda elle aussi, horrifiée, tandis que sa maison continuait à se désintégrer. Plus personne ne s'occupait d'elle. Les badauds bavardaient entre eux pour essayer de reconstituer les faits.

— Voilà les pompiers. Est-ce qu'ils vont pouvoir passer ?

— J'espère qu'ils arroseront nos toits.

— Y avait-il quelqu'un à l'intérieur ?

— Juste un chien. Quelqu'un a dit que c'était celui de la propriétaire.

— Cronkite, murmura Barrie, à l'insu de tous.

Ce fut le dernier mot qu'elle prononça avant qu'une grande main se plaque sur sa bouche et qu'on l'entraîne à travers la haie.

Elle essaya de crier, mais la pression sur ses lèvres ne fit que s'accroître. Elle enfonça ses talons dans la pelouse ; son ravisseur la souleva de terre. Quand ils parvinrent dans l'allée derrière la maison, elle lui expédia des coups de pied dans les tibias avec suffisamment de vigueur pour qu'il relâche son emprise, mais elle tomba et s'écorcha les genoux. Elle hurla, mais personne ne pouvait l'entendre dans le vacarme et la confusion qui régnaient parmi la foule massée autour des véhicules de secours.

Elle retrouva son équilibre tant bien que mal en s'aidant des deux mains, mais il la saisit à nouveau à bras-le-corps avec une force à lui couper le souffle.

— Fermez-la ou je vais vous faire mal.

Le croyant sur parole, elle n'opposa plus la moindre résistance et le laissa la traîner à travers un autre jardin, une autre allée, encore un jardin. Pour finir, ils atteignirent une voiture garée le long du trottoir, deux rues plus loin.

Lorsque son ravisseur tendit la main pour ouvrir la portière, elle planta ses dents dans la partie charnue de sa paume et lui flanqua son coude à toute volée dans l'estomac. Il tressaillit et grommela un juron. Elle en profita pour filer au pas de course, mais sa liberté fut de courte durée. Il la rattrapa par les cheveux et l'arrêta dans son élan.

Il lui fit faire volte-face et la secoua si fort qu'elle crut qu'elle allait se briser en mille morceaux.

— Arrêtez de vous débattre, petite imbécile. J'essaie de vous sauver la vie.

Quand son cerveau cessa de tinter, elle se rendit compte qu'elle était en compagnie de Gray Bondurant.

— Avez-vous vos lunettes sur vous ?

Ils roulaient dans les faubourgs de Washington, en direction du Maryland. Il conduisait avec adresse en prenant soin de ne pas dépasser la limite de vitesse. La dernière chose qu'il voulait, c'était qu'on l'arrête pour lui coller une contravention. Il gardait un œil sur le rétroviseur, mais depuis un moment déjà, il savait qu'on ne les suivait pas. Personne n'était à ses trousses. Pas encore.

Conscient que sa passagère ne l'avait pas écouté, il lui jeta un rapide coup d'œil. Hébétée, elle regardait droit devant elle.

— Avez-vous vos lunettes ? répéta-t-il.

Elle se tourna vers lui, le fixa quelques secondes d'un air absent, puis hocha la tête. Inexplicablement, elle avait réussi à garder son sac.

— Enlevez vos verres de contact et mettez vos lunettes, lui ordonna-t-il.

Elle s'humecta les lèvres, déglutit.

— Comment savez-vous...

— Je le sais, c'est tout. Ensuite, cachez vos cheveux sous cette casquette de base-ball.

Il en avait apporté une. Elle était sur la banquette entre eux deux.

— Quoi... Pourquoi ?

— Parce que je ne veux pas qu'on vous reconnaisse.

— Qui ça ?

— Les gars qui ont réduit votre maison en miettes, pardi !

— Mon chien est mort.

Sa voix se brisa. Les phares d'une voiture arrivant en sens inverse se reflétèrent dans ses yeux larmoyants. Elle se mit à pleurer sans bruit. Gray garda lâchement le silence. Il ne savait pas quoi lui dire. Il n'était pas très doué pour ce genre de choses. Mais il préférait qu'elle pleure à ce qu'elle se comporte comme un zombie.

Il concentra son attention sur la route en attendant que ça se passe. Quand ses larmes se tarirent, il se gara dans le parking d'un café ouvert vingt-quatre heures sur vingt-quatre.

— Il faut que nous parlions de tout un tas de choses, dit-il. Mais je ne peux pas vous emmener là-dedans si vous ne vous contrôlez pas. Vous attireriez l'attention.

Il attendit patiemment qu'elle retire ses verres de contact et chausse ses lunettes. Il les avait repérées dans son fourre-tout lorsqu'il avait fouillé dedans après l'avoir trouvée endormie sur son canapé.

— Auriez-vous un mouchoir ?

— Non.

Elle s'essuya le nez avec sa manche.

— Dans ce cas, je suis prête. Mais laissez tomber la casquette. Personne ne me reconnaîtra.

Avant qu'il puisse l'arrêter, elle ouvrit la portière et sortit. Il la rattrapa au moment où elle était accueillie par une serveuse souriante qui les escorta à une table. Il déclina le menu à la couverture glacée.

— Donnez-nous juste du café, s'il vous plaît.

L'endroit était brillamment éclairé. Seules quelques tables étaient occupées. Une corde interdisait l'accès d'une partie de la salle ; on était en train de lessiver le sol avec un produit puissant qui se mêlait à l'arôme du jambon frit et du sirop d'érable.

— Monsieur Bondurant, comment se fait-il que vous ayez réussi à m'enlever quelques minutes à peine après que ma maison a sauté ?

Il s'abstint de répondre jusqu'à ce que la serveuse qui leur apportait leurs cafés se soit éloignée.

— Je n'y suis pour rien, si c'est ce que vous sous-entendez.

— C'est exactement ce que je sous-entends.

— Eh bien vous faites erreur. Désolé pour votre chien, ajouta-t-il en braquant son regard sur sa tasse.

— Vous dites ça alors que vous n'avez même pas été fichu de donner un nom à vos chevaux, lâcha-t-elle d'un ton perfide.

— Écoutez, je vous ai rendu service en vous tirant de là.

— Mais pourquoi *me tirer* ? Pourquoi ne pas m'avoir escortée gentiment ?

— Parce que vous n'étiez pas capable d'entendre raison. Il fallait que je vous éloigne au plus vite. C'était le moyen le plus rapide. Je pensais qu'ils étaient à vos trousses et je ne me trompais pas. Mais si vous voulez vous faire la malle maintenant, ne vous gênez pas pour moi.

— Je ne comprends pas un mot de ce que vous racontez, protesta-t-elle sans hausser le ton pour ne pas attirer l'attention.

— Dans ce cas, pourquoi ne pas vous taire et m'écouter ?

Elle s'adossa à la banquette en vinyle et croisa les bras.

Il but quelques gorgées de café avant de reprendre la parole :

— D'abord je veux savoir exactement ce qui s'est passé. On peut supposer logiquement que Brinkley...

— Cronkite.

— Que Cronkite est entré dans la maison avant vous.

— Il y a... *avait* une trappe exprès pour lui dans la porte de la cuisine.

— Est-ce par là que vous passez en général pour rentrer chez vous ?

— En général, oui.

— Dans ce cas, ils ont probablement fixé le détonateur sur cette porte.

— Qui ça ? demanda-t-elle en se penchant. Et puis que faites-vous ici ? Pourquoi m'avez-vous suivie jusqu'à

Washington ? Parce que vous m'avez suivie, n'est-ce pas ?

— Je suis venu vous avertir que vous aviez posé les questions qu'il ne fallait pas poser. Vous êtes sur la piste d'une affaire que le Président ne veut pas laisser s'ébruiter.

Elle blêmit un peu plus et se mit à se mordre nerveusement la lèvre inférieure.

— Comment le savez-vous ?

— Moins de vingt-quatre heures après votre départ, j'ai reçu la visite de Spencer Martin.

— N'est-il pas associé à la Maison Blanche d'une manière ou d'une autre ?

— C'est le moins que l'on puisse dire ! Il se trouve être l'homme le plus puissant du pays, après David Merritt.

— Comment se fait-il qu'on n'en entende pour ainsi dire jamais parler ?

— Parce qu'il n'a aucune envie de faire parler de lui. Il déambule dans les couloirs de la Maison Blanche comme un fantôme et tient dur comme fer à son anonymat qui fait de lui un homme ultra-puissant. Il adopte un profil bas, mais il n'empêche que c'est le conseiller le plus proche du Président.

— Vous n'êtes plus au courant, monsieur Bondurant. Le principal conseiller de Merritt, c'est...

— Oubliez Frank Montgomery. Ce n'est qu'un pion, un laquais. Merritt lui jette un os, il court le chercher. Il a un titre ronflant, un beau bureau, des privilèges, mais Spence est l'alter ego de David. David ne va jamais au petit coin sans le consulter. Spence prend part à toutes les décisions. Il est ce qu'on pourrait appeler l'homme de confiance.

— De quoi s'occupe-t-il précisément ?

— Des sales besognes.

Barrie arqua les sourcils.

— ... Celles qui risqueraient de compromettre le Président s'il devait s'en charger lui-même.

Il n'avait pas besoin de lui faire un dessin.

— En d'autres termes, il y a un certain nombre de zones d'ombre dans les missions que Spencer Martin exécute pour le Président. Et vous le savez parce que vous avez vous-même été un...

— ... homme de confiance.

— Je vois.

Les yeux de Barrie étaient comme les reflets de sa conscience le fixant à travers ses lunettes.

— Mais j'ai démissionné. Il y avait plus d'un an que je n'avais pas vu Spence ni eu de ses nouvelles. Depuis que j'ai quitté Washington. Or il s'est pointé chez moi le lendemain du jour où vous êtes venue...

— C'est peut-être une coïncidence ?

— Non. Il est venu me voir parce qu'il savait ou se doutait que vous aviez fait le voyage pour m'interroger au sujet de Vanessa.

— Que lui avez-vous dit ? À mon sujet, j'entends.

Gray devinait pourquoi elle lui avait posé la question. Elle voulait savoir s'il s'était vanté de sa dernière conquête sexuelle auprès de son copain. La main qu'elle avait mordue lui faisait atrocement mal. Quelques secondes après leur rencontre, elle l'avait giflé. À certains égards, cette Barrie Travis ne manquait pas de cran et d'audace. Mais à l'instant présent, elle paraissait terriblement vulnérable et puis, flûte, elle venait de perdre son chien. Bien que ce fût une occasion rêvée de la mettre dans l'embarras une fois de plus, il se refréna.

— Je lui ai dit que vous étiez venue fureter chez moi, que vous aviez cette idée saugrenue que Vanessa avait tué son bébé en faisant passer son décès pour un cas de mort subite du nourrisson.

— Vous lui avez dit ça ? s'exclama-t-elle. C'est pas étonnant qu'ils aient dynamité ma maison.

— Si j'avais prétendu ne rien savoir, il aurait tout de suite vu que je mentais. Il a fallu que je joue le jeu. Mais j'ai immédiatement compris que vous aviez soulevé un gros lièvre. Pour quelle autre raison Spence serait-il venu dans le Wyoming, si ce n'est pour me tirer les vers du nez ?

— Vous êtes absolument certain que c'était le but de sa visite ?

— Oui, dit-il. Il avait un billet d'avion aller-retour Washington-Jackson Hole sans escale dans la poche intérieure de sa veste.

— Et alors ?

— Alors, il m'a affirmé qu'il venait de Seattle où il était allé régler une affaire pour le Président. Auquel cas, il aurait pris un avion présidentiel. De plus, son billet portait un faux nom. Une fois à Jackson Hole, il a loué une voiture sous un autre nom d'emprunt. Il n'a jamais eu l'intention d'aller à Seattle. Non, mademoiselle Travis, ce n'était pas une visite de courtoisie. Votre reportage représente une menace terrible pour le gouvernement et ils ne reculeront devant rien pour vous empêcher d'aller plus loin.

— Mon Dieu, chuchota-t-elle en posant des doigts diaphanes sur ses lèvres. Je commence juste à réaliser. J'avais raison. Cet enfant n'est pas mort de causes naturelles.

— À quel moment avez-vous eu les premiers soupçons ? — Elle regardait fixement devant elle. — Mademoiselle Travis ?

— Je suis désolée, dit-elle en se frottant les tempes. Entendre mon hypothèse de la bouche de quelqu'un d'autre la rend brusquement si réelle. Les implications sont bouleversantes. Et terrifiantes.

— Surtout pour l'occupant de la Maison Blanche. Racontez-moi tout par le menu, poursuivit-il. Quand avez-vous commencé à vous douter qu'il y avait anguille sous roche ?

— Vanessa m'a appelée un jour pour me demander de la rencontrer. J'ai tout de suite senti qu'elle faisait un effort de volonté colossal pour conserver son sang-froid.

Il l'écouta avec attention tandis qu'elle lui relatait tout ce qui s'était passé depuis cette première entrevue en lui rendant compte de toutes les démarches qu'elle avait entreprises pour produire sa série télévisée.

— Je l'ai vue. Enfin le volet relatif à Vanessa.

— La Vanessa Merritt que j'ai interviewée devant les caméras n'avait rien à voir avec la femme accablée de chagrin que j'avais rencontrée quelques semaines auparavant.

— Ce n'est pas vraiment étonnant, lui dit-il. Elle est maniaco-dépressive.

Il regarda ses lèvres charnues s'arrondir sous l'effet de la surprise.

— En êtes-vous sûr ? À quand remonte ce diagnostic ?

— Il date d'il y a longtemps. Peu de temps après leur
mariage, je crois bien.

Barrie était abasourdie.

— Comment ont-ils gardé ça sous le boisseau pendant tant d'années ?

— Elle est bien soignée et suivie de très près. Ses
crises d'euphorie ont fait d'elle un excellent atout pour
la campagne. Elle était toujours enthousiaste. Prête à
tout. On lui administre du lithium, bien entendu, pour
contrôler ses sautes d'humeur. Seuls ceux qui la connaissent bien se rendent compte de son état. Elle prend aussi
des antidépresseurs et des neuroleptiques. Tant qu'elle
est sous traitement, elle fonctionne à peu près. Spence a
au moins dit la vérité à propos d'une chose : la mort de
son enfant l'a complètement désarçonnée. Dès l'instant
où je l'ai vue à la télévision, j'ai compris que quelque
chose ne tournait pas rond, conclut-il.

— Vous la connaissez vraiment très bien alors ?

Il esquiva la question en précisant :

— Je connais encore mieux David.

— Vous pensez vraiment que son conseiller et lui
sont responsables de l'explosion de ma maison ?

— Vous n'avez donc pas écouté un traître mot de ce
que je viens de vous dire ? Évidemment que je le pense.
Spence a dû arranger ça avant son départ pour Jackson
Hole. Quand ils découvriront que la seule victime de ce
soir est votre chien, ils essayeront de se débarrasser de
vous d'une autre manière.

Blanche comme un linge, et d'une voix encore plus
rauque que d'habitude, elle murmura :

— Vous êtes en train de me dire que ma vie est en
danger.

— C'est à peu près ça.

Elle pressa son front dans le creux de sa main.

— Je crois bien que je vais dégobiller.

— Surtout pas, riposta-t-il d'un ton sec. Il ne faut
pas qu'on se fasse remarquer. Respirez par la bouche.

Il attendit nerveusement que son malaise passe. Au
bout d'un moment, elle demanda un verre d'eau. Il fit

signe à la serveuse qui s'aperçut que Barrie n'avait pas l'air dans son assiette.

— Ça va pas ?

— Les premiers mois, ça arrive souvent le matin, dit-il en pensant à quel point son sourire forcé devait avoir l'air niais. Sauf qu'elle, elle a ça le soir.

— Oh, les nausées disparaissent au bout de quelque temps, mon petit cœur. Vous en êtes où ?

— Euh...

— Au troisième mois, répondit Gray.

La serveuse proposa d'apporter une tasse de thé bien chaude en tapotant gentiment l'épaule de Barrie.

— Ça va aller, fit Gray. Merci quand même.

Rassurée, la jeune femme finit par s'éloigner. Barrie but plusieurs gorgées d'eau.

— Vous mentez bigrement bien.

— Pas vous.

— Je sais.

Gray se rendit compte qu'elle était encore en état de choc. Elle avait les yeux pleins de larmes.

— Je vous ai entraîné là-dedans contre votre gré, n'est-ce pas, monsieur Bondurant ?

Il haussa les épaules d'un air indifférent.

— Si, si, insista-t-elle d'une voix mal assurée. Parce que je suis allée vous voir, votre vie aussi est en péril. Vous êtes impliqué dans cette affaire qu'ils veulent à tout prix étouffer. — Plus elle parlait, plus l'anxiété la gagnait. — Vous avez pris un risque terrible en venant ici. Vous auriez mieux fait de rester dans le Wyoming. Si vous rentrez chez vous maintenant, ils oublieront peut-être que vous savez et penseront que vous m'avez envoyée sur les roses.

Sa naïveté l'amusa, mais il se garda de sourire.

— Ils n'oublient jamais. Ils ne laissent rien au hasard non plus. Peu importe où l'on se trouve. Ils veulent enterrer une fois pour toutes ce qui est arrivé au bébé et ce que Vanessa vit actuellement. Et mettre un terme à votre curiosité malsaine.

— Comment avez-vous fait pour venir ici aussi vite ?

— J'ai bousillé l'ordinateur de Spencer, puis j'ai rapporté sa voiture de location en déposant les clés et les papiers dans la boîte aux lettres de l'agence à l'aéroport. Après quoi je me suis servi de son billet de retour.

Sachant que les vols pour Jackson Hole n'étaient pas si nombreux, elle demanda :

— Étiez-vous dans le même avion que moi ? — Il hocha la tête. — Je ne vous ai pas vu.

— Vous n'étiez pas censée me voir.

— Oh.

Elle marqua une pause, le temps d'essayer de comprendre comment il s'était débrouillé pour qu'elle ne le remarque pas.

— Pourquoi ne pas m'avoir mise en garde quelque part en cours de route ? Si vous l'aviez fait, Cronkite serait peut-être encore vivant.

— J'ai mal calculé mon coup. Je ne pensais pas que leur premier avertissement serait le coup de grâce. J'imaginais qu'ils commenceraient par des menaces voilées, comme votre informatrice à l'hôpital en a probablement reçu. Mais ils n'y sont pas allés par quatre chemins. Ils ne voulaient pas vous museler par la peur. Ils voulaient votre mort.

— Vous me l'avez déjà dit, fit-elle en se rongeant l'intérieur de la joue. Où en êtes-vous resté avec Spence ?

— Que voulez-vous dire ?

— Comment avez-vous fait pour mettre la main sur son billet d'avion ? Comment avez-vous réussi à lui échapper ?

Il soutint son regard un long moment en se demandant dans quelle mesure il devait se confier à elle.

— Je ne lui ai pas échappé, se borna-t-il à répondre.

15

— Daily, je te présente Gray Bondurant. Gray, Daily Welsh.

Elle fut infiniment reconnaissante à Daily de ne pas faire un esclandre en les découvrant sur le pas de sa porte à deux heures du matin. Il s'abstint de les bombarder de questions, se contentant de grogner tout en leur faisant signe d'entrer.

Ils l'avaient manifestement tiré du lit. Des touffes de cheveux gris auréolaient son crâne, pareilles aux pointes de la couronne de la statue de la Liberté. Il portait une chemise de corps usée et un short qui descendait presque jusqu'à ses genoux noueux. Ses chaussettes noires ne flattaient guère ses jambes blanchâtres, pour ainsi dire glabres.

En sortant du café, ils avaient décidé qu'il leur fallait un endroit où se reposer, reprendre leurs esprits et déterminer ce qu'il convenait de faire ensuite. Barrie avait expliqué à Gray le chemin pour se rendre chez Daily. Elle avait une idée assez claire de ce qu'il pensait à présent : si c'était ce qu'ils pouvaient dénicher de mieux comme refuge, leur avenir était incontestablement en péril.

La bicoque de Daily n'avait certainement rien d'une forteresse, et aux yeux de quelqu'un qui ne le connaissait pas, Daily lui-même apparaissait comme un homme très mal en point dont l'existence dépendait d'une modeste pension et d'un respirateur — ce qui était malheureusement on ne peut plus exact.

— Je sais que c'est beaucoup te demander, Daily, dit Barrie tandis qu'il faisait le tour du salon pour allumer les lampes. Mais nous n'avions pas d'autre solution... Ils ont tué Cronkite.

La main de Daily se figea sur un interrupteur.

— Tué Cronkite ? Qui ça ?

— C'est une longue histoire.

— J'ai toute la nuit devant moi.

La douleur qui se lisait sur son visage reflétait les sentiments de Barrie. Il lui tendit les bras et elle s'y jeta. D'ordinaire, c'était elle qui l'enlaçait tandis qu'il jouait au vieil homme bourru repoussant ses manifestations d'affection. Cette fois c'est lui qui la serrait contre sa poitrine en lui tapotant le dos un peu maladroitement, mais avec chaleur.

— Ils sont malades, ces salopards. Que lui ont-ils fait ? Ils l'ont empoisonné ? Si je les attrape... Qui a fait le coup ?

Barrie s'écarta de lui et retira ses lunettes pour s'essuyer les yeux.

— J'ai des tas de choses à te raconter.

Daily alla s'asseoir sur sa chaise longue en traînant machinalement son respirateur sur son chariot. Barrie prit sa place habituelle sur le canapé. Gray resta debout. Jusqu'à cet instant, Daily n'avait pas semblé particulièrement curieux de savoir pourquoi le célèbre héros national à la retraite était sorti de son isolement pour se retrouver dans son salon au beau milieu de la nuit.

— Qu'est-ce qu'il fait là ? demanda-t-il finalement en pointant le menton dans sa direction.

— On a fait sauter ma maison ce soir.

— Sauté ? Tu veux dire... *boum* ?

Il la dévisagea, puis regarda Gray avant de reporter son attention sur elle.

— Je n'ai plus de maison, Daily. Ce n'est plus qu'un tas de ruines. Tout est détruit. Y compris ma collection de vidéos, dit-elle avec amertume en songeant aux films irremplaçables qu'elle avait mis des années à amasser. Bondurant pense qu'ils ont piégé la porte. Cronkite est rentré avant moi, par la petite trappe.

Daily était atterré.

— Qui a fait une chose pareille ?

— Le Président.

— Comment ? Le Président des États-Unis ?

— Bondurant pense que la bombe était destinée à me tuer à cause des questions que j'ai soulevées sur la santé de Vanessa et la mort de son fils, expliqua Barrie.

— Seigneur ! — Daily leva les yeux vers Gray. — Qu'est-ce qui vous fait penser... Asseyez-vous, pour l'amour du ciel ! J'ai mal au cou quand je vous regarde.

Pour la première fois depuis des heures, Barrie eut envie de sourire. Gray s'assit à la seule place disponible — à côté d'elle, sur le canapé.

— Vous croyez Merritt capable de telles mesures pour réduire Barrie au silence ? lui demanda Daily.

— Il a envoyé Spencer Martin me régler mon compte pour la simple raison que j'avais parlé avec elle.

— Qu'entendez-vous par « régler votre compte » ?

— Me liquider. M'assassiner.

— Je croyais que vous étiez amis.

— On l'était. Cela ne l'a pas empêché de venir dans le Wyoming pour me supprimer parce qu'il craignait que Barrie m'ait fait part de sa théorie sur la mort du bébé. Cela devrait vous prouver à quel point ils sont déterminés à étouffer cette affaire dans l'œuf.

Daily lissa quelques épines de sa couronne en fronçant les sourcils.

— Êtes-vous sûr de ce que vous avancez ? demanda-t-il d'un ton sceptique.

— Il n'a pas le moindre doute, intervint Barrie. Racontez-lui, Bondurant.

Pendant qu'il relatait à Daily les détails de la visite de Spencer Martin dans le Wyoming, elle recommença à se demander comment il était possible qu'elle n'ait pas reconnu Gray parmi les passagers du vol qui la ramenait à Washington. Elle n'avait guère prêté attention à ses compagnons de voyage, mais ne se serait-il pas distingué du lot ? De toute évidence, il s'était arrangé pour passer inaperçu. Ses dons de caméléon portèrent un coup supplémentaire à la confiance déjà restreinte qu'il lui inspirait.

— Si je comprends bien, Spence Martin n'est jamais allé dans le Wyoming, résuma Daily.

— Il n'a rien touché chez moi mis à part les couverts dont il s'est servi pour manger, que j'ai lavés. Le fait qu'il évite de toucher quoi que ce soit est précisément ce qui m'a mis la puce à l'oreille.

— Où est-il maintenant ? demanda Daily.

Gray resta de marbre. Un silence gêné se prolongea jusqu'à ce que Barrie se sente forcée de répondre à sa place.

— M. Bondurant refuse de préciser comment il s'est débrouillé pour lui filer entre les doigts.

Elle jeta un coup d'œil au profil sévère de l'homme assis à ses côtés. Elle ne doutait pas un instant qu'il pût tuer, y compris un ancien ami. Son regard d'acier et ses lèvres minces lui prouvaient qu'il en était capable. S'il avait tué Spencer Martin en légitime défense, c'était excusable. Mais pouvait-elle le croire sur parole ?

À cet instant, Daily formula une question qui lui trottait dans la tête depuis un moment.

— Ne pensez-vous pas qu'à ce stade, Spence Martin avait contacté le Président ?

— Normalement, oui. Il s'est même éclipsé quelques instants sous prétexte de passer un coup de fil à la Maison Blanche. Mais il n'aurait pas appelé tant qu'il n'était pas en mesure de lui fournir un rapport complet et définitif sur mon extermination. David arpente probablement son bureau à l'heure qu'il est en se demandant pourquoi il n'a pas de nouvelles de lui, mais il ne peut pas envoyer qui que ce soit le chercher puisque Spence n'est pas censé se trouver dans le Wyoming.

— Tôt ou tard, quelqu'un finira par s'apercevoir de sa disparition et se lancer à sa recherche, souligna Barrie.

— Spence n'a pas de famille et n'a jamais eu d'amis proches, fit Gray. David et son gouvernement sont toute sa vie. Pour le comprendre, il faut savoir d'où il sort. C'était un gamin fragile, effronté, maltraité par ses camarades d'école qui se moquaient de lui à cause de sa petite taille. Mais il était bien plus intelligent que les autres.

« Toutes ces années de persécution l'ont poussé à devenir une brute. Il a atteint son but : il est l'homme le plus craint de Washington. Tout le monde sait que le contrarier équivaut à cracher à la face du Président.

Spence n'aura informé personne de son lieu de destination. David est le seul auquel il rende des comptes.

— Le premier conseiller du Président lui-même ne peut pas jouir d'une telle autonomie, protesta Barrie. Le ministère de la Justice, Yancey, le secrétaire d'État à la Justice, le FBI, le...

Elle s'interrompit en voyant que Gray secouait la tête.

— Bill Yancey est un brave homme, dit-il. Presque trop honnête pour ce gouvernement. David et lui sont à couteaux tirés depuis sa nomination. Mais croyez-moi, les agents à la solde de Spence Martin sont aussi élitistes et impitoyables que les SS. Ils infiltrent tous les bureaux ministériels, y compris les services de renseignements. Cette véritable armée secrète est sur le pied de guerre vingt-quatre heures sur vingt-quatre. Si les consignes de Spence contredisent celles qu'ils ont reçues par les voies officielles, c'est à lui qu'ils obéiront.

Barrie serra les bras sur sa poitrine.

— Vous me faites peur.

— Il y a de quoi avoir peur. La plupart de ces hommes sont d'anciens soldats spécialement entraînés qui ne rêvent que de se battre.

Barrie se demanda s'il se rendait compte qu'il faisait lui-même partie du lot.

— S'il s'agit d'une affaire vitale, ajouta-t-il, Spence se charge lui-même de la besogne.

— Assassiner un de ses anciens copains de régiment, par exemple.

Gray accueillit la remarque de Daily avec un sourire sardonique.

— Exactement. Bien qu'en règle générale, il confie ce genre de travail à quelqu'un d'autre. Le plus souvent, il s'arrange pour être en voyage de manière à avoir un alibi si l'auteur du crime se fait prendre ou laisse des indices révélateurs. Je suis sûr qu'il a pris ses précautions avant de faire plastiquer votre maison. Il est souvent en voyage. Il se passera pas mal de temps avant que quelqu'un commence à se poser des questions.

— Merritt doit se demander ce qui lui est arrivé tout de même.

— Dès qu'il saura que je suis en vie, dit-il en réponse

au commentaire de Barrie, il comprendra que Spence a échoué dans son entreprise.

Cette réplique leur glaça le sang. Ils sombrèrent à nouveau dans le silence. Pour finir, Daily se tourna vers Gray.

— J'ai beaucoup d'admiration pour ce que vous avez fait là-bas au Moyen-Orient.

Gray répondit à ce compliment par un léger hochement de tête.

— Mais ?

— Mais, pardonnez-moi de vous le dire, il se pourrait que vous nous racontiez des salades.

Cette insulte n'eut apparemment aucun effet sur lui.

— Votre méfiance se comprend parfaitement. Tout le monde sait que David et moi n'étions pas dans les meilleurs termes quand j'ai quitté Washington.

— À cause de sa femme.

L'audace de Daily laissa Barrie pantoise. Il était en train de poser toutes les questions qu'elle n'avait pas osé soulever.

— Vanessa a joué un rôle important dans la rupture finale entre lui et moi, oui.

— Dans ce cas, pourquoi devrions-nous croire ce que vous venez de nous dire ?

— En d'autres termes, je pourrais être en train d'inventer tout ça dans l'espoir de ruiner la présidence de David Merritt.

— Cette idée m'a traversé l'esprit, reconnut Daily avec la franchise qui le caractérisait.

Avec plus de sang-froid que Barrie n'en attendait de lui, Gray répliqua :

— Ce n'est pas moi qui ai amorcé toute cette affaire. Je ne suis pas allé trouver Mlle Travis pour lui proposer un scoop. C'est elle qui est venue me voir afin de me poser des questions sur la mort du bébé, des questions qui reflétaient mes propres conjectures.

Cette nouvelle la surprit et la mit en colère.

— Pourquoi ne pas me l'avoir dit ? Vous m'avez laissée croire que j'étais une opportuniste de la pire espèce. Vous...

— Laisse-le parler, Barrie, coupa Daily, puis se tournant vers Gray : Quels sont les éléments qui ont éveillé vos soupçons ?

Gray se leva et le leur expliqua en faisant les cent pas dans la pièce.

— Vanessa peut être charmante et douce comme un agneau. Il lui arrive aussi d'être la créature la plus exaspérante, égocentrique et manipulatrice qui soit au monde. Elle est très influencée par son père et David, mais je l'ai vue tirer parti de leurs machinations à son profit, et à leur insu.

— Ce n'est pas un portrait très flatteur. À dire vrai, la femme que vous venez de décrire coïncide avec la première impression qu'elle m'a faite, avoua Barrie.

— Ce que je veux dire, c'est, qu'en dépit de ses problèmes, Vanessa voulait un enfant plus que tout au monde. C'est une certitude. Elle aurait fait n'importe quoi pour avoir un bébé, même si les médecins le lui déconseillaient à cause de sa maladie.

— Sa maladie ? s'enquit Daily en le dévisageant d'un air perplexe.

— Elle est maniaco-dépressive, lui expliqua Barrie, après quoi elle lui rapporta les propos que Gray lui avait tenus à ce sujet.

— La vache ! conclut Daily, sidéré.

— C'est dommage qu'elle ne l'ait pas fait savoir publiquement, remarqua Barrie. Des milliers de gens auraient bénéficié d'une telle information. D'autres dépressifs auraient trouvé un encouragement dans son aptitude à mener une vie riche et satisfaisante en dépit de sa maladie.

— Jusqu'à maintenant, nota Gray.

— Exact, reconnut Barrie.

— On n'aurait jamais dû la laisser seule ce soir-là.

— On a dit que la nurse avait demandé à prendre un jour de congé pour régler un problème familial urgent, leur rappela Daily.

— Mais elle ne s'y est pas prise au dernier moment. La question est de savoir pourquoi on n'a pas fait appel aux services d'un baby-sitter pour la soirée ? poursuivit Gray. Pourquoi a-t-on laissé Vanessa s'occuper seule de son nouveau-né, avec juste David et Spence comme soutiens en cas de pépin alors que tout le monde savait pertinemment qu'en cas de pépin, précisément, elle serait incapable de faire face ?

— Du fait de son déséquilibre psychique, Vanessa a forcément éprouvé des émotions beaucoup plus fortes que celles que connaît d'ordinaire une femme après la naissance d'un enfant. Des ressentiments, l'impression de ne pas être à la hauteur, d'être coincée, etc. — Barrie leva les yeux vers Gray. — C'est pour cela que vous avez gardé vos soupçons pour vous, n'est-ce pas ? Vous vouliez la protéger.

— Je la protégeais par mon silence, mais pas comme vous l'entendez. Je ne suis pas d'accord avec votre théorie, voyez-vous. Je ne crois pas que Vanessa ait étouffé son bébé.

— Je ne comprends plus, riposta-t-elle d'un ton agacé. Vous pensiez comme moi qu'il n'avait pas succombé à la mort subite du nourrisson.

— Je le pense toujours.

— Ce que vous dites n'a pas de sens, marmmona-t-elle à voix basse. Si ce n'est pas Vanessa qui a tué l'enfant, qui alors...

Sa phrase resta en suspens. Elle jeta un coup d'œil à Daily qui n'avait pas perdu une miette de leur échange. Leurs regards se croisèrent, s'accrochèrent et elle vit qu'il venait d'arriver à la même conclusion que lui.

— Merritt ? s'exclama-t-elle en se retournant brusquement vers Gray.

Il hocha la tête.

— Mais pourquoi ?

— À votre avis, pourquoi un homme haïrait-il un enfant de trois mois au point de le tuer ?

Elle n'eut pas besoin de réfléchir bien longtemps.

— Parce que le bébé n'est pas de lui.

Il opina à nouveau du chef, puis fit volte-face et se dirigea vers la fenêtre.

Bien sûr ! Cela expliquait tant de questions restées sans réponses. La détresse de Vanessa et son impuissance. L'abandon de l'autopsie. Les méthodes violentes utilisées pour étouffer l'affaire. La réaction de Bondurant. Surtout la réaction de Bondurant.

Elle reporta lentement son regard sur lui. Il leur

tournait toujours le dos et guignait entre les rideaux aux tons fanés.

Daily se leva.

— Eh bien, je crois qu'accuser le Président des États-Unis d'un meurtre d'enfant suffit comme excitation pour ce soir. Tout du moins pour un vieux schnock comme moi. Je retourne me coucher. Vous pouvez rester ici aussi longtemps qu'il le faudra.

Le chariot de son respirateur avait une roue qui grinçait lamentablement. Le couinement se prolongea jusqu'à ce qu'il atteigne sa chambre au bout du couloir. Quand il eut refermé la porte, un silence pesant s'abattit sur la maison.

— Le Président m'a donné son approbation pleine et entière pour l'interview, murmura Barrie.

— Histoire de mettre tout le monde sur une fausse piste. Qu'y a-t-il de plus suspect : aborder un problème publiquement ou en faire tout un mystère ?

— Vous avez sans doute raison.

— Je suis prêt à parier tout ce que je possède.

— Vous avez peur pour Vanessa, n'est-ce pas ?

Il lui fit face et la dévisagea sans rien dire.

— Tant qu'elle vous a semblé en forme, poursuivit-elle en organisant ses pensées au fur et à mesure qu'elle les exprimait, vous avez écarté vos soupçons relatifs au décès du bébé. Mais en voyant cette interview l'autre jour, vous avez compris qu'elle n'était pas elle-même, malgré ses sautes d'humeur et son comportement erratique. Du coup, vos doutes se sont accentués. Et puis j'ai débarqué chez vous et me suis fait l'écho de ce que vous redoutiez depuis le départ : à savoir que l'enfant n'était pas mort de causes naturelles. La visite de Spencer Martin a achevé de vous en convaincre. À présent, vous pensez que la vie de Vanessa aussi est en péril. Si David Merritt a tué un nouveau-né, quels scrupules aurait-il à supprimer sa femme pour s'assurer que ce meurtre reste à jamais secret ?

— Absolument aucun, répondit Gray. Si vous refusez de croire tout ce que je vous ai dit d'autre, croyez au moins ça. Il est prêt à tout pour préserver sa présidence et garantir sa réélection. *À tout.*

Barrie se frotta les bras pour dissiper un frisson.

— Vous avez l'air de tomber de sommeil, remarqua-t-il. Nous reprendrons cette conversation demain matin. Allez vous coucher.

— Vous plaisantez ? Je ne vais jamais pouvoir dormir.

— Allongez-vous et fermez les yeux. Vous dormirez.

Trop lasse pour protester, elle fit un geste vers le couloir.

— La chambre d'amis, si l'on peut appeler ça comme ça, se trouve tout au bout. Il y a un petit lit, mais je ne vous le recommande pas. Cronkite a été le dernier à y passer la nuit.

Il braqua son regard en direction de la chambre de Daily dont la porte était fermée.

— Avez-vous confiance en lui ?

— Une confiance absolue.

— Dans ce cas, il y a des chances pour qu'ils viennent vous débusquer ici.

— Personne ne sait que je viens ici.

— Ça vous ennuierait de m'expliquer ça ?

— Oui, ça m'ennuierait.

Son amitié avec Daily ne concernait qu'eux deux et elle n'avait pas la moindre envie d'en exposer les raisons à Bondurant.

— Personne ne viendra me chercher ici. Pour le moment, nous sommes en sécurité.

— Bon, fit-il à contrecœur. Je vais dormir ici. Prenez le petit lit dans la chambre.

Elle se traîna dans le couloir, tout juste capable de mettre un pied devant l'autre. Elle ne se souvenait pas s'être sentie aussi épuisée de sa vie, au physique comme au moral.

Dans la commode de la chambre d'amis, elle trouva un pyjama abominablement laid. Elle emporta la veste dans la salle de bains et se fit couler un bain.

Il y avait près de vingt-quatre heures qu'elle n'avait pas dormi. La fatigue lui picotait les yeux. Elle avait mal partout. Ses genoux étaient tout écorchés. Elle avala deux comprimés d'aspirine dénichés dans l'armoire à pharmacie, puis s'immergea avec bonheur dans l'eau chaude, tête comprise. Après s'être savonnée et shampouinée, elle s'adossa contre le flanc de la baignoire et ferma les yeux.

À mesure que le bain soulageait ses maux physiques, sa douleur morale se ravivait. Elle se sentait affreusement triste. À côté des vies anéanties par des catastrophes naturelles, la maladie, la guerre, le crime, cela semblait mesquin de pleurer la mort d'un chien. Mais la perte de Cronkite lui était intolérable. Elle eut beau serrer les dents, elle ne put s'empêcher de sangloter.

Le robinet de la baignoire gouttait, produisant des petits éclaboussements sonores bizarrement réconfortants. Des larmes coulaient le long de ses joues, de son menton, sur sa poitrine avant d'aller se perdre dans la masse d'eau. Chaque fois qu'elles se tarissaient, Barrie se souvenait de quelque chose d'attendrissant chez Cronkite et le cycle recommençait à zéro. De nouvelles larmes glissaient sous ses paupières closes.

Ce fut seulement lorsqu'elle sentit un courant d'air froid sur sa peau qu'elle réalisa qu'elle n'était plus seule. Elle ouvrit les yeux. Bondurant se tenait debout sur le seuil, une main sur la poignée de la porte, l'autre sur le chambranle, le regard rivé sur elle.

Elle ne broncha pas. Cela n'aurait servi à rien d'essayer de couvrir sa nudité. Il avait déjà vu tout ce qu'il y avait à voir. Et tout touché. Intimement. Son corps commença à réagir comme dans sa chambre ce matin-là ; une vague de chaleur monta irrésistiblement en elle.

— Est-ce que ça va ?

Dans l'incapacité de parler, elle hocha la tête.

— Vous avez pleuré.

Elle ne put trouver de réponse appropriée, alors elle garda le silence tout en continuant à soutenir son regard qui ne vacilla qu'une seule fois lorsqu'il glissa sur son corps avant de se reporter sur son visage.

— Rocket, Tramp et Doc, marmonna-t-il d'un ton bourru.

Perplexe, elle secoua légèrement la tête.

— Mes chevaux. Ce sont leurs noms.

Sur ce, il sortit de la pièce en fermant la porte derrière lui.

16

Le sénateur Armbruster débarqua à la Maison Blanche de bonne heure le lendemain matin en exigeant d'être reçu sur-le-champ par le Président. On l'informa que celui-ci était réveillé, mais n'avait pas encore quitté ses appartements privés. Armbruster annonça qu'il patienterait. On l'escorta jusqu'au Bureau ovale et on lui proposa du café. Il avait presque fini sa deuxième tasse quand David Merritt entra dans la pièce d'un pas alerte, aussi en forme que d'habitude, mais légèrement agacé.

— Désolé de vous avoir fait attendre, Clete. Qu'y a-t-il de si urgent ? Merci, dit-il à l'adresse de la secrétaire qui venait de lui tendre une tasse de café. Vous pouvez nous laisser seuls à présent.

Clete n'était pas très patient de nature. Il était debout depuis quatre heures du matin. Il s'était habillé et avait lu le *Washington Post*, histoire de passer le temps avant d'appeler le Président à une heure qu'il considérait comme raisonnable. Cette longue attente lui avait donné tout loisir de remâcher sa colère.

Il ne perdit pas une seconde.

— Je veux voir ma fille. Aujourd'hui même.

— J'ai appris que vous étiez allé à Highpoint hier.

— Je suis sûr que ce charlatan qui se fait passer pour un médecin vous a également informé qu'il ne m'avait pas autorisé à lui parler.

— À la demande de Vanessa, Clete. Est-ce que vous prenez vos remèdes contre l'hypertension ? Vous êtes rouge comme une tomate.

Le flegme de son gendre augmenta encore sa tension artérielle.

— Écoutez-moi, David. Je veux savoir ce qui ne va pas chez Vanessa. Pourquoi cet isolement ? Et pourquoi une infirmière à plein temps ? Si elle est si malade que ça, elle devrait être à l'hôpital.

— Calmez-vous, Clete, avant que je sois obligé de vous emmener vous-même à l'hôpital.

Il entraîna le sénateur vers un canapé et prit place à côté de lui.

— Vanessa boit. L'alcool et les médicaments ne font pas très bon ménage. George et moi avons eu une longue conversation avec elle et elle a accepté de suivre un traitement pour se débarrasser de sa dépendance.

— Dépendance ! C'est si grave que ça ?

— Cliniquement parlant, je ne pense pas. C'est le terme qu'elle a employé elle-même. Mais elle s'est rendu compte que quelques verres de vin par jour pouvaient déboucher sur un problème nettement plus sérieux si elle ne réagissait pas tout de suite.

— Pourquoi m'a-t-elle caché la vérité ? Pourquoi ne m'en avez-vous rien dit ?

— J'avais l'intention de vous en parler, répondit David. Je voulais vous demander votre avis, mais Vanessa a insisté pour qu'on ne vous dise rien.

— Pour quelle raison ?

— Elle a honte, Clete. — Merritt se leva et alla se servir une autre tasse de café. — Elle avait peur de vous décevoir. Elle vous adore.

— C'est réciproque. Chaque fois qu'elle a eu des problèmes, elle m'en a fait part et je me suis toujours débrouillé pour arranger la situation.

Vanessa n'avait que treize ans quand sa mère était morte, mais Clete ne s'était pas affolé à l'idée d'élever seul sa fille adolescente. Elle avait toujours été l'enfant chérie de son père. Depuis le jour de sa naissance, il l'idolâtrait et avait eu davantage d'influence sur elle que son épouse.

Il l'avait peut-être un peu trop gâtée, mais son indulgence lui paraissait justifiée. Certaines personnes semblaient naturellement en droit d'être choyées ; c'était le cas de Vanessa. Quand son mal avait été diagnostiqué, alors qu'elle n'était encore qu'une toute jeune femme,

Clete avait considéré que c'était une raison supplémentaire pour la protéger et la dorloter.

— Elle a peut-être estimé que le moment était venu pour elle de commencer à résoudre ses problèmes toute seule, suggéra David. Ou bien elle ne voulait pas vous inquiéter. Quoi qu'il en soit, elle m'a supplié de ne pas vous en dire davantage que ce que sait le public, ce qui est bien évidemment la stricte vérité. Elle a résolu de venir à bout de son chagrin à l'écart du monde.

— Combien de temps cela va-t-il durer ?

— Le temps qu'il faudra pour que George la remette sur pied. Vanessa est tout à fait d'accord là-dessus. Elle veut redevenir la première dame d'Amérique qu'elle était avant la naissance de l'enfant. Dès que son traitement aura été ajusté à ses besoins, tout rentrera dans l'ordre. Une petite seconde, s'exclama-t-il, coupant court au commentaire que son beau-père s'apprêtait à faire.

Il saisit la télécommande du téléviseur grand écran allumé bien que le son fût coupé. Depuis le début de leur conversation, Clete avait remarqué que son attention était partagée entre lui et les images qui défilaient. Il se tourna pour voir ce qui avait attiré le Président.

Un reporter, se détachant sur une toile de fond sinistre composée d'arbres calcinés, de décombres fumants et de pompiers en plein travail, annonça : « L'intervention rapide des pompiers a empêché les flammes de se propager aux autres demeures de cette rue d'un quartier résidentiel proche de Dupont Circle. Le feu a pu être circonscrit après avoir consumé une seule maison. » La caméra fit un panoramique sur les vestiges noirâtres de l'édifice en question. « Ce matin, les agents de l'ATF et les responsables de la brigade de pompiers locale ont passé les gravats au peigne fin dans l'espoir de trouver des indices quant à la cause de l'explosion. »

Il se reporta à ses notes.

« La maison appartenait à Barrie Travis, journaliste à la WVUE, une chaîne de télévision locale indépendante. Mlle Travis s'est distinguée récemment en produisant une remarquable série relative à la mort subite du nourrisson. On pense que la jeune femme a survécu à l'explosion, mais jusqu'à présent, il n'a pas été possible de recueillir ses commentaires sur ce sinistre. »

Il en resta là. Son collègue au studio prit le relais. David baissa le son au moment où son beau-père se levait.

— J'ai l'intention de la harceler jusqu'à ce qu'elle consente à me voir.

— Barrie Travis ? demanda David d'un ton acerbe.

— Pour quelle raison voudrais-je la voir ? Dommage pour sa maison, mais c'est une casse-pied. Elle n'arrête pas d'appeler mon bureau pour avoir des informations au sujet de Vanessa.

Il fit un geste de la main indiquant que, s'il en avait le loisir, il n'hésiterait pas à écraser cette journaliste comme une mouche.

— Je veux voir Vanessa, insista-t-il. Elle devrait savoir que je ne vais pas la sermonner pour quelques malheureux verres de vin. Ce n'est pas de sa faute si elle est malade.

— Je suis bien d'accord avec vous, Clete. Je l'ai suppliée de cesser de s'en prendre à elle-même, mais vous savez comment elle est. Si perfectionniste. Elle supporte mal les limitations que la psychose maniaco-dépressive lui impose.

Sur ce, Merritt administra une petite tape sur l'épaule de son beau-père et l'entraîna vers la porte.

— J'aimerais pouvoir bavarder avec vous plus longtemps, mais j'ai un nombre incroyable de rendez-vous ce matin. Je téléphonerai à Vanessa cet après-midi. Je l'embrasserai pour vous.

— C'est gentil de votre part.

Le sénateur s'était laissé tapoter le dos et raccompagner jusqu'à la porte comme un gamin. Mais si David Merritt, Président des États-Unis, s'imaginait pouvoir l'amadouer moyennant quelques commentaires banals et le chasser du Bureau ovale avec ses propos désinvoltes et son air candide, il se trompait.

Un David Merritt tout sourire ouvrit la porte.

Un Clete Armbruster aux traits figés la referma.

Merritt le considéra d'un air perplexe.

— Qu'y a-t-il, Clete ?

— On se connaît depuis longtemps, vous et moi, David. Je sais reconnaître le talent quand je l'ai sous les yeux. Je n'avais pas envie d'être président, mais je voulais en créer un. Vous aviez la matière première nécessaire. Vous avez été un élève docile et doué pour apprendre les rouages de la politique. Mon intuition était fondée et je suis très fier de vous.

— Merci.

— Mais je me souviens d'un soir, il y a dix-huit ans de cela, où vous êtes venu me trouver, mort de trouille, en pleurnichant comme un chiot parce que vous aviez fait la connerie de votre vie. Vous vous rappelez cette nuit-là, mon petit David ?

— Où voulez-vous en venir ? demanda Merritt d'une voix blanche.

— Je vais vous le dire, répondit Armbruster en se rapprochant de lui. Il se trouve que l'incident auquel je fais allusion ressemble suffisamment à un autre plus récent pour me mettre franchement mal à l'aise.

— Seigneur, Clete, vous ne pouvez pas comparer...

Le sénateur l'interrompit en abattant son poing sur la poitrine de Merritt.

— Je sais que votre mariage avec ma fille n'est pas parfait. Aucun ménage ne l'est. Je sais aussi que vous la trompez. Du reste, je vous ai même couvert parce que j'admets que vous soyez un homme d'abord avant d'être mon gendre. J'ai toléré vos écarts parce qu'en gros, vous avez rendu Vanessa heureuse. — Il baissa le ton et grogna : — Mais si jamais elle est malheureuse un jour à cause de vous, je serai fumasse, David. Vous m'entendez, mon garçon ?

— Faites attention, Clete. On dirait que vous menacez le Président des États-Unis.

— Si vous croyez que je vais me gêner ! répliqua Armbruster avec rage. Vous feriez bien de vous souvenir à qui vous devez ce poste. Je vous ai fait. Je peux vous anéantir. Je n'ai pas peur de ce petit salopard de Spence Martin, de son armée de truands, ni de qui que ce soit. Je jouis d'un pouvoir dont vous ne soupçonnez même pas l'ampleur dans cette ville. Je me suis attiré une foule d'amis et tout autant d'ennemis, et je sais exactement à quoi m'en tenir pour ce qui est des uns comme des autres. — Il marqua une pause pour donner à David le temps de mesurer le poids de ses paroles. — À présent, mon petit, je veux que vous me promettiez que Vanessa se portera comme un charme quand le Dr Allan en aura fini avec elle là-bas à Highpoint.

— Je vous le jure.

Le sénateur lui décocha un regard glacial.

— Vous avez intérêt à ne pas me mentir, David. Ou vous pourrez dire au revoir à la présidence et à votre zizi.

Dès que son beau-père eut débarrassé le plancher, Merritt se rua sur son ordinateur et composa le numéro de code qui lui donnait accès au portable de Spence.

Rien. *Rien !* L'ordinateur de Spence ne répondait pas. Or il avait été programmé avec plusieurs mémoires auxiliaires supposées le rendre infaillible. Il n'y avait aucune explication plausible à ce silence à moins que l'appareil eût été détruit. Si c'était le cas, leurs messages privés le seraient également puisque cette option aussi avait été intégrée au programme.

Mais ce n'était pas tant ce système informatique qui le préoccupait que son inaccessibilité qui prouvait que quelque chose ne tournait vraiment pas rond. Jamais Spence n'aurait accepté qu'il advienne quoi que ce soit à leur mode de communication à moins qu'il soit lui-même hors d'état de nuire. Et cela n'était possible que si Gray...

— Gray.

Il proféra ce nom comme une injure. Saint Gray. La seule erreur qu'il avait à se reprocher. Il l'avait pris à son bord parce qu'il avait assimilé sa réserve à de la cruauté. Comment aurait-il pu deviner qu'un homme entraîné pour tuer de sang-froid se révélerait aussi incorruptible ? Gray, et son code de l'honneur, avait été comme une vis grippée dans un mécanisme parfaitement huilé.

Pourtant, Gray Bondurant n'était pas sans défaut. Il avait aimé la femme d'un autre homme. *Sa* femme.

La probabilité que Gray fût à blâmer pour le silence de Spence le mit hors de lui. Fou de rage, il pianota le code qui donnait accès à un terminal quelque part dans un bureau à l'autre extrémité de la ville. Dès que la voie fut libre, il tapa une seule entrée : Bondurant.

L'homme qui se trouvait au bout de la ligne, l'un

des meilleurs soldats clandestins de Spence, saurait quoi faire. Il partirait sur-le-champ pour le Wyoming afin d'évaluer la situation. Il ne lui resterait plus qu'à attendre de ses nouvelles.

Non, en fait, il y avait encore une chose qu'il pouvait faire. Il appuya sur la touche de l'interphone et pria sa secrétaire d'appeler le directeur du Bureau des Investigations.

Après les civilités d'usage, il demanda :

— Où en est l'enquête de vos gars au sujet de l'explosion qui s'est produite hier soir près de Dupont Circle ?

Son intérêt intriguait manifestement son interlocuteur qui lui répondit néanmoins sans détour :

— Nous venons juste d'entamer les recherches, monsieur le Président. À ce stade, on ignore encore tout des causes du sinistre.

— Barrie Travis est une amie de mon épouse. Cet accident a rendu ma femme très anxieuse, et franchement, elle n'avait pas besoin de cela étant donné l'état de stress dans lequel elle se trouve déjà. Je lui ai promis de vous appeler pour avoir des renseignements. Je suis navré de vous déranger, mais vous savez comment c'est.

— Bien sûr, monsieur le Président, répondit le directeur d'un ton un peu plus détendu. Je comprends. S'il vous plaît, rassurez Mme Merritt en lui disant que nous contrôlons la situation.

— Et vous éluciderez cette affaire au plus vite ?

— Ce sera notre priorité, monsieur le Président.

— Nous vous en serons très reconnaissants, ma femme et moi-même. À propos, quelqu'un a-t-il parlé avec Mlle Travis ce matin ? Dans quel état d'esprit est-elle ?

— Je suis désolé, monsieur le Président. Je n'en sais rien. Personne ne l'a vue depuis l'explosion. Les témoins qui l'ont aperçue aussitôt après affirment qu'elle était très ébranlée. Son chien a péri dans le brasier.

— Oh ! C'est terrible. Eh bien, tenez-moi au courant, voulez-vous ?

— Entendu, monsieur le Président.

Merritt raccrocha, mais il ne se sentait pas vraiment rassuré. Spence avait sûrement fait tout ce qu'il fallait pour qu'aucun lien ne puisse être établi entre l'explosion et la Maison Blanche. Quoi qu'il en soit, il serait préférable que l'enquête restât sommaire.

C'était une matinée décidément pleine de contrariétés.

Les menaces de son beau-père ne le tracassaient guère. Le sénateur n'était pas aussi redoutable qu'il le prétendait. La plupart de ses amis et ennemis étaient à la retraite, morts ou trop gâteux pour provoquer la chute d'un Président populaire.

De surcroît, Armbruster ne pouvait pas le traîner dans la boue sans s'y retrouver lui-même jusqu'au cou. Il partageait son honteux secret. En dépit de ses intimidations, il n'était pas près de laisser le squelette s'échapper du placard en faisant claquer ses os.

Mais il continuerait à le harceler au sujet de Vanessa jusqu'à ce qu'il soit rassuré. Il fallait à tout prix faire quelque chose pour apaiser son inquiétude. Plus tard dans la journée, il consulterait Spence à ce sujet...

Il jura à pleine voix. Plusieurs problèmes se posaient qui exigeaient la présence de Spence. *Où était-il passé, bordel ?*

Bien qu'au fond de lui-même, il le sût parfaitement, Merritt ne pouvait se résoudre à admettre l'évidence.

17

— Je n'ai jamais eu une très haute opinion de lui, mais je continue à avoir du mal à croire qu'il ait pu faire une chose pareille.

— Il en est capable. Sans aucun doute.

— Qui est capable de quoi ? demanda Barrie en entrant dans la cuisine où Gray et Daily étaient en train de boire un café.

Elle alla se servir et les rejoignit à la table en évitant soigneusement le regard de Bondurant. Comme il le lui avait prédit, elle avait dormi comme une souche.

Après lui avoir dit bonjour, Daily répondit à sa question :

— Gray était en train de me démontrer que notre Président est capable de commettre un meurtre.

— Je n'ai aucune preuve de ce que je suis sur le point de vous révéler, reprit Gray. Vous allez peut-être penser que je délire, que je suis un paranoïaque ou encore un fieffé menteur.

— À moins qu'on ne vous croie, gloussa Barrie.

Il tourna la tête et, pour la première fois ce matin-là, leurs regards se croisèrent. Son cœur fit un bond et elle s'empressa de mettre une goutte de lait dans son café.

— Bon, dites toujours, suggéra Daily.

— David m'avait désigné pour entraîner et diriger la patrouille de reconnaissance chargée de sauver les otages. Il y avait une raison à cela.

— Vous étiez éminemment qualifié ?

— J'étais loin d'être le seul dans ce cas. Il m'a expédié là-bas pour mourir.

— À cause des bruits qui couraient sur Vanessa et vous ? demanda Barrie.

— Oui.

Il garda le silence un moment comme s'il faisait appel à ses souvenirs.

— J'ai choisi trente hommes. Les meilleurs commandos que la Marine avait à sa disposition. Ces gaillards étaient fichus de s'approcher de vous à la dérobée et de vous arracher un cil sans que vous vous soyez aperçu de leur présence.

« Nous décollâmes en hélicoptère d'un porte-avions stationné dans le golfe Persique. Une escadre de F-16, ayant pour tâche de faire diversion, encaissa les feux ennemis pendant qu'on nous larguait en parachutes. On a parcouru à pied les cinq kilomètres qui nous séparaient de la ville. Je ne vous parle pas de la puanteur. Les rues étaient jonchées de détritus et il n'y avait pas de tout-à-l'égout. Tout le budget national était consacré à la guerre. Pas un sou pour l'hygiène ou la survie de la population.

« C'était un dédale d'édifices anciens et de culs-de-sac, mais les services secrets nous avaient indiqué le site exact de la prison et nous savions comment nous introduire à l'intérieur. Nous avions un plan du bâtiment et une description détaillée du système de sécurité, fournie par un ancien prisonnier. La surveillance n'était pas très compliquée, ni bien organisée, mais les gardiens, des militaires, étaient armés jusqu'aux dents. Nous connaissions aussi l'emplacement des cellules où les otages étaient détenus. Inutile de vous dire que nous avions répété et soigneusement chronométré chaque étape.

« Tout se passa comme sur des roulettes. Nous abattîmes les gardes sans qu'ils sachent ce qui leur arrivait. Quand nous atteignîmes les otages, j'avais peur qu'ils fassent tout foirer, mais ils gardèrent leur calme et obéirent à nos signaux sans poser de questions. Certains étaient blessés et n'avaient reçu aucun soin. Ils étaient tous faibles, malades et sous-alimentés, mais ils pouvaient marcher. La partie était presque gagnée.

« Ce fut au moment de repartir que tout commença à cafouiller. Une poignée de gardes avaient traîné un gamin dans une cellule vide et abusaient de lui à tour de rôle. Comme ils n'étaient pas censés être là, cette aile de la prison étant supposée fermée, nous nous retrouvâmes nez à nez avec eux. Ce fut le début de la fin. Des coups de feux fusèrent de toutes parts. Le premier que j'abattis fut le gosse.

Il sombra dans le silence. Barrie et Daily ne bronchèrent pas.

— Il... euh... ne devait pas avoir plus de neuf ou dix ans. — Gray ferma les yeux et se frotta les paupières. — Il avait l'arrière des cuisses rouge de sang. Le sol était tout gluant. Je suis sûr que ses intestins avaient dû se rompre. Ces salopards avaient... Il hurlait. Il ne s'en serait jamais sorti avec tout le sang qu'il avait perdu. Il était déjà à l'agonie. Alors je l'ai achevé.

Derrière le rideau de larmes qui lui brouillait la vue, Barrie le regarda tendre la main vers son café. Mais il s'abstint de boire. Il noua ses mains puissantes autour de la tasse et s'y cramponna.

— Nous fîmes passer un mauvais quart d'heure à ces sales pervers, mais bien évidemment, nous étions découverts. Il nous restait encore Dieu sait combien de couloirs à parcourir. Les otages ne se maîtrisaient plus. Ils étaient terrifiés.

« Pourtant on était déterminé à ne pas mourir dans ce trou de merde. On réussit miraculeusement à sortir de la prison, mais entre-temps, l'armée avait été alertée. Nous étions cernés par une bande de soldats que l'idée de descendre un Américain mettait au comble du bonheur. Ces malades tiraient sur tout ce qui bougeait — y compris leurs camarades — tellement ils étaient avides de nous liquider.

« Nous trouvâmes un abri temporaire. J'envoyai un message-radio à notre couverture aérienne pour voir s'ils pouvaient nous venir en aide. Ils firent ce qu'ils purent, mais les hélicos ne pouvaient guère aller au-delà du site désigné. S'ils étaient abattus, nous mourions tous.

« L'un de mes hommes partit en reconnaissance et trouva une allée où la voie semblait libre. On s'y engouffra, mais on n'avait pas la moindre idée de l'endroit où elle débouchait. Pour l'heure, la seule chose qui nous préoccupait, c'était de nous éloigner de cette prison.

« À peine dans l'allée, nous commençâmes à essuyer les feux de tireurs d'élite embusqués sur les toits. Mes hommes les descendirent l'un après l'autre, mais pendant cinq bonnes minutes, nous restâmes bloqués sur place pour ainsi dire sans couverture. C'est à ce moment-là que c'est arrivé.

Il releva la tête et échangea un regard avec Barrie et Daily avant de continuer :

— Nous avions repéré des coups de feu provenant d'une fenêtre ouverte de ce qui semblait être un immeuble d'habitation. Quelqu'un suggéra d'y expédier un missile, mais David voulait éviter de faire des victimes parmi la population civile dans la mesure du possible. Il voulait que ce soit une mission de sauvetage, et non une opération offensive qui nous mettrait la communauté internationale à dos.

« Coincés comme on l'était, la seule solution consistait à provoquer l'homme posté à la fenêtre de manière à ce que l'un de nos tireurs d'élite puisse le descendre.

Je me portai volontaire pour servir d'appât et me mis à découvert. Mes hommes le criblèrent de balles. Mais durant cet échange, l'un d'eux pointa son fusil d'assaut sur moi.

« Il s'appelait Ray Garrett. C'était un grand type efflanqué originaire de l'Alabama. J'ai grandi en Louisiane et nous avions plaisanté maintes fois au sujet de nos origines communes. Je l'avais sélectionné moi-même, j'avais élaboré des stratégies avec lui et nous avions fait les exercices d'entraînement ensemble. Mais il allait me tuer. Et l'aurait fait, si nos regards ne s'étaient pas croisés.

« Il dut avoir un instant de doute et cela me sauva la vie. Il hésita une seconde de trop avant de tirer. Cela suffit pour qu'un tireur ennemi lui fasse la peau.

Gray regarda fixement dans le vide pendant un moment, puis il prit une profonde inspiration.

— Vous connaissez à peu près la suite. Au bout de six heures harassantes, nous parvînmes à regagner les hélicoptères. On ramena même la dépouille de Garrett avec nous et il eut droit à des funérailles nationales.

— Vous vous êtes peut-être trompé, suggéra Barrie d'une voix douce. Dans la confusion...

— Il n'y avait pas le moindre doute à avoir sur ses intentions. Il se trouvait à trois mètres de moi à peine. Personne ne s'en est rendu compte. Moi si.

— Souvenez-vous de la gaffe du Président ? intervint Daily. Quand il a signalé que cette mission n'avait coûté qu'une seule vie, c'est de la vôtre qu'il parlait...

— Je l'avais oublié, coupa Barrie. Ce lapsus passa inaperçu dans toute l'excitation que suscita le retour victorieux, mais je me souviens de l'embarras que cela causa à Dalton Neely. Il avait convoqué une conférence de presse pour annoncer le succès de la mission et le retour des otages sains et saufs. Puis il avait lu une brève déclaration du Président qui faisait votre éloge pour vous être sacrifié pour vos compatriotes, en disant qu'il n'y avait jamais eu meilleur soldat et patriote que Gray Bondurant, ni meilleur ami. Tout le monde avait la larme à l'œil.

— En apprenant qu'il y avait eu un mort, Merritt a

pensé que son assassin avait réussi à accomplir sa besogne. Il fit sa déclaration avant d'avoir vérifié les faits.

— Comment ont-ils pu corrompre ce jeune homme ? demanda Daily.

— Je ne pense pas que c'était le cas, répondit Gray, les surprenant tous les deux. Garrett ne se serait pas laissé acheter pour de l'argent. Je suis sûr que Spence est allé le trouver, au nom du Président, en me faisant passer pour un traître, un espion, une menace contre la démocratie, quelque chose de ce genre.

« Garrett était un excellent Marine, mais ce n'était pas une lumière. Quand il a braqué ce fusil sur moi, il obéissait à un ordre exprès du commandant en chef des armées. Rien d'autre n'aurait pu le convaincre de me trahir, pas même une menace de mort. Je ne lui en ai pas voulu. Il n'était que le jouet de David et de Spence. Ils l'ont tué aussi sûrement que ce tireur ennemi.

— En avez-vous parlé à Merritt ? s'enquit Barrie.

— Dieu sait si j'en ai eu envie, mais je ne pouvais pas le faire sans découvrir mon jeu et me rendre encore plus vulnérable.

— Vous avez préféré ficher le camp en quatrième vitesse.

— Je n'ai pas démissionné par lâcheté, répliqua-t-il d'un ton irrité.

Daily, qui avait fait cette remarque, leva les deux mains en signe de capitulation.

— Ne prenez pas cela mal. Je n'avais pas l'intention de vous froisser.

— J'ai abandonné mes fonctions à la Maison Blanche parce que je ne voulais plus être au service de David Merritt.

— Mais vous n'en restez pas moins gênant pour lui. Tout à coup, le Wyoming n'est plus assez loin de Washington.

Gray hocha la tête.

— David sait que je l'ai percé à jour pour ce qui est de Garrett. Et maintenant du bébé. Je représente un problème dont il n'a jamais pu se débarrasser. C'est pour cela qu'il a envoyé Spence liquider l'affaire une fois pour toutes.

— À cause de moi, fit Barrie d'un air malheureux.

— Cela se serait produit tôt ou tard. J'attendais ce moment depuis longtemps. David pouvait difficilement m'éliminer tant que j'étais encore sous les feux de la rampe et porté aux nues comme un héros national. Alors il a feint de se féliciter des marques d'approbation que l'on me témoignait et de partager ce succès avec moi.

« Quand l'intérêt du public a commencé à se dissiper, il s'est dit qu'il pourrait se débarrasser de moi sans attirer l'attention. Avec ou sans votre intervention, Barrie, ce n'était qu'une question de temps.

— Maintenant que nous connaissons le problème, comment allons-nous le résoudre ? demanda Daily. Il ne me reste plus beaucoup de temps à vivre, mais j'aimerais autant ne pas finir mes jours dans une prison fédérale pour avoir menacé de détruire le Président.

— Une fois que la vérité sur la mort de l'enfant éclatera, ce gouvernement mourra de sa belle mort, lui assura Gray.

— Je suis d'accord avec vous, dit Barrie. Ça se réglera tout seul. Ce qui m'inquiète pour le moment, c'est Vanessa. À l'heure qu'il est, elle est la plus grave menace qui pèse sur Merritt.

— Je ne crois pas une seconde à cette histoire d'isolement volontaire. David l'a séquestrée quelque part.

— Dans quel but, Gray ? s'enquit Daily.

— Pour l'obliger par la peur à garder le silence sur la manière dont l'enfant est mort. Je sais comment son esprit fonctionne. À ses yeux, Vanessa a eu ce qu'elle méritait. Il a dû essayer de la convaincre qu'elle avait elle-même provoqué la situation dans laquelle elle se trouve en couchant avec un autre homme. Selon la méthode de persuasion qu'il utilise, elle s'en tirera peut-être, mais rien n'est moins sûr.

— Méthode de persuasion ?

— J'ai froid dans le dos rien que d'y penser.

— Qu'en est-il d'Armbruster ? A-t-il baissé les bras et déclaré forfait ?

— Je donnerais cher pour le savoir, Daily. Mais tant que les choses sont dans le flou, je préfère agir seul en évitant qu'il s'en mêle.

— Qu'allons-nous faire ? demanda Barrie.

— J'ai quelques idées.

Dont il n'avait pas l'intention de leur faire part, manifestement.

— Je ne vois aucun inconvénient à ce que vous fassiez de cette maison la base de vos opérations, signala Daily.

— C'est gentil à vous, mais je ne tiens pas à vous mettre en péril vous aussi.

Daily éclata de rire.

— Qu'est-ce que j'ai à perdre ? De plus, c'est un endroit sûr. Personne ne viendra vous chercher ici.

— C'est ce qu'elle m'a affirmé hier soir, souligna-t-il en pointant le menton dans la direction de Barrie.

— Elle n'a jamais dit à qui que ce soit que nous étions amis, expliqua Daily.

— Pourquoi ça ?

— Cette question ne regarde que Daily et moi, répliqua Barrie d'un ton sec.

— Mais vous pouvez me croire sur parole, Gray, reprit Daily. Il ne pourrait pas y avoir d'endroit plus sûr.

— Et votre travail ? demanda Gray à l'adresse de Barrie.

— Elle avait déjà des ennuis au boulot, fit Daily, répondant à sa place. Les fédéraux sont passés par là pour faire leur petite enquête à son sujet.

Gray fronça les sourcils.

— Pas les fédéraux. Les hommes de Spence. Je suis prêt à le parier. Il aura couvert tous ses arrières. Barrie, combien de vos collègues sont au courant de votre reportage ?

— Je n'en ai parlé à personne.

— À des amis ?

— Aucun, en dehors de Daily.

— À vos amants ?

Consciente de l'ironie de la question, elle répondit brutalement par la négative.

— Bon, fit-il. Moins il y a de gens au courant, mieux ça vaudra.

— Après hier soir, je pense qu'elle devrait rester planquée quelque temps, suggéra Daily, au moins jusqu'à ce qu'on sache ce qu'il est advenu de Mme Merritt.

— Tout à fait d'accord. — Gray se tourna vers elle. — Restez ici avec Daily et ne vous faites pas voir.

Laissez-moi m'occuper de tout ça. Je vous promets que vous serez la première renseignée sur cette affaire.

— Vraiment ? Trop aimable ! — Elle les foudroya tous deux du regard. — Vous deux parlez de moi comme si je n'étais pas là. Vous allez même jusqu'à organiser mon emploi du temps. C'est gentil de votre part, mais non merci. Voilà comment nous allons procéder.

— Désolé, mademoiselle. Cette zone est interdite d'accès.

— C'est ma maison. J'habitais là. Je suis Barrie Travis.

Comme elle s'y attendait, ces mots firent l'effet d'un coup de baguette magique. En quelques secondes, elle fut entourée d'une meute de journalistes qui traînaient aux alentours avec leurs cameramen dans l'espoir d'obtenir une déclaration de quelqu'un d'officiel, quel qu'il soit.

Tous les voisins et témoins oculaires avaient été amplement interviewés, mais ils avaient tous à peu près la même histoire à raconter. Le sinistre avait été couvert sous tous les angles. Il n'y avait aucune information nouvelle à se mettre sous la dent. À ce stade, les autorités hésitaient à spéculer sur les origines de l'explosion. Les agents de l'ATF chargés de l'enquête se montraient particulièrement réticents. Personne ne voulait parler.

Voilà que brusquement, cette Barrie que tout le monde cherchait désespérément était prête à le faire. Tous les micros et caméras étaient braqués sur elle.

— Comme vous le voyez, ma maison a été entièrement détruite. Il ne me reste que ça, dit-elle en déployant les bras. Mais la pire perte pour moi a été celle de mon chien, Cronkite, qui a péri dans le brasier.

— Où étiez-vous passée depuis hier soir ?

— Pourquoi aviez-vous disparu ?

— Connaissez-vous la cause de l'explosion ?

Elle leva la main pour interrompre le déluge de questions.

— Pour ce qui est de la cause, je laisse aux autorités le soin de trouver les réponses.

— Pensez-vous qu'il s'agit d'un accident ?

Elle considéra le journaliste d'un air perplexe, comme si sa question était absurde.

— Bien sûr que c'était un accident. Que voulez-vous que ce soit d'autre ? Quand les enquêteurs auront achevé leur travail, je suis certaine qu'ils nous fourniront une explication logique.

Gray lui avait assuré que Spencer Martin s'arrangerait pour qu'il en soit ainsi.

— Maintenant, s'il vous plaît, si vous voulez bien m'excuser...

Ils la talonnèrent jusqu'à sa voiture toujours garée à l'endroit où elle l'avait laissée la veille, avant l'explosion. Quelques acharnés la suivirent jusqu'à l'immeuble de WVUE, mais elle leur faussa compagnie dans le parking en refusant de faire d'autres commentaires. Le gardien en faction à la porte les empêcha de la suivre à l'intérieur.

Une heure plus tôt, elle avait envoyé promener Gray et Daily qui l'exhortaient à rester à l'abri.

— Il est hors de question que j'entre dans la clandestinité, avait-elle décrété d'un ton véhément. Premièrement, parce que je pense que ça ne servira à rien. Si l'armée secrète de Spencer Martin est aussi efficace que vous le dites, ils me retrouveront de toute façon. Deuxièmement, mon travail consiste à informer le public de ce qui se passe dans l'actualité. Paradoxalement, l'actualité du jour, c'est moi. J'aurais tort de ne pas tirer parti de ma notoriété actuelle.

« Troisièmement, plus je me montre, moins il y a de chances qu'il m'arrive un autre "accident" fatal. Comme vous l'avez dit vous-même à votre sujet, Gray, Merritt ne bougera pas tant que je serai sous les feux de la rampe.

— Bravo, Bondurant, avait soufflé Daily d'un ton aigre.

— S'il a d'autres défauts, Merritt n'est pas idiot, avait-elle ajouté. Il ne peut pas attenter à ma vie une deuxième fois sans que cela ait l'air terriblement louche même aux yeux des plus naïfs. Non, messieurs, avait-elle déclaré, tant qu'on me voit, je suis en sécurité.

Pour l'heure, la nouvelle de sa présence dans les bureaux de la chaîne se propageait comme une traînée de poudre. Howie atteignit son box encore plus vite que d'habitude et s'empressa d'expulser tout le monde.

— Seigneur, s'écria-t-il en guise de préambule, on a cru que tu avais brûlé vive.

— Désolée de te décevoir.

— J'essaie d'être gentil.

Peut-être était-il sincère car il parut ulcéré par sa remarque.

— Que dirais-tu d'une interview exclusive pour le bulletin d'informations de ce soir ? demanda-t-elle. Une interview de moi, telle que je suis.

Elle avait été forcée de remettre les mêmes habits que la veille.

— L'air pathétique et pitoyable. J'arriverai peut-être même à verser une larme ou deux en gros plan.

Ses petits yeux s'illuminèrent.

— Ce serait super !

— Demain, je ferai un reportage, à propos de gens qui ont frôlé la mort, la nécessité d'affronter sa propre mortalité, quelque chose comme ça. J'essayerai d'obtenir quelques témoignages d'infirmières et de psychologues qui soignent les victimes de traumatismes. Peut-être les enquêteurs auront-ils déterminé la cause de l'explosion d'ici la fin de la semaine.

— Si tôt que ça ?

— Je doute que cela leur prenne beaucoup plus de temps, dit-elle avec une ironie désabusée qui échappa à Howie. Quoi qu'il en soit, une fois qu'ils auront fait connaître leur conclusion, je réaliserai un sujet sur la manière dont ils ont récolté les indices pour reconstituer l'accident et en définir les origines.

— La vache ! T'as le feu au cul, sans faire de jeu de mots. — Après avoir jeté un coup d'œil prudent par-dessus son épaule, il chuchota : — Y a-t-il une possibilité que ce soit criminel ? Quelqu'un aurait-il eu vent de l'interview sur laquelle tu travailles en ce moment ? Se pourrait-il qu'il y ait un lien entre ton reportage et cette explosion ?

— Tu as vu trop de films de Sylvester Stallone, Howie. C'est absolument impossible. Mon fameux grand reportage ? s'exclama-t-elle avec un rire méprisant. Ce n'était rien comparé au fait de voir ma maison voler en éclats sous mes yeux. Vous pouvez vous tranquilliser, Jenkins et toi. J'ai vu la mort en face. Crois-moi, on change d'optique comme ça après un coup pareil, fit-elle en claquant des doigts. À partir de maintenant, la Barrie Travis que vous verrez dans les parages sera différente !

Gray avait dit qu'elle mentait mal. Elle espérait qu'il se trompait.

— Eh bien, je suis sacrément content de l'entendre, lança Howie en bombant le torse. Je savais qu'à force de te tanner, je finirais par botter suffisamment tes jolies petites fesses pour te remettre sur la bonne voie.

18

Le Président passait ses nerfs dans sa salle de gym privée à l'intérieur de la Maison Blanche. Il considérait le *Stairmaster* et les autres appareils de musculation comme des ennemis qu'il devait conquérir. La sueur lui dégoulinait du nez, des oreilles, du menton et du bout des doigts. Ses muscles toniques faisaient saillie tandis qu'il s'appliquait à les pousser à leur limite.

Le type qu'il avait envoyé dans le Wyoming pour évaluer la situation l'avait contacté un peu plus tôt dans la matinée par l'intermédiaire de son portable. Son rapport n'était pas du tout ce que Merritt avait envie d'entendre. Tout portait à croire que Spence n'était jamais allé chez Bondurant. Quand il lui avait demandé ce que ce dernier avait à dire à ce sujet, l'autre avait lâché une deuxième bombe : il n'y avait pas trace de Bondurant non plus.

En dépit de ce compte rendu, Merritt était certain que Spence s'était rendu sur place. Il avait pris soin de brouiller les pistes, voilà tout. Il était tout aussi persuadé que Gray ne se serait pas évaporé sans une bonne raison et en avait conclu que Gray avait dû liquider Spence avant que celui-ci ait eu le temps de lui faire la peau.

Si ses déductions étaient exactes, Gray avait compris leur manège. Cette éventualité avait des ramifications si vastes, si consternantes que Merritt avait éprouvé le besoin de s'isoler dans sa salle de gym. Il avait besoin d'être seul pour réfléchir.

Bondurant n'aurait pas peur de se mesurer à la présidence. Les éléments dissuasifs qui feraient trembler n'importe qui d'autre ne l'embarrasseraient pas une seconde. Il n'était pas du genre à abandonner la partie. Quand Gray estimait être dans son droit, rien ne l'arrêtait tant qu'il n'avait pas prouvé qu'il avait raison. Ses convictions étaient aussi inébranlables que le rocher de Gibraltar. Cette inflexibilité expliquait en grande partie la haine qu'il inspirait à Merritt.

À l'époque où il avait prêté serment, il avait des projets grandioses pour ses deux amis et lui. Il jouissait lui-même de suffisamment de charisme et de savoir-faire politique pour imposer ce qui lui chantait au Congrès, et à la nation. Spence était l'homme fort, impitoyable, du trio. Il n'avait que faire des justifications, se bornant à exécuter les ordres avec efficacité et diligence. Gray était un expert de la stratégie. Il considérait chaque situation sous tous les angles possibles et imaginables et choisissait systématiquement la meilleure approche. Ensemble, ils auraient pu être les trois hommes les plus puissants de la planète.

Si seulement Gray ne s'était pas amouraché de Vanessa et découvert une conscience.

— Quel imbécile ! marmonna Merritt en quittant le banc rembourré pour prendre une serviette.

Pendant qu'il s'essuyait la figure et la nuque, on frappa à la porte.

— Entrez.

Un agent des services secrets apparut sur le seuil. Gray Bondurant se tenait juste derrière lui.

— Monsieur le Président, fit l'agent, la mine réjouie, j'ai une surprise pour vous.

Merritt se fendit d'un grand sourire qui lui fit l'effet d'une fissure dans une dalle en béton.

— Gray ! Ça alors ! Pour une surprise !

Gray souriait lui aussi, bien que son regard demeurât parfaitement glacial, comme d'habitude.

— J'ai pris le risque de passer à l'improviste avec l'espoir que vous seriez libre juste le temps de me dire un petit bonjour. — Il évalua Merritt du regard d'un air approbateur. — La nation devrait dormir sur ses deux oreilles, monsieur le Président. Vous semblez suffisamment en forme pour venir à bout de tous ses ennemis à vous seul, que ce soit sur le territoire national ou à l'étranger.

Ils échangèrent une chaleureuse poignée de mains et s'administrèrent des tapes amicales dans le dos, jouant le jeu. L'agent des services secrets n'avait aucune raison de douter de la cordialité de leurs relations. Les rumeurs faisant état d'une rupture entre les deux hommes avaient fait l'objet d'un démenti formel. Quand Gray avait quitté Washington, leur amitié était supposée être aussi solide que jamais, peut-être encore davantage en raison du succès spectaculaire de la mission de Gray.

Merritt dut faire appel à tous ses talents d'acteur pour dissimuler sa fureur. Il s'était fait blouser par un maître en la matière. Ne venait-il pas de se dire que ce Gray était un formidable stratège ? Il était venu lui tendre une embuscade, supposée anodine, mais planifiée à la perfection. Il avait débarqué sans prévenir, avec son sourire désarmant, en ne faisant aucun cas des échelons de la hiérarchie. Le personnel de la Maison Blanche le connaissait suffisamment pour ne pas avoir le moindre soupçon. Il était venu voir son ami le président. C'était tellement naturel et si gentil de sa part.

Ce qui faisait le plus enrager Merritt, c'est qu'il fallait continuer à donner le change, tout au moins jusqu'à ce qu'il ait compris ce qui se tramait. Dès qu'ils furent seuls, il s'approcha du bar qui ne recelait que des jus de fruits.

— Que puis-je t'offrir ?

— Je prendrai la même chose que toi.

Merritt servit deux verres de jus d'orange.

— Ça fait sacrément plaisir de te voir, s'exclama-t-il en trinquant avec son visiteur.

— N'interromps surtout pas tes exercices pour moi.

— J'étais sur le point d'arrêter. Je ne peux plus me dépenser comme avant, dit-il avec un petit sourire modeste.

— J'en doute.

— Ça t'ennuie si je me plonge dans le jacuzzi ?

— Pas du tout.

Merritt enleva son short et se glissa dans l'eau bouillonnante d'où s'élevait un nuage de vapeur.

— Ah ! Ça fait du bien. Tu veux te joindre à moi ?

— Non merci.

Gray tira une chaise au bord du jacuzzi et s'assit.

— Tu grisonnes, dis-moi.

— C'est héréditaire, répondit Gray. Je ne t'ai jamais raconté que mon père a eu les cheveux blancs très jeune ?

Gray Bondurant n'avait guère changé dans l'ensemble. Il était toujours aussi mince et musclé, et son expression n'avait rien perdu de sa détermination. La jalousie effleurait rarement l'homme qui avait parcouru un sacré chemin du camp de caravaning à la Maison Blanche ; mais l'envie était pourtant à l'origine de sa haine pour Gray.

Il était plus beau que lui. Sans doute plus intelligent. Et tout aussi puissant que lui physiquement.

Mais Gray avait une assurance et une éthique inébranlables qui lui permettaient de regarder n'importe quel homme dans les yeux sans les baisser. Même au bon vieux temps, quand ils étaient à l'armée ensemble, longtemps avant leur querelle, Merritt avait toujours été le premier à flancher quand ils se mesuraient du regard. Il détestait l'aisance avec laquelle Gray assumait les honneurs et le méprisait pour ses principes tout en enviant secrètement la force supplémentaire que sa morale lui donnait.

— Tu n'as toujours pas de ventre, observa-t-il. Je suis heureux de voir que le Wyoming n'a pas fait de toi une larve.

— La vie est rude là-bas, mais je n'aurais jamais pu faire face si je n'avais pas gagné mes éperons à Washington.

Merritt gloussa.

— Ton humour m'a manqué. Il est aride comme le

climat du désert, mais tu as toujours réussi à me faire rire.

Il allongea les bras sur le rebord carrelé du jacuzzi. En se disant qu'il connaissait déjà la réponse, il demanda :

— Qu'est-ce qui t'amène à Washington ?

— Une femme.

Il ne s'attendait pas à celle-là. Gray venait de le dérouter une fois de plus. Il rit pour dissimuler son désarroi.

— Une gonzesse ? Une femme aurait-elle enfin eu raison de l'indomptable Bondurant je-les-saute-toutes ? Difficile à croire.

— Triste à dire, mais c'est la vérité.

— S'il te plaît, grommela Merritt. Ne gâche pas l'image que j'ai de toi en essayant de me faire croire que tu as acquis un certain degré de sensibilité. Ne me raconte pas que tu es devenu l'archétype de l'homme des années quatre-vingt-dix.

Gray le gratifia d'un sourire en coin.

— Jamais de la vie ! C'est la raison pour laquelle cette fille-là me convient parfaitement. Elle est agréable à regarder, elle a une voix digne du meilleur film porno et surtout, elle ne brille pas par son intelligence.

— Cette merveille a-t-elle un nom ?

— Barrie Travis.

Merritt fit la grimace.

— Tu plaisantes, j'espère. Elle est chiante comme la pluie. D'accord, elle a une voix sexy. La frimousse, la silhouette, y'a vraiment rien à redire. Mais, Gray, mon pote, elle ne te causera que des ennuis. Si elle s'imagine que votre relation dépasse le plan strictement sexuel, elle te mettra le grappin dessus et tu ne pourras plus t'en débarrasser. Es-tu sûr de savoir dans quel guêpier tu t'es fourré ?

— Pour le moment, c'est elle que je fourre.

Ils émirent un petit hennissement salace de concert.

— Ça ne doit pas être désagréable, concéda Merritt.

— Ça vaut la peine que je quitte mon ranch pour venir faire un petit tour par ici.

— Combien de temps comptes-tu rester ?

Gray haussa les épaules.

— Jusqu'à ce que je me lasse d'elle.

Merritt finit son jus d'orange et posa le verre sur le carrelage avant de s'extraire du jacuzzi. Il noua une serviette autour de sa taille et s'assit près de Gray. Poursuivre cet entretien avec son ancien ami risquait de le plonger dans des eaux encore plus brûlantes que celles dont il venait de sortir, mais il ne pouvait pas résister. Si Gray était à même de continuer cette parodie de retrouvailles amicales, lui aussi. Il était beaucoup plus doué que lui pour jouer la comédie. Il avait eu davantage d'occasions de s'exercer.

— Où vous êtes-vous rencontrés ? Je veux connaître tous les détails croustillants.

— Elle s'est débrouillée pour trouver mon adresse et a débarqué chez moi un beau jour de la semaine dernière.

— Pour quoi faire ?

— Un scoop. Ou plutôt un nouveau reportage sur un sujet qui remonte à un bout de temps. Elle souhaitait faire une série d'émissions sur la mission de sauvetage des otages.

— Et tu ne lui as pas dit d'aller se faire voir ailleurs ? Tu n'as jamais aimé les journalistes.

— Ce n'est pas sa profession que je baise, David.

Merritt éclata de rire.

— Tu vois ? Encore ton humour sarcastique. — Puis il fronça les sourcils. — Au fait, je viens juste de me souvenir. Sa maison a brûlé hier soir, n'est-ce pas ?

— Oui. C'est une catastrophe pour elle.

— Je l'ai vue aux nouvelles ce matin en train de parler à la presse. Elle ne manque pas de cran.

— C'est ce qui la rend intéressante.

— Alors où logez-vous en ce moment ? À l'hôtel ?

— Non, chez un ami.

L'ami de Barrie Travis était un journaliste à la retraite du nom de Ted Welsh. Même en l'absence de Spence, son réseau d'espionnage avait été en mesure de fournir à Merritt des photos de Welsh en robe de chambre en train de récupérer son journal du matin parmi les mauvaises herbes qui envahissaient sa pelouse. Le vieux schnock souffrait paraît-il d'un emphysème et il avait l'air à peu près aussi dangereux qu'une mouche.

Sacrée paire, Travis et Welsh, occupés à planifier l'anéantissement de sa présidence dans cette bicoque délabrée. C'était risible. Il pouvait se débarrasser d'eux d'un seul coup de balai.

Le problème, c'était Gray. Avec lui comme chef de file, le trio représentait une menace qui n'avait plus rien de risible.

— À propos d'amis, reprit Gray, je m'étonne que tu ne connaisses pas encore tous les tenants et aboutissants de ma liaison avec cette fille. Je pensais que Spence t'aurait mis au courant. Il est venu peu de temps après la visite de Barrie dans mon ranch.

Le sourire de Merritt s'étiola. L'acteur le plus accompli qui soit n'aurait pas pu le maintenir, celui-là.

— Spence prend quelques jours de vacances. Il a pratiquement fallu que je le force à partir, c'est un bourreau de travail. Il m'a dit qu'il passerait peut-être te voir, mais je n'ai pas eu de nouvelles de lui depuis son départ. T'a-t-il précisé où il allait après le Wyoming ?

— Il ne m'a pas fait part de ses plans. Mais je le connais. Il réapparaîtra au moment où on l'attend le moins. Je ne pensais vraiment pas à lui quand il s'est pointé chez moi.

S'il restait à Merritt une vague lueur d'espoir que Spence était encore en vie, il savait à présent, sans l'ombre d'un doute, que ce n'était pas le cas. Spence était mort. Gray l'avait tué.

Il ne pouvait pas se laisser aller à faire du sentiment. Il n'avait pas besoin de Spence de toute façon. Il n'avait besoin de personne. Évidemment, il lui rendait des tas de services. Les hommes aussi habiles, d'une loyauté, d'une soumission aussi aveugles, étaient rares. Incontestablement. Plus exceptionnels encore, les êtres totalement dénués de conscience.

Gray l'avait privé de cet atout précieux et il était là en face de lui à débiter des boutades à ce sujet d'un air parfaitement candide. Merritt lui aurait volontiers défoncé le portrait. Mais il ravala sagement sa colère. Il se serait trahi en manifestant son courroux.

En tout état de cause, il aurait gaspillé son énergie puisqu'il n'y avait pas moyen de remédier à la situation.

Spence serait le premier à admettre que le deuil ne servait à rien, que seuls les faibles y succombaient.

— Je me demandais, ta femme est là ?

La question de Gray fut comme un aiguillon arrachant brutalement Merritt à ses réflexions.

— Euh, non, elle est toujours... là-bas.

— Dans ce site mystérieux ?

— Précisément, répondit Merritt. Et j'ai juré de garder le secret.

Gray se pencha en avant, planta ses deux coudes sur ses cuisses en prenant une pose assurée que Merritt avait souvent lui-même.

— Je m'inquiète pour elle, David. Comment va-t-elle ? Sois franc avec moi. Ne me rabâche pas toutes ces conneries que Neely balance à la presse. Dis-moi ce qu'il en est.

— Essayerais-tu de décrocher un scoop pour ta nouvelle conquête ?

— Quand on est au lit, elle a autre chose à faire que de m'interviewer.

— Difficile de parler la bouche pleine, hein ?

Gray aboya un rire de circonstance. Puis son visage mince aux traits accusés retrouva son sérieux.

— Apparemment Vanessa n'est plus elle-même depuis la mort du bébé. Elle est malade ?

Si la chose avait été possible, Merritt aurait sauté à la gorge de Gray. Cet homme l'avait rendu cocu. Les commérages à propos de Vanessa et lui avaient fini par se taire, mais trop tard.

Combien de gens en avaient conclu que c'était Gray, et non lui, le père de cet enfant ? Comment ce salopard osait-il le mentionner sans l'ombre d'une gêne ?

Au prix d'un immense effort de volonté, le Président des États-Unis parvint à maîtriser sa fureur. Comment aurait-il pu expliquer la mort de Gray par noyade dans le jacuzzi de la salle de gym de la Maison Blanche ? Spence lui-même n'aurait pas eu l'audace d'essayer de faire avaler celle-là au ministre de la Justice et au public américain.

Ayant réprimé son impulsion meurtrière, il inclina la tête et se passa les mains dans les cheveux.

— À toi, je peux bien le dire, Gray. Ça a été dur. Elle

s'accuse elle-même — à cause de sa maladie — de ne pas avoir été une mère parfaite et ne pas avoir su sauver son enfant de cette mort tragique.

— J'avais peur que ce soit quelque chose comme ça. George Allan s'occupe d'elle si je comprends bien. Est-il qualifié pour cela ?

— Éminemment. Il la soigne depuis des années et sait de façon précise ce dont elle a besoin pour continuer à fonctionner aussi normalement que possible. Une fois cette crise passée, tout ira bien.

— Je l'espère.

Merritt braqua ostensiblement son regard sur la pendule, puis se leva.

— J'ai été absolument ravi de te voir, Gray. Je suis navré de couper court à cette petite conversation, mais j'ai une réunion de cabinet dans une demi-heure.

— Je suis heureux que tu aies pu m'accorder autant de temps.

Gray se leva à son tour et les deux hommes échangèrent une poignée de mains.

— Dis à Vanessa que j'ai demandé de ses nouvelles. Est-ce que je pourrais la voir ?

— Je ne pense pas. Son état s'améliore de jour en jour, mais elle ne veut même pas recevoir son père. Transmets mes regrets à Barrie Travis à propos de sa maison.

— Je n'y manquerai pas.

Des agents des services secrets montaient la garde devant la salle de gym en attendant d'escorter le Président dans ses appartements.

— Veuillez raccompagner M. Bondurant à sa voiture, dit-il à l'un d'entre eux.

— Ça ne sera pas nécessaire, répondit Gray d'un air détaché. J'ai travaillé ici, vous vous souvenez ? Je connais le chemin.

— D'accord, mais tout de même, riposta Merritt en imitant le ton désinvolte de Gray, nous tenons à déployer le tapis rouge pour nos vieux amis.

19

Le moins que l'on puisse dire, c'était que le Président était de mauvais poil.

Il venait de téléphoner au Dr Allan pour l'informer de la visite-surprise de Gray Bondurant. Il avait fait semblant d'être ravi de la réapparition de son vieil ami, mais George était capable de comprendre à demi-mot : David ne tenait pas à ce que Gray furète dans Washington en s'intéressant d'un peu trop près à la mort de Robert Rushton Merritt.

George avait fini par se convaincre, à l'instar de la nation tout entière, que le nouveau-né avait succombé à la mort subite du nourrisson. Le soir où il s'était précipité dans la nurserie de la Maison Blanche, après l'appel urgent du Président, il avait cru David sur parole lorsqu'il lui avait expliqué que Vanessa et lui avaient découvert l'enfant inerte dans son berceau.

N'éprouvant aucun désir d'en savoir davantage, George n'avait pas posé beaucoup de questions. Il avait facilité les choses pour l'enterrement, conformément aux consignes de Merritt. L'histoire s'arrêtait là.

Jusqu'au jour où Vanessa avait impliqué dans l'affaire une journaliste un peu trop curieuse qui, selon David, n'avait pas trouvé mieux que d'aller questionner Bondurant. De toute évidence, David avait intérêt à divulguer une version légèrement différente des événements qui s'étaient déroulés dans la nurserie. Il ne voulait surtout pas que Gray s'en mêle. Car si quelqu'un pouvait démasquer David Merritt, c'était bien lui.

— Où en est-on avec cette... journaliste ? s'enquit

George. J'ai appris par les nouvelles que sa maison avait été détruite par une explosion.

— Oui, je l'ai appris aussi. C'est fort dommage, mais au moins, cette tragédie a détourné son attention. — Après une pause, il ajouta : — Tout cela, c'est de la faute de Vanessa. Elle est responsable de l'intérêt tenace que Barrie Travis nous porte. Si elle ne l'avait pas contactée, cette fille ne serait pas là à nous harceler. Comment va-t-elle au fait ? demanda-t-il enfin.

C'était une subtile transition pour aborder le véritable objet de son appel. En réprimant tant bien que mal la vague de panique qui le gagnait, George lui fournit une mise à jour sur l'état de santé de sa femme.

Puis David lui donna ses instructions.

Il ne se perdit pas dans les détails, mais c'était inutile. Le message était clair pour quiconque était disposé à y prêter attention, ce qui était le cas de George.

George raccrocha et enfouit dans ses mains son visage couvert de sueur. Il tremblait de la tête aux pieds et un bourdonnement insupportable lui meurtrissait les oreilles. Il se sentait faible et avait la nausée.

Il songea à appeler Amanda. Vaillante et sereine, elle était un îlot de paix dans le chaos qu'il avait fait de sa vie. Le son de sa voix suffisait parfois à lui redonner de l'espoir, bien que son avenir ressemblât fort à un champ de mines menant infailliblement à la catastrophe. Et c'était là une raison suffisante pour ne pas lui téléphoner. Pourquoi l'accabler sous le fardeau des conséquences de ses erreurs ?

Plutôt que d'appeler sa femme, il avala un comprimé de Valium.

C'était le genre de sale besogne que David confiait généralement à Spence. Spence, lui, n'aurait pas la tremblote. Il n'aurait pas eu besoin de prendre un Valium. George se demanda comment David le tenait, ce qui lui valait cette obéissance absolue. À moins que ce ne fût l'inverse ? Spence était-il le manipulateur et David la marionnette ? Il se pouvait aussi que Spence n'eût pas besoin de raison pour agir comme il le faisait, ce qui semblait d'ailleurs le plus probable.

La cruauté lui réussissait. Il n'avait jamais aimé, ni connu la tendresse d'une femme. Il n'avait jamais assisté à la naissance d'un enfant engendré par l'amour. Il n'avait jamais tenu un nouveau-né dans ses bras, qu'il aurait regardé, les yeux pleins de larmes. Il n'avait jamais éprouvé un sentiment de culpabilité ni le moindre remords.

George était peut-être lâche, mais il valait certainement mieux que ce type-là.

Quoi qu'il en soit, il ne servait à rien d'épiloguer là-dessus puisque, apparemment, Spence s'était volatilisé. David lui avait laissé entendre, en termes voilés, que Gray était responsable de cette inexplicable disparition. George espérait que si vraiment il l'avait tué, il avait commencé par faire souffrir ce fils de pute.

Gray avait été bien inspiré de se défiler quand il l'avait fait. George aurait bien voulu avoir ce courage. Gray avait dit : Je me tire, et il avait déguerpi. Mais il n'avait pas de nœud coulant autour du cou.

George, lui, en avait un, qui venait juste de se resserrer d'un cran.

Il se pinça l'arête du nez jusqu'à ce que ça lui fasse mal. Puis il braqua son regard sur la porte de son petit bureau lambrissé. Il aurait pu rester là des heures à fixer cette porte close, mais, à un moment ou à un autre, il serait obligé d'exécuter les ordres du Président. Plus il retarderait ce moment, plus il y penserait. Plus il y pensait, plus cela lui semblait méprisable.

Il se leva avec la souplesse d'un vieillard de quatre-vingt-dix ans. Le pas lourd, il sortit de la pièce et traversa le couloir.

Il régnait une atmosphère étouffante dans la chambre de la malade.

Jayne Gaston était une infirmière zélée. Chaque matin, elle baignait consciencieusement sa patiente et changeait les draps. Mais une chambre de malade n'en reste pas moins une chambre de malade, et la maladie a une odeur.

— Comment va-t-elle ? demanda-t-il en s'approchant du lit.

— Elle dort pour le moment.

L'infirmière considéra sa protégée d'un air attendri.

George examina Vanessa à la hâte. Il l'ausculta, vérifia les courbes de sa température et de sa tension, en évitant soigneusement de porter son attention sur son visage. Elle avait les yeux fermés, Dieu merci. Il n'aurait pas pu croiser son regard. Après cela, se demanda-t-il, comment pourrait-il jamais regarder Amanda en face, ou se contempler dans la glace ?

— Elle était très agitée tout à l'heure et s'est mise à pleurer, l'informa l'infirmière. Elle m'a suppliée de l'autoriser à se lever. Docteur Allan, si elle se sent assez forte, je ne vois pas pourquoi...

— Merci, madame Gaston.

— Je suis sûre que vous savez mieux que moi ce qu'il convient de faire, docteur, mais...

— Effectivement, répliqua-t-il en lui décochant un coup d'œil sans complaisance. Je ne tolérerai plus ces remarques, madame Gaston.

— Je me soucie seulement du bien-être de notre patiente.

— Et vous pensez que ce n'est pas mon cas ?

— Bien sûr que si, docteur. Ce n'est pas du tout ce que j'ai voulu dire. — Elle redressa les épaules. — Mais je suis une infirmière chevronnée et j'ai des années d'expérience.

— C'est la raison pour laquelle nous vous avons engagée. Mais vous outrepassez vos fonctions.

— Mme Merritt prend trop de calmants. Si vous voulez mon avis...

— Je ne veux pas le savoir, hurla George.

— De plus, je pense que la dose de lithium que vous lui administrez est dangereusement élevée.

— Reportez-vous aux analyses du laboratoire. Son taux de lithium sanguin est exactement ce qu'il doit être.

— Dans ce cas, je ne fais pas confiance à ce laboratoire et je ne crois pas un mot de ces analyses.

Le cœur de George tambourinait dans sa poitrine. Il avait les genoux en guimauve, son pouls se répercutait dans le fond des orbites et il savait qu'il était rouge comme une tomate.

En faisant un effort désespéré pour garder son calme, il déclara d'une voix tendue :

— Désormais, nous nous passerons de vos services, madame Gaston. Veuillez faire vos bagages sur-le-champ. Je vais demander qu'on vous raccompagne à Washington dès ce soir.

Elle plaqua une main sur sa poitrine.

— Vous me renvoyez ?

— Vous ne cadrez plus dans le programme de traitement de Mme Merritt. Maintenant, si vous voulez bien...

Elle secoua obstinément la tête et saisit la main de Vanessa.

— Il n'est pas question que je m'en aille. C'est ma patiente autant que la vôtre. Je refuse de la laisser dans cet état. Si vous voulez mon opinion, honnêtement, je pense qu'elle est intoxiquée et à deux doigts du coma.

— Si vous ne partez pas de votre plein gré, je vais être obligé de demander qu'on vous jette dehors.

Il traversa la pièce en deux enjambées, ouvrit la porte et appela les agents des services secrets à tue-tête.

20

— Barrie Travis ?

— C'est moi-même. Qui êtes-vous ?

Barrie se boucha l'autre oreille pour mieux entendre son interlocutrice à la voix douce en dépit de la cacophonie de la salle de rédaction.

— Êtes-vous au courant pour Highpoint ?

Barrie fut immédiatement sur le qui-vive.

— De quoi parlez-vous ?

— Il est arrivé quelque chose.

— Pourriez-vous être plus précise ?

— Non. Je ne sais pas. Je ne peux pas vous en dire plus.

Elle était manifestement bouleversée.

— Il faut que quelqu'un découvre ce qui se trame là-bas.

Elle raccrocha brusquement.

Barrie s'empressa de contacter la standardiste.

— La personne que tu viens de me passer t'a-t-elle donné son nom ou spécifié d'où elle appelait ?

— Non. Elle a juste demandé à te parler. Encore une folle ?

— Je ne suis pas sûre. Merci.

Elle se leva d'un bond et s'empara de son sac. La journée était finie. Elle avait bouclé son reportage pour le bulletin d'informations du soir ; il attendait sur le bureau du producteur. Personne ne regretterait son absence si elle s'en allait un peu plus tôt que d'habitude.

Au cours des derniers jours, elle ne s'était pas trop mal débrouillée pour convaincre les téléspectateurs — qui incluaient, l'espérait-elle, David Merritt — qu'elle avait repris normalement ses activités en dépit de la perte de son domicile.

Les enquêteurs recherchaient toujours les origines de l'explosion, mais, selon toute apparence, aucun lien n'avait été établi entre l'accident et son intrusion dans la vie privée du Président et de son épouse.

En traversant la salle de rédaction au pas de course, elle songea un instant à accrocher un cameraman au passage pour l'emmener avec elle, au cas où le tuyau se révélait valable. Mais elle décida de ronger son frein. Elle se contenterait d'emporter un caméscope. Si vraiment il se passait quelque chose à Highpoint, elle pourrait toujours filmer le déroulement des événements.

Mais avant toute chose, il fallait qu'elle trouve le moyen de pénétrer dans l'enceinte de Highpoint sans se faire descendre.

— Vous n'avez pas reconnu sa voix ?

— Je viens de vous le dire, non ? répliqua-t-elle d'un ton agacé. Non, Gray, je n'ai pas reconnu sa voix.

— Ne l'enguirlande pas, coupa Daily. Il cherche simplement à t'épargner des risques inutiles.

Elle était furieuse que Daily prenne le parti de Gray.

— Je n'oblige personne à partager ces risques avec

moi. Restez ici. Ça m'est complètement égal. Mais moi je suivrai cette piste coûte que coûte.

— Ça ne pourrait pas être cette cinglée ? Euh... Charlene, suggéra Daily.

— Non, lui assura-t-elle. Je ne sais pas du tout qui c'était, mais elle n'avait rien d'une loufoque qui téléphone pour passer le temps. Elle m'a fait l'impression de quelqu'un d'assez fin, de cultivé. Elle avait l'air terrorisé. Je suis persuadée qu'elle disait la vérité.

— Tu n'as aucun moyen de vérifier qu'il se passe quelque chose d'inhabituel à Highpoint, insista Daily. Il se pourrait que tu te fourres dans une nouvelle affaire Green. Tu vas te retrouver couverte d'œufs pourris, les fesses calées dans un siège éjectable.

— Qu'est-ce que c'est que cette affaire Green ? demanda Gray.

— C'est rien, répliqua Barrie d'un ton sec. — Elle foudroya Daily du regard, puis balaya l'air d'un geste et déclara : — Fin de la discussion. Je m'en vais.

Elle se serait abstenue de retourner chez Daily et de les informer de ses projets si elle avait eu le caméscope avec elle. Acheté quelques jours auparavant en remplacement de celui qu'elle avait perdu dans l'explosion, il était toujours dans son emballage dans la chambre d'amis de Daily. Après y avoir inséré des piles, elle vérifia qu'il fonctionnait, puis le rangea dans son sac avant de faire face à ses compagnons qui la considéraient tous les deux, la mine soucieuse.

— Souhaitez-moi bonne chance au moins.

Daily était si inquiet qu'il avait encore plus de peine à respirer que d'habitude. Il se tourna vers Gray.

— C'est vous le Marine. Des suggestions ?

— Absolument aucune, à moins de la ligoter solidement à une chaise. Mais je vais y aller avec elle, bien qu'il y ait de fortes chances pour qu'elle nous fasse tuer tous les deux.

En achevant sa phrase, il glissa un pistolet dans sa ceinture.

À cet instant, le beeper de Barrie se mit à sonner.

— Un de tes informateurs ? demanda Daily.

— Ils sont les seuls à connaître ce numéro en dehors de toi.

Elle ne reconnaissait pas le numéro qui venait de s'afficher sur le cadran digital, mais elle identifia instantanément la voix de la personne qui l'appelait apparemment d'une cabine. Un bruit de circulation lui parvenait en fond sonore. Son interlocuteur lui communiqua son message sans perdre de temps et s'empressa de raccrocher.

Barrie reposa le combiné d'un air pensif et leva les yeux vers Gray.

— Allons-y, si vraiment vous tenez à venir.

— Qui était-ce ? demanda Daily en les suivant jusqu'à la porte, son chariot grinçant derrière lui. Des informations supplémentaires sur Highpoint ?

— Non, ce n'était rien, répondit-elle, mais son sourire pâle démentait cette réponse. Nous t'appellerons dès que nous saurons quelque chose. Tâche de te reposer un peu.

— Quant à vous, essayez de revenir en un seul morceau. Je serai ravi de venir vous rendre visite en prison.

— Où ça en Louisiane ?

— Comment ?

— Vous avez dit que vous veniez de la Louisiane. De quelle ville êtes-vous ?

— Un bled paumé, répondit Gray. Vous n'en avez sûrement jamais entendu parler.

— J'avais des bonnes notes en géographie.

— Grady.

— Jamais entendu parler.

Les deux mains cramponnées au volant, Gray se concentrait sur la route. Ils avaient pris la direction du sud-ouest et filaient à travers la campagne de Virginie, une jolie région de pâturages parsemés de bois et de fermes d'élevage de chevaux, mais ni l'un ni l'autre n'y prêtaient la moindre attention.

C'étaient les premières paroles qu'ils échangeaient depuis qu'ils avaient quitté le quartier de Daily. Sentant qu'elle ne supporterait pas un kilomètre de plus ce silence hostile ni les pensées angoissantes qui la hantaient, Barrie s'était résolue à engager la conversation sur un sujet qu'elle espérait neutre.

— C'était comment de grandir là-bas ?

— Très bien.

— Vous avez eu une enfance heureuse ?

— Correcte.

— Pas terrible, hein !

— Je ne vous ai pas dit ça, que je sache ?

— Dans ce cas, c'était une enfance heureuse ?

— J'ai dit correcte. Okay ?

— Ce n'est pas la peine de me sauter à la gorge. Je suis curieuse de savoir d'où un homme comme vous peut bien sortir, c'est tout.

— Un homme comme moi ? répéta-t-il d'un ton sardonique. Quel genre d'homme suis-je donc ?

Il lui fallut quelques instants pour trouver une réplique qui lui plaise.

— Grand.

Il se fendit d'un sourire, qui fut fugitif.

— Et vos parents ? demanda-t-elle.

— J'en avais deux.

— Arrêtez de me charrier, Bondurant.

Il marqua une pause avant de poursuivre :

— Mon père et ma mère ont péri tous les deux lorsqu'une tornade s'est abattue sur leur lieu de travail.

— Oh, je suis désolée, dit-elle sincèrement. Quel âge aviez-vous ?

— Dans les neuf ans.

Elle avait du mal à se représenter ça — non pas que ses parents aient été victimes d'une catastrophe naturelle, mais que Gray ait pu être un enfant. Elle n'arrivait pas à l'imaginer sous les traits d'un garçonnet insouciant jouant avec ses camarades à des goûters d'anniversaire ou déchirant l'emballage de ses cadeaux au pied d'un arbre de Noël.

— L'autre matin, dans le Wyoming, vous m'avez dit que votre père vous avait appris à vous occuper du bétail.

— Il a toujours élevé des bovins. Mais il avait aussi un atelier de réparations en ville. Il n'y avait pas un moteur dans l'État qu'il ne soit capable de remettre en état. Et ma mère maniait la clé à molette avec presque autant d'habileté que lui.

Barrie vit une rare douceur flotter sur sa bouche au pli sévère.

— Vous les aimiez ?

Il haussa les épaules.

— J'étais un gamin. Tous les enfants aiment leurs parents.

Même quand ils ne le méritent pas, pensa-t-elle.

— Qui vous a élevé après leur disparition ?

— Mes grands-parents paternels et maternels, en alternance. Ils étaient bons. Ils sont tous morts maintenant.

— Vous avez des frères et sœurs ?

— Une sœur. Elle vit toujours à Grady. Mère de quatre enfants. Elle a épousé un comptable qui est président du conseil des parents d'élèves et diacre à l'église baptiste.

— Ça doit être agréable d'avoir des neveux et des nièces à gâter.

— Je ne les vois jamais.

— Comment ça se fait ?

— Mon beau-frère trouve que je suis dangereux.

— L'êtes-vous ?

Il tourna la tête. Elle eut la sensation d'être percée de part en part par son regard-laser.

— Vous n'avez pas encore trouvé moyen de répondre à cette question depuis le temps ?

— Si, dit-elle en baissant les yeux. Je pense que vous êtes probablement très dangereux.

En regardant devant elle à travers le pare-brise, elle s'aperçut que la nuit était tombée à son insu. Les bois de part et d'autre de l'autoroute étaient plongés dans l'obscurité.

— Le coup de téléphone que j'ai reçu avant de partir provenait de mon informateur au ministère de la Justice, annonça-t-elle d'une seule traite quelques instants plus tard.

— Vous avez des relations au ministère de la Justice ?

— C'est si étonnant que ça ?

— Qui est-ce ? Dans quel service ? À quel échelon ?

— Vous savez très bien que je ne peux pas vous le dire.

— Eh bien dans ce cas, espérons qu'il ne s'agit pas d'une des taupes de Spence.

Ignorant cette pique, elle ajouta :

— La personne en question m'a fait part du petit entretien que Merritt et vous aviez eu hier à huis clos.

— C'est exact.

— Bizarre que vous n'ayez pas jugé bon de nous en parler, à Daily et à moi.

— Il n'y avait rien à dire.

— Vous avez bavardé pendant un quart d'heure avec le Président des États-Unis et il n'y a rien à dire ?

— Je suis juste passé...

— Passé ? Je peux passer tant que je veux, mais David Merritt ne m'accordera jamais une audience privée.

— Je compte un certain nombre d'amis parmi les agents des services secrets. Je me suis pointé sans prévenir pour voir quelle serait sa réaction en me voyant.

— Et alors ?

— Il a failli chier dans son froc.

Il lui résuma la conversation qui avait eu lieu dans la salle de gym, puis ajouta :

— Je lui ai laissé entendre que Spence avait échoué dans sa dernière mission.

— Et puis c'est tout.

— C'est tout.

— Cela reste à voir.

Il lui jeta un coup d'œil soupçonneux.

— Pourquoi votre informateur vous contacterait-il pour vous rendre compte de mon entrevue avec David ?

— Par souci pour ma sécurité. Certaines de mes nouvelles fréquentations le tracassent un peu. On m'a notamment suggéré que le Président pouvait fort bien se servir de vous pour tendre un piège à une journaliste importune qu'il souhaite museler.

— Je ne travaille plus pour le Président.

— C'est ce que vous dites ! Mais je serais curieuse de savoir exactement combien de facettes comporte votre relation avec les Merritt. Vous aviez des rapports pour ainsi dire fraternels avec David avant de devenir l'amant de sa femme. Cela peut être à l'origine de toutes sortes d'ambiguïtés.

Ses mains raffermirent leur emprise sur le volant.

— Pourquoi ne dites-vous pas ce que vous pensez ?

— Je pense que vous êtes sans doute terriblement partagé sur le plan de la loyauté.

Il lui décocha un autre regard incendiaire, mais s'abstint de confirmer ou d'infirmer son allégation.

— Avez-vous parlé de moi ? voulut-elle savoir.

Il hocha la tête.

— Dans quel contexte ?

— Je lui ai dit que je m'étais envoyé en l'air avec vous.

Elle se sentit rougir.

— Je préfère ça à l'autre expression que vous avez utilisée, mais vous pourriez être un peu moins bestial tout de même.

— C'est le souvenir que j'en ai gardé. Bestial.

— Vous a-t-il fourni le moindre indice concernant Vanessa ? demanda-t-elle, pour en revenir à ses moutons.

— Rien de nouveau.

— Me le diriez-vous si c'était le cas ?

— Probablement pas.

— Pourquoi ?

— Parce que vous êtes déjà dedans jusqu'au cou.

— Pour une interview exclusive qui secouera le monde entier, je suis prête à prendre un certain nombre de risques.

— Eh bien pas moi, répondit-il sèchement. Je refuse de mettre ma vie, celle de Vanessa et même la vôtre en péril, pour que vous puissiez obtenir quelques milliers de billets de plus la prochaine fois que vous signez un contrat. Si je réussis à nous sortir vivants de cette affaire, je ne tiens pas à voir ma stratégie compromise par une dilettante qui rêve de devenir une star.

Elle fut piquée au vif.

— Je suis une professionnelle.

— À la télé peut-être, fit-il, seulement à Highpoint, ce ne sont pas des caméras de studio que nous allons trouver en face de nous, mais des hommes armés jusqu'aux dents. Vous n'êtes pas à la hauteur de ce genre d'exercice.

— Je suis plus coriace que vous le croyez.

— Oh ! je sais que vous n'avez pas froid aux yeux. J'ai un souvenir extrêmement précis de ce que vous êtes prête à faire pour arriver à vos fins. L'auriez-vous oublié ?

Puisqu'il paraissait déterminé à obtenir une réaction, elle baissa la voix et, d'un ton passionné, répondit :

— Oh non, je n'ai pas oublié. Pas un instant. Plus important, Bondurant, vous non plus apparemment.

Son retour de manivelle eut l'effet escompté. Elle vit sa mâchoire se crisper. En souriant d'un air suffisant, elle reporta son regard sur la route.

Sa satisfaction fut de courte durée.

— Attention ! hurla-t-elle.

Réagissant au quart de tour avec la présence d'esprit d'un commando hautement entraîné, il fit une embardée pour éviter la collision. Quatre motards venaient de surgir d'un virage, suivis d'une voiture de pompiers, d'un véhicule officiel et d'une ambulance, roulant à tombeau ouvert.

Gray serra le bas-côté jusqu'à ce qu'ils fussent tous passés, après quoi il exécuta un demi-tour en épingle à cheveux et s'élança à leurs trousses.

— Vous n'allez pas les suivre !

— Évidemment que si.

— Mais pourquoi... ?

— Regardez là-haut, dit-il, répondant à sa question avant qu'elle eût le temps de la formuler entièrement.

En pressant la joue contre la vitre, elle vit deux hélicoptères virer abruptement avant de s'élever à pic au-dessus de la lisière des arbres.

— Votre informatrice anonyme avait raison. Il s'est passé quelque chose.

— Mais Highpoint est par là-bas, dit-elle en désignant la direction opposée.

— La retraite présidentielle se trouve de l'autre côté du lac, mais toute cette région porte le nom de Highpoint. La résidence secondaire du Dr Allan se situe là-bas, sur cette hauteur. — Il pointa approximativement le menton vers l'endroit d'où les hélicoptères venaient de décoller dans la forêt. — C'est là qu'ils gardaient Vanessa.

— Comment le savez-vous ?

— J'avais un pressentiment qui vient d'être confirmé. La voiture qui suivait les pompiers avait une plaque gouvernementale. Des agents des services secrets probablement.

Il tenait toujours le volant avec fermeté et appuyait à fond sur le champignon pour ne pas perdre de vue les phares arrière du dernier véhicule du cortège.

— Qu'est-ce que ça signifie ?

— À votre avis ? demanda-t-il d'une voix tendue.

Elle hésitait à exprimer sa pensée.

— Le Dr Allan ne lui ferait pas de mal. Pas volontairement. Pas plus que les agents secrets chargés de sa protection.

— La Maison Blanche était pleine à craquer d'agents secrets la nuit où le bébé est mort. Ça n'a pas empêché le médecin de prétendre que l'enfant avait succombé à la mort subite du nourrisson. Si David tient George Allan par les couilles, il dira et fera à peu près n'importe quoi.

Ils suivirent les véhicules jusqu'à Shinlin, une ville pittoresque et proprette de quinze mille habitants. Du fait de sa proximité avec la résidence présidentielle, la population locale était habituée au passage de voitures officielles qui venait perturber la sérénité de ses paisibles avenues ombragées.

Gray gardait ses distances. Il se trouvait à quelque deux cents mètres derrière les autres voitures quand elles s'engagèrent dans l'entrée des urgences de l'hôpital.

Barrie se tourna vers Gray.

— Si Vanessa a besoin de soins urgents, pourquoi ne pas l'a-t-on pas transportée ici par hélicoptère ?

Avant qu'ils puissent pousser leurs réflexions plus avant, les portières arrière de l'ambulance s'ouvrirent brusquement, et un George Allan manifestement au bout du rouleau sauta à terre. Les manches de sa chemise étaient remontées jusqu'aux coudes ; il était hirsute comme s'il s'était frictionné nerveusement les cheveux. Il sortit un brancard de l'ambulance avec l'aide du chauffeur et d'un ambulancier.

Une forme dissimulée sous un drap gisait, ligotée sur la civière.

— Oh mon Dieu ! s'exclama Barrie.

Des infirmiers s'empressèrent de pousser le brancard vers les portes en verre automatiques. Deux hommes émergèrent de la conduite intérieure et leur emboîtèrent le pas, la mine sombre.

Brusquement le Dr Allan se plia en deux et vomit sur le trottoir.

21

Quand le téléphone sonna, tirant le sénateur Armbruster d'un profond sommeil, il jeta un coup d'œil au réveil sur sa table de nuit. Tonnerre ! Un appel à une heure pareille présageait d'une urgence.

— Oui ?

— Sénateur Armbruster ?

Il ne s'attendait pas à cette douce voix féminine un peu rauque, plus appropriée au plaisir des sens qu'à l'annonce d'une mauvaise nouvelle. Ce qui créa en lui un sentiment de panique. Il y avait longtemps qu'il n'avait pas fait appel aux services d'une professionnelle, mais la première idée qui lui vint à l'esprit fut qu'une de ses ex-compagnes de débauche avait reçu la consigne d'informer tous ses anciens clients qu'elle était porteuse d'un terrible virus.

— Qui êtes-vous ?

— Barrie Travis. L'amie de Vanessa. La journaliste.

Il repoussa ses couvertures avec fureur et balança ses jambes massives de côté. Qu'elle se dise l'amie de Vanessa, c'était déjà y aller un peu fort ! Mais qu'elle se prétende journaliste, là, elle dépassait franchement les bornes. Il n'arrivait vraiment pas à comprendre pour quelle raison Vanessa avait accordé une interview à cette...

— Qu'est-ce que vous me voulez ?

— Il faut que je vous parle. C'est à propos de Vanessa.

— Est-ce que vous savez quelle heure il est ? Et puis comment vous êtes-vous débrouillée pour avoir mon numéro personnel ? Mes assistants ne vous ont-ils pas dit clairement que je me refusais à toute déclaration concernant ma fille ?

— Ce n'est pas pour cela que je vous appelle, monsieur.

— Vous vous payez ma tête ? Bonne nuit.

— Ne raccrochez pas, sénateur !

L'anxiété dans sa voix l'incita à changer d'avis. Il emporta le sans-fil dans les toilettes, se planta devant la cuvette et se soulagea.

— De quoi s'agit-il ? Une nouvelle explosion ?

— Il faut à tout prix que je vous voie.

— Pour quoi faire ?

— Je ne peux pas vous le dire au téléphone.

Il gloussa de rire en tirant la chaîne.

— Ne me faites pas languir !

— Je vous assure qu'il ne s'agit pas d'une ruse de journaliste et encore moins d'une plaisanterie, sénateur. Il est question d'une affaire de la plus haute importance, croyez-moi. Acceptez-vous de me rencontrer ?

Il se gratta le crâne.

— Seigneur ! Je le regretterai probablement, mais appelez mon bureau demain et prenez rendez-vous.

— Vous ne comprenez pas. J'ai besoin de vous voir sur-le-champ. Immédiatement.

— *Maintenant ?* Mais c'est le milieu de la nuit, bordel !

— Je vous en conjure. Je suis dans un bar à Shinlin, au coin de Lincoln Street et de Paul's Meadow Road. Je vous attends.

Elle raccrocha, et le sénateur lâcha une bordée de jurons. Après avoir reposé brusquement le combiné, il se laissa choir au bord du lit et se versa une rasade de Jack Daniel's. Il but tout d'un seul coup, bien déterminé à ignorer cet appel et à se recoucher au plus vite.

Mais il hésita à nouveau. Qu'est-ce que cette fille

pouvait bien savoir à propos de Vanessa qui ne pouvait attendre jusqu'au matin ?

Il fixa le téléphone d'un air haineux comme s'il s'agissait d'un ennemi mortel. Il n'arriverait pas à se rendormir de toute façon. De plus, il avait perçu une insistance dans sa voix qui paraissait sincère.

Il se leva et s'habilla. Dix minutes plus tard, il était dans sa voiture en route pour Shinlin. Il connaissait bien cette ville parce qu'il s'était rendu à maintes reprises à Highpoint. Il conduisait sans réfléchir.

Le souvenir d'une autre nuit, dix-huit ans plus tôt, où on l'avait réveillé à une heure indue, lui revint en mémoire. Il prenait quelques jours de vacances dans sa ferme au fin fond du Mississippi. La vie s'écoulait paisiblement là-bas et il jouissait d'une parfaite insouciance. Jusqu'à cette nuit-là.

Un coup de sonnette pressant l'avait brutalement arraché à son sommeil. La bonne avait émergé de sa chambre derrière la cuisine en nouant la ceinture de son peignoir, mais il avait atteint la porte d'entrée le premier.

David Merritt se tenait sur le seuil, trempé jusqu'aux os ; il avait un air misérable. Un éclair avait révélé la présence de longues éraflures sanglantes sur sa joue.

— Que vous est-il arrivé, pour l'amour du ciel ? s'était-il exclamé.

— Je suis désolé de vous tirer du lit, sénateur, mais il fallait que je vous voie immédiatement.

— Qu'est-ce qui ne va pas ? Vous avez eu un accident ?

David avait jeté un coup d'œil appréhensif en direction de la bonne. Clete l'avait renvoyée et elle était retournée dans sa chambre.

Puis il avait entraîné David dans son bureau ; il avait allumé la lampe et servi un cognac au jeune homme. David s'était assis sur le rebord de la fenêtre en serrant son cordial entre ses deux mains, après quoi il l'avait avalé d'un trait.

— Vous ne buvez pas comme ça d'habitude, avait observé Clete en lui tendant un mouchoir pour qu'il s'essuie la joue. Je ne sais pas ce qui vous tracasse, mais ça a l'air sérieux. Bon, dites-moi tout.

Il s'était étendu sur sa chaise longue en cuir et avait

allongé le bras pour prendre un cigare. David s'était levé et s'était mis à arpenter nerveusement la pièce.

— Je fréquente une fille...

— Je m'en doutais, fit Clete en secouant son allumette.

— Je l'ai rencontrée quand on est venu ici l'année dernière.

— Une fille du coin ? Où l'avez-vous dénichée ? Comment s'appelle-t-elle ? Qui sont ses parents ?

— Elle s'appelle Becky Sturgis, mais vous ne pouvez pas la connaître. C'est une moins-que-rien. Une traînée. Je l'ai levée dans un bar de routiers sur l'autoroute. Elle était ivre. On s'est matés, on a fini par danser. On a flirté, on a commencé à s'embrasser. Très vite, on s'est emballés. Elle n'arrêtait pas de me peloter. Soit on sortait, soit ça allait devenir embarrassant. On avait à peine franchi la porte qu'elle m'a attiré à elle. On a fait ça là, contre le mur du bar.

Il aurait été hypocrite de sa part de réprimander son protégé pour une incartade. Quand il avait son âge, il s'en était lui-même donné à cœur joie. C'était seulement avec l'âge qu'il avait appris être discret et à avoir un meilleur jugement. Quoi qu'il en soit, il avait estimé qu'il ne pouvait pas laisser passer ça.

— De grands hommes d'État se sont vu barré le chemin de la Maison Blanche parce qu'ils avaient confondu leur cervelle et leur quéquette. Ils ne savaient plus avec laquelle penser et baiser.

— Je sais, répondit David d'une voix tendue. Mais je la croyais inoffensive, je vous le jure. Elle était jolie, sexy et sans attache. Elle vit seule, travaille comme expéditrice dans une laiterie, elle n'a pas de famille.

Clete émit un grognement sceptique.

— Si elle est si inoffensive que ça, qu'est-ce qui vous amène chez moi à cette heure-ci de la nuit, tout ensanglanté et avec le teint de quelqu'un qui s'apprête à régurgiter son repas sur le tapis oriental chéri de ma défunte épouse ?

— Je... je l'ai tuée.

Clete en resta bouche bée, au point que son cigare faillit lui tomber sur les genoux. Il finit par recouvrer suffisamment ses esprits pour se lever et aller se servir un autre verre de brandy, qu'il se destinait cette fois-ci. Il l'engloutit presque aussi goulûment que David avait bu le sien. Il voyait s'écrouler les rêves qu'il avait nourris pour le jeune homme.

Lors de sa dernière campagne sénatoriale, le jeune Merritt s'était particulièrement distingué dans son travail de volontaire à telle enseigne qu'il s'était rapidement vu offrir un poste rémunéré. La première fois que Clete l'avait rencontré, David venait de quitter les rangs de la Marine. Il était discipliné et très intuitif, ne nécessitait pour ainsi dire aucune supervision et exécutait chaque mission avec zèle et une rare assurance. Le sénateur n'avait pas tardé à lui confier davantage de responsabilités.

Après son élection, il lui avait proposé de se joindre à son équipe à Washington. Depuis deux ans, le jeune homme s'était révélé un atout précieux ; et il apprenait vite. Clete avait des projets ambitieux pour lui ; il avait tout de suite vu que David avait l'étoffe d'un remarquable politicien.

Il avait un sens pratique, direct de l'économie parce que, dès son plus jeune âge, il lui avait fallu se débrouiller avec les maigres ressources à sa disposition. Dans ses moments de loisir, il étudiait le droit et les rouages du gouvernement. Il avait un passé militaire brillant. Il était bel homme, s'exprimait bien, et jusqu'à ce soir, ne traînait aucun scandale derrière lui.

Armbruster dut faire un effort sur lui-même pour ne pas le gifler à toute volée.

— J'imagine que vous deviez avoir une bonne raison pour la tuer, reprit-il d'un ton brutal.

— Je jure devant Dieu que c'était un accident.

— Ne jurez pas devant Dieu, rugit le sénateur. Jurez-le-moi.

— Je vous le jure.

Il étudia le visage de David, mais ne décela aucun signe de dissimulation sur ses traits défaits. Il était mort de trouille.

— Bon, dit-il finalement, que s'est-il passé exactement ?

— Il faut que je remonte un peu en arrière. Après

cette première rencontre, j'ai commencé à la voir régulièrement quand on venait ici.

Clete fit rouler son cigare d'un coin de sa bouche à l'autre.

— À Noël ?

— Oui.

— À Pâques ?

David hocha la tête.

— Pendant que vous faisiez la cour à Vanessa ? Vous vous êtes bien payé notre tête, hurla-t-il.

— Vous vous trompez, répondit David d'une voix brisée par l'émotion. Vous connaissez mes sentiments pour Vanessa. Je l'aime et je veux l'épouser, mais...

— Mais vous avez éprouvé le besoin de vous taper une pétasse qui se soûle et se fait trinquer contre le mur d'un bar de routiers. C'est ce que vous appelez une vie amoureuse exemplaire ?

Cet éclat lui avait éclairci les idées. Il était retourné s'étendre sur sa chaise longue et avait attendu que sa colère se dissipe tout en tirant furieusement sur son cigare. Sagement, David lui avait laissé le temps de se calmer.

— Poursuivez, finit-il par aboyer.

— Lors de notre dernier séjour ici, elle m'a appelé pour me proposer de venir la voir chez elle. Quand je suis arrivé... — Il marqua une pause, se passa la main sur la figure. — Je n'arrivais pas à y croire. Elle avait un ventre comme ça !

Armbruster se contenta de le regarder fixement pendant un moment.

— Passez-moi le cognac.

David s'exécuta, bien que Clete donnât l'impression d'être prêt à lui fracasser le crâne avec le carafon en cristal. Il but deux gorgées à même la bouteille.

— Vous voulez dire qu'elle était enceinte ?

— Elle l'était. Le gamin est né il y a quelques semaines. Un garçon.

— Vous êtes sûr que c'est le vôtre ?

— Comment voulez-vous que je le sache ? s'écria David en haussant la voix pour la première fois. C'est possible, mais tout aussi possible que ce soit le rejeton d'une douzaine d'autres types. Elle prétendait que c'était le mien.

— *Était ?* Au passé ?

— Elle n'arrêtait pas de me tanner pour que je vienne voir son mioche en insistant sur le fait que j'étais le père. J'ai eu peur que, si je refusais, elle fasse je ne sais quelle folie. Alors j'y suis allé ce soir pour lui donner un peu d'argent. J'ai pensé que c'était le moins que je puisse faire. Mais... mais je n'ai pas pu la raisonner, Clete. Elle m'a jeté les billets à la figure en me disant que je ne pouvais pas me débarrasser de mes responsabilités en payant et qu'elle exigeait que je l'épouse.

Chaque mot était comme un coup de marteau fermant inexorablement le cercueil du bel avenir politique de David Merritt. Armbruster redoutait à présent de regurgiter lui-même son dîner sur le tapis oriental chéri de feu son épouse.

— Je lui ai répondu carrément que le mariage était hors de question, expliqua David. Je lui ai même précisé que j'étais déjà fiancé à une femme que j'aimais profondément.

Il marqua une pause et jeta un coup d'œil furtif à Clete.

— Je me rends compte que je n'ai pas encore demandé officiellement la main de Vanessa et je n'ai pas l'intention de le faire tant qu'elle n'aura pas fini ses études, mais elle sait à quel point je tiens à elle. Il est plus ou moins entendu que...

— Continuez, l'interrompit brusquement le sénateur. Que s'est-il passé quand vous avez annoncé à cette roulure qu'il n'était pas question que vous l'épousiez ?

— Elle est devenue maboule.

David se rassit et prit son visage entre les mains.

— Elle se servait d'un tiroir comme berceau. J'imagine que ses cris ont dû faire peur au bébé. En tout cas, il s'est mis à brailler et ça lui a fait perdre son sang-froid. Elle m'a dit qu'elle refusait d'élever un gamin toute seule et puis... elle... elle a noué ses mains autour du cou de l'enfant et elle a commencé à serrer. J'ai essayé de l'en empêcher, mais je n'y suis pas arrivé. Elle l'a étranglé !

— Seigneur ! s'écria Armbruster. Elle l'a tué ?

David hocha la tête.

— Je n'arrivais pas à y croire. Il beuglait comme un putois, et puis, l'instant d'après, plus un bruit. Il était mort.

— Pourquoi ne pas avoir appelé la police ?

— Elle ne m'en a pas laissé l'occasion, gémit-il. La salope s'est jetée sur moi. C'est comme ça que j'ai eu toutes ces égratignures. Elle m'a sauté dessus comme un chat sauvage. Il a fallu que je me protège. On s'est bagarrés. Et puis elle a perdu l'équilibre et s'est cogné la tête contre l'angle d'une table. Elle a dû se fracturer le crâne. Il y avait du sang partout. Elle est morte.

Il ferma hermétiquement les paupières, sans parvenir à contenir ses larmes, et se mit à sangloter. Les épaules tremblantes, il pleurait comme un bébé.

— Une erreur. Une seule erreur et tout ce que vous avez fait pour moi, tous nos efforts, sont anéantis. Et Vanessa. Mon Dieu ! bredouilla-t-il. Que va-t-elle penser de moi ?

Armbruster avait consacré trop de temps et trop d'attention à préparer David Merritt à la présidence pour tout envoyer promener à cause d'une fille que personne ne regretterait et d'un marmot qui n'aurait jamais dû voir le jour. S'il n'y avait eu que les conséquences sur la carrière politique de David, il aurait épongé l'affaire pour protéger son investissement.

En impliquant Vanessa, David s'assurait une intervention-éclair du sénateur. Celui-ci n'admettrait jamais que sa fille ait le cœur brisé en apprenant que l'homme qu'elle adorait depuis des années et espérait épouser avait engrossé une souillon avant de la tuer accidentellement.

En regard de ses projets grandioses, Becky Sturgis et son bébé ne valaient pas grand-chose, alors que David Malcomb Merritt était destiné à un brillant avenir. Il exercerait un jour un pouvoir plus grand que tout autre individu sur la planète. Pourquoi sacrifier tout ce potentiel pour une simple bévue ? Pourquoi priver Vanessa de tous ses espoirs et de ses rêves alors qu'elle n'avait rien à se reprocher ? Ce serait elle qui souffrirait le plus bien qu'elle fût innocente.

Il n'était pas question qu'Armbruster accepte ça.

— Bon, ressaisissez-vous, mon garçon. — Il s'approcha de David et lui administra une bonne tape dans le dos. — Allez prendre une douche. Servez-vous un autre brandy et allez vous coucher. Ne parlez de cela à personne. *Jamais.*

David l'avait considéré d'un air morne.

— Vous voulez dire...

— Je me charge de tout, coupa Clete.

David s'était levé péniblement.

— Je ne peux pas vous demander une chose pareille, Clete. Deux personnes sont mortes. Comment allez-vous...

— Laissez-moi m'occuper des détails. — Il planta son index grassouillet sur la poitrine du jeune homme. — Ma tâche consiste à faire disparaître le problème. Le vôtre à vous remettre sur le droit chemin. Compris, mon garçon ?

— Oui, monsieur.

— Plus de vagabondages intempestifs. Si vous avez besoin qu'on vous soulage, allez voir une professionnelle pour qu'elle vous fasse une bonne pipe et envoyez-moi la note.

— Bien.

— On ne peut pas vous faire élire président et se retrouver ensuite avec un cortège de catins surgies de nulle part pour vous coller des paternités sur le dos. C'est compris ? demanda Clete en souriant.

— Oui, répondit David en lui rendant timidement son sourire.

— Bon, maintenant, dites-moi où se trouve la caravane de cette fille ?

Armbruster régla le problème cette nuit-là. Comme David le lui avait dit, ce n'était pas beau à voir, mais le mot *impossible* ne faisait pas partie du vocabulaire du sénateur. En moins de quarante-huit heures, l'« affaire » Becky Sturgis était passée aux oubliettes.

David ne s'était jamais préoccupé de savoir comment Clete était parvenu à faire disparaître deux corps sans qu'on lui pose la moindre question. Il ne demanda jamais comment il avait réussi à oblitérer toute la vie de Becky Sturgis d'un seul coup d'un seul. Obéissant à son futur beau-père, il avait fait comme si de rien n'était. Au cours des dix-huit années qui s'étaient écoulées, ils n'en avaient jamais reparlé. Jusqu'à ce matin, quelques jours plus tôt, lorsque le sénateur y avait fait subtilement allusion dans le Bureau ovale.

La mort de son petit-fils avait été un rappel troublant du sort cruel réservé à une autre jeune femme et à son nouveau-né jadis, dans le Mississippi. Les deux incidents n'avaient pas vraiment de rapport, mais il y avait tout de même des similitudes qui le dérangeaient.

Une pensée revenait le hanter avec une fréquence déconcertante : Se pouvait-il que ce soit David Merritt, et non pas cette jeune femme, qui ait tué ce bébé dix-huit ans plus tôt ? Et si tel était le cas, avait-il recommencé ?

22

Barrie surveillait de près la porte du bar, impatiente de voir arriver le sénateur Armbruster tout en redoutant ce moment.

Dans cette région où l'architecture géorgienne dominait, ce bar-restaurant détonnait. Le chrome étincelant et le vinyle bleu turquoise lui conféraient un style voyant et tape-à-l'œil, caractéristique des années cinquante. Des dalles blanches et noires couvraient le sol. À cette heure avancée de la nuit, il n'y avait pas grand monde, mis à part quelques employés de l'hôpital et un couple d'adolescents qui se gavaient alternativement de milk shakes fondants et de baisers.

Un café entre les mains, Barrie et Gray occupaient une table située devant la grande baie vitrée d'où ils pouvaient surveiller l'entrée des urgences. Après son accès de nausée, il avait fallu quelques minutes au Dr Allan pour se reprendre, après quoi il avait suivi le sinistre cortège à l'intérieur de l'hôpital. Il n'avait toujours pas réapparu et il ne s'était rien passé depuis lors.

Gray n'avait pour ainsi dire pas ouvert la bouche. Son regard restait fixé sur les portes derrière lesquelles la dépouille de Vanessa avait disparu. Il se tenait les bras croisés sur la table rose bonbon. De temps à autre, il serrait les poings avant de tendre rigidement les doigts. Il avait l'air à bout de nerfs et extrêmement dangereux.

Barrie se racla la gorge.

— Ils essayeront probablement de faire passer sa mort pour un suicide.

— Pas si je peux les en empêcher. Vanessa n'aurait jamais tué son bébé et elle ne se serait jamais donné la mort.

Sous le coup d'une impulsion, Barrie allongea le bras et posa sa main sur la sienne. Il tressaillit et regarda sa main avant de lever les yeux vers elle.

— Je suis désolée, Gray, dit-elle. Je sais que vous l'aimiez. Le bébé... — Elle hésita. — C'était le vôtre, n'est-ce pas ?

— Quelle différence cela peut-il bien faire ? — Son ton était sec et il écarta cette main posée sur son bras. — Il est mort et elle aussi.

Barrie fut piquée au vif par cette rebuffade. Son père lui-même, les rares fois où il s'était donné la peine de rentrer à la maison, ne l'avait jamais repoussée physiquement ni intentionnellement maltraitée.

— Allez vous faire foutre, monsieur Bondurant.

Elle quitta la table, histoire de faire quelques pas et de le laisser ruminer seul son chagrin. Si elle n'avait pas attendu le sénateur Armbruster d'un instant à l'autre, elle aurait fichu le camp. À la place, elle se rendit aux toilettes. Les deux mains appuyées sur le rebord du lavabo, elle inclina la tête jusqu'à ce qu'elle trouve le courage de la relever et d'affronter son reflet dans la glace. Peut-être en voulait-elle encore plus à elle-même qu'à Gray. Il souffrait profondément. Ses sentiments étaient honnêtes. Les siens, en revanche, étaient mitigés. Elle était partagée entre ses intérêts professionnels et sa conscience.

Cette affaire pouvait avoir un impact colossal sur sa

carrière. Elle avait le tournis rien que de penser qu'elle était la seule journaliste sur les lieux.

Mais la mort injustifiée d'une femme n'était pas vraiment une cause de réjouissances, surtout lorsqu'on était impliqué comme elle l'était elle-même. Si elle avait cessé de sonder le mystère entourant la mort de l'enfant, aurait-on supprimé Vanessa malgré tout ? Était-elle allée trop loin dans l'unique but de décrocher un scoop ? Avait-elle une part de responsabilités dans la succession d'événements qui avait abouti à cette tragédie, ou le sort de Vanessa était-il joué longtemps avant qu'elles ne prennent un café ensemble ?

Elle ne le saurait jamais. Ces angoissantes questions la hanteraient jusqu'à la fin de ses jours.

Elle se lava les mains avec application, puis se tamponna la figure avec une serviette en papier humide. Au moment où elle sortait des toilettes, elle vit Clete Armbruster qui approchait de l'entrée. Elle alla à sa rencontre.

— Sénateur...

Elle se rendit compte brusquement qu'elle n'avait pas du tout réfléchi à ce qu'elle allait lui dire. C'était un homme intimidant. Elle aurait donné cher pour ne pas être celle qui devait lui annoncer le décès de sa fille.

— Merci d'être venu, fit-elle d'une voix faible.

— Vous avez intérêt à avoir une bonne raison pour m'avoir fait lever au milieu de la nuit, ma petite dame, bougonna-t-il en la suivant vers la table. Je ne serais pas là si... — Il s'immobilisa brusquement en voyant Gray.

Celui-ci se leva.

— Clete. Ça fait un bail !

Le sénateur n'avait pas l'air content de le voir. Il ne tenait pas Gray en haute estime et ce n'était pas difficile de comprendre pourquoi. Comment un père pourrait-il ne pas en vouloir à l'homme qui avait flétri l'honneur de sa fille, surtout lorsque celle-ci se trouvait être la première dame des États-Unis ?

— Bondurant. — Il ignora la main que Gray lui tendait. — Qu'est-ce que vous fichez là ? — Puis se tournant vers Barrie : — C'est cela votre grande surprise, l'« affaire de la plus haute importance » ?

— Je vous en prie, sénateur, asseyez-vous. Laissez-nous une chance de nous expliquer. Voudriez-vous un café ?

— Non.

Il se glissa sur la banquette. Barrie et Gray se partagèrent celle qui lui faisait face.

— Vous êtes loin de votre cher Montana, remarqua-t-il en braquant son regard sur Gray.

— Je vis dans le Wyoming et je ne suis pas ici pour mon plaisir.

— Ce serait bien la première fois que vous feriez quoi que ce soit contre votre gré.

— Il est ici parce qu'il pense que des vies sont en danger. C'est également mon sentiment.

Armbruster haussa les sourcils d'un air ironique.

— Vraiment ? De qui s'agit-il ? Du juge Green ?

Sa raillerie la blessa, mais elle garda son sang-froid.

— Vous avez probablement des doutes sur ma crédibilité, reprit-elle, mais ce que je suis sur le point de vous dire est la stricte vérité. À vous de tirer vos conclusions.

— Ce que vous avez à me dire ne m'intéresse que dans la mesure où ma fille est concernée.

Barrie réfléchit un instant.

— Sénateur, je ne crois pas que la mort de votre petit-fils ait été accidentelle. Je pense qu'il a été assassiné, probablement étouffé afin de pouvoir mettre son décès sur le compte de la mort subite du nourrisson.

Armbruster la dévisagea d'un air incrédule.

— Que sous-entendez-vous par là, jeune femme ? Suggéreriez-vous que Vanessa...

— C'est David qui l'a tué, dit Gray, allant droit au but.

Le sénateur se figea. Seul son regard resta animé, passant alternativement de l'un à l'autre. Au bout d'un moment, il se pencha en avant et siffla :

— Êtes-vous devenus fous tous les deux ?

— Non, répondit calmement Gray. David a tué l'enfant de Vanessa parce qu'il n'était pas le père.

— Vous mentez ! protesta Armbruster sans élever la voix. Vous êtes le dernier à pouvoir porter un jugement moral sur ma fille, Bondurant. Sale calomniateur ! Je devrais vous descendre ici même et tout de suite.

Les traits de Gray se crispèrent.

— David ne peut pas être le père de cet enfant. C'est impossible. Il a eu une vasectomie. Il y a des années de cela.

Barrie était aussi stupéfaite que le sénateur. Gray ignora le petit cri d'exclamation qui lui échappa et concentra toute son attention sur Armbruster.

— Personne ne le savait, Clete. Pas même Vanessa. Surtout pas elle. Pendant des années, elle a essayé par tous les moyens d'avoir un enfant et le salopard l'a laissée faire tout en sachant pertinemment que c'était peine perdue. Il prenait un plaisir pervers à la regarder s'effondrer chaque mois quand elle s'apercevait que cela n'avait encore pas marché.

Barrie fixait intensément le profil de Gray. Elle avait déjà compris que c'était un individu complexe, mais commençait à se demander exactement combien de facettes il y avait en lui. Chaque fois qu'elle pensait les avoir toutes découvertes, une nouvelle se faisait jour.

— David Merritt n'a jamais subi de vasectomie. Je le saurais, souffla le sénateur. Je le saurais.

— Peu m'importe que vous me croyiez ou pas, Clete. Ce que je vous dis est la vérité. David ne pouvait pas avoir d'enfant, mais Vanessa l'ignorait jusqu'au jour où elle lui a annoncé qu'elle était enceinte.

Clete continuait à vriller sur lui un œil méfiant, mais Barrie sentit que son hostilité baissait d'un cran.

— Comment savez-vous tout cela ?

— Vanessa m'a appelé pour me le dire.

Cette information prit Barrie au dépourvu. Elle s'était imaginé qu'à partir du jour où Gray s'était retiré dans le Wyoming, il n'avait plus eu aucun contact avec Vanessa. Le sénateur avait apparemment la même impression. Il paraissait aussi déconcerté qu'elle.

— Elle m'a téléphoné un jour en larmes en me demandant ce qu'elle devait faire, poursuivit Gray.

— C'était donc vous le père !

— Là n'est pas la question.

— Foutaises !

Les deux hommes échangèrent un long regard, accusateur de la part d'Armbruster, plein de défi du côté de Gray.

— Voulez-vous connaître la suite ou non ? marmonna finalement Bondurant.

Le sénateur esquissa un geste impatient.

— En dépit de tout ce qu'on a pu lire dans la presse, reprit Gray en jetant un petit coup d'œil dans la direction de Barrie, David est devenu fou furieux en apprenant que Vanessa était enceinte parce que cela confirmait les rumeurs d'une liaison entre elle et moi. Vous savez combien il est susceptible, alors vous imaginez la scène qu'il a pu faire à Vanessa. La pauvre ! — Il secoua la tête en soupirant. — Il lui a fait vivre un véritable enfer durant neuf mois, jour après jour. Il ne pouvait faire autrement que de se réjouir en apparence, comme tout le monde, mais au fond de lui-même, il rongeait son frein.

Les larges épaules du sénateur s'étaient affaissées. Il prêtait apparemment un certain degré de crédibilité au récit de Gray.

Ce fut Barrie qui rompit le silence pesant qui s'était brusquement installé.

— Pourquoi le Président n'a-t-il pas demandé à George Allan d'interrompre cette grossesse ?

— J'étais en train de me le demander, fit Armbruster.

— Parce qu'un avortement n'aurait pas été suffisamment douloureux pour elle, répondit Gray sans une seconde d'hésitation. Je pense qu'il voulait la punir de son infidélité. Le pire châtiment qu'il pouvait lui infliger était de la laisser porter l'enfant à terme, de lui donner naissance, d'apprendre à l'aimer, jusqu'au moment où elle relâcherait sa vigilance. Il a fini par se venger en faisant preuve d'une indicible cruauté. Et comme Vanessa a assisté au meurtre, il...

Barrie comprit qu'il ne pouvait se résoudre à révéler au sénateur ce qu'il fallait lui révéler.

— Mme Merritt m'a contactée pour une raison précise, reprit-elle en se tournant vers Armbruster. Je pense qu'elle essayait de me prévenir d'un danger.

— D'un danger ?

— Qui la menaçait. Parce qu'elle était au courant du crime du Président. — Barrie le regarda avec compassion. — Je vous ai appelé ce soir, sénateur, parce que nous pensons que le Président a... a fait en sorte qu'il soit impossible désormais pour elle de témoigner de ce meurtre.

— Impossible ? Qu'entendez-vous par là ?

Barrie inclina la tête en direction de l'hôpital. Armbruster regarda à travers la vitre qui reflétait l'intérieur du bar, y compris leurs silhouettes sombres.

— On l'a conduite ici en ambulance il y a deux heures, souffla-t-elle.

— De chez George Allan ?

Elle hocha la tête.

— Nous les avons suivis.

Ambruster n'était plus que le pâle reflet de l'homme d'État puissant, impétueux et autoritaire qu'il avait été. Il n'était plus qu'un père auquel on venait d'annoncer une terrible nouvelle. En l'espace de quelques secondes, ses rides s'étaient creusées, ses bajoues pendaient lamentablement.

— J'étais là-bas il y a quelques jours seulement, dit-il d'une voix faible, niant encore l'évidence.

— Avez-vous vu Vanessa ? demanda Gray.

Quand le sénateur secoua la tête, le pli de peau sous son menton tremblota.

— George m'a déclaré qu'elle se reposait et ne voulait pas qu'on la dérange. Pas même moi. Il m'a assuré qu'elle avait simplement besoin de calme.

— Clete, dit Gray d'un ton patient, George est prêt à faire tout ce que David lui demande, comme il l'a fait le soir où David a tué l'enfant.

— Mais les agents des services secrets sont là pour la protéger.

— Ils n'ont pas pu sauver la vie de votre petit-fils. Croyez-moi, David a tout planifié minutieusement, avec l'aide de Spence, j'en suis convaincu. Vanessa prend beaucoup de médicaments. Il a dû en profiter. Si elle a succombé...

— Succombé ? répéta Armbruster. Vous voulez dire qu'elle...

Son regard passa de Gray à Barrie.

Par la suite, Barrie ne s'était pas souvenue d'avoir quitté le bar pour couvrir au pas de course la courte distance qui les séparait de l'entrée des urgences. Il n'y avait pas un agent des services secrets en vue. L'infirmière de garde à la réception leur demanda gentiment si elle pouvait leur être utile.

Le sénateur ne jeta même pas un coup d'œil dans sa direction. Il franchit en trombe une porte automatique à deux battants, Barrie et Gray sur ses talons. Le Dr Allan était affalé contre un mur tout au bout du couloir. Il n'avait pas l'air plus calme que lorsqu'il avait suivi la civière dans l'hôpital. Quand il leva les yeux et aperçut Armbruster, Barrie et Gray qui fonçaient droit sur lui, son teint vira au gris mastic.

— Sénateur... qu'est-ce que... Que faites-vous là ?

— Où est ma fille ? — Il braqua son regard sur la porte derrière le médecin. — Là-dedans ?

— Non.

— Vous mentez, salopard !

Il écarta Allan, mais celui-ci le rattrapa par la manche.

— Je vous en prie, sénateur. Je ne peux pas vous laisser entrer. Pas tant que le médecin légiste ne l'aura pas examinée.

Armbruster émit un bruit étouffé pareil à un sanglot. Gray saisit le docteur par les revers et le plaqua contre le mur.

— Espèce d'ordure ! Ils vous le feront payer cher, si je ne vous tue pas d'abord.

Alerté par tous ces cris, le personnel de l'hôpital s'était ameuté au bout du couloir, mais le chef de la sécurité de l'établissement lui-même n'eut pas le courage d'intervenir.

Armbruster ouvrit la porte devant laquelle le Dr Allan montait la garde, puis s'arrêta net sur le seuil avant de s'effondrer contre le chambranle en s'y cramponnant désespérément pour ne pas tomber. Le brancard était à l'autre extrémité de la pièce, contre le mur. On avait détaché les lanières de sécurité. La forme inanimée était enveloppée dans un drap bleu.

— Oh mon Dieu ! s'exclama-t-il d'une voix qui faisait songer à une étoffe qui se déchirait.

Il se redressa au prix d'un effort colossal et avança en titubant sur le carrelage. Barrie et Gray se tenaient de chaque côté de lui, prêts à le soutenir. George Allan les suivit dans la pièce en continuant de protester avec véhémence, mais personne ne lui prêtait attention.

Quand ils atteignirent la civière, le sénateur resta simplement là à considérer la forme drapée de bleu, ses grandes mains pendant lourdement de part et d'autre de son corps.

— Clete ? souffla Gray.

Le sénateur hocha la tête. Gray saisit deux coins du drap et le souleva.

Ils poussèrent un cri à l'unisson en découvrant le visage du cadavre. Celui de Jayne Gaston.

23

— Jayne Gaston était l'infirmière privée que George Allan avait engagée pour prendre soin de Vanessa pendant son séjour à Highpoint.

Allongée sur le petit lit où Cronkite faisait ses siestes quand elle l'amenait avec elle chez Daily, Barrie était en train de mettre ce dernier au courant des événements de la veille au soir.

— Au fait, merci de m'avoir permis de rester ici.

— Je ne vois pas très bien où tu irais autrement.

— C'est précisément ce que je veux dire. Je suis une paria. On ne m'éviterait pas plus si j'avais la lèpre. Je ferais peut-être bien de m'attacher une cloche autour du cou pour prévenir les gens de mon arrivée.

— Ce n'est pas drôle, commenta Daily.

— Je ne trouve pas non plus, renchérit-elle d'une voix chevrotante. Bref, revenons-en à hier soir. Il semblerait que Jayne Gaston ait eu une crise cardiaque hier après-midi chez le Dr Allan. Il aurait tenté de la ranimer sans succès.

Pendant quelques instants, on n'entendit que la respiration sifflante de Daily dans la petite pièce encombrée par les achats que Barrie avait faits depuis la destruction de sa maison. La plupart des vêtements étaient toujours dans des sacs en plastique. Daily avait pris place au bout du lit. Les pieds de Barrie, en chaussettes, reposaient sur ses cuisses ; il était en train de les lui masser sans conviction.

— Si l'infirmière est morte dans l'après-midi, pourquoi ont-ils attendu jusqu'à la nuit pour transporter son corps ? demanda-t-il.

— Le Dr Allan devait prendre des dispositions pour qu'on reconduise Vanessa à Washington. Il voulait lui éviter le choc de ce décès. On a envoyé un hélicoptère pour la ramener à la Maison Blanche, mais entre-temps, elle avait appris la nouvelle. Elle était inconsolable. Selon le docteur, les deux femmes s'étaient attachées l'une à l'autre. Ils ont eu toutes les peines du monde à mettre la main sur le fils de Mme Gaston, bien qu'il vive ici en ville. Allan ne voulait pas arriver à l'hôpital avec la dépouille avant qu'il ait été averti.

— C'est pourtant ce qui se passe la plupart du temps.

— Sauf quand la défunte se trouve être l'infirmière privée de la première dame des États-Unis. Le docteur craignait que l'affaire s'ébruite et que l'on annonce sa mort sur les ondes avant qu'on ait pu joindre son fils. Ce en quoi il n'avait pas tout à fait tort.

— Évidemment, c'est logique, marmonna Daily. Mais c'est une piètre excuse, tout de même, si tu veux mon avis.

— Bref, le Dr Allan a retardé le moment d'appeler l'ambulance jusqu'à ce qu'il estime qu'il ne pouvait plus attendre. Gray et moi sommes tombés par hasard sur le cortège de véhicules qui fonçaient sur la route. On les a suivis. Quand on a vu le corps dissimulé sous un drap... — Elle soupira.

— Tu as tiré une conclusion hâtive basée sur des suppositions, et non des faits.

— Cesse de remuer le couteau dans la plaie, veux-tu.

— Je n'arrive pas à croire que tu aies convoqué Armbruster sur les lieux.

— C'est pourtant vrai. Armbruster, et un cameraman de WVUE qui n'aurait pas pu mieux choisir son moment pour débarquer. Il a surgi peu après que ma terrible bourde fut découverte et a filmé pour la postérité ma stupéfaction et celle de Gray, Armbruster au bord de l'évanouissement, ainsi que l'arrivée de Ralph Gaston, le fils de la défunte qui, non seulement a dû encaisser le choc du décès de sa mère, mais encore s'est trouvé plongé jusqu'au cou dans la pagaille que j'avais semée. Je ne sais quel sadique parmi le personnel de l'hôpital a prévenu la presse locale, qui à son tour... Enfin, tu connais la suite. On a fait la une des journaux. Dieu merci, l'affaire était close avant que les télévisions s'en mêlent. J'ai filé avec la seule cassette-vidéo de l'événement.

Elle marqua une pause pour se tamponner les yeux et se moucher. Elle avait continuellement la larme à l'œil depuis que le sénateur Armbruster lui avait passé un savon. Indifférent aux oreilles qui traînaient, il l'avait copieusement enguirlandée pour s'être ridiculisée de la sorte et pire, l'avoir ridiculisé, lui. Elle méritait le fouet pour l'avoir épouvanté ainsi, lui avait-il dit, en l'avertissant qu'il lui ferait payer ce comportement inexcusable, et qui n'avait rien de professionnel. Persuadée qu'il était on ne peut plus sérieux, elle avait pris à cœur cette mise en garde.

Cette menace planait sur elle comme le couperet de la guillotine. Elle était condamnée. Restait à savoir quand et comment. Elle n'aurait probablement pas à redouter les représailles du sénateur : l'angoisse dans laquelle elle allait vivre avait toutes les chances de causer sa perte avant qu'il n'agisse.

— Mon Dieu, Daily, gémit-elle en cachant ses yeux derrière son bras replié, comment ai-je pu me tromper à ce point ? Tout portait à croire que le Président des États-Unis avait commis un, voire deux crimes. La logique aurait dû m'inciter à reconsidérer les choses.

— Franchement, je ne pense pas que la logique soit la panacée comme on le prétend si souvent, lui dit-il d'un ton compatissant. En remontant dans l'histoire, cite-moi un seul grand esprit qui n'ait pas craché à la face de la logique.

— Arrête de t'échiner à me remonter le moral. Laisse-moi me vautrer dans mon malheur. Je l'ai bien mérité.

Il lui massa doucement la plante du pied.

— Tu as passablement déconné, faut le reconnaître. C'est encore pire que l'affaire Green.

— Je n'en croyais pas mes yeux, dit-elle d'une voix à peine audible. Quand Gray a soulevé le drap, je m'attendais à voir les beaux cheveux châtains de Vanessa et son teint de pêche. Je me suis retrouvée devant une inconnue. J'étais abasourdie. Et puis, bien évidemment, Armbruster a explosé comme le Vésuve. Et Gray...

— Gray... ?

— Il s'est éclipsé.

Sa témérité aurait de graves conséquences, mais, parmi celles-ci, la disparition de Gray serait sans doute la plus pénible à digérer. Elle était résignée à être la cible de la vengeance d'Armbruster. Le sénateur allait lui faire payer ces quelques minutes durant lesquelles il avait cru sa fille morte. Pendant des années, elle serait la risée de la presse washingtonienne. Les quelques miettes de crédibilité qu'elle avait réussi à récolter depuis la débâcle de l'affaire Green s'étaient envolées d'un seul coup. Dieu sait combien de temps il lui faudrait pour regagner un semblant de respect parmi ses confrères, si tant est qu'elle y parvienne jamais.

Même si elle n'avait pas averti son bureau, le bruit finirait par se répandre de toute façon. Pennsylvania Avenue s'apparentait à la grand-rue de n'importe quelle bourgade américaine. Les rumeurs et les mauvaises nouvelles y circulaient à la vitesse de l'éclair. Un tel fiasco et autour une telle brochette de personnages ne pouvaient pas rester secrets très longtemps.

Elle était donc prête à affronter le ridicule. Ce serait douloureux. Mais moins que l'abandon de Gray.

Elle avait détourné son regard du masque mortuaire de Jayne Gaston pour le dévisager ; ses traits étaient à peu près aussi animés que ceux de la défunte. Bizarrement, sa réaction l'avait davantage inquiétée que celle du sénateur. Des deux hommes, celui-ci s'était montré le plus communicatif, même s'il avait pesté contre elle. Sa tirade avait occupé toute son attention. Quand il en eut fini de l'accabler d'injures, Gray s'était volatilisé.

— Je l'ai cherché partout dans l'hôpital, puis dans le parking, expliqua-t-elle à Daily. Personne ne se souvenait de l'avoir vu partir. J'ai retrouvé ma voiture là où on l'avait laissée. J'ignore quel moyen de transport il a bien pu emprunter. Il s'est évaporé.

Elle tiraillait nerveusement sur une petite peau de son pouce.

— Il a dû être mortifié de s'être laissé embarquer dans cette galère par une sotte de mon espèce. Un homme si expérimenté.

— S'il te plaît, grommela Daily. L'apitoiement sur soi-même me donne envie de gerber...

— Je ne...

— Tu n'as pas convaincu Bondurant de quoi que ce soit et tu te fais des illusions si tu t'en crois capable. Tu t'es contentée de confirmer ses soupçons, souviens-toi.

— Il n'empêche qu'il a tué Spencer Martin sur la base de ce que je lui avais dit.

— En légitime défense.

— En est-on sûr ?

— Tu en doutes ?

— Puisque Merritt n'avait rien à cacher, pourquoi aurait-il envoyé Spencer Martin dans le Wyoming pour liquider Bondurant ? Parce que je lui avais fait part de mes théories insensées, Gray a dû mal interpréter cette visite de Martin, qui n'était peut-être qu'une coïncidence. Merritt ne va pas laisser son conseiller le plus proche disparaître sans mener une enquête approfondie et le chercher partout. Gray sera accusé de meurtre.

— Il a brouillé les pistes et s'est probablement débarrassé du corps de Martin si bien qu'on ne le retrouvera jamais, spécula Daily. Pas de cadavre, pas de meurtre.

— Ce n'est qu'une question de procédure.

— Il n'avait pas l'air particulièrement inquiet.

— Non, il se faisait beaucoup plus de souci pour Vanessa. En apprenant qu'elle était morte, il est devenu blanc comme un linge.

Gray Bondurant aimait Vanessa Merritt. Il ne la

désirait pas simplement ; il *l'aimait*. Suffisamment pour lui sacrifier sa carrière. Il avait démissionné afin que ni son mariage ni son statut ne soient mis en péril par une liaison scandaleuse. Il l'aimait au point de renoncer à ses prérogatives de père. Cela avait dû le mettre à la torture de ne pas pouvoir être là au moment de la naissance, puis de pleurer seul la mort de cet enfant, alors qu'il se trouvait pour ainsi dire en exil.

Barrie, elle, n'aurait jamais droit à tant d'amour. Elle songea avec mauvaise humeur qu'une femme aussi égoïste et superficielle que Vanessa Armbruster Merritt ne méritait pas pareil dévouement. D'accord, elle était malade. Mais ce n'était pas une raison pour manipuler les gens. Pourquoi l'avait-elle impliquée dans cette histoire ? Pourquoi l'avoir envoyée sur toutes ces fausses pistes ?

— C'est un sacré tombeur, observa Daily.

— Hein. Quoi ? Qui ça ? Bondurant ? Comment veux-tu que je le sache ?

— Vous n'avez pas..., fit-il en levant les sourcils.

— Évidemment que non.

— Mais ça t'aurait plu.

— Arrête de me chambrer. Notre M. Bondurant a quelques traits admirables, mais il est à peu près aussi éloigné de mon type idéal qu'on peut l'être. C'est le genre aguerri, taciturne qui, en ce qui me concerne, équivaut à débile, et frimeur qui plus est.

« Il a tué un ami en prétendant qu'il avait agi en légitime défense et on est censé le croire sur parole. Il s'est entiché d'une femme qu'il ne pourra jamais avoir. Il vit en ermite dans un trou perdu, ce que je trouve bizarre et un peu sinistre.

« Même s'il habitait au coin de la rue et se trouvait être l'homme de l'année, il n'a pas fait mystère de l'opinion qu'il avait de moi, à savoir que je suis une calamité ambulante, un désastre. De toute façon, cette conversation n'a aucun sens parce qu'il ne m'intéresse pas, et d'ailleurs, il a disparu de la circulation. Okay ?

— Alors depuis combien de temps le connaissais-tu avant de coucher avec lui ?

— Quatre-vingt-dix secondes environ.

— Mon Dieu, Barrie !

— Ouais. Très professionnelle comme approche, mais seulement quand on est prostituée de son état. — Elle soupira. — Puisque ma carrière dans le journalisme est finie, je devrais peut-être envisager de me lancer dans la quête de mon plaisir personnel.

— Toi, une pute ? — Daily gloussa. — J'aimerais bien voir ça.

— Je serai obligée de te faire payer pour regarder. — Elle balança les jambes sur le bord du lit. — Ce petit entretien, que j'ai initié dans l'espoir de me remonter le moral, a achevé de me déprimer. Je vais prendre une douche.

— Une douche ne guérira pas le mal dont tu souffres.

— Je vais quand même prendre une douche. — Elle plongea la main dans un sac en plastique à la recherche de sous-vêtements neufs. — Si on m'accordait un vœu, Daily, dit-elle en enlevant les étiquettes, je demanderais de remonter le temps jusqu'au jour où Vanessa Merritt m'a téléphoné pour m'inviter à prendre un café. Je refuserais.

— Ce qui signifie qu'à présent, tu es convaincue que l'enfant des Merritt a succombé à la mort subite du nourrisson et que tout le reste était le fruit de ton mauvais jugement et de ton imagination débordante ?

— Tu ne l'es pas ? répliqua-t-elle en le regardant dans le blanc des yeux.

— Tu es radieuse, ma chérie ! s'exclama le sénateur en serrant sa fille dans ses bras à l'étouffer. Je ne peux pas te dire à quel point je suis heureux de te voir.

— Moi aussi je suis contente de te voir, papa.

Elle lui rendit son étreinte, mais il sentit qu'elle était nerveuse et la libéra. Son sourire était aussi étincelant qu'une bague en diamants à dix dollars, mais encore plus faux.

— Je me suis vue dans la glace ce matin. Je ne pense pas que « radieuse » soit le mot qui me sied le mieux en ce moment.

— Tu viens de passer des semaines au lit. Qu'espères-tu ? Tu retrouveras tes couleurs en un rien de temps.

— Moi je la trouve ravissante.

Ce commentaire venait de David Merritt, occupé à beurrer son pain aux raisins.

Ils étaient en train de prendre un copieux petit déjeuner dans les appartements de Vanessa. De l'avis de Clete, du café était bien la dernière chose qu'il fallait à sa fille, mais elle en avait déjà bu deux tasses.

— Tu devrais venir passer quelque temps à la maison, suggéra-t-il. Tu pourrais te dorer au soleil, faire la grasse matinée, manger les plats nourrissants de notre bon vieux Sud. Qu'en dites-vous, David ? Vous ne pensez pas qu'on devrait l'envoyer faire un petit séjour dans le Mississippi ?

Son gendre arborait son beau sourire de campagne. Il avait dû s'exercer récemment.

— Je viens juste de la récupérer, Clete. J'aurais horreur de la voir s'en aller de nouveau. De plus, elle est en train de remonter la pente. George a fait merveille.

Le sénateur était loin de partager l'avis de David sur le Dr Allan.

— Il filait un mauvais coton, avant-hier soir.

Vanessa était devant sa coiffeuse en train d'essayer diverses boucles d'oreille.

— Lesquelles dois-je mettre ? demanda-t-elle en se tournant vers eux, une boucle différente à chaque oreille. Je préfère les perles. Qu'en penses-tu, papa ?

— Les perles me paraissent très bien.

— Elles appartenaient à maman.

— Oui, je sais.

— La dernière année où j'étais au lycée, tu m'as autorisée à les porter pour aller au bal. T'en souviens-tu ? J'en ai perdu une. Tu étais bouleversé. Mais je suis retournée dans la salle de gym le lendemain et je l'ai cherchée partout jusqu'à ce que je mette la main dessus. J'avais une robe rose. Tu as failli avoir une crise d'apoplexie parce que tu trouvais que la couturière l'avait faite trop courte. Ce soir-là, j'étais sortie avec ce Smith, celui qui est allé à Princeton avant d'abandonner ses études. Je ne sais pas du tout ce qu'il est devenu.

Avant que les médecins diagnostiquent la cyclothymie de Vanessa, ses brusques sautes d'humeur plongeaient Armbruster dans le plus grand désarroi et l'attristaient profondément. Elle était tour à tour déprimée, agitée, anxieuse ou remontée comme une horloge. Mais il l'avait rarement vue aussi euphorique qu'à cet instant. Elle devait être en proie à une crise maniaque à moins qu'elle ne soit sous l'emprise d'un antidépresseur. Les symptômes étaient tellement similaires qu'il était difficile de faire la différence. Il apparaissait avec évidence, toutefois, qu'elle ne s'était pas stabilisée, ce qui avait pourtant été le but de la période d'isolement à laquelle on venait de l'astreindre.

David avait dû s'apercevoir de son comportement, mais faisait un effort pour l'ignorer. Il interrompit les babillages de son épouse pour répondre au commentaire de son beau-père à propos du médecin.

— George n'était pas au meilleur de sa forme l'autre soir, Clete. On ne saurait l'en blâmer. D'abord, son infirmière lui claque entre les doigts. Ensuite, il ne parvient pas à mettre la main sur son fils. Là-dessus, Barrie Travis débarque à l'hôpital avec Gray et vous dans son sillage, provoquant un grabuge pas possible et un événement médiatique dont on se serait volontiers passé. — Il secoua la tête en gloussant. — Dites-moi, elle n'a pas vraiment cru que le cadavre était celui de Vanessa ?

— En tout cas, je peux vous assurer que cette écervelée m'a entendu, dit Clete en balayant l'air de son index pointu. Et je n'en ai pas encore fini avec elle.

— Je ne veux plus qu'on parle de ça, soupira Vanessa en se levant. Regardez, j'ai la chair de poule. C'est horrible d'entendre parler de rumeurs à propos de sa propre mort.

— Je ne pardonnerai jamais à cette femme ce qu'elle t'a fait subir, renchérit Clete. J'ai connu des journalistes irresponsables, mais celle-là dépasse les bornes. Qu'est-ce qui lui est passé par la tête ? Qu'est-ce que tu penses des derniers événements, ma chérie ?

— Quels événements ? Oh, tu veux dire ce qui s'est passé à Highpoint ? Ce n'est pas très clair. Je ne me souviens pas vraiment de mon départ. Quand je me suis réveillée, j'étais ici dans mon lit et George me disait que je n'allais pas tarder à me sentir beaucoup mieux.

— Il avait raison.

David s'approcha d'elle, lui prit la main et lui déposa un baiser sur la joue. Vanessa s'empressa de s'écarter de lui, comme Clete ne manqua pas de le remarquer.

— George m'a expliqué que mon infirmière avait succombé à une crise cardiaque. Ça m'a fait de la peine, même si je n'avais pas fait sa connaissance. — Elle ajusta un bracelet à breloques qui ornait son poignet gracile. — Ce truc me gêne.

— Comment ça, tu n'avais pas fait sa connaissance ? Qu'est-ce que tu veux dire ? s'exclama Clete.

— C'est la vérité, papa. Je me rappelle vaguement sa voix, mais j'aurais été incapable de la reconnaître dans une foule. Je ne me souviens pas du tout de la tête qu'elle avait. Je crois que je vais enlever ça.

Elle fit glisser le bracelet de son poignet et le laissa tomber sur la table avec fracas.

— George Allan m'a laissé entendre que vous étiez devenues très amies, s'étonna Clete.

— George a raison, intervint David. Tu ne t'en souviens pas très bien, ma chérie.

— Je ne l'ai jamais rencontrée. Je suis mieux placée que toi pour le savoir. Je peux te dire que non. Pourquoi est-ce que tu me contredis sans arrêt ? Tu passes ton temps à réfuter mes propos et ça m'énerve au plus haut point. Tu me donnes l'impression que je suis une imbécile.

— Tu n'es pas une imbécile.

— Tu me traites pourtant comme telle.

— Tu prenais des médicaments, ma chérie, poursuivit David d'une voix suave. Tu t'es beaucoup attachée à Mme Gaston, mais à cause des tranquillisants qu'on t'administrait pour que tu puisses te reposer, tu n'en as plus le souvenir.

— D'accord, d'accord, si ça peut te faire plaisir, dit-elle en agitant les mains. Mon Dieu, je n'arrive pas à croire qu'elle est morte au pied de mon lit. Ça m'écœure rien que d'y penser. — Elle remit son bracelet et secoua le bras. — J'adore porter ce bijou. J'aime entendre le tintement des breloques. On dirait les grelots du traîneau du Père Noël.

— C'est bientôt Noël, s'exclama David, un beau sourire flottant à nouveau sur ses lèvres. Puis nous célébrerons la nouvelle année. L'année des élections. Oublions Barrie Travis, l'infirmière et tous les épisodes malheureux de cette année et concentrons-nous sur la prochaine. — Il se frotta vigoureusement les mains. — Nous avons des tas de projets à mettre en place pour la campagne.

— Je ne veux pas y penser pour le moment.

— Je suis d'accord avec elle, David, lança Armbruster. Je trouve que vous allez un peu vite en besogne. Occupons-nous d'abord de remettre Vanessa en selle. Vos plans de campagne peuvent attendre.

— Il n'est jamais trop tôt pour s'organiser.

Vanessa commença à se tordre les mains.

— Rien que d'y penser... Écoute, David, je me sens beaucoup mieux, mais je ne pense pas que je sois capable d'apparaître à une conférence de presse ce matin.

Le sénateur avait été choqué d'apprendre qu'une conférence de presse à laquelle Vanessa devait prendre part était prévue à onze heures dans la salle Est. On avait convoqué son esthéticienne à la Maison Blanche ; elle avait fait merveille avec les cheveux de la première dame et son maquillage, mais son talent et tous les efforts qu'elle avait déployés n'avaient pas suffi à dissimuler les cernes ni les joues creuses de Vanessa.

— Pourquoi faut-il absolument que je sois là ? demanda-t-elle d'un ton anxieux.

— Ça ne prendra que quelques minutes, fit David.

— Ce n'est pas une réponse, lança Clete. Pourquoi faut-il qu'elle soit là ?

D'une voix tendue, David répondit :

— Parce que Vanessa nous a mis Barrie Travis sur le dos, voilà pourquoi. C'est là que tout a commencé, pour culminer avec cette débâcle dans la salle des urgences. Les rumeurs vont bon train. Le seul moyen de les faire taire consiste à parler publiquement du décès de Mme Gaston et d'expliquer précisément ce qui s'est passé. Et puis, il y a trop longtemps que les gens n'ont pas vu leur première dame. Tu as reçu des milliers de cartes et de lettres te souhaitant un prompt rétablissement. Tu dois les remercier, Vanessa.

— Bien sûr que je les remercierai. Je vais demander à mon équipe de s'en occuper sur-le-champ. Mais ne pourrait-on pas repousser cette conférence ? Ne serait-ce que de quelques jours ?

— Tout est déjà programmé, trancha David. Dalton piquerait une crise. De plus, si nous annulons maintenant, cela ne fera que multiplier les questions sur ton séjour à Highpoint, sous la surveillance d'une infirmière privée. Je ne peux plus me permettre des échos négatifs dans la presse. Tu m'as déjà coûté assez cher, tu ne trouves pas ?

— David ! brailla le sénateur. Pour l'amour du ciel !

Le Président soupira.

— Je suis désolé. Ce n'était pas très gentil. Je le regrette.

Il s'approcha de sa femme et posa les mains sur ses épaules. Armbruster aurait juré qu'elle avait eu un mouvement de recul.

— Nos nerfs ont été mis à rude épreuve, les tiens en particulier, reprit David d'une voix douce. Rien ne t'oblige à venir à cette conférence, si vraiment tu n'y tiens pas. Ce n'est pas si important que ça. Je n'aurais pas dû insister puisque tu ne te sens pas d'attaque.

Vanessa jeta un rapide coup d'œil à son père qui lut la panique et l'impuissance dans son regard.

— Non, David, dit-elle, je ne me déroberai pas. Je t'accompagne. C'est mon devoir en tant que première dame des États-Unis.

Il lui pressa les épaules.

— Enfin, je te retrouve. Je n'aurais jamais organisé cette conférence si j'avais pensé qu'elle pourrait te causer une telle contrariété. George m'a assuré que tu avais repris suffisamment de forces. De fait, il m'a dit que plus tôt tu retrouveras tes activités normales, mieux tu te sentiras.

— Que faut-il que je fasse ?

— Rien. Dalton prononcera un bref éloge de Mme Gaston. Il t'en attribuera la rédaction, mais c'est lui qui le lira. Tu n'auras qu'à être présente et adresser ton beau sourire aux caméras. Tu devrais y arriver, non ?

— Évidemment, intervint Armbruster avec emphase. À quelle heure faut-il qu'elle descende ?

— Un peu avant onze heures. Si vous pouviez rester

avec elle jusqu'à ce moment-là, Clete, j'ai des choses à faire.

Sur ce, il quitta la pièce.

— Tu devrais manger quelque chose, Vanessa.

— Je n'ai pas faim. J'ai bu du jus d'orange tout à l'heure. — Elle s'approcha de la fenêtre et écarta les tentures. — Papa, je ne voulais pas en parler devant David, mais il me semble l'avoir entendu mentionner Gray ?

— Malheureusement oui, grommela-t-il. — Il avait décidé de ne pas lui faire part de la réapparition de Bondurant et n'était pas content que David ait fait allusion à lui. — J'espère que c'est la dernière fois que nous verrons ce Rambo.

— Il est ici, à Washington ?

— Il l'était. Je crois qu'il a pu retourner dans sa tanière du Wyoming, la queue entre les jambes.

— Tu l'as toujours détesté. Tu as tort. Il était gentil avec moi. J'aimerais beaucoup le voir.

— Nous n'allons pas nous disputer à cause de ce gars-là, Vanessa.

— Que faisait-il ici ? Pourquoi est-il revenu ?

— C'est une longue histoire.

— Je voudrais bien que tu me la racontes.

— Je t'expliquerai une autre fois. Tu as déjà suffisamment de choses en tête pour aujourd'hui.

— Je veux savoir ce qu'il devient, insista-t-elle d'une voix stridente.

Elle paraissait si vulnérable qu'Armbruster céda. Mais jusqu'à un certain point seulement.

— J'ignore ce qui l'a incité à revenir ici, mentit-il. Tout ce que je sais, c'est qu'il était en compagnie de Barrie Travis. On ne pourrait imaginer un assemblage plus explosif. D'un autre côté, ils sont remarquablement bien assortis.

— Comment Gray l'a-t-il connue ?

— Quelle importance ? On ne fait pas plus corrompue qu'elle. Quant à Bondurant... À quoi bon épiloguer là-dessus, Vanessa ? Tu sais quelle piètre opinion j'ai de lui.

— Il est très différent de ce que tu crois, papa. Il...

Clete posa son gros index sur les lèvres de sa fille.

— Je ne veux pas le savoir, Vanessa.

— Mais il faut que tu saches. J'ai besoin d'en parler.

Le joli masque que l'esthéticienne avait composé pour la conférence de presse était en train de se craqueler à vue d'œil. La détresse hantait ses yeux bleus.

— Pas maintenant, dit-il à voix basse. Tout à l'heure.

— Tout va tellement mal. Je suis vraiment perturbée, hein, papa ? David prétend que je vais bien, mais ce n'est pas vrai. Tu le sais toi aussi, hein ? Je suis... cassée à l'intérieur. Je le sens.

— Chut, souffla-t-il en l'attirant à lui. — Puis il pressa son visage contre sa poitrine, approcha les lèvres de son oreille et chuchota : — Écoute-moi, Vanessa. Tu m'as toujours fait confiance pour que j'arrange les choses, n'est-ce pas ? Eh bien je continue à arranger les choses. Fie-toi à moi. Je réglerai tout. Tout. Je te le promets.

Elle s'écarta de lui. Il plongea son regard dans le sien en espérant que son message aurait raison de la confusion et des remèdes qui lui embrouillaient l'esprit. Finalement, elle hocha la tête.

— Bon, maintenant, va te poudrer le nez, dit-il d'un ton enjoué. La première dame des États-Unis ne peut pas se montrer à la télévision avec un pif luisant !

Sur le chemin de la salle de bains, elle se retourna.

— Spence sera-t-il là ce matin ?

— Je pense que oui. Pourquoi ?

— Pour rien. Je ne l'ai pas vu depuis que je suis rentrée, c'est tout.

Les gros sourcils du sénateur se rejoignirent au-dessus de l'arête de son nez.

— Maintenant que j'y pense, ça fait un moment que je ne l'ai pas vu non plus.

24

— Tu es sèche comme un épi de maïs au mois d'août.

David cherchait à la pénétrer de force, et Vanessa ne protestait pas en dépit de son inconfort. Elle tirait son plaisir des vains efforts qu'il faisait.

— Tous mes lubrifiants sont partis, David. Tu m'as desséchée.

— Non, tu les as épuisés avec Bondurant.

Il glissa la main entre leurs corps, écarta les tendres replis de chair, puis s'enfonça brutalement en elle. Elle se mordit la lèvre pour ne pas crier et lui donner la satisfaction de savoir qu'il lui avait fait mal. Cette parodie d'amour n'avait strictement rien d'érotique. C'était un acte de domination pure et simple. Il exerçait son pouvoir sur elle afin de ne laisser aucun doute sur son autorité.

Ses injures n'avaient plus l'impact qu'elles avaient autrefois. La répétition en avait affaibli l'effet. Avec une nouvelle bordée d'obscénités braillées d'une voix gutturale, il éjacula avant de rouler sur le dos en jubilant.

— Avant de te congratuler, David, souviens-toi qu'il n'y a aucune vie en toi. — Elle tira un mouchoir en papier de la boîte de Kleenex posée sur la table de chevet et essuya la semence qui lui coulait entre les cuisses. — Tu es stérile, n'oublie pas !

— Ferme-la.

— Même si j'avais été au courant de ta vasectomie, j'aurais probablement pris un amant rien que pour savoir l'effet que cela faisait de faire l'amour avec un homme capable de donner la vie.

— Si tu dis ça encore une fois, je...

— Tu feras quoi, David ?

— Je ne pense pas que tu veuilles le savoir.

— Tu me menaces ? Tu veux des menaces ? Bon. Si on commençait par la nuit où Robert Rushton est mort ?

— Pourquoi est-ce que tu t'obstines à remettre ça sur le tapis, Vanessa ? Mieux vaut enterrer cette histoire, comme on a enterré le gosse. Pour toi comme pour moi.

Elle se leva, mais resta à proximité du lit, le bravant avec insolence. Quand elle était nue, l'effet des épreuves qu'elle venait de subir sautait aux yeux. Elle avait tellement maigri que les os de son bassin faisaient saillie, grotesquement, de part et d'autre de son abdomen creux. Sa peau avait perdu son élasticité et pendait là où elle avait eu jadis des muscles pleins de tonus.

En d'autres temps, elle aurait été catastrophée par une telle détérioration. Mais elle ne se souciait plus de rien en dehors de la haine consommée que lui inspirait l'homme allongé devant elle sur le lit.

Elle était à demi consciente lorsqu'ils l'avaient ramenée à Washington en hélicoptère. Ce matin, elle s'était sentie aussi tendue qu'une corde. Cocktail de médicaments. Voilà ce que George faisait pour David. Il jonglait avec ses remèdes de manière à l'exciter ou la calmer selon les ordres de son mari. Combien de temps son système tiendrait-il le coup à ce rythme ?

Quasi stabilisée à présent et plus à même d'évaluer la situation avec clarté, elle n'était pas certaine de ne pas préférer être dans le brouillard. La lucidité lui faisait comprendre la réalité : le décès inopportun de l'infirmière avait déjoué les plans de David la concernant.

Elle avait enduré la conférence de presse en professionnelle qu'elle était. Debout entre son père et son mari, face aux projecteurs, aux caméras et aux micros qui faisaient partie de sa vie depuis aussi longtemps que remontaient ses souvenirs, elle s'était demandé si quelqu'un parmi les téléspectateurs se rendait compte de la terreur qui l'habitait. Et si on avait remarqué les bijoux qu'elle portait. Plus précisément, celui qu'elle ne portait pas.

David, lui, ne s'était aperçu de rien. Enhardie par ce petit succès, elle lui dit :

— Tu te crois intelligent parce que tu as réussi à convaincre tout le monde que le petit Robert avait succombé à la mort subite du nourrisson.

— Cela vaut tout de même mieux que si les gens savaient la vérité, non ? Tu ne penses pas qu'il est préférable qu'ils aient gobé ce mensonge ? Ton rôle de première dame d'Amérique te plaît, me semble-t-il. Qu'adviendrait-il de toi si le monde découvrait le pot aux roses ?

— Tu n'en as rien à faire de ce qu'il adviendrait de moi, répliqua-t-elle d'un ton méprisant. La seule chose qui t'intéresse, c'est ce qui t'arriverait à toi. Et pour t'assurer une fois pour toutes que la vérité n'éclatera jamais au grand jour, le Dr Allan était chargé de me supprimer en m'administrant une surdose de médicaments, n'est-ce pas ?

— Tu délires, Vanessa.

— Pas ce soir. Ce soir, je vois les choses avec une clarté terrifiante. — Elle rit tristement. — Dommage, David. Tu as raté ton coup. Je suis encore là. Plus faible, peut-être, mais fermement résolue à te rendre la monnaie de ta pièce en faisant de ta vie un enfer.

— Ben voyons ! Il est évident aux yeux de tous que tu mènes une existence infernale. — Il se redressa et promena ses regards sur la pièce luxueusement meublée. — Tu vis dans la demeure la plus prestigieuse de ce pays. Tu es l'épouse de l'homme le plus influent du monde. Tu as tellement de gens à tes ordres pour exaucer tes moindres caprices que tu ne sais plus où donner de la tête. Tu ne connais même pas les noms de tous ceux qui passent leur temps à te faciliter la vie. Les grands couturiers font la queue pour avoir le privilège de t'habiller. Tu voyages à bord de l'*Air Force One* et tu as accès à plusieurs yachts. Une pléthore de limousines avec chauffeurs sont également à ta disposition. Une nation tout entière et la moitié du reste du monde sont en adoration devant toi. — Il allongea le bras pour lui effleurer la cuisse. — Ce n'est pas étonnant que tu sois malheureuse, Vanessa.

Elle lui tapa sur la main pour qu'il la lâche.

— Pourquoi ne pas m'avoir brisé le cœur il y a des années, David ? Quand j'étais jeune et éperdument amoureuse, pourquoi n'as-tu pas abusé de mon amour une fois pour toutes ?

— Parce que je me suis beaucoup amusé à jouer le rôle du monstre dans ta vie de conte de fées. Tu te crois misérable, Vanessa, mais tu ne sais pas ce que c'est la misère. La misère, c'est être pauvre, sans aucun moyen de s'en sortir. La misère, c'est vivre avec deux horribles ivrognes qui ne te cachent pas le mépris que tu leur inspires simplement parce que tu es né, et qui te tabassent pour passer le temps. Tu as grandi dans l'opulence. On t'a tout servi sur un plateau d'argent. Tu n'as jamais eu à mendier, ni à trimer, ni même à désirer quoi que ce soit dans ta putain de vie.

— C'est pour ça que tu me punis ? s'écria-t-elle, incrédule. Parce que j'ai eu une enfance plus heureuse que la tienne ?

— Non, je te punis parce que tu t'es fait sauter par un homme en qui j'avais confiance et que je considérais comme un ami. Ça, dit-il avec dédain en désignant son entrejambe, l'a incité à me trahir, *moi*. — Il avait élevé la voix et la colère lui empourprait le visage.

— C'est toi qui m'as trompée en premier, hurla-t-elle. Avec des dizaines de femmes. Pour ne pas dire des centaines. Dieu sait combien. — Elle serra les poings sous l'emprise de la rage et du désespoir. — Je t'adorais, David. J'avais seize ans quand tu as collaboré à la campagne de mon père. J'étais impatiente de grandir pour pouvoir t'épouser. Je t'ai toujours aimé. Si je t'ai trompé, c'était uniquement pour te faire mal.

« Malgré les autres femmes, je voulais que notre mariage dure. Même lorsque j'ai su que tu avais eu une vasectomie et compris que l'enfant n'était pas de toi, j'étais prête à tout recommencer à zéro. Je voulais que nous soyons de nouveau amoureux.

David se mit à rire en secouant tristement la tête.

— Ma pauvre Vanessa, je n'ai jamais été amoureux de toi. Crois-tu vraiment que si tu ne t'appelais pas Armbruster, je me serais coltiné une petite dinde insipide de ton espèce, malade qui plus est ?

Elle étouffa un sanglot. Face à cette cruauté, elle se demanda comment elle avait pu faire pour n'y voir que du feu. Il avait un don formidable pour charmer les gens — elle, son père, toute une nation d'électeurs.

— Tu n'es une qu'ordure, lâcha-t-elle entre ses dents.

— Et toi tu es folle. Tous ceux qui t'entourent le savent.

Il se leva, l'écarta sans ménagement de son chemin et prit sa robe de chambre.

Vanessa s'agrippa au dossier d'un fauteuil.

— Je ne suis pas aussi bête et futile que tu le penses. Tu as tenté de m'assassiner et je te le ferai payer.

— Attention, Vanessa ! dit-il à voix basse. Menacer le Président des États-Unis est un crime grave.

— Je m'en fiche de ce qu'ils feront de moi. Je vais te détruire.

— Ah vraiment !

Quand il revint vers elle, elle eut du mal à ne pas se dérober, mais tint bon.

Jusqu'au moment où il la gifla à toute volée du revers de la main.

Elle s'effondra contre le mur en se tenant la mâchoire qui lui paraissait disloquée.

— Ne t'avise pas de me menacer à nouveau, Vanessa. Ne t'avise pas de faire quoi que ce soit. Continue à être soumise comme tu l'as toujours été, avec ton père d'abord, puis avec moi. Et puis, ne t'imagine pas que tu peux me déboulonner sans provoquer la perte de Clete. Il a pris part à toutes les magouilles qui se sont tramées à Washington depuis le gouvernement Johnson. Tu ne peux pas me détruire sans détruire ton cher papa en même temps. Alors tu peux appeler tous les foutus journalistes que tu veux et leur raconter tout ce qui te passe par la tête à propos de dissensions au sein de la Maison Blanche, mais dans ce cas, prépare-toi à voir sombrer le sénateur Clete Armbruster.

Il se retourna sur le seuil, pour lui lancer une ultime pique :

— Autrefois, tu étais au moins un bon coup au lit, mais maintenant, même ça c'est fini.

Il traversa le couloir à la hâte pour gagner sa propre chambre en adressant de vagues hochements de tête aux agents des services secrets qui lui souhaitèrent bonne nuit. Même s'il avait remporté la bataille avec Vanessa — et elle n'avait pas vraiment été une rivale digne de ce nom —, il était de mauvaise humeur et ne savait toujours pas ce qu'il allait faire d'elle.

Maudite soit cette infirmière !

On avait préparé son lit. La lampe sur la table de chevet jetait une douce lumière qui donnait à la chambre une atmosphère intime et confortable. Il songea à convoquer l'une de ses distractions régulières : une chroniqueuse qui défendait avec acharnement les droits de la femme dans ses articles, mais dont les pipes étaient légendaires. Elle trouvait très excitant d'être introduite en catimini dans la Maison Blanche et le récompensait généreusement de ce petit jeu. Cependant, les jérémiades de Vanessa avaient tari son désir. Raison de plus de fulminer.

Il se servit un verre d'eau, à laquelle il ajouta une goutte de whisky et l'emporta à la salle de bains. Il se brossa les dents, se rinça la bouche et cracha dans le lavabo. Au moment où il tendait la main vers son verre d'eau teintée de whisky, il perçut un mouvement derrière lui dans la glace.

Il pivota brusquement sur lui-même et lâcha le verre qui se brisa sur le carrelage. Il s'affaissa contre le lavabo en serrant la main sur sa poitrine.

— Monsieur le Président, on dirait que vous venez de voir un fantôme.

— Doux Jésus !

Merritt se laissa choir sur la cuvette des toilettes. Il tremblait comme une feuille.

— Je vous croyais mort.

Spencer Martin était nonchalamment adossé contre le chambranle de la porte. Malgré sa désinvolture, il n'avait pas fière allure. Il portait des vêtements de mauvaise qualité, apparemment neufs, mais n'était pas rasé et donnait l'impression de ne pas avoir pris de bain ni de douche depuis des semaines.

Remis de son choc, David demanda :

— Où étiez-vous passé, bordel ? Vous avez une gueule épouvantable. Et vous empestez !

— Avant de réussir à m'échapper, je suis resté plusieurs jours vautré dans mes excréments.

— Vous échapper d'où ?

— Je crois que les pionniers appelaient ça une cave en terre. En fait, c'est un trou dans le sol — en l'occurrence, sous la grange d'un de nos chers amis. Gray Bondurant, persifla Spence. Vous me croirez si tu voulez, ce fils de pute m'a tiré dessus.

David écouta attentivement Spence lui relater le sympathique petit déjeuner qu'il avait pris en compagnie de Gray.

— Il a admis que Barrie Travis lui avait rendu une petite visite, mais apparemment il avait pigé mon manège dès le départ. Il m'a tiré dessus avant que je ne puisse lui tirer dessus. Il va regretter de ne pas m'avoir descendu quand il tenait sa chance. Vu sa mentalité de boy-scout, je doute qu'il ait eu l'intention de m'abattre.

— Que s'est-il passé ensuite ?

— Il a soigné ma plaie à l'épaule, m'a dénudé, puis ficelé comme une dinde de Noël avant de m'enfermer dans la cave. J'avais les mains liées, mais je pouvais atteindre avec la bouche l'eau et la nourriture qu'il avait placées là à mon intention. Si je ne prenais pas de trop grosses rations, il y avait là de quoi tenir plusieurs semaines. Juste avant de fermer la porte, il m'a rappelé que j'avais surpassé tout le monde aux entraînements de survie. Alors, survis, connard ! m'a-t-il dit.

« Ma blessure me faisait mal, mais si elle ne s'infectait pas, elle ne devait pas mettre ma vie en péril. Il m'a fallu environ vingt-quatre heures pour me libérer les mains. Il savait que je finirais par y arriver, mais il savait aussi que ça me prendrait un moment pour sortir de là, si tant est que j'y parvienne. La pièce devait faire dans les trois mètres carrés. Le plafond se trouvait à une vingtaine de centimètres au-dessus de ma tête et entre le plafond et le sol de la grange, il y avait trente centimètres de terre bien tassée soutenue par des piliers. Je l'ignorais évidemment jusqu'à ce que je sorte de là.

— Et la porte ?

— En bois. Mais il avait posé deux poutres en acier

en travers. Des vestiges des travaux de construction de la maison, j'imagine. Il avait percé trois ouvertures dans la porte pour l'aération. Les poutres étaient mises parallèles, à trois centimètres d'écart, juste le diamètre des trous d'aération à la queue leu leu. Il avait éparpillé du foin dessus. Un observateur éventuel n'aurait jamais rien remarqué.

— J'ai envoyé un gars là-bas.

— Un des miens ? — Comme David acquiesçait, Spence déclara : — Dans ce cas, il est cuit. Il aurait dû passer la baraque au peigne fin.

— Comment avez-vous fait pour sortir ?

— J'ai gratté pendant des jours. La nourriture que j'avais — des pâtes pas cuites, du pain et des céréales essentiellement — ne pouvait pas me servir à grand-chose pour creuser.

— Et les récipients d'eau ?

— En polystyrène expansé. Ni couvercles, ni pailles. Je n'avais que ça, dit-il en tendant les deux mains. Pour finir, j'ai réussi à faire un trou, hors du périmètre de la porte et à l'écart des poutres, suffisamment grand pour pouvoir m'y faufiler en me tortillant dans tous les sens. Si le plafond de la cave avait été plus haut, je n'aurais jamais pu l'atteindre. Je n'avais rien pour grimper.

— Heureusement que le sol de la grange n'était pas bétonné.

— Gray a construit cet endroit sur le site d'une ancienne bâtisse de pionniers. Il voulait probablement conserver une partie de son caractère. — Spence grimaça un sourire, mais son expression resta glaciale. — Il a toujours été ridiculement sentimental.

— Il est ici, vous savez.

— Je m'en doutais.

David lui fit part de la visite impromptue de Gray Bondurant, puis lui raconta en détail les événements qui s'étaient déroulés pendant son absence.

— C'est un sale coup du sort, dit-il à propos de la mort de Jayne Gaston. George augmentait progressivement la dose de lithium qu'il administrait à Vanessa tout en notant dans le rapport ce que c'était censé être. Quand il a prescrit un sédatif plus fort, l'infirmière s'est révoltée. Il a voulu la chasser. Elle a eu un arrêt cardiaque et y est restée. Et puis notre journaliste favorite...

— Je sais, coupa Spence. J'ai lu l'article dans le *Post*. Je n'arrivais pas à croire qu'elle était encore de ce monde. Personne ne pouvait sortir vivant d'une explosion pareille, David.

— Son chien est entré dans la maison avant elle.

— Quelle poisse !

— Depuis l'incident de Shinlin, Clete l'a dans le collimateur. Elle a été publiquement humiliée et sa carrière est foutue. Espérons qu'elle aura compris la leçon.

— Espérons-le, mais elle n'apprend pas vite.

— Vous avez raison, reconnut David en hochant gravement la tête. Qu'est-ce qu'on fait avec Gray ?

— Pour le moment, je pense que mon retour doit être tenu secret, vous ne croyez pas ?

— Mais on vous a sûrement vu entrer ici ce soir.

— J'ai dit aux gardes que ma présence était confidentielle et qu'en l'ébruitant, ils mettraient la sécurité nationale en danger. Mes hommes feront courir la rumeur que des menaces ont été perpétrées contre la vie de la première dame des États-Unis, quelque chose comme ça.

— C'est bien. Ça va dans le sens de nos plans.

Spence leva les yeux vers lui.

— Vous êtes toujours déterminé alors ?

En repensant à la scène qui venait de se dérouler dans la chambre de Vanessa, David répondit :

— Plus que jamais. J'ai passé une partie de la soirée avec elle. Elle est toujours aussi obsédée par la mort du bébé. Le problème reste entier.

— Dans ce cas, nous avons du pain sur la planche, commenta Spence en considérant son reflet dans la glace au-dessus du lavabo.

— Commençons par le commencement, fit David en se levant. Je ne peux pas vous dire à quel point vous m'avez manqué ni combien je suis heureux de vous savoir de retour. Maintenant, pour l'amour du ciel, prenez un bain.

25

— Mademoiselle Travis, votre conduite est impardonnable.

— Je suis pleinement consciente de mon erreur, monsieur Jenkins. Cette expérience a été des plus humiliantes pour moi.

En fronçant les sourcils d'un air sévère, le directeur de WVUE poursuivit :

— Le sénateur Armbruster a téléphoné, personnellement, pour me donner sa version des événements. Son compte rendu était encore plus détaillé que celui des journaux. Je l'ai écouté avec une stupéfaction de plus en plus grande me parler de votre manque absolu de professionnalisme et je suis sidéré d'apprendre qu'une employée de cette chaîne ait pu se comporter de cette façon.

— Je regrette de vous avoir causé un tel embarras, ainsi qu'à WVUE. Si je pouvais réparer ma faute, je le ferais.

C'était dans son intérêt de faire amende honorable et elle était sincèrement désolée de la faute qu'elle avait commise. Mais elle en voulait à Armbruster d'avoir agi derrière son dos en mouchardant comme si elle était une gamine qui avait fait une bêtise. S'il avait encore des choses à lui dire, il n'avait qu'à les lui dire en face.

— Par rapport à l'énormité de votre bourde, les conséquences ont été minimes, Dieu merci ! La conférence de presse présidentielle a largement contribué à relativiser l'incident.

— Oui monsieur.

— Tout est bien qui finit bien.

Ce commentaire venait d'être couiné par Howie Fripp, convoqué en même temps qu'elle. Jusqu'à ce moment-là, il s'était contenté de se ronger les petites peaux tandis que les auréoles de transpiration s'élargissaient à vue d'œil sous ses aisselles. Barrie savait que ce n'était pas pour elle qu'il s'inquiétait. Il ne se préoccupait que de sa pomme en se demandant ce qu'il en resterait quand le directeur général aurait fini.

— C'est vous qui avez envoyé ce fichu cameraman, Fripp, n'est-ce pas ? lança Jenkins, passant brusquement à l'offensive.

— Euh, oui, mais seulement parce que Barrie m'a téléphoné en me demandant de le faire. Elle m'a dit qu'elle était sur un coup fumant. Le reportage du siècle !

— Que Dieu nous en garde ! maugréa Jenkins.

Elle se sentit obligée de défendre Howie, même si cela allait lui rester en travers de la gorge.

— Howie ne peut pas être tenu pour responsable, monsieur Jenkins. Je l'ai appelé chez lui pour le prier de m'envoyer un photographe. — Ses joues s'empourprèrent sous le regard incendiaire du directeur. — Ce fut l'une des nombreuses décisions que j'en suis venue à regretter.

Elle regrettait parce que la présence des médias sur place ce jour-là avait fait tourner au désastre une situation déjà délicate. Mais ce coup de fil tourmentait aussi sa conscience parce qu'elle l'avait passé par dépit, à cause de la blessure que Gray lui avait infligée en rejetant sa compassion. Elle n'avait jamais été une fan de Clete Armbruster. Quant à Vanessa, jusqu'au jour où elle s'était trouvée impliquée dans une intrigue fantasque qui avait mis sa vie en péril, elle l'avait toujours considérée avec ironie. Et, tant qu'elle était honnête avec elle-même, elle devait bien avouer qu'elle était jalouse d'elle parce que Gray était toujours amoureux d'elle.

De sorte que lorsqu'elle avait téléphonné à Howie ce soir-là pour lui communiquer son message urgent, elle ne se sentait guère charitable envers aucun des deux. Bye bye l'objectivité !

Oh, son appel était justifié, sans aucun doute. Égoïste, peut-être, mais justifié. Étant donné les circonstances, aucun reporter n'aurait manqué de demander du renfort. Ce scoop aurait pu faire d'elle la star des stars des médias.

Rétrospectivement, à la lumière de cette affaire, elle apparaissait à peu près aussi sensible qu'un charognard dyspeptique. Force lui était d'admettre qu'elle ne l'avait pas volé.

— Armbruster pourrait vous intenter quatre-vingt mille procès après un coup pareil, dit Jenkins, et franchement, je ne saurais l'en blâmer.

— Le sénateur Armbruster avait de bonnes raisons d'être bouleversé, répondit-elle humblement. Je lui ai fait vivre un véritable enfer pendant plusieurs minutes, ce pour lequel je me suis profusément excusée. J'ai également téléphoné un nombre incalculable de fois à la Maison Blanche dans l'espoir de demander pardon au Président et à son épouse de vive voix, mais ils ont refusé de prendre mes appels.

— Je me demande bien pourquoi, marmonna Howie.

Jenkins le fusilla du regard.

— Je voulais dire au Président et à Mme Merritt combien j'étais peinée de l'erreur que j'avais commise et leur exprimer mes regrets pour le désarroi que je leur avais causé.

— Très noble de votre part, mademoiselle Travis. Mais si jamais ils acceptent de vous parler, évitez de vous présenter comme une employée de WVUE. — Il joignit les mains sur son bureau et la regarda dans le blanc des yeux. — À partir de maintenant, ajouta-t-il, vous ne faites plus partie du personnel de cette chaîne.

Elle avait vivement redouté ce moment tout en niant que cela puisse arriver. Pendant qu'elle faisait face aux répercussions immédiates de sa bévue, elle avait réussi à écarter de ses pensées la crainte d'un renvoi. À présent, elle était bien obligée d'affronter cette réalité.

— Vous me licenciez ?

— Vous avez une heure pour vider votre bureau et quitter le bâtiment.

— Je vous en prie, monsieur Jenkins, réfléchissez-y à deux fois. J'ai appris ma leçon. À partir de maintenant, je ferai scrupuleusement attention. Je vérifierai chaque fait.

— Il est trop tard, mademoiselle Travis. Inutile d'insister. Je ne changerai pas d'avis.

Elle en fut réduite à demander grâce.

— Vous êtes au courant pour ma maison.

— Oui. Ça tombe mal.

— J'ai besoin de travailler.

— Je suis désolé. Ma décision est prise.

La confusion la plus complète régnant dans son esprit, elle se raccrocha désespérément aux branches.

— Okay, privez-moi de reportages, mais gardez-moi au moins dans la salle de rédaction.

— Mademoiselle Travis...

— Je taperai les textes à la machine. Je corrigerai les manuscrits. Je répondrai au téléphone, je m'occuperai du télex, je livrerai le courrier, j'irai chercher les sandwiches. Ce sera comme une mise à l'épreuve. Et puis dans quelques mois, vous pourrez me réévaluer.

— Je vous en prie, cessez de vous ridiculiser de la sorte, dit-il de ce ton ferme mais compatissant réservé aux condamnés. Vous ne cadrez plus dans notre programme.

— Qu'est-ce que ça veut dire ?

— Que vos normes ne correspondent plus aux nôtres. Que vous n'avez pas répondu à notre attente. Que je mets un terme à votre contrat pour une série d'offenses, et pas seulement pour la dernière en date.

— Foutaises !

Howie fit la grimace.

Jenkins semblait passablement déconcerté.

— Vous dites ?

— Comportez-vous au moins en homme, Jenkins. Reconnaissez la raison pour laquelle vous me foutez dehors. Armbruster a réclamé ma tête sur un plateau. Voilà pourquoi !

Jenkins devint rouge comme une tomate. Elle sut qu'elle avait fait mouche. Elle se leva et se redressa de toute sa taille.

— Vous n'avez rien compris, monsieur Jenkins. Cette chaîne de télé insignifiante dotée d'une réputation minable et d'une gestion à chier ne cadre plus dans *mon* programme !

— Vous voulez des frites avec ça ?

Barrie mit en balance le contenu calorifique et lipidique de cette garniture avec le formidable désir qu'elle avait d'en manger.

— Bien sûr. Pourquoi pas ? Une grande portion.

Elle paya son cheeseburger-frites à emporter et retourna dans sa voiture. Elle dînait seule ce soir. Depuis des mois qu'elle encourageait Daily à sortir un peu plus souvent, il avait choisi ce soir pour suivre son conseil et accepté l'invitation d'un vieux copain de la salle de rédaction à un festival de films de Brigitte Bardot.

— C'est lui qui conduit ?

Chaque fois qu'il sortait seul, surtout après la tombée de la nuit, elle s'inquiétait pour lui.

— Oui, *maman*. Il passe me chercher et me raccompagnera à la maison. Et avant que tu me poses la question, oui, j'ai vérifié ma réserve d'oxygène et je me suis assuré qu'elle était pleine, bien que si je soupire après la jeune Bardot autant que je l'espère, je risque fort d'être à court avant mon retour. Et si je me branle, je mourrai haletant, mais heureux !

Il avait ajouté cette ultime remarque pour l'agacer. Elle ne lui avait pas dit qu'elle venait de perdre son boulot parce qu'elle savait qu'il insisterait pour rester à la maison pour la consoler. À quoi cela aurait-il servi qu'ils soient malheureux tous les deux ?

Après son entretien avec Jenkins, l'un des membres du service d'ordre de la chaîne l'avait raccompagnée à son bureau et avait tourné autour d'elle tout le temps qu'elle rassemblait ses affaires. Elle était tellement furieuse d'être traitée comme une criminelle qu'elle lui avait lancé d'un ton sarcastique :

— Je ne vois pas très bien ce que je pourrais voler dans ce dépotoir.

— Je n'ai rien contre vous, mademoiselle Travis. J'applique le règlement, c'est tout.

— Ouais, ouais.

Après avoir effacé le contenu de son disque dur et stocké le tout sur disquettes, elle avait vidé les tiroirs de son bureau rempli de dossiers, de notes, de manuscrits dont certains remontaient au jour où elle avait été engagée. Elle avait tout entassé pêle-mêle dans les caisses fournies par la chaîne que sa sentinelle l'avait aidée à porter jusqu'à sa voiture.

Comme elle n'avait pas envie de passer la soirée seule dans la maison déprimante de Daily, elle se demanda où emporter son pique-nique. Au mémorial Lincoln ? Au monument de Jefferson ? Les deux sites étaient si beaux la nuit. Elle s'engagea dans la circulation avant d'avoir pris une décision.

— Barrie ?

Elle poussa un hurlement et freina brutalement.

— Ne vous retournez pas et continuez à rouler.

La voiture qui la suivait s'immobilisa dans un crissement de pneus à un cheveu de son pare-chocs. Le conducteur fou de rage klaxonna comme un dément, puis manœuvra sa Honda Civic et la dépassa en la gratifiant d'un geste obscène.

— Prenez à droite au prochain croisement, lui ordonna Gray, calé dans le coin de la banquette arrière, si bas qu'elle ne voyait même pas sa tête dans le rétroviseur.

— Vous m'avez fait une peur bleue, beugla-t-elle d'un ton furibond, mais elle suivit ses instructions.

— Quand on est une femme seule, on est censé jeter un coup d'œil à la banquette arrière avant de se mettre au volant.

— Les portières étaient fermées à clé.

— J'ai quand même réussi à entrer.

Sa remarque, justifiée, la mit hors d'elle.

— Je pensais que vous étiez retourné jouer au cowboy dans le Wyoming. Pourquoi m'avez-vous laissée seule l'autre soir dans le pétrin où j'étais ? C'était sacrément lâche de votre part. Et puis qu'est-ce que vous faites dans ma voiture ? Comment m'avez-vous trouvée ?

— Tournez à gauche là-bas, mettez-vous dans la file de droite et prenez la première rue à droite. Y a-t-il une conduite intérieure verte deux ou trois voitures derrière vous ?

— On me suit ?

— Jetez un coup d'œil dans le rétroviseur, mais soyez discrète.

— Euh, non... oui ! Il y a une voiture verte à une centaine de mètres derrière moi.

— Semez-les, Barrie.

— Semez-les ? Je ne comprends rien. Comment savez-vous qu'on me suit ?

— On vous file depuis ce matin.

— Comment le savez-vous ? insista-t-elle.

— Parce ce que j'ai passé la journée à suivre vos poursuivants.

— Dites-moi, monsieur l'Homme Invisible, pourquoi devrais-je vous croire ?

— Semez-les et changez d'attitude, voulez-vous ? Il ne faut surtout pas qu'ils s'aperçoivent que vous essayez de leur fausser compagnie.

Bien qu'elle eût des centaines de questions à lui poser, elle concentra son attention sur la route.

— C'est plutôt rigolo, dit-elle alors qu'elle venait de franchir une intersection juste avant que le feu passe au rouge et bloque ses poursuivants.

— À mourir, grommela-t-il.

Après avoir roulé une bonne dizaine de minutes en changeant continuellement de direction, elle lui annonça que la conduite intérieure verte avait disparu.

— Prenez l'autoroute. Sortez de la ville. Assurez-vous qu'un autre véhicule n'a pas pris la relève quand vous avez semé le premier.

Elle surveillait de près son rétroviseur. Au bout d'un moment, elle lui dit qu'elle était à peu près certaine que personne ne les suivait.

— Bon, dès que c'est possible, faites demi-tour et retournez d'où nous venons.

— Pour quoi faire ?

— J'ai une chambre.

Dans la chambre de motel qu'il avait réservée sous un nom d'emprunt, ils partagèrent son cheeseburger et les frites. Il y avait une petite table et une chaise près de la fenêtre, mais ils dînèrent assis en tailleur au milieu du grand lit.

— J'ai perdu mon boulot, dit-elle en fourrant les serviettes souillées et les emballages dans le sac. Mes sincères excuses n'ont pas suffi au sénateur Armbruster. Il a appelé le directeur de la chaîne ce matin en exigeant qu'on me fiche dehors.

— Ce n'est pas vraiment étonnant.

— Vous avez sans doute raison. Armbruster n'aurait pas tenu le coup si longtemps en politique s'il jouait franc jeu et le léchage de bottes fait partie du travail de Jenkins. C'est vrai que cela n'a rien de surprenant. Pour parachever cette journée déjà sinistre, j'ai appris que Cronkite était mort à cause d'une négligence de ma part.

— Comment ça ?

— C'est en tout cas la conclusion de l'ATF sur l'explosion. Mon chien s'est pris les pattes dans un fil électrique en entrant dans la cuisine par sa trappe. Cela a provoqué une étincelle dans la prise et mis le feu à la nappe de gaz qui s'était accumulée dans la pièce à cause du four que j'avais laissé allumé en partant dans le Wyoming. Faute d'aération, le gaz s'était comprimé. Il a suffi d'un rien pour que ça explose, selon eux. Heureusement, l'assurance couvre tout. — Avec un sourire triste, elle ajouta : — Sauf la perte de Cronkite, bien sûr.

— Votre maison a sauté et votre chien est mort, mais ne vous inquiétez pas, madame, l'assurance couvre tout, dit-il avec amertume.

— Vous ne m'avez pas entendue, Gray ? C'était un accident.

— Ben voyons ! Quand vous êtes-vous servie de votre four pour la dernière fois ?

— Je ne m'en souviens pas.

— Aviez-vous éteint le voyant lumineux ?

— Non.

— Aviez-vous tendu un fil électrique en travers de la pièce ?

Il formulait des questions qu'elle s'était déjà posées. Les entendre venant de lui la rendit d'autant plus déterminée à nier les réponses évidentes.

— Mais l'enquête...

— Il n'y a rien à dire sur l'enquête. C'est exactement comme cela que ça s'est passé parce que quelqu'un a tout organisé pour que ça se produise ainsi. Spence n'a certainement pas demandé à son gars de poser une bombe dotée d'un mécanisme sophistiqué. Cela n'aurait fait que compliquer les mesures prises pour dissimuler le caractère criminel de la déflagration. En montant le coup avant de partir pour le Wyoming, Spence a choisi la simplicité. C'était un jeu d'enfants, à vrai dire. Du gâteau. Vous vivez seule. Aucun obstacle. Pas d'amant, de parent âgé ni de co-locataire. Vous étiez en voyage. Le gaz avait le temps de s'accumuler. Tout était prévu de manière à ce que l'explosion ait l'air d'un accident dû à une négligence. C'est un hasard que Cronkite soit rentré dans la maison avant vous. Ils ne pouvaient pas le prévoir.

— Qui ça, ils ?

— Qui qu'ils soient, ils ont agi avec la bénédiction de David Merritt.

Elle secoua la tête.

— Balivernes. Vous vous fondez sur l'hypothèse qu'il avait un vilain secret à garder, que j'étais sur le point de découvrir, dit-elle. Nous savons à présent que ce n'était pas le cas. Je me suis trompée à propos de Vanessa, de la mort du bébé... complètement fourvoyée. Vous aussi. On s'est trompés. Pas vrai ?

— Pourquoi vous a-t-on suivie toute la sainte journée ? Même si votre sujet ne vaut pas un clou — et je continue à penser qu'il s'agit au contraire d'une affaire très grave —, David ne pardonne jamais un affront. Que votre supposition soit exacte ou pas, vos accusations voilées l'ont mis suffisamment hors de lui pour qu'il cherche à vous supprimer.

Son courage s'envola d'un seul coup.

— Vous pensez qu'il fera une nouvelle tentative ?

— Cela paraît plus que plausible.

— Heureusement que j'ai déjà mangé, murmura-t-elle. Je viens de perdre mon appétit.

— Il reste une frite.

— Je veux bien la partager avec vous.

Elle brisa la frite froide en deux, en mit la moitié dans sa bouche et lui tendit l'autre. Il la surprit en la grignotant au bout de ses doigts.

Au contact de ses lèvres sur sa peau, de délicieuses sensations montèrent en spirales en elle. Ses membres lui parurent soudain très lourds, tandis que son cœur faisait un bond dans sa poitrine. Elle eut des picotements jusqu'à l'extrémité des orteils.

Des orteils qu'elle planta fermement à terre pour se lever illico.

— Je ne vais pas dormir avec vous, Bondurant. Au cas où c'est ce que vous avez à l'esprit, je veux vous épargner la gêne, et l'inconfort physique, de vous exciter pour rien.

— La gêne est un sentiment que je ne connais pas et je me sens parfaitement à l'aise, merci. Je suppose que vous avez utilisé le mot *dormir* euphémiquement.

— Vous avez très bien compris.

Il la considéra un moment.

— J'ai effectivement compris, mais je ne me souviens pas de vous avoir demandé quoi que ce soit.

— Je vous l'accorde. Vous n'avez rien demandé. La première fois non plus, d'ailleurs.

— Ce n'était pas nécessaire.

Cela n'aurait servi à rien d'ergoter. Il n'avait pas eu besoin de la séduire l'autre matin dans le Wyoming, alors pourquoi s'était-elle imaginé qu'il allait lui jouer la grande scène ce soir ?

— Je vais prendre une douche, marmonna-t-elle.

Elle saisit son sac au vol, l'emporta avec elle dans la minuscule salle de bains, ainsi que son orgueil meurtri, et ferma la porte derrière elle.

26

— Un homme m'a peinte un jour.

— De la tête aux pieds ?

Elle avait émergé de la salle de bains en petite culotte et chandail. Elle sentait le savon et la peau humide. Peau dont il avait pu voir un échantillon quand elle avait retiré son pull à la hâte avant de se glisser entre les draps. Il s'était posté près de la fenêtre, assis sur la chaise, et guignait périodiquement à travers les stores en faisant tout son possible pour ne pas penser à Barrie Travis à demi nue et embaumant le propre à quelques mètres de lui.

— Je ne dis pas qu'il m'a peint le corps, précisa-t-elle pour clarifier. Il a fait un portrait de moi. J'ai posé nue.

— Pourquoi ? Vous aviez besoin d'argent ?

— C'était à l'époque où j'étudiais à l'université. Je débordais de vie et j'étais en pleine rébellion. J'avais envie de faire quelque chose qui choquerait mes parents. Il m'a demandé de poser et je me suis dit : Pourquoi pas ? Tant qu'il chauffait convenablement son atelier.

— Alors, ça s'est bien passé ?

— Son atelier s'est avéré être une mansarde minable qui empestait la thérébentine et l'artiste mal lavé. Il fumait beaucoup de marijuana et buvait des litres de vin bon marché. Il était toujours triste et de mauvaise humeur.

— Et la toile ?

— Ce fut un désastre. Certaines parties de mon corps se perdirent en cours de route. Il avait le sentiment d'avoir été trahi par son œuvre. Il était au milieu d'une grande tirade sur l'art quand j'ai récupéré mes habits et filé sans demander mon reste. Mais il avait tenu sa promesse pour ce qui était de chauffer l'atelier.

Gray émit une sorte de ricanement nasillard.

— Est-ce lui qui vous a appris à faire les pipes ?

Au bout d'un moment, quand il devint évident qu'elle ne répondrait pas, il se retourna.

Elle était couchée sur le côté, face à lui, les genoux repliés. Ses cheveux éparpillés autour de son visage et de ses épaules nues lui donnaient un air enfantin. C'était d'ailleurs l'une des premières choses qui l'avaient intrigué chez elle : cet irrésistible mélange de charme féminin et de vulnérabilité. Bien évidemment, des semaines ayant passé, même si le souvenir de la chaleur douillette de son corps restait très vif dans son esprit, il était clair qu'elle était plus femme qu'enfant.

Ses yeux si expressifs témoignaient d'une innocente perplexité mêlée de tristesse.

— Pourquoi faites-vous cela, Bondurant ?

— Quoi donc ?

— Pourquoi vous ingéniez-vous à dire des choses grossières et blessantes ?

— Ce n'était pas méchant. Je voulais juste vous taquiner un peu. Il faut croire que je ne suis pas très doué pour cela.

— Je dirais même que vous êtes franchement nul.

— C'est une des failles de ma personnalité.

Le silence se prolongea un bon moment avant qu'elle murmure :

— L'artiste dont je parlais ne m'a rien appris du tout à part à éviter les gens de son espèce. Pour répondre à votre question..., je dirais que j'ai élaboré une sorte de... euh, technique au fur et à mesure. — Après une pause, elle ajouta d'une voix presque inaudible : — L'autre matin dans votre ranch.

Gray sentit son corps réagir instantanément à ce souvenir érotique. Du coup, sa chaise, déjà inconfortable, le devint encore plus. Il ne pouvait plus la regarder dans les yeux sans ressentir une gêne. Il ne voulait pas être son initiateur dans une aventure sexuelle, quelle qu'elle soit. Cela lui donnait de l'importance et partant, une responsabilité qu'il n'était pas certain de pouvoir assumer.

— Pourquoi m'avez-vous raconté cette histoire ? demanda-t-il, préférant changer de sujet.

Elle haussa les épaules.

— Je n'en sais rien. Sans doute parce que je ne savais pas quoi dire d'autre.

— Ça vous arrive assez souvent.

— Quoi donc ?

— D'avoir le sentiment qu'il faut à tout prix dire quelque chose.

— Ce n'est pas vrai.

— La preuve !

Elle fit la grimace.

— Très drôle.

— Ouais. Je suis un comédien né. On n'arrête pas de me le dire. Que je suis un comédien et un taquin.

Il ne fit même pas mine de sourire, mais elle rit. Se tordit de rire, plus précisément, en roulant sur le dos tout en jetant ses bras au-dessus de sa tête. Il côtoyait peu de gens capables d'hilarité depuis qu'il avait atteint l'âge adulte. Son rire était aussi séduisant que sa voix, sincère, spontané. Cela lui fit du bien de l'entendre.

— Merci, Bondurant, dit-elle. Après la journée que je viens de passer, j'avais besoin de rire un bon coup. Quoique je devrais commencer à m'y habituer !

— À quoi ? demanda-t-il.

— À être mise à la porte. Ce n'est pas la première fois.

— Daily a-t-il été le premier à le faire ?

Elle inclina la tête d'un air étonné.

— Il m'a tout raconté, avoua-t-il.

— Oh ! Je lui en suis infiniment reconnaissante, souffla-t-elle, bien qu'elle pensât exactement l'inverse.

— En passant, dans la conversation.

— Ben voyons ! Pendant qu'il éclairait votre lanterne sur mon passé professionnel turbulent, a-t-il mentionné pour quelle raison il m'avait flanquée dehors ?

Il secoua la tête. Il mentait. Daily lui avait raconté l'histoire de A à Z. Mais il n'arrivait pas à se rassasier de sa voix, même si, à force de l'entendre, sa détermination à ne pas la toucher faiblissait de minute en minute. Difficile d'inclure un interlude romantique au programme quand on a la mort aux trousses.

— Eh bien, commença-t-elle en souriant à ce souvenir, Daily et moi étions loin d'être des amis à l'origine. Je lui dois mon premier emploi dans l'équipe de rédaction d'un journal télévisé. Bien évidemment, j'étais convaincue de savoir tout ce qu'il y avait à savoir dans ce domaine, de sorte que, dès le départ, je ne supportais pas la moindre critique, aussi constructive fût-elle. Daily pensait que j'étais une jeune écervelée qui n'avait strictement rien à apporter à la profession. À peine m'avait-il engagée, il entreprit de chercher des raisons de se débarrasser de moi. Mais il avait les mains liées à cause de la haute autorité de l'audiovisuel, le FCC, l'EEO et toute une brochette alphabétique de règlements sur l'embauche et le licenciement. Pourtant, il eut finalement gain de cause. J'ai fini par me torpiller toute seule.

Elle avait été la première journaliste sur les lieux quand un homme armé avait ouvert le feu dans le tribunal d'une cour de justice d'un comté. Sur la base du témoignage d'une femme qui venait d'échapper de justesse à une volée de balles, Barrie avait rapporté qu'il y avait des dizaines de blessés.

— Une « mêlée sanglante ». Je crois que c'est l'expression que j'ai utilisée.

Après quoi, elle avait annoncé, en direct, que la fusillade avait éclaté dans la salle d'audience du juge Green.

— Cela rendait l'affaire d'autant plus passionnante car le bruit courait qu'il était pressenti pour un siège à la cour suprême. Devant la caméra, j'émis l'hypothèse que l'incident avait peut-être des motifs politiques. Le juge Green était-il la cible d'un radical de l'opposition ou s'agissait-il de représailles suite à un jugement impopulaire ? Avait-il survécu ? Était-il blessé ?

En définitive, il s'avéra que le juge Green jouait au golf quand un caddie vint l'informer de ce qui était en train de se passer. L'incident avait eu lieu dans une autre cour et la seule victime se trouvait être le lustre du plafond, réduit en miettes pendant une échauffourée entre l'huissier et un homme qui avait apporté son fusil de chasse au tribunal comme pièce à conviction à l'occasion d'un procès relatif à une affaire de braconnage.

— Par la suite, j'appris que mon fameux témoin était une handicapée mentale employée à remplir les verres d'eau et de thé froid à la cafétéria située au sous-sol. D'après ce qu'on a pu savoir, elle ne s'était jamais rendue au rez-de-chaussée.

« Pour aggraver mon cas, il a fallu que mon flash spécial interrompe les *Feux de l'amour*. L'épouse du juge Green n'en manque pas un épisode. Après avoir écouté mon compte rendu, elle est sortie de chez elle en courant, a trébuché sur un arroseur et s'est cassé le poignet. D'autres téléspectateurs furent exaspérés par cette interruption du programme, surtout lorsqu'ils surent que le soi-disant drame qui s'était déroulé au tribunal n'avait aucun intérêt comparé au suspense de leur feuilleton favori. Ils ont failli faire sauter le standard. Ma crédibilité en prit un sacré coup. Celle de la chaîne aussi. Les journalistes de la salle de rédaction subirent le mépris de nos concurrents. Et juste au cas où quelqu'un aurait loupé ça, les critiques télé de la presse locale en firent des gorges chaudes pendant des jours. Daily dut monter sur le bûcher et fut descendu en flammes par la direction parce qu'il m'avait embauchée. Il me renvoya séance tenante. Le seul à bénéficier de cet esclandre fut le juge Green qui siège aujourd'hui à la cour suprême.

— Mais les gens ne l'aiment pas.

— Un élément de plus qui s'inscrit à mon passif. Plus d'un expert a déclaré que, faute de la sympathie que mon fiasco avait fait naître pour lui, sa nomination n'aurait jamais été approuvée. Le peuple américain peut me remercier de lui avoir collé un juge suprême parfaitement inefficace. C'est en tout cas la théorie de Daily.

— Comment avez-vous fait pour devenir amis après tout ça ?

— Il y a quelques années, j'ai appris par hasard qu'il avait dû prendre une retraite anticipée à cause de son emphysème. Je me suis sentie obligée de lui faire une petite visite de courtoisie.

Elle gratifia Gray d'un petit sourire à la Mona Lisa et il voulut savoir quel était le grand mystère.

— Daily a reconnu qu'il s'était montré particulièrement dur avec moi parce que je manquais certainement de maturité et de bon sens, mais pas de talent. Il s'est déclaré prêt à m'aider si je voulais bien me taire et l'écouter. Nous sommes liés depuis lors.

— Pourquoi gardez-vous cette amitié secrète ?

— D'abord parce que c'est une affaire personnelle et que je suis très à cheval sur le principe de séparer ma vie privée et ma vie professionnelle. Ensuite parce que...

— Parce que si on apprenait que vous avez fait la paix avec l'ennemi, vous perdriez le respect de vos collègues.

— Très perspicace, monsieur Bondurant. Quand on brûle les ponts dans le secteur de la télévision, c'est généralement un vrai sinistre et pour toujours ! Si quelqu'un apprenait que Daily et moi sommes amis, on me considérerait comme une dégonflée essayant de se tailler une carrière coûte que coûte dans un domaine où la compétition est acharnée.

Son sourire était si candide qu'il s'en voulut de devoir l'effacer.

— On a percé votre secret, Barrie. J'ai suivi toute la

journée ceux qui sont à vos trousses. Ils savent chez qui vous habitez. — En entendant son gémissement angoissé, il s'empressa d'ajouter : — Je ne pense pas qu'ils embêteront Daily. Mais nous ferions bien de le mettre au courant demain matin dès la première heure.

— Pourquoi est-ce qu'ils sont à mes trousses ?

— La plupart des agents des services secrets affectés au service de David, de Vanessa ou de la Maison Blanche font partie de l'équipe de Spence. Ils ont suivi le programme de recrutement normal et répondent à tous les critères, mais ce sont ses hommes.

— Comment font-ils pour enfreindre les règlements ?

— C'est ça qui est ingénieux ! Ils ne les enfreignent pas. Ils manœuvrent avec la fluidité du mercure. Si quelqu'un les interroge, ils peuvent toujours dire que vous tombez dans la catégorie des individus émotionnellement perturbés qui méritent d'être placés sous surveillance.

— C'est le moins que l'on puisse dire, marmonna-t-elle.

— Essayez de dormir un peu.

Il se leva pour éteindre la lumière, puis retourna à la fenêtre et jeta un coup d'œil à travers le store. Pendant cinq minutes, il observa le parking en quête d'une voiture ou d'un mouvement suspect.

Pour finir, convaincu qu'ils avaient échappé à leurs poursuivants, il regarda vers le lit et fut déconcerté de découvrir que Barrie avait encore les yeux braqués sur lui.

— Je croyais que vous dormiez.

Elle était toujours couchée sur le côté, mais cette fois-ci, elle avait calé ses deux mains l'une contre l'autre sous sa joue.

— Qui êtes-vous, monsieur Bondurant ?

— Moi ? Je ne suis personne.

— C'est pas vrai, dit-elle d'une voix endormie. Vous êtes quelqu'un.

— Dormez.

— Vous aussi vous avez besoin de repos. Le lit est assez grand pour deux.

Il n'y avait pas moyen qu'il se glisse sous les couvertures près d'elle sans profiter de cette peau, de cette voix.

— Je vais rester debout encore un petit moment.

— Pour quoi faire ?

— Réfléchir.

— À quoi ?

— Dormez, Barrie.

— Encore une question ?

— Oui..., soupira-t-il.

— L'autre matin, chez vous, c'était un petit coup comme ça en passant. Exact ?

— Exact.

Elle ferma les paupières quelques secondes, puis leva de nouveau les yeux vers lui.

— C'était sacrément bon tout de même.

Il sourit dans l'obscurité.

— Sacrément bon.

— Mais vous ne m'avez pas embrassée. Pas sur la bouche. Qu'est-ce que vous avez contre les baisers sur la bouche ?

— Ça fait deux questions. Bonne nuit.

— George ?

La voix de sa femme semblait provenir d'un rivage lointain au-delà d'un océan de scotch. En redressant la tête, le Dr Allan vit la silhouette d'Amanda se découper dans l'embrasure de la porte de son bureau. Il la trouva jolie, désirable ; une force tangible émanait d'elle. Il ne supportait pas de la regarder. Sa vigueur accentuait encore sa propre faiblesse.

Elle entra dans la pièce. En arrivant près de lui, elle prit la bouteille de whisky et vérifia ce qui restait au fond. Même dans l'état d'ébriété avancé dans lequel il était, ce reproche tacite ne lui échappa pas.

— Qu'est-ce que tu me veux, Amanda ? bougonna-t-il.

— Ah, tu te souviens encore de moi ! Je suis ravie de l'apprendre. Te rappelles-tu aussi que tu as deux enfants ?

— On joue aux devinettes ?

— Ton fils aîné se replie un peu plus sur lui-même

chaque jour. Je l'ai supplié de me dire ce qui n'allait pas, mais il boude et reste muet. Ses professeurs ont eu le même genre d'expérience avec lui récemment. Il refoule ses sentiments et personne n'arrive à tirer quoi que ce soit de lui. Il te ressemble tellement que ça me fait peur. Je viens de quitter ton fils cadet qui récitait ses prières. Il a demandé à Dieu d'aider son papa et puis il s'est mis à pleurer et j'ai dû le garder serré dans mes bras jusqu'à ce qu'il s'endorme.

George frotta ses yeux fatigués, injectés de sang.

— J'irai leur dire bonsoir tout à l'heure.

— Tu ne comprends pas ce que je te dis. Je ne veux pas que tu ailles les embrasser. Pas dans l'état où tu es. Ils ne sont pas idiots, tu sais. Ils savent qu'il t'arrive quelque chose de terrible et l'alcool n'est pas le seul en cause.

— L'Alcool ? Tu dis ça comme si c'était un nom propre.

— C'est le cas. Qu'est-ce qui ne va pas, George ?

— Rien.

— Ah vraiment ? Tu trouves que les dernières quarante-huit heures ont été normales ? Tu es rentré hier matin avec une tête digne d'un film d'horreur. Dieu sait depuis combien de temps tu n'avais pas dormi. Tu ne m'as pas fourni un seul mot d'explication pour ton absence prolongée, ou ton apparence. Tu ne m'as même pas demandé comment j'allais, ni les enfants. Tu es venu directement dans cette pièce où tu t'es enfermé et tu n'en es pas sorti depuis.

Elle reposa violemment la bouteille sur le bureau.

— Tu es soûl comme une barrique, ce qui me rend folle de rage, et je t'ai entendu pleurer, ce qui me brise le cœur. George, ajouta-t-elle d'un ton implorant, comment puisse-je t'aider si tu ne me dis pas ce qui ne va pas ?

— Tout va bien.

— Bon sang, George, quand as-tu changé d'avis sur le mariage ?

— J' comprends pas ce que tu dis.

— Si tu ne veux pas te confier à moi, alors nous ne sommes plus mari et femme, pas comme nous nous sommes promis de l'être. Officiellement, toutefois, je reste ta femme et j'exige de savoir ce qui te ronge.

— Tu es sourde, bordel ! hurla-t-il. Je te dis que *tout va bien*.

Sa colère grandissante ne la fit pas reculer pour autant.

— Cesse de me mentir, reprit-elle froidement. Tu es en train de t'écrouler à petit feu sous mes yeux.

— Fiche-moi la paix.

— Pas question, riposta-t-elle en agitant en tous sens ses cheveux lisses. Tu es mon mari. Je t'aime. Je te défendrai jusqu'à mon dernier soupir. Mais d'abord, je veux savoir ce qui a fait d'un bon médecin, d'un bon père et d'un bon mari un alcoolique bredouillant.

Il la foudroya du regard, mais elle tint bon. Amanda était capable d'une impitoyable ténacité.

— Ton problème vient de David, n'est-ce pas ? Ne te donne pas la peine de me mentir. Je sais qu'il est à l'origine de la crise que tu traverses. Quelle en est la cause ?

— Laisse tomber, Amanda.

— Que t'a-t-il demandé de faire ?

— Je t'ai dit de laisser tomber.

— Quel contrôle exerce-t-il sur toi ?

— Aucun !

— C'est faux, hurla-t-elle. Et si tu n'échappes pas à ce contrôle, il va te briser.

Il se leva d'un bond et tapa des deux poings sur la table.

— La bonne femme est morte, okay ?

— Quoi ?

— Voilà, tu sais tout. Je t'ai confié mon problème. T'es contente ? Satisfaite ?

— Tu parles de l'infirmière ?

— Ouais, l'infirmière. Celle qui a clamsé dans la maison au bord du lac il y a trois jours. Crise cardiaque. — Il baissa la tête et se la prit entre les mains. — J'ai tenté de la ranimer, mais je n'ai pas réussi. Je n'ai pas pu y arriver et elle est morte.

Des sanglots agitèrent ses épaules.

— Étais-tu ivre ?

— J'avais pris un Valium, c'est tout.

— As-tu fait tout ce qui était en ton pouvoir ?

Il hocha la tête.

— J'ai essayé pendant une demi-heure de la ramener à la vie. Pour finir, les agents de la sécurité m'ont écarté en me disant que c'était peine perdue, que je perdais mon temps.

Amanda inspira péniblement, puis posa la main sur l'épaule de son mari.

— Je suis désolée, George, dit-elle d'une voix douce.

Il mourait d'envie de se laisser consoler par elle. Il savait qu'elle était prête à le prendre dans ses bras en dépit des propos qu'ils venaient d'échanger. Sa poitrine serait douce, sa voix apaisante, son étreinte un havre de paix où se blottir et échapper peut-être à ses démons quelques instants.

Mais il ne méritait pas son réconfort ni son pardon. Sa veulerie foncière l'incitait à lui en vouloir de cet amour inconditionnel. Alors il la repoussa.

— Que pouvais-je faire ? demanda-t-il d'un ton hargneux. Quel miracle aurais-je pu accomplir ?

Il lui tourna le dos et se précipita vers le cabinet à alcool. Décapsuler une autre bouteille de scotch semblait exiger davantage de dextérité que ses doigts n'en avaient, mais il parvint néanmoins à l'ouvrir et se servit un verre.

— Oh non, attends, dit-il en faisant face à sa femme. Tu es capable de résoudre n'importe quel problème, n'est-ce pas ? Tu réussis tout ce que tu entreprends. Madame Succès. Non, Madame Parfaite. Madame Parfaite !

Il savait que ces mots caustiques la blessaient profondément, mais ne pouvait pas se contenir. Il voulait que quelqu'un se sente aussi malheureux que lui et Amanda était la seule personne présente. Mais elle refusait de se laisser provoquer et conserva tout son sang-froid.

— Je n'aurais pas pu résoudre ton problème, George, mais j'aurais pu t'aider à passer ce sale moment.

— Ça m'aurait fait une belle jambe !

— Ce n'est pas la première fois que tu perds un patient. Parce que ton travail consiste à soigner les gens, tu prends très mal la chose quand, malgré tous tes efforts, tu ne parviens pas à sauver une vie. Mais je ne t'ai jamais vu aussi désespéré.

Elle inclina la tête de côté et le dévisagea avec insistance. Il était ivre, mais suffisamment lucide pour redouter qu'elle lise davantage dans ses yeux que ce qu'il voulait qu'elle sache. Alors il regarda ailleurs. Mais pas assez vite.

— J'ai eu droit à une version expurgée de l'histoire, n'est-ce pas ? murmura-t-elle. Que s'est-il passé d'autre dans la maison au bord du lac ?

— Je n'ai jamais dit qu'il s'était passé autre chose.

Elle le considéra longuement.

— Je te connais, George. Tu as omis un élément essentiel dans ton récit.

— L'infirmière est morte. C'est tout.

— C'est à propos de Vanessa, n'est-ce pas ?

— Non.

— Dans ce cas, pourquoi la mort de cette femme...

— Qu'est-ce que tu as à me harceler comme ça à la fin ? beugla-t-il. Tu voulais savoir ce qui me tracassait. Je te l'ai dit. Maintenant fous le camp d'ici et laisse-moi tranquille, bordel de merde !

Il n'avait jamais employé un vocabulaire aussi grossier avec elle. Il n'arrivait pas à croire qu'il venait de le faire, même si ses paroles semblaient se répercuter contre les murs lambrissés, lui renvoyant leur vulgarité en écho. Était-il tombé si bas qu'il en vienne à insulter sa femme ? Cette pensée était comme une ancre qui l'entraînait encore plus profondément dans l'abîme de sa dépression et de son dégoût de lui-même. Il s'empressa d'écluser son verre.

Manifestement aussi écœurée que lui, Amanda s'éloigna à la hâte. Parvenue sur le seuil, elle se retourna.

— Tu peux hurler et me maudire autant que tu veux, George, si cela te fait du bien. Je suis solide. Je tiendrai le coup.

Puis elle leva le poing gauche afin qu'il voie bien son alliance.

— David Merritt a prêté serment avant de prendre ses fonctions, mais moi aussi j'ai prêté serment devant l'autel le jour de notre mariage. J'ai juré que rien ne nous séparerait en dehors de la mort et j'étais sincère. Tu es mon mari et je t'aime. Je ne céderai pas sans me battre. Je ferai tout ce qui est en mon pouvoir pour empêcher cet homme de te détruire, même s'il se trouve être le Président des États-Unis.

27

— Ça ne va pas recommencer, maugréa Daily.

Barrie avait réglé son téléviseur sur Canal Jimmy en mettant le son à fond la caisse.

— Gray pense que ta maison est surveillée.

— Il y aurait des micros en plus ?

— Ils n'ont pas besoin de poser des micros pour écouter ce qu'on dit, lui expliqua Gray. Leur équipement est tellement sophistiqué qu'ils peuvent nous entendre à des centaines de mètres d'ici.

— Qui *ils* ?

— Les hommes de Spence.

— Salopards ! marmonna Daily. Je croyais qu'il s'était fait la malle, ajouta-t-il à l'adresse de Barrie en pointant le menton vers Gray.

— Moi aussi. Il... euh... m'a surprise l'autre soir.

— Je suis rentré tard hier de mon festival Brigitte Bardot. Tu n'étais pas là. Je me suis inquiété toute la nuit.

— J'ai oublié de téléphoner, avoua-t-elle humblement.

Daily leur fit signe de prendre leur place habituelle sur le canapé.

— Dois-je en conclure que cette histoire n'est pas encore terminée ? Vous continuez à penser que la mort de cet enfant n'était pas accidentelle ?

— Il me semble qu'il n'y a aucun doute là-dessus, répondit Gray. Tout a commencé avec cette tragédie pour prendre des proportions impressionnantes. David s'efforce toujours d'étouffer l'affaire, mais il a du mal. Spence n'a pas réussi à se débarrasser de moi. Les choses ont mal tourné dans la maison d'Allan près du lac quand l'infirmière est morte. Son décès a rendu le docteur vulnérable à un moment où ni David ni lui ne tenaient à faire parler d'eux. Il a dû mettre un terme au traitement de charlatan qu'il administrait à Vanessa, quel qu'il soit.

Barrie prit le relais.

— Dans la mesure où la mort de l'infirmière finirait par éclater au grand jour et attirer du même coup l'attention du public sur l'état de santé de Vanessa, il a dû la... ressusciter — je ne trouve pas de mot plus approprié — et la faire rapatrier à Washington en quatrième vitesse.

— Le matin de la conférence de presse, ils se sont arrangés pour que le monde entier puisse la voir, enchaîna Gray. Pour quiconque ne la connaît pas vraiment, elle paraissait normale. Mais je suis convaincu qu'elle est toujours en danger.

— Qu'est-ce qui vous fait dire ça ? demanda Daily. J'ai trouvé que tout s'était passé comme sur des roulettes. Neely a lu l'éloge de la première dame des États-Unis encensant Mme Gaston. Les pensées et les prières des Merritt vont à la famille de la défunte. Bla-bla-bla, bla-bla-bla.

— Vanessa a envoyé un message de détresse, reprit Gray. Elle ne portait pas l'alliance de sa mère, expliqua-t-il. Elle l'a à la main droite depuis que Clete la lui a mise, le jour du décès de sa femme. Ce matin-là, elle ne l'avait pas. De plus elle n'arrêtait pas de mettre sa main dans le champ de vision, en particulier lorsqu'elle savait que les caméras étaient braquées sur elle. Elle espérait à mon avis que quelqu'un le remarque.

— Vous pensez vraiment que c'était un appel à l'aide ? s'enquit Daily.

— Oui.

— Elle a peut-être égaré cette bague, souligna Barrie. Ou bien elle ne tenait plus à son doigt à cause de tout le poids qu'elle a perdu. Il se peut aussi qu'elle s'en soit lassée ou qu'elle l'ait portée chez le bijoutier pour la faire nettoyer ou mettre à sa taille. Il y a des dizaines de raisons plausibles pour qu'elle ne l'ait pas eue sur elle ce jour-là.

— C'est un fait, dit Gray. Si j'étais au Wyoming en train de regarder la télévision et si je l'avais vue sans cette alliance, cela aurait peut-être éveillé ma curiosité, mais je ne me serais pas forcément inquiété. Cependant, dans la mesure où on a envoyé Spence me liquider, où j'ai vu votre maison voler en éclats, étant donné que j'ai la certitude que des agents vous suivent à la trace, j'aurais tendance à être un peu plus curieux qu'à l'ordinaire.

— Ce en quoi vous n'avez probablement pas tort, reconnut Barrie à son corps défendant. Cette conférence de presse a été la seule apparition en public de Vanessa depuis sa « cure de repos ». Si elle était en bonne santé, comme le prétend la Maison Blanche, elle aurait repris ses activités habituelles, non ?

Sous l'effet d'une impulsion, elle prit le téléphone et composa un numéro qu'elle connaissait désormais par cœur.

— Qui appelez-vous ? demanda Gray.

— Le bureau de Vanessa.

— N'oubliez pas que tout ce que vous dites est probablement surveillé.

— Ils penseront simplement que je recommence mon numéro. Baissez la télé.

Le silence brutal était aussi assourdissant que le tintamarre quelques secondes plus tôt.

— Bonjour, dit-elle d'une voix aimable dès qu'on décrocha. Je m'appelle Sally May Henderson. Je représente les Sœurs de la Révolution américaine. Nous aimerions beaucoup que Mme Merritt nous fasse l'honneur d'accepter un de nos prix en gage de notre reconnaissance pour la campagne assidue qu'elle mène en faveur des sans-logis.

Elle précisa que son organisation souhaitait lui remettre cette récompense en personne.

— Cet événement attirerait l'attention de la nation sur le besoin qui se fait encore sentir pour l'établissement d'abris et de soupes populaires que madame la Présidente a contribué dans une large mesure à organiser.

Elle s'entendit répondre poliment, mais fermement, qu'aucun rendez-vous n'était possible dans un avenir proche. La première dame des États-Unis n'était pas encore remise de son indisposition récente.

— Je vois. Eh bien, je vous prie de lui transmettre nos amitiés. Je rappellerai dans quelque temps.

Elle raccrocha et se tourna vers ses deux compagnons.

— Son équipe a reçu l'ordre de ne prévoir aucun engagement tant que le Dr Allan ne leur aura pas donné le feu vert.

Gray remonta le volume de la télé avant de parler :

— David joue le tout pour le tout.

— C'est l'impression que ça donne.

Daily se frottait le menton d'un air soucieux.

— Seriez-vous en train de sous-entendre ce que je crois que vous sous-entendez ?

— Vanessa a cessé d'être un atout pour devenir un poids mort. Et David élimine tout ce qui le gêne.

— Ce n'est qu'une hypothèse, souligna Daily.

— Oui, oui, je sais.

Aucun d'eux ne souffla mot pendant quelques instants.

Pour finir, Barrie rompit le silence.

— Ma carrière a été une grosse plaisanterie. J'ai déconné plus souvent qu'à mon tour. Dieu sait que mon instinct n'est pas fiable. Mais cette fois-ci, je sais que j'ai raison. Notre Président est un criminel. — Elle leva les yeux vers Gray. — Et si je me méfie de mon instinct, j'ai confiance en le vôtre.

— Merci.

Il jeta un coup d'œil à Daily, puis reporta son attention sur elle.

— Écoutez, vous devriez prendre de longues vacances tous les deux, quelque part hors de nos frontières. Si David est convaincu que vous avez abandonné la partie, vous ne serez plus une menace, il relâchera sa vigilance. Je prends les choses en main à partir de maintenant. Espérons que je pourrai sauver Vanessa avant que David mette en vigueur son plan B.

— Alors là, sûrement pas ! rétorqua Barrie d'un ton farouche. Il est question d'une tentative d'assassinat à l'encontre de la première dame des États-Unis d'Amérique. En tant que citoyenne, je ne peux pas fermer les yeux là-dessus. Sans compter que c'est à moi que Vanessa a demandé de l'aide en premier. Si j'avais interprété les signes correctement, elle serait peut-être auprès de son père à l'heure qu'il est, en toute sécurité. Parce que j'ai lâché prise en cours de route, elle reste sous le joug de son tyrannique époux. De plus, c'est à cause de sa traîtrise que j'ai été dépossédée de tout ce à quoi je tenais dans la vie. Cronkite, ma maison, mon job. J'ai la ferme intention de me venger de ce salopard qui occupe le Bureau ovale. Que Dieu lui vienne en aide ! Car je suis le pire ennemi qui soit. Je n'ai rien à perdre !

— À part ta peau, remarqua Daily d'une voix sifflante.

— Non, murmura-t-elle, à part toi, Daily.

— Ne me regarde pas avec ces yeux larmoyants, s'il te plaît. Vous n'avez rien dans la caboche, ni l'un ni l'autre, gronda-t-il, en les dévisageant alternativement.

— Comment ne pas dénoncer Merritt ? demanda-t-elle avec douceur.

— Vous ne dites que des sottises. Vous rendez-vous compte de ce que vous avancez ? On parle du foutu Président des États-Unis, bon sang de bonsoir ! Le poste le plus élevé du pays. L'individu le plus puissant de la terre. Vous déconnez avec lui, vous vous retrouverez raides morts.

Barrie regarda Gray et vit dans ses yeux une détermination à la hauteur de la sienne. Paradoxalement, ce qui les avait séparés les liait à présent.

— Si Merritt projette de me tuer, dit-elle en se tournant vers Daily, je tiens au moins à me défendre. Mais je refuse de mettre ta vie en péril. Prends des vacances !

— Vous devriez partir cet après-midi même, dès que vous aurez pris les dispositions nécessaires, renchérit Gray.

— Où voudrais-tu aller, Daily ? Au Mexique ?

— Et choper la colique ? Sûrement pas !

— Aux Bahamas alors ?

— Un ouragan sévit en ce moment dans les Caraïbes. Vous ne regardez pas les nouvelles ?

— En Australie ?

— Je ne vais nulle part, répondit-il fermement. Pourquoi est-ce que je partirais en vous laissant vous amuser comme des petits fous ?

— Ça risque de ne pas être si drôle que ça, Daily, fit Gray sur un ton de croque-mort. On ne plaisante pas avec ces gars-là. Quand il s'agit de mener à bien une mission, ils ne font pas de quartiers. Nous devons en faire autant. Au risque de paraître mélodramatique, il y a de fortes chances pour que l'on se retrouve dans une situation de vie ou de mort.

— Je le suis déjà, rétorqua David. — Il déploya les bras en désignant la pièce minable. — J'ai encore moins à perdre que Barrie. Je souffre d'une maladie incurable. Je n'ai pas de femme, ni d'enfants. Rien. Je me dis que si je peux vous aider, on se souviendra au moins de moi après ma mort.

Barrie traversa la pièce, se pencha et l'embrassa sur le haut du crâne.

— Tu es laid et décrépit, mais je t'aime de tout mon cœur.

— Arrête ton char. J'ai horreur de ces mièvreries. — Il l'écarta d'un geste. — Okay, Bondurant, par où on commence ?

28

Barrie sourit au fils de Jayne Gaston qui venait de lui ouvrir la porte.

— Bonjour, monsieur Gaston. Barrie Travis. Vous vous souvenez de moi ?

— Trop bien. Qu'est-ce que vous me voulez ?

— Je vous ai apporté ça, dit-elle en lui tendant un hortensia bleu. Puis-je entrer ?

Il hésita en se demandant s'il était disposé à lui parler ou pas. Pour finir, il s'écarta :

— Quelques minutes seulement.

Ralph Gaston devait avoir une trentaine d'années, bien qu'il eût déjà une bonne petite bedaine. Il semblait d'un naturel serein. Il vivait dans une maisonnette en brique au milieu d'un pâté de maisons situé au cœur d'une banlieue bourgeoise de Washington. Barrie avait trouvé son adresse dans l'annuaire.

Il l'entraîna dans des pièces propres, mais jonchées de jouets.

— Ma femme a emmené les enfants faire des courses, lui expliqua-t-il en enjambant une tondeuse Playskool.

— Je suis désolée de les avoir manqués. J'aurais souhaité leur présenter mes condoléances à eux aussi.

Elle le suivit sur la terrasse donnant sur le jardin où il était apparemment en train de regarder un match de football à la télévision. Il baissa le son et avala une gorgée de la bière posée sur une table basse sans se donner la peine de lui proposer quelque chose à boire. Elle s'assit sur la chaise de jardin en aluminium qu'il lui désignait.

Elle commença par spécifier que leur entretien resterait strictement confidentiel.

— Je ne suis pas venue ici en reportage. Vous serez peut-être soulagé d'apprendre que j'ai été licenciée par WVUE.

— Je dois reconnaître que ça me fait plutôt plaisir, répondit-il brutalement. Vous avez eu ce que vous méritiez, mademoiselle Travis. Ma mère était une femme bien. Elle avait de la dignité et n'était pas du genre à se faire remarquer. Vous avez fait de sa mort une comédie grotesque. Après le cirque que vous avez provoqué à l'hôpital, j'ai du mal à rester poli avec vous.

— Je comprends très bien. Plus encore que tout le reste, je regrette amèrement qu'on ait fait tant de tapage autour de votre chagrin.

— Seriez-vous en train de me faire des excuses ?

— Absolument.

— Je les accepte, fit-il, sur le point de se lever. Maintenant si vous voulez bien...

— Votre mère a dû être ravie quand le Dr Allan l'a embauchée, souligna-t-elle, devançant son geste.

— Pourquoi dites-vous cela ? riposta-t-il d'une voix aussi cinglante qu'un coup de fouet.

— Euh... eh bien, balbutia-t-elle, décontenancée,

parce que c'était la preuve de la confiance extrême qu'il avait en elle.

— Oh, dit-il en se détendant manifestement. Ouais, elle a estimé qu'elle avait beaucoup de chance de décrocher un aussi bon emploi. Elle trouvait très gratifiant d'avoir une patiente aussi célèbre.

L'instinct journalistique de Barrie s'était mis à grésiller comme du bacon dans une poêle brûlante. Sur quoi venait-elle de tomber ? Ses motivations initiales étaient sincères : elle avait voulu demander pardon à la famille Gaston pour la terrible gaffe qu'elle avait commise et ses répercussions.

Mais cette petite conversation avec Ralph Gaston faisait aussi partie de la stratégie mise au point par Gray et elle pour protéger Vanessa. Il leur aurait été difficile de se rendre au commissariat local afin de rapporter les crimes supposés du Président. Ils n'avaient pas la moindre preuve tangible à fournir au ministère de la Justice. Ils ne pouvaient pas non plus donner l'assaut à la Maison Blanche en tirant des coups de feu dans tous les sens. Leur offensive devait être plus subtile.

Le gouvernement devait être détruit de l'intérieur, avait estimé Gray. Un point de vue que Barrie et Daily partageaient entièrement. Il devait se désagréger, tel un astre mourant. Le dynamisme même de la présidence Merritt devait paradoxalement provoquer sa fin.

L'information était la seule arme à leur disposition. Il fallait à tout prix qu'ils découvrent ce qui s'était passé dans la maison de George Allan. Barrie s'était portée volontaire pour démarrer l'enquête en interrogeant le fils de Jayne Gaston. Elle ne s'attendait pas vraiment à apprendre quoi que ce soit de fracassant, mais peut-être avait-elle sous-estimé le potentiel de cette interview.

Ralph Gaston avait utilisé des mots tels que « chance » et « gratifiant » pour décrire les sentiments de sa mère à l'égard de ce poste d'infirmière au service de la première dame des États-Unis, ce qui laissait supposer qu'elle ne s'estimait pas à la hauteur de cet emploi. Pourquoi ?

— Votre mère avait-elle déjà eu des problèmes cardiaques ?

— Depuis quelques années seulement, répondit-il,

visiblement sur la défensive. Mais elle dominait la situation. Elle se faisait faire régulièrement des examens et prenait religieusement ses remèdes. Maman ne tenait pas en place, vous savez. Elle adorait son métier. C'était une infirmière hors pair.

— C'est ce qu'on m'a dit. Le Dr Allan parlait d'elle en des termes dithyrambiques. Le Président aussi.

— Il a envoyé des fleurs à l'enterrement.

— Vraiment ? J'ai reçu un bouquet de lui un jour.

Dans une autre vie, pensa-t-elle. Avant qu'elle sache que c'était un assassin.

— Avait-elle déjà eu une attaque ? enchaîna-t-elle.

— Légère, marmona-t-il, toujours aussi agressif. Elle s'est très vite remise. Cela n'a jamais affecté son travail.

— Personne ne met en doute ses aptitudes, monsieur Gaston.

Il se frotta les mains sur les cuisses, geste que Barrie interpréta comme un signe de nervosité. Le banlieusard moyen au ventre rebondi n'était plus si serein.

— Si maman avait la compétence nécessaire pour prendre soin de la femme du Président, elle pouvait s'occuper de n'importe qui d'autre.

— Je ne vous le fais pas dire.

— Elle était éminemment qualifiée.

— J'en suis convaincue. Cela lui plaisait-il de travailler pour le Dr Allan ?

— Que voulez-vous dire ?

Barrie le gratifia d'un sourire entendu.

— Simple curiosité. Les médecins sont souvent imbus d'eux-mêmes, vous le savez aussi bien que moi. Certains se prennent carrément pour des dieux. Je me demandais juste si c'était l'impression qu'elle avait du Dr Allan ?

— Elle n'en a jamais parlé.

Barrie comprit tout de suite qu'il mentait.

— Je présume que votre maman était satisfaite du traitement administré à Mme Merritt pour soigner sa maladie ?

— Mme Merritt ne souffrait d'aucune maladie. Elle avait simplement besoin d'un repos prolongé.

— Bien sûr. C'est ce que je voulais dire.

— Non, fit-il en secouant la tête, vous sous-entendiez que ma mère aurait fermé délibérement les yeux si l'on prescrivait à l'un de ses patients un traitement inapproprié.

— Jamais de la vie, monsieur Gaston ! Le Président a fait publiquement l'éloge de votre mère et du Dr Allan pour les excellents soins prodigués à sa femme.

— Alors où voulez-vous en venir ?

Où voulait-elle en venir ?

— Je trouve simplement dommage qu'en dépit de ses capacités remarquables, le Dr Allan n'ait pas pu sauver la vie de votre mère.

— Il a dit qu'il avait fait tout ce qu'il pouvait.

— Et vous le croyez ?

— Pourquoi est-ce que je ne le croirais pas ? C'est un bon médecin et un homme honnête. Il a donné une chance à maman alors que plus personne ne voulait lui en donner.

— Une chance ?

— De travailler. — Il se leva d'un bond. — Je ne veux plus parler de tout ça. Ma mère est morte il y a quelques jours à peine. Je suis encore sous le choc.

— Bien sûr. Je suis désolée.

Barrie n'insista pas. Elle avait obtenu de lui bien plus que ce qu'elle espérait. Elle repartait avec davantage de questions que de réponses, mais elle bouillait d'impatience de poursuivre son enquête.

— C'est extrêmement gentil de votre part de m'avoir reçue.

À la porte, elle lui serra chaleureusement la main. Elle ne doutait pas qu'à l'instar du reste de la nation, il avait été dupé par les hommes du pouvoir. Aussi n'éprouvait-elle pour lui que de la compassion même s'il avait été à la limite de la grossièreté.

— Je vous en prie, transmettez ma sympathie à votre famille et une fois de plus, acceptez mes excuses pour avoir aggravé votre épreuve.

Ralph Gaston suivit des yeux la jeune journaliste jusqu'à ce qu'elle monte dans sa voiture garée au coin de la rue. Il attendit qu'elle soit partie pour se précipiter sur le téléphone.

Son interlocuteur décrocha à la deuxième sonnerie.

Il n'avait parlé qu'une seule fois dans sa vie à un agent fédéral avant aujourd'hui : l'avant-veille, quand l'un d'eux s'était approché de lui à l'enterrement de sa mère en lui chuchotant à l'oreille qu'il souhaitait lui dire deux mots en aparté. Comme la première fois, il avait la bouche sèche et les mains moites.

— Vous m'avez prié de vous appeler si cette journaliste venait me voir. Eh bien, elle sort d'ici.

— Vous lui avez parlé ?

— Oui monsieur. J'avais envie de lui claquer la porte au nez, mais j'ai fait ce que vous m'avez demandé en essayant d'avoir l'air décontracté.

— Que voulait-elle ?

— S'excuser. — Il résuma la conversation qu'il avait eue avec Barrie, puis répondit à toutes les questions qu'on lui posa avec une précision méticuleuse. — Elle m'a surtout interrogé sur les antécédents médicaux de ma mère et le traitement administré à Mme Merritt par le Dr Allan.

Après un silence tendu, l'homme lui dit :

— Vous avez fait du bon travail, monsieur Gaston. Le Président Merritt vous saura gré de votre collaboration.

La fierté lui noua la gorge. Les ordres qu'il avait exécutés émanaient directement du commandant en chef. On lui avait expliqué que, dévorée par un sentiment de jalousie pervers envers la première dame des États-Unis, Barrie Travis cherchait à nuire au gouvernement.

Étant donné son opposition farouche à la Maison Blanche, la jeune femme était une ennemie de la nation. On ne savait pas encore très bien jusqu'où ses tendances subversives pouvaient aller, mais depuis l'incident de Shinlin, on prenait un maximum de précautions. C'était la raison pour laquelle le Président avait demandé d'être informé sur-le-champ si elle se rendait chez les Gaston en quête de renseignements qu'elle était susceptible de mettre à profit pour favoriser ses projets destructeurs.

— Je vais immédiatement transmettre cette information au Président, lui dit l'homme. Vous avez accompli votre mission à la perfection.

— Merci monsieur. Ravi d'avoir pu vous rendre service. Que puis-je faire d'autre pour vous ?

— Tenez-nous au courant si jamais elle revenait.

— Ça m'étonnerait, fit Gaston. Elle a été licenciée de la chaîne de télé. Elle est venue me voir à titre personnel et non pas professionnel.

— J'en doute fort.

Spence raccrocha et se tourna vers le Président.

— C'était Gaston. Il croit toujours qu'il parle à un agent du FBI. Devinez qui vient de lui faire une petite visite de courtoisie ?

— Bon sang !

Quand serait-il délivré de ce fichu problème ? Il avait des soucis tellement plus graves. Les chefs d'état-major réunis au grand complet l'attendaient à l'instant même. Les services de renseignements opérant en Libye avaient envoyé plusieurs rapports alarmants. Dans quelques semaines, la loi de réconciliation sur le budget de l'année à venir arriverait sur son bureau. Les restrictions imposées par les deux chambres du Congrès ne manqueraient pas de provoquer la colère de divers groupes d'intérêt qu'il lui incomberait d'apaiser. À chaque décision, il lui fallait évaluer dans quelle mesure elle affecterait l'issue des prochaines élections.

Ces questions administratives requéraient toute son attention, mais il se voyait dans l'obligation de les reléguer au second plan pour faire face à ce problème ridicule qui ne se résolvait pas.

— Elle est encore plus tenace qu'une chtouille carabinée, celle-là ! grommela-t-il. On n'arrive pas à s'en débarrasser.

— Oh, on peut se débarrasser d'elle ! Et de Gray. On n'a qu'à les descendre.

— Trop risqué, Spence. Ils ont trop fait parler d'eux ces temps-ci.

— À cause de Clete, principalement. Il passe son temps à leur sonner les cloches publiquement. S'ils venaient à mourir d'une mort violente, le sénateur serait le premier que l'on soupçonnerait.

Merritt cogita cette idée un instant. C'était tentant. Un bon moyen de faire d'une pierre deux coups. Trois, même, en incluant Clete. L'équipe de surveillance de Spence les tenait informés des moindres faits et gestes de Gray, de Barrie Travis et de ce vieil homme chez qui ils créchaient. Les liquider d'un seul coup était une perspective séduisante. Du vite fait, bien fait. Mais... c'était vraiment trop risqué.

— Non, Spence.

— J'ai des gens qui pourraient faire ça très bien. On ne songerait pas une seconde à mettre en cause la Maison Blanche...

Le Président leva la main.

— Billy Yancey est trop aléatoire, dit-il à propos du Secrétaire d'État à la Justice. On ne peut pas prendre ce risque. En outre, ajouta-t-il, votre idée sert surtout vos intérêts. Vous voulez la peau de Bondurant.

— C'est vrai. Mais cela résoudrait aussi votre problème.

— Je veux le résoudre, mais il faut que nous jouions sur du velours. Ils ne peuvent pas vraiment faire de ravages tant qu'ils n'auront pas mis la main sur Vanessa.

— Soyez raisonnable, David. On ne peut pas la garder prisonnière ici indéfiniment.

David regarda son aide de camp dans le blanc des yeux.

— Effectivement. D'autant plus que son état s'est de nouveau aggravé.

La télépathie fonctionna une fois de plus entre les deux hommes. Le message de Merritt était passé. Spence hocha la tête en signe d'assentiment et prit le téléphone.

— Je vais demander au Dr Allan de venir immédiatement.

Merritt saisit le combiné au passage.

— Vous tenez donc à ce qu'on se retrouve avec une autre crise cardiaque sur les bras ? George vous croit mort. Il vaut mieux que je lui parle moi-même.

29

— Où étiez-vous passée, sapristi ? lança Gray dès que Barrie eut franchi le seuil. Vous deviez être de retour il y a deux heures.

— J'ai déniché quelques informations tout à fait intéressantes, répondit-elle. Du calme. Tout va bien. Mon poursuivant m'a tenu compagnie tout l'après-midi. Il m'a lâchée au coin de la rue. Je meurs de faim. — Elle lui jeta ses clés de voiture. — Allez nous chercher quelque chose à manger pendant que je prends une douche. Nous parlerons tout à l'heure.

Une heure plus tard, ils étaient installés tous les trois dans la cuisine de Daily. Les vestiges d'un repas coagulaient dans des récipients en carton blanc sur la table devant eux. La radio beuglait à tue-tête.

Barrie s'excusa de ne pas leur avoir donné de nouvelles.

— Je n'ai pas appelé parce que je n'avais rien de particulier à dire. Mais vous me pardonnerez quand je vous révèlerai ce que j'ai découvert.

— Grâce à Ralph Gaston ?

— Indirectement.

En parlant tout doucement de manière à ce que la radio couvre le son de sa voix, elle leur relata sa rencontre avec le fils de l'infirmière décédée.

— Ce que j'ai trouvé bizarre, c'est qu'il n'arrêtait pas de dire que sa mère était une excellente infirmière.

— Et alors ?

— Alors, personne n'a jamais dit le contraire. Pourquoi insister à ce point alors qu'on n'a jamais mis ses qualifications en doute ? Ça m'a paru curieux et en sortant de chez lui, je suis allée mener ma petite enquête. J'ai commencé par passer un coup de fil à un de mes informateurs à la police judiciaire. Il a vérifié dans le fichier des recherches criminelles. Et toc ! Mme Gaston avait une arrestation à son actif, outre un faux nom !

Les deux hommes échangèrent un rapide regard avant de reporter leur attention sur elle.

— Pendant des années après son mariage avec Ralph Gaston, elle a continué à utiliser professionnellement son nom de jeune fille. Jayne Heisellman.

— Ça me dit quelque chose, nota Daily. Comment ça se fait ?

— Parce qu'il y a quelques années, un homme atteint d'un mal incurable est décédé alors que Jayne Heisellman s'occupait de lui. On la suspecta d'avoir provoqué sa mort par euthanasie. Elle nia avec véhémence, mais la famille du défunt — des catholiques pratiquants — alla trouver le procureur et exigea l'ouverture d'une enquête. Le jury s'abstint de la condamner, faute de preuves. Il fut établi que le patient avait succombé à un cancer du pancréas et Heisellman fut blanchie de tout soupçon.

— Ah, je m'en souviens maintenant, dit Daily.

— Moi j'aurais dû m'en souvenir, commenta tristement Barrie. C'est l'un des premiers sujets que j'ai couverts en arrivant à WVUE. Je ne l'ai pas reconnue à l'hôpital. Elle avait vieilli, et puis la situation ne se prêtait pas vraiment aux réminiscences. Même si elle fut innocentée, les accusations portées contre elle la secouèrent tellement qu'elle eut un arrêt cardiaque. On en a aussi parlé dans la presse. Elle se rétablit et, six mois plus tard, son médecin lui donnait le feu vert pour reprendre son travail. Mais c'était plus facile à dire qu'à faire. Cette affaire laissait une tache indélébile sur son dossier jusque-là sans faille. Après l'incident, il lui fallut quitter l'établissement qui l'employait. Elle eut beau prendre le nom de son mari, toutes les portes auxquelles elle frappait se fermaient sous son nez.

— Laissez-moi deviner la suite, intervint Gray. Jusqu'au moment où le Dr Allan l'a engagée.

Barrie forma un pistolet avec ses doigts et fit mine de tirer sur lui.

— En plein dans le mille !

— Ils ont embauché une infirmière soupçonnée d'euthanasie...

— Au cas où il faudrait *abréger les souffrances* de Vanessa... Par ailleurs, en imaginant que l'infirmière ait la langue trop pendue, si sa patiente venait à mourir par un autre moyen, elle pouvait opportunément succomber à un infarctus.

— Ce qui aurait été plausible puisqu'elle avait déjà eu des problèmes cardiaques.

Leurs pensées étaient tellement à l'unisson qu'ils finissaient mutuellement leurs phrases.

— Quelles que soient les circonstances, conclut Barrie, il avait un bouc-émissaire idéal.

— Bon travail, s'exclama Daily.

— Merci, répondit-elle, enchantée du compliment.

— Pensez-vous que le Dr Allan l'ait tuée avec l'intention de faire passer son décès pour une crise cardiaque ? demanda-t-il.

Gray se gratta distraitement la joue.

— C'est possible, mais je ne crois pas. George est... je ne sais pas... faible. Il ne me fait pas l'effet d'un homme impitoyable, capable de liquider quelqu'un de sang-froid. Il n'a rien d'un Spence ou d'un David.

« Je crois plutôt que cette crise cardiaque les a pris au dépourvu. À l'hôpital, Allan m'a paru plus bouleversé que coupable. — Se tournant vers Barrie, il demanda : — Et le fils Gaston ? Est-il dans le coup ?

— Non. Son seul souci était la réputation de sa mère.

— Bon. Que faut-il conclure de tout ça ? voulut savoir Daily.

— Je n'en ai pas la moindre idée, répondit Barrie avec une honnêteté déconcertante.

— En tout cas, moi, je n'en peux plus, annonça Daily après quelques instants passés à méditer en silence. En plus, ce boucan me rend dingue, dit-il en jetant à la radio un regard assassin.

— Évite de t'emporter de nouveau, veux-tu ?

Barrie se rendit compte de son erreur. Trop tard. Elle avait parlé sans réfléchir. Daily lui décocha un regard noir que Gray intercepta avec la précision d'un radar.

— Qu'est-ce qu'il y a ?

Daily passa aussitôt à l'offensive.

— Écoutez, Bondurant, je suis ici chez moi et je fais ce qui me plaît, quand j'en ai envie.

L'expression de Gray s'assombrissait à vue d'œil.

— S'il s'est produit quelque chose qu'il faut que je sache...

— Oh, pour l'amour du ciel ! coupa Barrie. On ne va pas en faire une affaire fédérale. Daily s'est un peu énervé ce matin. Pendant que vous étiez sorti, une conduite intérieure est passée au moins vingt fois devant la maison. Ça l'a mis de mauvais poil. Il est sorti sur le perron et leur a fait un geste obscène. Ce n'est pas si grave !

— Sauf qu'ils savent qu'on les a repérés maintenant, rétorqua Gray sans dissimuler son mécontentement.

— Daily ne voulait pas...

— Je n'ai pas besoin de toi pour me défendre, lâcha Daily d'un ton sec. — Puis, s'adressant à Gray avec autant d'autorité qu'il en était capable : — De quel droit me donnez-vous des ordres sous mon propre toit ?

— Cessons de jouer les gros bras, Daily, répondit Gray d'une voix plus douce et plus compatissante que Barrie ne s'y attendait. Si je vous donne des *conseils*, c'est pour votre sécurité. Et celle de Barrie. Vous ne pouvez pas savoir à quel point ces hommes sont dangereux. Ils cherchent la bagarre. Ne les provoquez pas, je vous en conjure. Je ne tiens pas à avoir votre mort sur la conscience.

Daily avait l'air d'un enfant injustement grondé. Par un bref hochement de tête, il montra qu'il s'inclinait devant la compétence de Gray.

— Sur ce, grommela-t-il en se levant, je vais me coucher.

Barrie se proposa pour ranger la cuisine et lui souhaita bonne nuit. Gray quitta la pièce en même temps que lui. Leur conversation traîtresse étant finie pour la soirée, elle éteignit la radio et bénit le retour du silence. Quand elle eut tout mis en ordre, elle éteignit la lumière et se rendit dans le salon.

Gray était affalé dans un coin du canapé, la tête sur une pile de coussins, ses jambes tendues devant lui. Barrie le distinguait à peine dans l'obscurité presque totale en dehors de la lueur jaunâtre des réverbères qui s'infiltrait à travers les rideaux.

Durant les dix-huit premières années de sa vie, elle avait été négligée par deux personnes plus déterminées à se rendre malheureuses qu'à se soucier du bonheur de l'enfant qu'elles avaient conçu lors d'un rare instant d'harmonie conjugale. Peut-être était-ce la raison pour laquelle elle avait choisi une profession où elle était constamment sur la sellette, pour qu'on la voie et qu'on l'entende. Le journalisme ne convenait pas aux gens qui souhaitaient garder un profil bas. Délaissée dans son enfance, elle était très visible maintenant. On l'avait ridiculisée, réprimandée, mais rarement ignorée.

Sauf Gray Bondurant. C'était rageant qu'il puisse si facilement l'ignorer. Pas elle, spécifiquement, mais l'intimité qu'ils avaient partagée. Depuis le matin de leur rencontre, ils n'avaient pour ainsi dire rien échangé de personnel.

Certes, ce matin-là dans le Wyoming avait été le résultat d'une réaction chimique, un accident, certainement pas un acte d'amour, ni même d'affection. Elle ne s'attendait pas à ce qu'il souffle dans une trompette chaque fois qu'elle entrait dans une pièce, mais ne pourrait-il pas manifester un peu plus de sensibilité ? On aurait dit qu'il ne s'était rien passé. Il n'avait même pas essayé de se glisser dans le lit avec elle quand l'occasion s'était présentée l'autre nuit dans le motel. C'était la pire insulte qui soit.

Ce soir, il semblait distant et plus replié sur lui-même que jamais. Elle se demanda s'il était sage d'entrer dans la cage au lion.

— Vous ne pouvez pas continuer à vous comporter comme si rien n'était arrivé, lança-t-elle sans préambule.

— Pourquoi pas ? — Au moins, il s'abstenait de faire l'innocent. — Je croyais qu'on avait décidé d'un commun accord que c'était un petit coup comme ça qui n'engageait à rien.

— C'est vrai.

Il haussa les épaules, l'air de dire : Alors, l'affaire est close.

— Même si ce n'était pas sérieux, reprit-elle, ne pourrait-on pas au moins reconnaître que ça a eu lieu ?

— À quoi ça servirait ?

— Eh bien, ça... ça... — Elle poussa un soupir exaspéré. — Je n'en sais rien. Je trouve juste qu'on ne devrait pas passer outre.

— À cause de votre père ?

Elle n'aurait pas été plus prise au dépourvu s'il s'était mis à parler dans toutes sortes de langues inconnues.

— Que savez-vous de lui ?

— Qu'il n'était jamais là pour votre mère, ni pour vous. Qu'il trompait sa femme à tire-larigot et qu'il mourut dans les bras de sa maîtresse entre des draps en satin. Que votre mère, du coup, s'est suicidée.

— Daily ne vous a épargné aucun détail, à ce que je vois ! s'exclama-t-elle avec aigreur. Il n'avait pas à vous raconter ma vie.

— Je l'ai menacé d'un revolver. Au sens figuré.

— Pourquoi est-ce que ça vous intéresse tellement, Bondurant ?

— Pourquoi êtes-vous si irritable ?

— Vous l'êtes vous-même chaque fois que j'aborde la question de votre passé.

Même si elle ne voyait pas ses yeux dans la pénombre, elle sentit son regard pensif qui s'attardait sur elle.

— Vous êtes la contradiction faite femme, Barrie, et on m'a appris à analyser les contradictions en profondeur parce qu'elles sont généralement très significatives.

— Okay. Je vous écoute. En quoi suis-je une contradiction ?

— Par exemple, plus la situation devient critique, plus vous multipliez les plaisanteries. Vous adressez des signaux mitigés aux hommes. Un moment, vous écartez tout ce qui peut avoir la moindre connotation sexuelle, l'instant d'après... — Il laissa sa phrase en suspens. — La galanterie m'oblige à en rester là.

— Vous êtes un vrai prince.

— Je voulais savoir pourquoi vous étiez une adepte de la douche écossaise. Les explications fournies par

Daily m'ont permis de mieux comprendre. C'est le rejet de votre père qui vous a rendue si ambitieuse.

— Vous m'en direz tant ! lança-t-elle en mettant les poings sur ses hanches.

— Vous vous donnez beaucoup de mal pour attirer l'attention de papa et mériter son approbation. Vous voulez qu'on vous aime, même si cela vous fait peur. Vous vous donnez des airs de féministe, repoussant les hommes avant qu'ils puissent vous faire cet affront, mais cette dureté va à l'encontre de vos inclinations naturelles, qui sont profondément féminines. À cause de votre père, vous vous méfiez des hommes.

— Ce n'est pas de la méfiance, Bondurant, mais du bon sens. Et puis je ne me méfie pas de tous les hommes. Seulement de quelques-uns.

— La plupart.

— La plupart d'entre eux ne sont pas dignes de confiance. Contrairement à ma mère, je n'ai jamais admis qu'on me traite comme si j'étais invisible. Ce qui nous ramène à vous et au but de cette conversation. Je ne vous demande pas de m'apporter des roses et du chocolat. Mais cessez de me regarder comme si j'étais transparente et que vous n'en aviez strictement rien à faire de moi.

— Entendu.

— Bon. Très bien. Bonne nuit.

— Bonne nuit.

Seule dans sa petite chambre en désordre, sur son petit lit étroit, Barrie réalisa qu'elle avait marqué un point. Mais cette victoire ne lui apportait pas grand-chose.

30

Vanessa Merritt était en train de prendre son petit déjeuner au lit. Il y avait trois jours qu'elle n'était pas sortie de sa chambre, depuis la nuit où David l'avait frappée. Il n'était même pas venu la voir entre-temps.

Adossée à une pile de coussins, elle regardait le secrétaire d'État à la Défense qui venait de rentrer d'Afrique du Nord, interviewé à la télévision par Katie Couric. Des rapports en provenance de Libye faisaient état de rassemblements de troupes et de raids aériens contre Israël. Le gouvernement libyen niait toute responsabilité dans ces bombardements. Le ministre avait conseillé au Président Merritt de ne prendre aucune mesure, politique ou militaire, tant que les services de renseignements n'auraient pas confirmé ces informations.

David serait furieux s'il se trouvait dans l'obligation de passer à l'offensive. Ce genre de décision gouvernementale provoquait invariablement de violentes réactions et un tollé général au sein de la population. La moindre escarmouche avec des forces hostiles lui coûterait des voix.

Vanessa sourit en songeant au dilemme que cela risquait de lui causer.

Son sourire s'effaça quand on frappa à sa porte pour lui annoncer que le Dr Allan souhaitait la voir.

— Que me voulez-vous, George ? maugréa-t-elle quand il s'approcha de son lit.

— Ce n'est pas très gentil de m'accueillir comme ça, dit-il d'un ton plein de sollicitude. Je suis venu voir comme vous alliez.

— David vous en a-t-il donné l'ordre ?

Il feignit de ne pas voir la vilaine meurtrissure sous son œil tuméfié.

— Il est parti ce matin pour les Caraïbes afin de mesurer les ravages provoqués par le cyclone.

Elle pointa le menton vers la télévision.

— Je l'ai vu agiter la main pour dire au revoir au moment où il montait à bord de son avion à Andrews. Il avait l'air très déterminé. Je suis sûre qu'il a vaincu la tornade à lui tout seul tel un dragon. L'indomptable sir David !

— Le sarcasme ne vous va pas, Vanessa.

Il lui passa un brassard pour prendre sa tension.

— Pas plus que le gnon que j'ai sur la joue, que vous vous efforcez d'ignorer habilement. David avait-il peur qu'il me faille une opération de chirurgie esthétique ? Est-ce la raison pour laquelle il vous a envoyé — afin d'évaluer les dommages et lui donner une estimation sur les réparations nécessaires ?

— Je suis là parce que le moment est venu de vous faire une nouvelle analyse de sang.

Il enleva le brassard et le remplaça par un élastique qu'il noua étroitement autour de son biceps en guise de garrot.

— Et puis David a pensé qu'il vous faudrait peut-être un peu de repos supplémentaire avant que vous soyez tout à fait remise.

— Du repos ? De l'isolement, vous voulez dire ?

Mon Dieu, non ! hurla-t-elle. Intérieurement. À quoi cela lui servirait-il de crier ?

Les agents des services secrets arriveraient en courant. Elle accuserait George d'essayer de la tuer pour la deuxième fois. En vain. Ses anges gardiens et l'assistante qui avait fait entrer le médecin — elle avait l'air d'une gentille grand-mère avec ses gros pulls et ses souliers orthopédiques, mais faisait à coup sûr partie des espions de David, parmi les mieux placés — dévisageraient avec pitié cette pauvre femme à l'esprit dérangé. On la bourrerait de remèdes et on l'emmènerait de toute façon.

Personne ne pouvait l'aider. Elle était coincée. Pendant la conférence de presse, elle avait tenté d'envoyer un signal de détresse. Quelqu'un qui la connaissait bien avait-il remarqué qu'elle ne portait pas l'alliance de sa mère ?

Il semblait bien que non. Pas Gray en tout cas. Spence avait disparu de la circulation. De toute façon, il obéissait à David au doigt et à l'œil. Quant à son père, il lui avait assuré qu'il avait la situation bien en main, mais où était-il ce matin ?

— Je voudrais téléphoner à mon père, dit-elle alors que George lui tamponnait l'intérieur du bras avec de l'alcool glacé.

— Je l'appellerai pour vous tout à l'heure. Serrez le poing pour que je puisse vous faire une petite prise de sang.

— Je veux lui parler tout de suite, s'écria-t-elle d'une voix vibrante de peur.

Sans se soucier de sa nudité, elle écarta les couvertures, se mit au bord du lit et tendit le bras vers le téléphone posé sur la table de nuit. Elle se débattit fébrilement avec le combiné qui finit par tomber par terre avec fracas. Alors elle se mit à quatre pattes et le chercha à tâtons.

— Vanessa, pour l'amour du ciel !

Allan la saisit par la taille et essaya de la relever.

— Lâchez-moi, salopard !

Elle se démena comme un beau diable, mais il lui arracha l'appareil des mains et la força à se redresser. Elle agita les bras en tous sens, recourba les doigts pour essayer de lui griffer la figure.

— Je ne vous laisserai pas faire cette fois-ci.

— J'essaie de vous aider, c'est tout.

— Sale hypocrite ! siffla-t-elle. Arrêtez de me mentir. Nous savons tous les deux pourquoi vous êtes ici. On vous a intimé l'ordre de me mettre hors d'état de nuire une fois de plus, n'est-ce pas ? Tout au moins jusqu'à ce que la preuve des sévices que m'inflige mon mari ait disparu. Ça fait mauvais genre d'exhiber un coquard après une querelle conjugale, surtout de la part de la première dame des États-Unis, hein ?

Elle recommença à s'agiter en tous sens, mais il la tenait fermement.

— Ne vous mettez pas dans cet état, Vanessa, sinon nous allons être obligés de vous donner un calmant.

— Seriez-vous prêt à me supprimer, George, s'il vous le demandait ?

— Doux Jésus ! Non !

— Menteur ! Vous avez bien essayé à Highpoint. Comment se fait-il qu'il vous tienne à sa merci ?

— Je ne comprends pas ce que vous voulez dire.

— Vous couvrez un meurtre pour lui, il doit vous tenir d'une certaine façon. De quoi s'agit-il, George ?

— Je ne vois pas à quoi vous faites allusion.

— Oh, mais si. Vous voyez très bien au contraire. Mais vous ne me direz rien parce que vous êtes sous l'emprise de David, n'est-ce pas ? Je le connais, voyez-vous. C'est comme cela qu'il fonctionne. Quelle épée de Damoclès fait-il planer au-dessus de votre tête ? Amanda est-elle en cause ? C'est votre point faible, n'est-ce pas ? Vous tenez tellement à cette bonne femme insipide. À moins qu'il n'ait menacé la vie de vos enfants ? Il est très doué pour ça aussi. Croyez-moi, c'est... Aïe !

À son insu, il s'était emparé d'une seringue toute prête qu'il venait de lui planter dans la cuisse. Il appuya sur le piston avant qu'elle puisse l'arrêter.

— Je suis désolé, Vanessa. Vous ne me laissez pas le choix.

— Vous aviez le choix, George. Nous avons tous le choix. Allez au diable, cria-t-elle d'une voix étranglée. Allez au diable, David et vous.

Ce soir-là, le Dr Allan gara sa voiture dans l'allée devant sa maison, mais ne fit aucun effort pour en sortir. Il resta assis là un long moment, les mains sur ses genoux, à regarder droit devant lui sans rien voir. Il était à bout de forces et n'avait même pas le courage d'ouvrir la portière.

Les lumières brillaient à l'intérieur et cela le réconforta un peu. Chaque fois qu'il rentrait chez lui, il redoutait de trouver les fenêtres plongées dans l'obscurité, les pièces désertes, les armoires et les tiroirs vides. Il vivait dans la peur qu'Amanda l'abandonne en emmenant les garçons avec elle.

Elle avait juré de se battre pour lui, mais jusqu'à quel point tiendrait-elle le coup ? Quand se rendrait-elle compte qu'il ne valait peut-être pas la peine d'être épargné ? Il voyait le dégoût qu'il lui inspirait chaque matin quand il apparaissait à la table du petit déjeuner, tout tremblant, le regard trouble, écœuré par la culpabilité et tout l'alcool qu'il avait bu.

Il lui était infiniment reconnaissant de l'aimer suffisamment pour continuer à lui demander d'où il venait et ce qu'il avait fait, mais il lui en voulait de lire à livre ouvert dans son cœur. Elle possédait un détecteur de mensonges interne plus précis que ceux dont disposaient les meilleurs services de police. Il avait de plus en plus de mal à trouver des explications plausibles.

Sa mauvaise conscience le rendait agressif et il en arrivait à l'injurier. Après plusieurs scènes violentes, elle avait renoncé à l'interroger sur les responsabilités médicales qu'il assumait à la demande de David Merritt. Sans doute parce qu'elle s'était lassée de ses mensonges, ou bien pour épargner à ses fils le cauchemar de leurs terribles querelles.

En sentant son regard méprisant posé sur lui, il comprenait qu'elle commençait à perdre patience, que son seuil de tolérance était atteint, que son amour diminuait. Elle risquait de le quitter d'un jour à l'autre. Alors il mourrait de honte et de désespoir.

Il porta à la bouche le goulot de la bouteille qu'il avait gardée entre ses cuisses pendant tout le trajet du retour et avala une rapide gorgée. Il regrettait presque qu'un gendarme ne l'ait pas arrêté pour conduite en état d'ivresse. Il aurait plaidé coupable avec bonheur. Mieux valait faire de la prison pour un délit de ce genre que d'être condamné à servir David Merritt à perpétuité. Si on l'incarcérait, David serait contraint de trouver un autre médecin pour régler son problème. Il céderait volontiers sa place à un autre.

Il avait attendu dans le Bureau ovale que David revienne de son petit voyage dans les Caraïbes où les médias avaient couvert en long et en large sa mission de bonne volonté. On avait mitraillé le jeune Président Merritt, beau comme un dieu, débordant d'énergie, alors qu'il déambulait parmi les décombres laissés par l'ouragan et consolait les insulaires auxquels les éléments déchaînés avaient ravi leur maison et leurs proches.

S'ils savaient comme cet homme qui leur dispense des platitudes est encore plus dangereux, avait-il pensé.

En dépit de la longue journée qu'il avait derrière lui, le Président paraissait revigoré par son expédition. Il était entré dans le Bureau ovale d'un pas décidé, manifestement en pleine forme et légèrement hâlé.

— George ! Quel bon vent vous amène ?

Comme s'il ne le savait pas !

— J'ai le regret de vous informer que votre femme a rechuté. Ce matin, j'ai pris sur moi de l'emmener dans un établissement privé où on lui prodiguera tous les soins nécessaires.

Le salopard eut le toupet de faire comme s'il prenait mal la chose. Il demanda à voix basse si l'on avait averti son beau-père.

— J'ai pensé que vous voudriez peut-être prévenir le sénateur Armbruster vous-même.

Après quoi, David avait prié George d'aller trouver Dalton Neely afin de l'aider à rédiger un communiqué de presse approprié. Celui-ci avait promis de s'en occuper le lendemain matin à la première heure.

S'il avait remarqué l'air hagard du médecin et son manque d'enthousiasme pour son projet en cours, il n'en montra rien. Il ne doutait pas un instant que ses instructions seraient suivies à la lettre, quels que soient les sentiments de George à leur égard.

Quelle épée de Damoclès fait-il planer au-dessus de votre tête ?

George maudissait le jour où il avait fait la connaissance de David Merritt. Ce qui lui avait paru à l'époque de bon augure s'était révélé l'événement le plus néfaste de son existence. Tout à fait par hasard — mais était-ce aussi fortuit que David le lui avait laissé croire ? —, l'interne à l'avenir prometteur et le jeune député en pleine ascension s'étaient rencontrés sur un court de squash. Lorsqu'ils avaient échangé une poignée de main, George avait ressenti une impulsion puissante dans le bras, comme s'il venait de recevoir une injection du charisme et de l'énergie de David. Cette expérience avait forgé une amitié.

Ils avaient commencé à se voir régulièrement pour jouer, boire un verre ou déjeuner sur le pouce. Les Allan, jeunes mariés et nantis d'un budget restreint, recevaient à la bonne franquette, mais David semblait se satisfaire des hamburgers qu'Amanda servait sur la terrasse de leur modeste appartement. Quand il se maria à son tour, son épouse manifesta nettement moins d'enthousiasme à l'égard de ses soirées décontractées avec les Allan. Vanessa et Amanda n'avaient pas noué les mêmes liens que leurs époux. George supposa que l'évidente supériorité intellectuelle d'Amanda y était pour beaucoup. Les deux femmes n'auraient pas pu avoir des personnalités et des intérêts plus dissemblables. Cependant, leur indifférence mutuelle n'avait pas entamé l'amitié qui liait leurs maris.

Très vite, George en était venu à considérer celui-ci comme son meilleur ami ; il avait en lui une confiance totale. De sorte que, tout naturellement, quand il se retrouva au bord du désastre, ce fut auprès de David qu'il courut demander de l'aide.

Le patient admis aux urgences, un jeune Noir, avait perdu connaissance au cours d'un match de basket-ball local. À en juger d'après son âge, son allure et celle de ses copains, George avait immédiatement suspecté une overdose. Il avait demandé à la bande qui l'accompagnait quelles drogues leur ami avait prises ce jour-là.

— Il veut jouer dans la putain d'équipe des National Basketball Association, l'informa l'un des jeunes gens. Il ne prend pas de drogues dures.

George n'était pas convaincu. Tous les symptômes d'une surdose de barbituriques additionnés d'alcool étaient là. Il prescrivit un lavage d'estomac et lui fit administrer de l'ipéca.

Ce qu'il ignorait, mais ne tarda pas à apprendre dès que la mère du patient arriva sur les lieux, c'était qu'il avait souffert d'un rhumatisme articulaire aigu étant enfant, qui lui avait laissé une valve aortique défectueuse. En réalité, il avait eu un arrêt du cœur provoqué par les vigoureux efforts déployés durant le match.

Avant que George ait pu prendre les mesures nécessaires pour corriger son erreur, l'ipéca avait fait son effet. Le jeune homme en prit plein les poumons et mourut littéralement noyé par ses vomissures.

Pris de panique, George s'était empressé d'aller trouver David qui l'avait écouté raconter son histoire en bredouillant.

— Il était désorienté et n'a rien pu me dire. Il s'en serait sorti si je n'avais pas tiré une conclusion trop hâtive. Un examen pulmonaire plus approfondi m'aurait permis de...

— Les autres gamins t'ont-ils dit qu'il avait le cœur faible ?

— Sa mère m'a expliqué qu'il ne voulait pas que ses copains le sachent de peur qu'ils le prennent pour une mauviette. Mon Dieu ! sanglota-t-il en enfouissant son visage dans ses mains, elle peut très bien me traîner en justice pour faute professionnelle et intenter un procès à l'hôpital.

Il voyait déjà sa carrière ruinée avant d'avoir décollé. Il n'était plus qu'à quelques mois de la fin de son internat. Ses rêves et ceux d'Amanda étaient anéantis.

— Ne sois pas si dur avec toi-même, lui dit David sans se départir de son sang-froid. C'est normal que tu aies pensé ça. C'était un black, un gosse des rues, pour l'amour du ciel !

— Il ne m'est même pas venu à l'idée que ça pouvait être le cœur.

— Évidemment que non !

— Mais j'aurais dû y penser, insista George. Je n'aurais pas dû écarter d'office les autres possibilités pour la simple raison que le diagnostic me paraissait évident.

— Écoute, fit David, si tu crois que je vais laisser un ami payer le prix d'une erreur involontaire jusqu'à la fin de sa vie, tu te trompes. Tu me fais confiance ?

Fasciné par le calme olympien de David, George hocha la tête.

— Quelqu'un a-t-il entendu sa mère te parler de cette déficience cardiaque ?

— Je ne crois pas. On était seuls.

— Bon.

— Mais ça figure dans le dossier médical qu'elle a apporté avec elle à l'hôpital.

— Où est-il ? demanda David d'une voix douce.

George sortit la chemise compromettante de sa sacoche et la tendit à David.

— Tu n'as jamais vu ce dossier de ta vie, compris ?

dit-il en l'enfermant dans son coffre-fort. — Quand il se retourna, il éclata de rire en voyant l'expression de George. — Détends-toi, mon vieux. Tu es le seul à en faire une affaire d'État. Des gens meurent tous les jours dans les services d'urgence. Personne ne fera une enquête approfondie, je te le promets.

— Et la mère ?

— Elle s'attendait probablement à ce qu'il tombe raide mort un jour ou l'autre. Elle devait savoir que ça finirait par arriver. Et elle est sûrement persuadée que tu as fait tout ce que tu as pu pour le sauver.

George se mordillait la lèvre.

— Étant donné qu'il est mort aux urgences de causes évidentes, il n'y aura probablement pas d'autopsie.

David lui administra une tape dans le dos.

— Alors arrête de te ronger les sangs.

Comme David l'avait prédit, personne ne mit en doute le motif du décès indiqué par George. Après le passage des pompes funèbres venues chercher le corps, on n'entendit plus jamais parler de la mère.

Ce secret inavouable renforça encore les liens entre les deux hommes. David présenta George à ses collègues du Congrès et à d'autres gens influents. Il leur disait qu'il était le meilleur médecin de Washington et parce qu'il vantait ses mérites avec autant de conviction que lorsqu'il proposait des lois à la Chambre des représentants, tout le monde le croyait.

Dès qu'il s'installa à son compte, George se retrouva grâce à lui avec une belle clientèle issue des milieux les plus huppés de la capitale. Des années plus tard, quand il fut nommé médecin officiel à la Maison Blanche, il vendit son cabinet pour une somme exorbitante et acheta une maison voisine de la résidence du vice-Président.

Les choses n'auraient pas pu mieux aller.

Jusqu'au jour où on l'avait appelé à la Maison Blanche au beau milieu de la nuit pour constater le décès de Robert Rushton Merritt, âgé de trois mois. Son existence dorée entama alors un irrésistible plongeon.

Des années plus tard, David lui avait demandé de lui rendre la réciproque. George ne lui avait jamais posé la question, mais il supposait qu'il détenait toujours le fameux dossier médical. Son erreur de diagnostic avait été une faute involontaire, même si elle avait coûté une vie, mais George aurait pu s'en remettre s'il l'avait reconnu tout de suite. C'était la dissimulation, le mensonge que le corps médical ne lui pardonnerait jamais après tout ce temps. La solution imaginée par David, qui lui avait paru être sa planche de salut, avait en définitive causé sa perte.

L'ouverture aujourd'hui d'une enquête sur cet incident survenu aux urgences d'un hôpital et oublié depuis belle lurette ferait à coup sûr les gros titres des journaux. Peu importait si de nombreux autres patients étaient morts à cause d'une erreur médicale. Toute l'attention du public se concentrerait sur ce gamin, sa pauvre mère et le médecin qui avait commis cette bévue fatale.

Il fallait à tout prix qu'il protège sa famille contre un tel scandale. La coquette somme que lui avait rapportée la vente de son cabinet permettrait à Amanda et aux garçons de vivre à l'abri du besoin pour le restant de leurs jours. Il ne risquait pas de la laisser avec une assurance-vie dérisoire ou d'énormes dettes à payer.

La laisser ?

George se rendit compte tout à coup qu'il pensait à sa vie au passé. C'était tout aussi bien. S'il exécutait l'ordre que David venait de lui donner, son existence ne tiendrait plus qu'à un fil.

31

— Vous croyez qu'il ment ? demanda Barrie d'une drôle de voix.

— Dalton Neely est le porte-parole de la Maison Blanche, répondit Gray. Mentir fait partie de son travail.

— Je n'ai pas cette impression cette fois-ci.

Ils étaient en train de prendre un café accompagné d'une tarte dans la cuisine. Une semaine s'était écoulée depuis que Neely avait annoncé que l'épouse du Président se retirait à nouveau de la vie publique pour une période indéterminée. Il n'avait pas vraiment fourni de détails sur son état de santé et personne ne savait où elle se trouvait.

Ils n'avaient plus besoin d'une radio pour couvrir leurs conversations. Gray avait installé un générateur de bruit acoustique en plaçant plusieurs transducteurs à différents endroits de la maison. Ce gadget high-tech produisait un son infiltrable qui désactivait les dispositifs d'écoute.

— Je crois Dalton lorsqu'il dit que Vanessa ne va pas bien, déclara Barrie.

— Pourquoi le défendez-vous ?

— Ce n'est pas lui que je défends, mais mon point de vue. Vanessa est malade. C'est un fait. La mort de son enfant a aggravé son déséquilibre psychique. Il faut donc réajuster le dosage des remèdes qu'on lui administre et la surveiller de près jusqu'à ce que son état soit stabilisé. Elle est au calme pour pouvoir se rétablir. Ça ne va pas plus loin que ça. Il n'y a jamais eu autre chose. Je parie ma carrière que j'ai raison.

— Tu n'as plus de carrière, observa Daily.

— C'est gentil à toi de me le rappeler, et de le faire qui plus est toutes les cinq minutes.

— Qu'est-ce qui te turlupine ?

— Rien. Tout. Je ne sais pas, répondit-elle d'un ton agacé. Non, c'est faux. Je sais très bien ce qui me turlupine. La vie que j'avais avant qu'on me bousille tout me manque.

— Avant que tu bousilles tout toi-même, si on veut être précis, renchérit Daily. Personne ne t'a demandé de te lancer à corps perdu dans ces histoires à propos de mort subite du nourrisson, du bébé du Président ou de la santé mentale ou émotionnelle de sa femme. Tu as monté tout ça toute seule comme une grande.

— Eh, qui m'a appris les ficelles du métier, hein ? Toi.

— Je t'ai appris à bâtir tes reportages sur des faits

et non des hypothèses. Voilà ce que je t'ai enseigné. Mais ce n'est pas la leçon que tu as retenue. — Il chercha péniblement son souffle. — Tu veux reprendre ta vie ? Très bien. Tu es libre de partir d'ici quand tu le souhaites, miss.

— Ce n'est pas une mauvaise idée. J'en ai ras le bol de camper dans ta chambre d'amis minable. J'en ai assez de partager une salle de bains avec deux hommes bordéliques qui n'accrochent jamais leur serviette mouillée et ne rabattent jamais le siège des toilettes.

Sa chaise produisit un grincement strident sur le linoléum quand elle la repoussa brusquement pour se lever.

— J'en ai marre de vous deux et du jeu qu'on joue, poursuivit-elle d'un ton farouche. C'est ridicule, dangereux et nous perdons complètement notre temps. De fait, je viens à la seconde de prendre une grande décision : je vais reprendre ma vie ! Vous pouvez faire ce que vous voulez. J'en ai rien à cirer.

Elle traversa la pièce à grandes enjambées et sortit de la cuisine en claquant la porte derrière elle.

— Vous l'avez mise drôlement en colère, souligna Gray après un silence tendu.

Le soupir de Daily vibra tout au fond de sa poitrine.

— Oui, j'ai été dur avec elle. Après ce qu'elle a vécu ces derniers temps, je devrais sans doute me montrer un peu plus conciliant. Je ferais mieux d'aller lui parler.

— Ne vous donnez pas cette peine. Laissez-la bouder dans son coin. Mettez sa mauvaise humeur sur le compte de la tension prémenstruelle. Elle finira bien par se calmer. Je vais aller lui dire deux mots.

— Vous la sautez, n'est-ce pas ?

— Juste une fois.

— C'est tout ?

— Vous tenez les comptes ?

— Quels sont vos projets avec elle ?

— Je ne fais pas de projets avec les femmes.

L'intimidant regard d'acier braqué sur lui ne pouvait suffire à dissuader Daily d'exprimer le fond de sa pensée.

— Parfois j'ai envie de l'étrangler, mais j'aime cette fille comme si je l'avais faite. Je ne veux pas qu'elle souffre. À cause de vous ou de toute cette affaire. Le moment est peut-être venu de baisser les bras et d'arrêter ces sottises.

— Vous ne disiez pas ça il y a une semaine.

— J'ai le droit de changer d'avis. Tout cela est arrivé parce que Barrie mourait d'envie de mettre la main sur un scoop. Je commence à penser que son ambition était contagieuse. Ça a déteint sur moi. J'aurais dû me méfier.

« Après ça, elle est allée dans le Wyoming et vous a embarqué à votre tour dans son histoire. Il ne fallait pas grand-chose, hein, Bondurant ? Vanessa a des ennuis, son héros vole à son secours. Franchement, je vous trouve pathétiques tous les trois !

— Vous êtes sûr que ça va, Daily ?

— Est-ce que j'ai l'air d'aller ? haleta-t-il. Je suis trop vieux et trop malade pour toutes ces conneries. Au déclin de ma vie, je voudrais pouvoir couler des jours un peu plus paisibles. De plus, je ne tiens pas particulièrement à ce que le mot *traître* soit gravé sur ma tombe. Quand on s'est trompé, il faut avoir le courage de le reconnaître. J'aimerais pouvoir croire que j'ai encore cette force-là.

Il se leva et se dirigea vers la porte en traînant les pieds, son chariot grinçant dans son sillage.

— N'oubliez pas d'éteindre la lumière. Vous ne payez pas le loyer et l'électricité coûte cher, vous savez.

Gray alla rincer les tasses dans l'évier, puis il s'approcha de la porte et tourna l'interrupteur. Après quoi, Barrie, Daily et lui restèrent tapis dans l'obscurité pendant plusieurs minutes.

Barrie lui pinça le lobe de l'oreille et le força à baisser la tête jusqu'à ce qu'elle soit à la hauteur de la sienne.

— Qu'est-ce que c'était que cette plaisanterie à propos de tension prémenstruelle ?

— Désolé, bougonna-t-il.

Daily faisait de son mieux pour respirer sans bruit.

— Vous êtes sûr que ça va marcher ?

— Non, chuchota Gray avec une honnêteté déconcertante. Vous avez bien compris comment fonctionnait cet appareil ?

Un peu plus tôt, il avait donné à Daily un cours accéléré sur la manière de se servir d'un détecteur à infrarouge.

— Je balaie les environs, récita Daily d'une voix à

peine audible. Si quelqu'un rôde autour de la maison dans le noir, cette diode me le signalera.

— Bon, dit Gray. Si vous voyez quoi que ce soit, chuchotez. Je vous entendrai.

Il glissa l'écouteur sans fil dans le creux de son oreille. Il était relié à l'émetteur-récepteur enfoui dans la poche de sa veste.

— Ce sont de beaux joujoux.

Même dans l'obscurité, Barrie vit briller une étincelle dans les yeux de Daily.

— Le seul problème, c'est que les pros en ont d'encore plus beaux. Bon, on y va.

Dès que Daily leva le pouce pour leur donner le signal du départ, ils se faufilèrent dehors par la porte de derrière. Il n'y avait pas de lune. Leurs guetteurs auraient du mal à les voir à moins d'être équipés de lunettes de vision nocturne et de détecteurs à infrarouge. Comme Gray le leur avait fait remarquer, les pros avaient aussi de beaux joujoux. Il avait repéré les véhicules de surveillance — une fourgonnette aujourd'hui, un camion de la voirie la veille, une voiture particulière l'avant-veille —, stationnés dans la rue, à un pâté de maisons de là. Bien qu'une semaine soit passée sans activités notables de leur part, les hommes de Spence respectaient les normes qu'il leur avait inculquées, même en son absence.

La voiture de Daily et celle de Barrie étaient garées en pleine vue juste devant la porte, aussi Gray espérait-il que l'arrière de la maison n'était pas surveillé. Il espérait aussi que leur petite comédie destinée à faire croire qu'il y avait de la dissension dans les rangs avait marché. Il n'était pas certain que le générateur de bruits couvre complètement leurs voix. Ils devaient prendre garde de laisser les oreilles indiscrètes n'entendre que ce qu'ils avaient envie qu'elles entendent.

Ils franchirent sans bruit le minuscule carré de béton effrité qui se voulait une terrasse et traversèrent à toutes jambes le petit bout de jardin en restant accroupis. Comme le soir où sa maison était partie en fumée, Gray entraîna Barrie d'un pâté de maisons à l'autre à travers jardins et allées. Deux chiens aboyèrent à leur passage, mais rien d'autre de fâcheux ne se produisit.

Pas d'apparition intempestive d'agents du FBI surgissant de l'ombre en braquant leurs armes automatiques sur eux.

Gray avait laissé une voiture en stationnement derrière un petit immeuble de bureaux. Dès qu'ils l'atteignirent, il chuchota dans le minuscule micro de son émetteur :

— Du nouveau, Daily ?

— Pas un pet de taupe. Bonne chance.

— Terminé.

Barrie était hors d'haleine, tant à cause de la nervosité que de l'effort. Ils montèrent dans la voiture, mais elle attendit qu'il ait démarré avant de demander :

— Vous pensez qu'ils nous ont repérés ?

Il s'éloigna du quartier de Daily en roulant tour à tour à vive allure puis au pas, au gré d'un parcours compliqué parmi les rues résidentielles.

— À moins qu'un hélicoptère apparaisse dans les minutes qui viennent, je dirais que nous les avons semés.

Il enleva son écouteur et posa l'émetteur-récepteur sur le siège entre eux deux.

— Vous étiez très convaincants, Daily et vous, dit-elle d'un ton espiègle. Pour quiconque vous écoutait, je suis une nigaude ambitieuse, révoltée, souffrant qui plus est de tension prémenstruelle.

— Ça résume à peu près la situation, me semble-t-il.

Elle lui glissa un regard noir.

— Où avez-vous déniché cette voiture ?

— Dans le parking d'un centre commercial.

— Vous l'avez volée ?

— Non, j'ai demandé à son propriétaire la permission de la lui emprunter en lui précisant que je me proposais de renverser le Président.

— Ce n'est pas drôle. La police doit être au courant de sa disparition maintenant. On risque de nous arrêter.

— J'ai échangé les plaques d'immatriculation avec celles d'une Chevy Blazer. Il y a des milliers de Taurus dans la capitale. De toute façon, demain je la largue. J'en prendrai une autre.

— Les scrupules ne vous embarrassent pas.

— Comparé aux délits que nous risquons de commettre avant que tout cela soit fini, le vol d'une automobile est une bagatelle. Bon, à présent donnez-moi son adresse ?

Howie Fripp vivait seul dans un trois pièces au deuxième étage d'un immeuble sans ascenseur. Chaque année, les marches semblaient craquer un peu plus, ainsi que ses genoux. Ceux-ci lui faisaient mal quand il ouvrit sa porte et entra chez lui. Il alluma la lumière et se rendit dans sa minuscule cuisine pour déposer le sac de plats chinois tout préparés sur la table.

— Salut Howie.

— Doux Jésus !

En faisant volte-face, il vit Barrie surgir de sa chambre encore plongée dans l'obscurité.

— Je t'ai fait peur, Howie ? Je suis désolée. Je sais l'effet que ça fait quand quelqu'un te surprend comme ça au moment où tu t'y attends le moins.

— Tu m'as vraiment filé les jetons ! Qu'est-ce que tu...

Tout à coup, il aperçut le grand escogriffe qui se tapissait dans l'ombre derrière elle.

— Qui c'est, ce type-là ?

— Gray Bondurant. Gray, je vous présente Howie Fripp.

Elle s'écarta pour qu'Howie ait une meilleure vue sur le commando au regard féroce, aux tempes grisonnantes et à la bouche méchante.

— C'est vous Gray Bondurant ?

— Je vois que tu as entendu parler de lui, nota Barrie.

L'appréhension nouait la gorge d'Howie. Il déglutit avec difficulté.

— Ravi de vous rencontrer, monsieur Bondurant.

— J'aimerais pouvoir en dire autant.

La voix était aussi revêche que le reste du personnage. Elle lui rappelait cet homme avec lequel il avait joué au billard un jour, celui avec lequel il avait espéré devenir ami. Mais il n'était jamais revenu dans le bar.

Le regard d'Howie passait d'un de ses funestes invités à l'autre. L'expression de Bondurant ne lui plaisait pas, mais alors pas du tout. Il arborait cet air assuré, impitoyable du prédateur qui vient de repérer son prochain repas et sait qu'il n'aura aucun mal à neutraliser sa victime.

— Qu'est-ce que vous faites dans mon appartement ?

— On est venu vous demander des renseignements.

Avec la pointe de sa botte — *Pas possible, y'a vraiment des types qui portent des bottes de cow-boy !* —, Bondurant tira une chaise de dessous la table.

— Asseyez-vous, Howie. On ne va pas vous gâcher votre dîner. On peut parler pendant que vous mangez.

Howie se laissa choir sur la chaise, mais secoua la tête quand Bondurant poussa le sac de nourriture chinoise dans sa direction. La pensée de porc aigre-doux et de crevettes chow sui lui soulevait l'estomac. Il tenta en vain de dissimuler ses haut-le-cœur.

— Que se passe-t-il, Howie ? demanda Barrie. Tu es vert. T'es pas content de nous voir ?

— Je ne suis pas censé te parler, Barrie. En aucun cas. Jenkins a menacé de me foutre à la porte si je te dis l'heure.

— Dans ce cas, vous avez de la chance, Howie, parce qu'on sait déjà l'heure qu'il est, riposta Gray Bondurant.

— Ce n'est pas que je n'ai pas envie de te parler, Barrie, c'est juste que... sapristi, il faut que je protège mes intérêts. Je ne t'en veux pas personnellement, je te jure. On s'est quittés bons amis, pas vrai ? Pas de ressentiments. En tout cas pas de mon côté.

Ses aisselles suintaient comme un tuyau d'arrosage vieux de dix ans.

— Je... je... Hé, attends, j'ai un message pour toi. Juste une minute. J'ai marqué ça quelque part.

Il tapota ses poches jusqu'à ce qu'il le trouve.

— Voilà ! s'exclama-t-il en lui tendant un bout de papier. J'ai pris ce coup de fil au moment où je m'en allais ce soir. Elle a dit qu'elle était une amie à toi. Elle a exigé de te parler, alors la standardiste me l'a passée.

— Charlene Walters, lut Barrie.

— C'est ça. Elle a dit qu'il fallait que tu la rappelles

le plus vite possible et m'a donné son numéro de téléphone. Tu vois, je l'ai noté consciencieusement.

— Ce n'est pas une amie. C'est une cinglée qui n'arrête pas de me téléphoner.

— Oh !

Howie était déçu. Il avait espéré que Charlene était quelqu'un d'important, auquel Barrie avait très envie de parler. Il faisait de son mieux pour se rendre utile, mais Bondurant n'avait pas l'air d'être très impressionné. Son visage de granite ne s'était pas adouci d'un poil.

Howie regarda d'un œil craintif le héros si grand, si imposant, tirer la seule chaise libre qui restait et s'asseoir en enjambant le dossier. Il se mouvait sans bruit, avec souplesse. Son regard à lui seul donnait la chair de poule. Howie avait la sensation qu'il lui transperçait le crâne. On n'avait pas intérêt à plaisanter avec ce gars-là.

Barrie s'accouda sur le plan de travail et croisa les bras. Elle avait l'air détendu et souriait, mais son sourire, Howie le savait, n'avait rien de naturel.

— Tu sues comme un porc, Howie.

— Je veux savoir ce que vous faites là.

— Gray et moi, on est juste passés pour avoir une petite conversation amicale avec toi.

— À quel sujet ?

— Oh, toutes sortes de choses. Le temps. La saison du foot. Les Redskins ont-ils la moindre chance d'aller en finale ? Le nouveau film d'Harrison Ford. Ce qui se passe à la Maison Blanche. Ce genre de choses.

— Je ne sais pas ce qui se passe à la Maison Blanche.

— Bien sûr que si, Howie. Tu travailles dans une salle de rédaction.

— Barrie, s'il te plaît, laisse tomber. Tu vas encore t'attirer des ennuis.

— Ta sollicitude me touche. Sincèrement. Mais je préférerais que tu me dises ce que tu as appris récemment à propos de la femme du Président.

— Rien du tout.

— Ce n'est pas possible.

— Je te le jure.

— Qui est-ce qui couvre le terrain depuis que je ne suis plus là ?

— Grant. Il dit que la sécurité là-bas est plus serrée que le trou de balle d'un richard. On peut rien savoir.

— Il y a toujours des fuites. Des rumeurs. Des commérages. On dit que Mme Merritt est repartie. Pourquoi ? Où est-elle ? Quelqu'un l'a-t-il vue ? Est-elle en si mauvaise santé que ça ? Sa vie est-elle en danger ?

— Je te jure, geignit-il. Je ne sais rien. La vache, tu sais quoi, t'es devenue complètement obsédée ! Cette histoire t'a rendue folle dingue. Comment ça se fait que t'as plus que Mme Merritt en tête ? C'est pas normal. Je crois que t'as disjoncté, Barrie, si tu veux mon avis.

Barrie inhala une grande bouffée d'air, puis expira longuement. Elle regarda Gray en secouant la tête.

— Je vous avais bien dit qu'il ne coopérerait pas. On ferait mieux de s'en aller.

Elle se dirigea vers la porte, mais Gray l'arrêta au passage.

— On ne peut pas le laisser. Il va aller raconter aux gars du FBI qu'on est venus l'interroger.

— Hum ! Vous devez avoir raison.

Elle considéra Howie en fronçant les sourcils d'un air soupçonneux.

Le cours que la conversation était en train de prendre le mettait très mal à l'aise.

— Je ne dirai à personne que vous êtes venus.

— J'ai bien peur que nous ne puissions pas prendre ce risque, fit Bondurant en plongeant la main à l'intérieur de sa veste pour extirper le pistolet dissimulé dans la ceinture de son pantalon.

Howie se mit à psalmodier :

— Oh merde, oh bordel, oh mon dieu, oh seigneur ! Je ne veux pas mourir. Je ne veux pas. Je ne veux pas. Ne me tuez pas, je vous en prie.

Gray arma son Magnum qui produisit un déclic terrifiant.

Howie ferma les yeux et commença à bredouiller :

— B... Barrie, je t'en prie, ne le laisse pas me tuer. On est copains.

— Copains ! Copains, Howie ? Tu plaisantes ! — Elle éclata de rire. — Les copains ne se trahissent pas. Pourtant tu n'as pas arrêté d'aller moucharder auprès de Jenkins. Tu m'as traitée comme une moins-que-rien tout le temps que j'ai travaillé avec toi. De toute façon, ce n'est pas moi qui prends les décisions. C'est Gray. S'il a résolu de t'empêcher de nous vendre, je ne peux absolument rien pour toi. Mais je préfère ne pas regarder. Je ne pourrais plus jamais manger chinois. Gray, ça vous ennuie d'attendre que je passe dans l'autre pièce ?

— S'il vous plaiaiait..., supplia Howie en étouffant un sanglot. Pour l'amour du ciel, Barrie !

— Désolée. Je n'ai pas mon mot à dire.

Elle se redressa. En sortant de la cuisine, elle prit le temps de lui presser l'épaule en un ultime geste d'adieu.

Bondurant tendit le bras en travers de la table et appuya la gueule de son revolver contre le front d'Howie.

— J'ai bien entendu dire quelque chose, mais je ne sais pas si c'est vrai.

Les mots jaillirent si vite qu'ils se heurtèrent les uns aux autres tels des acrobates de cirque.

Barrie s'immobilisa, fit volte-face. Elle arqua les sourcils d'un air sceptique.

— Tu es prêt à nous dire tout ce qu'on veut maintenant. Tu inventerais n'importe quoi rien que pour éviter que M. Bondurant te tire dessus.

— Non, non, je vous jure, monsieur Bondurant.

Il fit un signe de croix invisible sur son cœur.

— De quoi s'agit-il ? demanda Gray.

— Le bruit court que Mme Merritt a été hospitalisée à cause d'un abus de substances toxiques.

— C'est une vieille histoire, grinça Barrie. Ce n'est pas la première fois que ce genre de rumeurs circulent.

— Mais cette fois-ci, c'est sérieux, insista nerveusement Howie.

Bondurant avait toujours l'air aussi renfrogné.

— Quel hôpital ?

— Je n'en sais rien. Personne ne sait. Et ce ne sont peut-être que des ragots.

Bondurant se tourna vers Barrie qui secoua la tête. Il haussa les épaules et vissa de nouveau son arme sur le front d'Howie.

— Le... le doc... docteur Allan décolle tous les jours en hélicoptère de la pelouse de la Maison Blanche, s'empressa-t-il d'ajouter. Il est généralement de retour au bout d'une heure, une heure et demie. Personne ne sait où il va ni si ses voyages express ont quoi que ce soit à voir avec l'épouse du Président. On dit aussi qu'il y a de l'eau dans le gaz chez lui.

— Le mariage des Allan est solide, rétorqua Bondurant. Je les connais. Ils sont fous l'un de l'autre.

— Sa dame et lui sont en bisbille. C'est le bruit qui court en tout cas. Peut-être qu'il prend l'avion pour aller voir une gonzesse, qui sait ?

Howie considéra tour à tour Barrie, puis Bondurant en leur adressant un regard plein d'espoir.

— Je jure devant Dieu que c'est tout. Je n'ai rien entendu d'autre. Jenkins m'a prévenu qu'il m'enfoncerait le monument de Washington dans le trouduc si je vous adresse la parole. Alors, si vous faites quoi que ce soit de cette info, ne lui dites surtout pas que c'est moi qui vous l'ai refilée. Promets-le-moi, Barrie, okay ?

— Qu'en pensez-vous ? demanda Bondurant. Est-ce qu'il ment ?

— Pas du tout, cria Howie.

— Je n'en suis pas sûre, hésita-t-elle en se mordillant l'intérieur de la joue. Ça se pourrait. Il tient à sa peau. D'un autre côté, il sait que s'il nous raconte des conneries, vous reviendrez lui régler son compte.

— Je ne mens pas. Vous ne reviendrez pas, balbutia Howie.

Bondurant fixa sur lui son regard d'un bleu brûlant. Howie vit passer toute sa vie devant ses yeux au moins trois fois avant que Bondurant désarme son pistolet et l'éloigne de son front.

— Voilà ce qu'on va faire, Howie. Je ne vous tuerai pas ce soir si vous nous donnez une bonne raison de revenir demain.

— Que voulez-vous ?

— Le nom de l'hôpital. Ce n'est pas trop demander ? Le nom de l'hôpital en échange d'un bon petit repas chinois à emporter comme celui que vous avez là, et l'occasion de le manger.

— Je ne... Comment vais-je faire pour obtenir le...

— C'est votre problème. Mais je suis sûr que vous trouverez une solution.

— N'y compte pas, intervint Barrie. Il acceptera

n'importe quoi pour sauver sa pauvre carcasse. Et puis il nous doublera.

— C'est pas vrai ! couina Howie. Je vous jure que je ne vous doublerai pas, monsieur Bondurant.

— À vous de décider, Gray, trancha Barrie. Mais moi, je n'ai pas confiance en lui. C'est un vrai ver de terre !

— Merci de m'y faire penser. — La voix du commando envoya des frissons tout le long de la colonne vertébrale d'Howie. — Elle dit que vous la maltraitiez au travail, Howie.

— C'est faux !

— Non content d'être un sale phallocrate, il ment comme il respire.

Les yeux bleus de Bondurant s'étrécirent sur une menaçante lueur bleue.

Howie se tortilla sur son siège.

— D'accord, c'est vrai... je la chahutais peut-être un peu, mais pas méchamment.

— Vous me donnez l'impression d'être le genre de type à faire des remarques obscènes aux femmes parce que c'est le seul moyen à votre disposition pour attirer leur attention.

— C'était exactement ça, fit Barrie.

— Je le reconnais. — Son hochement de tête enthousiaste fit tressauter sa petite tête au-dessus de son cou. — Je suis coupable de tout ce dont elle m'accuse.

— Vous est-il arrivé de faire des commentaires désobligeants sur ses appétits sexuels, sa vie amoureuse, sa silhouette, sur elle en général en tant que femme ?

— Parfois.

— Vous avez reluqué ses jambes, lorgné ses seins et dit et fait des choses qui portent atteinte à la dignité d'une femme.

— Oui, oui, j'ai fait tout ça. Absolument. J'en suis profondément désolé.

— Vraiment ? dit Gray d'un ton narquois.

— Vraiment. Oui, monsieur. Si ce n'est pas vrai que je regrette, que Dieu me rende aveugle pour avoir menti.

Bondurant tapotait le canon de son pistolet contre le dossier de la chaise d'un air songeur.

— Si jamais j'entends dire que vous l'avez de nouveau insultée ou malmenée, je vais vraiment me mettre en colère. Vous prierez pour devenir aveugle plutôt que de m'avoir à vos trousses.

— Je... je comprends.

— Alors pour demain ?

— J'essayerai d'obtenir votre renseignement.

— J'espère que vous ne nous ferez pas faux bond.

Howie se détendit légèrement et sourit.

— Parce que vous n'avez vraiment pas envie de me tuer, c'est ça ?

— Non. Parce que j'aurais horreur de gâcher une excellente balle en vous réduisant la cervelle en bouillie.

Sur ce, Bondurant se leva brusquement en glissant son arme dans sa ceinture. Il disparut dans la chambre à coucher. Sans un mot, Barrie lui emboîta le pas.

— Où allez-vous ? leur cria Howie. Hé ! À quelle heure demain ? Où ça ?

Seul un silence malveillant lui répondit. Quand il trouva finalement le courage de sortir de la cuisine pour s'aventurer dans sa chambre, il n'y avait plus personne. Ses visiteurs semblaient s'être évaporés. S'il n'avait pas eu une tache humide sur le devant de son pantalon, il aurait pu croire qu'il avait fait un horrible cauchemar.

32

— Il me fait de la peine.

— Je ne vois pas pourquoi. En le comparant à un ver de terre, vous avez insulté tous les asticots du monde.

Ils avaient quitté l'appartement d'Howie par la fenêtre de sa chambre et l'escalier d'incendie, comme ils étaient entrés, et regagnaient à présent la maison de Daily. Barrie regardait pensivement à travers le pare-brise de la voiture que Gray avait volée sans aucun scrupule.

— Vous faites peur aux gens, Bondurant. Vous l'avez terrorisé.

— La peur est un bon aiguillon.

— Je me demande si c'est vraiment ce qu'il y a de plus efficace.

— On le saura demain soir.

— Il essayait d'être utile. — Elle extirpa du fond de sa poche la note qu'Howie lui avait remise. — Cette chère vieille Charlene, dit-elle avec un petit rire. Elle n'est pas au courant que je ne travaille plus pour WVUE apparemment. Je ne lui ai jamais parlé en personne. Il faut reconnaître qu'elle ne manque pas de constance.

Sous le coup d'une impulsion, elle demanda à Gray de se ranger et de garer la voiture devant une pharmacie.

Il obtempéra et sortit de la voiture avec elle.

— La pharmacie est fermée, remarqua-t-il.

— Je n'ai pas besoin de médicaments. Je veux juste passer un coup de fil dans cette cabine.

Il jeta un coup d'œil alentour.

— Ce n'est pas un quartier très recommandé pour flâner au coin de la rue.

— Je me sens relativement en sécurité entre l'éclairage du magasin et l'arme que vous avez dans votre pantalon. — Il lui décocha une œillade coquine. — Vous vous flattez, Bondurant. Auriez-vous de la monnaie ?

Le numéro fourni par Howie comportait un indicatif de zone qu'elle ne connaissait pas. Pour éviter de laisser des traces, elle s'abstint d'utiliser sa carte de téléphone et glissa quelques pièces dans les fentes. Après toutes sortes de cliquètements, la sonnerie finit par retentir à l'autre bout du fil. Plusieurs fois. Elle allait raccrocher quand quelqu'un se décida à répondre.

— Voilà voilà !

— Pardon ? — Elle leva la main pour indiquer à Gray qu'elle tenait un interlocuteur.

— Qui c'est qui vous a donné ce numéro ?

— Euh, Charlene Walters. Pourrais-je lui parler s'il vous plaît ?

La seule réponse à sa requête fut un rire gras ponctué de reniflements.

— Mme Walters est-elle là ?

— Ouais, elle est là. Mais ce téléphone n'est pas accessible après la fermeture des cellules.

— Des cellules ? — Barrie leva les yeux vers Gray qui semblait aussi surpris qu'elle. — Où suis-je exactement ? demanda-t-elle.

— À la maison centrale de Pearl, dans le Mississ'ppi.

— Mme Walters y est-elle détenue ?

— Ça pour être détenue, elle est détenue. Et pour un bon bout de temps. Comment ça se fait que vous l'appeliez ?

— Auriez-vous l'obligeance de me dire qui vous êtes ?

L'homme se présenta comme un gardien qui passait par hasard devant la cabine quand le téléphone s'était mis à sonner. Barrie lui demanda alors s'il serait possible de parler au directeur.

— À cet' heure-ci ? Vous êtes avocate ou quoi ?

Elle s'arrangea pour éviter de répondre directement à cette question tout en lui faisant comprendre qu'il était extrêmement important qu'elle s'entretienne avec un des responsables de l'établissement et qu'il s'agissait d'une affaire qui ne pouvait pas attendre jusqu'au lendemain matin.

— Bon, bougonna le gardien. Donnez-moi le numéro où vous êtes. S'il l'estime nécessaire, il vous rappellera.

Elle aurait préféré avoir le numéro du directeur, mais se résigna à lui communiquer celui de la cabine où elle se trouvait. Quand elle eut raccroché, Gray voulut savoir comment une femme enfermée dans une prison du Mississippi pouvait bien la connaître.

— La série sur la mort subite du nourrisson a été retransmise par satellite. Elle a pu passer sur n'importe quelle chaîne de télévision nationale, y compris sur celles disponibles dans cette prison. Les internés font volontiers des fixations sur les célébrités. Même si je sais que c'est un peu pousser à la roue que de me considérer comme faisant partie de ces gens-là.

— Pourquoi est-ce si important que vous lui parliez ce soir ?

— Ça ne l'est pas, avoua-t-elle. La plupart de ses

messages consistaient à me traiter d'imbécile. Je suis curieuse de savoir pourquoi elle pense ça de moi.

Gray plissa les yeux d'un air songeur.

— Qu'y a-t-il ? demanda-t-elle.

— Juste une idée qui vient de me traverser l'esprit. David et Vanessa sont originaires du Mississippi l'un et l'autre.

— C'est vrai, dit-elle en se jetant sur le combiné dès la première sonnerie. Bonjour, ici Barrie Travis.

— Directeur adjoint Foote Graham.

— Je vous remercie infiniment de m'avoir rappelée, monsieur.

— Pas de problème, madame. Que puis-je pour vous ?

Elle se présenta comme une journaliste de la télévision basée à Washington et lui fit part des appels répétés de Charlene Walters.

— Elle vous harcèle ?

— Non, ce n'est pas ça. Je me demandais juste pourquoi Mme Walters me téléphone à moi.

— Oh, avec Charlene la Folle, on ne peut jamais savoir !

Barrie regarda Gray qui s'efforçait désespérément d'interpréter ses expressions. Elle fronça les sourcils, secoua la tête et leva les yeux au ciel.

— Charlene la Folle ? répéta-t-elle pour son bénéfice.

— Oui, madame. Soixante-dix-sept ans, mais elle est toujours aussi enragée et acide comme du vinaigre.

— Soixante-dix-sept ans ? Seigneur, depuis combien de temps est-elle là-dedans ?

— Elle a été condamnée à perpète. Pas question de liberté conditionnelle. Elle est arrivée à peu près en même temps que moi et ça va bientôt faire dix-huit ans. Je crois qu'elle survivra à tout le monde. Personne ne se souvient d'avoir été là avant elle. C'est une sorte de... comment est-ce qu'on dit ?... mascotte. Elle a un esprit de chef. Les autres détenues l'aiment bien. Faut dire que c'est un sacré personnage. Toujours prête à vous donner son opinion sur tout, que ça vous intéresse ou pas.

— Dans ce cas, cela ne vous surprend pas qu'elle ait vu mon reportage à la télé et qu'elle ait décidé d'appeler.

— Pas le moins du monde. C'était sur quoi votre reportage ?

— La mort subite du nourrisson.

— Hum ! Je pensais que vous auriez touché à un sujet plus près de ses préoccupations. Elle ne mâche pas ses mots quand elle parle de la corruption du gouvernement, de la violence policière, de la légalisation de la dope, ce genre de choses.

— Quel crime a-t-elle commis ?

— Son mari et elle ont braqué un magasin de spiritueux. Pour moins de cinquante dollars, il a abattu un employé âgé de seize ans et trois clients d'une balle dans la tête. Il a été exécuté il y a belle lurette. Comme ce n'était pas elle qui avait appuyé sur la gâchette et parce qu'elle a juré que son homme avait menacé de la buter si elle ne venait pas avec lui, Charlene a échappé à la peine de mort.

— Tout cela n'a pas vraiment de rapport avec la mort subite du nourrisson, hein ?

— Je ne vois pas, non.

— Eh bien, je vous remercie beaucoup de votre aide et je m'excuse de vous avoir appelé à une heure aussi tardive, monsieur Foote.

— Graham. Foote Graham. Pas de problème. Je suis content d'avoir pu vous rendre service.

Barrie était sur le point de lui dire au revoir quand Gray lui donna un petit coup de coude qui lui rafraîchit brutalement la mémoire.

— Monsieur Graham. Une dernière petite question. Se pourrait-il que Charlene ait des relations, aussi distantes soient-elles, avec le sénateur Armbruster ou le Président Merritt ?

— Le Président ? Pourquoi ne pas m'avoir dit ça au départ ?

Le cœur de Barrie s'arrêta pour ainsi dire de battre. Tout l'univers se rétrécit brutalement pour se retrouver concentré dans le combiné crasseux qu'elle serrait entre ses doigts blancs comme de la craie.

— Qu'est-ce qu'il a dit ? chuchota Gray en se rapprochant d'elle.

Elle lui fit signe de garder le silence.

— Il est tout à fait possible que Charlene soit en

rapport avec notre sénateur et le Président, affirmait Graham.

— Comment cela ? demanda Barrie d'une voix encore plus rauque que d'habitude.

— Par toutes sortes de moyens. Charlene connaît du beau monde, voyez-vous.

— Je croyais qu'elle était enfermée à vie.

— C'est exact. Mais d'après ce qu'elle raconte, elle a mené une sacrée vie avant son incarcération. Pour commencer, elle aurait été la petite amie de Robert Redford au lycée. Selon elle, cela se passait juste après son flirt avec Richard Nixon. À un moment donné, je ne sais plus trop quand, Elvis lui a fait un enfant et elle a pris part à une partouze avec Marilyn Monroe et Joe DiMaggio à l'époque où ils étaient mariés. Elle affirme que c'est elle qui lui a donné l'idée pour l'invention de Mr Coffee.

Barrie s'effondra contre la paroi de la cabine.

— Je vois. Elle est givrée.

— On ne peut pas faire plus givrée, dit-il en se lançant dans un grand éclat de rire nettement plus mélodieux que celui du gardien. Je suis navré de vous avoir taquinée, madame, fit-il au bout d'un moment. Était-ce vraiment si important pour vous ?

— Oui.

— Vraiment désolé, madame. J'ai bien peur que vous ayez perdu votre temps.

Dès qu'ils eurent réintégré la voiture, elle déchira le bout de papier qu'Howie lui avait donné en petits morceaux qu'elle éparpilla par terre.

— Répondre à l'appel d'une cinglée, railla-t-elle. Ça en dit long sur l'état de désespoir dans lequel je suis. J'aurais horreur qu'Howie ou Jenkins apprennent que je suis tombée aussi bas.

— Ça aurait pu donner quelque chose.

— Ne prenez pas ce ton condescendant, protesta-t-elle. C'était une impulsion stupide et j'ai honte de l'avoir suivie. Le problème, c'est que je suis complètement à court d'idées. Que ferons-nous si Howie nous laisse en plan ?

— Qu'en est-il de vos autres sources ?

— Vous avez entendu mon beeper sonner ?

— Faudrait peut-être vérifier les piles.

Elle le fusilla du regard.

— Ce n'est pas mon beeper qui est à plat, Bondurant. C'est moi. Pour ce qui est du journalisme, je suis grillée à Washington.

— Vous savez encore manier les mots.

Plus il essayait de lui remonter le moral, plus elle se rebiffait.

— Plus personne ne veut avoir affaire à moi, pas même l'informateur le plus obscur. Je n'arriverais même pas à décrocher un emploi de dame pipi dans un journal ou une chaîne de télévision de cette ville, pour ne pas dire du pays.

Elle soupira en rejetant la tête en arrière.

— Quatre-vingt-dix pour cent de ce que j'ai dit tout à l'heure avant qu'on parte était sincère. Je donnerais cher pour retrouver la vie que j'avais avant. Cronkite me fait cruellement défaut. Ma maison aussi. Ce n'était pas un palais, mais j'étais chez moi. Mon travail aussi me manque, les charrettes, les décharges d'adrénaline quand je suis sur les lieux d'un événement, la satisfaction que j'éprouve quand j'ai produit un bon reportage. Je crois même que Howie m'a manqué parce que j'étais presque contente de le voir ce soir.

Gray lui décocha un coup d'œil désapprobateur.

— Vous devez souffrir d'une sacrée dose d'apitoiement sur vous-même ?

— Pas vous, ne serait-ce qu'un peu ? Vous n'avez pas hâte de retrouver votre ranch, vos chevaux, votre précieuse solitude ? Ne regrettez-vous pas quelquefois que je sois venue vous voir ?

— Ce qui est fait est fait. À quoi cela servirait-il de le regretter maintenant ? Je me tournais les pouces depuis un an, mais je savais que je repasserais à l'action un jour ou l'autre. Inconsciemment, j'attendais de voir quelle forme cela prendrait. Il s'est trouvé que le catalyseur a été la mort de Robert Rushton Merritt. Qui aurait pu le prévoir ? Personne. En définitive, on ne peut jamais savoir ce qui va nous arriver. — Il haussa une épaule d'un air indifférent. — Je prends les choses comme elles viennent en tâchant de ne pas regarder en arrière.

— Mon Dieu, et vous ne craquez jamais ? Ne laissez-vous donc jamais la moindre émotion percer votre fichue carapace ? Êtes-vous incapable de vous laisser aller à vos sentiments ?

Quand sa voix se brisa, elle se tut pour qu'il ne devine pas qu'elle était au bord des larmes. Oui, elle se sentait ridicule d'avoir suivi la piste d'une loufoque. Oui, elle était frustrée parce qu'ils n'avaient pas réussi à pénétrer la muraille de mystères qui entourait Vanessa. Elle était peut-être déjà morte, qui pouvait le savoir ? Barrie était plus que jamais convaincue que l'ultime objectif de David Merritt était de se débarrasser de sa femme. Chaque jour qui passait sans qu'elle parvienne à le démasquer le rapprochait un peu plus du succès de son entreprise.

Oui, elle était inquiète au sujet de Daily parce qu'il avait très mauvaise mine et respirait de plus en plus difficilement. Il s'efforçait de faire bonne contenance, mais elle savait qu'il déclinait. Son médecin lui avait dit qu'il n'y avait plus rien à faire. La maladie avait atteint un stade où les traitements les plus agressifs et les plus innovateurs n'auraient aucun effet à part diminuer la qualité de la vie qu'il lui restait à vivre.

Oui, oui, oui. Tout cela la tenait éveillée la nuit. Mais celui qui lui arrachait le plus de larmes, le champion en la matière, n'était autre que l'homme assis à côté d'elle. Gray Bondurant restait une énigme. Ils avaient été intimes, mais elle ne le connaissait pas. Malgré tout le temps qu'ils avaient passé ensemble, il lui était aussi étranger que le matin de leur rencontre, peut-être même encore plus.

Voilà pourquoi elle avait envie de pleurer. Elle avait caressé son corps, mais elle ne l'avait pas touché, lui.

Faisant fi de sa prudence, elle s'exclama :

— Comment se peut-il que vous ne teniez à rien, ni à personne ? Qu'est-ce qui a fait de vous un monstre aussi insensible ?

Une longue minute de silence hostile s'écoula avant qu'il réponde :

— Mes parents sont morts le même jour. Toc ! Plus personne. Je n'étais qu'un gosse. Ça fait mal. Mais je m'en suis remis et j'ai appris à compter sur mes grands-parents. Et puis ils sont morts aussi, l'un après l'autre. Ma sœur et moi étions proches, mais son mari ne pouvait pas m'encadrer. Ses enfants et lui passaient avant le reste, alors elle m'a plus ou moins exclu de sa vie.

« J'ai forgé des amitiés solides avec deux hommes en qui j'avais confiance. Je pouvais lire dans leurs pensées avant qu'elles se forment dans leur esprit, et vice versa. Nous étions aussi proches que trois hommes hétéro-sexuels peuvent l'être ! Et puis ils m'ont trahi et ont essayé à deux reprises de me tuer. — Il haussa les épaules. — Je crois que je ne vois plus l'intérêt de nouer des relations.

Il ne lui en avait jamais révélé autant sur lui-même. Pourtant, il manquait quelque chose dans ce monologue censé venir du fond du cœur.

— Vous avez oublié de mentionner Vanessa et le bébé, dit Barrie. Vous avez omis de préciser que l'amour de votre vie était la femme d'un autre homme.

— Oui, j'ai omis de le préciser, répondit-il laconi-quement.

33

— Sénateur ?

— Oui, Carol ? fit Armbruster en se penchant vers l'interphone.

— Gray Bondurant vous demande au téléphone.

Clete se frotta le menton d'un air songeur.

— Dites-lui que je ne suis pas là.

— C'est la troisième fois qu'il appelle en deux jours.

— Ça m'est parfaitement égal. Je ne veux pas lui parler. Où en est-on avec le Dr Allan ?

— J'essaie toujours de le joindre, mais on me répond qu'il n'est pas disponible.

— Qu'est-ce que ça veut dire ?

— Le personnel de la Maison Blanche n'a pas été plus explicite, monsieur.

George Allan l'avait appelé pour l'informer que Vanessa n'avait pas bien réagi aux nouvelles doses qu'il lui avait prescrites. Il avait également laissé entendre qu'elle avait recommencé à boire. En conclusion, il lui avait annoncé qu'il l'avait fait admettre dans une clinique privée pour observation. Jusqu'à ce que son état soit stabilisé, il était préférable qu'on ne vienne pas la voir. Du reste, le règlement de l'établissement interdisait toute visite.

C'était Highpoint qui recommençait, bon sang de bonsoir ! On avait expédié Vanessa Dieu sait où sans qu'elle ait le temps de lui dire au revoir et elle était hors d'atteinte. Avant de raccrocher, Allan lui avait assuré qu'à son avis, elle ne devrait pas rester là-bas plus de quelques jours.

Ses responsabilités de président de la commission des finances sénatoriale avaient contraint Armbruster à prendre part à de nombreuses réunions relatives au budget de réconciliation. Il était obligé de faire acte de présence, mais il avait toutes les peines du monde à fixer son attention sur les finances de la nation alors qu'il se rongeait les sangs pour sa fille. Le médecin ne répondait pas à ses appels. David n'avait même pas daigné lui passer un coup de fil. Ça commençait à sentir le roussi. Et la panique croissante du sénateur y était pour beaucoup.

— Savent-ils que c'est moi qui appelle ?

— Bien sûr, monsieur.

— Dans ce cas, je souhaite parler au Président sur-le-champ.

Pendant que sa secrétaire s'efforçait d'atteindre la Maison Blanche, Armbruster quitta son fauteuil et s'approcha de la grande baie vitrée. Il avait la même vue sous les yeux depuis trente ans, mais ne s'en lassait jamais. Les voitures qui circulaient dans les larges avenues de Washington changeaient. Les styles vestimentaires allaient et venaient. Les saisons se succédaient. Mais les monuments, piliers du gouvernement américain, restaient les mêmes.

Les sentiments ardents qu'il ressentait en les embrassant du regard n'avaient rien de patriotique.

C'était une émotion moins élevée que l'amour de la patrie, une passion pour le pouvoir émanant de ces édifices qui provoquait chez lui une vague d'excitation assez comparable à celle que suscite une érection. Il adhérait à l'adage qui voulait que le pouvoir soit le plus puissant des aphrodisiaques. Rien ne saurait l'égaler.

Tout homme digne de ce nom se battait pour le pouvoir. Une fois qu'il le détenait, il faisait des pieds et des mains pour le conserver. Un jour viendrait, inévitablement, où un homme plus jeune que lui s'emparerait du pouvoir qu'il exerçait à présent sur Washington. Mais pas aujourd'hui, ni demain. Il choisirait le moment de passer le flambeau.

Et ce ne serait pas à David Merritt qu'il le confierait.

Le bip de l'interphone retentit à nouveau.

— Je suis navrée, sénateur. Le Président n'a pas une minute à lui aujourd'hui, et ce soir, il prend l'avion pour Atlanta. Il ne sera pas de retour avant demain en milieu d'après-midi.

Armbruster rumina ces informations pendant quelques secondes.

— Merci, Carol. Continuez à essayer d'atteindre ce charlatan d'Allan. Et débarrassez-moi de Bondurant.

— Oui, monsieur.

Il retourna s'asseoir et se balança dans son fauteuil en cuir usé, les pieds sur son bureau, en réfléchissant à ce qu'il convenait de faire à présent. David avait agi plus vite qu'il ne le pensait. Il s'était imaginé que le Président attendrait que les choses se tassent un peu avant de tenter une nouvelle fois d'éliminer l'unique témoin de son crime.

Oui, il croyait tout ce que Bondurant et Barrie lui avaient dit ce soir-là dans le café. Il avait porté un rude coup à la crédibilité de Travis, mais lui avait-elle laissé le choix ? Il avait été forcé de faire un esclandre à l'hôpital, de peur de passer lui-même pour un imbécile. Il l'avait incendiée, mais sa rage s'adressait en réalité à son gendre qui l'avait trahi.

Barrie était une tête de linotte, mais pas Bondurant. Le sénateur aurait peut-être mis en doute cette histoire si elle avait été la seule à la lui raconter, mais il se fiait à Bondurant. Il n'avait jamais aimé cet ancien Marine promu aide de camp présidentiel. Il était insupportablement taciturne et d'une intégrité déconcertante. Armbruster se méfiait comme de la peste des gens trop honnêtes.

Mais il savait que Bondurant ne mentait jamais. Il avait éludé ses questions à propos de sa liaison avec Vanessa, ce qui pouvait passer pour un mensonge par omission, mais le sénateur voyait en ce silence un désir louable d'éviter tout scandale à Vanessa plutôt qu'une volonté de se protéger lui-même.

Connaissant David comme il le connaissait, à la lumière d'un incident impliquant une jeune femme du nom de Becky Sturgis, Armbruster ne doutait pas un instant que son gendre fût capable d'étouffer un enfant qui n'était pas le sien.

Il s'en voulait de ne pas avoir eu des soupçons plus tôt. Le salopard les avait dupés tous les deux, Vanessa et lui, en leur faisant croire qu'il voulait des enfants. Pendant des années, elle avait essayé toutes sortes de traitements contre l'infécondité. David, lui, refusait de consulter un médecin. Clete comprenait pourquoi à présent. Le saligaud tirait des balles à blanc et ne voulait pas qu'on le sache. De surcroît, il avait subtilement rejeté sur Vanessa la faute de cette absence d'enfant, nourrissant du même coup son sentiment de médiocrité, un des symptômes clés de sa maladie.

Bien sûr, le sénateur n'avait pas la conscience tout à fait tranquille. Il devait bien reconnaître qu'il était en partie responsable des abus dont sa fille avait fait l'objet au sein de son mariage. Où était-il toutes ces années ? Pourquoi n'avait-il pas vu ce qui sautait aux yeux ? Il était bien trop préoccupé d'installer David à la Maison Blanche pour voir que ce dernier bafouait cruellement l'amour de Vanessa.

Tant qu'elle faisait ce qu'il lui disait de faire, sans le contrarier ni démontrer autre chose que ce qu'elle était censée démontrer, David était content. Il avait une femme ravissante, d'une patience à toute épreuve, qui tolérait ses aventures extraconjugales. Mais quand Vanessa avait cessé de jouer le jeu, lorsqu'elle était devenue enceinte d'un autre homme, David Merritt avait estimé que la peine de mort était justifiée.

Oui, Barrie Travis et Gray Bondurant disaient la vérité. Ils l'avaient forcé à ouvrir les yeux sur ce qu'il avait refusé de voir jusque-là : David Merritt avait fait vivre un enfer à sa fille. Il avait assassiné son petit-fils. Il l'avait trahi et il fallait le détruire.

Mais ce n'était pas en lançant des accusations sans fondement contre lui aux nouvelles du soir qu'il arriverait à ses fins. Il allait devoir s'attaquer à lui subrepticement, sans qu'il se rende compte qu'une intrigue se tramait contre lui. Faute de quoi, son entreprise serait vouée à l'échec.

Bondurant avait peut-être une chance de réussir et de s'en tirer, mais pas tant qu'il serait de mèche avec une journaliste, et Barrie Travis en particulier. Armbruster savait qu'il devait opérer indépendamment d'eux et qu'il fallait agir vite car David, à l'évidence, n'avait pas perdu son temps.

Cependant, avant toute chose, il fallait qu'il trouve Vanessa et qu'il la libère de l'emprise de David. Après quoi, plus rien ne l'empêcherait de neutraliser ce salopard.

Il avait divers obstacles à franchir. Notamment les émotions contradictoires qui l'agitaient. La trahison de son gendre lui faisait l'effet d'un pieu dans le cœur, mais il ne pouvait pas se permettre d'être sentimental en revenant sans cesse sur ce qui aurait pu, ou dû, être.

Par ailleurs, il devait faire preuve d'une prudence extrême. En dénonçant David, il ne devait pas prendre le risque de s'exposer lui-même à un examen trop approfondi. Détruire un gouvernement du tout au tout, mais proprement, allait requérir des manœuvres habiles.

Le problème étant que les manœuvres de ce genre nécessitaient du temps et que du temps, il craignait fort de ne pas en avoir beaucoup devant lui.

— C'est bien Howie, n'est-ce pas ?

Howie faillit s'étrangler avec sa bière mexicaine parsemée de sel. Il s'essuya la bouche du revers de la main avant de la tendre au moustachu à la casquette de base-ball.

— Hé ! Je pensais que vous ne reviendriez jamais !

L'homme esquissa un sourire crispé.

— J'ai eu des tas de choses à faire.

— Eh bien, ça fait plaisir de vous revoir. Je peux vous offrir une bière ?

Bien qu'il fût ravi de la réapparition de l'homme qu'il espérait pouvoir considérer comme un ami, cette proposition était faite un peu à contrecœur. Ce n'était pas très commode ce soir. Il s'était arrêté au bar pour boire un petit verre à la va-vite, et non pour causer. Toute la journée, il avait été aussi à cran qu'une prostituée à l'église, s'attendant à tout moment à voir surgir Bondurant venu lui réclamer le renseignement qu'il était censé avoir déniché. Il avait redouté que Barrie ou lui se pointent aux studios de WVUE.

Mais sept heures étaient arrivées, heure à laquelle il cédait sa place au responsable des reportages chargé du créneau du soir et il n'avait toujours pas de nouvelles de Barrie ou de son sinistre acolyte. Il avait essayé de se convaincre qu'ils l'avaient oublié ou qu'ils avaient trouvé ce qu'ils cherchaient par le biais d'une autre source. En vain. Son anxiété allait croissant à chaque minute qui passait.

Ils ne le croiraient sûrement pas quand il leur dirait qu'il n'avait rien pu soutirer à quiconque à la Maison Blanche, bien qu'il se fût donné un mal de chien. De deux choses l'une : tout le monde mentait en ville, ou bien personne, absolument personne, ne savait où se trouvait Mme Merritt. Ce n'était pas ce que Barrie et Bondurant avaient envie d'entendre.

Aussi avait-il décidé que, même s'il devait l'inventer, il fournirait à Bondurant le nom d'un établissement. Il se disait que cet ancien Marine était du genre à tenir parole. S'il lui faisait faux bond, Bondurant n'hésiterait pas un instant à le descendre.

— Merci. Je meurs de soif.

— Quoi ? demanda Howie, brutalement arraché à ses noires ruminations.

— Une bière ?

Son nouvel ami l'observait d'un air intrigué.

— Oh, bien sûr, bien sûr. J'ai eu une rude journée, ajouta-t-il pour s'excuser de ce moment d'absence. Je vais vite vous la chercher.

Quand il revint armé d'un bock, l'homme, décidément vraiment très cool, était en train d'enduire de craie la pointe d'une queue de billard.

— Prenez garde, mon vieux. Je me suis exercé.

Avec le rictus qui retroussait ses lèvres, il avait tout d'un carnivore aux yeux fuyants et aux toutes petites dents pointues.

— En fait, euh... je n'ai pas le temps ce soir.

Son froncement de sourcils était encore plus inquiétant que son sourire en coin. Il incita Howie à se raviser sur-le-champ.

— Bon, alors juste une petite partie.

— Parfait. Ça me donnera l'occasion de sauver ma réputation.

Ils parlèrent de choses et d'autres tout en se relayant à la table. Howie jouait très mal. Il n'arrivait pas à se concentrer parce qu'il pensait à l'embuscade qui se préparait probablement chez lui à l'instant même. À moins que Bondurant l'ait déjà à l'œil ? Et s'il s'était posté dans le lavomatic sur le trottoir d'en face ?

— ... à propos de votre amie ?

— Comment ?

— Je voulais savoir comment allait votre collègue de travail. Cette fille. Dis donc, vous n'avez pas l'air dans votre assiette. Si vous avez autre chose à faire ce soir...

— Non, non, s'empressa-t-il de répondre. Désolé.

Ressaisis-toi, imbécile ! Mais qu'est-ce qu'il avait à la fin ? Voilà un type super-sympa qui le suppliait pour ainsi dire à genoux d'être son pote et que faisait-il ? Il se comportait comme un corniaud, voilà ce qu'il faisait.

Tout ça, c'était de la faute de Barrie. C'était *toujours* de sa faute. Et de celle de Bondurant aussi maintenant. De quel droit s'introduisaient-ils dans son appartement pour le malmener de la sorte ? Ils ne faisaient pas le poids. Pas Barrie en tout cas. Quant à Bondurant, on l'avait chassé de la ville parce qu'il s'envoyait la femme du Président. Qu'ils aillent au diable ! S'ils revenaient ce soir et recommençaient à le menacer, il lancerait la police à leurs trousses.

Fort de cette détermination nouvelle, il remonta son pantalon qui n'en finissait pas de glisser et but une grande rasade de bière.

— Je l'ai fichue à la porte.

— C'est pas vrai ?

— J'ai un peu honte, dit-il avec une moue de regret, mais elle n'arrêtait pas de faire des conneries. J'avais pas le choix.

— Je ne vois pas ce que vous auriez pu faire d'autre, mon vieux !

— Exactement.

Howie marqua le plus beau point de la soirée. Son ami leva son bock pour saluer son succès.

— Je vais essayer de l'aider à s'en sortir tout de même.

— Oh ?

L'homme à la casquette s'apprêtait à jouer. Les balles claquèrent avec fracas, mais il rata son coup.

— Vous lui avait écrit une lettre de recommandation ?

— Non. Elle travaille sur un dossier secret. Je lui file un coup de main.

Comme Howie l'avait espéré, l'homme arqua les sourcils d'un air intrigué. L'aspect aventureux de la chose avait éveillé sa curiosité.

— Quel dossier secret ?

Aiguillonné par l'humiliation cuisante que Bondurant lui avait fait subir, Howie était ravi de pouvoir crâner un peu. Qu'est-ce que ça pouvait bien faire s'il en rajoutait un peu ? Son copain n'y verrait que du feu. De plus, même entre amis proches, on se racontait des bobards. Ça faisait partie des relations entre hommes.

— Elle est en free-lance maintenant, mais elle continue à creuser cette affaire dont je vous ai parlé. Quand elle s'est heurtée à un mur, qui pensez-vous qu'elle soit venue trouver pour avoir des renseignements ? Moi-même en personne.

— Des renseignements sur quoi ?

Howie lui fit un clin d'œil.

— Des trucs internes à la Maison Blanche.

— Et vous avez pu lui dénicher ce qu'elle voulait ?

— Ne croyez pas que ça a été facile, fit Howie en bombant le torse. J'ai eu du mal. Il m'a fallu mener ma petite enquête moi-même en asticotant mes sources les plus clandestines, mais j'ai trouvé le sucre d'orge auquel Barrie tenait tant.

— Elle a dû être contente !

— Elle le sera.

— Vous ne lui avez pas encore dit ?

Le regard de l'homme s'illumina et un sourire retroussa sa moustache. Il tapa Howie sur l'épaule.

— Ah, j'ai compris. Vous la faites lambiner jusqu'à ce qu'elle vous donne quelque chose en échange, pas vrai ?

Howie gloussa. Il avait réussi à embobiner son nouveau copain en lui faisait croire qu'il était un briseur de cœurs, un homme d'expérience, qui ne se laissait pas marcher sur les pieds et avec lequel mieux valait ne pas plaisanter.

— J'ai rendez-vous avec elle tout à l'heure. Vu ce que j'ai à lui dire, je suis sûr qu'elle sera disposée à me faire quelques petites faveurs, pas vous ?

Ce soir, Barrie conduisait une Volvo, volée l'après-midi même dans le parking d'une clinique. En arrivant devant l'immeuble d'Howie, elle ralentit l'allure pour rouler au pas.

— Où dois-je me garer ? demanda-t-elle à Gray.

— Au bout de la rue. Arrêtez-vous là et laissez-moi descendre. Je vais y aller d'abord.

— En passant par la porte d'entrée ?

— La mise en scène d'hier soir l'a intimidé. Je ne crains rien en faisant une entrée plus directe ce soir.

— Et s'il n'a rien pu savoir ?

— Je le saurai s'il ment. À tout à l'heure en haut, dit-il en sortant de la voiture et en claquant la portière derrière lui.

— Ne le brutalisez pas trop, lui cria-t-elle, mais il n'avait pas dû l'entendre, à moins qu'il n'ait préféré l'ignorer.

Le courage d'Howie fut de courte durée. Quelques minutes après avoir pris congé de son nouvel ami et quitté le bar, son angoisse le reprit de plus belle. Sur le chemin du retour, il avait les mains tellement moites qu'il arrivait tout juste à tenir le volant.

Bondurant allait lui botter les fesses s'il n'avait rien d'utile à lui rapporter. S'il lui racontait n'importe quoi, il s'en apercevrait sûrement dans les heures qui suivraient et reviendrait probablement le tuer. D'une manière ou d'une autre, Howie était foutu. À moins de supplier Barrie de lui sauver la vie. Elle avait été assez dure la veille, mais il ne pensait pas qu'elle laisserait l'excommando l'abattre de sang-froid sans intervenir.

— Non, elle ira dans la pièce à côté pour ne pas perdre son appétit, marmonna-t-il en garant sa voiture à sa place derrière l'immeuble.

Puis, il monta l'escalier, ouvrit sa porte d'une main tremblante et la poussa brusquement. Il hésita sur le seuil en tendant l'oreille. Puis, il entra et referma derrière lui.

Il était à peu près certain d'être seul dans l'appartement. Personne n'y était entré depuis son départ ce matin. Il trottina malgré tout d'une pièce à l'autre pour allumer rapidement les lampes les unes après les autres afin d'inonder les lieux de lumière. Après quoi il alla dans sa chambre jeter un coup d'œil à l'escalier de secours, maintenant qu'il savait que ses visiteurs de la veille l'avaient emprunté pour aller et venir. Personne sur les marches en métal qui zigzaguaient le long de la façade.

Alors il retourna dans la cuisine. Sous l'effet de la nervosité, la bière avait tourné au vinaigre dans son estomac. Il éructa en ouvrant le réfrigérateur à la recherche de quelque chose pour absorber cet excès d'acide.

— C'est de la folie ! maugréa-t-il tout en mastiquant une cuillerée de spaghetti froids d'un âge indéterminé.

Il n'était plus un gamin. Pourtant, il marchait sur la pointe des pieds chez lui, épouvanté par son ombre. Depuis que Barrie avait eu cette ridicule lubie à propos de l'épouse du Président, sa vie était devenue un enfer. Il avait des problèmes au boulot, avec Jenkins. Dans sa vie privée aussi. Comment pouvait-on cultiver une amitié quand on avait un commando de la Marine sur le dos prêt à vous réduire la caboche en bouillie ? Voilà qu'à présent, il n'était même plus tranquille dans ses pénates.

Eh bien, il en avait ras la casquette et il n'allait pas se laisser faire !

Dès que Barrie serait là, il avait la ferme intention de...

On frappa à la porte.

Son ventre se contracta instantanément.

Très vite, il reprit courage et se dirigea vers l'entrée d'une humeur soudain belliqueuse. Il ouvrit brusquement, prêt à dire à Barrie et Bondurant ce qu'il avait sur le cœur. Mais il n'avait qu'un seul visiteur. Tout sourire, qui plus est.

— Bonjour, Howie. Puis-je entrer ?

Barrie sortit de la Volvo et verrouilla consciencieusement la portière derrière elle. Tout en marchant d'un bon pas sur le trottoir, elle sourit du paradoxe qu'il y avait à protéger une voiture volée contre le vol ! Elle leva les yeux vers les fenêtres du deuxième étage de l'immeuble à l'angle de la rue. Les stores étaient baissés, mais la lumière brillait dans toutes les pièces. C'était rassurant. Si Gray avait eu l'intention de faire un sale coup, il aurait agi dans le noir, se dit-elle.

Elle traversa le hall d'entrée et monta. Il y flottait une odeur de renfermé comme dans un vieux magasin d'antiquités. Elle frappa à la porte d'Howie. Et attendit. Personne ne vint ouvrir. Elle plaqua l'oreille contre le bois, mais n'entendit aucune voix à l'intérieur. Elle tourna la poignée ; la porte n'était pas vérrouillée.

— Howie ? Gray ?

Les lumières s'éteignirent brusquement.

Les pièces brillamment éclairées quelques secondes plus tôt étaient plongées dans l'obscurité. Il y avait de quoi hurler, mais elle avait trop peur pour proférer un son. Elle sentit le sol vibrer sous ses pieds lorsque quelqu'un s'approcha rapidement d'elle. Elle fit volte-face et chercha la poignée de la porte à tâtons, la trouva, mais avant qu'elle puisse ouvrir, une main se referma sur la sienne.

— Ne faites pas de bruit.

Elle manqua défaillir de soulagement en reconnaissant la voix de Gray.

— Que se passe-t-il ? demanda-t-elle en se tournant vers lui.

— Filons d'ici. Tout de suite.

— Attendez, chuchota-t-elle. — Il essaya d'ouvrir la porte, mais elle lui barra le passage. — Où est Howie ? Est-il là ?

— Oui, il est là.

— Où ça ? Qu'est-ce qu'il vous a dit ?

Il ne répondit pas. Elle ne pouvait pas le voir dans le noir, mais elle sentait qu'il se tenait avec raideur et fixait son regard implacable sur elle. Son souffle lui effleurait le visage.

— Où est Howie ?

— Chut.

— Que lui avez-vous fait ? riposta-t-elle d'une voix qui s'élevait en même temps que sa panique.

— Taisez-vous.

Elle le repoussa et s'élança dans le salon en titubant.

— Barrie, non !

Elle sentit un courant d'air sur son bras quand il essaya de la rattraper. En vain. Dans la cuisine, elle se heurta la cuisse à l'angle de la table. Elle trouva l'inter-rupteur qu'elle actionna à plusieurs reprises sans que rien ne se produise. Le courant était coupé.

Gray lui agrippa brutalement le bras.

— Venez, Barrie. Il n'y a pas une seconde à perdre.

— Lâchez-moi ! cria-t-elle en se débattant.

Il finirait sûrement par la maîtriser, surtout dans l'obscurité. Elle ne savait pas trop où elle était, mais connaissait la cuisine d'Howie au moins aussi bien que lui. Elle se souvenait plus ou moins de la disposition générale de la pièce et tout en se bagarrant avec lui, s'achemina vers la fenêtre. Dès qu'il fut à portée de sa main, elle saisit le bas du store et tira brusquement dessus. Celui-ci remonta à toute allure et s'enroula en pro-duisant un bruit similaire au claquement d'ailes d'un million de chauves-souris. La lumière d'un réverbère éclaira la pièce.

— Bordel ! grommela Gray.

D'un coup de coude herculéen, Barrie l'écarta de côté.

— Howie ? cria-t-elle.

Ce fut alors qu'elle le vit étendu sur le seuil entre la cuisine et sa chambre. Il la regardait fixement. Il avait la bouche molle et béante. Tout autant que l'entaille qui lui ouvrait la gorge d'une oreille à l'autre. Dans la pâle clarté bleutée, la mare de sang dans laquelle il gisait paraissait noire.

Avant qu'elle ait le temps de hurler, Gray la musela. Ses lèvres étaient tout près de son oreille. Il ne chuchota qu'un seul mot :

— Spence.

34

— Spencer Martin ? s'exclama Daily d'un air interloqué. Vous aviez dit que vous l'aviez liquidé.

— Non, c'est *elle* qui a dit ça, répliqua-t-il en jetant un coup d'œil à Barrie.

Une tasse de thé bouillante entre les mains, elle se balançait distraitement au bord du canapé. La maison était plongée dans l'obscurité. Ils avaient réussi à réintégrer les lieux sans se faire remarquer. C'était en tout cas ce qu'espérait Gray. Maintenant que Spence faisait partie de l'équation, les dangers qu'ils encouraient avaient pris une tout autre ampleur.

— Je me suis contenté de le neutraliser, expliqua-t-il, mais j'aurais dû le tuer. — Il leur raconta qu'il l'avait blessé d'un coup de feu avant de l'enfermer dans la cave sous sa grange. — Je voulais qu'il survive, mais pas qu'il s'échappe. Je pensais venir ici et, en l'espace de quelques jours, une semaine tout au plus, mettre Vanessa en sûreté, avec l'aide de Clete.

Il jeta un regard en coulisse à Barrie qui continuait à fixer obstinément un point devant elle.

— Ça ne s'est pas passé comme ça. J'aurais dû me douter que Spence réussirait à se libérer, bien que je me demande comment il a fait. Il a dû gratter la terre pendant des jours.

— Êtes-vous sûr que c'est lui qui a tué Fripp ? demanda Daily.

— Absolument certain. J'ai reconnu son style.

— Si Howie avait rencontré Spencer Martin, il s'en serait sûrement vanté, souligna Barrie, prenant la parole pour la première fois depuis cinq bonnes minutes.

— Il se peut très bien qu'ils aient fait connaissance quelques secondes avant que Spence lui tranche la gorge.

Elle secoua la tête.

— La police a dit qu'il n'y avait aucun signe d'effraction. Howie a reconnu son tueur et l'a invité à entrer.

— Où veux-tu en venir, Barrie ? demanda Daily en se penchant en avant.

Gray répondit à sa place.

— Que Howie m'attendait et que c'est moi qui l'ai tué.

Une fraction de seconde après avoir croisé son regard, elle détourna la tête. Il n'allait pas la laisser s'en tirer si facilement.

— Eh bien, n'est-ce pas ce que vous pensez ?

— Je ne sais pas que penser, s'écria-t-elle en posant sa tasse. Je n'arrive plus à réfléchir. — Elle se leva en se frottant vigoureusement les bras. — Je n'ai qu'une seule chose en tête : l'effroyable mort d'Howie. Je ne peux pas dire que je l'adorais, poursuivit-elle d'une voix chevrotante. Ce serait hypocrite de ma part. Il me répugnait, mais c'était un être humain, inoffensif et tout à fait innocent dans cette affaire. C'est moi qui l'ai entraîné là-dedans. Tout est de ma faute. J'aurai sa mort sur la conscience jusqu'à la fin de mes jours.

Elle se rassit et se mit à pleurer.

Les deux hommes gardèrent le silence un long moment.

— Quel est l'avis de la police ? demanda finalement Daily.

Gray avait voulu lever le camp au plus vite de peur que Spence ne revienne les liquider. Mais Barrie avait insisté pour appeler la police. À moins de l'assommer et de la porter inanimée hors de l'appartement, Gray n'avait pas d'autre solution que de rester avec elle durant l'interrogatoire des inspecteurs de la brigade des homicides.

Ils avaient reconnu qu'ils avaient un rendez-vous avec Howie ce soir-là. En arrivant, ils avaient trouvé l'appartement tout éteint et la porte ouverte. Ils avaient découvert son cadavre. Ils n'avaient touché à rien, mis à part la poignée de la porte, quelques interrupteurs et le bas du store de la cuisine. Gray avait pensé à rétablir le courant avant l'apparition des policiers. Il aurait été bien en peine d'expliquer pourquoi il avait voulu fuir l'appartement sans rallumer la lumière.

— Les inspecteurs supposent qu'Howie a été attaqué devant sa porte. On l'aurait poussé à l'intérieur de force. On a fouillé dans ses poches, aussi le vol est-il le mobile soupçonné. Selon eux, il pourrait s'agir d'une agression ou d'un rite d'initiation d'un gang du quartier.

— Ont-ils des doutes à votre sujet ? demanda Daily.

— Cela aurait probablement été le cas s'il n'y avait pas eu cette empreinte de pied dans le sang. Celle d'une chaussure de sport masculine comme on en vend par milliers tous les jours dans le pays. Il semblerait que le tueur se soit rendu compte de son erreur parce qu'il n'y en avait qu'une seule. Les flics pensent qu'il a dû se déchausser ensuite pour éviter de laisser des traces ensanglantées dans tout l'appartement.

« À mon avis, Spence a laissé cet indice exprès afin que les enquêteurs émettent exactement l'hypothèse qu'ils ont émise, à savoir que quelqu'un avait repéré Howie au hasard au moment où il pénétrait dans l'immeuble, l'avait suivi dans l'escalier et trucidé pour une poignée de dollars. Cela se produit plusieurs fois par jour dans le voisinage. La police effectuera les quelques procédures de routine, puis on rédigera les paperasses habituelles avant de classer le dossier sans rien élucider.

— Comment pouvez-vous dire ça sur un ton aussi désinvolte ?

Barrie s'était levée une fois de plus en le foudroyant du regard, de sorte qu'il finit par laisser éclater sa mauvaise humeur.

— Qu'est-ce que vous voulez que je fasse ? Que j'avoue ? demanda-t-il, furieux, en fonçant sur elle.

— Je veux que vous m'expliquiez pourquoi vous êtes entré chez Howie avant moi.

— Je voulais l'impressionner.

— C'est le moins que l'on puisse dire !

— Ça ne signifie pas que je l'ai tué.

— Pourquoi avez-vous éteint les lumières quand je suis entrée ?

— Pour vous épargner la vue de son cadavre.

— Une fois que je l'avais vu, pourquoi avoir essayé de m'entraîner dehors de force ?

— Si Spence était encore dans les parages, nous courions des risques.

— Spence. Spence qui ressuscite miraculeusement. — Elle agita les bras en l'air. — Que Dieu soit loué !

Gray serra la machoire.

— Seriez-vous soulagée si je vous disais : Entendu, je confesse. J'ai tranché la gorge de ce lèche-bottes ?

— Vous êtes ignoble !

— Qu'est-ce que vous avez à râler à la fin ? Vous devriez bondir de joie. Je m'étonne que vous n'ayez pas fait venir un cameraman après avoir appelé la police. Vous étiez la première journaliste sur les lieux d'un horrible assassinat. C'est votre rayon, non ? C'est ça qui vous excite ? Ça, et vous mettre au lit avec un homme, quel qu'il soit, susceptible de vous fournir un bon reportage en échange.

— Ça suffit, Bondurant, intervint Daily.

Gray ignora sa remarque. Toute son attention était concentrée sur Barrie.

— Je n'ai pas à me défendre, devant vous ou qui que ce soit. Croyez ce que vous voulez. Je n'en ai rien à foutre.

Il lui tourna le dos, mais n'avait fait que quelques pas quand elle lui tomba dessus, à peu près comme elle l'avait fait le jour de leur rencontre au ranch.

— En imaginant que Spence soit vivant, pourquoi traquerait-il Howie et pour quel motif le tuerait-il ?

— Comment voulez-vous que je le sache ! s'exclama-t-il en repoussant sa main. Peut-être a-t-il appris qu'Howie nous fournissait des tuyaux qu'il n'avait pas envie que l'on connaisse.

— Comment le saurait-il ?

Il renifla en l'enveloppant d'un regard cynique.

— Il faut que vous cessiez de penser que ces hommes obéissent à un règlement quelconque. Ce n'est pas le cas. Ils ne connaissent aucune contrainte, morale, politique ou émotionnelle. Ils voient qu'il faut régler un problème. Ils le règlent. Peu leur importe comment. Ils n'ont pas de conscience. Jusqu'au jour où vous aurez compris ça, ils vous tiennent, parce que vous, vous appliquez le règlement.

Sur ce, il se tourna vers Daily.

— Si vous voulez que je m'en aille à présent, je m'en vais.

Daily se leva en poussant un profond soupir.

— Chaque fois que vous me tirez du lit au milieu de la nuit, c'est pour m'annoncer une mauvaise nouvelle.

Il n'en dit pas davantage avant de se retirer dans sa chambre en traînant les pieds.

Gray décocha à Barrie une œillade dure, pleine de défi, mais elle garda le silence, pivota sur ses talons et suivit Daily dans le couloir.

En jurant entre ses dents, Gray retira ses bottes et sa chemise et s'allongea sur le canapé. Il était trop petit pour lui ; ses pieds dépassaient de l'accoudoir. Il pouvait dormir à peu près n'importe où, dans toutes les circonstances. Il s'était entraîné à s'endormir à volonté. Il avait appris à s'assoupir instantanément et à dormir profondément tout en gardant une partie de son inconscient en alerte, à l'affût du danger.

Mais ce soir, son entraînement le trahit. Il était trop en colère pour dormir. En colère et... blessé ? Était-ce le terme qui convenait ? Seigneur ! Il replia le bras sur ses yeux. Blessé ? Par quoi ? Ses accusations absurdes ? Le fait qu'elle puisse le soupçonner d'être un assassin ? Comment pouvait-il se laisser aller à des sentiments aussi niais et puérils !

Croyez ce que vous voulez. Je n'en ai rien à foutre. Le problème, c'est que ça le touchait, au contraire. Il ne savait pas exactement ce qu'il voulait que Barrie pense de lui, mais en tout cas, ça le rendait dingue de se dire qu'elle voyait en lui un tueur impitoyable. Il ne comprenait vraiment pas pourquoi son opinion comptait à ses yeux, mais cela lui faisait quelque chose, indéniablement.

Mademoiselle je-sais-tout ! Elle était trop impulsive pour son bien. Elle avait un sens de l'humour mordant dont elle se servait pour dissimuler sa peur, ses déceptions. Mais elle n'avait certainement rien d'une lâche, et le courage était une qualité qu'il admirait. Elle avait l'esprit incroyablement vif, une imagination sans doute trop fertile pour être une journaliste objective, mais ce penchant créatif ne faisait qu'aiguiser son intelligence. Elle avait connu la douleur du rejet. En cela, il la comprenait et partageait même ses sentiments dans une certaine mesure.

Elle faisait aussi preuve d'une intégrité de tous les diables. Il avait un peu honte de l'avoir accusée de séduire les hommes pour obtenir un bon tuyau. Il regrettait d'avoir dit ça ce matin-là à Jackson Hole, ainsi que tout à l'heure. Il ne le pensait même pas.

Il y avait de fortes chances qu'elle soit aussi incapable que lui d'expliquer cette orgie qui s'était déroulée chez lui au petit matin. Il n'avait pas la moindre idée de ce qui avait pu se passer. Il avait mis cela sur le compte d'un désir spontané, inexplicable, dévorant, sans se poser de questions. Mieux valait ne pas trop analyser les rencontres sexuelles d'une intensité pareille. Autant les imputer aux instincts bestiaux de l'homme et oublier. Essayer en tout cas.

En dépit de ses commentaires sarcastiques, dès l'instant où il l'avait touchée ce matin-là, il avait su qu'elle n'avait rien d'une femme fatale. Ses réactions étaient trop honnêtes, trop rebelles.

Il ne voulait pas y penser. Pas ce soir, alors qu'elle l'avait mis dans une rage folle. Mais des flashes resurgissaient subrepticement de leurs cachettes au fin fond de sa mémoire et venaient le hanter. Des pensées bombardaient sa cervelle pourtant cloisonnée, des visions de seins, petits mais ronds, de mamelons qui semblaient perpétuellement sur le qui-vive, le souvenir de ses chuchotements dans l'obscurité, de cette voix qui, à elle seule, le mettait dans tous ses états.

— Gray ?

Il baissa le bras et se redressa d'un bond. Il ne l'avait pas entendue venir et fut surpris de la voir plantée là à un mètre du canapé.

Il s'éclaircit la voix.

— Oui ?

— Vous dormiez ?

— Presque, mentit-il.

— J'ai trouvé ce qu'il faut qu'on fasse.

— Quoi ? demanda-t-il, plein d'espoir.

Baiser comme des fous ?

Ce ne fut pas du tout ce qu'elle suggéra.

Barrie connaissait le quartier. C'était un secret bien gardé parce qu'un certain nombre d'éminentes personnalités de la capitale vivaient dans ce lacis de rues verdoyantes et sinueuses voisines d'Embassy Row. Elles se situaient à un jet de pierre de Massachusetts Avenue, toujours assez encombrée, mais à moins de les chercher spécifiquement, on passait à côté sans s'en rendre compte. Elles ne figuraient pour ainsi dire sur aucun plan.

Les maisons se cachaient derrière de grandes haies ou des murs en briques. La plupart des résidences étaient équipées de portails électriques renforçant le système de sécurité. Barrie avait les nerfs en pelote quand Gray arrêta la voiture dans l'allée d'une maison qui était à vendre.

— On pourrait se faire descendre, dit-elle.

— C'est possible.

— Que va-t-elle faire, à votre avis, en nous voyant nous balader dans son jardin ?

— On ne va pas tarder à le savoir.

C'était Barrie qui avait eu cette idée. La veille au soir, cela lui avait paru judicieux. Elle n'en était plus si sûre à présent.

— Vous dites que vous l'avez déjà rencontrée ?

— Une ou deux fois, lors de réceptions officielles. Mais nous n'avons jamais vraiment parlé. Elle ne se souvient probablement pas de moi.

— J'en doute. — Ils échangèrent un long regard,

puis elle ajouta à voix basse : — Vous faites une forte impression aux gens, monsieur Bondurant.

— Ah ouais ! Prenez l'impression que j'ai faite sur vous par exemple.

Barrie baissa les yeux sur ses mains moites.

— Je suis désolée. À propos de hier soir, je veux dire. Je n'ai jamais vraiment cru que vous puissiez... — Elle se mordilla la lèvre. — J'étais énervée. Et j'avais peur.

— C'est sans importance.

Il ouvrit la portière.

— S'il vous plaît... — Elle posa la main sur son bras pour le retenir un instant. — Je ne veux pas que les choses s'enveniment entre nous.

— Bon. Allez-y. Je vous écoute.

— J'ai réfléchi toute la nuit en m'efforçant d'analyser la situation sous tous les angles. Si vraiment Spence a réussi à s'échapper et à regagner Washington, s'il s'est débrouillé pour dénicher Howie et comprendre qu'il nous rancardait, s'il s'est effectivement introduit chez lui quelques minutes avant nous dans le but de le liquider, pourquoi aurait-il laissé un indice de manière à détourner l'enquête de nous ?

« Il aurait pu s'arranger pour inciter la police à croire que nous avions tué Howie, pour lui faire payer mon licenciement par exemple. Une fois derrière les barreaux, occupés à essayer de prouver notre innocence, nous serions hors d'état de lui nuire, à lui et à Merritt. Alors pourquoi nous aurait-il volontairement disculpés aux yeux de la brigade criminelle ?

Gray répondit sans avoir besoin de réfléchir :

— Parce qu'il a des projets plus ambitieux nous concernant.

— Par exemple ?

— Je ne sais pas encore. C'est pour cela que nous devons faire très attention. — Son regard glissa sur les bois qui servaient de toile de fond à la grande demeure coloniale inoccupée. — Allons-y.

Encore plus secouée maintenant qu'avant cette petite conversation, Barrie se résolut néanmoins à sortir de la voiture. Elle avait pris soin d'apporter l'annonce concernant la vente de la maison. Cela leur fournirait un prétexte plausible si quelqu'un les arrêtait et leur demandait pourquoi ils rôdaient dans les parages.

Elle suivit Gray le long de la palissade qui délimitait la propriété. Il leur fallut cinq minutes pour la contourner.

— C'est celle-là, dit-il en pointant l'index droit devant lui.

De l'autre côté du petit bosquet séparant les deux terrains, elle aperçut le toit de la maison.

— Allez-y. Je vous suis.

Les bois de feuillus commençaient juste à se parer des couleurs de l'automne, offrant une riche palette de contrastes avec les sapins. Les feuilles mortes craquaient sous leurs pas tandis qu'ils se frayaient un chemin dans le sous-bois. Cela aurait été une promenade agréable si les circonstances avaient été différentes.

Ils s'immobilisèrent à la lisière de la vaste pelouse magnifiquement entretenue qui se déployait en éventail derrière la maison en briques rouges de style géorgien. Des chrysanthèmes aux teintes vives garnissaient les plates-bandes. Les taillis étaient aussi impeccablement manucurés qu'une débutante le soir de son premier bal.

— Depuis que je vous ai rencontré, Bondurant, j'ai visité un grand nombre de jardins. Celui-ci est de loin le plus beau.

Il était sur le point d'esquisser un sourire lorsqu'une femme apparut sur le seuil de la porte de derrière. Elle portait une brassée de ce qui ressemblait à des affiches roulées retenues par des élastiques.

— C'est elle, souffla-t-il.

Il sortit de l'abri des arbres et s'avança sur la pelouse. Barrie lui emboîta le pas, le cœur battant.

La jeune femme avait une jolie silhouette svelte. Elle alla déposer les affiches sur la banquette arrière de sa Jeep Cherokee. Au moment où elle se redressait, elle les aperçut. Au lieu de faire volte-face pour partir en courant, elle resta là à les attendre de pied ferme sans manifester la moindre appréhension.

En s'approchant d'elle, Barrie vit le trouble qui hantait ses yeux noirs. Son regard passa de Barrie à Gray, puis se reporta sur Barrie. Avant qu'ils aient eu le temps de lui expliquer le motif de leur visite, Amanda Allan s'exclama :

— Dieu merci, vous êtes venus !

35

Elle les conduisit dans la grande cuisine chaleureuse, à travers l'élégante salle à manger jusqu'au salon, très cosy. Un petit feu couvait dans l'âtre. Une vague odeur de pomme et de cannelle flottait dans l'air. Des photos encadrées des deux fils Allan étaient éparpillées dans la pièce, documentant leur vie de famille et la croissance des garçons. Le mobilier était d'un goût exquis et confortable. On avait envie de s'installer et de ne plus bouger.

Barrie aurait donné cher pour avoir cette magnifique maison, ses beaux enfants, le nid que cette femme s'était bâti. La tension qui émanait du visage d'Amanda Allan et de son attitude était nettement moins enviable, comme si elle redoutait que le ciel lui tombe sur la tête d'un instant à l'autre.

La veille au soir, il était venu à l'idée de Barrie que Mme Allan serait peut-être disposée à leur parler du travail de son mari, surtout si le torchon brûlait entre eux, comme Howie le leur avait affirmé. Elle s'était dit que cette visite ne donnerait peut-être rien, mais cela valait la peine d'essayer. Elle ne s'attendait vraiment pas à ce qu'Amanda paraisse soulagée en les voyant. Elle ne s'attendait pas non plus à ce que cette femme, qui semblait avoir tout ce que l'on peut désirer au monde, ait l'air aussi malheureuse et sur les nerfs.

Dès qu'ils furent assis, Amanda prit la parole en s'adressant d'abord à Gray.

— Comment allez-vous ? Il s'est passé bien des choses depuis la dernière fois que nous nous sommes vus.

Il hocha la tête, puis lui présenta Barrie.

— Je sais qui vous êtes, mademoiselle Travis.

— Moi aussi, je vous connais, répondit Barrie. Je viens de m'en rendre compte. C'est vous qui m'avez appelée à WVUE pour m'avertir qu'il était arrivé quelque chose à Highpoint.

Dès qu'Amanda avait ouvert la bouche, Barrie avait reconnu sa voix et identifié son informatrice anonyme.

— Je vous prie de m'excuser d'avoir été aussi mystérieuse. J'ai senti qu'il fallait que j'agisse, que je prévienne quelqu'un, mais je ne savais pas trop comment m'y prendre. J'ai pensé à vous à cause de votre interview avec Vanessa.

— Vous saviez qu'il se passait quelque chose de louche dans votre maison au bord du lac ?

— J'ai senti que quelque chose n'allait pas, mais je ne savais pas exactement quoi. George...

Elle pinça les lèvres. Amanda n'était pas le genre de femme à pleurer devant des étrangers. Elle attendit de s'être ressaisie avant de poursuivre :

— George ne se confie plus à moi. Mais je suis convaincue que si l'infirmière n'avait pas eu une attaque à ce moment-là, Vanessa ne serait plus de ce monde.

— J'ai bien peur que vous ayez raison, confirma Gray.

Amanda considéra Barrie avec désespoir :

— Après votre départ de la chaîne, je ne savais plus où vous contacter.

— Pourquoi essayiez-vous de me joindre ?

— Pour vous dire une chose que vous savez apparemment déjà. David Merritt n'est pas l'homme qu'il voudrait nous faire croire. C'est un scélérat. Il faut l'arrêter ! — Elle fixa un regard intense sur Barrie. — Puis-je vous poser une question ? — Barrie hocha la tête. — Quand vous avez fait irruption dans la morgue de l'hôpital de Shinlin, vous pensiez vraiment trouver le corps de Vanessa sous le drap, n'est-ce pas ?

— Oui.

— Et vous pensiez aussi que mon mari avait provoqué son décès ?

— Je suis désolée. C'est effectivement ce que je supposais. Gray aussi.

Amanda croisa les mains sur ses genoux.

— Je vois.

— Le trouble psychique dont souffre Vanessa et les médicaments requis pour contrôler sa cyclothymie offrent un ample terrain de manœuvre à un médecin. N'est-ce pas votre avis ?

— Oui, répondit Amanda d'un ton grave. Je l'imagine.

— Nous avons diverses raisons de croire que Vanessa est encore en danger, intervint Gray.

— À cause de George ?

— À cause de David.

— Mais par l'intermédiaire de George.

Il n'avait pas besoin de répondre. La réponse se lisait sur son visage.

Il était clair qu'ils n'apprenaient rien à Amanda. Elle avait compris. Quoi qu'il en soit, cela ne devait pas être facile de voir ses pires craintes confirmées. Elle n'en conservait pas moins sa dignité, ce qui lui valut l'admiration de Barrie.

— Je me rends compte à quel point cela doit être pénible pour vous, madame Allan, dit-elle. Je ne l'ai jamais rencontré, mais d'après ce que je sais de votre mari, je doute qu'il agisse par malveillance.

— Je le connais, renchérit Gray. Et je pense qu'il est le jouet de David, comme Vanessa.

— Nous ne sommes pas venus ici pour porter des accusations contre le Dr Allan, reprit Barrie. Nous voulons des informations.

— Vous n'avez pas à vous défendre, fit Amanda avec un petit rire amer. Depuis que David est Président et qu'il a nommé George médecin officiel de la Maison Blanche, il fait vivre un véritable enfer à mon mari.

— David est très doué pour ça, remarqua Gray.

Amanda et lui échangèrent un regard entendu qui exclua momentanément Barrie. Lorsqu'elle détourna finalement les yeux, Amanda fixa son attention sur un portrait de famille récent qui trônait sur la table basse.

— George est aux prises avec une chose terrible. J'ignore ce dont il s'agit, mais il n'arrive pas à s'en dépêtrer. Cela fait des ravages dans notre vie privée. Les enfants en souffrent. George est en guerre avec lui-même. Il est tourmenté. Il se désintègre sous mes yeux. J'ai beau le supplier et menacer de le quitter, il reste enfermé dans sa coquille. Quelle que soit la cause de son angoisse, elle est plus forte que moi. Avez-vous une idée de ce que cela pourrait être ? demanda-t-elle à Barrie.

— David Merritt a tué l'enfant de Vanessa. Il n'a pas succombé à la mort subite du nourrisson.

Amanda pressa ses doigts diaphanes contre ses lèvres pour les empêcher de trembler.

— Votre mari a été obligé de donner son aval à quelque chose qu'il désapprouve en tant que médecin, précisa Barrie d'une voix douce. Voilà pourquoi il est tourmenté.

Elle n'arrivait pas à lui dire que le Dr Allan avait couvert un meurtre pour le Président et coopérait maintenant à l'élimination de l'unique témoin du crime.

Mais Amanda était une femme intelligente. Elle n'avait pas besoin qu'on lui fasse un dessin. Pour finir, elle reposa sa main sur ses genoux. Ses lèvres étaient pâles, mais elles ne tremblaient plus.

— Je hais cet homme à cause de ce qu'il a fait à mon mari. Même si cela exige d'impliquer George dans un crime, je ferai tout mon possible pour vous aider à démasquer David Merritt. Je préfère George en prison plutôt que mort. Si ce cauchemar ne s'arrête pas bientôt, il y restera de toute façon, d'une manière ou d'une autre.

— Barrie et moi espérions que vous accepteriez de nous aider, dit Gray.

Amanda se tourna vers lui.

— Parlons clairement. Vous pensez que David a chargé George d'éliminer Vanessa ?

— Oui.

— Et son père ? Clete Armbruster tuerait n'importe qui, y compris son gendre, si l'on touchait à un cheveu de la tête de sa fille. Lui avez-vous demandé de venir à votre rescousse ?

— On a essayé, répondit Barrie. Mais depuis la débâcle à Shinlin, il refuse de nous adresser la parole.

— Il se pourrait qu'il ait une autre raison de vous éviter, suggéra Amanda. Le sénateur n'est pas complètement innocent. Il a de forts enjeux politiques. George a fait allusion à certaines de ses magouilles.

— C'est tout à fait mon avis, dit Gray. Si Armbruster s'avise de lancer des accusations contre la Maison Blanche, il y a de fortes chances pour que ça lui retombe dessus et qu'il se torpille lui-même. La tactique de David consiste à répartir les torts entre les gens qui l'entourent. Les vilains secrets font naître des loyautés indestructibles. Personne n'en est exempt. Pas même le beau-père qui l'a hissé au pouvoir.

— Je ne dois rien à David Merritt, dit Amanda. Que puis-je faire pour vous ?

— Nous fournir le nom de l'établissement où se trouve Vanessa.

— Je n'en ai pas la moindre idée. George ne me l'a pas révélé. Mais je suppose qu'elle est à Tabor House.

Barrie se tourna vers Gray. Il paraissait aussi perplexe qu'elle.

— C'est une clinique de désintoxication privée, leur expliqua Amanda.

— Jamais entendu parler.

— Cela n'a rien d'étonnant, ajouta-t-elle. Tabor House est un secret bien gardé. L'endroit est réservé aux hauts fonctionnaires du gouvernement et à leurs familles proches. L'abus de substances toxiques est plus fréquent qu'on ne le pense dans les milieux politiques washingtoniens. Cet établissement a été fondé il y a une vingtaine d'années afin que les autorités puissent sauver la face lorsqu'un membre du pouvoir a besoin d'une petite cure de sevrage.

— Où se trouve cette clinique ?

— Dans l'État de Virginie. À une heure et demie d'ici environ, en voiture.

— Cela expliquerait les décollages quotidiens de George en hélicoptère depuis la pelouse de la Maison Blanche, souligna Gray. Pouvez-vous nous indiquer le chemin ?

Elle fronça les sourcils d'un air navré.

— Je n'y suis jamais allée. Les visites sont interdites. Mais je connais le nom de la ville la plus proche.

Ils la suivirent dans la cuisine où elle s'installa à une petite table pour noter ce qu'elle savait à leur intention.

Il leur appartiendrait de trouver l'emplacement exact. Gray parcourut les informations qu'elle leur avait fournies, puis empocha le papier.

— Merci, Amanda. Nous n'en espérions pas tant.

— Gray. — Elle posa la main sur son bras. — J'espère que vous serez prudent. En ce qui concerne George, je veux dire. Je fais cela pour lui sauver la vie. Notre vie. Mais en vous aidant, j'ai l'impression de le trahir.

— Je comprends que vous soyez tiraillée. Je connais ce sentiment. Souvenez-vous, j'ai été l'assistant de David, et son ami. — Il marqua une pause. — Je m'engage à ne pas maltraiter George physiquement. Vous avez ma parole.

Elle exerça une légère pression sur son bras avant de retirer sa main.

— Tout cela est tellement dangereux pour vous. Je m'étonne que vous ayez pris le risque de venir ici.

Barrie lui expliqua qu'on les surveillait de près depuis l'incident de Shinlin.

— On nous suivait tout à l'heure quand nous avons quitté la maison de mon ami. Gray a réussi à semer nos poursuivants dans la circulation. Mais il est de mon devoir de vous avertir qu'une autre personne avec laquelle nous avons parlé a été assassinée hier soir.

— Mon Dieu !

— Pourquoi ne partiriez-vous pas quelque temps avec les enfants ? Jusqu'à ce que la situation s'éclaircisse, suggéra Gray.

Elle considéra la chose, un bref instant seulement.

— Si je prenais la fuite en retirant les enfants de l'école, j'attirerais les soupçons sur nous. De plus, il n'est pas question que j'abandonne George.

Barrie ne l'en admira que plus.

— Nous avons pris toutes les précautions possibles pour vous protéger, mais ne vous fiez à personne, l'avertit Gray. Même pas à ceux en qui vous avez confiance d'ordinaire. Spence Martin, par exemple.

Amanda inclina la tête.

— Mais vous... avez réglé son compte à cette vipère. N'est-ce pas ? Je pensais...

— Que voulez-vous dire ?

Amanda désigna le petit téléviseur encastré dans le mobilier de cuisine.

— J'ai entendu ça tout à l'heure. Aux nouvelles.

— De quoi parlait-on ?

— De vous... Gray Bondurant. Il n'était question que de vous.

36

Gray Bondurant, héros national depuis la mission de sauvetage des otages, était recherché par le FBI qui souhaitait l'interroger sur la disparition de Spencer Martin, bras droit du Président.

David Merritt avait appris cette incroyable nouvelle en même temps que le reste du pays.

Spence et lui étaient en réunion dans ses appartements privés. À la Maison Blanche, seule une poignée de gens savaient que Spence se trouvait dans les locaux. Il avait emmenagé dans une chambre au deuxième étage. Les deux hommes pouvaient y parler en toute quiétude. La pièce était insonorisée et il n'y avait pas moyen d'y installer des micros.

— Ce type était un imbécile, expliqua Spence à propos de Howie Fripp. Il avait l'air ravi de me voir, m'a prié d'entrer. Il ne lui est même pas venu à l'esprit de se demander comment je connaissais son adresse.

— Êtes-vous sûr qu'il n'a pas eu le temps de contacter Travis et Gray entre le moment où il a quitté le bar et celui où vous avez débarqué chez lui ?

— Je ne l'ai pas perdu de vue une seule seconde. — Spence avala une gorgée de Pepsi. — Mais peu importe qu'il les ait contactés ou pas. Il ne savait rien. Il s'est juste vanté d'avoir un tuyau, pour m'impressionner. Il n'aurait pas pu...

— Qu'est-ce que c'est que ça ?

Spence se tourna pour voir ce qui avait capté l'attention de David et fut aussi alarmé que lui en découvrant son visage sur l'écran. C'était un vieux cliché, probablement le seul disponible dans les archives. Il n'empêche qu'il était reconnaissable. Il se jeta sur la télécommande et monta le son.

— ... a été porté disparu.

Ils se dévisagèrent d'un air interloqué, et leur consternation s'accrut encore lorsque l'envoyé spécial de la chaîne à Capitol Hill reprit la parole : « On pense que Gray Bondurant, le héros de l'audacieux sauvetage d'otages, a été la dernière personne à voir Spencer Martin. Il l'avait reçu récemment dans son ranch du Wyoming. Des recherches sont actuellement en cours afin de retrouver le conseiller du Président. »

— Merde alors ! — Spence se leva d'un bond. — Qui est-ce qui nous a fait ce coup-là ?

— Je n'en sais fichtrement rien. Mais je compte bien le savoir.

Il s'empara du téléphone et demanda qu'on lui passe le bureau du ministre de la Justice.

— Branchez le haut-parleur, fit Spence.

William Yancey, le secrétaire d'État à la Justice, n'était pas là, de sorte que l'un de ses assistants eut droit à un déluge d'injures selon le style très personnel du Président.

— Que se passe-t-il, bordel ? Où est Yancey ? J'exige de lui parler immédiatement.

— Il est sorti dîner avec son épouse, monsieur le Président.

— Eh bien, trouvez-le-moi. Sur-le-champ. En attendant, je veux savoir qui a autorisé cette enquête sur la disparition de Spencer Martin.

— M. Yancey, en personne. D'après ce que j'ai compris, il a reçu un tuyau.

— Un tuyau ? Il a reçu un tuyau ? Et il a donné le feu vert pour une investigation tous azimuts sur cette seule base.

— L'information venait d'une source sûre, monsieur le Président.

— Qui ?

— Le sénateur Armbruster.

David tourna son regard vers Spence qui se mit à débiter un chapelet d'obscénités plus grossières les unes que les autres, bien que silencieuses. David se laissa tomber dans un fauteuil et se massa les tempes tout en s'obligeant à garder un ton calme.

— Je vois. Armbruster a dû oublier de m'en faire part au préalable.

— Le sénateur a dit que M. Martin avait disparu depuis près de deux semaines. — Après un silence gêné, il ajouta : — Monsieur le Président, M. Yancey a pensé que le sénateur Armbruster avait pris cette initiative en votre nom.

— Évidemment, fit David d'une voix suave. L'absence de M. Martin me cause de plus en plus de soucis à moi aussi. Mais je ne comprends pas pourquoi M. Yancey cherche Bondurant.

— Bondurant a informé le sénateur Armbruster que M. Martin était venu lui rendre visite dans son ranch au Wyoming il y a peu de temps. D'après ce qu'on sait, c'est la dernière fois qu'on a entendu parler de lui.

— Bondurant a-t-il été appréhendé ?

— Pas encore, monsieur.

— Tenez-moi au courant.

— Bien sûr, monsieur le Président.

— Et retrouvez-moi Yancey. Je veux lui parler au plus vite.

— Certainement, monsieur. Je lui transmettrai votre message dès que possible.

David raccrocha.

— Eh bien, souhaitez-vous réapparaître et mettre un terme à toutes ces sottises ?

Spence arpenta un moment la pièce en silence.

— Non, j'opérerai mieux si je reste invisible. Mais je vais ordonner à mes hommes de regarder ailleurs s'ils repèrent Gray. Il faut à tout prix éviter que le FBI ou Yancey l'interroge.

— Yancey, répéta David avec un dégoût manifeste.

William Yancey avait semblé le candidat idéal pour

le poste de ministre de la Justice au sein du gouvernement Merritt. De dix ans le cadet de David, il était aussi jeune et agressif que Robert Kennedy à l'époque où son frère aîné lui avait confié ces mêmes fonctions. À l'instar de Kennedy, Yancey s'était distingué dans diverses affaires pénales. C'était un homme séduisant, éloquent et plein de charisme. Aussi David lui avait-il demandé de joindre son équipe. Il l'avait amèrement regretté depuis lors. Yancey était trop futé, trop zélé, trop honnête. Bondurant et lui constitueraient une dangereuse combinaison ; ils étaient sur la même longueur d'onde.

— Quand Gray verra ce flash d'informations, qu'est-ce qui l'empêchera de se précipiter dans le bureau de Yancey pour lui dire en toute franchise qu'il vous a enfermé dans sa cave ?

— Il ne fera pas ça.

— Pourquoi ?

— D'abord, parce qu'il ne pourrait plus agir à sa guise. Ne serait-ce que temporairement. Il devra expliquer pourquoi il m'a tiré dessus et emprisonné. Il faudra du temps pour éclaircir tout ça, du temps que Gray n'a pas envie de perdre. En outre, quand il a vu le corps d'Howie Fripp, il a reconnu mon style aussi sûrement que si j'avais laissé ma carte de visites. Il sait que je ne suis plus dans cette cave.

David fronça les sourcils.

— Le temps presse, hein ?

— Ça ne fait aucun doute.

— Bon sang, on n'avait vraiment pas besoin de ça, lança-t-il d'un ton furieux. Qu'est-ce qui a bien pu passer dans la tête de Clete.

— Je suggère que vous lui posiez la question, dit Spence en désignant le téléphone.

— Je ne comprends vraiment pas pourquoi vous vous mettez dans un état pareil, David, susurra Clete en tapotant son cigare au-dessus d'un cendrier en porcelaine portant le sceau présidentiel.

Le sénateur avait répondu sans attendre à la convocation du Président. Sachant pertinemment que le David Merritt qui l'attendait bouillonnait de rage, il s'était rendu à la Maison Blanche dans un état d'esprit plutôt optimiste. Réussir à doubler subtilement ses adversaires le mettait toujours d'excellente humeur.

Comme il s'y attendait, David paniquait complètement à cause de cette affaire de Spence et de Bondurant. Il n'avait pas la moindre envie que Gray déclare publiquement que son conseiller avait été dépêché chez lui pour le liquider. Naturellement, il s'empresserait de nier ces accusations et renverserait les rôles en taxant Bondurant de traître et de meurtrier.

Mais le mal serait fait et il était irréparable. Des germes de doute auraient déjà été semés dans les esprits. À la veille d'une année électorale, c'était une sale histoire pour le Président sortant. L'opposition s'en donnerait à cœur joie en désignant du doigt les personnages douteux dont s'entourait leur Président.

En trahissant Gray Bondurant, Armbruster s'était fait un ennemi, mais il n'avait pas besoin de lui. Et encore moins de Barrie Travis discréditée après la scène de la morgue à l'hôpital.

Il ne pouvait pas laisser ces deux torpilles libres de provoquer de nouveaux remous et mettre en péril le plan qu'il avait élaboré avec tant de soin pour anéantir David.

Sans compter qu'à force d'aller fureter dans tous les coins, ils risquaient de tomber par hasard sur l'affaire Becky Sturgis. Cela mettrait incontestablement un point final à la carrière du Président. Mais Armbruster coulerait alors en même temps que lui. Dans l'ordre de ses priorités, l'auto-préservation venait juste après le pouvoir.

Aussi avait-il informé le ministre de la Justice que l'ancien Marine se trouvait être la dernière personne connue à avoir vu Spencer Martin vivant, histoire d'occuper Bondurant et la jeune journaliste quelque temps. Maintenant qu'il leur avait coupé les ailes, il n'avait plus qu'un seul objectif : récupérer Vanessa en bonne santé et la soustraire à David une fois pour toutes, avant de le détruire.

En attendant, David continuait sa tirade.

— ...sans m'en parler d'abord...

— Il y a des jours que j'essaie de vous joindre, l'interrompit Clete. Vous refusez de prendre mes appels.

Hier, vous étiez en Géorgie. Cet après-midi, en réunion avec...

— Je connais mon emploi du temps, Clete. Vous auriez pu attendre d'avoir un petit entretien avec moi avant de téléphoner à Yancey.

— Il m'a semblé que cela ne pouvait plus attendre, David. Les gens se posaient des questions à propos de Spence.

— Quels gens ?

— Ceux de votre équipe, qui ne pouvaient pas manquer de s'apercevoir de son absence. Comme vous étiez occupé ailleurs, c'est moi qu'ils sont venus trouver.

— Pourquoi vous ?

— Parce que nous sommes si proches, vous et moi... — Le sénateur laissa sa phrase en suspens, comme s'il avait jeté le gant à David en le mettant au défi de le relever. — Tout le monde pense que vous partagez vos pensées et vos préoccupations avec moi. Si vous parliez de la mystérieuse disparition de Spence avec quelqu'un, ce ne pouvait être qu'à moi.

Il tira quelques bouffées de son cigare avec satisfaction.

— Gray vous a dit que Spence était allé le voir ?

— C'est exact. Le soir où je l'ai rencontré avec cette Travis à Shinlin.

— Il s'est passé tellement de choses ce soir-là. Comment se fait-il que Spence ait pu être mentionné dans la conversation ?

Clete fronça les sourcils comme s'il essayait de s'en souvenir.

— Je ne me rappelle pas exactement. D'après mes souvenirs, l'un de nous a fait référence à lui par hasard. Je n'y aurais probablement pas repensé si Spence avait réapparu. Mais ce n'est pas le cas et je crois qu'on n'est pas près de le revoir. J'ai mené ma petite enquête. Son courrier s'entasse dans sa boîte aux lettres. Ses voisins ne l'ont pas vu depuis des semaines. Il ne rappelle personne. À croire qu'il s'est fait bouffer par un ours dans le Wyoming ? Il semble en tout cas que Bondurant ait été le dernier à le voir.

David rit.

— Pourquoi prenez-vous ce ton sinistre, Clete ? Suggéreriez-vous que Gray l'a tué ?

— Avez-vous une autre explication à me donner ?

— C'est ridicule.

— Vraiment ?

— Oui, riposta David avec agacement.

— Yancey n'est pas de cet avis.

— *Yancey*. J'avais des doutes quand je l'ai nommé. J'aurais mieux fait d'y réfléchir à deux fois.

Armbruster gloussa.

— Parce qu'il ressemble trop à Bondurant. Toujours en train de vous chercher des noises. Il ne courbe pas l'échine devant vous, comme nous autres. Quoi qu'il en soit, il a parlé avec quelqu'un de la Brigade criminelle du FBI et ils sont tombés d'accord sur le fait qu'un petit entretien avec le sir Bondurant s'imposait.

Le sénateur cala son cigare dans le coin de sa bouche, s'approcha du bar et se servit un scotch sec. Il leva son verre ciselé devant une lampe et étudia les jeux de lumière à travers les facettes du cristal.

— Je suis curieux de savoir ce qu'il leur dira exactement à propos de la visite de Spence dans le Wyoming.

Il fit volte-face et dévisagea son gendre d'un air plein de sous-entendus. Les deux hommes échangèrent un long regard. David fut le premier à sourire, à contre-cœur, par respect pour son mentor.

— Alors vous êtes au courant ? Gray vous l'a dit.

— Que vous avez envoyé Spence là-bas pour le supprimer ? Oui, il me l'a dit. Du coup, on se demande ce qu'il sait d'autre — ou croit savoir — que vous préférez garder sous silence.

David s'assit sur un divan et croisa les jambes d'un air dégagé. Clete n'était pas dupe de cette apparente désinvolture. Le Président n'était pas aussi détendu qu'il voulait le faire croire.

— Que voulez-vous, Clete ? Je vous connais trop bien. Vous n'avez pas monté cette enquête bidon du FBI sur un coup de tête. Et je doute que le sort de Spence vous préoccupe à ce point-là. Alors pourquoi ? Que voulez-vous ? répéta-t-il.

— Ma fille.

— *Ma femme*, vous voulez dire.

— Vous lui gâchez la vie ! Je ne vous laisserai pas faire.

— En ce qui concerne Vanessa, mes volontés en tant que mari prennent le pas sur les vôtres, Clete. Permettez-moi de vous assurer qu'elle est en d'excellentes mains.

— Où est-elle ? De retour dans la maison d'Allan, au bord du lac ?

— Son état s'est aggravé au point qu'on ne pouvait plus la soigner là-bas. Elle a complètement déjanté un matin. George n'avait pas le choix. Il a fallu la transporter dans une clinique.

— Quelle clinique ?

— Tabor House.

— Le centre de désintoxication ?

— Allan savait que son intimité y serait préservée. — David se leva, s'approcha de son bureau et prit une feuille dans le tiroir du milieu. — Voilà le numéro. Vous n'avez qu'à appeler si vous ne me croyez pas.

Clete lui arracha le papier des mains et demanda à la standardiste de la Maison Blanche de joindre la clinique. Pendant qu'il patientait, il engloutit son scotch d'un seul coup. Pour finir, une voix mélodieuse répondit : Tabor House.

— Ici le sénateur Clete Armbruster. Passez-moi la direction.

— Un instant, s'il vous plaît.

Une musique langoureuse flotta dans le creux de son oreille tandis qu'il attendait que sa requête soit transmise. Il se demandait s'il était vraiment en communication avec la clinique de désintoxication ultra-sélect, ou si David l'avait dupé.

— Clete ? J'attendais votre appel. Le Président m'a prévenu que vous alliez téléphoner.

Il reconnut la voix du Dr Dexter Leopold, ex-ministre de la Santé, nommé depuis peu administrateur de Tabor House.

— Bonjour, Dex. Comment va ma fille ?

— Je vais être franc avec vous, Clete. Elle était mal en point quand le Dr Allan l'a amenée ici. Les remèdes qu'on lui prescrivait n'avaient aucun effet parce qu'elle buvait trop. Mais nous avons réussi à la stabiliser et cela va déjà nettement mieux.

— Donnez-lui le meilleur traitement possible, Dex.

— Cela va sans dire.

— Je veux qu'elle soit prise en charge par d'autres médecins. Pas seulement Allan.

Il y eut un bref silence au bout de la ligne.

— Ce serait maladroit, Clete.

— Ça m'est égal.

— Le Dr Allan est son médecin officiel. À moins que Mme Merritt elle-même, ou le Président, si elle est incapable de prendre la décision, ne le remplace, je dois le considérer comme l'unique médecin responsable de son cas.

Dex Leopold avait la réputation d'être un homme honorable, mais David le tenait peut-être lui aussi, Dieu sait comment ! Si George Allan était en train de tuer Vanessa à petit feu, se pouvait-il que Leopold ferme les yeux ?

— Où se trouve Tabor House exactement ? demanda Clete. Je voudrais venir lui rendre visite demain.

— J'ai peur que ce ne soit impossible, Clete, répondit le docteur d'une voix douce. Vous connaissez le règlement ici. Personne n'a accès à cet établissement, absolument personne, mis à part les patients et le personnel soignant. C'est le seul moyen de protéger l'intimité de nos patients et de maintenir l'intégrité de la clinique. Les visites risquent de provoquer une rechute, surtout quand le patient est guéri au plan médical et que nous travaillons sur la phase psychologique de sa récupération.

— Mais voyons, Dex...

— Je suis désolé, Clete. Pas d'exceptions. Le Président lui-même n'a pas eu le droit de venir voir Mme Merritt, bien qu'il me l'ait demandé chaque fois qu'il a appelé. Si je lui oppose un refus, je dois vous dire non à vous aussi. C'est préférable pour Mme Merritt, je vous assure.

Clete croisa le regard de David qui l'observait depuis un moment avec un calme imperturbable.

— Bon, concéda Clete. Je veux que Vanessa se remette. Elle en a bavé depuis la mort du bébé.

— C'est ce que m'a dit le Président Merritt. Il regrette de ne pas lui avoir fait suivre une thérapie après ce tragique décès. Si elle avait été épaulée psychologiquement à ce moment-là, cette crise aurait pu être évitée. Mais ne vous inquiétez pas. Nous vous la rendrons en pleine forme.

— Je vous le conseille si vous ne voulez pas avoir d'ennuis, lâcha Clete juste avant de raccrocher.

— Satisfait ? demanda David.

— Pas le moins du monde, répondit Clete en se dirigeant à grands pas vers la porte. Faites très attention, David. Je me fiche du nombre de gens que vous avez embrigadés pour me mentir et faire votre sale travail. Vous avez intérêt à ce que je récupère ma fille. Il y a quelques semaines, je vous ai rappelé que je vous avais placé à ce poste et que je pouvais vous détrôner. — Il rebroussa chemin et fit claquer ses doigts à deux centimètres du nez du Président. — En un clin d'œil !

37

Le soleil n'était pas encore levé quand Armbruster descendit au rez-de-chaussée pour se servir un café. Chaque soir, avant de se coucher, il réglait le minuteur de la cafetière électrique.

Cette première tasse fumante lui rappelait toujours sa tendre enfance, du temps où il ne savait pas ce que signifiait le mot *politique*, à l'époque où il ne comprenait pas que certains hommes placent l'ambition et la cupidité au-dessus de l'honneur et où il ne faisait pas encore partie du lot.

Son père était un homme de grande taille, robuste, taciturne, qui aurait trouvé inconcevable de commettre un crime pour en couvrir un autre. Il n'avait jamais mis les pieds dans une école secondaire, mais connaissait par cœur toutes les constellations et pouvait compter en un temps record le nombre de points sur les dominos qu'on venait de poser sur la table. Il ne se mettait pas facilement en colère, mais dans une bagarre, s'empressait de prendre la défense du plus faible.

Il avait combattu en Allemagne, sous les ordres du général Patton. C'était là-bas qu'il était mort et enterré. Mais avant la guerre, il s'occupait du bétail dans un ranch au sud du Texas. Durant les grands rassemblements du printemps, il autorisait parfois le jeune Clete à chevaucher avec lui et les autres cow-boys.

Les créatures les plus dangereuses qui sévissaient dans la région étaient, plus encore que les autres hommes auxquels il valait mieux ne pas tourner le dos sans prendre ses précautions, les serpents à sonnettes, les chevaux fougueux et certains bovins difficiles. Les journées en selle étaient longues et pénibles. Dans la poussière du matin jusqu'au soir. La nuit, le ciel était constellé d'étoiles. Chaque matin, à l'aube, avant de se mettre au travail, les cow-boys se réunissaient autour d'un feu de camp pour boire une tasse de café brûlant et amer.

Après la guerre, sa mère qui ne s'était jamais remariée les avait emmenés vivre dans le Mississippi avec sa famille. Clete avait passé le reste de sa jeunesse loin du ranch et la majorité de sa vie d'adulte à Washington, mais soixante ans plus tard, il se souvenait encore des odeurs de porc frit, de fumier, de cuir, celle des cigarettes que son père se roulait, accroupi devant son petit déjeuner en plein air. On ne pouvait imaginer un café plus dégueulasse que celui qu'on buvait au ranch. Pourtant il n'en avait jamais goûté d'aussi bons depuis.

Clete avait adoré ces matins. Et son père aussi. Il se rappelait la joie qu'il éprouvait quand il chevauchait auprès de lui, le respect mérité que les autres hommes lui témoignaient. Il était si fier d'être son fils.

Ce matin-là, comme tous les autres, il évita de se demander si son père aurait été fier de lui maintenant.

Il alluma la lumière à la cuisine.

Gray Bondurant était assis à table. Il s'était servi une tasse de café.

— Bonjour, Clete, dit-il d'une voix calme.

Sa posture désinvolte n'avait rien d'agressif. Pourtant Armbruster savait qu'à ses yeux, la trahison était la pire des offenses. Et que Gray Bondurant était un homme dangereux.

Il se demanda si toutes ces réminiscences à propos de son père, des feux de camp, des grands rassemblements n'étaient pas des signes avant-coureurs d'une mort imminente entre les mains de cet homme qu'il avait si gravement abusé. Il avait honte de la peur qui s'insinuait en lui.

Il dissimula son appréhension en allant se servir un café avant de rejoindre son invité inopiné à la table. Il aurait gaspillé sa salive en interrogeant Bondurant sur la manière dont il s'était introduit chez lui. Le système d'alarme était branché, mais cela ne pouvait suffire à dissuader un ancien Marine qui avait franchi l'enceinte d'une prison du Moyen-Orient.

En soutenant le regard glacial, implacable posé sur lui, il but une réconfortante gorgée de café.

— J'imagine que vous ne vous satisferez pas de mes excuses.

— Pas vraiment, Clete. Rappelez votre meute.

— Je ne peux pas. L'affaire est allée trop loin. Je ne contrôle plus la situation.

— Foutaises ! C'est vous qui avez mis ça en branle. Vous pouvez tout arrêter. À moins que toutes vos fanfaronnades à propos de votre fameux pouvoir ne soient que du vent ?

Bondurant était un adversaire digne de lui. Il ne se laisserait pas démonter par du verbiage. Armbruster décida d'aller droit au but.

— Que voulez-vous ?

— Je veux retrouver Vanessa et vous la rendre. Mais je ne peux rien faire tant que j'aurai le FBI à mes trousses.

— Vanessa n'est plus en danger.

— Vous croyez vraiment ?

— Elle est à Tabor House.

— Je sais où elle est.

Le sénateur aurait été curieux de savoir comment il s'était débrouillé pour dénicher cette information, mais il était inutile de lui poser la question.

— J'ai parlé avec Dex Leopold hier soir. Il est le patron de cette clinique maintenant. Je lui ai laissé entendre qu'il avait intérêt à me la rendre saine et sauve.

Bondurant eut un petit rire méprisant, puis se pencha sur la table.

— Avez-vous accordé le moindre crédit à ce que Barrie et moi vous avons dit à propos de la grossesse de Vanessa et de la soi-disant mort subite du nourrisson de son enfant ?

En bon politicien, Clete s'abstint de répondre.

— Si vous pensez qu'il y a ne serait-ce qu'une once de vérité dans ce que nous vous avons révélé, comment pouvez-vous croire que David va lâcher prise maintenant ? Vous le connaissez mieux que quiconque, Clete. À votre avis ? Si vraiment il a étouffé le bébé de Vanessa, y a-t-il l'ombre d'une chance qu'il la laisse en vie et risque qu'elle le dénonce ?

Clete analysa la question en silence, bien que la réponse fût d'une terrifiante simplicité.

— Que voulez-vous ? répéta-t-il avec brusquerie.

— La liberté d'agir sans craindre d'être appréhendé. Peu m'importe comment vous vous y prenez. Débrouillez-vous pour que le FBI me lâche les basques.

— Que suggérez-vous que...

— Ne me cassez pas les pieds avec ça. Vous trouverez bien un moyen. Vous saurez les convaincre. Dites-leur qu'on vous a mal compris, qu'on a mal interprété vos propos. Inventez quelque chose, quelque chose de crédible. Arrangez-vous pour qu'ils me fichent la paix. En échange, je m'engage à vous ramener Vanessa.

— Je la récuperai de toute façon.

— La question est de savoir si vous la récupérerez vivante !

— David n'osera jamais aller si loin. Je l'ai mis en garde lui aussi.

— Raison de plus pour qu'on agisse au plus vite.

— Je prendrai mes dispositions tout seul. Merci.

— Bon. Comme vous voulez. Mais il y a encore une

chose qu'il faut que vous sachiez. Spence n'a pas disparu mystérieusement. Il est en vie et en pleine forme, ici même, à Washington.

— Qu'est-ce que vous racontez ? Je croyais que vous l'aviez zigouillé.

— Eh bien, non, et je vivrai probablement assez de temps pour le regretter. Il est de retour. J'ai vu son sale boulot. Pensez-vous que David et lui autoriseraient les gars du FBI à me questionner ? Jamais ! Ils essayeront d'abord de me descendre.

— Alors c'est votre peau que vous défendez et non pas celle de Vanessa.

Cette pique alluma une lueur de colère dans les yeux de Bondurant, mais il garda son sang-froid.

— Spence finira par réapparaître. Il ne peut pas rester invisible indéfiniment. Quand il ressurgira, ils feront tout un tapage et riront bien à vos dépens. Vous aurez l'air d'un vieil imbécile gâteux pour avoir provoqué une fausse alerte. Yancey et le FBI dénonceront vos tripotages et vous en voudront à mort de les avoir entraînés dans cette farce. Qui vous croira après ça quand vous imputerez à David les malheurs de Vanessa ? Personne. On mettra une croix sur vous en vous traitant de vieillard délirant et sénile. Et David l'emportera en définitive sur toute la ligne.

— Vous mentez !

Bondurant ne daigna même pas nier cette accusation et se contenta de fixer sur Armbruster son regard impénétrable.

— J'ai expliqué à David hier soir pourquoi j'avais appelé Yancey et lancé cette enquête. Si Spence était encore vivant, il me l'aurait dit.

— Vraiment ? Et s'il vous avait dupé ? — Bondurant se pencha un peu plus en avant. — Rusé comme vous l'êtes, Clete, je suis sûr que vous avez concocté un plan délicieux pour détruire David, sachant qu'il a tué votre petit-fils, mais votre méthode prendra du temps, et nous n'en avons pas beaucoup devant nous.

Son raisonnement était parfaitement logique, mais le sénateur n'était pas près de l'admettre.

— Et si je refuse de faire ce que vous me demandez ?

— Dans ce cas, bonne chance. Débrouillez-vous tout seul.

— Il y a belle lurette que je me débrouille tout seul. Ça a plutôt bien marché jusqu'ici.

— Alors pourquoi votre fille n'est-elle pas ici avec vous au lieu d'être enfermée dans une clinique, coupée du monde, sous la surveillance d'un George Allan à la botte de David ?

C'était une bonne question à laquelle Clete était bien incapable de répondre. Malgré cela, il avait de la peine à lâcher prise. Il n'était pas dans sa nature de se rétracter.

— Vous bluffez. Vous êtes aussi déterminé que moi à récupérer Vanessa saine et sauve. Avec ou sans mon intervention, vous écarterez le FBI et quiconque se mettra en travers de votre chemin pour faire irruption dans la forteresse et la sauver.

— Autrefois peut-être. Plus maintenant.

— Vous vous êtes trouvé une autre fille, hein ? Barrie Travis ?

Clete ne s'attendait pas à ce qu'il morde à l'hameçon. Il avait raison.

— Vanessa est une femme merveilleuse à maints égards. Mais elle est égoïste.

— Faites attention à ce que vous dites, riposta Armbruster en brandissant son index sous le nez de Bondurant. Je ne supporte pas que l'on critique ma fille, que ce soit vous ou n'importe qui d'autre.

Ignorant sa remarque, Bondurant continua :

— Elle a appris de bonne heure à couvrir ses arrières. Il faut dire qu'elle a de qui tenir. Vanessa s'est toujours occupée d'elle avant toute chose, plus que jamais le jour où j'ai démissionné de mon poste à la Maison Blanche. Elle m'a laissé porter le chapeau après tous les commérages qui ont circulé à notre sujet, sans proférer un seul mot pour me défendre ni intercéder en ma faveur auprès de David.

— Dans ce cas, pourquoi proposez-vous de l'aider maintenant ?

— Par patriotisme.

Armbruster ricana.

— Je pense plutôt que vous cherchez à vous faire

valoir. Vous êtes un héros. Sauver la première dame des États-Unis est un défi irrésistible.

— Mes motivations n'ont rien de romantique, Clete. Un bébé innocent est mort. Son meurtrier ne devrait-il pas être puni ? Je souhaite aussi me démarquer une fois pour toutes de la présidence de David. Je veux mettre un point final à mon association avec lui, et ce ne sera pas possible tant que son gouvernement n'aura pas été renversé et leurs sinistres magouilles exposées au grand jour. Par ailleurs, si je n'ai plus guère d'affection pour Vanessa, elle ne mérite certainement pas de mourir.

— Saint Gray ! lança Clete d'un ton railleur.

Gray se leva, signalant ainsi qu'il n'avait pas l'intention de pousser plus avant ses harcèlements. Il paraissait exceptionnellement puissant, ainsi dressé. Clete se sentit minuscule. La force musculaire de cet homme, comparativement jeune par rapport à lui, lui donnait l'impression d'être vieux, mou et faible.

— Que décidez-vous, Clete ? Dois-je organiser une opération de sauvetage ?

— Je vais y réfléchir.

— Vous pouvez faire mieux que ça ! Appelez Bill Yancey sur-le-champ ou je disparais et la vie de Vanessa sera entièrement entre vos mains. Vous êtes suffisamment futé et méchant pour vaincre David et vous en sortir, mais pas elle.

Clete ne capitulait jamais. Jamais. Mais il savait très précisément, depuis l'époque où il avait joué au football dans l'équipe du Mississippi, quand il était plus prudent de se replier et envoyer la balle d'un coup de volée.

Tandis qu'elle s'éloignait de la tombe pour regagner sa voiture, deux hommes la rattrapèrent et l'encadrèrent.

— Mademoiselle Travis ?

Ils lui montrèrent leurs plaques du FBI.

— Nous aimerions vous poser quelques questions.

— Maintenant ? demanda-t-elle, incrédule. Au cas où vous n'auriez pas remarqué, ceci est un enterrement.

— On a remarqué, fit l'un d'eux. On est désolés pour M. Fripp, mais on a eu du mal à vous trouver et on s'est dit qu'il y avait des chances que vous soyez ici.

— Votre manque de sensibilité est inadmissible, s'insurgea-t-elle.

Un nombre pathétiquement restreint de gens avaient assisté à la brève cérémonie laïque pour l'inhumation de Howie Fripp. Triste commentaire sur sa vie. La plupart des personnes présentes étaient des collègues de WVUE qui avaient profité de l'occasion pour prendre une heure supplémentaire au moment du déjeuner. Tous regagnaient à présent leurs voitures par petits groupes en bavardant, ayant accompli leur devoir et libres maintenant de jouir d'un petit moment de détente aux frais de la compagnie.

Barrie pleurait et ses larmes n'avaient rien d'artificiel. Elle se sentait profondément triste, à cause de la manière horrible dont Howie était mort, parce que ce crime ne serait jamais expié et que tout le monde s'en fichait de toute façon.

L'un des agents la tira brutalement de son état d'abattement.

— Bien que le moment soit mal choisi, mademoiselle Travis, nous souhaiterions tout de même vous parler.

— Je n'ai pas le choix. Vous me tenez. Mais cela vous ennuie-t-il que nous nous éloignions un peu plus ?

— Pas du tout.

En arrivant près de sa voiture, elle se tamponna les yeux une dernière fois avant de leur faire face.

— J'ai déjà dit à la police tout ce que je savais à propos de la mort de M. Fripp. Ils ont pris note de ma déclaration sur les lieux mêmes du crime.

— Ce n'est pas ce qui nous amène ici, lui répondit un des hommes.

— Non ? s'exclama-t-elle, feignant la surprise. De quoi s'agit-il alors ?

— De Gray Bondurant.

— Oh, lui, fit-elle d'une voix morne.

Elle croisa les bras sur sa poitrine et prit un air las et renfrogné.

— Que désirez-vous savoir à propos de notre ancien héros national ?

— Où il se trouve, pour commencer.

— Je n'en ai pas la moindre idée et je ne veux pas le savoir. C'est une crapule.

Les deux hommes échangèrent un rapide coup d'œil.

— D'après ce qu'on comprend, mademoiselle Travis, il semble que vous ayez passé pas mal de temps en sa compagnie ces derniers temps.

— Effectivement. Jusqu'à hier, quand il est devenu l'homme le plus recherché d'Amérique. Comme si je n'avais pas assez de problèmes comme ça ! soupira-t-elle en levant les yeux au ciel. D'abord, ma maison explose en tuant mon chien. Après ça, j'ai une prise de bec avec le sénateur Armbruster au cours de laquelle il m'a insultée comme je ne l'avais jamais été de ma vie. Cet incident m'a valu d'être licenciée.

« Ensuite, je me fourre dans une... vous comprenez ce que je veux dire, bredouilla-t-elle d'un air gêné. J'ai une petite aventure avec ce type. Comment ne pas succomber à ses charmes ? C'est un héros national tout de même. Le genre puissant, taciturne. Super sexy. Et il a des yeux qui vous... — Elle frémit, tout émoustillée. — Enfin, bref, on s'entendait plutôt bien, et puis hier, sa tronche passe aux nouvelles sur toutes les chaînes. Ça m'a fichu une de ces trouilles. Je lui ai dit de débarrasser le plancher. Il ne s'est pas fait prier. — Elle soupira tristement. — C'était trop beau pour être vrai. J'aurais dû m'en douter.

— Quand l'avez-vous vu pour la dernière fois ?

— Hier. Je viens de vous le dire.

— À quelle heure ?

— Euh... voyons ! En milieu d'après-midi.

— Pourriez-vous être un peu plus précise ?

— Non. Jusqu'au moment où j'ai vu le flash d'informations, je n'ai pas fait attention à l'heure.

— Qu'étiez-vous en train de faire ?

Elle leur décocha un regard entendu.

— Je vois. Vous étiez... en galante compagnie ?

Elle ricana.

— Quelle jolie formule !

— Où ça ?

— Dans un motel. Je ne me rappelle plus le nom.

— À quel endroit ?

— Je ne saurais pas vous dire. C'était au bord d'une

autoroute, c'est tout ce dont je me souviens. Je n'ai pas prêté attention à la route.

— Vous n'avez aucune idée de la direction ?

En penchant la tête, elle se mordilla la lèvre, visiblement embarrassée.

— Je... euh... mon Dieu, c'est vraiment gênant. Gray, M. Bondurant, conduisait, voyez-vous. Et moi... Oh enfin ! Disons simplement que sur le chemin de ce motel, je n'étais pas assise et que j'avais la tête en-dessous du tableau de bord. Okay ?

Les deux agents échangèrent un autre regard. Les sourcils de l'un d'eux empiétaient sur son front agrandi par une calvitie galopante.

— Je ne suis même pas sûre que ce motel avait un nom, poursuivit-elle. C'est lui qui l'a choisi. Entre vous et moi, c'était un établissement plutôt minable. Vous connaissez ce genre d'endroits où on loue les chambres à l'heure. Les draps propres sont en option. En plus d'être recherché par les feds — désolée, messieurs, je ne dis pas ça par manque de respect — bref... en plus, Bondurant est radin. Pour notre premier câlin, il m'emmène dans un bordel. Vous vous rendez compte ? S'il n'était pas si fabuleux au lit, s'il n'avait pas ces yeux d'un bleu incroyable et tout le reste, j'aurais mis le holà tout de suite.

L'un des hommes se racla la gorge.

— Euh... M. Bondurant vous a-t-il jamais parlé de Spencer Martin ?

— Bien sûr. Il n'a pas arrêté. Ils étaient très copains. Le Président et eux sont comme cul et chemise, fit-elle.

— Vous a-t-il précisé que M. Martin était allé le voir dans le Wyoming ?

— Oui. En fait, je crois bien que j'y étais un ou deux jours avant lui. J'y suis allée avec l'idée de faire un sujet sur Bondurant, du genre : qu'est-il devenu ? Ça a accroché tout de suite entre nous, si vous voyez ce que je veux dire. Il m'a suivie à Washington. Mais avant que j'aie eu le temps de développer mon reportage sur lui, on m'a fichue à la porte. Et maintenant j'apprends qu'il était peut-être encore plus dangereux que je le pensais.

— Vous pensiez qu'il était dangereux ?

Elle gratifia l'agent d'un sourire angélique.

— Pour ma libido.

— Oh !

— A-t-il jamais manifesté la moindre hostilité vis-à-vis de M. Martin ou du Président ?

— Non. En fait, il a vu le Président récemment. — Elle leur fit un clin d'œil. — Mais je parie que vous le savez déjà, pas vrai ?

— Vous n'avez aucune nouvelle de lui depuis hier après-midi ?

— Non. Désolée. Puis-je m'en aller maintenant ? Je n'aime pas beaucoup traîner dans les cimetières. — Elle tendit la main vers la portière de sa voiture. — En outre, je ne vois vraiment pas ce que je peux vous dire d'autre. Mon histoire avec M. Bondurant a été une erreur de plus de ma part, même si ça n'a pas duré longtemps, et des erreurs, j'en ai commis pas mal ces derniers temps. Je suis sûre que vous êtes au courant de mes diverses gaffes récentes plus connues du public. J'aimerais autant oublier celle-là le plus vite possible.

— Si vous avez des nouvelles de lui...

— Je n'en aurai pas. Quand je l'ai envoyé promener, il m'a fait son numéro de macho. Du style : comment oses-tu me larguer, moi qui suis la merveille des merveilles !

— S'il vous contacte, ayez la gentillesse de nous donner un coup de fil.

— Je n'y manquerai pas. — Elle prit la carte que l'agent lui tendait et la rangea dans son sac à main. — Je ne veux pas avoir d'ennuis à cause de lui. S'il m'appelle, je vous le ferai savoir.

Ils la remercièrent d'avoir accepté de leur parler et regagnèrent leur conduite intérieure. Barrie les regarda partir sans éprouver la moindre animosité à leur égard. Ces deux types-là faisaient partie des bons. Ils obéissaient aux consignes de leurs supérieurs en conformité aux règlements.

Ce qui n'était pas le cas de l'équipe postée devant la maison de Daily. Ils n'avaient pas encore investi les lieux à la recherche de Gray, ce qui confirmait leurs soupçons — à savoir que ces *agents*-là appartenaient à l'armée secrète de Merritt, aux ordres de Spence Martin, lequel ne tenait pas du tout à ce que Gray soit appréhendé et interrogé.

À tout moment, le Président ou son aide de camp pouvaient ordonner à ces hommes de faire irruption chez Daily et d'éliminer la sale bande de saboteurs qui s'y terrait. Pourquoi n'en avaient-ils rien fait ?

C'était une question qui les hantait. Gray semblait penser qu'ils s'étaient gardés d'agir parce qu'ils avaient un plan de plus grande envergure en tête, un piège colossal dans lequel Barrie, Daily et lui tomberaient d'eux-mêmes.

Elle avait bien peur qu'il ait raison.

38

Daily fit signe au hippy qui vendait des roses à un coin de rue animé. Cinq secondes plus tard, l'homme était tapi en bas de la banquette arrière et Daily franchissait l'intersection au moment où le feu vert passait au vert.

— Bon travail, Daily, fit Gray en enlevant son bandeau et sa perruque. Ils sont trois voitures derrière nous et il y a un bus qui nous sépare.

— Je commence à faire des progrès. Comment va le commerce des fleurs ?

— C'est lucratif. Je regrette de devoir abandonner. Qui est-ce ? demanda-t-il en référence à la passagère de Daily.

— Je l'ai baptisée Dolly.

Dolly était une poupée gonflable aux grands yeux écarquillés. Elle portait une veste appartenant à Barrie et une perruque auburn encore plus bouclée que la tignasse hippie de Gray. L'appui-tête et la ceinture de sécurité la maintenaient en place sur son siège.

— Elle est censée être moi, expliqua Barrie, tapie à l'autre extrémité de la banquette.

En relevant un peu la tête, Gray examina le mannequin de plus près.

— Plutôt ressemblant.

— Je suis contente de vous l'entendre dire, déclara Barrie sans se laisser troubler. Du coup, j'ai moins honte de vous avoir débiné auprès des agents du FBI.

Elle lui parla des deux hommes qui l'avaient retenue après l'enterrement.

— C'était avant qu'Armbruster reconnaisse publiquement son erreur et que l'on vous retire de la liste des recherchés. J'ignore ce que vous lui avez dit, mais ça a marché. On ne parlait que de lui aux nouvelles de ce matin. Il a déclaré qu'il y avait eu un grave problème de communications et a laissé entendre que la faute incombait à son équipe dont on remet actuellement en cause l'efficacité. Par le biais du sénateur, Merritt a assuré à la nation entière que Spencer Martin s'occupait en ce moment d'une « affaire épineuse ».

— Ce qui peut vouloir dire absolument n'importe quoi, d'une hémorroïdectomie à un crime de haute trahison.

— Exactement. Et qu'il reprendra ses fonctions à la Maison Blanche dès qu'il aura réglé ce problème. Armbruster a essuyé quelques légères critiques de la part de ses collègues, mais il a bien encaissé et réagi sans animosité.

— Parle-lui de ton coup de fil du ministère de la Justice.

Comme prévu, Daily roulait sans direction précise en essayant de semer leurs poursuivants, mais cela ne l'empêchait pas de suivre leur conversation.

— De votre informateur ? demanda Gray.

Barrie hocha la tête.

— Il m'a appelée sur mon beeper. J'ai rappelé aussitôt, mais au lieu de me fournir l'information que j'avais déjà, à savoir que l'on avait renoncé à vous rechercher, comme je m'y attendais, il voulait des renseignements.

— Du genre ?

— Du genre « Que se passe-t-il, bordel de merde ? ». Fin de citation. À cause de cette salade avec Armbruster, Yancey et la brigade criminelle du FBI, tout le monde est un peu à cran cet après-midi. Franchement, ça m'a un peu réchauffé le cœur. — Elle lui sourit d'un air espiègle. — Voilà, chéri, de mon côté, c'est tout. Comment s'est passée votre journée ?

— J'ai trouvé Tabor House.

Barrie et Daily avaient tout prévu au cas où Gray réussirait à localiser la clinique.

— Croyez-vous qu'on les a semés, Daily ?

— Il y a cinq minutes environ.

— Mais il se peut qu'il y ait un détecteur électronique sur la voiture, nota Gray. Je n'ai pas trouvé d'émetteur, mais cela ne veut rien dire. Il faut qu'on se dépêche de faire l'échange.

Suivant les instructions de Gray, Daily se dirigea vers un parking à plusieurs étages où un autre véhicule les attendait, au deuxième niveau. Barrie et Gray descendirent. Daily sortit lui aussi de la voiture en laissant le moteur tourner.

— Faites bien attention à vous, leur dit-il.

— Je suis plus inquiète pour toi que pour nous, répondit Barrie. Tu es sûr d'avoir assez d'oxygène ?

— Oui.

— Baladez-vous un peu en ville, conseilla Gray. Allez dîner. Ayez un comportement aussi naturel que possible. Occupez-les pendant plusieurs heures, mais ne prenez pas de risques. Aucun.

— Je sais, je sais, riposta Daily d'un ton revêche. On a répété le plan une bonne dizaine de fois. Je sais ce que j'ai à faire.

— Ça se passera très bien, lui assura Gray. Venez, Barrie.

Elle s'attarda un moment en songeant qu'elle donnerait cher pour que Daily n'ait pas l'air aussi fragile. Les manœuvres de contre-espionnage et les respirateurs artificiels paraissaient terriblement incompatibles.

— Quoi qu'il arrive, nous serons de retour avant

l'aube. Je te contacterai dès que possible. Promets-moi de faire très attention.

— Promis.

— Et de ne pas te fâcher avec Dolly.

— C'est une brave fille. Elle ne ronchonne jamais.

— Si tu commences à te sentir mal, rentre chez toi, d'accord.

— Promis.

— Tu promets, mais tu n'en feras rien, insista-t-elle, de plus en plus inquiète. Je le sais très bien.

— Barrie ! — Gray l'attendait au volant de l'autre voiture. — Grouillez-vous.

— Vas-y, sinon tu vas faire échouer le plan de Gray.

Il fit mine de se rasseoir dans la voiture, mais elle le prit tout à coup dans ses bras et le serra contre elle.

— Tu es mon meilleur ami, Daily, chuchota-t-elle. Pour la vie.

— Oui, oui, bougonna-t-il.

Cette fois-ci, elle se laissa faire lorsqu'il la repoussa, mais elle n'était pas dupe de sa brusquerie. Il répugnait autant qu'elle à la quitter et quand elle le comprit, un terrible pressentiment lui transperça le cœur.

— Daily...

— Tout ira bien.

Il se glissa derrière le volant.

Elle referma la portière en hochant la tête. Elle essaya de capter son attention, mais il passa la vitesse en fixant son regard droit devant lui. Alors elle recula pour qu'il puisse démarrer et suivit des yeux ses phares arrière jusqu'à ce qu'ils disparaissent au tournant abrupt au bout de la rangée.

— Barrie ?

— J'arrive.

En montant dans la voiture à côté de Gray, elle aperçut un sac en plastique sur la banquette près de lui.

— Qu'est-ce que c'est que ça ?

— De l'équipement. Et ça, c'est quoi ? demanda-t-il à son tour en désignant son fourre-tout en cuir.

— Une caméra-vidéo, répondit-elle distraitement. Vous croyez vraiment que Daily va s'en tirer, ou bien est-ce que vous avez juste dit ce que lui et moi avions envie d'entendre ?

Il freina et se tourna vers elle.

— Vous n'êtes pas obligée de venir, dit-il. Il vaudrait peut-être mieux que vous restiez avec Daily, pour le protéger, et que vous me laissiez agir seul.

La désinvolture avec laquelle il pouvait faire fi de sa contribution dans cette entreprise la mit hors d'elle.

— Allez au diable, Bondurant !

— Je crois que c'est précisément ce que nous allons faire.

Ils se rendirent dans un faubourg résidentiel de la ville où Gray gara la voiture le long du trottoir au milieu d'un pâté de maisons.

— Faites le guet, dit-il en passant par-dessus son siège pour se glisser sur la banquette arrière. Je vais me changer.

— Changer de quoi ?

— De tenue.

Il troqua son jean délavé et son T-shirt de hippie contre une chemise blanche, un costume gris sombre et une cravate foncée.

— Vous auriez dû me prévenir, remarqua-t-elle. Je ne me suis pas faite assez élégante.

— Votre mère ne vous a jamais dit qu'il valait mieux être trop habillée que pas assez ?

— Probablement. Je n'ai jamais écouté les conseils qu'elle me donnait.

— Eh bien, écoutez-moi maintenant, répliqua-t-il en ouvrant la portière. Ne faites pas un bruit et suivez mes instructions à la lettre.

En se tapissant dans l'ombre, ils gagnèrent la maison à l'angle de la rue. Presque toutes les fenêtres étaient éclairées. Dans la pièce du rez-de-chaussée, un téléviseur jetait des lueurs bleues et dansantes sur les murs que l'on apercevait à travers les stores.

Une voiture et un camping-car étaient stationnés dans l'allée. Gray fit signe à Barrie d'attendre près de la haie séparant le jardin de celui du voisin. Il lui laissa le sac en plastique et approcha de l'arrière de la caravane sur la pointe des pieds. La portière était fermée, mais en quelques secondes, il força la serrure et agita la main afin qu'elle le rejoigne. Elle sortit de sa cachette et courut près de lui à croupetons. Dès qu'ils furent tous les deux dans le véhicule, il ferma la portière et la reverrouilla de l'intérieur.

— Installez-vous, dit-il en lui désignant une banquette rembourrée qui courait le long de la cloison.

Il enleva sa veste et la plia sur sa cuisse avant de s'asseoir.

— Qu'est-ce qu'on fait ? demanda-t-elle en écartant les bras.

— On attend.

— Je suis navrée de devoir vous informer que ceci n'est pas Tabor House, capitaine Fantastique.

— Le type qui habite dans cette maison travaille là-bas. J'ai trouvé la clinique de bonne heure ce matin au moment de la relève de l'équipe de nuit. Je l'ai suivi jusqu'ici.

— Êtes-vous sûr qu'il n'a pas congé ce soir ?

— Non.

— Êtes-vous sûr que ça va marcher ?

— Non.

— Et si ça ne marche pas ?

— J'essayerai autre chose. Maintenant, soyez gentille. Arrêtez de me poser des questions. On va finir par nous entendre. Asseyez-vous.

Elle obéit et sombra dans le silence. La banquette rembourrée ne tarda pas à ne plus paraître rembourrée du tout. Au bout d'une heure environ, elle déclara :

— Je ne vois pas pourquoi on fait tout un plat de la vie des commandos. C'est ennuyeux à mourir.

— Chut, fit-il en levant la main.

À travers les parois du camping-car, elle perçut ce qui ressemblait à un grillage se fermant brusquement avec un claquement. Puis elle distingua deux voix, une masculine, l'autre féminine.

— Conduis prudemment, dit la femme.

— Ne t'inquiète pas.

— Tu travailles demain matin ?

— Non, je serai de retour vers huit heures.

— Je te préparerai un bon petit déjeuner.

Comme l'homme s'approchait de la camionnette, sa voix se fit plus audible.

— Dors bien. Salut.

Ils entendirent ses pas résonner sur le béton, puis le cliquetis métallique de la portière avant qui s'ouvrait. Le camping-car tangua légèrement quand il s'installa au volant. Voyant que Barrie était sur le point de parler, Gray posa un doigt sur ses lèvres.

Le moteur crachota plusieurs fois avant de démarrer. Ils sentirent une légère secousse quand le conducteur enleva le frein à main. Dès qu'ils furent en route, les haut-parleurs trafiqués du camion beuglèrent de la country music à pleins tubes.

— Très bien, cette musique, commenta Gray. Maintenant nous pouvons parler sans craindre d'être entendus.

— Il travaille à Tabor House ?

— D'après la salopette qu'il porte, j'imagine qu'il est mécanicien ou employé au service du nettoyage.

— Comment est-ce ?

— La clinique ? Un manoir reconverti. Du plus pur style géorgien. Des jardins luxuriants entourés d'une muraille. Très à l'écart. C'est à une bonne dizaine de kilomètres de l'autoroute. Il faut vraiment chercher pour la trouver. Il y a une grille à l'entrée, gardée par une sentinelle armée. On entre et on sort par le même endroit.

— On va pouvoir pénétrer dans l'enceinte grâce à lui, dit Barrie, comprenant à présent le plan de Gray.

— C'est l'idée.

— Et si le garde inspecte la caravane ?

— Il y a un macaron sur le pare-brise de tous les employés.

— Très ingénieux !

— Attendez qu'on soit ressortis de là sains et saufs avant de dire ça.

Cette pensée était suffisamment alarmante pour qu'elle change de sujet.

— Que s'est-il passé avec Armbruster ?

Après qu'il lui eut relaté leur entretien, elle demanda :

— Lui faites-vous confiance ?

— Confiance, c'est beaucoup dire ! Mais jusqu'à maintenant, il a tenu ses promesses. Je vais faire de mon mieux pour lui rendre la pareille.

— Je n'arrive pas à croire qu'ils ont gobé cette histoire à propos de l'incompétence de son équipe.

— Clete peut forcer la main de n'importe qui.

— D'accord, mais tout de même...

— Et quand il le fait et que ça ne marche pas, il la coupe, cette main. Il a frappé aux bonnes portes et su se faire comprendre, c'est tout. Il veut récupérer sa fille, quoi qu'il arrive. Alors il n'hésite pas à pactiser avec le diable — en l'occurrence, moi — s'il peut sauver la vie de Vanessa.

L'amour poussait Gray à agir. Barrie s'était efforcée de ne pas y penser jusque-là. Ou de penser à l'ampleur de la gratitude de Vanessa et à la forme qu'elle prendrait vraisemblablement, lorsque tout cela serait fini.

Dans le meilleur des cas, Vanessa survivrait, mais pas son mariage avec David Merritt. Elle serait libre de vivre jusqu'à la fin de ses jours avec le héros qui l'avait arrachée aux griffes de son assassin de mari.

Et Barrie, elle, aurait ce qu'elle voulait : ce reportage exclusif tant attendu qui lancerait finalement sa carrière et lui permettrait d'atteindre des sommets qu'elle n'aurait jamais crus possibles. C'était ce qu'elle désirait plus que tout au monde, pas vrai ?

De mauvaise humeur tout à coup, elle bougonna :

— Je suppose que vous n'avez pas pensé à apporter un paquet de cartes, ou quelque chose pour passer le temps.

— Si vous vous ennuyez, vous n'avez qu'à vous changer, fit-il en pointant le menton en direction du sac en plastique. C'est votre costume pour la soirée.

Du fond du sac, elle extirpa un uniforme d'infirmière — un ensemble pantalon-tunique en polyester couleur corail —, ainsi qu'une paire de souliers blancs et une combinaison bleu marine.

— Les infirmières n'ont pas toutes la même tenue. Vous passerez inaperçue.

Barrie déversa le tout sur le sol moquetté de la caravane.

— Qu'est-ce que c'est que cette combinaison ?

— C'est pour moi.

— Ravissant !

Elle se redressa et commença à défaire sa ceinture.

— Vous allez vous retourner, j'espère ?

— Non, mais rien ne vous en empêche, si vous le souhaitez.

S'il n'allait pas en faire toute une histoire, pourquoi se gênerait-elle ? Elle pouvait être aussi désinvolte que lui, pensa-t-elle en retirant ses chaussures avant de sortir sa chemise de son pantalon. Au moins il faisait sombre dans le camping-car ; seule une faible lumière s'infiltrait par les fenêtres latérales garnies de rideaux.

Après avoir débouclé sa ceinture, elle descendit la fermeture-éclair de son pantalon qu'elle enleva, plia et rangea dans le fond du sac. Ensuite, elle déboutonna son chemisier, le retira à son tour. Elle se retrouva en culotte et soutien-gorge. Assortis, heureusement. Et neufs. Un achat récent chez Victoria's Secret.

Mais ce n'était pas de la lingerie fine. Elle n'était pas Vanessa Armbruster Merritt non plus. Il fallait espérer que la pénombre la flattait et atténuait la différence.

Au même moment, Gray et elle s'aperçurent que la camionnette ralentissait. Barrie leva les yeux vers lui. Il jeta un coup d'œil à sa montre.

— Ce n'est pas possible qu'on soit déjà arrivé. Pourquoi s'arrête-t-il ?

— Pour prendre de l'essence peut-être ?

— Je ne sais pas, dit-il en guignant entre les rideaux. Je ne vois rien.

La camionnette continua à ralentir, puis s'immobilisa. La radio cessa de beugler quand le conducteur coupa le moteur. Sa portière grinça. La caravane bascula un peu quand il sortit.

— Salut, petit cœur, l'entendirent-ils dire. Ça fait longtemps que tu m'attends ?

39

Daily prit très au sérieux son rôle de leurre.

Quelques minutes après avoir laissé Barrie et Gray dans le parking, il repéra une conduite intérieure grise qui se maintint à une distance respectueuse de lui sur plusieurs centaines de mètres. Après divers détours savamment calculés dans les rues de la ville, il n'avait plus le moindre doute qu'il était suivi une fois de plus.

Gray avait probablement raison ; ils avaient dû poser un détecteur électronique sur sa voiture. À moins que les salopards aient eu la chance de le retrouver par hasard. Ou que la police secrète de Merritt soit encore mieux renseignée que ne le pensait Bondurant. Quoi qu'il en soit, il était peu probable que ses molosses attaquent un vieil homme malade dans une rue passante. Il se sentait relativement en sécurité.

Pendant la première heure, ce petit jeu de poursuite l'amusa, mais il finit par s'en lasser. Après avoir bâillé trois fois en l'espace de cinq minutes, il mit la radio sur une fréquence rap pour la simple raison qu'il avait une sainte horreur de ce genre de musique. Si ce tintamarre insupportable ne suffisait pas à le garder alerte, rien n'y ferait.

Quand son estomac commença à gronder, il s'arrêta dans un MacDonald et commanda un Big Mac pour lui et Dolly au guichet. Le jeune employé qui les servit remarqua que sa compagne était une poupée gonflable, mais ne fit aucun commentaire et Daily ne jugea pas nécessaire de lui fournir des explications. Mieux valait qu'il le considère comme un pervers plutôt que comme un élément subversif.

Il se gara devant la salle à manger du fast food et mangea son hamburger et ses frites en regardant distraitement les autres clients entrer et sortir. Il n'avait pas très faim et ne mangea que la moitié de son repas. Il aurait juré que Dolly lui décocha un coup d'œil désapprobateur lorsqu'il jeta leurs restes.

Il n'avait pas très envie de reprendre la route et s'attarda un moment là, les mains sur ses genoux, tout en continuant à observer la clientèle du MacDonald, en particulier les couples accompagnés d'enfants en bas âge. Ces familles apparemment heureuses étaient la preuve vivante que l'idéal n'était pas totalement inaccessible dans la vie, mais au lieu de tirer plaisir de cette constatation, il s'aperçut que ces bambins avec leurs Happy Meals le rendaient incroyablement triste.

Force lui était de reconnaître, pour la énième fois, qu'il était passé à côté des choses importantes de l'existence. Il aurait dû épouser cette charmante petite institutrice qui était folle de lui. Lui aussi raffolait d'elle. Elle lui avait fait perdre la tête avec ses jolis yeux bruns et ses gestes délicats le soir où il avait fait sa connaissance. Un seul de ses sourires suffisait à le faire planer.

Mais il avait manqué d'égards envers elle, il l'avait négligée, préférant faire des heures supplémentaires au bureau plutôt que de l'emmener dîner dehors. Elle avait toujours passé après le boulot. S'il fallait choisir entre l'emmener au cinéma ou suivre une piste juteuse, il n'hésitait jamais.

Elle était vraiment adorable de l'avoir supporté si longtemps. Bien plus que de raison. Mais il avait fini par pousser sa patience à bout. Elle avait renoncé à lui pour épouser quelqu'un d'autre. Un homme plus stable, plus attentif, moins obsédé que lui par son travail et sa liberté.

C'est drôle comme la liberté de la jeunesse se change en solitude avec les années.

Il pensait de plus en plus souvent à elle ces derniers temps, à elle et à la vie qu'ils auraient pu avoir ensemble.

Se surprenant en pleine nostalgie, il maudit cet apitoiement sur lui-même. *Quelque part en chemin, je suis devenu un pitoyable vieil imbécile !*

Agacé par ces tristes ruminations, il démarra subitement et sortit du parking en marche arrière. La conduite intérieure était de l'autre côté de la rue, dans un Taco Bell. Elle s'engagea sur la chaussée derrière lui. Il prit la 66 pour sortir de la ville jusqu'à l'intersection avec la 495, où il fit demi-tour et reprit la direction du nord-ouest. C'était amusant d'observer ses poursuivants dans son rétroviseur se faufilant entre les voitures pour ne pas se laisser distancer, même s'il n'avait pas la naïveté de penser qu'ils étaient les seuls à ses trousses.

Il regagna Washington en passant par Chevy Chase, dans le Maryland, et retourna au centre-ville. Il mit un temps infini à descendre Wisconsin Avenue où une foule éclectique avide de prendre part à la vie nocturne de Georgetown s'agglutinait aux abords des bars et restaurants bondés dans l'espoir d'avoir une table.

Suivant son instinct, il continua à rouler en ville jusqu'au moment où il se retrouva une fois de plus dans les faubourgs. Il commençait à s'ennuyer ferme, tombait de sommeil et en avait par-dessus la tête d'être assis derrière son volant.

Alors il se remit à penser à son institutrice. Quelle bêtise il avait faite de la laisser partir ! Il aurait pu avoir une charmante petite femme, des enfants, des petits-enfants. L'automne de sa vie ne serait pas si solitaire et il ne dépendrait pas uniquement de Barrie pour avoir de la compagnie. Elle était merveilleuse et il l'aimait comme sa propre fille, mais elle ne partageait pas sa vie. Il y avait une différence.

S'il avait épousé son institutrice, il n'aurait peut-être pas si peur de mourir maintenant.

— Prendre soin d'un vieux connard pantelant comme moi, marmonna-t-il. Ce ne serait pas très drôle pour elle !

Le son de sa voix le tira brusquement de sa rêverie. Où était-il, bon sang de bonsoir ? Sans s'en rendre compte, il avait pénétré dans une zone industrielle avec des rangées et des rangées d'entrepôts à peine discernables les uns des autres. Et tous fermés à cette heure. Sur les aires de chargement, des semi-remorques vides attendaient, grands ouverts, tels des insectes aux gueules béantes.

Sa voiture et celle de ses poursuivants étaient les

seuls véhicules en mouvement dans ces allées désertes. De plus en plus désorienté à chaque tournant, il s'enfonça plus avant dans le labyrinthe de béton jusqu'au moment où il s'engagea dans un cul-de-sac.

— Merde ! bougonna-t-il en jetant un rapide coup d'œil dans son rétroviseur.

La conduite intérieure était juste derrière lui.

Sur un coup de tête, il exécuta un demi-tour en épingle à cheveux. Il était sur le point de se ranger à la hauteur de l'autre voiture quand le conducteur de celle-ci fit une brusque embardée vers la gauche. Daily appuya à fond sur la pédale du frein pour ne pas lui rentrer dedans.

Une collision aurait sans doute été préférable. Il aurait peut-être pu prendre la fuite en cas d'accident. En revanche, il redoutait de ne pas pouvoir échapper aux trois hommes fous de rage qui venaient de surgir comme des diables de la voiture et s'approchaient de lui à grands pas.

— Ça fait dix minutes que je t'attends.

La voix geignarde de la femme était audible à travers la cloison du camping-car.

— Merde ! siffla Gray.

— Que se passe-t-il ?

— J'ai ramassé un Roméo équipé d'une chambre à coucher ambulante. Dépêchez-vous !

Il jeta les chaussures de Barrie, ses habits, le sac en plastique et son fourre-tout sur la couchette qui surplombait la cabine de la caravane et s'étendait jusque sur l'habitacle de la camionnette.

— Grimpez là-haut. Vite !

— Pas question. On dirait un cercueil.

Faute de temps pour discuter, il s'empara d'une de ses chevilles, plaqua son autre main sur ses fesses, la souleva et l'obligea à se glisser dans l'espace d'une trentaine de centimètres à peine séparant le matelas et le plafond. Quand le lit n'était pas en usage, il servait à ranger les couvertures et les oreillers supplémentaires. Gray grimpa à son tour et rampa entre les oreillers, les duvets et les sacs de couchage.

— Mettez-vous tout au fond, dit-il à Barrie qui obéit pour une fois sans poser de questions.

Elle se fit aussi petite que possible et se tapit dans un coin.

Le couple approchait de l'arrière du camping-car.

— Je commence à en avoir marre de ce cirque, gémit la femme. Pourquoi est-ce qu'on pourrait pas aller dans un motel ?

— Parce que c'est plus discret comme ça.

— Et gratuit.

— Ce n'est pas une question d'argent. Je te jure, ma poule. Mais dans les motels, il y a des registres. Tu ne voudrais pas que ma femme soit au courant, hein ?

Durant cet échange, Gray se démena frénétiquement pour remettre les sacs de couchage roulés et les oreillers en place au bout de la couchette. Avec un peu de chance, leur présence passerait inaperçue quand les deux autres entreraient. Puis il poussa Barrie encore plus au fond et profita des quelques secondes qui restaient pour étaler un duvet sur eux de manière à ce qu'ils soient couverts de la tête aux pieds.

— On va être serrés comme des sardines quand ils vont nous rejoindre, chuchota-t-elle.

— Avez-vous une meilleure idée ?

Si tel était le cas, elle n'eut pas le temps de lui en faire part. La porte s'ouvrit et le plafonnier s'alluma. Le véhicule tangua quand l'homme monta à l'intérieur.

— Nous y voilà ! — Il émit un petit sifflement. — Tu es belle comme un cœur ce soir. C'est nouveau, ce chemisier ?

— I' te plait ?

— Vachement. Combien de temps y te faut pour le retirer ?

— T'es qu'une bête !

La porte se referma. La lumière s'éteignit. Des rires. Des soupirs. Le son de baisers passionnés, humides, suçotés. Le chuintement d'un vêtement que l'on enlève. Le zip d'une fermeture-éclair. Un gémissement étouffé.

— T'es un sacré morceau, dit la femme.

— Je t'le fais pas dire, mon lapin. Serre plus fort.

Encore des soupirs et des baisers mouillés, puis :

— Je suis déjà sur le point d'exploser, fit l'homme, pantelant. Allez viens, on monte...

— Faut'y vraiment qu'on aille là-haut ? demanda-t-elle de sa voix nasillarde. Je déteste aller là-haut. La dernière fois, je me suis cogné la tête au plafond.

— Okay, okay, mais...

— Attends, cria-t-elle. Ne le déchire pas. Je vais le retirer si tu me donnes une demi-seconde.

Apparemment le pauvre bougre avait atteint le point de non-retour. Le bruit de corps se heurtant par saccades contre le mur, ou le plancher, ne tarda pas à leur parvenir. Difficile de savoir exactement. Gray n'avait pas trop envie de savoir, parce qu'une compréhension trop nette de ce qui se passait en bas provoquerait des visions mentales qu'il n'était pas sûr de pouvoir supporter à l'instant présent. Il essaya de penser à autre chose, n'importe quoi, pour occulter ces sons reconnaissables entre mille. Il ferma hermétiquement les paupières en regrettant de ne pas pouvoir en faire autant avec ses oreilles, de ne pas pouvoir bloquer toutes ses réactions involontaires. Une en particulier.

Barrie était parfaitement immobile. Aussi crispée que lui, elle respirait à peine. Il le savait parce qu'il sentait son corps figé, tendu, son souffle court. Il était conscient de tout, de l'odeur de son shampoing jusqu'au contact de ses orteils blottis contre ses genoux.

La scène qui se déroulait sur le sol du camping-car était digne du meilleur porno, le genre de film qu'une bande de gars regarde en éclusant des packs de bière. C'était le type d'ébats décrits avec force détails dans les revues spécialisées. Un déploiement de fantasmes sans aucune valeur artistique. Pas même érotique. Juvénile, bestial, et...

Et puis flûte ! Il était en ébullition.

Gray se rendit compte que son excitation venait moins de ce qui se passait en bas que de la présence de Barrie nichée tout contre lui. Elle était à demi nue, lui, habillé. Il y avait de quoi vous échauffer le sang. Il se sentait aussi émoustillé que le jour où, à six ans, il avait joué à Adam et Ève avec la fille du pasteur, de deux ans son aînée, dans le verger de son papa. Et l'un des tours les plus insidieux que la nature jouait à l'homme faisait que moins il avait des chances de satisfaire ses désirs, plus il brûlait de les assouvir.

Tout à coup, l'homme en dessous d'eux se mit à brailler comme un chacal.

— C'était bon, hein, chérie ? grommela-t-il quelques instants plus tard.

— Pas vraiment, et je préfère être damnée que de faire semblant.

— Ne t'inquiète pas, je vais m'occuper de toi. J'ai toute une réserve de capotes et il me reste quarante-cinq minutes avant d'aller bosser.

Quarante-cinq minutes !

Gray ne tiendrait jamais le coup si longtemps. Et Barrie ? Était-elle dans le même état que lui ? Il sentait son souffle contre son cou, rapide, brûlant. Sous l'effet de l'anxiété ou de l'excitation ?

Comme si elle avait lu dans ses pensées, elle bougea légèrement. À peine. Ses genoux collés contre ses seins commencèrent à se déplier, mais si graduellement qu'au départ, il crut qu'il rêvait. Pour finir, ils arrivèrent à la hauteur de sa ceinture qu'ils franchirent au bout de quelques instants. Il cessa de respirer tandis que, laborieusement, centimètre par centimètre, elle les faisait glisser sur son sexe en érection. Puis ses tibias frôlèrent ses cuisses, ses genoux, jusqu'à ce que leurs jambes soient plaquées les unes contre les autres de sorte qu'ils se retrouvèrent ventre contre ventre. Homme et femme.

Elle releva imperceptiblement la tête. Un peu plus. Ce ne pouvait pas être l'effet de son imagination parce que son souffle lui effleurait les lèvres à présent, et non plus le cou. Même s'il n'y voyait strictement rien sous la couette, il sut qu'elle le regardait, qu'elle regardait sa bouche.

Ce serait de la folie ! pensa-t-il une fraction de seconde avant de rapprocher son visage du sien et de l'embrasser.

Ses lèvres s'écartèrent sous les siennes, juste un peu, mais suffisamment pour achever de lui mettre les sens en émoi.

Ne fais surtout pas ça, Bondurant !

Mais cette pensée lui avait à peine traversé l'esprit que sa langue entreprit de faire l'amour à sa bouche, cette bouche si douce, soyeuse, si insolente. Sans un bruit, il glissa la main le long de son dos et entreprit de lui palper les fesses tout en la plaquant fermement contre lui. Seule une mince couche de soie la séparait de la braguette tendue de son pantalon. Sans mouvement manifeste, en ondulant subtilement les hanches, elle se frotta contre lui.

Une plainte gutturale, plus une vibration qu'un véritable son, monta de sa gorge. Barrie se raidit. Lui aussi. Il pressa sa joue contre la sienne en s'efforçant de respirer en silence, bien que ce fût pour ainsi dire impossible tant son cœur battait fort.

Mais ils ne risquaient pas d'être entendus, car le couple en bas s'était lancé dans une série de prémisses verbales aussi salaces que sottes, ponctuées d'éclats de rire stridents. Ce dont Gray se souciait au demeurant comme d'une guigne.

Toute son attention était concentrée sur le baiser, fougueux, impudique, qu'il était en train d'échanger avec Barrie. Il ne savait plus combien de fois il l'avait embrassée, combien de fois sa langue avait exploré sa bouche. Il ne perdit jamais le contact avec ses lèvres, pas même lorsqu'il leur fallait marquer une pause pour reprendre leur souffle de peur de suffoquer. Même dans ces instants-là, elle relevait imperceptiblement la tête et flirtait avec sa lèvre inférieure du bout de la langue. Il la laissa faire, jouer, le taquiner, l'exciter jusqu'à ce qu'il n'en puisse plus.

Puis il recommença à l'embrasser avec passion, la serra encore plus fort contre lui en s'arc-boutant contre ses cuisses. Et resta là. Longtemps. À lui faire l'amour. Mentalement. Le paradis et l'enfer en même temps.

Il n'avait jamais eu des rapports sexuels aussi soutenus, intenses, intimes, satisfaisants et frustrants à la fois. Il voulait tour à tour que cela culmine par un orgasme explosif et que cela continue pour l'éternité.

Cependant, le dénouement ne dépendait pas de lui, ni de Barrie. C'était aux deux autres d'en décider.

Il fallut que la porte du camping-car s'ouvre brutalement et que le plafonnier s'allume pour que Gray reprenne conscience de la réalité. La porte se referma avec fracas ; on la verrouilla de l'extérieur. Le couple s'attarda devant quelques instants, le temps d'organiser leur prochain rendez-vous. La fille eut gain de cause. Il accepta à contrecœur de la retrouver dans un motel.

Barrie et Gray restèrent immobiles, à écouter malgré eux les adieux déchirants des deux amants clandestins. Après cet interlude, l'homme remonta dans sa camionnette et démarra aussitôt.

Dès qu'ils furent en route, la radio à pleins tubes, Gray écarta prestement le duvet en évitant de regarder Barrie en face. Maintenant que c'était fini, quel que soit le qualificatif qui convenait à ce qui venait de se produire, il éprouvait exactement la même chose que le jour où le pasteur l'avait surpris avec sa fille sous un pêcher en train de comparer les deux meilleures inventions de Dieu.

— Descendez et habillez-vous, marmonna-t-il en sautant au bas de la couchette.

Il était conscient de la brutalité de son ton, mais ne pouvait pas faire autrement que de lui parler ainsi. À cause d'elle, il avait perdu tout le bénéfice de sa formation. Il était capable de supporter les tortures de l'ennemi, de dissocier son esprit de la douleur physique, mais les Marines ne lui avaient pas appris à faire face à Barrie Travis.

Elle parvint à mettre pied à terre sans son aide. Garth Brooks hurlait dans les haut-parleurs. Une chanson à propos de tournées de bière et de whisky avec les copains dans des bars mal famés. Gray bénit cette musique. Elle contribuait à alléger le silence malaisé qui s'était installé entre eux pendant que Barrie revêtait son uniforme d'infirmière. Il remit sa veste de costume, enfila la salopette, remonta la fermeture-éclair, puis se coiffa d'une casquette.

Quand Barrie eut fini de s'habiller, elle s'assit sur la banquette. Il lui passa son sac qu'il avait récupéré sur la couchette. Dans la pénombre, il vit ses yeux écarquillés posés sur lui.

— C'est la première fois que vous m'embrassez.

— Et alors ?

— On pourrait peut-être en parler un peu ?

— Non.

— Pourquoi pas ?

— Parce que nous sommes sur le point de kidnapper la première dame des États-Unis. Nous devrions penser à l'opération que nous devons effectuer.

— L'opération ? Je suis une femme, Gray. Pas un de vos commandos.

— Vous avez insisté pour venir. Si vous n'aimez pas la manière dont je dirige cette mission, rien ne vous oblige à prendre part à l'assaut. Mais, moi, j'ai besoin de me concentrer, alors...

— Une question, s'il vous plaît. Une seule.

— Quoi ?

— C'était bon pour toi, chéri ?

Il essaya de ne pas sourire, mais ne put se retenir. Il émit même une sorte de ricanement.

— La ferme, Barrie !

— C'est bien ce que je pensais.

Elle lui décocha ce petit sourire entendu, narquois, que les femmes font aux hommes quand elles savent qu'elles les tiennent.

Après quoi, elle garda docilement le silence. Ils n'échangèrent plus un mot jusqu'à ce que la camionnette commence à ralentir. En s'arrêtant devant le portail, le conducteur éteignit la radio.

— Nous y voilà, chuchota Gray.

40

Deux des trois hommes s'approchèrent de la portière de Daily. L'autre fit le tour de la voiture et les deux portes s'ouvrirent simultanément.

— Monsieur Welsh ?

— À qui ai-je l'honneur ?

On le saisit par le bras pour le tirer de force hors

du véhicule. Il entendit un petit claquement suivi d'un sifflement et comprit que Dolly, transpercée en plein cœur par un canif, faisait désormais partie du passé.

— Hé ! cria-t-il. Était-ce bien nécessaire ? Pour qui vous prenez-vous ?

C'était difficile d'avoir l'air d'un dur quand on arrivait à peine à respirer. Sa voix était si faible que c'en était presque risible.

Seulement les trois compères n'étaient pas d'humeur à rire. De fait, c'était le trio le plus sinistre qu'il avait eu le malheur de rencontrer. S'il y en avait eu un de plus, il aurait pris cette joyeuse bande pour les quatre cavaliers de l'apocalypse.

— On se prend pour le FBI, firent-ils en exhibant leurs plaques.

— Ben voyons, riposta-t-il d'un ton sarcastique, sachant pertinemment qu'ils faisaient partie de l'armée de Spencer Martin.

— Nous vous avons suivi toute la soirée, monsieur Welsh, fit celui qui était manifestement responsable. Vous pensiez vraiment qu'on allait se laisser duper par cette poupée ridicule ? On n'est pas des imbéciles, vous savez. Une femme qui ne parle jamais, ne bouge pas d'un millimètre ?

— Est-ce une question ou un commentaire sur votre vie sexuelle ?

Sa plaisanterie n'amusa pas l'homme qui le fit pivoter sur lui-même, l'aplatit contre le pare-chocs et lui lia les mains dans le dos avec une corde en plastique tout en lui débitant ses droits.

— Pourquoi m'arrêtez-vous ? Je n'ai rien fait. À moins que les poupées gonflables soient illégales. Que me voulez-vous à la fin ?

— On veut vous parler de vos invités.

— Quels invités ?

— Je parie qu'il coopérera si tu lui arraches ce tube du nez, suggéra l'un des deux autres au chef.

Daily sentit la panique le gagner. Sans sa réserve d'oxygène, il ne tiendrait pas le coup bien longtemps.

— Je ne pense pas que ce soit nécessaire, répondit le chef. Enfin pas encore.

Les genoux de Daily fléchirent sous l'effet du soulagement, même si la remarque qui suivit lui donna à penser que ce répit serait de courte durée.

— Notre patron est vraiment fâché contre vous et vos copains.

— Qu'est-ce que vous voulez que ça me fasse ? Spence Martin est-il trop lâche pour venir me cueillir lui-même ? À moins qu'il ait peur de Bondurant ?

— Spencer Martin ? répéta l'homme en feignant de ne pas comprendre. Vous ne regardez pas les nouvelles ? M. Martin a temporairement abandonné ses fonctions à la Maison Blanche pour prendre un petit congé.

— Ouais, ouais. En tout cas, il en est vraiment réduit aux raclures si vous êtes les meilleurs éléments qu'il ait pu recruter au sein de sa sale petite armée.

Les trois hommes échangèrent un regard.

Daily pouffa de rire.

— Quoi ? Ça vous étonne que je sois au courant ? Vous pensiez que c'était un secret ? Détrompez-vous.

— Écoutez mon vieux, vous n'êtes vraiment pas à la hauteur et je vous conseille de coopérer. Où sont passés Barrie Travis et Gray Bondurant et qu'est-ce qu'ils fabriquent ?

— Suce-la-moi, connard !

Le chef fit un pas menaçant dans sa direction, mais l'un de ses acolytes le retint.

— Où sont-ils, Welsh ? hurla-t-il.

Daily comprit qu'il filait un très mauvais coton. Même s'il leur disait ce qu'ils voulaient savoir, il y avait peu de chances qu'il voie le soleil se lever. Ces types-là n'étaient pas seulement là pour l'interroger, mais pour le liquider.

Sa mission consistait à occuper les méchants afin de donner à Gray et Barrie le temps de libérer Vanessa Merritt. Tant qu'il lui resterait un souffle de vie, il s'y attellerait. Ce n'était pas vraiment une manière éclatante de finir ses jours, mais il aurait tout de même droit à une petite étincelle de gloire.

L'agressivité n'ayant pas l'air de fonctionner, il changea de tactique et fit mine de tomber dans les pommes.

— Je ne me sens pas très bien.

— Dites-nous où ils sont et nous ferons en sorte que vous puissiez avoir un peu de repos.

Le repos éternel, oui, pensa-t-il.

— Dans un motel, marmonna-t-il.

— Quel motel ? Où ça ?

— Je n'en sais rien.

— *Où ?*

— Je me souviens juste qu'il y a Washington dans le nom.

— Savez-vous combien de motels aux environs de la capitale s'appellent comme ça ?

— Non, répondit Daily en prenant un air innocent. Combien ?

Le type l'attrapa par les revers de sa veste et le souleva jusqu'à ce que la pointe de ses chaussures touche à peine le sol.

— Si vous voulez revoir Mlle Travis et M. Bondurant vivants, vous avez intérêt à retrouver rapidement la mémoire.

— C'est... euh... quelque part aux environs d'Andrews, bredouilla-t-il. J'y suis allé avec eux une fois. Je ne me rappelle pas exactement où ça se trouve, mais si je vois l'endroit, je le reconnaîtrai.

— Bon, allons-y.

Le gars le poussa avec une telle force qu'il expulsa les tubes de ses narines.

— Mon oxygène ! hurla Daily. J'en ai besoin.

Il se débattit frénétiquement, mais en vain, pour libérer ses mains liées.

— Relax, monsieur Welsh. On n'a pas l'intention de vous laisser suffoquer. Pas tant que nous ne saurons pas ce que vos amis ont prévu de faire ce soir.

L'un des hommes remit les tubes en place, après quoi ils sortirent sa réserve d'oxygène de la voiture et la transportèrent, avec lui, dans la conduite intérieure. Quand ils l'installèrent sans ménagement sur la banquette arrière, Daily fut réconforté de voir qu'ils avaient pris la peine d'emporter ce qui restait de Dolly.

Il ne mourrait pas complètement seul au moins.

— Si on vous arrête pour vous poser des questions, dites que vous remplacez quelqu'un de malade.

Il y avait dix minutes que Gray donnait des instructions à Barry, depuis que leur chauffeur volage avait quitté sa camionnette pour se rendre à son travail. Comme prévu, le garde posté au portail lui avait fait signe d'entrer sans vérifier le contenu du véhicule. Ils étaient sur place, mais n'avaient pas encore pénétré à l'intérieur de la clinique.

Gray avait sorti de sa poche des cartes d'identité à agrafes munies de photos et portant des faux noms.

— Elles ne passeraient pas un examen minutieux, mais au premier coup d'œil, elles ont l'air authentique.

— Dolly Madison ? dit-elle en lisant son nom. À propos de Dolly, j'espère que Daily et elle vont bien.

— Il s'en sortira. N'oubliez pas qu'il y a probablement des caméras de surveillance. Même s'il n'y a personne autour de vous, il se peut qu'on vous observe. Marchez avec naturel et...

— ... prenez un air affairé. Je sais. Je sais. Vous me l'avez déjà dit vingt fois.

— Il ne faut pas que nous soyons découverts avant qu'on ait trouvé Vanessa.

— Pensez-vous qu'il y a des gardes à l'intérieur du bâtiment ?

— Je n'en sais rien.

— S'il y en a, sont-ils armés à votre avis ?

— C'est possible. Les agents des services secrets, sans aucun doute. Mais je m'occuperai d'eux.

— Encore une chose. Une fois que nous aurons trouvé Vanessa, comment comptez-vous sortir d'ici ?

— Plan A, je démarrerai cette camionnette en provoquant un court-circuit. Vanessa et vous monterez ici à l'arrière.

— Quel est le plan B ?

— Je n'en sais fichtrement rien.

— Super, bougonna-t-elle. — Mais ce fut elle qui ouvrit la porte du camping-car et sortit la première.

Tabor House était encore plus grandiose que Gray ne le lui avait laissé entendre. L'édifice comportant trois étages formait un U autour d'un jardin central. Ils évitèrent l'imposante entrée principale et gagnèrent une porte latérale réservée au personnel que Gray avait repérée la veille lorsqu'il était venu reconnaître les lieux. C'était l'heure de la relève des équipes de jour. Médecins, infirmières et autres employés s'en allaient tandis que d'autres arrivaient pour prendre leur poste.

— J'y vais d'abord, annonça Gray tandis qu'ils approchaient. Attendez quelques minutes et puis suivez-moi.

— Où ça ?

Il haussa les épaules.

— Ne vous inquiétez pas, je vous trouverai. — Il s'éloigna de quelques pas avant de revenir en arrière. — Barrie, s'il m'arrive quelque chose, fichez le camp. Compris ? Cachez-vous dans une voiture et sortez d'ici comme nous sommes venus. D'accord ?

Elle hocha la tête.

— Vous ne le ferez pas, hein ?

— Non.

En fronçant les sourcils avec dépit, il fit volte-face et disparut bientôt derrière la porte. D'un air aussi décontracté que possible, Barrie ouvrit son fourre-tout et contrôla les mécanismes de sa caméra-vidéo, sans la sortir de son sac, afin de s'assurer qu'elle était en parfait état de marche. Elle vérifia aussi qu'elle n'avait pas oublié de mettre une cassette... Elle en était tout à fait capable alors qu'elle tenait peut-être le reportage du siècle !

Des milliers de doutes l'assaillirent quand elle se dirigea à son tour vers l'entrée. Une seule certitude contrebalançait ses hésitations : si elle n'allait pas de l'avant, Vanessa Merritt mourrait dans cet hôpital. Aussi garda-t-elle les yeux rivés sur le flot de lumière qui se déversait au-dessus de la porte, se laissant guider tel un marin mettant le cap sur un phare au milieu d'un récif périlleux.

Elle pénétra dans une pièce qui avait dû être un vestibule à l'époque où Tabor House était une résidence privée. Cette anti-chambre donnait sur une grande salle bien éclairée et tout aussi bien équipée, manifestement destinée à la pause du personnel. Il y avait plusieurs distributeurs de boissons et de snacks divers, une machine à café, un énorme congélateur, plusieurs micro-ondes, des tables, des chaises et deux portes donnant accès aux toilettes comme l'indiquaient les écriteaux. Une rangée de casiers métalliques occupait tout un mur. Une affiche assez grande pour pouvoir être lue de l'autre bout de la pièce répertoriait tous les postes téléphoniques de l'établissement.

Les changements d'équipe étaient presque terminés. Il ne restait plus grand monde dans la pièce. Un jeune homme en blouse blanche attendait son dîner qui réchauffait dans un des micro-ondes. Une infirmière parlait au téléphone. Une autre farfouillait dans son casier. Deux mécaniciens portant des combinaisons identiques à celle de Gray s'étaient attablés pour boire un café et parlaient de turbines.

Personne ne prêtait la moindre attention à Barrie. Elle traversa la pièce comme si elle faisait ça tous les soirs à onze heures.

Au-delà du seuil qu'elle venait de franchir, la clinique changeait d'apparence. Après la clarté stérile de la grande salle de repos, elle se retrouva dans un univers feutré, d'une opulence compassée, évocateur de voix étouffées. Le bas des murs du couloir où elle s'était engagée était lambrissé, un papier peint gaufré couleur pastel tapissant le haut. Des appliques en cuivre jetaient un éclairage tamisé. Une épaisse moquette couvrait le sol. Elle s'avança jusqu'à ce que le couloir en croise un autre.

À gauche ou à droite ? À gauche ou à droite ? *N'ayez pas l'air perdu. Donnez l'impression que vous savez où vous allez... Bon, à droite* !

La direction qu'elle avait choisie conduisait vers le devant du bâtiment. Elle découvrit une série de bureaux, plongés dans l'obscurité à cette heure, et une spacieuse salle de réception-parloir où elle aperçut un piano à queue, un solarium meublé de fauteuils en rotin garnis de coussins confortables, parmi une foison de plantes tropicales et de bruyères. Tout ce décor était fastueux ; rien n'indiquait que l'on se trouvait dans un établissement médical.

Le hall d'entrée était impressionnant avec son escalier majestueux et sa verrière à une quinzaine de mètres de hauteur, dominant un dallage de marbre. Une table ronde agrémentée d'un énorme bouquet de glaïeuls aux tiges interminables trônait au milieu de cette rotonde.

Personne dans les parages, à part un mécanicien

agenouillé devant une prise électrique en train de se débattre avec son tournevis. Barrie fit le tour de la table.

— J'ai envie de devenir zinzin rien que pour avoir le privilège de loger ici.

— Vous n'en avez pas les moyens, lui répondit-il en se redressant. Il n'y a rien au premier en dehors de bureaux et de salles de conférence.

— Il doit bien y avoir des archives quelque part ?

— Certainement. Mais je pense que les dossiers sont sous clé et je n'ai pas apporté les outils nécessaires pour forcer les serrures. De toute façon, ça prendrait trop de temps.

— Dans ce cas, que suggérez-vous ?

— Il faut trouver un terminal d'ordinateur, dit-il. Il y a sûrement un listing des patients maintenu à jour.

— Bonne idée. On y va ?

— Prenez l'ascenseur. Je monte par l'escalier.

— On se retrouve au premier.

L'ascenseur était une cage en fer forgé qui avait davantage de qualités esthétiques que mécaniques. Barrie bénit le ciel quand il atteignit le premier étage. Elle se faufila entre les grilles, tourna à gauche et se retrouva nez à nez avec une infirmière aussi sidérée de la trouver là que Barrie l'était elle-même.

— Qu'est-ce que vous faites là-dedans ? C'est un piège mortel.

— Euh, je suis nouvelle, répondit Barrie en riant nerveusement, ce qui n'était pas difficile étant donné les circonstances. La prochaine fois, je prendrai l'express. Dolly Madison, ajouta-t-elle en tendant la main. Je vous en prie, pas de plaisanteries sur mon nom. Croyez-moi, je les ai toutes entendues.

— Linda Arnold.

— Ravie de faire votre connaissance.

Du coin de l'œil, Barrie aperçut Gray qui venait d'arriver en haut des marches. Profitant de la diversion qu'elle avait créée, il se glissa derrière le bureau de l'infirmière-chef. Il n'y avait personne d'autre en vue.

— Depuis quand travaillez-vous ici ? reprit l'infirmière.

— C'est mon premier soir. Je dois assister le

Dr Hadley, précisa-t-elle en se souvenant d'un des noms aperçus sur le listing téléphonique dans la salle de repos.

— Je croyais que ce médecin avait pris un congé sabbatique de six mois.

— C'est vrai, il est en congé.

— Elle, vous voulez dire.

— Elle, oui. — Barrie posa la main sur le bras de Linda Arnold et chuchota d'un ton confidentiel : — Entre vous et moi, les choses ne se passent pas du tout comme elle avait prévu. Elle est censée écrire un livre, mais je doute qu'elle y parvienne.

— Vraiment ? C'est étonnant. Elle a déjà publié tellement d'ouvrages.

— C'est vrai, c'est vrai, dit Barrie en souhaitant au Dr Hadley, qui qu'elle soit, de ne plus jamais être capable d'écrire une ligne. Mais cette fois-ci, elle a de la peine.

— Je suis navrée de l'entendre. Elle a tant à donner et c'est un si bon médecin.

— Elle est adorable, n'est-ce pas ? lança Barrie.

Elle voyait le dos de Gray, accroupi derrière un bureau. Avait-il trouvé un terminal d'ordinateur ?

— Qu'est-ce que c'est que tout ça ? demanda l'infirmière en désignant le gros fourre-tout que Barrie portait en bandoulière.

— Des documents que j'ai rassemblés pour le Dr Hadley.

— Tout ça ?

— Euh, oui, et puis je ne peux pas faire deux pas sans mon euh... Slim-Fast. Je ne quitte jamais la maison sans au moins deux boîtes, au cas où. Plus une paire de chaussures de rechange. J'ai des oignons épouvantables. Y'a aussi des magazines. Vous savez, tout un barda. Mon mari se moque toujours de moi à cause de mon barda.

— On ne vous a pas donné un casier en bas ?

— Si, mais ce fichu truc... — Elle mima la manipulation d'une serrure à combinaison. — Je ne suis pas parvenue à le faire marcher. En attendant, je préfère trimbaler mes affaires avec moi.

Linda Arnold inclina la tête de côté.

— Votre tête me dit quelque chose, mais je n'arrive pas à vous situer.

Elle m'a vue à la télé !

— Où travailliez-vous avant de devenir l'assistante du Dr Hadley ?

— Oh ! dans plein d'endroits différents. Je me lasse vite d'un boulot, alors, j'ai tendance à changer fréquemment de crémerie.

Derrière l'infirmière, Gray venait de brandir son pouce.

— Bon, si vous voulez bien m'excuser, je vais me balader un peu et tâcher de me situer.

— Puis-je vous aider... ?

— Non, non, je me débrouille mieux quand je me repère toute seule. — Elle ricana. — Je sais déjà qu'il ne faut pas prendre ce vieil ascenseur grinçant.

— Excusez-moi ?

Gray s'était approché d'elles et tapotait l'épaule de Linda Arnold. Elle se tourna vivement.

— C'est vous qui avez appelé pour faire changer une ampoule ?

— Non. Ce n'était pas moi.

— Ça devait être au deuxième. J'ai cru qu'on m'avait dit au premier. Désolé.

Il souleva légèrement sa casquette et prit la direction de l'escalier.

Lorsque l'infirmière Arnold fit volte-face, Barrie avait disparu.

— Ils ne sont pas là.

La nouvelle revint au chef par l'intermédiaire d'un de ses patibulaires sous-fifres, celui qui avait si cruellement mis un terme à la brève existence de Dolly. Il leur avait fallu une heure et demie pour « trouver » le motel.

— C'est ici, fit Daily en respirant péniblement. J'en suis sûr. La Washington Inn. Chambre 122.

— Il y a un camionneur là-dedans et il est fou de rage parce que je l'ai réveillé, précisa l'homme en foudroyant Daily du regard.

— Je ne comprends rien, bredouilla-t-il en les dévisageant l'un après l'autre d'un air désemparé. Elle m'a précisé qu'elle devait retrouver Bondurant ici ce soir.

— Vous l'avez larguée dans un garage, pas vrai ?

— Comment le savez-vous ?

— Où est-ce qu'elle allait ?

— Ici. C'est ce qu'elle m'a dit en tout cas. Je vous jure. J'étais censé rouler avec la poupée et servir de leurre.

— Foutaises ! lança l'un des agents. Il se paie notre tête depuis le début.

Dans l'espoir d'être plus convaincant, Daily entreprit de les supplier.

— Ne me faites pas de mal, s'il vous plaît. J'étais obligé de lui obéir. Il me fiche une de ces trouilles.

— Qui ça ?

— Bondurant. Il m'a averti que si je merdais, il me tuerait. Et il le fera. L'avez-vous jamais regardé dans les yeux ? Ça fait froid dans le dos. Ce gars-là est un tueur né. S'il apprend que je vous ai amenés ici, je suis foutu.

— Ta gueule ! beugla le chef.

— Je vous en prie, ramenez-moi chez moi, implora Daily. S'ils ne sont pas ici, je ne sais pas où ils sont. Bondurant m'a probablement menti. Il a peut-être menti à Barrie aussi. Il se peut qu'il lui ait tendu un piège. Qui sait ? Avez-vous pensé à ça ? Qu'est-ce que vous voulez que je vous dise ? Je ne suis qu'un vieil homme. Je ne sais rien.

— Il ment, aboya un des agents.

— Évidemment qu'il ment, renchérit le chef. Fichons le camp d'ici.

Dans la voiture, il passa un coup de fil sur son portable.

— Welsh mentait à propos du motel. Ils n'étaient pas là. — Il écouta un moment avant d'ajouter : — Oui, monsieur. Je suis sûr que vous pourrez le faire parler avec plus de succès que nous.

Daily frémit en entendant ça. Il était encore plus inquiet par ce qu'indiquait la jauge de sa réserve d'oxygène.

— Il ne me reste pas beaucoup d'air, dit-il dès que l'homme eut raccroché.

— C'est votre problème.

Les deux autres ne réagirent même pas. Couchée sur le plancher, Dolly le fixait de ses grands yeux écarquillés, sans vie.

Il leur fallut un bout de temps pour regagner la ville.

Leur destination se révéla être un immeuble de bureaux parmi des milliers d'autres. Pendant qu'on l'escortait vers une sortie de secours située à l'arrière du bâtiment, Daily regarda le ciel. Les lumières de la ville occultaient les étoiles, mais la lune était belle.

Tant mieux.

Ils prirent l'ascenseur de service jusqu'au septième étage. Leurs talons résonnaient dans le couloir désert tandis qu'ils l'entraînaient vers une porte tout au bout. La roue du chariot de sa réserve d'oxygène grinçait lamentablement. Il n'avait jamais trouvé le temps de huiler ce fichu truc.

L'un des hommes passa devant et frappa à une porte. Une voix leur ordonna d'entrer. Il l'ouvrit et s'écarta. En franchissant le seuil, Daily eut une pensée fugace pour les tortures et la mort qu'il s'apprêtait à rencontrer.

Son sinistre hôte était éclairé de dos par l'unique lampe qui brillait dans la pièce, mais Daily reconnut sa silhouette.

— Monsieur Welsh, dit-il d'une voix presque aimable. Vous avez été terriblement occupé ce soir. Vous devez être quasiment à court d'oxygène, non ?

Et Daily pensa : *Oh merde !*

41

Le tuyau cassé dans la réserve au deuxième étage de Tabor House eut l'effet désiré. Infirmières et aides-soignantes s'attroupèrent aussi près que possible de l'inondation. Chacun avait une suggestion quant à la meilleure manière de résoudre le problème. Une infirmière affirma qu'elle avait vu un mécanicien s'activer dans la pièce quelques minutes avant l'éruption du geyser, mais impossible de mettre la main sur lui pour qu'il aide à contenir le flot d'eau et à l'étancher.

Barrie ignorait ce que Gray avait l'intention de faire quand il l'avait laissée dans l'escalier en lui disant de l'attendre et d'avoir « l'air occupé » si quelqu'un passait par là. Lorsqu'il était revenu quelques minutes plus tard, il avait enlevé sa combinaison et sa casquette et apparut en costume-cravate. Un tuyau d'alimentation en eau s'était mystérieusement rompu. Il n'était pas trop difficile d'imaginer comment cela avait pu se produire.

— Venez, se contenta-t-il de lui dire.

Elle le suivit au deuxième.

Étant donné l'agitation qui régnait dans l'aile sud, personne ne les remarqua lorsqu'ils s'acheminaient dans la direction opposée. En tournant à un angle, ils découvrirent deux agents des services secrets qui montaient la garde devant la chambre 300.

C'est là qu'on se fait descendre, pensa Barrie.

Mais Gray était parfaitement serein.

— Bonsoir, messieurs, dit-il d'un ton vif en marchant droit sur eux.

Ils le reconnurent immédiatement.

— Monsieur Bondurant ? fit l'un d'eux.

— Comment allez-vous ? répondit Gray en leur décochant son sourire en coin.

— Je croyais que vous aviez pris votre retraite. Quand êtes-vous... ?

— Je serai ravi de vous raconter tout cela plus tard, mais il faut que nous sortions Mme Merritt d'ici au plus vite. Il y a eu un petit accident dans l'autre aile. Je ne pense pas que ce soit grave. Il s'agit d'une mesure de précaution, rien de plus, mais le Président ne veut pas prendre de risques.

Il leva la main comme pour leur intimer le silence et pressa deux doigts contre l'écouteur qu'il avait dans l'oreille.

— Ils sont prêts en bas, annonça-t-il. Infirmière ?

Il fit signe à Barrie d'entrer dans la chambre.

— Oui, monsieur.

Elle se glissa entre les deux agents.

— Pardonnez-moi, monsieur, mais personne en dehors du Dr Allan...

Le tranchant de la main de Gray s'abattit à toute volée sur le larynx du type. Un autre choc rapide. L'homme s'effondra. Son collègue s'était retourné pour barrer le passage à Barrie. Gray lui administra un coup de karaté sur la nuque. Il s'affaissa à son tour. Barrie maintint la porte ouverte tandis que Gray les traînait à l'intérieur.

Tout cela n'avait pas pris plus de quelques secondes. Gray s'empressa d'échanger son écouteur bidon contre celui d'un des agents.

Il écouta un moment, puis se pencha pour parler dans le minuscule micro que l'agent inconscient portait sous son revers.

— Un peu de grabuge dans l'autre aile, c'est tout. — Il marqua une pause pour tousser et se racler la gorge. — Un tuyau qui fuit.

Il tendit à nouveau l'oreille.

— Non. Nous avons la situation en main.

Il éteignit l'émetteur.

— Il y a un autre agent sur le toit, dit-il à Barrie.

— Vous ne croyez pas qu'il a dû remarquer le changement de voix ?

— J'espère que non.

Sans perdre un instant, Gray délesta l'un des agents de son émetteur-récepteur de manière à pouvoir suivre les initiatives de l'agent posté sur le toit et de tous les autres qui opéraient peut-être dans les parages. Puis il mit du sparadrap sur les bouches des deux hommes et les ligota comme des saucissons en leur attachant les mains et les pieds derrière le dos avec des bandes Velpeau. Pour le moment, ils étaient hors d'état de nuire. Mais de combien de temps disposaient-ils avant que quelqu'un s'aperçoive qu'ils n'étaient plus à leur poste ?

Barrie n'eut pas le loisir de s'appesantir sur la question. Gray était déjà au chevet de Vanessa qui gisait immobile sur son lit d'hôpital au fond de la pièce faiblement éclairée. Sa mince silhouette était à peine discernable sous les couvertures.

Barrie s'approcha d'elle de l'autre côté du lit.

— Madame Merritt ?

— Vanessa ? Est-ce que vous nous entendez ? dit

Gray d'une voix plus forte en lui secouant l'épaule. *Vanessa ?*

Ses yeux papillotèrent. En voyant Gray, elle retint son souffle.

— Vous êtes venu ?

— Je vais vous sortir d'ici.

— Gray.

Quand ses paupières se refermèrent, elle souriait imperceptiblement, assurée d'être désormais en sécurité. Elle était tellement dans le cirage qu'elle ne broncha même pas lorsqu'il lui arracha le sparadrap qu'elle avait sur le bras et fit glisser le cathéter hors de sa veine.

Barrie n'avait pas besoin de regarder Vanessa de très près pour voir qu'elle était gravement malade. Ses orbites creusaient son visage, pareilles à de profonds cratères noirs. Ses lèvres étaient incolores et desséchées. Gray glissa les bras sous elle et la souleva en la tenant sous les genoux et les épaules. On aurait dit qu'il portait un enfant.

— Barrie, prenez le pistolet, ordonna-t-il.

Il l'avait posé sur le lit pour s'emparer de Vanessa. Barrie le fixa, répugnant à le toucher. Le long silencieux attaché au canon lui donnait un aspect terrifiant. Mais l'expression de Gray lui fit encore plus peur. Elle s'exécuta. Le pistolet lui parut lourd et difficile à manier.

— Faites attention, dit-il. Il est armé. L'ascenseur de service se trouve au bout du couloir. On va le prendre pour descendre au rez-de-chaussée. — Il jeta un rapide coup d'œil aux deux agents inconscients. — Si vous êtes réglos, je suis désolé, marmonna-t-il. Si vous êtes des hommes de Spence, allez vous faire foutre.

— Et les caméras de surveillance ? demanda Barrie tandis qu'ils se dirigeaient vers la porte.

— Je n'en ai vu aucune, et vous ?

Elle secoua la tête.

— Et si quelqu'un essaie de nous arrêter ?

— Abattez-les, répondit-il froidement. — Puis il fit un signe de tête : — Vérifiez le couloir.

Elle ouvrit la porte et guigna à droite et à gauche. Il n'y avait personne en vue, bien qu'elle entendît des rires et des commentaires à propos de la fuite provenant de l'autre couloir à angle droit. Apparemment, la disparition des agents de la sécurité était passée inaperçue jusqu'à maintenant.

— On peut y aller, souffla-t-elle à Gray.

— Appelez l'ascenseur.

Elle gagna le palier et appuya sur le bouton. Le panneau lumineux indiquait qu'il se trouvait au rez-de-chaussée. Barrie était sûre qu'il n'avait jamais mis autant de temps pour monter les deux étages. Elle surveilla le bout du couloir, mais personne n'apparut.

L'ascenseur finit par arriver. Il était vide. Elle s'y glissa et enfonça la touche « porte ouverte ». Gray franchit le couloir en deux enjambées, Vanessa dans ses bras. Barrie actionna le bouton de fermeture.

Il ne se passa rien.

Pendant quelques instants interminables.

Finalement, les portes se refermèrent et l'ascenseur entama sa laborieuse descente.

Barrie avait les yeux rivés sur la fente entre les deux cloisons métalliques. Quand ils atteindraient le rez-de-chaussée et qu'elles s'écarteraient, qu'ils se retrouveraient nez à nez avec quelqu'un qui leur demanderait ce qu'ils fichaient là, serait-elle capable de tirer ?

Elle bénit le ciel de ne pas avoir à faire ses preuves. Personne n'attendait l'ascenseur quand ils arrivèrent en bas. Elle sortit et jeta un coup d'œil dans le couloir.

— Il y a foule dans la salle de repos, annonça-t-elle à Gray.

On entendait un brouhaha sonore provenant de là.

— Ça doit être l'heure de la pause.

— Prenez la direction opposée, dit-il. Il doit bien y avoir une sortie par là. On va trouver une autre issue et on fera le tour.

— J'ai remarqué des portes-fenêtres dans le solarium.

Ils s'y rendirent en rasant les murs. Les portes-fenêtres en question étaient fermées à clé, mais le loquet se trouvait à l'intérieur. Barrie hésita.

— Il y a peut-être un système d'alarme.

— Prenons le risque.

Elle leva la clenche et poussa la porte. Un hurlement perça le silence. Barrie se tourna brusquement vers l'endroit d'où provenait ce bruit strident et tira un coup de feu par réflexe.

Un oiseau tropical dans une grande cage blanche poussait des cris épouvantables bien qu'elle n'eût blessé qu'une bruyère. Sa crête s'hérissait droit sur sa tête et il battait follement des ailes tout en continuant à brailler.

— Flûte ! geignit-elle.

Ils prirent la fuite sans demander leur reste. Le personnel de l'hôpital était manifestement habitué aux crises du volatile car personne ne les poursuivit. En restant dans le périmètre ombragé, ils contournèrent au pas de course le jardin méticuleusement entretenu jusqu'à ce qu'ils arrivent à la hauteur du parking.

— Attendez ! cria brusquement Gray.

Barrie s'arrêta de courir, se retourna, hors d'haleine. Lui semblait à peine essoufflé. Il écouta la voix dans son écouteur avant d'allumer l'émetteur.

— Quelque chose dans le parking des employés ? demanda-t-il en parlant dans le micro.

L'autre agent des services secrets ! Barrie l'avait presque oublié.

Elle porta automatiquement son regard vers le toit, mais ne vit personne. Gray pointa le menton en avant pour lui faire signe de se remettre en route. Elle pivota sur ses talons et repartit à toutes jambes. Il la suivait de près et elle l'entendit dire avec un étonnement feint : « Non, non, Mme Merritt n'a pas été dérangée. » Quelques secondes plus tard, il s'écria :

— Bon sang ! Il nous a repérés, Barrie.

Elle détala jusqu'à la camionnette. Dès qu'ils l'atteignirent, elle ouvrit la porte du camping-car et grimpa à l'intérieur, après quoi elle aida Gray à s'y hisser à son tour et à étendre Vanessa sur la banquette.

— Tenez-vous bien ! dit-il en sautant à terre avant de claquer la porte derrière lui.

Quelques instants plus tard, il démarrait et le véhicule se mit en route. Trois secondes après, une sirène stridente ébranla la paisible campagne aux alentours de Tabor House.

— Délicieux, ce gâteau, Amanda, dit David. Merci beaucoup.

Il lui sourit lorsqu'elle prit son assiette à dessert vide pour la poser sur un plateau.

— Il n'y a pas de quoi, David. Je suis contente que vous l'ayez trouvé bon. En voudriez-vous encore un morceau ?

— Non merci. — Il se tapota le ventre. — Chaque calorie compte.

Sans daigner sourire, elle lui demanda s'il désirait une autre tasse de café. Il accepta et l'observa attentivement tandis qu'elle le servait. Après quoi elle s'excusa et quitta la pièce en emportant le plateau, laissant George et David seuls dans le confortable salon.

— Amanda ne m'a jamais porté dans son cœur, hein ? remarqua celui-ci.

— Un petit cordial ? suggéra George qui s'était approché du placard à alcool et ajoutait une bonne dose de B & B dans son café.

— Non merci.

David s'était invité pour la soirée. Les deux fils Allan avaient réagi avec une excitation compréhensible en apprenant la nouvelle. Le Président Merritt avait demandé à voir leurs devoirs et leur avait écrit un petit mot à chacun qu'ils emporteraient à l'école le lendemain afin de le montrer à leurs camarades de classe.

Après avoir couché les enfants, Amanda avait offert de servir du café et des gâteaux dans le salon. Elle traitait David avec une hostilité à peine voilée, mais il avait l'habitude de sa froideur et l'ignorait purement et simplement, comme il le faisait depuis des années, tout en plaignant le pauvre George d'avoir épousé un glaçon pareil.

Le médecin retourna s'asseoir sur le sofa avec son café copieusement arrosé. David remarqua que ses mains tremblaient au point que sa tasse tintait contre la soucoupe.

— Pourquoi êtes-vous si nerveux, George ? Si je ne vous connaissais pas intimement, je penserais que vous n'avez pas la conscience tranquille.

— Pourquoi êtes-vous venu ici ce soir ? demanda George d'un ton désespéré.

— Ne suis-je pas le bienvenu dans la maison d'un de mes plus proches et fidèles amis ?

— Ce n'est pas ce que j'ai voulu dire.

— Bon. J'aime mieux ça, répliqua David en remuant négligemment son café. Maintenant que nous sommes seuls, venons-en à ce qui me préoccupe.

— À savoir... ?

— Je souhaiterais avoir votre opinion sur le projet de loi relatif à la sécurité sociale que le Congrès vient de mettre à l'étude. Votre point de vue en tant que médecin me tient beaucoup à cœur.

Totalement pris au dépourvu, George se mit à bredouiller :

— Je... j'en connais que les grandes lignes.

— C'est suffisant pour avoir un avis. Qu'en pensez-vous ?

La sonnerie du téléphone retentit. George se jeta littéralement sur l'appareil.

— Allô. Ici le Dr Allan. — Il écouta. — Oui, il est là.

Il se retourna et passa le combiné à David.

— C'est urgent, chuchota-t-il.

— Mettez le haut-parleur.

George le considéra d'un air perplexe, mais obtempéra.

— Ici le Président, dit David.

Son interlocuteur l'informa alors que la première dame des États-Unis venait d'être enlevée.

— Qu'entendez-vous par « enlevée » ?

— Kidnappée, monsieur le Président. Kidnappée.

David se leva avec lenteur.

— Comment ? demanda-t-il d'un ton crispé.

L'infortuné messager répéta son message.

— Où étaient passés les foutus gardes ? aboya-t-il.

— Ils ont été maîtrisés, monsieur le Président. On a emmené Mme Merritt de force dans une camionnette. L'opération était parfaitement préparée et s'est déroulée à merveille. Les forces de sécurité de l'hôpital et les agents des services secrets ont fait de leur mieux pour arrêter les ravisseurs au portail, mais ils ne pouvaient pas prendre le risque de tirer sur le véhicule et blesser votre épouse. Le véhicule ne s'est pas arrêté en dépit des coups de feu d'avertissement. Il a brisé la barrière et a malheureusement filé.

Le coup de fil avait attiré Amanda qui se trouvait dans une autre partie de la maison. David remarqua qu'elle n'avait pas l'air très surprise par la nouvelle.

— Quelqu'un a-t-il revendiqué cet enlèvement ? Un groupe terroriste ?

— Gray Bondurant et Barrie Travis ont été identifiés comme les principaux suspects, monsieur le Président.

En entendant cela, David poussa un profond soupir.

— Doux Jésus ! — Il se passa la main dans les cheveux. — Gray aurait-il perdu la tête ? marmonna-t-il.

— Il a abordé les deux agents qui montaient la garde devant la chambre de Mme Merritt en prétendant agir en votre nom.

— Eh bien, il mentait ! hurla David, outragé par cette idée. Il doit être traité comme n'importe quel criminel. Est-ce bien clair ?

— Parfaitement clair, monsieur le Président. Le FBI a été averti. La police locale a déjà retrouvé la camionnette, abandonnée dans un relais de camionneurs à quelques kilomètres de la clinique. Pas trace de votre femme, ni de ses kidnappeurs. Il semblerait qu'ils aient changé de véhicule.

— Je retourne immédiatement à la Maison Blanche, annonça David qui s'était ressaisi. Vous pouvez me joindre dans ma voiture.

— Certainement, monsieur le Président.

Dès qu'il eut raccroché, David se tourna vers George.

— Comment avez-vous pu les laisser faire ?

— Ce n'est pas de ma faute, protesta le médecin. Je n'étais même pas là. Il a dû y avoir une faille dans le système de sécurité.

— C'est le moins que l'on puisse dire, hurla David. Chaque fois que je place Vanessa sous votre surveillance, il se produit une catastrophe.

— Si quelqu'un est à blâmer, c'est vous, David, remarqua Amanda qui se tenait sur le seuil de la pièce.

— Amanda ! s'exclama George.

David aurait volontiers étranglé cette sale bêcheuse

pour avoir osé lui parler sur ce ton, mais il devait bien admettre qu'il admirait son courage.

— Laissons cela, George, dit-il d'un ton brusque. Je dois regagner la Maison Blanche sur-le-champ. Vous venez avec moi ?

— Certainement.

Ils enfilèrent le long couloir qui menait à l'entrée, flanqués par des agents des services secrets manifestement au courant de l'ultime urgence en date. La limousine présidentielle attendait au bord du trottoir, précédée et suivie de véhicules officiels. Les quatre motards prêts à ouvrir la marche démarrèrent aussitôt.

Tandis qu'ils filaient à toute allure en direction de Pennsylvania Avenue, David s'assura que la vitre teintée derrière le chauffeur était levée, après quoi il se tourna vers George et éclata de rire.

— Je savais qu'il le ferait. Ne vous ai-je pas dit que Gray était suffisamment noble, et *fou*, pour tenter un sauvetage héroïque ?

Allan regardait droit devant lui.

— Oui, David. Vous me l'aviez dit.

— J'étais sûr qu'il essayerait de la sortir de là. Et quand les hommes de Spence m'ont informé que le vieux Welsh était censé servir de leurre ce soir, je me suis douté qu'ils agiraient ce soir.

— Il semble que vous aviez raison sur toute la ligne.

— Avez-vous fait ce que je vous ai demandé de faire, George ?

— Oui. Juste avant de la quitter ce soir.

— Et ça va marcher ?

— Ça marchera. Elle mourra suite à l'absorption d'une dose toxique de lithium.

Cela serait mis en évidence, inévitablement, lors de l'autopsie, mais on ne les soupçonnerait ni l'un ni l'autre puisqu'ils étaient en train de prendre le café ensemble au moment où Vanessa était tombée entre les mains de Gray Bondurant et de sa complice, Barrie Travis, qui seraient accusés de rapt et de meurtre.

Ami intime de Vanessa, Gray savait que son traitement exigeait une surveillance stricte. Une dose de lithium trop faible et il n'y avait plus moyen de contrôler ses sautes d'humeur tandis qu'une surdose risquait de provoquer une attaque, le coma ou la mort, surtout alliée aux sédatifs qu'on lui administrait à l'hôpital pour lui assurer le repos dont elle avait tant besoin.

— Ils voudront savoir où Gray a trouvé ce remède, fit observer George.

— Un homme si plein de ressources, répondit David, dissipant le problème. Un bon procureur n'aurait aucune difficulté à convaincre le jury qu'il est suffisamment intelligent pour en obtenir autant qu'il en veut et éliminer toutes les preuves.

— Je vois mal quels motifs les auraient poussés à la supprimer, nota George. S'ils se donnent tant de peine pour sauver Vanessa, pourquoi la tueraient-ils ensuite ?

George était si obtus ! David se demandait parfois comment il avait fait pour décrocher son diplôme. De plus il avait une fâcheuse tendance à compliquer les choses les plus simples.

— Vanessa a éconduit Gray quand il était amoureux d'elle. Le pays tout entier l'a vu, le cœur brisé. Au début, il était content de quitter Washington et de soigner son orgueil blessé loin de tout. Mais son hostilité s'est accrue. En définitive, il s'est aperçu qu'il ne trouverait plus aucun apaisement tant que Vanessa ne serait pas morte.

— Et Barrie Travis ?

— Elle est folle de Gray et ravie d'éliminer la concurrence. Depuis l'incident de Shinlin, ils sont les ennemis publics numéro un et deux. Les gens ne douteront pas un instant qu'ils soient capables de ce crime haineux.

Le Président s'adossa à la banquette et sourit.

— C'est un plan génial, George. Sans faille. Spence dit toujours que mieux vaut ne pas détruire ses ennemis et les laisser se détruire eux-mêmes. Dommage qu'il ne soit pas là pour voir ça. Il aurait adoré.

42

Le sénateur Armbruster attendait Barrie et Gray à l'endroit prévu. Les hélices de l'hélicoptère tournaient déjà.

— Dieu merci, vous avez réussi, lança-t-il au moment où Gray surgissait de la voiture. Comment va-t-elle ?

— Elle est en vie.

Le sénateur avait choisi une équipe médicale triée sur le volet, prête à administrer à Vanessa le traitement d'urgence nécessaire, quel qu'il soit, durant le vol de retour à Washington. Tandis qu'on l'extirpait du véhicule pour l'allonger sur une civière, le médecin responsable commença à donner des instructions à ses assistants.

— Que t'ont-ils fait, ma pauvre chérie ? bredouilla Armbruster en courant vers l'appareil à côté du brancard, la main glacée de sa fille dans la sienne.

Gray retint le médecin juste assez longtemps pour lui crier :

— C'était terriblement facile de la sortir de là. Trop facile. Le mal est peut-être déjà fait.

L'homme hocha la tête pour montrer qu'il avait compris et n'attendit pas la suite. Il sauta dans l'hélicoptère qui décolla quelques secondes plus tard, laissant Barrie et Gray dans un tourbillon au milieu du parking désert d'un centre commercial.

Barrie avait filmé le transfert du début jusqu'à la fin. La qualité des images serait sans doute inférieure aux normes de diffusion habituelles, mais le film n'en serait pas moins d'une valeur inestimable. Ils regardèrent l'hélicoptère virer de bord et s'élever dans le ciel en direction de Washington.

— Qu'entendiez-vous par là ? demanda-t-elle à Gray tout en rangeant sa caméra dans son fourre-tout. Qu'avez-vous dit au médecin ?

— J'ai le sentiment qu'on nous attendait de pied ferme à Tabor House.

Elle le dévisagea d'un air étonné.

— Réfléchissez. En dehors d'une démonstration de force symbolique tout à la fin, nous sommes entrés et ressortis avec la première dame des États-Unis sans rencontrer la moindre résistance. — Son visage se durcit. — Nous sommes peut-être arrivés trop tard pour lui sauver la vie, ajouta-t-il sans quitter l'hélicoptère des yeux.

— Ne bougez plus ! FBI !

Cet ordre provenait de quelque part derrière eux, dans l'obscurité. Ils firent volte-face machinalement. Quatre hommes approchaient à grands pas en braquant leurs revolvers sur eux. Des phares percèrent la nuit. Deux voitures pénétrèrent en vrombissant sur le parking et s'immobilisèrent dans un crissement de pneus à quelques mètres de l'endroit où ils se trouvaient.

— Les mains sur la tête, Bondurant.

Apparemment, il jugea bon d'obéir. L'un des agents s'avança, trouva le pistolet dans sa ceinture et le lui prit. Un autre s'empara du sac de Barrie avant de la fouiller des pieds à la tête.

— Je ne suis pas armée.

— Ne dites rien, suggéra Gray tandis qu'on lui passait les menottes tout en lui donnant connaissance de ses droits.

Suivant son exemple, Barrie se laissa appréhender sans résister. L'histoire qu'elle avait à raconter, ainsi que la vidéo, les disculperait certainement, Gray et elle, de toutes les fautes qu'ils avaient pu commettre durant cette opération de sauvetage. Mais elle perdrait son temps en entamant son récit maintenant. Elle attendrait que le sénateur Armbruster et Vanessa elle-même puissent corroborer les allégations selon lesquelles le Président avait assassiné son fils et organisé le meurtre de sa femme.

On l'escorta jusqu'à une voiture pendant qu'on

entraînait Gray vers l'autre. Un agent lui tint la porte et l'aida à s'installer sur la banquette arrière.

Ce qu'elle vit là, couché sur le siège, l'emplit d'un tel effroi qu'elle poussa un hurlement et essaya de ressortir du véhicule pendant que la portière était encore ouverte.

— *Gray !*

Mais l'agent la tenait fermement par l'épaule et la poussa à l'intérieur.

Elle aperçut Gray à travers la vitre. Il l'avait entendue crier. Percevant sa détresse, il se débattait avec les deux hommes qui essayaient de le forcer à entrer dans l'autre voiture, mais il ne pouvait pas se défendre à cause des menottes. Pour finir, ils le basculèrent sur la banquette arrière. Les portières claquèrent, et les deux voitures démarrèrent sur les chapeaux de roue.

Barrie sanglotait en fixant l'autre passagère affalée sur la banquette arrière de la conduite intérieure, qui la regardait avec des yeux sans vie, une expression affreusement vide sur son visage, sa perruque bouclée tout de guingois. Dolly.

George Allan regarda ses deux fils endormis dont la tête dépassait à peine des couvertures. Le plus jeune, dans le lit du bas, était la fripouille, l'athlète, le futur briseur de cœurs. Son charme l'aiderait à progresser en douceur dans la vie.

Quant à l'aîné, il avait hérité du sérieux de sa mère. Même dans son sommeil, il avait l'air d'être en train de régler un problème. C'était le plus intelligent des deux, le plus ambitieux aussi. Son intellect et son autodiscipline garantiraient son succès quel que soit le domaine qu'il choisirait. George espérait qu'il deviendrait médecin.

Il les embrassa tous les deux doucement, puis sortit de la pièce sur la pointe des pieds en refermant discrètement derrière lui. La porte de sa chambre était entrouverte. Amanda avait laissé la veilleuse allumée. Même s'ils s'étaient violemment querellés, ils partageaient le même lit chaque soir. On aurait dit qu'elle laissait la lumière afin qu'il retrouve toujours le chemin menant à elle.

Il contempla un long moment son visage endormi.

Des mèches de cheveux noirs doux comme de la soie peignaient des bandes sur son oreiller. Elle respirait lentement, régulièrement. Elle était ravissante. Il avait envie de la toucher, de l'embrasser, mais se retint de crainte de la réveiller.

Il quitta la chambre à reculons, gagna son bureau au bout du couloir et referma la porte derrière lui sans faire de bruit. Ayant désespérément besoin d'un verre, il s'empressa de s'en servir un, le posa sur sa table et s'installa avec bonheur dans son fauteuil.

La nuit avait été longue. Il avait attendu avec David jusqu'à ce qu'on leur annonce que Vanessa était en sécurité à l'hôpital en compagnie de son père.

Il se sentait affreusement fatigué. Il savoura son verre qu'il but à petites gorgées, conscient de la chaleur que l'alcool propageait dans son organisme. Ses propriétés grisantes étaient contrées par les pensées on ne peut plus sobres qui hantaient son esprit — à savoir ce que David lui avait donné l'ordre de faire, et ce qu'il avait fait en réalité.

Il avala l'ultime goutte avant de déverrouiller le dernier tiroir de son bureau. Ce n'était pas un revolver de gros calibre, mais s'il tirait en direction de son palais, cela devait faire l'affaire sans qu'il eût à souffrir. Il vérifia le barillet, s'assura qu'il était chargé, puis remit le cylindre en place et posa l'arme sur son sous-main.

Après quoi, il fouilla dans sa poche-poitrine d'où il extirpa un petit flacon en plastique. Le sceau était encore intact et le lithium à l'intérieur, au lieu de couler dans les veines de Vanessa, comme David le croyait.

En fin de compte, il avait damé le pion à David en s'abstenant de commettre un crime de sang-froid. Il espérait qu'Amanda verrait là une victoire. Peut-être ce défi de la dernière heure, ce chant du cygne, compenserait-il toutes ses années de faiblesse. Il se pourrait même qu'elle l'aime pour avoir fait ça. Un petit peu au moins.

Il posa le flacon sur son bureau, s'empara du revolver et fourra le canon dans sa bouche.

Durant le long trajet, Barrie essaya de soutirer des nouvelles de Daily aux hommes qui l'avaient enlevée, mais ses cris, ses supplications, ses sanglots, ses menaces ne purent les arracher à leur silence obstiné. Gray n'était pas mieux renseigné qu'elle quand ils arrivèrent à destination ; à un immeuble au cœur de Washington. On les enfourna dans l'ascenseur de service avant de les conduire dans le bureau situé au bout du couloir au septième étage.

Parce que Gray n'arrêtait pas de se débattre, ils le poussèrent en premier à l'intérieur. Son exclamation impie ne présageait rien de bon, pensa Barrie.

Elle s'attendait à voir le corps meurtri, battu, ensanglanté de Daily. Elle le trouva allongé sur un canapé, manifestement exténué, mais bien vivant. Elle était si heureuse de le voir qu'elle traversa la pièce mal éclairée en titubant presque à chaque pas et s'agenouilla à ses pieds sans savoir s'il fallait rire ou pleurer.

— Daily, est-ce que ça va ?

— Maintenant oui, dit-il, pantelant. Maintenant que je sais que tu vas bien et que tu ne t'es pas fait descendre.

— Dolly était dans la voiture. J'ai eu peur que...

— Ils m'ont apporté une nouvelle réserve d'oxygène. Je vais pouvoir tenir le coup encore un petit bout de temps. Mais peu importe. Dis-moi plutôt, avez-vous réussi à récupérer Mme Merritt ?

— Oui. Elle est en bonnes mains à présent, même si elle n'avait pas l'air bien du tout. On n'est pas sûrs qu'elle va s'en sortir.

Avec l'aide de l'agent qui lui enlevait ses menottes, Barrie se redressa et fit volte-face pour affronter leur hôte. Elle tendit les bras d'un geste agressif afin de lui montrer les deux traits rouges qui lui encerclaient les poignets.

— Était-ce vraiment nécessaire qu'on nous malmène de la sorte, Bill ?

Le ministre de la Justice, William Yancey, parut confus.

— Bonjour, Barrie. Monsieur Bondurant.

Gray n'en croyait pas ses oreilles.

— Vous vous connaissez ?

— Depuis l'université, répondit Yancey. Barrie travaillait comme journaliste à la radio du campus. Je présidais la coalition politique des étudiants. Quand il ne se passait pas grand-chose, elle venait me voir dans l'espoir de décrocher un bon reportage.

— Cela m'arrive encore. C'est lui ma source au ministère de la Justice.

— Lui ?

— Je ne lui fournis jamais d'informations confidentielles, précisa Yancey. Je me borne généralement à confirmer ou démentir les tuyaux qu'elle a obtenus ailleurs. Je l'empêche de faire fausse route, ce qui n'est pas toujours facile, ajouta-t-il en la gratifiant d'un grand sourire.

— Était-ce vraiment nécessaire, Bill ? répéta-t-elle.

— Il fallait que nous vous arrêtions officiellement. Bondurant et toi êtes recherchés pour rapt. — Il jeta un coup d'œil à Daily. — M. Welsh a avoué qu'il était votre complice.

— Daily a joué un rôle essentiel, mais ce n'était pas un rapt. Nous avons sauvé Vanessa Merritt.

— De quoi ? De qui ?

— De son mari.

Yancey regarda Barrie d'un air grave, puis se tourna vers Gray.

— J'avais peur que vous me disiez ça.

— Tu n'as pas l'air très surpris, remarqua-t-elle.

— J'ai reçu des coups de fil bizarres récemment. D'Armbruster. De Merritt. Il semble que la réapparition de M. Bondurant à Washington ait mis tout le monde à cran. Ils ont commencé par me demander de l'appréhender, après quoi ils m'ont exhorté à le laisser courir. Il s'avère que pendant tout ce temps-là, Bondurant traînait en ta compagnie ! Au fait, ajouta-t-il d'un ton railleur, je te félicite pour le charmant petit speech que tu as fait à mes hommes après l'enterrement d'Howie Fripp. Imagine ma tête quand ils m'ont raconté celle à propos de la pipe sur l'autoroute.

— La quoi ? s'exclama Gray.

— C'est une longue histoire, marmonna Barrie. — Puis s'adressant à Yancey : — J'en ai pas mal rajouté parce que je n'étais pas sûre qu'ils appartenaient au bon camp.

— C'était des agents du FBI.

— Je sais, mais j'ai pensé qu'ils étaient peut-être sous la coupe de...

Elle jeta à Gray un coup d'œil consterné en se demandant s'il fallait en révéler davantage.

— Elle pensait qu'ils travaillaient pour Spencer Martin, spécifia Daily, la délivrant de l'obligation de prendre une décision.

— Spencer Martin, répéta Yancey d'un air songeur. Nous n'étions pas les seuls à vous surveiller. Mon équipe est tombée plus d'une fois sur d'autres gaillards. On se demandait qui c'était.

— C'était Spence, répondit Gray avec conviction.

Yancey se tourna vers lui.

— Et je suis censé vous croire sur parole.

— Vous êtes censé être la plus haute autorité de ce pays en matière de justice. Ce qui veut dire courir après les méchants.

— Et protéger les droits de ceux que les gens *prétendent* mauvais. Pour quelque raison que ce soit.

Conscient de l'hostilité croissante entre les deux hommes, Barrie s'empressa d'intervenir.

— Une fois que les faits seront clairs dans ton esprit, Bill, je suis sûre que tu en viendras à reconnaître que Spencer Martin est un individu dangereux.

— Je suis tout ouïe. Quels sont les faits, Barrie ? Ton nom est lié à celui de la première dame d'Amérique depuis cette fameuse série sur la mort subite du nourrisson. Entre-temps, celle-ci a mystérieusement disparu. Les laïus de Dalton Neely insultent mon intelligence. Le Dr George Allan me donne l'impression d'être parfaitement incompétent. Les services secrets sont muets comme des carpes. Nous savions que vous étiez sur un coup ce soir quand vous avez changé de voiture dans le parking. Nous avons cueilli le vieux...

— Hé !

Cette interjection venait d'un Daily insulté par ce qualificatif.

— ... pour lui éviter d'être malmené, voire abattu, par des gens qui, selon vous, travaillent pour Spencer Martin. — Il déboutonna sa veste de costume et se prit la taille à deux mains. — Je voudrais bien savoir ce qui se passe et je ne vous lâcherai pas tant que vous ne m'aurez pas tout raconté du début jusqu'à la fin. C'est la raison pour laquelle on vous a amenés ici au lieu de vous conduire directement à la prison en vous inculpant d'une kyrielle de délits graves.

— Je te remercie de ta confiance, Bill, fit Barrie. Mais avant de te parler, est-ce que je ne devrais pas prendre un avocat ?

— Rien ne t'en empêche si c'est l'option que tu choisis. À moins que tu préfères être franche avec moi.

— Officieusement ?

— Officieusement.

Depuis des années, elle savait que Bill était un homme d'honneur. Plus d'une fois, son intégrité foncière l'avait privée d'un scoop. Elle lui en avait voulu de lui cacher certaines informations quand la sécurité nationale était en jeu, mais il ne l'avait jamais induite en erreur. Jamais. Elle n'avait aucune raison de se méfier de lui.

— Très bien, soupira-t-elle. Mais il y a tellement de choses à dire que je ne sais pas par où commencer.

— Commençons par Spencer Martin.

— Que sais-tu de lui ? Il est...

— Attention, Barrie. — Gray fit un signe de tête en direction de Yancey. — Il a peut-être fréquenté les mêmes bancs d'université que vous et s'est sans doute avéré une source sûre et équitable, mais avant de lui cracher le morceau, rappelez-vous qui l'a nommé et pour qui il travaille.

— Je sais qui m'a nommé, monsieur Bondurant, riposta Yancey, outragé, mais je travaille au service du peuple américain et je prends mes fonctions, et les responsabilités qui m'incombent, très au sérieux.

« Certes, je dois mon poste à David Merritt, mais je suis parfaitement conscient des mauvais relents qui émanent de la Maison Blanche ces temps-ci. Pour ce qui est de Spencer Martin, je suis au courant de l'existence de son armée secrète. Il a placé des taupes dans tous les départements du gouvernement fédéral ou peu s'en faut, y compris, j'ai honte de l'admettre, ceux qui se trouvent sous les auspices du ministère de la Justice.

« Mais il y a plus grave, c'est l'influence qu'il exerce sur le Président. Je veux savoir pourquoi Merritt se repose sur lui, et dans quelle mesure exactement. Franchement, Bondurant, je tremblais à l'idée que Barrie passe autant de temps en votre compagnie. C'est la raison pour laquelle je l'ai informée de votre récente visite à la Maison Blanche. Je vous prenais pour un des hommes de main de Martin.

— Eh bien, vous vous trompiez.

— Probablement. Vous avez fichu le camp à cause de Mme Merritt, si je ne me trompe.

Gray hocha la tête.

— C'est aussi à cause d'elle que je me suis laissé convaincre de revenir.

Le secrétaire d'État regarda Gray dans le blanc des yeux pendant de longues secondes avant de se tourner vers Barrie.

— C'est toi qui as provoqué tout ça à cause de ton reportage sur la mort subite du nourrisson, n'est-ce pas ?

— Non, en fait, c'est Vanessa Merritt qui a lancé l'affaire en m'invitant à prendre un café avec elle. C'est une longue histoire et en la relatant, je vais accabler le Président de crimes indicibles.

— C'est la raison pour laquelle on vous a amenés ici, répéta Yancey. Aussi longue et compliquée que soit ton histoire, quelles que soient les personnes impliquées, je veux tout entendre.

43

— Nom d'une pipe ! Cette histoire est en train de tourner au vinaigre. Barrie et Gray n'ont pas encore été appréhendés. Vanessa est à l'hôpital. *À l'hôpital !* On était censé m'annoncer que j'étais veuf. Au lieu de ça, j'apprends qu'on la soigne au CHU de la George Washington University.

— Calmez-vous, David.

Il se tourna brusquement vers Spence en braquant sur lui un regard dur comme un diamant.

— Pas de condescendance, Spence. Si je suis foutu, vous l'êtes aussi. Souvenez-vous-en quand vous me balancez ces platitudes arrogantes.

— Je ne suis ni arrogant ni condescendant. Je suis aussi inquiet que vous. Mais en perdant la tête, nous ne ferons qu'aggraver la situation.

— Je ne vois pas très bien comment les choses pourraient empirer.

— Moi je vois très bien !

— Comment a-t-on pu en arriver là ?

— Je n'en sais fichtrement rien. Tout s'est déroulé comme prévu à Tabor House. Mes hommes ont ravalé leur fierté et se sont laissé maîtriser par Bondurant. Mais comment pouvait-on savoir que Clete les attendait avec un hélicoptère à quelques kilomètres de là ?

— Vous auriez dû le savoir. Vous êtes payé pour ça. Et puis où est passé George ? Il m'a filé entre les doigts. Il a dû rentrer chez lui. Téléphonez-lui et demandez-lui si les toubibs de l'hôpital ont des chances d'inverser le processus qu'il a mis en place.

— J'ai déjà appelé plusieurs fois. La ligne est occupée et son beeper ne répond pas.

— C'est le médecin officiel de Vanessa. On l'a peut-être convoqué à l'hôpital, suggéra David, plein d'espoir.

— Ça m'étonnerait beaucoup. Après ce qui s'est passé, Clete ne le laissera plus jamais approcher sa fille.

— Seigneur ! Si ça foire...

— On trouvera autre chose, assura Spence d'une voix suave. Ne perdons pas de vue que Vanessa représente une grave menace contre le gouvernement. Nous sommes les trois seuls à savoir ce qui s'est produit ce soir-là dans la nurserie. George doit s'en douter, mais il ne peut rien prouver. D'une manière ou d'une autre, nous devons nous assurer du silence de Vanessa. Ainsi personne ne saura jamais.

— Personne sauf vous et moi, dit David en regardant Spence d'un drôle d'air.

L'aube venait de poindre quand le Président Merritt arriva à l'hôpital pour voir sa femme. Il avait troqué son éternel costume-cravate contre une tenue de sport et un imperméable en se disant que plus il aurait l'air débraillé, plus son anxiété serait convaincante.

Les services secrets avaient fait leur apparition quelques instants avant lui. Une situation chaotique tout juste contrôlée régnait dans l'établissement. Les médias étaient là au grand complet à l'affût des derniers rebondissements de l'interminable saga fomentée par la santé de la première dame des États-Unis. Le Président pénétra dans les lieux par les cuisines et prit un ascenseur réservé au personnel pour gagner la chambre de sa femme, sous bonne escorte.

En entrant dans la pièce, il découvrit son beau-père debout au chevet de sa fille.

— Comment va-t-elle, Clete ? demanda-t-il d'un ton inquiet.

— Pourquoi ne pas lui poser la question directement ?

Vanessa avait l'air de dormir, mais quand David lui prit la main, elle ouvrit les yeux. Il la gratifia d'un sourire jusqu'aux oreilles.

— Bonjour, ma chérie. Dieu merci, tu vas bien.

— Bonjour, David. Comme c'est gentil de venir me voir, dit-elle d'une voix vibrante de sarcasme.

— Monsieur le Président, voici le Dr Murphy.

Il n'accorda qu'une vague attention aux présentations faites par Clete.

— De quoi souffre mon épouse, docteur ?

— À mon avis, monsieur le Président, on lui a administré une dose excessive de lithium, d'autant plus qu'il était associé à de l'Haldol et plusieurs autres sédatifs.

— Je croyais que l'on procédait à des analyses de sang régulières.

Le médecin haussa les épaules.

— Le Dr Leopold m'a faxé sa fiche depuis Tabor House. Les niveaux enregistrés correspondent à la norme, mais ils n'ont rien à voir avec ce que notre laboratoire a établi.

— Comment le personnel de Leopold a-t-il pu commettre une erreur pareille ?

Personne ne prit le risque de trouver une explication. De fait, il y eut un silence gêné du côté du lit où se trouvait le Dr Murphy.

— Quel est votre pronostic ? demanda brutalement David.

— Elle est intoxiquée. Je l'ai mise sous perfusion afin de purifier son organisme. Cela demandera plusieurs jours. Ensuite je réajusterai les doses de remèdes à un niveau efficace sans que cela lui fasse courir le moindre danger. Elle ne devrait pas être réduite à l'état de zombie comme elle l'était lorsqu'elle est arrivée ici.

— Mais elle va se remettre ?

— Oui, monsieur le Président.

— Dieu merci !

David serra la main de Vanessa dans la sienne et la pressa contre ses lèvres, puis il se pencha vers elle et l'embrassa doucement. Ses lèvres étaient aussi froides et insensibles à son baiser que celles d'un mannequin de cire.

Le médecin les pria de l'excuser et les laissa seuls tous les trois. Avant que Clete ait eu la possibilité d'attaquer, David passa à l'offensive.

— J'aurai les couilles de ce salopard de Dex Leopold.

— Avant que vous ne vous préoccupiez des couilles de quelqu'un d'autre, je suggère que vous commenciez par protéger les vôtres, David.

David feignit la surprise.

— Que voulez-vous dire ?

On frappa à la porte. Spencer Martin entra.

Vanessa retint son souffle, soudain plus animée qu'elle ne l'avait été jusque-là.

— Eh bien, eh bien, s'exclama Clete, impossible de s'en débarrasser de celui-là !

Spence ignora cette insulte. Son regard glissa sur le sénateur pour se fixer sur Vanessa.

— Je suis ravi que vous alliez mieux. — Puis se tournant vers David : — Dalton Neely a toutes les peines du monde à convaincre les journalistes que le pronostic concernant Mme Merritt est bon. Je crois que vous devriez le leur dire vous-même et rassurer la nation en annonçant officiellement que la première dame des États-Unis sera bientôt sur pied.

— Bonne idée, répondit David. Pourquoi ne venez-vous pas avec moi, Clete ? Votre présence donnera plus de poids à cette bonne nouvelle.

Clete baissa les yeux sur Vanessa.

— Ça ne t'ennuie pas, ma chérie, si je te laisse seule un moment ?

— Je ne suis plus seule, papa, dit-elle d'une voix douce.

— Certainement pas.

Il se pencha et lui déposa un baiser sur le front. Quand il se redressa, il tendit le bras en direction de la porte.

— Après vous, monsieur le Président.

La complaisance du sénateur ne plaisait pas à David. Mais alors pas du tout. Il aimait encore moins la haine pure qu'il lisait dans le regard de sa femme. Il lui fit néanmoins ses adieux en promettant de revenir un peu plus tard dans la journée et lui déposa un tendre baiser sur la main avant de la lâcher.

Dès le départ, David Merritt avait été un Président chaleureux, grand amateur de bains de foule. Son tempérament cordial donnait du fil à retordre aux hommes chargés de sa protection. Ce jour-là comme tous les autres.

Au grand dam des services secrets, la conférence de presse improvisée eut lieu au rez-de-chaussée de l'hôpital, la meute de journalistes et le personnel soignant s'étant agglutinés derrière une corde en nylon qui n'offrait qu'une piètre protection.

Dalton Neely, tout chamboulé, s'écarta avec un soulagement évident pour laisser la place au Président dont l'apparition avait mis la presse en ébullition. Il fut immédiatement bombardé de questions et leva les mains pour faire taire les cris. Dès que la clameur se dissipa, il annonça que le sénateur Armbruster et lui sortaient de la chambre de Mme Merritt.

— Nous lui avons parlé tous les deux. Elle est

lucide, elle va bien et elle a le moral. Le sénateur et moi-même avons pleinement confiance dans les soins qui lui sont prodigués par l'excellente équipe de médecins, infirmières et aides-soignantes ici présente.

Clete était fasciné par l'aplomb que David était capable de manifester, quelle que soit la situation. Objectivement, il pouvait prendre du recul et admirer le Président qu'il avait façonné pour ainsi dire à lui tout seul. Mais il avait créé un monstre. Et comme dans le fameux roman de Mary Shelley, il incombait au créateur de détruire sa créature.

Le Président éluda habilement une question concernant le Dr Allan en indiquant que celui-ci n'était pas disponible pour l'instant. Aux questions relatives au soi-disant enlèvement de Mme Merritt à Tabor House, il répondit qu'il s'abstiendrait de tout commentaire tant qu'il n'aurait pas été totalement briefé sur cet incident.

— Les rapports sont contradictoires, pour le moment, précisa-t-il.

Après quoi il supplia les journalistes de ne pas lui en vouloir de la brièveté de cette conférence et les remercia avec effusion de leur sollicitude avant de s'acheminer vers la sortie. Le sénateur refusa de répondre aux questions qui s'adressaient à lui. Il suivit le Président pour lui demander de le déposer chez lui au passage.

Dérouté par sa requête, David y consentit néanmoins et informa son chauffeur qu'ils feraient un petit détour avant de regagner la Maison Blanche.

— Prenez une autre voiture, lança brutalement le sénateur à Spence quand celui-ci fit mine de monter dans la limousine présidentielle.

Spence regarda David, attendant ses instructions.

— S'il vous plaît, Spence, dit-il.

Spence n'était pas très content, comme Armbruster ne manqua pas de s'en apercevoir, mais il obéit pour sauver la face.

— Quand a-t-il refait surface, celui-là ? s'enquit Clete tandis que le défilé de voitures quittait au pas le parking de l'hôpital.

— Quand vous avez inventé cette histoire ridicule à propos de... comment avez-vous dit déjà ? Une « affaire épineuse » ?

— Quelque chose comme ça. — Le sénateur gloussa. — Franchement, je regrette que Bondurant n'ait pas tué ce salopard quand il en a eu l'occasion.

— Est-ce pour cela que vous m'avez prié de vous raccompagner ? Pour me donner une fois de plus la triste opinion que vous avez de mon conseiller, sans que je vous la demande d'ailleurs ?

— Non. Ce que j'ai à vous dire est beaucoup plus important.

— Allez-y, Clete. Vous n'arrêtez pas de faire toutes sortes d'insinuations perfides sous-entendant que je suis au bord du désastre et que vous êtes le seul à pouvoir me sauver.

— À vrai dire, David, vous n'êtes pas loin du compte. Je suis l'unique obstacle qui subsiste entre vous et un gouffre si profond que vous n'en verrez jamais la fin.

David émit un sifflement.

— Ça m'a l'air sérieux, en effet.

— Vous vous fichez de moi, David ? Voyons ce que vous pensez de celle-là. — Armbruster lui décocha son regard le plus glaçant. — L'enfant de Vanessa n'était pas de vous, alors vous l'avez tué et vous avez tenté au moins deux fois de l'éliminer elle aussi.

Comme le sénateur s'y attendait, ces allégations effacèrent d'un coup le sourire rayonnant de David.

— Si Vanessa vous a dit ça, elle est encore plus malade qu'on le pensait et nous savons l'un et l'autre qu'elle est complètement zinzin.

Clete refréna sa colère, refusant de donner à David cet avantage.

— On ne va pas perdre notre temps avec ça, David. Pour chaque accusation que je profère, vous trouverez des dizaines d'explications et de justifications. Je connais votre manière de fonctionner parce que c'est moi qui vous l'ai enseignée. Alors facilitons-nous les choses. Je peux vous garantir la seule chose que vous désirez et dont vous ne pouvez vous passer.

— À savoir ?

— Mon silence et celui de Vanessa.

— En échange de quoi ?

— Un divorce sans contestation.

David ne cilla même pas.

— Je crois bien que vous êtes en train de devenir gaga, Clete.

— Je vous assure que non.

— Vous suggérez que je divorce d'avec Vanessa tout de suite et sans ergoter.

— Ce n'est pas une suggestion. C'est un ordre. Sinon...

Le sourire moqueur de David Merritt réapparut.

— Sinon ?

Clete tendit le bras vers son attaché-case et en sortit une enveloppe scellée.

— Sinon j'appelle Bill Yancey et je lui remets ça.

Il passa l'enveloppe à son gendre qui l'ouvrit et en sortit plusieurs photographies en couleur. David les lâcha brusquement comme s'il avait un cobra vivant dans les mains.

— C'est ignoble, n'est-ce pas ? Elle a saigné comme un bœuf. Mais une chose est certaine : Becky Sturgis n'est pas morte accidentellement. Elle n'est pas tombée en se cognant la tête au coin d'une table lors d'une bagarre avec vous, comme vous me l'avez affirmé ce soir-là. Vous l'avez battue à mort, David. Ces photographies en sont la preuve.

David se remit de son choc avec une remarquable aisance.

— Vous bluffez, Clete. Ce n'est pas digne de vous. Je ne suis pas sur ces photos. Ça pourrait être n'importe quel cadavre. Vous auriez pu battre cette fille à mort vous-même.

— C'est exact, mais ce n'est pas le cas. Il n'y a pas que des clichés dans cette enveloppe. — David la secoua et une cassette lui tomba sur les genoux. — Vous l'avez tuée, David. Vous l'avez reconnu vous-même lors d'une confession déchirante. Vous vous en souvenez ? Sinon, tout est enregistré sur cette cassette. — D'une voix douce, il ajouta : — J'enregistre tout, David. Absolument tout. Plus tard, j'efface ce qui me semble sans intérêt, mais je conserve tout ce qui risque de se révéler utile un jour. Après avoir vu ce que vous avez fait à cette pauvre fille sans défense et à son bébé, j'ai décidé de garder cette cassette.

Ça faisait un bien fou de voir perler des gouttes de sueur sur le front de David.

— Vous ne vous servirez jamais de ça, Clete, pour la bonne raison que vous êtes aussi coupable que moi.

— Je n'y tiens pas particulièrement, reconnut le sénateur. Ma vie passée au service de la nation s'achèverait dans la disgrâce. Je préférerais vous envoyer au diable et passer le restant de mes jours dans la peau d'un homme d'État efficace et vénéré, avec ma fille auprès de moi. Ce sinistre incident, dit-il en désignant les photographies d'un signe de tête, peut être mis aux oubliettes. D'un seul coup. Pouf ! Comme ça. Il vous suffit de laisser partir Vanessa sans faire d'histoires et sans vous embarrasser de fournir des explications aux médias.

— Comment suggérez-vous que je m'y prenne ?

Clete haussa les épaules.

— Des différences inconciliables vous opposent, Vanessa et vous. La mort d'un enfant crée des tensions dans un mariage. Des millions de couples en Amérique vous comprendront. L'honnêteté avec laquelle vous aborderez ce divorce risque même de vous valoir quelques votes de sympathie.

David serra les mâchoires.

— Vous me prenez pour un imbécile ? Un divorce avant les élections équivaudrait à un suicide politique. Le parti ne me choisirait probablement même pas comme candidat.

— Vous n'en savez rien. Divorcer n'est pas un crime. Un double meurtre, en revanche, si, et il ne saurait être question de prescription.

Il donna à son gendre le temps de réfléchir aux terrifiantes répercussions, inévitables, si l'affaire Becky Sturgis devait éclater.

— Je vous fais une offre généreuse, David, dit-il au bout de quelques instants. Même si je n'étais pas directement intéressé, je vous conseillerais d'accepter.

— Ces photos ne prouvent strictement rien et la cassette non plus.

— Peu importe qu'on ait des preuves ou non, répondit Clete d'un ton mielleux. La simple éventualité d'un tel scandale éliminerait vos chances pour un second mandat. En fait, vous deviendriez un paria. Quoi que vous tentiez, cela vous hantera jusqu'à la fin de vos jours.

David paraissait sur le point d'imploser, mais Clete savait qu'il avait remporté la première manche. Il en gagnerait d'autres avant que David soit au tapis, le suppliant de lui laisser la vie sauve. C'était le scandale par excellence, mais il en avait d'autres en réserve. Beaucoup d'autres. Un à un, il les dévoilerait et les exposerait au grand jour. Il y en avait assez pour durer des années, jusqu'à ce que Clete Armbruster pourrisse dans sa tombe. Mais il mourrait heureux, sachant que David Merritt ne connaîtrait plus une seconde de paix.

Pour le moment, en tout cas, Armbruster était satisfait. C'était suffisant pour ce matin.

— Vous pouvez garder ces exemplaires, David. J'en ai d'autres. Au fait, au cas où vous auriez l'idée d'envoyer Spence ou l'un de ses malabars à mes trousses, mon avocat a également des copies des photos et de la cassette. Il a l'ordre de les délivrer à la presse si je mourrais de causes non naturelles.

Le chauffeur arrêta la limousine devant la maison du sénateur.

— Attendez une minute, dit David en saisissant le bras de Clete au moment où il s'apprêtait à descendre. Vous me promettez votre silence, mais qu'en est-il de Barrie Travis et de Gray Bondurant ? N'êtes-vous pas dans le coup avec eux ?

Clete frémit à cette pensée.

— Avec cette imbécile de journaliste et l'homme qui a séduit ma fille ? Pas vraiment non. Laissez-moi m'occuper d'eux. — Il tapota le genou de David. — Réfléchissez à tout ça et contactez-moi. Je suis sûr que vous vous rallierez à mon point de vue.

44

Debout devant la fenêtre, les poings serrés au creux de son dos, le ministre de la Justice n'en finissait plus de s'étirer. Barrie aurait donné cher pour savoir ce qu'il pensait. La croyait-il ? Durant son récit, il l'avait interrompue à plusieurs occasions pour lui demander d'éclaircir un point, mais quand elle était arrivée au bout, il s'était levé et avait commencé à arpenter la pièce sans lui laisser entrevoir s'il prêtait foi à ses propos ou non.

Gray s'était mis à l'écart et regardait la télévision où il n'était question que de la grande affaire du jour. Il jura entre ses dents quand le Président fit une brève déclaration de l'hôpital, mais lorsque le médecin confirma que la première dame du pays serait bientôt remise, il ne put dissimuler son soulagement.

Que Barrie partageait naturellement tout en ressentant une pointe de jalousie.

À un moment donné durant son long monologue, Daily s'était endormi. Elle était heureuse qu'il puisse se reposer un peu. Il avait l'air complètement lessivé.

— Ce que je ne comprends pas, dit Yancey en se retournant, c'est pourquoi Mme Merritt ne l'a pas dénoncé elle-même.

Barrie répondit sans réfléchir.

— Parce qu'elle avait peur. Il la terrifie, Bill. Le jour où nous avons pris un café ensemble, elle était terriblement à cran. Je ne pense pas que sa dépression expliquait à elle seule son état de nerfs. Elle commençait à se douter que ses jours étaient comptés et qu'il tenterait quelque chose comme ça. Ce rendez-vous qu'elle m'a fixé était un premier appel à l'aide.

— Et Allan ? demanda le ministre en portant son attention sur Gray.

— C'est un jouet entre les mains de David. Il n'a pas le courage d'être autre chose. David le tient par les couilles. Mme Allan l'a reconnu.

— C'est exact, Bill, dit Barrie. Je suis sûre qu'elle serait prête à étayer ta thèse.

— Ma thèse ? répéta-t-il d'un ton railleur. Je n'ai pas de thèse. Je n'ai rien en dehors de la parole de deux fugitifs recherchés pour kidnapping.

— Mais tu nous crois, s'exclama-t-elle. J'en suis convaincue, sinon tu ne nous aurais pas fait venir ici. — Elle le rejoignit devant la fenêtre. — Est-ce si difficile d'admettre qu'un Président puisse commettre un meurtre ? Regarde là-dehors.

Dans la clarté du soleil matinal, ils apercevaient la pointe du Monument de Washington.

— Tous ces édifices bâtis en l'honneur de présidents. Certains étaient des fripouilles, d'autres des êtres bons et honorables. Des hommes d'État, des guerriers, grands ou petits. Mais leur point commun à tous, en dehors des fonctions qu'ils ont exercées, est qu'ils étaient *humains*. L'histoire les a exaltés, magnifiés en élevant même un certain nombre d'entre eux au rang de demi-dieux, ce qu'ils n'étaient pas. C'étaient de simples mortels, bourrés de défauts. Ils ont ri, pleuré, piquaient des colères, souffraient de constipation. Ils n'étaient pas à l'abri de l'orgueil, de la douleur, des peines de cœur ou... — Elle braqua son regard sur Gray... — Ou de la jalousie. David Merritt savait que sa femme le trompait. Elle a porté l'enfant d'un autre homme. Il n'a pas pu le tolérer. Alors il a agi en conséquence.

Et ce n'était pas la première fois.

L'idée la frappa si violemment qu'elle chancela. Les mots étaient si clairs dans son esprit qu'elle crut que quelqu'un les avait prononcés à haute voix.

— Quoi ?

Yancey la considéra d'un air étonné.

— Je n'ai rien dit.

— Vous disiez que..., commença Gray.

— Attendez.

Elle leva la main pour le faire taire.

La révélation qu'elle venait d'avoir avait une force quasi biblique. Elle tomba à genoux, littéralement, et s'affaissa à terre.

— Barrie.

Gray écarta Yancey sans ménagement et s'agenouilla devant elle. Il la saisit par les épaules et plongea un regard anxieux dans le sien.

— Barrie, que se passe-t-il ?

Sa voix lui semblait venir de très loin, à peine audible au-delà du bourdonnement dans sa tête.

Ce n'était pas la première fois.

Où avait-elle entendu ces mots ? Les avait-elle lus quelque part ? Pourquoi avaient-ils surgi à cet instant dans son esprit ? Pourquoi lui paraissaient-ils d'une importance vitale ?

Puis, dans un fulgurant éclair de lucidité, elle se rappela où elle les avait lus et sut les réponses à toutes ces questions. Elle eut la chair de poule.

— Barrie, est-ce que ça va ? demanda Yancey en s'accroupissant à son tour près d'elle, manifestement très inquiet.

— Dites quelque chose, bon sang ! lança Gray.

— Que se passe-t-il ? — Daily se redressa et gratta sa tignasse ébouriffée. — Qu'est-ce qu'il y a ? Que lui arrive-t-il ?

Daily. Que Dieu le bénisse ! Ne lui avait-il pas dit des milliers de fois qu'un bon journaliste devait creuser *en profondeur*, qu'il y avait toujours des couches sous-jacentes, qu'il ne fallait jamais rien négliger, même si cela paraissait de prime abord sans intérêt ?

Les meilleurs tuyaux — ceux qui donnaient des scoops, qui élevaient un reportage médiocre à un niveau susceptible d'ébranler le monde entier —, on les dénichait dans les endroits les plus inattendus, où on n'aurait jamais eu l'idée d'aller les chercher.

C'était là depuis le début. *Depuis le début !* Parmi les notes et bouts de papier qu'elle avait récupérés dans son bureau à WVUE. Elle avait suivi cette piste, mais superficiellement seulement. Elle n'avait pas suffisamment approfondi la question.

Attention, se dit-elle. Elle ne fallait pas qu'elle s'excite trop. Elle se trompait peut-être. Il se pouvait qu'elle fasse fausse route, même si son instinct lui disait le contraire. Elle devait à tout prix en avoir le cœur net.

Elle se leva d'un bond en repoussant les deux hommes penchés sur elle.

— Il faut que j'y aille.

— Où ça ?

— Je préfère ne rien vous dire tant que je ne serai pas sûre.

— Vous voulez partir, mais vous ne savez pas où vous allez ?

— Bien sûr que je sais où je vais, répliqua-t-elle avec agacement. Mais je ne sais pas ce que je trouverai une fois que j'y serai. Peut-être rien. Peut-être quelque chose. En tout cas, il faut que j'y aille.

— Je ne peux pas te laisser sortir d'ici, Barrie, dit Bill Yancey.

— S'il te plaît, Bill. Envoie quelqu'un avec moi. Un agent. Qu'il me passe les menottes. Ça m'est égal. Mais, je t'en supplie, laisse-moi faire. Cela pourrait tout élucider.

— De quoi parles-tu à la fin ?

— Je ne peux rien dire encore.

— Pourquoi ne peux-tu pas me le dire à moi ?

— Parce que je ne veux pas passer pour une imbécile si je me suis trompée !

Un long silence suivit ce cri du cœur.

— Laissez-la partir.

C'était Gray qui avait parlé, et quand Barrie se retourna vers lui, tout étonnée, elle vit son regard posé sur elle lui communiquant des milliers de choses, et notamment la confiance absolue qu'il avait en elle.

À cet instant, elle comprit qu'elle l'aimait. Bon sang ! Elle l'aimait à en crever.

— Laissez-la partir, répéta-t-il sans la quitter des yeux. Elle sait ce qu'elle fait.

— Les bras m'en sont tombés quand vous vous êtes pointée ici avec une lettre de recommandation du ministre de la Justice.

Le sous-directeur de la prison, Foote Graham, était aussi désarmant que son nom. Il démentait le stéréotype du gardien brutal représenté dans les films. Il était doux comme un agneau, mince comme un roseau et arborait des petites lunettes cerclées de fer. Il eut la délicatesse de ne faire aucun commentaire sur l'uniforme d'infirmière d'une propreté douteuse que portait sa visiteuse. Elle n'avait même pas pris le temps de se changer.

Barrie le remercia de l'avoir reçue sans rendez-vous.

— J'ai quitté Washington précipitamment. Je n'ai pas pu vous avertir de ma venue.

Bill Yancey lui avait grandement facilité les choses. Après avoir accepté qu'elle se rende dans le Mississippi, il avait mis un avion privé à sa disposition. À l'aéroport de Jackson, une voiture l'attendait, ainsi qu'une escorte, pour la conduire à la prison de Pearl. Subjugué par les impressionnantes relations de Barrie, Foote Graham s'était empressé de lui offrir son assistance.

— Je présume que votre entrevue avec Charlene Walters présente un caractère d'urgence ?

— Je suis désolée, monsieur Graham. Il s'agit d'une affaire confidentielle.

— Je n'y comprends rien, fit-il en secouant la tête d'un air ahuri. Mais si le ministre et vous pensez que la sécurité nationale est en jeu, je n'ai pas à me poser de questions.

Il l'entraîna vers la porte qu'une gardienne en uniforme leur ouvrit.

— Elle vous attend, l'informa celle-ci. Mais elle est folle de rage qu'on la prive de sa récré.

La prisonnière buvait une canette de Dr. Pepper quand le sous-directeur et Barrie s'approchèrent d'elle ; elle semblait effectivement de très mauvais poil. C'était une femme minuscule au torse concave et osseux, aux bras et jambes maigrelets. Ses cheveux blancs sur-permanentés formaient un halo frisé autour de son petit visage. Ses yeux noirs vifs, ses gestes rapides, saccadés faisaient songer à un moineau.

Après avoir toisé Barrie des pieds à la tête, elle émit un petit rire dédaigneux.

— Eh ben dites donc, il vous en a fallu du temps.

Barrie lui tendit la main.

— Ravie de faire votre connaissance, madame Walters.

Charlene la Folle lui serra la main avant de s'adresser à Graham d'un ton condescendant.

— On a des choses à se dire en privé. Vous voulez bien nous laisser ?

Bien qu'elle eût défié son autorité, Foote Graham sourit.

— Bien sûr. Je vais aller faire un petit tour.

Il rejoignit la gardienne qui se tenait à une distance respectueuse d'eux. Barrie et Charlene prirent place de part et d'autre d'une petite table.

— J'ai cru comprendre que j'avais interrompu votre récréation. Je m'en excuse.

— Vous z'auriez pas une clope par hasard ?

Barrie fouilla dans son sac et en sortit le paquet de cigarettes qu'elle avait proposé à Vanessa Merritt quelques semaines plus tôt. Charlene en extirpa une en secouant le paquet et la glissa entre ses lèvres minces. Barrie la lui alluma avant de lui demander si cela l'ennuierait qu'elle enregistre leur conversation.

— Pas si vous me laissez le paquet.

Barrie sourit en réponse. Après avoir vérifié le bon fonctionnement de son magnétophone, elle commença :

— Vous m'avez laissé plusieurs messages intriguants sur mon répondeur à WVUE.

— Vous m'avez prise pour une zinzin, hein !

— Eh bien, euh...

— Sinon vous m'auriez rappelée.

Charlene allait être une coéquipière intraitable qui ne tolérerait pas le moindre faux pas. Barrie changea de tactique.

— Vous avez parfaitement raison, madame Walters. Je pensais que vous étiez zinzin. De fait, je continue à le croire.

Charlene se pencha vers elle et lui fit un clin d'œil espiègle.

— Je fais exprès. Je tiens à ce qu'ils me croient folle. J'ai trouvé Jésus peu après mon arrivée ici, mais c'est en jouant les givrées que j'ai eu droit à des miracles. Les cinglés, on leur pardonne tout. Vous seriez étonnée.

Charlene Walters était folle. À n'en point douter. Folle à lier.

— La première fois que vous m'avez appelée, reprit Barrie, vous m'avez laissé un message en disant : Ce n'était pas la première fois. À qui faisiez-vous référence ?

— À qui croyez-vous, bécasse ? Au Président, évidemment. David Malcomb Merritt. — Elle tapota la table du bout de son ongle cassé et jauni. — Il a tué ce petit garçon, ce Robert Rushton, aussi sûr que je suis là devant vous.

— Qu'est-ce qui vous fait penser ça ?

— Vous êtes bête ou quoi ? Vous n'écoutez donc pas ? Comme je vous l'ai dit, il a déjà fait le coup. Il a tué un aut' bébé. Y'a des années.

C'était l'information que Barrie était venue chercher dans le Mississippi.

— Je crains qu'il vous faille être un peu plus explicite.

Charlene exhala un nuage de fumée.

— David Merritt travaillait pour le sénateur Armbruster. Un type brillant. Une belle gueule. Toutes les filles lui couraient après. L'une d'elles s'est retrouvée en cloque. Elle s'appelait Becky Sturgis. Elle a eu un petit garçon pendant que Merritt était à Washington. À son retour, elle lui a présenté le mioche. Il raffolait pas de l'idée d'être un papa et un mari. Mais Becky, elle avait décidé une fois pour toutes de l'épouser et elle arrêtait pas de l'emmerder avec ça. Un soir, quand le bébé avait quelques semaines à peine, il est allé la voir dans sa caravane pour discuter le coup avec elle. Ils se sont engueulés comme c'est pas possible. Le marmot hurlait. Il l'a étouffé. Il n'avait peut-être pas l'intention de le faire. Il voulait peut-être juste l'empêcher de brailler. Mais comme il l'avait tué, je pense qu'il a dû se dire qu'il valait mieux pas laisser de témoins. Alors il a battu Becky Sturgis à mort et ciao ! la belle.

Après avoir reniflé longuement pour se dégager les sinus, elle tortilla sa cigarette en un bâton miniature.

— Rien ne peut excuser ce genre de violence contre les femmes, reprit-elle. Absolument rien. Même si je n'étais pas en tôle, j'aurais jamais voté pour lui. À cause de ça.

Cela faisait trop à digérer d'un seul coup. Aussi Barrie se déchargea-t-elle un peu l'esprit en se disant que la vie était décidément intéressante. Il se pouvait fort bien que l'histoire de l'Amérique se trouvât transformée du tout au tout par cette septuagénaire au profil d'oiseau qui purgeait une peine de prison à perpétuité pour vol à main armée et meurtre.

Mais qui la croirait ? La croyait-elle elle-même ? La crédibilité de Charlene était aussi mince que du papier à cigarette. Et si elle avait inventé cette fable de toutes pièces, histoire d'occuper son temps ? La mort de Robert Rushton Merritt avait éveillé son intérêt, la série de Barrie sur la mort subite du nourrisson enflammé son imagination. Elle avait trouvé une bécasse crédule prête à l'écouter, venue jusque dans le Mississippi pour lui parler. Cette fabulation était peut-être la meilleure distraction que Charlene avait connue depuis des années.

À moins que ce ne soit la vérité.

Dans un cas comme dans l'autre, Barrie résolut de procéder avec prudence. Elle tenait peut-être le reportage du siècle. Si elle ratait son coup, son avenir, mais aussi celui de la nation, risquait d'être sacrifié à cause de sa sottise.

— Tout cela me paraît...

— Incroyable, dit Charlene, voyant que Barrie hésitait. Vous n'êtes pas obligée de me croire. Interrogez donc le vieux Cletus Armbruster.

— Le sénateur ?

L'écœurement tordit sa petite figure de fouine.

— C'est le politicien le plus véreux qui ait jamais existé et je vous jure que c'est peu dire.

— Il est au courant pour Becky Sturgis ?

— Au courant ? Allons, ma petite fille, qui a réglé le problème à votre avis ? s'exclama Charlene. Merritt est allé le trouver ce soir-là. Le sénateur s'est occupé de tout.

— Armbruster est un homme puissant, mais tout de même, je ne vois pas comment il aurait pu faire disparaître deux cadavres, soutint Barrie. Il y a bien eu une enquête ?

— Si on peut appeler ça comme ça, fit Charlene d'un air méprisant en tapotant sa cigarette aux abords du cendrier. Armbruster avait tous les officiels de la municipalité et de l'État dans sa poche. Quelques petits renvois d'ascenseur et le tour était joué. Les bons vieux juges du tribunal n'en avaient rien à faire de Becky et de son mioche.

Barrie secoua la tête, incrédule.

— Je ne peux pas croire qu'Armbruster ait été impliqué dans cette affaire. Il n'aurait jamais laissé Vanessa épouser David Merritt en sachant qu'il était capable de...

— Sur quelle planète vivez-vous ? Évidemment que si ! Il tenait trop à ce que sa fille soit la première dame des États-Unis. — Elle se racla bruyamment la gorge et cracha par terre. — Des salopards ! Tous tant qu'ils sont ! Ils pensent qu'ils peuvent faire ce qu'ils veulent sans qu'on les embête. Les gens comme moi et mon mari, on nous a fait payer nos crimes. Mais les Merritt et les Armbruster, ils s'en tirent à bon compte.

— J'ai bien peur que vous ayez raison. Si tout ce que vous m'avez dit est exact, ça se serait passé, il y a quoi, vingt ans ? Si Armbruster a réussi à couvrir ce double meurtre, il a sûrement brouillé les pistes aussi. Il n'y a pas moyen de prouver quoi que ce soit.

Charlene tapa la table du plat de la main si fort que Barrie sursauta.

— Jamais vu quelqu'un d'aussi bête ! Vous croyez vraiment que j'aurais dépensé tous ces sous pour vous appeler là-bas à Washington en risquant ma peau si je n'avais pas de preuves ?

45

— Vous n'en méritez pas tant !

Bill Yancey se pencha par-dessus la table en s'appuyant des deux mains sur la surface lisse.

— Donnez-nous la preuve que le Président a étouffé le bébé de Vanessa et tenté de la tuer et nous vous garantissons l'impunité.

Spencer Martin garda obstinément le silence. Durant tout l'interrogatoire, il était resté d'un stoïcisme exemplaire, regardant droit devant lui, aussi distant qu'une statue, comme détaché des circonstances dans lesquelles il se trouvait.

Le bureau était encombré de plateaux-repas et tasses de café vides, vestiges de plusieurs collations. La tension générée durant la longue nuit et la journée qui venaient de s'écouler était presque tangible dans la pièce. Après moult protestations, Daily avait fini par se laisser conduire dans un hôtel par deux agents du FBI qui avaient reçu la consigne de rester sur place et prendre soin de lui jusqu'à nouvel ordre. Quant à William Yancey et Gray Bondurant, ils avaient passé la nuit sur place, attendant anxieusement des nouvelles de Barrie.

Lorsqu'elle avait finalement téléphoné de la prison du Mississippi pour leur rendre compte de sa conversation avec Charlene Walters, Yancey avait dit : Nous ne pouvons pas aller plus avant sans une aide intérieure et personne n'est davantage dans le coup que Spencer Martin. Il l'avait aussitôt convoqué pour un interrogatoire. Martin était venu sans se faire prier, mais refusait jusque-là de coopérer.

Gray, qui s'opposait à ce qu'il bénéficie d'une impunité en échange de son témoignage, se sentait vengé par le mutisme du conseiller présidentiel. Il avait averti le ministre qu'il aurait probablement plus de chance d'obtenir une déclaration du mur d'en face, ce en quoi il avait raison.

— Je vous avais prévenu que ça ne servirait à rien, dit-il. C'est la raison pour laquelle il a refusé d'appeler un avocat, comme vous le lui avez suggéré. Il savait qu'il ne dirait pas un mot. Vous aurez beau le torturer à mort. Il ne balancera jamais David Merritt.

Mais Yancey n'était pas encore prêt à abandonner la partie.

— Monsieur Martin, certains de vos ex-collaborateurs sont disposés à témoigner contre vous pour s'éviter eux-mêmes des poursuites. Vous êtes impliqué dans plusieurs crimes graves susceptibles de vous valoir des années d'emprisonnement.

Rien.

— Howard Fripp ? Ce nom vous dit quelque chose, monsieur Martin ? Ça devrait être le cas. Vous êtes un suspect dans cette affaire.

Spence ne broncha même pas.

— Il ne vous dira rien, insista Gray. Pas même que je lui ai tiré dessus et que je l'ai enfermé dans ma cave. S'il vous le disait, il faudrait qu'il vous explique ce qu'il faisait là-bas. Vous perdez votre temps.

Yancey effleura distraitement son crâne dégarni.

— Très bien, monsieur Martin. Ma proposition n'est valable que dans les trente secondes qui vont suivre. Si vous la rejetez, vous serez soumis à une enquête parlementaire sans précédent dans l'histoire des États-Unis.

Spencer Martin se leva d'un bond.

— Si vous aviez la moindre preuve contre moi, vous m'auriez arrêté. N'essayez pas de me forcer la main, Bill. Ce n'est pas digne de vous, ni de moi.

Yancey marmonna un juron.

Spence le gratifia d'un sourire suffisant avant de se diriger vers la porte.

— Yancey, m'autoriseriez-vous à avoir un petit entretien avec lui en privé ?

Il était évident que cette idée ne plaisait pas du tout au ministre, mais il y consentit néanmoins. Gray suivit Spence dans le couloir.

Dès que la porte se fut refermée sur eux, la désinvolture de Spence disparut. Il saisit brusquement Gray à la gorge et le plaqua contre le mur. La fureur déformait ses traits et lui empourprait les joues.

— J'aimerais te tuer pour m'avoir bouclé dans cette foutue cave.

Gray écarta ses mains et le repoussa.

— Mais tu ne le feras pas parce que ce serait stupide et s'il y a une chose dont on ne peut pas t'accuser, Spence, c'est d'être stupide. Jusqu'à maintenant en tout cas.

Une lueur d'intérêt illumina le regard de Martin. Elle fut passagère et vite remplacée par le cynisme qui le caractérisait.

— À quoi tu joues ? Au bon flic ?

Gray haussa les épaules.

— Je sais que tu n'en as rien à faire de mes conseils, mais tu aurais dû accepter l'offre de Yancey.

— Crois-tu vraiment que lui, ou n'importe qui d'autre, peut renverser le gouvernement de David ? — Spence gloussa. — Ça n'arrivera pas, Gray. On se fichera de vous quand on saura ce que vous avez essayé de faire. Tu t'es trompé de camp, mon pote. Nous avons fait scrupuleusement attention. David est intouchable. J'aime autant te le dire !

— Que son gouvernement bascule ou pas est sans conséquence pour toi, Spence. Tu n'en sauras rien de toute façon, parce que tu seras mort depuis longtemps.

Le sourire de Spence perdit un peu de son insolence.

— Tu commences à comprendre, hein, Spence ? Tu étais au courant des plans de David pour Vanessa, pour le bébé aussi probablement. De sorte qu'il n'est pas si intouchable que tu le crois, tant que tu es en vie. Une fois qu'il aura compris ça, tu seras foutu.

« David se trouvera un autre Ray Garrett. Tu te souviens de lui ? Ce gentil petit Marine chargé de m'assassiner quand je suis devenu un obstacle pour le Bureau ovale. Dommage que ton assurance t'aveugle au point que tu ne vois même pas la position dangereuse dans laquelle tu te trouves. L'offre de Yancey t'aurait garanti une certaine protection au moins.

— Va te faire foutre !

— Parfait, Spence. C'est la réplique agressive type du connard qui n'a pas d'autre moyen de se défendre.

Gray rouvrit la porte du bureau.

— Fais gaffe à ta peau, *mon pote*, lança-t-il par-dessus son épaule.

L'après-midi était déjà bien avancé lorsque Barrie avait regagné Washington. Il s'était passé des tas de choses en son absence. La tentative de suicide du Dr George Allan avait fait la une du *Washington Post*. Il était dans le coma, sa femme à son chevet.

— Comment se sont-ils débrouillés pour garder

cette information sous le boisseau pendant quarante-huit heures ? demanda-t-elle.

— Ils ont fait ça par déférence pour sa famille, lui répondit Gray. C'est ce qu'a prétendu Neely en tout cas.

Ils logeaient dans une suite d'hôtel confortable aux frais du gouvernement fédéral. Des policiers montaient la garde devant leur porte. Bill Yancey était pendu au téléphone dans la pièce voisine. De temps à autre, ils surprenaient des bribes de conversations animées.

— Pauvre Amanda ! Ça a dû être horrible pour elle de le trouver comme ça.

— Le coup de feu l'a réveillée. Elle s'est précipitée dans le bureau. Sinon, il serait mort sur sa table.

— J'espère pour elle qu'il s'en tirera et qu'il ne restera pas à l'état de légume.

— De toute façon, c'est dur pour elle et les enfants, dit Gray. Comment a-t-il pu faire une chose pareille, le salopard ?

— Il faut croire qu'il était désespéré et ne savait pas quoi faire d'autre.

— Il y a toujours une autre solution, pour l'amour du ciel ! s'exclama-t-il d'un ton rageur. Yancey lui aurait probablement proposé l'impunité s'il acceptait de témoigner.

— S'il s'en sort, je suis sûre que c'est ce que fera Bill, affirma-t-elle.

En voyant la consternation sur le visage de Gray, elle se souvint qu'il avait perdu ses parents lorsqu'il était à peine plus âgé que les petits Allan. Il avait l'air fatigué, hagard, irritable. Dieu sait depuis combien de temps il ne s'était pas rasé. Ils étaient tous à bout de nerfs. Les dernières quarante-huit heures n'avaient pas été de tout repos.

Et les choses n'étaient pas près de se calmer.

Au moins Daily était en lieu sûr et se reposait tranquillement. Dans la suite d'un autre hôtel, il jouissait d'un luxe effréné comparé à la norme de son existence. Quand elle était passée le voir rapidement un peu plus tôt, il avait grommelé qu'il voulait rentrer chez lui, mais il était tout content de bénéficier des chaînes du câble, de se faire servir et d'avoir de la compagnie des deux jeunes agents du FBI affectés à sa garde qui ne perdaient pas un mot des histoires à dormir debout qu'il leur racontait sur ses années de journalisme.

Barrie jeta un coup d'œil au *Washington Post* posé sur la table basse et en référence à une autre affaire qui faisait la une, commenta :

— Croyez-vous que Spence aurait été offensé de n'avoir éveillé qu'un vague intérêt dans la presse ?

— Je pense plutôt que cela l'aurait flatté, répondit Gray. Il cultivait avec délice son aura de mystère. Moins on en savait sur lui, mieux c'était.

— Je n'arrive pas à le croire.

Barrie relut en zigzag le court article.

— J'ai essayé de l'avertir, mais il n'a pas voulu m'écouter. Ce n'était qu'une question de temps avant que David le liquide. La seule chose qui m'a surpris est la rapidité avec laquelle il a agi.

— Vous pensez vraiment que cette agression était un coup monté par Merritt ?

— Agression ! Mon œil ! — Gray lui décocha un regard entendu. — Spence a été déposé devant chez lui par deux types qui avaient pratiquement le mot FEDE-RAL tatoué sur le front. Il faudrait être barjot pour choisir une victime que la police ne perd pas de vue. Spence était toujours armé. En plus de son couteau, il portait un revolver dans un étui à la cheville. Ceux qui lui ont fait la peau le savaient. Ils n'ont eu aucun mal à le désarmer.

Après ce qu'elle avait appris dans le Mississippi, Barrie ne doutait plus du caractère impitoyable de Merritt. Il était capable de faire tuer son meilleur ami sans aucun scrupule. Elle croisa les bras sur sa poitrine en frissonnant.

— On est sur sa liste aussi, n'est-ce pas ?

— Sans aucun doute.

— Dans ce cas, que pense-t-il de ça ?

Elle désigna le troisième gros titre de la une, qui les concernait, Gray et elle. Vanessa Merritt avait déclaré officiellement qu'elle avait fait appel à ses amis, Barrie Travis et Gray Bondurant, pour la délivrer de Tabor House. Ils avaient été forcés d'agir clandestinement à cause de la politique rigoureuse de l'établissement en matière de visites. L'imbroglio qui avait entraîné leur arrestation et leur inculpation pour rapt était absurde, avait-elle précisé depuis son lit d'hôpital. Travis et Bondurant l'avaient immédiatement conduite auprès de son père qui attendait non loin de la clinique avec un hélicoptère. Cela ressemblait-il vraiment à un kidnapping ?

— Je suis sûre qu'elle a écrit cela sous la dictée de Clete. David doit être furibard, dit Gray. Il aurait été commode pour lui qu'on nous descende pendant qu'on prenait la fuite. Dans les circonstances actuelles, il n'a pas d'autre solution que de soutenir la version que sa femme a donnée des événements. Personne ne mettra la parole de Vanessa et de Clete en doute.

— À la place du public américain, j'aurais du mal à croire quoi que ce soit de positif à notre sujet. Depuis l'incident de Shinlin en tout cas.

Il haussa les épaules.

— Nous nous sommes tous réconciliés.

C'était l'impression que cela donnait, surtout quand le ministre de la Justice entra dans la pièce pour leur donner les nouvelles récentes.

— Le sénateur Armbruster souhaite te voir.

— Moi ! s'exclama Barrie.

— Pour quelle raison ? demanda Gray d'un ton soupçonneux.

— Il veut t'accorder une interview exclusive. Il dit qu'il te doit bien ça.

— Une interview exclusive ? À quel propos ? demanda Barrie. Je serais curieuse de le savoir.

— Ne vous excitez pas trop, intervint Gray. Il n'est pas question que vous y alliez.

— Et comment ! Je ne peux pas refuser une exclusivité.

— Vous en avez déjà eu une.

— Ça ne veut pas dire que je ne peux pas en avoir une autre.

Gray se tourna vers Yancey.

— Depuis que Barrie est rentrée, vous avez passé tout votre temps au téléphone pendant qu'on se croisait les pouces. Pourquoi ne fait-on rien ? Avec ce que vous avez en main, vous pouvez régler cette affaire sur-le-champ. Faites irruption dans le Bureau ovale, passez les menottes à ce gredin, donnez-lui connaissance de ses droits. Finissons-en.

— Ce n'est pas si simple. Il est question du Président des États-Unis.

— Je sais parfaitement de qui nous parlons, hurla Gray. Et c'est un assassin.

— Calmez-vous, cria Yancey en retour. — Puis, retrouvant un ton plus raisonnable : — Nous comprenons tous votre désir de venger Mme Merritt et son enfant. Si le Président est coupable des crimes qu'on lui attribue — et toutes les données tendent à le prouver — s'empressa-t-il d'ajouter en voyant Gray sur le point de l'interrompre, nous devons procéder avec prudence. Il suffit que nous commettions une petite erreur pour qu'il s'en tire. Pendant que nous attendons les résultats des laboratoires, conclut-il, je ne vois aucun inconvénient à ce que Barrie s'entretienne avec Armbruster.

— Moi j'en vois un sérieux, répliqua Gray avec hargne. Il est aussi criminel que David. Vous avez entendu ce qu'a dit Mme Walters. La liste des accusations à porter au compte de Clete est longue comme mon bras. Barrie pourrait se jeter dans un piège qui risque de lui coûter la vie.

Le ministre secoua la tête.

— Armbruster m'a informé que Mme Merritt sort de l'hôpital cet après-midi. Elle sera là elle aussi. Dans ces circonstances, il ne peut pas avoir de mauvaises intentions. — Yancey se tourna vers Barrie. — Tu es prête à y aller, n'est-ce pas ?

— Absolument.

— Où et à quelle heure ? lâcha Gray.

— Chez le sénateur. À huit heures ce soir.

46

À huit heures précises, Barrie sonna à la porte. Un agent des services secrets lui ouvrit et lui demanda poliment s'il pouvait vérifier le contenu de son sac. Il le fouilla, puis le lui rendit avant de lui passer un détecteur de métal portatif sur tout le corps.

Le sénateur Armbruster vint à sa rencontre pour la saluer. Il prit sa main dans les siennes en s'exclamant d'un ton ému :

— J'espère que nous pouvons mettre tous nos malentendus derrière nous après ce soir, mademoiselle Travis. J'ai déjà parlé à M. Jenkins à la WVUE. Il est prêt à vous reprendre. Je lui ai demandé de me faire cette faveur. Votre poste vous attend.

— C'est gentil à vous, monsieur le sénateur, mais je n'ai plus la moindre envie d'être employée par WVUE, surtout par charité.

Il sourit d'un air magnanime.

— Franchement je vous comprends. Après ce soir, vous serez en mesure de vendre votre reportage au plus offrant.

— Je serais curieuse de connaître la nature de cette interview exclusive que vous m'avez promise.

— Dans ce cas, je n'entretiendrai pas le suspense plus longtemps.

Il la conduisit dans un somptueux salon, meublé avec goût. Un feu joyeux brûlait dans la cheminée en marbre. Vanessa, en robe d'intérieur à jabot, avec des airs fragiles d'héroïne victorienne, était allongée sur un divan. Elle était toujours sous perfusion.

Debout devant l'âtre, accoudé au manteau de la cheminée, Barrie vit le Président des États-Unis.

Personne ne lui avait dit qu'il serait là. Il n'y avait pas de motards ni de service d'ordre devant la maison. Les seuls agents en vue étaient ceux qu'elle avait trouvés dans le hall en entrant et elle avait supposé qu'ils étaient là pour protéger Vanessa. Elle essaya de dissimuler son excitation.

— Bonsoir, mademoiselle Travis.

— Bonsoir, monsieur le Président, répondit-elle dès qu'elle eut décollé sa langue de son palais.

Elle entendit à peine sa voix tant son cœur battait fort.

— Bonjour, Barrie.

Barrie se tourna vers Vanessa.

— Madame Merritt.

Elle sourit.

— Après tout ce que nous avons vécu ensemble, je pense que vous pourriez m'appeler Vanessa.

— Merci.

En prenant la chaise que le sénateur lui désignait, Barrie se retrouva face au trio tel un témoin à la barre, ou une femme condamnée au peloton d'exécution.

— Je vous trouve bien meilleure mine que la dernière fois que je vous ai vue, dit-elle à Vanessa.

— Je me sens nettement mieux. Comment va Gray ?

Barrie jeta un rapide coup d'œil à Merritt dont l'expression n'avait pas changé.

— Il est très ébranlé par ce qui est arrivé à Spencer Martin hier soir.

— Nous le sommes tous, déclara Armbruster avec une tristesse qui manquait de conviction.

— Gray m'a priée de vous transmettre ses amitiés, ajouta Barrie à l'adresse de Vanessa.

— Je ne pourrais jamais vous remercier assez de m'avoir sortie de Tabor House. Je serais morte là-bas si George avait continué à prendre soin de moi.

Barrie avait envie de se taper la tempe du poing. Où était-elle ? Au pays des merveilles. Était-elle Alice qui venait de franchir le miroir pour entrer dans un autre monde ? Rien ne s'était déroulé comme elle s'y attendait depuis qu'elle avait pénétré dans la maison du sénateur

Armbruster. La conversation avait quelque chose de surréaliste. Vanessa ne croyait tout de même pas que le
Dr Allan avait décidé de la liquider de son propre chef !

Barrie n'avait pas d'autre solution que de se plier à
ce scénario bizarre pour voir où cela la conduirait.

— Merci d'avoir éclairci l'histoire de l'enlèvement.

— C'était une situation confuse qu'il fallait rectifier.

Vanessa écarta ainsi le problème avec la plus parfaite aisance. Le sénateur interrompit le silence malaisé
qui s'ensuivit en proposant un verre à Barrie.

— Que puis-je vous offrir ?

— Rien, merci. J'aimerais que nous en venions aux
faits. Pourquoi m'avez-vous invitée ici ?

— Nous avons estimé tous les trois que nous vous
devions bien ça, mademoiselle Travis.

Le sénateur était apparemment le porte-parole de la
bande. Depuis qu'il l'avait saluée, Merritt n'avait pas dit
un mot, mais elle sentait son regard torve rivé sur elle et
cela la mettait terriblement mal à l'aise.

— Comme je vous l'ai annoncé tout à l'heure, reprit
Armbruster, nous voulons dissiper ce regrettable malentendu, le régler une fois pour toutes. Pour pallier les rancunes nourries de part et d'autre, nous vous offrons une
branche d'olivier sous la forme d'une interview exclusive.

— À quel sujet ?

Armbruster porta son regard sur David qui jeta un
rapide coup d'œil à Vanessa, puis à Barrie.

— Vanessa et moi allons divorcer.

Barrie était trop abasourdie pour parler, mais cela
n'était pas nécessaire.

— Dalton Neely fera une déclaration à la presse
demain midi, poursuivit le Président, bien qu'il ne le
sache pas encore. Il donnera lecture de cette lettre rédigée par mes soins à l'intention du peuple américain. Je
vais vous en remettre une copie préalable.

Il sortit une enveloppe de sa poche et la lui tendit.

— Puis-je la lire tout de suite ?

Il hocha la tête. Elle décacheta l'enveloppe et en sortit deux feuillets portant le sceau présidentiel. Après des
salutations mielleuses, elle atteignit le corps du texte
qu'elle lut à haute voix.

— La mort de notre fils nous a terriblement éprou

vés, Mme Merritt et moi-même. Les contraintes de mes fonctions ont également contribué en grande partie à la détresse de mon épouse. Nous ne nous blâmons pas réciproquement de cette rupture. Chacun de nous en accepte les responsabilités, même si je dois reconnaître que la faute m'est surtout imputable à moi. Trop souvent, mes charges présidentielles m'ont empêché d'être un mari attentif. Vanessa est une femme incroyablement généreuse. Personne d'autre qu'elle n'aurait pu endurer tout ce qu'elle a enduré pendant si longtemps. Je n'ai pour Vanessa Armbruster Merritt qu'une profonde admiration et une affection sans bornes.

Barrie interrompit sa lecture et releva la tête. Elle aurait aussi bien pu se trouver en face de trois portraits officiels. Un même sourire parfait, immuable, figeait leurs traits.

Elle reporta son attention sur la lettre.

— Vanessa et moi sommes conscients que vous, le peuple américain, serez aussi déçu et chagriné que nous par la tournure des événements, mais personne n'est à l'abri de ce dilemme que connaissent des millions de familles dans la communauté mondiale. Nous vous demandons de ne pas nous juger trop sévèrement et d'apprécier l'honnêteté avec laquelle nous faisons face à cette triste situation.

« Suivant le chemin tracé par mon beau-père, le sénateur Armbruster, Vanessa et moi nous sommes consacrés au service public. Nous projetons de continuer à vous servir dans la mesure où vous le souhaitez. Quant à moi, plus qu'à tout autre moment depuis le début de ma présidence, j'ai besoin de votre soutien plein et entier. Merci.

La lettre était signée David Malcomb Merritt, Président des États-Unis d'Amérique. Barrie la replia et la remit dans l'enveloppe officielle.

— Très éloquent, monsieur le Président, dit-elle. — Après un temps, elle ajouta : — Et totalement frauduleux.

— Je vous demande pardon ?

Barrie prit une profonde inspiration et fit mentalement le grand saut.

— Vous n'êtes pas accablé par ce divorce, monsieur

le Président, mais soulagé au contraire. Je suis certaine que cela fait partie du marché, pas vrai ? Du marché que vous avez conclu avec le sénateur Armbruster et Vanessa.

— C'est un scandale, s'exclama Armbruster. Ce coup-ci, vous dépassez vraiment les bornes, ma jeune dame. Nous vous avons invitée ici ce soir...

— ... dans l'espoir d'acheter mon silence avec une interview exclusive à propos du divorce du Président des États-Unis. Désolée, sénateur, je ne marche pas. Pas de transaction possible avec moi, monsieur le Président. — Elle se leva et s'approcha du divan où Vanessa était allongée. — Comment pouvez-vous accepter ça, dit-elle en tapant l'enveloppe dans le creux de sa main, alors qu'il a tué votre enfant ?

— J'appelle les agents de la sécurité.

— Non, Clete, ordonna David, arrêtant son beau-père à la porte du salon. On va s'expliquer une bonne fois pour toutes. Mlle Travis me traîne dans la boue depuis des semaines, sous l'influence de Gray, sans aucun doute. Il est temps qu'elle entende ma version des faits. — Puis faisant face à Barrie : — Je n'ai pas tué Robert Rushton Merritt. J'ignore comment vous en êtes arrivée à cette conclusion ridicule et calomniatrice, mais vous vous trompez.

— Vanessa m'a pourtant laissée supposer le contraire. Après les événements de ces derniers jours, je la crois.

— Vous avez mal interprété un commentaire qu'elle vous a fait à une période où elle était tellement déprimée qu'elle n'était même plus capable de réfléchir.

Barrie s'agenouilla afin d'être à la hauteur de Vanessa.

— Lorsque vous m'avez contactée la première fois, étiez-vous en dépression ? Ou bien aviez-vous peur ? Étiez-vous dans la pièce lorsqu'il a étouffé l'enfant ou l'avez-vous trouvé debout à côté du berceau, un oreiller à la main ?

— Le bébé a succombé à la mort subite du nourrisson.

Ignorant la remarque du Président, Barrie saisit la main de Vanessa.

— Allez-vous le laisser s'en tirer à bon compte alors qu'il a assassiné votre enfant et tenté de vous tuer ?

— Je vous avertis, mademoiselle Travis, un mot de plus et...

— Votre père vous a convaincue d'accepter ce marché, n'est-ce pas ? C'est lui qui vous a suggéré de troquer votre silence contre un divorce pacifique ? Savez-vous pourquoi il vous a poussée à céder ?

— Parce qu'il sait que j'ai peur, répondit Vanessa d'une voix faible. Je ne veux plus être l'épouse de David.

— Ferme-la, Vanessa, hurla David. Ne lui dis rien.

Barrie lança un ultime appel.

— Pourquoi croyez-vous que le Président consent à ce divorce alors que cela risque de compromettre sérieusement ses chances d'être réélu ? Quelle raison pourrait être assez convaincante pour qu'il s'y résigne à votre avis ?

Vanessa paraissait affolée, mais ses grands yeux bleus étaient fixés sur Barrie.

— Je... je n'en sais rien.

— C'est parce que votre père a menacé d'exposer un terrible secret si votre mari refusait.

— Je vous mets en garde pour la dernière fois...

— David, laissez-moi appeler le service d'ordre, implora Clete.

Barrie haussa le ton de manière à couvrir leurs voix.

— Il y a un cadavre entre eux, Vanessa. Ce n'est pas une simple expression en l'occurrence. Il y a vraiment un corps enterré. Celui d'un autre bébé. Né il y a des années. Sa mère s'appelait Becky Sturgis. Cet enfant n'était pas désiré non plus alors votre mari l'a tué. Et votre père a aidé à étouffer l'affaire.

Vanessa dévisagea son père.

— Est-ce vrai, papa ?

— Évidemment que non ! Cette femme est folle, Vanessa. Tout le monde le sait. Il ne faut pas croire un mot de ce qu'elle dit.

— Vous ne vous en sortirez pas en bluffant, messieurs, lança Barrie. Me museler ne servira à rien. Trop de gens sont au courant. C'est fini.

— Vous divaguez !

En réponse au cri furieux du Président, les agents

des services secrets firent brusquement irruption dans la pièce.

— Monsieur le Président ?

Merritt leur fit signe de sortir d'un geste impatient.

— Foutez le camp d'ici, hurla-t-il. C'est une conversation privée.

— Qui va faire votre sale boulot cette fois-ci, monsieur le Président ? demanda Barrie. Le Dr Allan a voulu se supprimer parce que vous avez fait de lui un traître.

— C'est sa propre incapacité qui l'a poussé à cette tentative de suicide ! Il est le Barrie Travis de la médecine. Un raté. Il n'a même pas été capable de se faire sauter la cervelle correctement.

— Et Spencer Martin ? enchaîna-t-elle. Vous l'avez fait descendre hier soir parce qu'il connaissait trop bien vos secrets. Était-il présent à la nurserie quand vous avez étouffé l'enfant ?

— Tu as fait abattre Spence ? s'exclama Vanessa.

David la fusilla du regard, puis s'adressant à Barrie :

— Je n'ai pas tué cet enfant. Combien de fois faut-il que je vous le répète ? Si Spence était là, il vous dirait la même chose. Je ne l'ai pas tué. C'est elle qui a fait le coup, acheva-t-il en pointant un doigt accusateur dans la direction de Vanessa.

Sous le choc, Vanessa poussa un hurlement d'outrage.

— Vanessa n'a pas tué son enfant, répéta Barrie. Pas plus que Becky Sturgis. Vous l'avez étranglé.

— Oh mon Dieu. Mon Dieu ! gémit Vanessa.

— C'est indéniable, lui dit Barrie. Après quoi, il a battu cette jeune femme sans pitié. Cette expérience lui a au moins servi de leçon. Il a appris à recourir à des tactiques plus subtiles.

Vanessa se tourna de nouveau vers son père.

— Est-ce vrai, papa ? Étais-tu au courant ?

Flasque comme une chambre à air dégonflée, le sénateur recula en direction d'une chaise et s'y laissa tomber. Son abattement attestait de la culpabilité qui pesait sur ses épaules. Depuis vingt ans.

Vanessa poussa un cri comme si elle était à l'agonie.

— C'est vrai ! Oh mon Dieu ! Pourquoi m'as-tu laissée l'épouser ? Pourquoi m'as-tu encouragée à avoir cet enfant ? — Elle se mit à sangloter. — J'avais tellement envie d'avoir un enfant. — Elle regarda son mari comme s'il incarnait le diable. — Comment as-tu pu le tuer ? Il était innocent, si mignon !

Merritt éclata d'un rire cruel.

— Tu es tellement sentimentale, Vanessa, que ça en est grotesque. Et si hypocrite. Le bébé te rendait folle. Tu ne supportais pas ses pleurs. Tu étais incapable de t'occuper de lui, comme de tout le reste d'ailleurs. Tu ne l'aimais pas. Cette saloperie que Gray a fourrée en toi et que tu as idéalisée de façon grotesque, était de la foutaise. Il aurait fallu te faire un bon curetage. Ça nous aurait épargné toutes ces emmerdes.

Barrie était sidérée par le langage ordurier du Président. Armbruster aussi était choqué au point d'en perdre l'usage de la parole.

Mais pas Vanessa. Les yeux brillants de colère, elle se leva d'un bond. Elle tituba légèrement, mais se rattrapa au dos du divan.

— Espèce de connard, ce n'était pas Gray. C'était Spence.

— *Spence ?* s'exclama Merritt.

Spence ? Barrie se mit à réfléchir à toute vitesse.

Indifférente à son intraveineuse, Vanessa s'approcha de son mari en entraînant le chariot derrière elle.

— Oui, Spence. Spence ! — Elle lui cracha pour ainsi dire son nom à la figure. — Tu pensais que Gray était mon amant parce que tu *aurais voulu* qu'il en soit ainsi. Un homme tel que Gray Bondurant au sens du devoir inaltérable, obnubilé par la morale, couchant avec la femme de son meilleur ami ! — Elle rit d'un air moqueur. — Un peu de jugeote, David. Gray était gentil avec moi parce qu'il était au courant de tes infidélités. Il ne t'est jamais venu à l'idée que c'était Spence qui baisait ta femme, poursuivit-elle de cette même voix jubilante, ravie d'anéantir ses illusions au sujet d'un homme en qui il avait mis toute sa confiance. Mais il m'a bel et bien baisée. Et je le voulais. Le seul problème, c'est que le dindon de la farce, c'était moi. Il n'était pas meilleur au lit que toi. C'est un salopard glacial et sans cœur, comme toi. Il était carrément content quand le bébé est mort, dit-elle avec des sanglots dans la voix. Spence n'en avait rien à faire et ça m'a brisé le cœur. Mais au moins mon fils n'était pas de toi. Au moins, il n'était pas de toi !

Merritt la gifla à toute volée.

Armbruster se leva d'un bond. Rugissant comme un vieux lion, il se rua sur David. Mais celui-ci l'écarta sans effort.

— Vous me faites rigoler, Clete, fit David en pouffant de rire. Vous n'avez aucun pouvoir, au propre et au figuré. Vous n'êtes qu'un eunuque. Vous n'avez pas les couilles de me forcer à prendre une décision, quelle qu'elle soit. — Puis, se tournant vers sa femme, il ajouta : — J'ai changé d'avis à propos du divorce, Vanessa. J'y consens toujours, mais pas pour les mêmes raisons. J'estime qu'il est temps que le monde découvre quelle connasse est en réalité l'adorable créature que j'ai épousée.

« Quant à vous, acheva-t-il à l'adresse de Barrie, je vous conseille de foutre le camp au plus vite. Et de baiser Bondurant tant que vous y êtes. Bien que ce soit probablement déjà le cas.

Il se dirigea vers la porte à grandes enjambées et l'ouvrit brusquement.

Gray Bondurant se tenait sur le seuil en compagnie du ministre de la Justice, Yancey, et d'une phalange d'agents fédéraux.

— Monsieur le Président, vous avez le droit de garder le silence...

— Qu'est-ce que vous foutez là, Bill ?

Gray écarta Yancey et Merritt et se pencha sur les deux femmes.

— Ça va ?

Barrie hocha la tête tout en serrant Vanessa, en larmes, contre sa poitrine.

— Elle va bien.

— Et vous ?

— Ça va. Un peu ébranlée. J'ai cru qu'il allait m'étrangler.

— Je l'aurais tué le premier, assura Gray.

Il soutint son regard durant cinq bonnes secondes avant de se détourner d'elle pour assister le ministre de la Justice dans la tâche qui lui incombait, à savoir l'arrestation du Président des États-Unis et du sénateur Armbruster.

On ne pouvait pas dire que Merritt réagit avec beaucoup de dignité et de complaisance. Il se débattit comme un beau diable et se répandit en invectives contre Yancey, mais celui-ci garda un sang-froid exemplaire tandis qu'il lui donnait connaissance de ses droits.

Puis Merritt se mit à fulminer contre Vanessa en disant que c'était elle, et non pas lui qui avait tué leur fils et qu'il s'était ingénié à la protéger depuis lors.

— Elle l'a étouffé. Ce n'était pas moi, mais elle. Elle est folle.

— Je vous déconseille fortement d'en dire davantage, monsieur le Président, intima Yancey. Vous êtes impliqué dans un autre crime dans l'État du Mississippi.

— Je ne vois pas du tout de quoi vous voulez parler. Clete ! Clete, dites-leur à quel point Vanessa est malade.

Armbruster ouvrit la bouche, mais ses lèvres étaient toutes molles. Ses bas-joues frémirent quand il essaya de proférer quelques mots. En vain.

— Le sénateur Armbruster aura la possibilité de témoigner, précisa Yancey à Merritt. Sa déposition nous sera aussi précieuse que celle du témoin oculaire.

— Il n'y avait personne dans la nurserie en dehors de Spence, Vanessa et moi. Spence est mort et elle ment.

— Je ne vous parle pas de la mort de Robert Rushton Merritt, précisa Yancey. Nous avons un témoin oculaire pour le meurtre du Mississippi.

Finalement, les paroles du ministre de la Justice semblèrent pénétrer le rideau de rage écarlate qui enveloppait David Merritt. Pour la première fois, il prit conscience de la terrible situation dans laquelle il se trouvait. Il fixa longuement Yancey d'un œil torve, puis se tourna vers Clete.

Clete rendit son regard à l'homme qu'il avait fait et qu'il venait de détruire, même si cela allait lui coûter très cher à lui aussi.

Les yeux de Merritt s'étrécirent sur une lueur malveillante.

— Espèce de salopard ! siffla-t-il. Qu'avez-vous fait ?

Confession exclusive

— Le sénateur Armbruster était là quand j'ai repris connaissance.

La voix traînante de Becky Sturgis emplissait le studio de télévision plongé par ailleurs dans le silence. Les cadreurs avaient bloqué leurs caméras. Ils étaient aussi absorbés par son récit que les millions de gens rivés devant leur écran à travers le monde. Elle regardait fixement ses mains serrées l'une contre l'autre sur ses genoux.

— Quand je suis revenue à moi, je me souviens d'avoir espéré que je me réveillais d'un terrible cauchemar, mais c'était bien réel. Mon bébé était mort. Son petit corps gisait, immobile, sur le sol là où David l'avait laissé tomber. Il y avait du sang partout. Le mien, j'imagine. David m'avait frappée très brutalement.

— David Merritt, le Président ?

— Oui, madame. Seulement il n'était pas président à l'époque.

Elle portait un fichu sur la tête pour dissimuler la dépression qui lui creusait la tempe, là où le cuir chevelu avait été grossièrement recousu sur son crâne défoncé. Elle supportait très mal d'être défigurée. Quand Barrie l'avait rencontrée, elle était en tenue de prisonnière. Ce soir, elle avait revêtu une robe toute simple, sans aucun accessoire, en dehors du foulard.

— Après le premier coup qu'il m'a asséné, je ne me rappelle rien jusqu'au moment où je me suis réveillée. Le sénateur Armbruster était agenouillé à côté de moi et me tâtait le pouls dans le cou. Il était très étonné que je sois encore en vie parce que David lui avait affirmé que j'étais morte.

— Il lui avait dit aussi que vous aviez tué votre enfant.

— C'est faux, protesta-t-elle avec véhémence. C'est David qui l'a tué. Et j'ai dit la vérité au sénateur. Il était très gentil. Il m'a recommandé de ne pas m'inquiéter, m'a assuré qu'il prenait soin de tout.

— Qu'a-t-il fait ensuite ?

— Il a téléphoné à un médecin qui est venu à la caravane pour me recoudre le crâne et me faire une piqûre contre la douleur.

— On ne vous a pas emmenée à l'hôpital ?

— Non, madame.

— Quand a-t-on appelé la police ?

— Le sénateur a téléphoné au bureau du shérif. Quand les policiers sont arrivés...

Elle se mit à pleurer. Barrie préféra ne pas insister. Elle lui donna le temps de se ressaisir avant de continuer :

— Le sénateur leur a menti. Il leur a dit que j'avais tué mon bébé. Qu'il fallait m'arrêter. Ils m'ont emmenée en ville et ont commencé à me questionner. Ils voulaient que je signe des aveux, comme quoi j'avais commis un meurtre. J'ai refusé. Pendant un moment.

— Mais pour finir, vous l'avez fait.

— Oui, madame. Juste pour qu'ils me laissent tranquille. J'avais atrocement mal à la tête. J'avais vomi plusieurs fois. J'étais complètement KO. Alors j'ai signé un papier disant que j'avais tué mon bébé. Mais ce n'était pas vrai. C'est David Merritt qui l'a tué et il est parti en pensant qu'il m'avait tuée moi aussi.

Becky Sturgis relata le déni de justice orchestré de main de maître par Armbruster sans que Barrie eût à intervenir pour ainsi dire. Le sénateur avait profité de certaines faveurs qu'on lui devait. Quelques jours après son arrestation, un juge avait condamné la malheureuse à la prison à perpétuité. Transférée de la prison locale à un établissement fédéral, elle avait vécu enfermée jusqu'à quarante-huit heures plus tôt, lorsque Barrie avait appris son existence grâce à Charlene Walters. Le ministre de la Justice avait intercédé auprès des autorités de l'État du Mississippi afin qu'on la conduise à Washington.

— À votre avis, le sénateur Armbruster a-t-il cru David plutôt que vous ? Pensait-il sincèrement agir en bonne justice lorsqu'il vous a expédiée en prison ?

— Je n'en sais rien, répondit Becky en toute honnêteté. Mais j'imagine qu'il m'a roulée pour éviter des ennuis à David.

— Vous vous rendez compte que David Merritt vous pensait morte toutes ces années ?

— Je l'ignorais jusqu'à hier. Il faut croire que le sénateur l'a trompé lui aussi.

Pour préserver son objectivité, Barrie s'abstint de formuler l'évidence : Armbruster avait gardé Becky Sturgis sous le coude pour le cas où il aurait besoin de se servir d'elle un jour contre son gendre. Barrie avait découvert son existence avant que le sénateur soit acculé à faire appel à cet atout.

— Vous avez passé tout ce temps-là en prison, miss Sturgis ?

— Oui, madame. On m'a refusé à deux reprises la liberté conditionnelle.

— Pour quelle raison ? D'après votre dossier, vous étiez une détenue exemplaire.

— J'en sais rien, madame. Le jury n'a pas voulu, c'est tout.

Barrie laissa le silence se prolonger jusqu'à ce que le public puisse en arriver à une autre conclusion flagrante : Armbruster s'était arrangé pour que Becky Sturgis ne retrouve jamais la liberté.

— Il y a quelques années, vous avez partagé une cellule avec une certaine Charlene Walters. Vous lui avez raconté votre histoire.

Becky Sturgis hocha la tête.

— David était déjà président. Au début, Charlene ne m'a pas crue, elle pensait que j'inventais. Mais quand le bébé est mort dans la nurserie de la Maison Blanche, elle a commencé à réaliser que je lui avais peut-être dit la vérité. Surtout après avoir vu votre série sur la mort subite du nourrisson. Elle s'est dit que Robert Rushton Merritt était peut-être un de ces bébés assassinés dont on voulait faire croire qu'ils étaient morts autrement.

— Miss Sturgis, ceci est la question la plus difficile que je vais vous poser ce soir. Je suis sûre que tout le monde est curieux de savoir pourquoi vous avez gardé le silence si longtemps. Toutes ces années passées en prison, pourquoi ne pas avoir éveillé l'attention sur le fait que vous étiez victime d'un coup monté et qu'on vous avait forcée à signer de faux aveux ?

Becky haussa les épaules, comme si elle acceptait pleinement sa vie gâchée.

— Personne ne s'est préoccupé de savoir où j'étais passée quand j'ai disparu. Personne ne m'a cherchée. Il n'y avait pas très longtemps que je vivais dans cette ville. Faut croire que les gens ont pensé que j'étais partie comme j'étais venue. Je n'ai pas de famille. À qui pouvais-je me confier ?

— Vous n'aviez pas d'avocat ?

— Si madame. Ils m'en ont collé un d'office ce soir-là dans le bureau du shérif, mais il n'arrêtait pas de me répéter que j'avais tout intérêt à signer cette confession. Il me disait qu'ils risquaient de m'accuser d'homicide volontaire si je n'avouais pas mon crime. Au procès, je risquais de perdre et d'être condamnée à la peine de mort.

« En plus de ça, j'ai été malade pendant longtemps. J'avais des maux de tête épouvantables et je passais des journées entières à l'infirmerie. Quelquefois, j'avais des passages à vide et des trous de mémoire qui duraient des jours. Il m'a fallu au moins deux ans avant d'avoir de nouveau toute ma tête.

« C'est à ce moment-là que j'ai commencé à écrire des lettres à l'avocat, mais il n'a répondu qu'à quelques-unes, après quoi, il a laissé tomber. J'ai bien essayé de le joindre par téléphone, mais on me disait toujours qu'il n'était pas là et il ne me rappelait jamais. Un beau jour, un autre avocat — j'ai son nom écrit quelque part — est venu me voir à la prison. Il m'a annoncé que mon avocat à moi était mort et que je ne devais plus les enquiquiner. Sinon, Armbruster me le ferait payer très cher. À ce stade, David était au Congrès. Je ne voyais pas l'intérêt de continuer. Qui me croirait plutôt que David Merritt et Clete Armbruster ?

— C'est une bonne question, miss Sturgis. Pourquoi

devrions-nous vous croire ? Quelle preuve avons-nous que David Merritt a tué votre bébé, vous a battue et laissée pour morte ?

— Aucune. Mais je peux prouver qu'il était le père de mon enfant, déclara-t-elle fièrement. Le jour où mon bébé est mort, je lui ai coupé une boucle de cheveux ainsi que les ongles. Je les ai conservés toutes ces années dans une petite boîte en papier mâché. Ils sont en possession de M. Yancey. Il dit qu'ils peuvent faire des analyses qui permettront de déterminer si David était le père ou non. Je ne voulais pas les lui donner parce que c'est tout ce qui me reste de mon enfant. Mais M. Yancey m'a promis de me les rendre dès que le laboratoire aurait fini. Les gens croient peut-être que je mens, mais mon bébé leur dira la vérité.

Barrie trouva que c'était une note idéale pour clôturer cette interview.

— Merci, miss Sturgis.

Elle se tourna vers les caméras qui se rapprochèrent d'elle pour un gros plan.

— Selon le ministre Yancey, les tests préliminaires d'ADN des cheveux et rognures d'ongles ont indiqué que David Merritt était bien le père de l'enfant de Becky Sturgis. Cela a toutes les chances de valoir à celle-ci une remise en cause de son inculpation et de ses aveux. Les responsables nous ont laissé entendre qu'elle aurait enfin droit à un procès qui s'est fait attendre trop longtemps. On ne sait toujours pas si David Merritt sera jugé pour meurtre, bien qu'il soit déjà inculpé d'entrave à la justice, de même que le sénateur Armbruster. Celui-ci a été assigné à résidence. Cet après-midi, il a renoncé officiellement à ses fonctions sénatoriales. Le Président Pietsch a prêté serment après que le Congrès eut accusé David Merritt de haute trahison et réclamé sa démission. L'ancien Président a également été assigné à résidence à la Blair House où il demeurera jusqu'à ce que le ministre Yancey ait mis sur pied deux enquêtes complètes relatives aux crimes du Mississippi et à l'assassinat présumé de Robert Rushton Merritt. Il est trop tôt pour spéculer sur l'issue de cette incroyable affaire. Tout au long de l'histoire de notre nation, d'autres présidents ont trempé dans des scandales, mais jamais d'une telle ampleur.

Que les crimes dont on l'accuse soient prouvés ou non, il est indéniable que David Merritt a commis un délit de fuite pour éviter d'avoir à témoigner et sans doute aussi d'être inculpé dans l'affaire Sturgis. Ceci en soi constitue une grave entorse à la loi fédérale et a suffi à mettre un point final à son gouvernement.

« Ici Barrie Travis. Bonsoir.

— Bonjour. Entrez.

Barrie s'écarta pour laisser Gray pénétrer dans la suite de l'hôtel où elle avait élu résidence temporairement.

— Merci. Je suis très honoré de me trouver en votre présence. Vous êtes une star !

— Ma célébrité n'a pas impressionné le personnel de l'hôtel. Il faut toujours un temps infini pour qu'on vous apporte un club sandwich. — Elle jeta un coup d'œil à sa montre. — Quarante minutes et des poussières. En attendant, je meurs de faim.

— Il y a une panne d'électricité ?

— Non, non. Mais c'est plus reposant comme ça.

La pièce était dans la pénombre. Seule une petite lampe brillait près de la fenêtre, mais les rideaux ouverts permettaient d'avoir une vue splendide sur la capitale de nuit.

Barrie sortait d'une longue douche bouillante et s'était enveloppée dans un peignoir blanc — cadeau de l'hôtel. Ses cheveux accrochés derrière ses oreilles étaient encore mouillés.

— J'ai vu l'interview, dit-il d'un ton désinvolte.

Elle leva les yeux vers lui en retenant son souffle, dans l'expectative.

— C'était super, Barrie.

Réconfortée par son sourire approbateur, elle n'en minimisa pas moins son succès.

— Je n'ai rien fait. L'histoire tenait toute seule.

— Sans vous, il n'y aurait pas eu d'histoire.

— Sans Merritt et Armbruster, non plus. Ce que Becky Sturgis avait à dire au monde n'était pas très plaisant, ajouta-t-elle.

— Où est-elle à l'heure qu'il est ?

— Dans un hôtel. Bill a envoyé plusieurs femmes policiers auprès d'elle. Elle doit réintégrer la prison demain et y restera sans doute jusqu'à ce qu'un juge du Mississippi revise son cas.

— L'interview était très touchante. Il y aura sûrement un tollé en faveur de sa libération.

— Elle aura au moins droit à un jugement en bonne et due forme. Je serais étonnée qu'elle soit condamnée. Si elle l'est, elle sera probablement quitte avec la peine qu'elle a déjà purgée.

Après un moment de réflexion, Gray demanda :

— Comment ont-ils fait à CNN pour vous avoir ?

— Ils ont renchéri sur les propositions de tous les autres. Qu'est-ce que vous voulez que je vous dise ? ajouta-t-elle en battant des cils. On peut m'acheter.

— Voilà votre sandwich, annonça-t-il en allant ouvrir la porte.

Il signa la note et déposa le plateau sur la table basse devant le divan.

— Amanda Allan a téléphoné, reprit Barrie. George a montré certains signes que les médecins estiment encourageants. Elle était optimiste. Elle l'aime profondément et est prête à lui pardonner s'il survit.

— Cela ne m'étonne pas d'elle, dit-il. Et Daily ? Comment va-t-il ?

— Pour le moment, c'est moi qui paie ses frais d'hôtel. Il n'est pas question qu'il retourne dans cette maison sinistre. C'est déjà atroce qu'il soit en train de mourir. Je ne veux pas qu'il meure dans ce taudis. En outre, je doute qu'aucun d'entre nous puisse y retourner sans se souvenir des derniers jours terrifiants que nous avons passés là-bas.

— Où logera-t-il ensuite ?

Elle tirailla sur une croûte de pain.

— J'ai l'intention d'acheter une maison. Quelque part en banlieue. Avec une chambre d'amis pour Daily. L'assurance m'a remboursée très convenablement, et avec le salaire que je suis en train de négocier, j'aurai les moyens d'acquérir pour ainsi dire ce que je veux. Je prendrai un chien pour tenir compagnie à Daily quand je ne suis pas là. Je crois que je suis prête à en aimer un autre, même si je ne pourrai jamais remplacer Cronkite.

— En avez-vous parlé à Daily ?

— Il a pesté en disant qu'il n'avait pas besoin qu'on lui fasse l'aumône, mais il changera d'avis, assura-t-elle en souriant avec tendresse.

Elle repoussa son assiette après avoir mangé le quart de son sandwich.

— Je croyais que vous mouriez de faim.

— Il faut croire que non.

— Qu'est-ce qui ne va pas, Barrie ?

— Rien, dit-elle d'un ton agacé. — Avant d'ajouter à contrecœur : — Je ne sais pas.

— Vous êtes au zénith de votre carrière. C'est la consécration ! Toutes les chaînes du pays se battent pour vous embaucher. Il vous suffit d'indiquer votre prix. Vous venez de faire l'interview du siècle. Je pensais vous trouver devant une coupe de champagne.

— Moi aussi je le pensais, soupira-t-elle, dépitée. Mais vous seriez étonné de savoir à quel point c'est déprimant d'être responsable de la chute d'un Président.

— Vous n'êtes pas responsable. David a provoqué sa propre disgrâce.

— Vous avez raison, bien sûr. Là-dedans, expliqua-t-elle, en se tapant la tête, je sais que vous avez raison. Peut-être est-ce à cause d'Howie si je ne parviens pas vraiment à savourer mon succès. Il a payé de sa vie. Ça n'aurait pas dû arriver. Je me sens coupable indirectement.

— C'est Spence le coupable.

Elle poussa un gros soupir.

— Il faut croire que je vis une sorte de dépression post-partum. Après un accouchement difficile, le bébé est né, mais je ne suis pas encore sûre de l'aimer. — En détournant les yeux, elle ajouta : — À propos, Vanessa a téléphoné cet après-midi.

Gray la considéra avec curiosité.

— Elle voulait me remercier d'avoir traité l'interview de Becky Sturgis avec sobriété au lieu de céder à la tentation du sensationnalisme. — Elle marqua une pause pour réfléchir un instant. — Ma retenue est sans doute la preuve que je suis en train de mûrir. J'ai beaucoup grandi ces derniers temps sur le plan personnel et professionnel.

— J'en suis convaincu.

— Quoi qu'il en soit, dit-elle en s'extirpant de cet interlude introspectif, Vanessa quitte la Maison Blanche ce soir, mais elle n'aura aucun regret en abandonnant ces lieux qui lui rappellent tellement de souvenirs insupportables.

« Naturellement elle est bouleversée par l'histoire de Becky Sturgis. Elle n'arrêtait pas de répéter qu'elle ne comprenait pas comment son père avait pu tremper dans une affaire aussi abominable — c'est moi qui dis abominable. Pas elle. En plus de couvrir ce crime monstrueux, il l'a laissée épouser David. Il l'a même encouragée à le faire. Elle se sent trahie.

— Où en est-elle avec son père ? demanda Gray.

— Elle affirme qu'elle ne lui pardonnera jamais.

— Il mérite qu'elle le rejette, mais il ne s'en remettra pas.

Barrie hocha la tête.

— Elle a promis à Bill Yancey son entière coopération lorsqu'il entamera ses investigations sur la mort de Robert Rushton. Maintenant qu'elle n'a plus à craindre pour sa vie, rien ne l'empêche de dire la vérité. David a tué le bébé, mais c'est Spence qui a eu l'idée d'en imputer la faute à la mort subite du nourrisson.

— Ça lui ressemble bien. Il n'a jamais été du genre à simplifier les choses.

— Vanessa était-elle amoureuse de lui ?

— De Spence ? Non. Elle voulait de lui ce qu'elle veut de tous les hommes : de l'attention et une certaine mesure de protection. Poussée par le dépit, elle a rendu à David la monnaie de sa pièce en profitant d'un homme qu'il croyait d'une loyauté inaltérable. Mais quand Spence a fait volte-face, elle l'a très mal pris.

— Et s'est tournée vers vous.

— Elle avait besoin d'un ami.

Barrie se leva et entama une ronde fébrile autour de la table basse.

— Je ne suis pas certaine qu'elle n'espérait pas autre chose.

— C'est tout ce qu'elle a eu.

— Vous auriez pu me le dire.

— Il n'y avait rien à dire.

— C'est ce qu'il aurait fallu me dire.

— Je n'ai jamais eu envie de Vanessa et je n'ai jamais couché avec elle. Voilà ! Satisfaite ?

— Oui. Était-ce si difficile que ça ?

Il croisa les doigts et les posa sur ses lèvres, après quoi il l'étudia longuement jusqu'à ce qu'elle se dérobe, mal à l'aise sous son regard.

— Qu'est-ce qu'il y a ? s'exclama-t-elle.

— Je crois que ce qui vous déprime en fait, c'est que je ne vous ai pas promis un amour éternel.

Elle émit un ricanement pas très distingué.

— Voilà que vous recommencez à vous envoyer des fleurs. C'est une mauvaise habitude chez vous, Bondurant.

— Je suis ici auprès de vous, Barrie, répondit-il d'un ton calme.

Puis il saisit la ceinture de son peignoir et la tira lentement vers lui.

— Cette maison que vous avez l'intention d'acheter... combien de pièces ?

— Pourquoi ?

— On m'a offert un boulot au ministère de la Justice. Plus ou moins free-lance. Ça a l'air intéressant. Je vais devoir passer pas mal de temps à Washington et j'aurai besoin d'un endroit pour loger.

— Je vois.

Son cœur battait à tout rompre. Elle avait retrouvé son appétit. À dire vrai, elle mourait de faim.

— Qui va s'occuper de Rocket, de Tramp et de Doc ?

— Je trouverai quelqu'un pour prendre soin d'eux et de ma maison pendant mon absence. J'aurai pas mal de moments libres. Ça me permettra de retourner régulièrement dans le Wyoming.

— Vous avez tout prévu.

— À peu près.

Il tira sur les extrémités de la ceinture de manière à entrouvrir sa robe de chambre, puis glissa les mains à l'intérieur et la saisit par la taille. Ses yeux braqués sur elle la clouèrent sur place.

— Vous m'avez dit un jour de ne pas vous regarder comme si vous étiez transparente et que je n'en avais rien à faire de vous. Je tiens beaucoup à vous au contraire, Barrie. Oubliez toutes ces absurdités que vos parents vous ont mises dans la tête. Votre père n'a trompé personne à part lui-même. Vous comptez énormément pour moi, Barrie.

Il la força à s'asseoir à califourchon sur ses genoux, s'empara de sa nuque et l'embrassa en explorant sa bouche avec passion. Elle sentit son estomac plonger à pic tandis que son humeur montait droit au ciel.

Il se mit à titiller la pointe de ses seins dressés, en alerte. Il les taquina avec délice avant de prendre sa poitrine en coupe tandis qu'elle se démenait fébrilement avec ses vêtements. Ses lèvres se refermèrent autour d'un mamelon quand elle le prit en elle. Elle le chevaucha avec un plaisir non dissimulé. Où avait-elle appris à bouger comme ça ? Où avait-elle déniché ses talents érotiques qui lui faisaient perdre la tête ? De quel ancêtre païen avait-elle hérité ce savoir obscur ?

Jamais son corps n'avait réagi comme il réagissait au contact de celui de Gray, jamais elle n'avait éprouvé un tel désir de satisfaire un homme. Quelques secondes avant qu'elle atteigne l'orgasme, il le sentit.

— Vas-tu te mettre à brailler comme la dernière fois ?

— Pas si tu... arrêtes...

— C'est hors de question, grommela-t-il.

Il la saisit par les hanches et l'immobilisa.

Elle haleta sous l'effet des frissons délicieux qui déferlaient des profondeurs de son être.

— Je veux dire... à moins que tu m'arrêtes... je risque de crier.

Sa bouche s'empara de la sienne, mais leur baiser se désintégra alors qu'ils parvenaient simultanément au nirvana. Il enfouit son visage entre ses seins. Ses soupirs doux, staccato, emplirent l'obscurité de vibrations voluptueuses.

Elle s'affaissa finalement contre sa poitrine en lui bécotant le cou. Il l'étreignit un long moment. Quand il l'écarta de lui, il repoussa quelques mèches humides qui s'étaient plaquées sur sa figure, promena le bout de son doigt sur sa joue, caressa ses lèvres mouillées avec le pouce.

Il ne lui avait jamais manifesté une telle tendresse.

Elle en eut les larmes aux yeux et ne murmura qu'un seul mot :

— Bondurant.

— Tu sais, dit-il, ta voix suffit à me faire bander. Ça en est gênant.

En riant sous cape, elle se pencha et lui mordilla l'oreille.

— Cela veut dire que tu t'es un peu entiché de moi ?

Comme il ne répondait pas, elle releva la tête pour plonger son regard dans le sien. Il plissa les yeux pour lui faire comprendre qu'elle ne l'avait pas vraiment cerné.

— Que tu m'aimes ? demanda-t-elle, hésitante, d'une voix à peine audible.

Il se contenta de la fixer, répondant tacitement à sa question avec toute l'intensité de ses prunelles bleues.

— Vraiment ? chuchota-t-elle.

— Ne t'excite pas trop. Je ne me souviendrai jamais de ton anniversaire, ni de la Saint-Valentin, pas plus que de la date de notre rencontre. Je ne suis pas le genre bouquets de fleurs.

Elle prit son visage entre ses mains.

— Est-ce que tu me tromperas ?

— Non. — Son ton ne laissa pas la moindre place au doute. — Jamais.

— Dans ce cas, je n'ai pas besoin de fleurs.

— Et de sexe ?

— De sexe, oui, j'en ai besoin.

Couchés en chiens de fusil au milieu du grand lit, ils restèrent longtemps blottis l'un contre l'autre, les fesses douces et fraîches de Barrie collées contre le ventre brûlant et poilu de Gray. Il avait planté son menton au sommet de son crâne et la tenait enlacée, couvrant possessivement sa poitrine d'une main. De temps à autre, son pouce taquinait un de ses seins. De temps à autre, elle portait sa main à ses lèvres et déposait un baiser à l'endroit où l'on voyait encore l'empreinte de ses dents, à peine perceptible, là où elle l'avait mordu plusieurs semaines auparavant.

Elle sentit le sommeil la gagner. Juste avant de s'endormir, elle murmura son nom.

— Hein ?

— Tu veux que je te dise quelque chose de drôle ?

— Il ne répondit rien, mais elle sentait, dans son immobilité, qu'il écoutait. — J'aimais profondément mon père.

— Je sais, marmonna-t-il d'une voix douce, la bouche enfouie dans ses cheveux.

Épilogue

Le téléphone se mit à sonner sur le bureau de Barrie. Elle jeta un coup d'œil à la pendule. Dans cinq minutes, elle devait être au studio pour un direct. Juste le temps de prendre un appel rapide. C'était peut-être Gray. Il appelait souvent juste avant qu'elle passe à l'antenne pour lui souhaiter bonne chance.

Elle décrocha, le sourire aux lèvres.

— Barrie Travis.

— Je vous ai vue à la télé hier soir. Vous vous êtes teint les cheveux ou quoi ?

C'était Charlene Walters.

— Je me suis fait faire quelques mèches, c'est tout. Ça vous plaît ?

— Non. Vous devriez reprendre votre couleur naturelle.

Le sourire de Barrie s'élargit. Charlene était presque aussi célèbre qu'elle. Son nom avait été mentionné dans tous les articles et émissions relatifs au démantèlement du gouvernement Merritt. La prisonnière se considérait désormais comme une de ses collègues.

— Comment allez-vous, Charlene ?

— J'ai des gaz. Ils nous ont filé des fayots à midi.

— Désolée de l'apprendre. Écoutez, je dois passer à l'antenne dans...

— Vous devez être sur un petit nuage vu tout ce que vous avez déclenché.

Six mois avaient passé depuis la résurrection de Becky Sturgis. Merritt et Armbruster étaient sur le point d'être jugés. Les plaignants achevaient de constituer leurs dossiers. Quant aux avocats de la défense, ils s'efforçaient d'édifier un plaidoyer pour contrer les preuves irrécusables de la partie adverse et des témoins à charge prêts à faire des déclarations accablantes en échange de leur impunité ou tout au moins de circonstances atténuantes.

— Détruire des vies n'a rien d'agréable, dit Barrie. Même si j'espère que cela permettra d'empêcher des abus de pouvoir aussi insensés à l'avenir.

— Faut pas y compter vu comment sont les gens.

Barrie vérifia l'heure encore une fois. Trois minutes. Elle nicha le combiné dans le creux de son épaule afin d'avoir les mains libres pour extirper un poudrier et une glace du tiroir de son bureau. Elle n'avait plus le temps de se maquiller les yeux.

— J'étais ravie de vous parler, Charlene, mais...

— Quant à moi, j'espère bien qu'ils pendront ces salopards. Après ce qu'ils ont fait à Becky, on ne devrait pas les laisser en vie un jour de plus.

— S'ils sont condamnés, la justice les châtiera comme ils méritent de l'être.

Charlene ricana pour manifester le mépris que lui inspirait le système judiciaire.

— Au moins, vous, vous avez fait quelque chose quand je vous ai parlé de Becky. Ça vous a pris un moment, mais vous avez fini par bouger.

— Oui, enfin...

— C'est pas comme elle. Elle n'a strictement rien fait.

— Écoutez, elle était en prison. Comme elle l'a dit elle-même, elle ne pouvait pas faire...

— Pas Becky, bécasse ! Mme Merritt.

Barrie posa le petit miroir pour saisir le combiné à deux mains.

— Mme Merritt ?

— C'est pas ce que je viens de dire ? Vanessa Armbruster Merritt.

Quelque chose lui avait sûrement échappé. Un œil sur la pendule, l'autre sur son reflet dans la glace, pendant que Charlene lui babillait dans l'oreille, elle avait dû laisser passer un élément essentiel.

— Seriez-vous en train de me dire que vous aviez mis Vanessa Merritt au courant pour Becky Sturgis ?

— Ah ça y est ! C'est pas trop tôt.

— Quand, Charlene ? Quand ?

— Quand quoi ?

— Quand lui avez-vous parlé ? Quand l'avez-vous avertie ?

— Après que Becky m'a mise au courant, évidemment. Voyons... Juste avant que Mme Merritt devienne première dame d'Amérique, je dirais.

— Charlene, si c'est encore une de vos fabulations...

— Vous êtes ma copine. Je ne raconte pas de bobards à mes copines.

Barrie se mit à réfléchir à toute vitesse.

— Je veux être sûre de bien comprendre. Vous avez parlé à Mme Merritt, la première dame des États-Unis, de Becky Sturgis, du bébé, de sa liaison avec David Merritt il y a des années ?

— Je lui ai tout dit. Comme à vous. Je lui ai expliqué que David Merritt avait tué le mioche et que le sénateur avait couvert son crime.

Barrie posa le coude sur son bureau et appuya son front dans le creux de sa main pour que la pièce arrête de tourner.

— Je lui ai écrit plein de lettres, poursuivit Charlene, pour lui dire qu'elle avait épousé un assassin, mais elle les a ignorées. Enfin c'est ce que je croyais. Jusqu'au jour où elle m'a téléphoné ici à la prison. En donnant un faux nom, bien sûr, mais en laissant un numéro où je pouvais la rappeler gratuitement. On a parlé pendant au moins une demi-heure. Les filles qui attendaient pour téléphoner étaient furibardes, mais je leur ai dit d'aller se faire voir.

Le tic-tac de la pendule s'était accéléré, mais pas autant que les battements de son cœur. Barrie avala péniblement sa salive, en proie à une vague de nausée.

Un assistant de production glissa la tête par l'entrebâillement de la porte.

— Barrie ? Quatre-vingt-dix secondes.

Elle hocha vaguement la tête.

— Charlene, vous n'avez jamais dit à personne que l'épouse du Président vous avait appelée ?

— Bien sûr que si ! s'exclama-t-elle. Mais vous imaginez pas qu'ils m'ont crue ?

La femme qui avait été la petite amie de Robert Redford au lycée et avait porté l'enfant d'Elvis ? Qui la croirait ?

— Alors... — Une pensée s'imposait brusquement à elle. — Alors...

— Barrie ? — L'assistant venait de réapparaître. — Ça va ? On passe à l'antenne dans une minute.

— J'arrive tout de suite. — Puis s'adressant à Charlene : — Alors après que vous lui avez raconté toute l'histoire, que vous a-t-elle dit ?

— Elle a dit que c'était un secret entre nous et d'arrêter de lui écrire, sinon elle m'envoyait le FBI. Je lui ai proposé de venir ici rencontrer Becky pour entendre toute l'histoire de sa bouche, mais elle a refusé tout net. Elle m'a dit que tout cela remontait à des années et que ce n'était probablement pas vrai de toute façon. Ça m'a fichue en rogne, alors que je m'étais donné tant de mal pour la joindre. Elle n'en avait rien à faire de mes avertissements. Moins de deux ans plus tard, elle était enceinte. Après ce que je lui ai dit, elle s'est quand même fait faire un gamin par ce type. Elle doit être vraiment frappée à mon avis.

Vanessa Armbruster Merritt était tout sauf givrée.

Barrie, je vous en prie, aidez-moi. Ne comprenez-vous pas ce que j'essaie de vous dire ?

Et si sa motivation n'était autre que du mépris pur et simple ?

Je n'ai pas tué Robert Rushton. C'est elle qui a fait le coup.

À ce sujet, David Merritt avait dit la vérité.

C'est elle qui est folle.

Et selon les termes de Charlene Walters, la philosophe des prisons, *les fous s'en tirent toujours à bon compte. Vous seriez étonnée !*

D'une voix à peine audible, Barrie demanda :

— Avez-vous jamais entendu parler d'elle depuis, Charlene ?

— Juste une fois. Le jour où elle m'a téléphoné pour me suggérer de vous appeler.

COLLECTION

«SUSPENSE & CIE»

Rosamond Smith
Le Département de musique

Joy Fielding
Qu'est-ce qui fait courir Jane?

Dominique Dunne
Une femme encombrante
Une saison au purgatoire

Henry Meigs
La Porte des Tigres

Stephen King
Shining
L'Accident
Le Fléau
Danse macabre

Arturo Pérez-Reverte
Le Tableau du Maître flamand,
Prix de la littérature policière
Le club Dumas

James Patterson
Le Masque de l'araignée
Et tombent les filles
Jack & Jill

Edward Stewart
Privilèges
Avec la bénédiction du ciel

Steven Hartov
La Fièvre du Ramadan

Paul Wilson
Mort clinique

IMPRIMERIE QUEBECOR
L'ÉCLAIREUR